# SAHARA
## 撒哈拉秘密基地

〔美〕克莱夫·卡斯勒／著　Clive Cussler

王秀莉／译

上海三联书店

图书在版编目（CIP）数据

撒哈拉秘密基地／（美）卡斯勒著；王秀莉译.－上海：
上海三联书店，2011.1
ISBN 978-7-5426-3329-3
I.①撒… II.①卡…②王… III.①长篇小说—美国—现代
IV.①I712.45

中国版本图书馆CIP数据核字（2010）第167411号

SAHARA by CLIVE CUSSLER
Copyright：© 1992 BY CLIVE CUSSLER
This edition arranged with PETER LAMPACK AGENCY
through BIG APPLE TUTTLE-MORI AGENCY,LABUAN,MALAYSIA.
Simplified Chinese edition copyright：
2010 SHANGHAI JOINT PUBLISHING COMPANY
All rights reserved.

**撒哈拉秘密基地**

著　　者／（美）克莱夫·卡斯勒
译　　者／王秀莉
特约编辑／孟繁强
责任编辑／陈启甸　叶　庆
装帧设计／Metis 灵动视线　TEL:010-85983452
监　　制／研　发
出版发行／上海三联书店
　　　　　（200031）中国上海市乌鲁木齐南路396弄10号
　　　　　http：//www.sanlianc.com
　　　　　E-mail:shsanlian@yahoo.com.cn

印　　刷／山东人民印刷厂
版　　次／2011年1月第1版
印　　次／2011年1月第1次印刷
开　　本／960×640　1/16
字　　数／320千字
印　　张／30.5

ISBN 978-7-5426-3329-3/I·492
定　价：38.00元

# 目　录

**重围**·················································· 1

　　1865年，一艘邦联的铁甲舰——得克萨斯号，冲破了北方联邦军队的重重包围，就如同里士满瀑布一般，消失在大西洋之中。它船上装载的秘密足以改变历史……

**失踪**·················································· 21

　　1931年，世界知名的女飞行员，来自澳大利亚的基蒂·曼诺克，在尝试开辟开普敦与伦敦之间的新航线时，神秘地消失在撒哈拉沙漠中央，从此再无踪迹……

**第一部分　癫狂**········································ 31

　　1996年，德克·皮特在寻找深埋于尼罗河底的一位古代法老的灵船残骸时，在亚历山大港口附近的海滩上，从一伙暴徒手中救下了一位年轻而美丽的女子。这个女子是联合国卫生组织的夏娃·罗加斯博士……

　　罗加斯博士正在非洲沙漠调查一种令数以千计的人变得疯狂、嗜杀成性乃至最终死亡的神秘疾病——这疾病的诱因极有可能是环境污染，而这种污染前所未有，范围广泛，毒性致命，足以杀死全世界所有的海洋生物，以及人类自身……

## 第二部分 死地 ·········· 121

　　为了从环境大灾难的手中拯救世界，拯救人类，德克·皮特与他的朋友们深入最神秘的非洲，溯尼日尔河而上，一路披荆斩棘，向一个巨大而危险的神秘工程进发。而这个废物处理工程的主人是法国的亿万富豪伊夫·马萨德和扎台伯·卡兹穆将军，后者统治着西非的马里王国，是一个残暴、专制而昏庸的军事独裁者……

## 第三部分 沙漠的秘密 ·········· 231

　　皮特沿着尼日尔河而上的过程中，遭受了来自非洲两个国家的炮艇和战斗机的攻击，历尽艰险，最终找到了卡兹穆和马萨德的秘密基地，但是他和罗加斯博士以及联合国的科学团，却被对方囚禁在沙漠的又一个秘密工程——提比扎金矿中，沦为开采金矿的苦力，受尽非人的虐待。世界末日一点点逼近，皮特不得不策划穿越撒哈拉，以向世人揭露危险的污染源，拯救世界……

## 第四部分 阿拉莫的回声 ·········· 333

　　皮特克服了重重困难，终于穿越了沙漠，并协同联合国战术小组救出了提比扎的同胞，但返回途中，被卡兹穆阻截。双方人数比例远高于五十对一，对方还有坦克、飞机助阵，一场恶战不可避免，皮特与联合国战术小组生死未卜……

## 第五部分 得克萨斯号 ·········· 457

　　在穿越荒无人迹的撒哈拉沙漠时，皮特揭开了基蒂·曼诺克死亡的谜团。更加令人惊奇的是，他还发现了林肯遇刺背后的秘密，那就是隐藏在撒哈拉沙漠之中一艘废弃的邦联铁甲舰……

## 重　围

　　1865年，一艘邦联的铁甲舰——得克萨斯号，冲破了北方联邦军队的重重包围，就如同里士满瀑布一般，消失在大西洋之中。它船上装载的秘密足以改变历史……

1865年4月2日
弗吉尼亚州，里士满

朦胧的夜雾中，她漂荡在水面上，如同一个邪恶的幽灵从沼泽中缓缓而出，在河岸边树影的衬托下，轮廓若隐若现。昏黄魅惑的灯光照映在她的甲板上，如鬼魅般的人影穿行在灯光之中。她灰色倾斜的侧体上，湿气凝结成水滴，落入缓缓流淌的詹姆斯河中。

得克萨斯号拖着她的缆绳，就好像一只急性子的猎犬一般，还没解开绳索，就已迫不及待地想要去打猎。大炮藏在厚厚的护盾下，六英寸的钢壳将一切都掩饰得不着痕迹。只有烟囱后的桅杆上因湿气而无法飘扬的一面红白相间的战旗，昭示着她是邦联政府海军部队的战舰。

在一般人看来，她造型怪异，丑陋至极，但是对于水手来说，她无疑有一种特别的气质和优雅。她牢固异常，坚不可摧，最特别的一点设计是她可以在短时间内迅速加速，消失不见。

马森·图姆斯中校站在前甲板上，从口袋中拿出一块蓝色的手绢，轻轻地擦拭着沾染了潮湿的制服领子。装船工作进展得很慢，应该说太慢了。得克萨斯号需要抓紧黑暗中的每一分每一秒，才有可能逃入公海。他焦急地看着船员们一边咒骂一边使尽全力地将一个个板条箱推过踏板，推入甲板上一个打开的舱门中。也许是因为装载了这个只有四年的政府的全部书面记录，这些板条箱重得不同寻常。运来这些东西的骡车队正停在港口边，享受着战争中幸存下来的佐治亚州一个步兵团的重兵保护。

图姆斯艰难地把目光投向了北方两英里之遥的里士满。李在彼得斯堡的顽强堡垒已被格兰特击破，现在南方的溃军正向阿波马托克斯撤退，将邦联的首都拱手让给不断逼近的联邦军队。撤退还在进行，城中现在乱作一团，掳掠暴动在每一条街道上演。装满了军需品的仓库和兵工厂全都被付之一炬，阵阵的爆炸声摇撼着大地，火光照亮了黑暗的夜空。

图姆斯有胆有识，精明干练，是邦联军队中最好的海军将领之一。他个子不高，但却英俊潇洒，棕色的头发，棕色的眼珠，浓密的红胡子，如同橄榄般深邃的眼睛中放射着一种冷峻的神采。

他是新奥尔良与孟菲斯的战斗中小型战舰上的队长，是阿肯色号战舰的炮兵指挥，是臭名昭著的"海上魔王"佛罗里达号舰的大副，图姆斯用这一步步的经历令联邦军队闻名丧胆。得克萨斯号从里士满的海军船坞竣工才一个星期，图姆斯就被任命为指挥官，负责指挥一队人马筹备穿越联邦军队的炮火顺流而下的航行。这段航行成功的希望微乎其微。

他把注意力转回到装船工作上。最后一辆骡车已经离开了码头，消失在夜色之中。他从口袋中拿出怀表，翻开盖子，转脸迎着码头的一根桩木的灯光分辨时间。

现在是8点20。再过八个多钟头，天就亮了。时间有限，他们最后20英里的航行将危机四伏，而却不再有夜幕的掩护。

一辆敞篷的四轮马车在一队花斑马牵引下到了近前，停在码头边。车夫静静地坐着，一动不动，最后几个板条箱在车上两名乘客的注视下滑进了舱门。穿便服的男人稍胖一些，一副无精打采的样子，另一个人穿着海军军官的制服，盯着图姆斯，挥了挥手。

图姆斯越过踏板上了码头，边向马车走去，边轻快地行了一个军礼。"上将，部长先生，我深感荣幸，真没想到你们二位能有时间来送别。"

拉斐尔·塞蒙斯上将，因他担任素有"邦联海上之狼"之称的阿拉巴马号战舰舰长期间的卓越功勋而闻名，如今已经是詹姆斯河域装甲战舰方队的指挥官。他点了点头，上过蜡的浓密唇髭和下巴上小小的山羊胡之间露出了一抹笑意："北方佬的乌合之众没办法阻止我来送你。"

斯蒂芬·马勒里，邦联海军部部长，伸出了一只手："如果我们不趁机来向你道声好运，你心里肯定压力非常大。"

"我有一艘坚不可摧的战船，还有一群勇敢的船员，"图姆斯满怀信心，"必定能够冲出重围。"

塞蒙斯的微笑收了起来，他的眼睛中写满了不祥："如果你发现不能成行,务必将船上的东西全部焚毁,将船沉入河中最深的地方,以确保我们的档案永远不落入联邦政府的手中。"

"我已经做好了准备,"图姆斯向塞蒙斯担保,"到时候,底部的船体会提前打开,将那些沉重的板条箱丢进河中,以保证船在沉没之前能继续全速前进,与联邦的部队保持安全距离。"

马勒里点头赞许:"计划绝妙!"

马车上的两个人交换了一个心照不宣的诡异眼神。一个短暂的尴尬瞬间后,塞蒙斯说道:"我很抱歉,在最后时刻得让你再承担起一个重担,但是你必须要负责一个乘客。"

"一个乘客?"图姆斯冷冷地说道,"我相信没有谁愿意来冒这种生命之险。"

"这件事情上,他别无选择。"马勒里轻声说道。

"他在哪儿?我们已经准备起航了。"图姆斯盯着码头,命令式地问道。

"他很快就会到。"塞蒙斯回答道。

"我能问一下他到底是谁吗?"

"你一眼就能看出来他是谁。"马勒里回答道,"到你需要他登场的时候,希望我们的敌人也能认出他是谁来。"

"我不明白。"

马勒里第一次露出了微笑:"你会明白的,我的孩子,你会明白的。"

"也许,有条消息你会觉得有用。"塞蒙斯改变了话题,"我的特工报告说,我们去年被北方人的海防战舰缴获的亚特兰大号装甲舰,现在被迫为联邦海军服务,正在纽波特纽斯附近的河上巡逻。"

图姆斯眼睛一亮:"我知道了。得克萨斯号与亚特兰大号轮廓和大小都很相似,黑暗中也许会被人当成亚特兰大号。"

塞蒙斯点了点头,递给了他一面折起来的旗子:"星条旗。这场化装舞会离不开它。"

图姆斯接过了联邦旗,夹在了一只胳膊下。"快到联邦在特伦特河段的炮兵部队营地的时候,我们就会把它升上桅杆。"

"那么，就祝你好运吧。"塞蒙斯说道，"很遗憾我们没有办法留下来看着你起航。部长大人要赶火车，而我也得回到部队中，在北方佬们再度袭击前搞清楚我们现在的伤亡状况。"

邦联海军部部长又一次握住了图姆斯的手："飞狐号冲出了包围，已经在百慕大附近待命，它会补充你的船只所需的煤，好让你继续下一段航行。祝你一路顺风，中校。邦联能否获得救赎，就掌握在你的手中。"

图姆斯还没来得及回答，马勒里就命令车夫上路。图姆斯举起手，行了最后一个礼，然后站在原地，开始思考部长的告别词。邦联的救赎？这话听来没有任何意义，战争已经失败了。谢尔曼从卡罗来纳北上，而格兰特则越过弗吉尼亚南下，敌军就像潮水一样席卷而来，应该用不了几天，李就会被如钳子一样会合的两队联邦人马困住，不得不缴械投降。杰弗逊·戴维斯很快就会从邦联的总统沦为一个可怜的阶下囚。

而用不了几个小时，得克萨斯号，这邦联海军的最后一只战舰，极有可能葬身鱼腹，沉船河中。

得克萨斯号该如何逃出生天，挽救自己？图姆斯毫无头绪。他接到的命令是将政府的档案运送到一个他认为可信的中立方港口，然后隐藏起来，等待进一步的指示。即便成功转移这些政府的文件，又如何能够改变南方注定的命运呢？

他的思绪被大副伊兹拉·克莱温上尉打断："长官，装船工作已经完成，货舱已经装点整齐，是否可以下令起航了？"

图姆斯摇了摇头："还不行，我们还要等一个乘客。"

"他他妈的最好能够快点到。"克莱温是个大个儿的苏格兰人，说话直来直去，口音中混杂着苏格兰土话的腔调和南方人特有的长音。

"轮机长欧哈莱是否做好了起航的准备？"

"他的引擎中全都灌满了蒸汽。"

"炮手们呢？"

"严阵以待。"

"在遇到联邦部队前也得一直严阵以待，不可以因为港口上有人撞运气地放枪玩就损失掉炮弹和船员。我们承担不起。"

"我们的人可不会友好地转过脸来让人继续打。"①

"告诉他们,他们会活下去……"

河岸上一阵马蹄声由远及近,两个人同时转身看着声音传来的方向。几秒钟后,黑暗中,一个邦联的官员纵马而来,到了码头边。

"二位中有没有一位图姆斯中校?"他的声音中充满了疲倦。

"我是。"图姆斯上前一步。

骑手翻身下马,行礼致意。他看起来风尘仆仆,精疲力竭。"您好!我是陆军上尉纳维尔·布朗,负责押解您的囚犯。"

"囚犯?"图姆斯重复道,"我听说是一位乘客。"

"随便您怎么对待他。"布朗事不关己地耸了耸肩。

"他在哪儿?"这是今夜图姆斯第二次问这个问题了。

"随后就到。我提前赶来提醒您,希望您一会儿不要被吓倒。"

"这家伙脑子有问题吗?"克莱温嘟囔道,"有什么好害怕的?"

回答他问题的是一辆马车驶向码头的隆隆声,而那马车周围的一队人马,身着蓝色联邦骑兵制服。

图姆斯正准备下令船员开火击退这批偷袭团,布朗上尉平静地开了口:"放轻松,中校。他们都是南方的好小伙儿,我们只有穿着北方佬的衣服才能安全穿过边界线。"

两个人下了马,打开马车车门,帮助其中的乘客走了出来。那是一个面容憔悴的高个子男人,胡子的样式非常常见,他拖着疲惫的脚步踏上了码头的厚木板,手上脚上都戴着镣铐。他严肃地打量了一阵这艘铁甲战舰,然后转身向图姆斯和克莱温点头致意。

"晚上好,先生们。"他的音调稍微有些高,"我是否有理由认为我将有幸接受邦联海军的盛情款待呢?"

图姆斯没有回答,他无法回答。他和克莱温都僵在了原地,脑中一片

---

① 此处说法出自《圣经·新约·马太福音》:"有人打你的右脸,连左脸也转过来由他打。"

空白，脸上写满了不解与迷惑。

"我的上帝啊，"最后克莱温轻声嘟囔道，"如果你是个冒牌货，你还真装得挺像回事儿。"

"不，"那个囚犯回答道，"向你保证，我如假包换。"

"这怎么可能？"图姆斯问道，这一切完全出乎意料。

布朗已经重新上马："没时间解释了。在里士满桥塌掉之前，我必须带着我的人回到河对岸去。现在他归你负责了。"

"我应该怎么对他？"图姆斯命令性地问道。

"把他关在你的船上，直到等到释放他的命令。这就是要求我转达的指示。"

"简直疯了。"

"战争就是这样，中校。"布朗扭着头说道，然后催马远行，他那伪装成联邦骑兵的小部队紧随其后。

时间到了，不会再有其他事情耽搁得克萨斯号的死亡之旅了。图姆斯转向了克莱温：

"上尉，请把我们的乘客护送到我的卧舱。让欧哈莱派个机械工来，卸掉他的镣铐。我可不想死的时候做的是一艘运奴船的指挥官。"

留胡子的男人对图姆斯笑了笑："谢谢你，中校，由衷感谢你的好意。"

"不用谢我。"图姆斯冷冷地说道，"等不到太阳升起来，我们就都得去和魔鬼打交道了。"


得克萨斯号慢慢起航，不断加速，由于是顺流而下，虽然没有风，速度还是比应有的快了两节①。河水静静地流淌着，除了引擎的轰鸣声，周围一片寂静。在一弯细细的娥眉月的微弱光芒下，她在黑色的水面上仿佛幽灵一样滑行，就如同幻象一样，只能感觉，无法看到。

她仿佛真的没有形体，不是实际的存在，只是不断的行动暴露了她，在静止的河岸线上勾勒出一幅诡异的剪影。设计她，只是为了一个任务，

---

① 航海上的速度单位，1节＝1海里／小时＝1.852公里／小时。

为了一次航行，因此，制造者将战争爆发四年以来邦联最好的驱动设备、最优良的战斗装备都赋予了她。

她有两个螺旋桨，两个引擎，长190英尺，最大宽度40英尺，吃水仅11英尺。12英尺高的舷窗向内倾斜30度，外面覆盖着6英寸厚的钢板，钢板内嵌着由20英寸厚橡木和松木夹压的12英寸厚的棉花。水下的船体也同样装备了如此的护甲，护甲在船身外构筑了一道弧形的曲线。

得克萨斯号上只有四门炮，但是杀伤力却异常强大。船身前后的轴柱上分别装了一门100磅的布莱克雷式来复炮，它们也可以向船侧面开火。而两门9英寸口径、64磅的炮则护卫着左右两舷。

其他的装甲舰上的商用蒸汽机都被拆掉了，但是得克萨斯号不同，她的引擎非常大，动力十足，而且型号是最新的。她沉重的锅炉安装在水线以下，9英尺长的螺旋桨能够推动她以静水14节、顺流16节的速度航行——这卓越的速度，无论邦联海军还是联邦海军，都没有任何一艘战舰能够与其媲美。

对于他的船，图姆斯非常骄傲，但是也非常悲伤，这艘船的生命也许会短暂至极。但是他下定决心，他要和他的船一起，为邦联的荣耀的结束写下最完美的一页诗篇。

他从武器甲板层沿着梯子爬到了驾驶舱。驾驶舱位于船体前方，小小的，形状就像是个没有顶的金字塔。他从窥望镜中看了看外面的黑暗，然后向格外不爱说话的主舵手雷·亨特点了点头。

"我们正全速驶向大海，亨特先生，你的眼睛必须保持锐利，不要让我们搁浅。"

亨特这个舵手经验丰富，对詹姆斯河每一处弯道、每一个浅滩都了如指掌。"月光足够让我看清楚水流状况。"

"北方佬的炮手们也会利用月光。"

"的确，但是我们的外壳是灰色的，在夜色中很不容易分辨。他们不会那么容易就发现我们。"

"希望如此吧。"图姆斯叹了一口气。

他从后侧的舱门爬出，登上了船身顶部。得克萨斯号此时已经到达了楚利断崖，正在塞蒙斯将军的詹姆斯河域部队的战船中平静地穿行。得克萨斯号的姐妹们，弗吉尼亚二号、弗雷德里克堡号、里士满号，全都受到了致命的创伤，随时可能毁于瞬间。而得克萨斯号此时却神采奕奕地出现在她们面前，将她们甩在后面。得克萨斯号烟囱中冒出的黑烟遮住了星星，邦联的战旗迎着船前行带来的逆风招展，这可能是一幅永远都不会再出现的动人画卷。

图姆斯将帽子摘下，高高举起。这是最后一场梦了。不久，一切都会变成充满痛苦失败的噩梦。但是现在这奢侈的一刻，多么值得回味。得克萨斯号正在通往传奇的旅程中。

到时，她就会突然消失在河上的某一处，就如同她凭空出现一般。而她在流水中留下的波痕，是她存在过的唯一标记。

特伦特河段上，有联邦军队拉起的一道防线和修筑的几个炮台。在到达那里之前，图姆斯下令将联邦的旗子升上了桅杆。

船中，武器甲板层上，已经为行动做好了一切准备。大部分人都光着膀子，前额上勒着布条，站在大炮前。军官们也脱去了外套，吊裤带下穿着衬衣，安静地在甲板上踱来踱去。船上的医生已经准备好了止血带，正在教导人们如何使用。

甲板上，弹药桶摆放整齐，地上铺着用来吸血的沙子。手枪和匕首是用来对付登船的敌军的，来复枪的枪口上也装上了刺刀。通向武器甲板层下层的弹药库的舱门打开着，舱门边滑车和绞索一切就绪，随时可以将弹药提上来。

在流水的推动下，得克萨斯号以16节的速度前进着，就在这时，船首撞上了作为防御用的浮石。得克萨斯号转向驶入有光的水域，刚才的撞击几乎没有对船首造成任何危害。

就在得克萨斯号从黑暗中出现的时候，一个警觉的联邦部队的岗哨发现了她，并用自己的毛瑟枪放了一枪。

"不要开火!看在上帝分上,不要开火!"图姆斯从船顶上喊道。

"你们是哪只船?"河岸上一个声音反问道。

"我们是亚特兰大,蠢货,你们认不出来自己的船只吗?"

"你们什么时候到河上的?"

"一个小时前。我们奉命在防御工事与市区半岛①之间巡逻。"

谎言起了作用,河岸上联邦部队的岗哨们放心了。得克萨斯号继续前行,没有遭遇阻碍。图姆斯精疲力竭地深深吸了一口气。

他原以为炮弹必然会像冰雹一样噼里啪啦地砸向他的船,但是现在却暂时没有了危险。他现在唯一担心的就是某个多疑的敌军军官也许会打一封电报与河流上下游的其他据点联系。

驶过防御工事15英里后,图姆斯的好运走到了尽头。黑暗中出现了一个矮小而邪恶的家伙。

那是联邦的双塔结构防御舰奥内达加号。塔楼上装有11英寸的装甲,船体装甲5.5英寸,装备了两门火力强劲的达尔格伦滑膛炮和两门150磅的派洛特式来复炮。奥内达加号正停泊在西侧的河岸边,虎视眈眈地注视着下游的方向,正在从左侧停泊的驳船上补充煤炭。

得克萨斯号几乎成功从奥内达加号身边经过,但是前塔楼上的一个候补军官却发现了这艘邦联的装甲舰,同时发出了警报。

船员们全都停止了装煤的工作,盯着这艘在黑暗中飞驰的装甲舰。奥内达加号上的约翰·奥斯汀中校犹豫了一下,他在想一艘敌军的装甲舰怎么可能在未引起注意的情况下走到如此靠下游的地方。这花去了他一些时间。就在他准备命令船员们开炮的时候,得克萨斯号已经到了他们的正前方,双方仅仅一臂之遥。

"停船!"奥斯汀喊道,"否则的话,我们就开火了,把你们炸到岸上去。"

"我们是亚特兰大号。"图姆斯叫着回答道,现在这不过是注定会被识破的伪装。

奥斯汀并没有相信,即便是看到了对方桅杆上飘扬的联邦旗帜,他也

---

① 格兰特将军的联邦部队在詹姆斯河上的补给处位于该地。

没有相信,而是下令开火。

奥内达加号的前塔楼反应有些慢了,得克萨斯号已经驶出了它的火力线,但是后塔楼上两门15英寸的达尔格伦滑膛炮都已经点火冒烟。

两船之间没有任何的障碍,联邦的炮手不会失手,他们确实没有失手。炮弹像大锤一样狠狠地砸在了得克萨斯号上,在船的后部被炸开,冲击之下,钢板、木头被击碎,7名船员被击倒。

几乎是在同时,图姆斯从打开的顶部舱门传达了一条命令。得克萨斯号上炮口的护盾被移开,3门大炮同时瞄准了奥内达加号的塔楼。一门布莱克雷打出了100磅重的弹药,炸掉了对方的一门达尔格伦滑膛炮,塔楼中冒出滚滚浓烟,熊熊火光中夹杂着阵阵惨叫。9人死亡,11人重伤。

双方都在重新装填弹药的时候,得克萨斯,这艘入侵的装甲舰,已全速前进至河流的下一个转弯,消失在黑暗之中。奥内达加号的前塔楼几乎被炸得四分五裂,船身吱嘎作响,摇摇欲坠。

奥斯汀中校下了一道绝望的指令。他下令船员起锚掉转船身。这个举动没有丝毫意义。这艘防御舰的最高时速不过7节,完全没有可能追上得克萨斯号。

图姆斯则十分平静,他召来了克莱温上尉:"克莱温先生,我们没必要再躲藏在敌人的旗帜下了,换上邦联的旗帜,关闭所有炮口的护盾。"

一个年轻的候补军官迫不及待地到了桅杆边,解开了绳索,将星条旗放了下来,然后升起了红白两色的南十字旗。

克莱温来到了图姆斯身边。图姆斯说:"现在消息应该已经传播出去了,从这儿到入海都不会太平了。对付陆军的炮兵,我们没有什么问题,他们的装备火力都不足,根本伤不了我们一分一毫。"图姆斯停了一下,担忧地看着冲破黑色河面的船首,"在河口处的联邦部队将是我们最大的麻烦。"

他还没有说完,河岸上就飞来一片枪林弹雨的攻击。

"就这么开始了。"克莱温异常沉着,他快速回到自己在下面武器甲板层的岗位。图姆斯依然站在驾驶舱后方的暴露处,指挥着船只的移动,希望自己的船只能够突破河上联邦部队的封锁。

不知来自何处的炮弹和枪手们毛瑟枪的射击，开始如同冰雹一样砸在得克萨斯号上。虽然手下人都摩拳擦掌，咒骂个不停，但是图姆斯依然要求关闭炮口的护盾。他十分清楚，现在他们完全看不到岸上的敌人，根本没有必要无谓地浪费弹药，并且将船员置于危险之中。

接下来的两个多小时中，得克萨斯号一直承受着种种打击。但是她的引擎运转正常，甚至比设计的极限速度还快了一两节。河上出现过木制的战船，向得克萨斯号开火，试图拦截她，但是得克萨斯号却视若无物，将其远远甩在身后。

突然亚特兰大号的身影出现在他们眼前！亚特兰大号已经抛锚，横向停在河中间。亚特兰大的哨兵一看到猛兽般袭来的得克萨斯号，右舷的炮火便喷射而出。

"她知道我们到来。"图姆斯轻声说道。

"船长，是否绕过她去？"主舵手亨特问道，他依然格外冷静地操纵着航向。

"不，亨特。"图姆斯回答道，"朝她船尾稍微撞上一下。"

"撞出一条路来。好的，长官。"亨特心领神会地回答道。

亨特将舵一转，令得克萨斯号的船首直朝亚特兰大号的船尾。但此时，那艘过去曾属于邦联的船只上，两门8英寸口径的大炮射出的炮弹直袭得克萨斯号的船舱，撞到了护盾之上，炸出了足有一英尺深的凹陷，撞击与木头的碎片造成了3个人受伤。

而两船之间的间隔迅速地缩小，得克萨斯号以沉重的钢甲狠狠地撞向了亚特兰大号的船体，足足插入了10英尺深。亚特兰大号的甲板被撞裂抬高，船尾的锚链被撞断，船身几乎90度倾斜，甲板已经到了水面之下，河水从炮口灌入，船身开始迅速下沉，沉入水下。得克萨斯号就从她的顶部一点点地驶了过去。

亚特兰大号倾斜着沉入了水底，而就在她上侧船体上方几英寸的距离内，得克萨斯号巨大的螺旋桨疯狂地旋转，然后一切归于平静。亚特兰大号大部分的船员都在船沉没前从炮口和舱门中逃了出来，但是依然有至少

20个人陪着她一起沉睡河底。

图姆斯与他的船飞速行驶，不顾一切地想要到达自由的海洋。追杀依然在继续。炮火不断，但得克萨斯号轻松穿过；敌船阻拦，但得克萨斯号将它们甩在身后。沿岸联邦军队的电报都在传递着关于这艘装甲舰的消息，甚嚣尘上，想要拦截这艘船的陆军炮兵和海军船只都越来越混乱，越来越绝望。

枪炮依然重重地打在得克萨斯号的护盾上，船头到船尾都一次次震颤。亨德森要塞的堤防上一门达尔格伦滑膛炮射出了一枚100磅的炮弹，直击得克萨斯号的驾驶舱。炮弹的冲击令亨特一阵眩晕，身上伤痕累累，鲜血淋漓，但是他依然无畏地站在舵前，使船只稳稳地航行在河中间。

东方天空的颜色开始变亮了，得克萨斯号已经驶过纽波特纽斯，出了詹姆斯河流域，进入了宽阔的河口与汉普顿锚地的深水处。3年前，就是在这个地方，梅里麦克号遭遇了北方的防御舰。

而现在，似乎联邦的所有部队都聚集在这里等着得克萨斯号。图姆斯视力所及，是一片密密麻麻的桅杆和烟囱。左侧是装备了重大火力的三帆快速战舰和军用单桅帆船，右侧是护卫舰与炮艇。另外，在火力强大的门罗要塞和乌尔要塞中间的狭窄的水道上，停泊着新勇士号，这是一艘装备了18门重炮的可怕的老式装甲舰。

图姆斯终于下令打开所有的炮口，伸出所有的大炮。得克萨斯号全体人员都没有丝毫的迟疑，现在，该是时候让联邦的海军领教一下得克萨斯号的威力了。得克萨斯的船员们欢呼着装弹、引火、发射，所有指挥官都冷静沉着，气定神闲。

克莱温冷静地在船上走来走去，和船员们开着玩笑，给他们加油鼓劲，指点他们战斗。图姆斯下到了炮兵们的甲板上，发表了一个简短的讲话，尖锐地挖苦着敌人，乐观地推测，认为久经沙场、忠实可靠的南方小伙子们必定能够击溃胆小无能的北方佬，然后就夹着他的望远镜回到了他在驾驶舱后方的岗位上。

联邦的炮手们有充足的时间做准备。当得克萨斯号出现在他们的视线范围时，开火的命令就已经下达。而图姆斯正用他的望远镜仔细观察，他觉得，整个海平线上都布满了敌人。水面上有一种恐怖的寂静，仿佛狼群正在等待着猎物走入一个看似永远无法逃脱的陷阱。

海军少将戴维·波特，五短身材，留着胡子，平平的海军帽稳稳地戴在头上。他正站在一个炮弹箱子上，以看清他的旗舰——木制的三帆快速战舰布鲁克林号的甲板，同时也能够看到晨曦之中不断接近的敌舰冒出的阵阵浓烟。

"她来了！"波特的旗舰的指挥官詹姆斯·阿尔登上校说道，"她就好像个魔鬼一样直朝着我们就来了。"

"是一艘伟大而尊贵的战舰在驶向坟墓，"得克萨斯号已经占据了波特望远镜的全部，"我们不会再有机会看到这样的画面了。"

"她快到射程范围内了。"阿尔登宣布。

"没必要浪费弹药，阿尔登先生，告诉你的炮手们耐心等待，要确保每一发都射中。"

而在得克萨斯号上，主舵手亨特的左太阳穴鲜血淋漓，但他毫不理会，依然无畏地站在舵前。图姆斯指挥道："亨特，尽量靠近那些木制的船队的阵线，这样那些装甲舰就会投鼠忌器。"

两条阵线中最前面的船只就是布鲁克林号。图姆斯耐心地等着，直到确定射程没有问题后才下令开炮。得克萨斯号船首100磅的布莱克雷大炮打响了战斗，将一枚烧着的炮弹射过水面，射向联邦的战船，直中前方的船板，在船上一门巨大的派洛特来复炮边爆炸，半径10英尺范围内无一人幸存。

在得克萨斯号开炮的时候，单塔护卫舰索格斯号打开了她的两门15英寸的达尔格伦滑膛炮，两枚炮弹都如同石头一样擦着水面飞过，溅起一片高高的水花。然后，其他的护卫舰加入了战斗，刚在莫比尔湾打败了邦联田纳西号装甲舰的契卡索号、曼哈顿号、纳罕特号，全都卸下了炮口的护盾，向着得克萨斯号的船身狂轰滥炸。其他的战船也加入其中，得克萨斯号周围的水都开始沸腾。

图姆斯从顶舱门向克莱温喊道："我们的炮火伤不了护卫舰，只用左舷的炮回击就好了，将船首、船尾的炮都对准木船。"

克莱温向他的军官们传达了命令，几秒之内，得克萨斯号就行动了起来，将炮弹射入了布鲁克林号的橡木船身。一枚炮弹在轮机室爆炸，杀死了8个人，伤及12个；另一枚炮弹将一个正在兴奋地装填一枚32磅重滑膛炮弹的船员送上了西天；第三枚在拥挤的甲板上炸开，造成了更多的流血和破坏。

得克萨斯号的每一发炮弹都造成了巨大杀伤力，炮手们出奇的精准——其实他们都不必浪费时间瞄准，射程范围内满是北方佬的船只，根本就不可能失手。

汉普顿锚地的空气中充满了大炮的轰鸣声与炮弹的爆炸声，各种形状的炮弹飞来飞去，联邦的水兵甚至趴在帆桁的上面用毛瑟枪开始射击。浓烟包裹住了得克萨斯号，使得联邦军队的炮手们难以瞄准，他们只能根据得克萨斯号放炮时发出的声音和炮口的火光来瞄准。

图姆斯感觉自己像是驶进了一个正在不断喷发的火山口。

得克萨斯号现在已经越过了布鲁克林号，只用船尾的大炮向对方射击。她离戴维·波特少将如此之近，几乎令他无法呼吸。看着敌舰摆脱了布鲁克林舷炮齐射的攻击，他开始发狂。

"下令舰队将她包围起来，拦住她！"他向阿尔登上校下令。

阿尔登奉命行事，但是却知道这样做成功的机会十分渺茫。这艘装甲舰的速度令所有军官都觉得不可思议。"她速度太快了，我们所有船都追不上她。"

"我想要击沉这艘该死的船！"波特吼道。

"即便她能奇迹般地越过我们的防线，也没有办法通过要塞与新勇士号。"阿尔登的话令他的上司平息了下来。

也许是为了要印证他的话，在得克萨斯号越过布鲁克林号驶向另一艘木船科罗拉多号的时候，护卫舰都开始开火了。

得克萨斯号几乎陷入了地狱，联邦的炮手们准确度越来越高，两发炮弹在右舷大炮的后方爆炸，浓烟倒灌进船舱，钢铁、木头、棉花组成的38寸厚的护盾向里凹陷了足足4英尺。另一枚炮弹在烟囱下方留下了一个巨大的弹坑,接着又一枚炮弹击中了同样的位置,撕裂了原本已经受到损害的护甲,炸入了武器甲板层,造成了严重的伤亡——6人死亡,11人受伤,护盾中的木头和棉花都开始起火。

"该死的!"克莱温发现自己孤独地站在一片尸体中间,他的头发呲呲作响,衣服都烂了,左臂也受伤了,"从轮机室拉条管子出来,把那倒霉的火扑灭。"

轮机长欧哈莱从轮机室的舱门中探出头来,他的脸上满是煤灰,一道道汗水流下,画出了一道道白斑,但是他的声音出奇的平静:"有多糟?"

"你不想知道的。"克莱温冲他吼道,"你只管让引擎转下去就好了。"

"那也不容易。我的人全都快热死了,这底下简直比地狱还难受。"

"如果我们下去,肯定觉得比上面好太多了。"克莱温反驳道。

然后,又一波攻击如重拳一样击中得克萨斯号,震耳欲聋的爆炸令船体一晃。实际上这不是一次爆炸,而是两次,时间间隔太短,人们几乎分不出来。舷窗前方的一角被炸弹掀起,就如同一块肉被一把巨大的割肉刀割开。钢铁、木头突然间四分五裂,将前方布莱克雷炮队的船员砸在下面。

另一枚炮弹穿过了护盾,在船上的医疗室中爆炸,炸死了医生和一半等待救治的伤员。武器甲板层现在就像是一个屠宰场,甲板上黑一块红一块,黑的是炮灰,红的是鲜血。

得克萨斯号损伤惨重。她在杀戮场中穿行,几乎被炸得体无完肤,桅杆和烟囱上悬挂的小艇都成了筛子。整个船体,从前到后,处处扭曲变形,三个蒸汽管被切断了,速度已经慢了三分之一。

但是她并未陷入瘫痪,她的引擎依然在运转,三门大炮依然在向着联邦舰队开火。她沉重地打击了老旧的侧轮木船波瓦坦号,炸飞了对方的一个锅炉,炸毁了整个轮机室,造成了联邦船队今天最大的伤亡数量。

图姆斯的伤势也令人忧心。一片霰弹揳入了他的大腿,一颗子弹钻入了他的左肩,他痛苦地蜷成一团,但是依然留在驾驶舱后没有隐蔽的地方,向舵手亨特喊出一道道指令。现在,他们就快要成功渡过浩劫了。

他看着前方停在运河中央全副武装、虎视眈眈的新勇士号,他看着门罗要塞和乌尔要塞上看不到边际的炮火，心越来越沉。他知道，他们没有办法渡过这个关口，得克萨斯号再也经受不起了。另一个噩梦紧随其后。北方佬的护卫舰还在后面追赶，他的船已经是一艘无助的奄奄一息的废船，再也没有办法阻止追兵的打击了。

他又想到，那些船员们，都已经不再关心生死了，他们已经忘了所有的事情，只记得装弹药，开炮，让引擎转下去。活着的人都已经超越了自己，他们忘却了死亡，只是尽好自己的责任。

这一刻，所有的炮火都停了，取而代之的是一阵死寂。图姆斯将望远镜瞄向新勇士号的干舷，他发现对面船上的指挥官靠在一根装甲的栏杆上，也在通过望远镜看着他。

就在那时，他发现那些要塞的另一边——切萨皮克湾河口的海上，雾气正开始弥漫。如果他们能有神助到达那里，躲进那灰色的斗篷中，就可以甩掉波特这群狼的追逐。图姆斯同时也想到了马勒里关于将乘客推向舞台的话。他通过打开的舱门喊道："克莱温先生，你在吗？"

他的大副出现在了下方，透过舱门向上看，脸上覆盖着炮灰、鲜血以及烧焦的皮肉，看起来就像个恐怖的魔鬼。"我在，长官，我真他妈的希望自己不在。"

"去我的卧舱，把我们的乘客带到我这儿来。另外，再做面白旗。"

克莱温心领神会地点了点头："遵命，长官。"

侧舷的64磅的炮和船首的布莱克雷炮现在都安静了下来，联邦的舰队被落在了后面，他们没办法轻易瞄准。

图姆斯决定冒险赌上一把，这是最后一局了。他的脚失去了知觉，伤口阵阵作痛，但是他的眼睛依然像过去一般炯炯发光。他向上帝祈祷，希望联邦要塞上的指挥官们都像新勇士号的指挥官一样，把望远镜对准了得克萨斯号。

"把舵转向新勇士号的船首和乌尔要塞之间。"他向亨特指示道。

"遵命，长官。"亨特回答道。

那名囚犯顺着梯子缓缓地爬上了支离破碎的船顶，克莱温跟在后面，他的手中拿了一把扫把，上面拴了一块从军官办公室找来的白色桌布。图姆斯把脸转了过去。

那个人看起来比实际年龄要老，脸色暗淡，苍白憔悴，连年的重压令他筋疲力尽，积劳成疾。看到图姆斯染血的制服时，他深陷的眼窝中流露出一种同情与关心。

"中校，你伤得很严重，应该去接受治疗。"

图姆斯摇了摇头："没有那个工夫。请你走到驾驶舱顶上，站在别人能看到的地方。"

囚犯理解地点了点头："好的，我明白你的计划。"

图姆斯又把目光投向了要塞和装甲舰。门罗要塞传来了一阵耀眼的火光，紧接着是一团黑烟，然后是开炮的轰鸣声，海面上溅起一个巨大的水柱，在落回水面的瞬间，闪耀着或白或绿的光芒。

图姆斯粗鲁地将他的肩膀顶在了高个儿男人身上，把他推到驾驶舱的顶部。"麻烦快点儿，我们已经到了他们射程范围内了。"然后他从克莱温手中接过白旗，用他没有受伤的那只胳膊用力地摇来摇去。

新勇士号上，约书亚·沃特金斯船长正用他的望远镜仔细观察着："他们举起了白旗。"他的声音中带着一丝惊讶。

他的大副，约翰·克罗斯比中校，赞同地点了点头："重击了我们的舰队后他们就这么投降确实怪死了。"说完他拿过了一副黄铜制的双筒望远镜。

突然，沃特金斯放下了望远镜，眼睛中闪烁着难以置信的神采。他检查一下镜片，仿佛上面有什么脏东西，却什么都没有发现，便又举起望远镜，看向敌军的装甲舰。"究竟谁……"船长停止了调焦，"老天啊，"他好奇地嘟囔着，"你看得出来他们驾驶舱顶上的是谁吗？"

克罗斯比一向处变不惊，但是现在却脸色煞白："看起来像是……但是这不可能！"

乌尔要塞的炮手再度开火了，炮弹就落在得克萨斯号的旁边，溅起的水花比得克萨斯号还高。但是她坚定不移地穿过水雾，继续前行。

沃特金斯入迷地盯着站在驾驶舱上那个高高瘦瘦的男人，然后他的目光变成了极度的惶恐："天啊，真是他！"他放下望远镜，转脸对着克罗斯比，"给要塞发信号，让他们停火！快点儿，伙计！"

门罗要塞紧随乌尔要塞其后，将炮弹对准了得克萨斯号。大部分炮弹飞高了，但是有两颗击中了烟囱，在上面留下了两个大洞。炮兵们不顾一切地开始重新装载炮弹，每个人都希望自己能一击即中，将敌人彻底击垮。

要塞的指挥官们看到沃特金斯的信号、大炮渐渐平静的时候，得克萨斯号只有两百码的距离了。沃特金斯和克罗斯比跑到新勇士号的船头，只模糊地看到两个穿着染血的邦联海军制服的男人和那个穿着褴褛的便衣的留胡子的男人，他正坚定地望着他们，留下了一个疲倦而肃穆的军礼。

他们都纹丝不动地站着，看到的一切令他们深深震惊，他们知道这一切将永远烙印在他们脑海中。之后不管处于如何的舆论压力之下，他们以及船上与要塞堡垒上的数百个人，对于这个早晨他们在那艘邦联的装甲舰上看到了谁这件事情，都丝毫不会有所动摇。

几乎有一千人无可奈何而敬畏地看着得克萨斯号驶了过去，她沉默的炮眼中冒着黑烟，一根倾斜的桅杆上无力地悬挂着一面支离破碎的旗帜。万籁俱寂，她就这么进入了雾气之中，从此永远地消失不见。

# 失　踪

　　1931年，世界知名的女飞行员，来自澳大利亚的基蒂·曼诺克，在尝试开辟开普敦与伦敦之间的新航线时，凭空神秘消失在撒哈拉沙漠中央，从此再无踪迹……

1931年10月10日
撒哈拉西南部

基蒂·曼诺克有一种奇怪的感觉,她觉得自己正飞向一片虚无。她迷路了,彻底地迷路了,没有任何希望。一场严重的沙尘暴使她完全看不到下方沙漠上的任何东西,她只能和她脆弱的小飞机在空中飘来荡去。孤独地飞在这片无边的天空中,幻觉似乎随时都会从周围那些乌云中蹦出来一般。她努力地对抗着这种感觉。

基蒂将头向后仰,通过头顶的挡风玻璃向上眺望,太阳的橙色光芒已经被完全遮住了。然后,也许已经是第10次了,她又把身体倾向了侧面的窗户,从驾驶舱的边缘向外观察,但是除了巨大的翻腾的云海之外,依然什么都不看到。高度计显示1500英尺,在撒哈拉沙漠中,这个高度除了阿哈加尔山脉的支脉阿德拉山脉之外,应该没有阻碍。

她相信她的仪表可以让她避免鬼打墙。自从进入沙暴区之后,她已经四次发现她的高度变低然后提升机头了,这无疑说明她正在兜圈子。为了避免危险,每一次她都立刻修正,将指南针上的指针旋转180度,然后等它恢复静止时再重新确认方向。

基蒂曾经试图去追踪穿越撒哈拉的汽车道,但是这场毫无预兆的来自东南方向的沙尘暴却让她跟丢了。由于没办法看到地面,她对自己的偏移毫无把握,根本说不清楚风把她吹出了航线多远。她按照指南针的指引向西转向,绝望地尝试要从沙暴的边缘飞过去。

在这片巨大却没有任何标志的危险沙海之中,除了坐着与碰运气之外,她无计可施。这一段行程是基蒂最害怕的。她估计,应该还得飞400英里她才能到达尼日尔的首都尼亚美。她本应该到那里补充燃料,然后继续她破纪录的长途飞行,直抵南非的开普敦。

一阵疲倦的麻木感开始在她的胳膊和腿上蔓延。永不止息的引擎咆哮声令人昏昏欲睡，引擎带来的震颤似乎在把她送上绝路。自从从伦敦郊区的克罗伊登飞机场起飞后，基蒂已经在空中待了差不多27个小时了。她从阴冷潮湿的伦敦飞到了干燥如火的撒哈拉。

再过3个小时，夜幕就会降临。沙尘暴带来的逆风令她的速度降到了每小时90英里，比她这架由普拉特与惠特尼黄蜂公司出产的410马力星形发动机提供动力的FC-2W型飞机——老派而值得信赖的"好孩子"——120英里的飞行速度慢了30英里。

这架四座的飞机曾经属于潘氏美国恩典航空公司，后来一款能够搭乘六名乘客的新机型将它取代，基蒂就将它买了下来，在乘客舱加装了油缸，然后在1930年，驾驶着它从里约热内卢飞到了马德里。这次飞行创造了一个长途飞行的纪录，也使基蒂成为第一个飞跃南大西洋的女飞行员。

又过去了一个小时，她依然在与肆虐的风对抗，想要保持既定的航向。一些细沙渗进了驾驶舱，侵袭着她脆弱的眼结膜与鼻孔。她揉了揉眼睛，没有改善，反而更糟——她看不见了。如果她就这么瞎了，没有办法读取仪表的数字，那么一切就全都完了。

她从座位下拿出一壶水，拧开盖子洒到了脸上。她感觉又清醒了，用力地眨着眼睛，混着沙子的水顺着脸颊往下流淌，但是由于高温，没过几秒钟就干了。她的视力恢复了，但是眼睛却仿佛针扎一样疼。

突然，她察觉到了一些什么，仿佛是时间的短暂停滞，或是声音突然间都消失了，或者也有可能是风声与引擎声安静了一个瞬间。她向前探身，检查仪表，所有的表盘都显示正常，她又特地检查了油表，所有的指针都在正确的位置，最后她认为自己刚才不过是精神恍惚了。

但是这时，声音的瞬间暂停又一次出现了，她察觉到了，她亲耳听到了。现在那种异常现象出现得越来越频繁，她发现引擎的一个气缸上有一个火星灭了，然后其他的火星一个接一个地都灭了，她的心沉了下来。现在引擎的声音就好像是一个重病的人的咳嗽，而转速表的指针也正在往下滑。

没用多久，引擎就不再运转了，推进螺旋桨也变得一动不动，原来的噪音突然间消失了。对基蒂来说，就如同一道冲击波一般沉重。她现在唯一能够听到的声音就是嘶吼的风声。基蒂十分确信,她对引擎出现故障的原因一清二楚:持续不断的飞沙堵塞了她的化油器。

最初的惊慌与恐惧几秒钟就过去了,基蒂将她有限的选择思索了一遍。如果她能够成功着陆,她就可以等待风暴结束,也许还能进行修理。飞机已经开始下降,她将控制杆推向前方,准备在沙漠上滑行。这不是她第一次滑翔着陆,之前她至少经历过7次了,有两次虽然撞到了东西,但是她仅仅受了一些轻微的皮外伤而已。但是她却从来都没有在可蔽天日的沙尘暴中尝试过。基蒂一只手紧紧地抓着控制杆,另一只手拿出了一幅护目镜戴在头上,然后拉下了一侧的窗户,将头探了出去。

她越飞越低,完全看不到什么东西,却拼了命地想象地面的情形。尽管她知道大部分的沙漠都会很平坦,但是她也清楚沙漠中同样隐藏着沟壑和高耸的沙丘,等着撞击正在坠落的"好孩子"和上面的女飞行员。发现那荒芜的地表距离她的起落架不过剩下30英尺的距离,基蒂突然间觉得自己就像是一个5岁的孩子一样脆弱而无能。

地上都是沙子,但是看起来足够坚实,能够支撑住她的飞机轮子,而最值得庆幸的是,地表看起来格外光滑。基蒂放平机身,开始着陆。"好孩子"的轮胎撞到了地面上,然后弹了起来,落下去然后又弹了起来,第3次之后,飞机脱离了飞行时的速度,开始不费力气地滑行。后轮着陆后,基蒂简直兴奋地叫了起来,但是她突然间发现,前方的大地不见了。

"好孩子"从一处断崖的边缘冲了下去,如同石头一样掉入一条深邃、狭窄的干河床之中。轮子又撞到了沙地,起落架碎掉了,向前的惯性让飞机"砰"地撞向了河床另一侧的岸壁,碎石应声而落。前面的螺旋桨四分五裂,引擎被挤到了后面,伤到了基蒂的一个脚踝和膝盖。她的身体也向前冲去,本来安全带能够保护她的,但是她却忘了将搭扣拉紧,上半身整个冲向了前方,头撞在了前挡风玻璃的窗框上。基蒂陷入了一片黑暗。

基蒂·曼诺克并没有按照预定的时间到达中转站尼亚美,几个小时后,她失踪的消息已经传到了世界各地。大范围的搜索和救援行动是不可能的,那需要投入太多的精力。基蒂失踪的那片区域几乎没有人定居,不可能有人看到,那周围一千英里范围内也没有飞机。1931年的沙漠中,就是缺少充足的人和设备。

第二天早晨,位于法属苏丹塔卡尔德贝绿洲的法国外籍兵团组成了一支搜救队。他们认为基蒂会顺着穿越撒哈拉的汽车道飞行,所以他们从北方开始搜索,而泰萨里特的法国商团则有一些人驾着两辆车从南方开始搜索。

两天后,两支搜救队在汽车道上会合了,他们都没有找到任何飞机残骸,夜里也没有看到求救的篝火。他们又将范围扩大到了车道两侧20英里的范围,开始了新一轮的搜索。10天后,他们依然没有看到失事的飞机。法国外籍兵团搜救队的指挥官态度不再乐观,无论男女,在阳光炙烤的沙漠之中,没有食物,没有水,都不能活这么长的时间。现在,基蒂肯定被晒死了。

每一个重要的城市都举办了对这位最值得敬爱的飞行员的纪念仪式和活动。基蒂被认为是与艾米丽亚·阿尔哈特、艾米·约翰逊齐名的三大女飞行员之一,她的英勇精神曾令全世界为之鼓舞,而现在,她的死亡让全世界为之扼腕。基蒂是一个可爱的女人,有着深邃的蓝眼睛、黑色顺滑及腰的长发。她是一个澳大利亚堪培拉富裕牧场主的女儿,从女子高中毕业之后,开始学习飞行。令人惊喜的是,对她飞翔的梦想,父母给予了充分的支持,他们给她购买了一台二手的飞鸟牌复翼飞机,那是一架敞篷飞机,有80马力的涡流引擎作动力。

6个月后,她忍痛拒绝了亲人要求她留在家乡的恳求,孤身一人飞越太平洋,飞到了夏威夷,在一片焦急等待她的人群的欢呼中平稳降落。意料之外的热情接待令基蒂吓了一跳,她带着那张被太阳晒黑的脸,穿着一身有油污的卡其布衬衫短裤,只是疲倦地笑了笑,招了招手。她继续飞行,一次次破纪录地飞越大洋,从一个大陆飞到另一个大陆。她的壮举赢得了数百万人的心,使基蒂·曼诺克成为一个家喻户晓的名字。

这本应该是她最后一次长途飞行,之后,她就会嫁给邻居家青梅竹马的男人。自从征服了天空之后,基蒂的热情便慢慢熄灭,她希望能够安定下来，享受家庭的温暖。而且她也发现了在这个航空开拓时期许多优秀飞行员不得不面对的一个事实：荣誉至高，但收入至低。

她甚至打算取消这次飞行，但最后却固执地决定坚持到最后。现在，整个飞行员的世界都在期待着她获救的消息，而这种期待，随着日子一天天过去，渐渐变成了绝望。

基蒂直到第二天早晨才恢复了意识。当她从无尽的黑暗中挣扎起来，将眼睛透过支离破碎的挡风玻璃向外望去的时候，太阳已经炙烤着沙漠了。她的视觉有些模糊，便努力地摇了摇头，要想甩掉眼前的模糊以及头部的疼痛。她举起手轻轻地摸了摸前额，并没有破，但是发际的地方却肿了一个大包。她继续检查身上其他部位，发现飞行靴中受伤的踝部已经肿了起来，而膝盖也被扭到了。

基蒂解开安全带，推开驾驶舱的窗户，小心地爬了出去。跛着脚走出了一段距离之后，她滑坐在沙子上，开始思考眼前的情形。

很幸运没有起火，但是可靠的"好孩子"再也没有办法飞了。由于撞击，引擎的三个气缸都极度变形，机翼虽然没有问题，但是起落架却被压平了，轮子全都偏向了侧面。

需要修理的部分是如此之多，而基蒂的另一个难题是要确定自己所在的位置。她不知道自己是从什么地方掉下来的。她觉得她掉落的地方有点像是澳大利亚的回水湖，那种雨季可能会有水的干河床。只是这个里面却只有沙子，可能一百年没有过水了。沙尘暴已经停了，但是她所面对的小山丘却足有20英尺高，她看不到上面的景象——她幸好没有看到，上面一片荒芜，了无生机，没有人烟，丑陋得难以形容。

她突然间感觉到了一阵口渴，这让她想起了她的水壶。她一只脚跳着到了驾驶舱边，探身进去，从座位底下找到了水壶。这只水壶的容量只有半加仑，现在只剩下不到三分之二的水了。基蒂觉得，如果能够支撑两三天的话自己也许能够撞到好运气，因此并不敢多喝，只是抿了抿而已。

她认为自己必须要尝试着去寻找村落或公路，在飞机旁边干待着无异于慢性自杀。除非碰巧有飞机从头顶飞过,否则根本不可能被人发现。她颤抖着在飞机的影子下伸展身体,让自己努力接受面前的困境。

基蒂很快感觉到了撒哈拉难以置信的温差。白天,空气足有摄氏49度,到了晚上,则跌落到摄氏4度之下。夜晚寒冷的侵袭就像是白天的酷热一样恐怖。忍受了十二个小时的酷热之后,基蒂在沙土中间挖出了一个洞,她慢慢地爬了进去,蜷成一团,颤抖着,不安地睡到了天亮。

第二天一早,太阳还没开始发威,她觉得自己的力气已经恢复了不少,可以将遗弃飞机的计划付诸实现了。她用机翼的架子给自己做了一把拐杖,用机翼上的布料做出了一把粗糙的伞,然后用了一些小工具,将仪表盘上的指南针拆了下来。忍受着伤痛,基蒂下定决心要去寻找公路。除此之外,她别无选择。

有了一个计划让基蒂觉得舒服多了。她拿出了她的日记本,开始记录自己在这糟糕得难以想象的困境下勇敢而坚定的努力。她以记录自己的撞击开篇,然后写到自己计划顺着干河床向南而行,等发现一个容易攀爬的地方就爬上去。只要到了开阔的地方,她就一直向东走,直到发现公路或遇到游牧的部落。她将那一页日记撕了下来,用仪表盘压在地上。这样如果飞机先于她被发现,搜救队就能够找到她的方向,尽管这几乎不可能发生。

很快,温度就变得令人难以忍受。靠近悬崖壁,让基蒂的境况更加糟糕。崖壁就像镜子一样反射聚焦着阳光,她感觉自己仿佛就处于一个露天的火葬场之中。她感觉呼吸困难,还必须与大口地喝下她那宝贵的水的渴望作斗争。

基蒂出发前的最后一个举动是解开了受伤脚上的靴子,轻轻地脱了下来,痛苦令她不禁呻吟出了声。她休息了一下,然后用丝织的飞行员头巾包裹住了踝骨。之后基蒂便将指南针和水壶挂在腰间,一手将伞高高举起,另一手握住拐杖夹在腋下,在撒哈拉的烈日下上路了,虽然一瘸一拐,但却坚定无比,踩在古老河床的沙地上。

之后的一年中,对基蒂·曼诺克的搜索行动时断时续,但是搜救队既没有发现她,也没有找到她的飞机。始终都没有任何线索,既没有任何驼队在荒漠中发现过穿着20世纪30年代老式飞行服的骨骸,也没有游牧人被飞机残骸绊倒。基蒂的失踪成为航空史上的一个重大谜团。

多少年来,一直都流传着各种关于基蒂的最后命运的说法。有些说她活下来了,但却失去了记忆,以另一个身份生活在南美洲,也有很多人认为她被图瓦雷克人的部落抓住,变成了奴隶。而几年后,艾米丽亚·阿尔哈特也凭空消失,引发了人们更多的猜测。

沙漠非常善于保守秘密,沙子最终成为基蒂·曼诺克的寿衣。而关于她失踪的神秘传奇,再过半个世纪才会被世人发现。

# 第一部分 癫狂

　　1996年,德克·皮特在寻找深埋于尼罗河底的一位古代法老的灵船残骸时,在亚历山大港口附近的海滩上,从一伙暴徒手中救下了一位年轻而美丽的女子。这个女子是联合国卫生组织的夏娃·罗加斯博士……

　　罗加斯博士正在非洲沙漠调查一种令数以千计的人变得疯狂、嗜杀成性乃至最终死亡的神秘疾病——这疾病的诱因极有可能是环境污染,而这种污染前所未有,范围广泛,毒性致命,足以杀死全世界所有的海洋生物,以及人类自身……

## 1

1996年5月5日
非洲，马里，阿瑟拉绿洲

经过了几个星期或是几天的沙漠之旅，见不到任何动物，遇不到任何人，再小再原始的文明迹象也碰不到，之后，却出现了一个令人窒息的惊喜。5辆路虎上的11名乘客，外加5个司机兼向导，看到一个人类的定居点后都长长地松了一口气。在荒无人烟的沙漠中驾车行驶了一个星期后，参加为期12天的"蛮荒之旅"旅行社"穿越撒哈拉旅行团"的团员们全都又热又累又脏，能够看到其他人，找个地方好好洗个澡，让他们全都高兴得难以形容。

他们是在寸草不生的撒哈拉沙漠中间属于马里的区域内发现阿瑟拉村的。过去这片区域必然是一片河床，现在那里有一口水井，一片泥房绕井散落。外围是些废弃房屋的遗迹，也许有100座，或者更多。再外面，这片冲积平原连接着的是些矮矮的沙丘。从远处来基本看不到这个村庄，那些久经风霜的建筑与周围刻板而没有色彩的景观浑然一体。

"好了，就在那儿了。"

旅客们全都下车，聚在了旅行团的领队伊安·法尔韦泽少校身边。他们个个满面风尘，疲倦不堪。

法尔韦泽给他们解释说："你们想不到她的本来面貌的，阿瑟拉曾经是西部非洲的文化中心。有5个世纪之久，一直都是去往北方和东方的大商队、特别是贩奴团的水源补给站。"

"那它为什么会衰落呢？"一个清秀的加拿大女人问道，她缠着三角围巾，穿着短裤。

"摩尔人与法国人带来的战争，奴隶制的废除，特别是商队向西南方向的海岸线的迁徙，多种原因共同造成的。40年前，它的井水都开始干涸，大规模的死亡随之而至。现在村子中唯一有水的井，是向下又挖了将近50米才出水的。"

"并不能算是个美丽的乐园。"一个矮胖的男人轻声说道，他带一些西班牙口音。

法尔韦泽少校挤出了一个笑容。这个瘦瘦高高的前皇家海军少校深深地吸了一口长过滤嘴的香烟，然后用讲演般的声音清晰地说："现在，只有很少一些放弃了游牧传统的图瓦雷克家庭居住在阿瑟拉，他们赖以为生的，不过是一小群山羊和用村子中央的井水灌溉的一小片贫瘠的土地，偶尔也会从沙漠中挖掘些晶石，打磨之后，用骆驼运到加奥市去，当做纪念品卖掉。"

一个来自伦敦的律师，穿着整齐的卡其布旅行服，戴着藤编草帽，用一根紫檀木的拐杖指着小村："完全就是废墟。我记得你们的导游册说我们的旅行会'在阿瑟拉跳荡的篝火下尽情领略沙漠音乐与土著舞蹈的浪漫传奇'。"

"我肯定我们的先遣队员已经为你们的住宿和娱乐准备得一应俱全。"法尔韦泽用空想出来的自信安慰着律师。他向这村子远处的落日眺望了一阵，说道："天快黑了，我们最好现在开始向村子进发。"

"那里会有旅馆吗？"加拿大女人问道。

法尔韦泽强忍着才没有露出痛苦的神色来："没有，兰辛夫人，我们要在村子外面的废墟中露营。"

旅行团的团员们不约而同地发出了痛苦的呻吟。他们本来都期待能够拥有私人浴室，睡在柔软的床上。显然，温柔之乡阿瑟拉并不知道他们这些期待。

团员们重新登上汽车，沿一条破旧的路驶下河床，然后开上了通往村庄的主路。他们离得越近，越是难以想象这个地方盛极一时的往昔。街道不过都是些铺着沙子的窄巷而已。这里就像是一个散发着毁灭气息的死亡之城。昏暗的天色中，没有一盏灯，没有一只狗叫着来表示欢迎，没有一栋泥屋中能看到生命的迹象。仿佛居民们都打包搬家，消失在了大漠之中。

法尔韦泽开始觉得不安，有些事情明显不对劲，他的先遣队员不见踪迹。恍惚之中他似乎看到了一只巨大的四足动物跑进一户人家，但是一切都很短暂，他觉得更有可能是一辆开动的车的影子。

　　他想，今晚他的这群顾客肯定都会牢骚满腹。全都怪那些来过的人对这里的魅力夸大其词，说什么"一个体验撒哈拉游牧民族风情的绝佳良机，一生仅此一次"。他敢拿一年的薪水来打赌，那个文案人员肯定没有到过多佛海滩。

　　他们现在距离穿越撒哈拉的公路有80公里，距离尼日尔河畔的加奥市至少240公里。旅行团携带的食物、水、燃料都非常充足，足够他们继续剩下的旅程。所以，如果阿瑟拉发生了什么不可预见的问题，法尔韦泽完全可以继续带队前行。蛮荒之旅旅行社一向主张顾客的安全至上，28年来，他们没有一个顾客出过问题，除了那个因为自己的愚蠢去耍弄骆驼，结果被踢到了头的美国退休水管工。

　　法尔韦泽开始好奇为什么他看不到任何山羊和骆驼。沙土铺成的街道上也没有任何脚印，只有一些奇怪的爪子形状的痕迹和两道平行的圆形凹陷，就好像有人曾拉着两根圆木从这里经过。法尔韦泽觉得，部落中那些刷着红泥的石头房屋，比他上一次带旅行团来时破败了很多，而那不过是两个月之前。

　　有些事情绝对不对劲。即便是村民们因为某些诡异的原因遗弃了这个地方，他的先遣队员也应该来见他们啊。多少年来，伊本·哈吉卜和他一直共同深入撒哈拉，从来都没有令他失望过。法尔韦泽决定，让他的团员们在水井边休息一阵，稍事梳洗，便继续前进，向沙漠里面走一段再露营。最好还要派人放哨。他一边想着，一边从座位中拿出他在皇家海军时就使用的那把派彻特冲锋枪，放在两膝之间。他在枪口之上安装了一个消声器，让这个武器变得有点像是带着一个长弧形子弹状凸起的长管子。

　　"有什么不对吗？"兰辛太太问道，她和她的丈夫与法尔韦泽搭乘同一辆车。

　　"只是赶走叫花子们用的。"法尔韦泽说了谎话。

他停下了车，然后向后开，警告司机们小心防备，对任何可疑的事情都不能掉以轻心，然后掉头继续向前，带着车队穿过平凡无奇的窄窄的沙土街，驶向村子中央。最后，他们看到了一个直径约4米的石头围起的圆形水井，旁边是一片作集市之用的宽阔空地，空地中间有一棵孤零零的海枣树，法尔韦泽将车停在了树下。借着最后一点天光，他发现在水井周围的沙土地上也有他在街道上看到的那种不寻常的轨迹。他向水井中望去，在深深的石头井壁中间没有一丝反光。他记得井水中矿物质非常多，所以喝起来有一股金属的味道，而且略微呈现出绿色，但是几个世纪来，它始终都是很多生命——无论人还是动物——浇灭干渴之火的泉水。那些顾客的娇弱的胃是否能够接受，法尔韦泽并不关心，反正他只想让他们用这水梳洗，并不想让他们喝。

他指示司机们去做护卫工作，然后向团员们展示如何使用绑着一根磨损的绳索的绞盘，把一个装满水的桶提上来。在这个炎热的夏日黄昏，他们围绕着一个水源笑着闹着，如同孩子一般，很快将对荒漠篝火边载歌载舞的迷人幻想抛诸脑后。男人们都脱光了上衣，把水往身上泼，而女人们则用心地梳洗着自己的头发。

他们跳动的身影被路虎的车灯投射到村庄沉默的墙壁上，仿佛是一幕电影，看起来荒诞而滑稽，引得负责护卫的司机们都笑个不停。法尔韦泽沿着一条街道走了很长一段距离，然后到了一座清真寺旁的房子。墙看起来年久失修，穿过一段短短的弧形隧道入口便是一座庭院，里面堆满了垃圾和碎石，法尔韦泽根本难以落脚。

他将手电筒照向房子的正厅，墙是白的，不过上面积了很多灰尘，房顶非常高，柱子上面顶着的是裸露的藤席。墙壁上有许多用于放东西的凹槽，但全都空着，而地板上却满是这些东西和家具的残骸，狼藉一片。

看起来没有失窃，法尔韦泽觉得这更像是主人没有携带任何财产离开后一伙野蛮人闯了进来破坏了一通。接着，他发现在房间的一角有一堆骨骼，那是人的骨骼，这让他极端难受。

也许是手电筒的光造成的阴影捉弄着他的眼睛，但是法尔韦泽发誓自己看到一只大型的动物滑过窗子进入了庭院。他心中一阵紧张，第六感告诉他黑暗的走廊中正在酝酿着危险，于是他解除了派彻特冲锋枪上的保险。

一阵急促的声音从后方一扇关着的门内传来。法尔韦泽轻轻地踏过脚下的碎石，悄无声息地向门口靠近。如果门口藏着什么人的话，现在他们安静了下来。法尔韦泽一手在前面举着手电筒，另一手端着冲锋枪瞄准前方。然后他抬脚踢门，一脚将门踹离了门框，门板砸在地板上，溅起一团灰尘。

那里确实有个人，或者应该说，有个东西。黑色的肌肤，看起来如同从地狱中逃脱的魔鬼一般的邪恶，与其说是人，不如说更像是类人的动物，用两脚和膝盖支撑着身体，用红得像烧着的煤一样的眼睛疯狂地盯着手电筒的光束。

法尔韦泽本能地向后退。这个东西用膝盖跳了起来，向他扑了过来。法尔韦泽十分冷静，用绷紧的腹肌顶住机关枪枪把扣动了扳机。一串9毫米、100克重的子弹从枪口飞速射出，声音沉闷而压抑，仿佛是爆米花在爆裂。

那个可怕的野兽发出了一声惨叫，然后倒在了地上。他的胸口几乎被整个炸没了。法尔韦泽走到了这个蜷缩的东西身边，借着手电筒的光芒仔细观察。身体完全裸露，浑身污秽，狂野的眼睛空洞地盯着前方，原本应该是眼白的地方一片鲜红。从脸来看，这应该是个孩子，顶多不超过十五岁。

一阵夹杂着震惊与眩晕的恐惧袭上了法尔韦泽心头，有一阵子，他甚至整个人僵住了，完全忘了周围的危险。现在他知道沙子上的那些奇怪痕迹是什么了，必定整个村的人都这么爬行着在上面穿行过。他突然转身，向空地跑去，但是已经太迟了，真的太迟了。

夜色的黑暗之中，一排怪物凭空出现，怪叫着扑向了井边毫无防备的游客们。司机们根本没来得及发出警告或采取任何防御措施就被狂潮吞没。这些野蛮的家伙像豺狗一般手脚并用地爬过来，将没有丝毫防备的游客拉倒在地，用牙齿噬咬着每一寸裸露的肌肤。

在车灯的照耀下，这是一幅癫狂的景象，是一段恐怖的噩梦。游客们蜷缩着残损的身体，发出阵阵惊惧的惨叫，另外还夹杂着攻击者如妖精般的嘶嚎。兰辛太太只来得及发出一声惨叫，便消失在一大堆身体之中。她的丈夫想要爬上一辆汽车的顶棚，但最终被拖了下来，就如同落入了蚂蚁军团的一只甲虫。

精明的伦敦律师从他的拐杖上扭下了一层空鞘，抽出一把短剑，不顾一切地胡乱挥动，暂时阻挡住了攻击者，但是他们却似乎不懂得什么叫做恐惧，律师很快便被他们征服。

井周围的这片区域，充满了挣扎求生的人类。肥胖的西班牙人，身上有好几个牙齿洞，鲜血四溢，他跳进了井中想要逃生，但是四个疯狂的杀手紧随其后跳了下去。

法尔韦泽跑过来蹲下身子，朝着潮水般的攻击者们开火，小心地瞄准着不让子弹伤到自己的人。那伙家伙听不到无声机枪，根本没有理会这想不到的枪火，根本没有意识到他们旁边已经有二十几个人被放倒了。也许他们意识到了，只是根本不在乎。

法尔韦泽肯定已经打死了三十个，然后子弹用光了。他无助地站着，没有人看到他，没有人察觉到他，而那场屠杀已经慢慢地结束，他的司机和游客无一幸存。市集的空地突然间变成了屠宰场，让他一时之间难以面对。

"噢，上帝啊！"看着那些食人族的野蛮人们坐在尸体周围，疯狂地咀嚼着受害者的血肉，法尔韦泽在心中无声地感慨。他带着一种病态的入迷继续注视着面前这幕令人晕厥的悲剧，然后心中开始愤怒、恼火。他深陷噩梦之中，除了恐怖地看着之外，无能为力。

那些已经不再撕咬不幸游客的屠夫们开始向路虎车进行攻击，他们扔石头，砸玻璃，向外在的所有一切宣泄着无休的兽性。

法尔韦泽向后退了一步，躲进了黑暗中，想到自己要为这么多人的死负责让他无比难受。他没有为他们提供保护，不知不觉中将他们带入了一场血淋淋的灾难。他不断咒骂着自己无法拯救他们的无能与不敢和他们一起死去的怯懦。

依靠格外强大的意志力，法尔韦泽才把自己的注意力从市集移开，然后他跑着通过窄街，越过废弃的外围地带，一直跑入沙漠。如果要想提醒其他的荒漠旅行者阿瑟拉的巨大危险，他就必须要让自己活下去。南方另一个村庄与此距离遥远，没有水源支持是不可能到达的。因此他决定向东寻找公路，希望自己死在烈日底下之前能够碰到一辆经过的汽车或是政府的巡逻队。

他知道自己幸存的机会几乎为零，但辨认了一下北极星的位置，便开始快步前行。他一次都没有转回头去看。一切都烙印在他的脑海之中，死者们悲惨的呼号现在依然在他耳际回响。

## 2

1996年5月10日
埃及 亚历山大

夏娃·罗加斯光着脚踩在空空的沙滩上，白色的沙子在她脚下闪闪发光。她停住脚步，注视着地中海。远处的海水泛着钴蓝色，渐近海滩时慢慢变成了祖母绿，拍击到白色的沙滩时则成了碧绿色。

夏娃驾着租来的车子从亚历山大向西开了110公里，最终选择了二战时的名镇阿拉曼附近一段无人的海滩。将车停在海岸的公路边后，夏娃拎着手提包穿过矮矮的沙丘向沙滩走去。

她穿着一件珊瑚色的连体紧身泳衣，泳衣紧紧贴在她身上，就像是第二层皮肤一样，肩上披着一件与之搭配的围巾。她优雅而轻灵地站着，身体修长，皮肤是被太阳晒过的健康的颜色。金红色的头发用一条长丝巾扎起，在身后一直垂到腰际，在太阳的照射下闪烁着光芒。光滑的肌肤、高高的颧骨构成了一张俊俏的脸，一双德累斯登蓝的眼睛闪闪有神。夏娃今年38岁了，很快就不再是以"3"开头的年龄了。虽然她肯定不会登上时尚杂志的封面，但是由内而外的美丽依然令许多男人——甚至是年轻男人——深深着迷。

这片海滩看起来荒芜一片，夏娃冷静地站着，像是一只警醒的小鹿一般上上下下地打量着沙滩。这里能证明还存在其他生命的唯一标志，是路上方100米左右的地方停靠的一辆车门上漆有绿色的"NUMA"字样的切诺基吉普。她来的时候经过了这辆车才靠边停下了自己的车，那辆车的主人却无处可寻。

上午的阳光已经烤热了沙滩，夏娃光脚踩在上面甚至觉得有点烫。她向水边走去，在距离水线几米远的地方停了下来，将一张沙滩毯铺开。把手表摘下放进手提包前，她察看了一下时间。现在是10点10分。涂完防晒霜后，她便躺了下去，呼了一口气，然后沐浴在非洲的艳阳之下。

现在，夏娃依然还没有倒过时差来。从旧金山搭乘长途飞机来到开罗，然后是4天没有任何休息机会的紧急会议，不停地与医生和生物学家们探讨最近在撒哈拉沙漠南部发现的怪异失常的病例。这些耗尽心力的会议过后，在去大沙漠中实地考察之前，能够有个喘息的机会，夏娃最想要的就是让自己一个人彻底放松地休息上几个小时。温柔的海风抚摸着肌肤，夏娃满心愉快，慢慢闭上了眼睛，渐渐陷入了睡梦。

夏娃醒后，又看了一眼手表，11点20——她已经睡了一个多小时了。在防晒霜的保护下，她的皮肤并没有留下什么痕迹。这时水边有两个穿着短袖衬衫和卡其布短裤的男人正朝着她的方向走来。他们发现夏娃在观察自己的时候，便立刻停了下来，转身看海，仿佛是在观察经过的船只。这两个男人距离自己还有足足200米，夏娃便不再注意他们了。

与海岸有一段距离的水中突然出现了一些东西，抓住了夏娃的视线。一个长着黑头发的人头一下子冒出了水面，那是一个在深水之中潜泳的男人，他带着潜水面具，身穿游泳衣，仿佛是在捕鱼。夏娃看到那个男人又沉入了水中，过了很久都没有浮上来，她觉得他肯定是溺水了。但就在这时那个男人又浮上了水面，然后继续他的渔猎。几分钟后，他向着岸边游来，娴熟地借助一个海浪的力量冲向了岸边的浅滩，然后站了起来。

他手上拿着一把造型奇特的水下渔枪，长长的，有倒刺，上面缠满了医用胶布。男人的另一只手提着一条悬在腰带上的不锈钢链子，上面挂满了鱼，看起来每一尾都不低于三磅重。

除了饱受日晒的肤色，他整张脸棱角分明，没有任何阿拉伯人的特点。他浓密的黑发因为沾满了海水而贴在头顶，胸口也毛发丛生，阳光下，上面的水滴晶莹剔透。他个子很高，魁梧结实，肩膀宽阔，走路的时候带着一种很少有人会具有的自在的优雅。夏娃觉得，这个男人应该接近40岁。

男人经过夏娃身边的时候，朝着夏娃冷冷地看了一眼。两个人距离非常近，夏娃能够看得非常清楚，那双大大的浅绿色眼睛闪闪发光。他就那么直接地看着夏娃，仿佛可以看穿对方的思维和灵魂。夏娃有些担心男人会停下来搭讪，但是心底却又希望能够如此。但是男人不过点点头露出了白色的牙齿微笑一下，便继续向着公路走去。

夏娃一直注视着这个男人，直到他消失在那辆有着NUMA字样的吉普所停靠的沙丘附近。夏娃不禁心想：自己这到底是怎么了？至少应该回给对方一个微笑啊。然后，她又想到，也许这个男人连英语都不会说，所以还是不要再继续想下去了。不过，她的眼睛中出现了一种久违的光芒。她想，被一个可能永远都不会重逢的陌生异性看了那么一小会儿，就觉得自己变得年轻而兴奋了，这多诡异啊！

夏娃觉得还是下水冷静一下比较好，但是海边那两个男人又开始向她的方向靠近，他们现在正在夏娃的正前方。夏娃谨慎地认为，还是等他们走过去了再向前比较好。他们脸上并没有明显的埃及人的特点，扁平的鼻子、几乎全黑的肤色、浓密卷曲的头发，更像是住在撒哈拉南部地区的人。

他们停了下来，上上下下地观察着海滩周围，足有二十多次。忽然之间，他们向夏娃冲了过来。

"走开！"夏娃条件反射性地大叫道。她发疯似的想要赶走这两个人。其中一个留着浓密的黑色唇髭、目光混浊、长了一张老鼠脸的男人，粗暴地一把揪住了夏娃的头发，扭住了她的背。而另一个男人，笑得好像虐待狂一样，露出了满是烟垢的牙齿，跪坐在夏娃的两腿之上。夏娃感到一阵战栗。鼠脸的人骑上她的胸口，用大腿压住她的胳膊，将她往沙子里压。现在，夏娃除了手指和脚趾能动以外，一切都被人束缚住了，无助而绝望。

但是很奇怪，这两个男人的眼中并没有丝毫的欲望，他们都没有像强奸犯那样去撕扯夏娃的泳衣。夏娃又大叫一声，高亢而尖锐，但是回答她的只有涛声，海滩上并没有其他的生命。

然后鼠脸的男子用手压住了夏娃的嘴和鼻子，他开始冷静而有步骤地要把夏娃闷死。而他压在夏娃肋骨上的身体，也加重了这种效果。夏娃感觉自己彻底窒息了。

虽然极度恐慌，夏娃终于明白了这两个人想要杀死自己，尽管她觉得这简直不可思议。她想要再呼救，但是却发不出声音来。她惊慌失措，震惊得整个人有些麻木，甚至忘了痛苦。

她不顾一切地想要摆脱脸上那无情的压力，但是胳膊和手都像被老虎钳钳住一样不能动弹。她的肺想要更畅快地呼吸，却吸不到空气。黑暗开始在她的视野边际徘徊，她用尽办法想要维持清醒，却能感觉到意识正在一点点溜走。透过谋杀她的人的肩膀，她看到了那个坐在她大腿上的人正冷冷地看着自己，这张邪恶的脸，可能是夏娃这辈子看到的最后一幅画面了。

夏娃闭上了眼睛，渐渐跌入黑暗的虚无。就在最后关头，她脑中灵机一闪，觉得自己也许是正在做一场噩梦，如果再次睁开眼，就会发现一切都已经结束了。她便挣扎着再次抬起眼皮想要最后看一眼现实的样子。

这确实是一场噩梦。她简直兴奋至极。那个有着烟垢牙齿的男人不再看她了，他的两个太阳穴上都伸出了一根细细的金属杆，看上去就如同一枝正中靶心的神箭洞穿了他的头骨。他的脸上满是恐慌，身子向后摔倒，胳膊痛苦地伸展着。

鼠脸的男子正在全神贯注地想要闷死夏娃，都没有察觉到同伴出事了。一两秒钟之后，一双大手突然出现，紧紧地抓住了他的下巴和头顶，他愣了一下，然后抬起胳膊开始疯狂地想要摆脱抓住他头颅的手。夏娃觉得她的鼻子和嘴上的压力一下子消失了。这完全出乎意料的一幕变故，进一步加深了夏娃的不真实感。她认为自己就是在一个噩梦中。

夏娃听到了"嘎巴"的一声，那声音就像是咀嚼冰块的声音。然后她瞥到了杀手的眼睛，在一个被扭了一周的脑袋上，睁得大大的，眼珠突出，空洞无神地望着前方。之后，夏娃便被黑暗征服。

## 3

夏娃醒来的时候，烈日正照在她的脸上。她听到了海浪拍击非洲海岸的声音，用力地眨了眨眼，眼前的风景是她此生见过的最美丽的画卷。

她呻吟了一声，动了动，斜视着令人目眩的艳阳下海滩上平静的自然画卷。突然间，刚才被袭击的记忆涌上心头，夏娃一下子坐了起来，眼睛因为恐惧和慌张而瞪得大大的。但是杀手都不见了。他们真的存在过吗？夏娃开始觉得自己只是产生了幻觉。

"欢迎你醒过来。"一个男人的声音说道，"有一阵子我担心你可能休克了。"

夏娃转身抬头看到了跪坐在她身后的捕鱼人的笑脸。

"那些想杀我的人哪儿去了？"她的声音中透着恐惧。

"他们随着潮水离开了。"这个陌生人的声音中有着一种冷冰冰的快活。

"潮水？"

"我从小受到的教育告诉我，不要在沙滩上乱丢垃圾，所以我把他们交给了潮水。最后看到他们的时候，他们正向希腊漂过去。"

夏娃看着眼前的男人，一股寒意袭上了心头："你杀了他们。"

"他们不是好人。"

"你杀了他们，"夏娃机械地重复道，她面如死灰，就像是快吐了一样，"你就和他们一样，你也是冷血的杀手。"

男人看得出来，夏娃的眼神中流露着反感和排斥。她依然处于惊吓之中，还没有办法理智地思考。男人耸了耸肩，简单地回答道："难道你更愿意我没有插手吗？"

夏娃眼睛中的恐惧和排斥渐渐退了下去，代之以担忧。她花了一阵子才想清楚这个男人救了自己一命。"对不起，我不是这个意思。我有点晕了。

我欠你一条命，我还不知道你叫什么呢。"

"德克·皮特。"

"我是夏娃·罗加斯。"

皮特露出了一个温暖的笑容，轻轻地握了握夏娃的手，夏娃竟然觉得自己心潮起伏。她发现对方眼中只有关心，心中的所有担忧便都消失了。

"你是美国人？"

"是的。我为国家水下与海洋组织①工作，目前我们正在尼罗河作一项考古调查。"

"我以为我遭到攻击的时候你已经走了。"

"差一点。那些家伙引起了我的兴趣。我真的很奇怪他们为什么把车停在一公里之外，然后穿过整个荒芜的沙滩直朝着你走过去。所以我就兜了回来，看看他们想要干什么。"

"你是个多疑的家伙，对我来说真是太幸运了。"

"你知不知道他们为什么想要杀你？"皮特问道。

"他们肯定是劫杀游客的强盗。"

皮特摇了摇头："强盗不是这样的。这两个人没有带武器，其中一个想用手让你窒息，甚至都没有用布条之类的东西。而且他们也没有强奸你的意图。他们不是专业的杀手，否则我们两个都死定了。这很不寻常。我敢拿一个月的薪水打赌，他们肯定是受人指使的，有人想要杀你。这两个人跟着你到了一个偏僻的地方打算杀了你，然后他们肯定会往你的鼻子和喉咙里面灌海水，之后将你的尸体丢在涨潮的水线边，伪装成溺水。你能解释他们为什么要闷死你吗？"

夏娃犹豫地说道："我不相信，这完全不合理。我不过是个生物化学家，

---

① National Underwater and Marine Agency，通常被简称为 NUMA，即前文提到的皮特的车上的字母。这个机构最初是本书的作者虚构的，他的小说多以该组织成员为主人公。在 1979 年，本书作者以个人稿费收入创办了同名的非营利性公益基金会，主要的宗旨是借由资料察考与实际海底探索的方式，发现、调查、打捞或保存沉没于海底的沉船遗迹与文物，作为日后历史研究之用。现实中该组织曾成功打捞过许多历史上知名的沉船。

专门研究伤人的有毒废物的。我没有什么仇人，究竟为什么会有人想要杀我呢？"

"刚刚认识你，我想猜都没有办法猜。"

夏娃轻轻揉着自己淤青的嘴唇："全都难以置信。"

"你来埃及多久了？"

"不过几天而已。"

"你肯定做了什么事情才会把某个人惹得这么疯狂。"

"我肯定没有做过任何伤害北非人的事情。"夏娃充满了疑惑，"我来这儿如果做了什么，也是为了帮助他们。"

德克盯着沙子思考着："所以，你不是在度假。"

"我是因为工作来到这里的。"夏娃解释道，"据说，撒哈拉南部地区的游牧部落中出现了许多生理和心理上的反常变态，这引起了世界卫生组织的关注，我是被派来作调查的国际科学调查团中的一员。"

"的确很难引来谋杀啊。"皮特承认。

"简直难以理解。我和我的同事们来到这里是为了救人，我们不应该受到威胁的。"

"你们是不是认为沙漠中的变故是由有毒废物引起的？"

"现在还不知道。资料不足，难以得出正确的结论来。表面上，这很像是污染物诱发的疾病，但是到底病源是什么，还是一个谜。出现这些症状的区域几百公里范围内都没有大型的化工厂或其他有害的污染源。"

"有问题的范围有多大？"

"在过去10天内，马里和尼日尔两国爆发了超过8000例病例。"

皮特不禁挑高了眉毛："这么短的时间，这么大的数目，简直难以置信。你们怎么知道这不是细菌或病毒引起的呢？"

"就像我说的那样，病源还是个谜。"

"真奇怪媒体上没有报道这件事。"

"世卫组织坚持要等到查清病源后再放出新闻，我估计是为了防止引发恐慌。"

皮特一直都在时不时地观察着海滩，他发现在路边的沙丘后好像有东西在移动。"你们有什么计划？"

"我们的调查队明天前往撒哈拉，开始实地调查。"

"相信你也知道，我相信马里现在随时可能爆发内战。"

夏娃不放在心上地耸了耸肩。"政府已经同意随时给我们的队员派出重兵保护。"她停顿了一下，看着皮特看了很长时间，"你为什么要问这些？你的样子就像个间谍。"

皮特笑了："我只是个喜欢多管闲事，但不喜欢别人四处谋杀漂亮女士的水下工程师罢了。"

"也许是他们认错人了。"夏娃满怀希望地说道。

皮特上上下下地打量了夏娃一番，最后目光停在了她的眼睛上："不过，我认为这不可能……"说了半截，他突然紧张地站了起来，望着沙丘的方向。他的肌肉开始绷紧，弯下身子，握住了夏娃的腰，把她从地上拉了起来。"该走了。"他一边说一边拉着夏娃跑着穿过沙滩。

"你要干什么啊？"夏娃跟在后面跌跌撞撞地跑着问道。

皮特没有回答。现在沙丘后面冒起了一股浓浓的黑烟，直喷向天空。他立刻就意识到这是另一个杀手，也许不止一个，他们放火烧了夏娃的车，想要把他们困在这儿，以等待更多的帮凶赶来。

现在他都能看到火焰了。如果自己带着渔枪……不，不能哄自己，没有武器能够对抗火器。现在他唯一的希望就是杀手的同伴也没有带武器，并且没有看到自己的吉普。

他猜中了第一条，但第二条却错了。等到他们爬到最后一座沙丘的顶部时，他看到一个深肤色的男人，手中拿着一卷点燃的火炬一般的报纸，正用尽全力地想要把吉普的挡风玻璃踢碎，以便从内部放火。这个人穿得和刚才的两个人不一样，他围着一条奇怪的围巾，几乎遮住了整个脸，只露出了双眼，身上穿着一件土耳其长袍式样的及踝外套，脚上一双便鞋。他完全没有留意到皮特和夏娃正从高处看着他。

皮特停了下来，俯在夏娃耳边轻声说道："如果我出事了，你就拼命跑，跑到路边去拦车。"然后他大声喊道："不要动！"

男人惊恐地转身观望，他的眼睛瞪得大大的，里面满是恶意。就在喊的同时，皮特低下头发动了进攻，男人想依靠手中燃烧的报纸自卫，但是皮特的头却已经撞向了他的胸口，猛烈的冲击令他肋骨断裂。同时，皮特右手挥拳砸在了他的胯部。

男人眼中的恶意突变成一种惊恐，他痛苦地呼了一口气，就如同狂风正在他的肺里发威。然后双脚离地，向后摔倒，皮特凶猛的攻击令他飞到了空中。

燃烧的火炬滚落到皮特的背上，然后掉在了地上。男人的表情从震惊变成了痛苦和恐惧。他的脸开始充血，越来越红，重重地摔倒在地上。皮特迅速跪在他旁边，搜索他的口袋，空无一物，没有武器，没有证件，甚至连枚硬币都没有。

"伙计，谁派你来的？"皮特一边抓住男人的肩膀摇晃着，一边命令性地问道。

对方的反应完全在皮特意料之外。带着痛苦与懊恼，男人邪恶地盯着皮特——这种盯视，在皮特看来诡异至极，那是一个取得最后胜利的人才会有的目光。然后，这个深肤色的男人咧了咧嘴，露出了一排白色的牙齿，其中缺少一颗。他的颚部轻轻地张了张，然后又坚决地合了起来。皮特这才意识到他是咬下了致命毒药，这种毒药由塑料包装，伪装成一颗假牙装在他的嘴里。

男人的嘴角流出了涎水。那种药毒性强烈，很快就能致命。皮特和夏娃无助地看着男人的身体一点点地失去活力。他的眼睛依然睁着，空洞地盯着来临的死神。

"他是不是……"夏娃停了下来然后努力接着说下去，"他是不是死了？"

"我觉得说他断气了比较合适。"皮特的语气中没有一丝的怜惜。

夏娃抓住了皮特的胳膊作为依靠。在非洲酷热的空气中，她的手冷冷的，整个人都在发抖，眼皮都不停地跳动。过去她从来都没有目睹过别人的死亡。

47

她开始觉得恶心,但最终想办法控制住了自己的胃。

"但是他为什么要自杀?"夏娃轻声说道,"有什么目的啊?"

"为了保护与谋杀你有关的其他人。"皮特回答道。

"为了保持沉默,他就愿意牺牲自己的生命?"夏娃觉得无法相信。

"对主人狂热的忠诚。"皮特低声说道,"我估计,就算没有带着毒药,他也会找别的办法。"

夏娃摇了摇头:"简直疯了。你讲的像是一个惊天阴谋。"

"面对事实吧,女士,有人正不择手段地想要除掉你。"皮特看着夏娃,夏娃的样子就好像是一个在超级市场迷路的小女孩,"你有一个敌人,他不想让你出现在非洲。如果你想要活下去,我建议你搭下一班飞机回美国。"

夏娃似乎一片茫然:"不,很多人都要死了,我不能走。"

"你很难被说服。"

"想象一下如果你是我,你会怎么做?"

"幸好我不是。你的同事们,他们可能也是攻击目标。如果这件事情与你们要调查研究的事情有关,那么他们肯定也有生命危险,我们最好快点儿回开罗提醒他们。"

夏娃低头看了一眼地上的死人:"你打算怎么处理他?"

皮特耸了耸肩:"把他扔到地中海去,让他去找他的朋友吧。"然后一抹带着坏意的微笑爬上了他的脸,"不知道他们的头目如果发现自己的杀手都凭空消失,而你却依然好像什么事都没有发生一样地四处晃荡,会作何表情,我真想看看。"

4

得知沙漠旅行团没有如期到达梦幻之都廷巴克图的时候,蛮荒之旅旅行社开罗办公室的公司管理人士意识到肯定出问题了。24个小时之后,本应该把乘客送到摩洛哥的飞机从南向北进行了一次搜索,但是却没有发现任何汽车的踪迹。

3天过去了，法尔韦泽少校依然没有任何音讯，人们便更加担心了。马里政府的负责人士得到了消息，他们非常配合，派出了空军和陆地汽车部队逆着旅行团既定的路线进行巡逻搜索。

在这次耗时4天的大搜索之中，马里人并没有找到任何人或任何汽车的踪迹。一个空军飞行员飞过了阿瑟拉，他的报告说那里除了一座死气沉沉的废村之外一无所有。恐慌便成了人们的主导情绪。

第7天，一个法国的石油勘探队，在沿着穿越撒哈拉的公路向南推进的过程中，发现了法尔韦泽少校。

在那片散落着点点岩石的平原之上，天空开阔无边，空空荡荡，太阳垂直地炙烤着大地，空气之中，热浪摇曳不定，跳着婀娜的舞蹈。热浪塑造的美丽幻象中，突然出现了一种扭曲，让法国的地质学家们大吃一惊。过了一阵，幻象似乎摆脱了扭曲，重获自由，又在热腾腾的变了形的空气中扩展伸张，投射出光怪陆离的影子。

等到走近了，他们才看出来，原来那是一个人，那个人正像疯子一样狂乱地挥舞着手臂，直直地朝着他们蹒跚而来。然后他踉跄着停了下来，摇晃着身子揉了揉自己满是沙尘的脸。雷诺卡车的司机被吓了一跳，很晚才想起来踩刹车，为了回到那个人身边，不得不掉转车头，车边扬起一片沙尘。

法尔韦泽已经精疲力竭，奄奄一息。他严重脱水，由于不断出汗，他身体上已经有了厚厚一层盐霜。在法国人慢慢地将水滴到他的舌头上后，他很快恢复了意识。4个小时之后，他喝掉了差不多两加仑的水，体液循环才开始恢复正常。法尔韦泽便开始用他极度沙哑的喉咙，讲述自己从阿瑟拉的大屠杀中逃生的经过。

这群法国人中有一个能听得懂英语，对他来说，法尔韦泽的故事简直就像是酒后的胡言乱语。但是人们还是毫不犹豫地相信了法尔韦泽的说法，商量了一小会儿后，他们小心地将法尔韦泽抬到了卡车后面，然后开始向尼日尔河畔的加奥市前进。天刚黑他们就到了城中，车直接开去了市医院。

经过细心的检查，法尔韦泽很快便舒服地躺在病床上，得到了医护人员的照顾。法国人觉得这件事情通知马里安全部门的主管比较明智。他们被告知要写一份详尽的报告，而此时管理加奥市军队的上校则将这件事情报告给了在首都巴马科的上司。

令法国人吃惊和愤怒的是，他们被拘禁了起来。第二天，一个审问团从巴马科赶来，对法国人就发现法尔韦泽的事情进行了单独审问。这些石油地质学家们要求与自己国家的领事馆进行联系，但是却没有得到任何答复。他们开始拒绝合作，审问过程便变得非常丑陋了。

这些法国人进入了这个城市的安全部，就再也没人见过他们，这里并不是第一次发生这样的事情。

石油公司马赛总部的主管怎么也收不到自己石油勘探队的消息，开始十分担心，他们也要求进行一次搜查。马里安全部门又上演了一个荒漠搜索的戏码，然后声称除了被遗弃的石油公司的雷诺卡车之外，什么都没有发现。

最后，大漠中失踪人员的名单中又加入了法国地质学家的名字和蛮荒之旅旅行社失踪游客的名字，结局不过如此。

加奥市医院的砖砌门廊的顶端造型非常诡异，哈若恩·马达尼医生就站在门廊下的台阶上，不安地盯着眼前满是灰尘的街道。街道一边是破败的殖民地时期的旧建筑，另一边是只有一层的泥砖房。北方吹来的风给城市带来了一件沙子做成的外衣。虽然这里曾经是三个伟大帝王的首都，但现在不过是一片法国殖民地衰败后遗留的小城。

夜祷的召唤从清真寺上面高高的尖塔中传出，飘荡在整个城市。现在无论是穆斯林的圣人作的祷告，还是宣礼员的召集，都不再虔诚。过去的宣礼员会顺着窄窄的楼梯爬上高塔，用自己的声音作为召唤的号令，现在他们却待在地上，用麦克风和扬声器引领祈祷者们去寻找真主和先知穆罕默德。

距离清真寺不远，宽广而又美丽的尼日尔河轻缓地流淌着，一弯凸月在波心荡漾。尼日尔河曾经水量充盈,河水深沉,但现在不过是过去的一个拙劣的仿制品。几十年的干旱将它变成了一道浅浅的溪流,河上挤满了自称为小艇的小船。一度,河水可以拍打到清真寺的基石,但是现在只能在两个街区的距离外缓缓流淌。

马里人种众多,有肤色很浅的法国人和柏柏尔人的后裔,有暗棕色皮肤的沙漠阿拉伯人和摩尔人的后裔,有黑非洲人的后裔。马达尼医生的皮肤就黑得像煤一样。他脸上有着深陷的黑眼睛和宽阔的扁平鼻子,是十足的黑人的面部特征。他现在快50岁了,是个大个头,脸上长着方方的腮帮子,腰间很多赘肉。

他的祖先本是曼丁哥人,1591年,被侵占了该地的摩洛哥人当做奴隶带到了北方。小的时候,他父母在尼日尔河南岸有一片肥沃的土地。他是被法国外籍兵团的一个少校养大的,然后被送往巴黎学习医学,人们从来没有告诉他为什么会是这样。

看到一辆老式的独一无二的汽车的黄色车灯时,医生僵住了。那辆车安静地驶过崎岖不平的街道,优雅的玫瑰红车身在晦暗破败的泥土建筑之中格外显眼。1936款的飞行瓦赞,散发着一种庄严而优雅的光芒。这款车的造型是二战时期的空气力学专家们、立体派艺术家们与建筑大师劳埃德·莱特共同造就的。它六汽缸的套阀发动机提供的动力持久平稳,而且非常安静。这件毋庸置疑的大师之作,在马里是法属西非共同体一员的时候,属于当时的总督。

马达尼认识这辆车,几乎马里所有城市的居民都认识这辆车和他的主人。每次这辆车经过身旁,人们都不禁紧张得不知所措。医生发现这辆车后面还跟着一辆军用救护车,一个令他担心的问题涌上了脑海。司机毫无声息地将车停下之后,医生走向前去,打开了后门。

一个高等级的军官从后排座位上站了起来,扶着一个瘦瘦的穿着手工缝制制服的人,他衣服上的熨缝足可以切断冷黄油。与喜欢在胸口装饰一大堆金属勋章的其他非洲领导人不同,札台伯·卡兹穆将军军装外套上只有一条金绿两色的勋带。他头上缠着一块简装版的图瓦雷克人蓝头巾,脸孔上有摩尔人的面部特征,眼睛眼白很大,眼珠是很小的黄点。如果不看他的鼻子,他也可以算是英俊,但是他的鼻子既不直也不挺,只是一个小圆球,下面是一片稀疏的一直蔓延到腮帮子上的胡须。

札台伯·卡兹穆将军就好像华纳兄弟出品的老式卡通片中出来的和蔼的坏蛋一样。除此之外,没有别的方式可以形容他。

他趾高气扬地掸了掸制服上并不存在的尘土,一副自以为是的模样。对马达尼,他只是稍微点了点头。

"他准备好转移了吗?"他的音调沉缓。

"法尔韦泽先生已经彻底恢复了身体的机能,"马达尼回答道,"而且,按照您吩咐的,服用了大量的镇静剂。"

"被法国人带来这儿之后,他有没有见过任何人,或是和任何人讲过话?"

"照顾法尔韦泽的只有我和一个来自塔卡拉部落只会说富拉方言的护士。此外,他没有见过任何人。我同样遵照您的命令,给了他一间远离其他病房的单人房间。也许,我还应该告诉您,他在这儿的所有记录都被销毁了。"

卡兹穆似乎很满意:"医生,谢谢你,对于你的合作我非常感激。"

"我能问一句您会把他带到哪儿吗?"

卡兹穆露出了一抹死神样的笑意:"提比扎。"

"不!"马达尼快速地轻声说道,"不是提比扎那些用做刑事判决的金矿吧?只有犯了叛国罪的人和谋杀犯才会被判处到那里忍受折磨,慢慢等死。这个人是个外国人,他到底做了什么,会落得这样下场呢?"

"那无关紧要。"

"他到底犯了什么罪?"

卡兹穆上上下下地打量着马达尼,仿佛马达尼就像是一个惹人厌的虫子,冷冷地说道:"不要问了。"

一个可怕的想法掠过了马达尼的脑海:"那些发现了法尔韦泽并把他送来的法国人呢?"

"同样的下场。"

"在那些金矿里人们都活不了几周。"

"这怎么都比直接杀了他们要好,"卡兹穆耸了耸肩,"让他们在卑贱的生命最后的时间里做一些有用的事情。金库对我们的经济来说非常有用。"

"您是一个非常英明的人,将军。"马达尼奴颜婢膝的后面隐藏着无尽的愤怒。卡兹穆拥有无尽的权力,他既是法官,也是陪审团,还是刽子手,暴虐无比,这就是马里人的现实生活。

"我很高兴你这么想,医生。"他像看着法庭上的犯人一样看着马达尼,"为了我们国家的安全着想,我希望你忘了法尔韦泽,将所有有关他的记忆都抹除。"

马达尼点了点头:"是的。"

"愿邪灵永远不会降临于你的人民与你的财物。"

医生非常明白卡兹穆的意思。这句游牧部落中人们之间问候的话语涉及家庭,马达尼有一个大家庭。只要他能保持沉默,他们就能平平安安。反之,是他绝对不想看到的后果。

几分钟后,两个卡兹穆的护卫人员用一架担架将毫无知觉的法尔韦泽抬了出来,放在了救护车上。将军给了马达尼一个礼节性的军礼后走进了自己的车。

两辆车渐渐驶入黑暗之中后,马达尼医生的血脉中突然翻腾起一股战栗的恐惧。他发现自己突然间很想知道他到底参与制造了怎样可怕的悲剧,然后便暗自祈祷自己永远都不要知道这个问题的答案。

## 5

在尼罗希尔顿饭店的一个套房中,弗兰克·霍普坐在一张真皮沙发中全神贯注地听着。伊斯梅尔·耶利在咖啡桌对面的一张椅子上若有所思地叼着一个海泡石烟斗,烟斗的斗部被雕琢成一个缠着苏丹头巾的人头形状。

紧闭的窗户挡不住开罗熙来攘往的交通的声音，即便身处如此环境之中，夏娃依然无法接受沙滩上那场接近死亡的噩梦。现在，记忆已经开始变得不甚真切，但是霍普博士的声音让她把注意力拉回了此时此刻这间会议室中。

"你肯定那些人试图要杀你，没有半点不肯定？"

"完全没有。"夏娃答道。

"从你的描述来看，他们好像是黑非洲人。"伊斯梅尔·耶利说。

夏娃摇了摇头："我没有说黑，他们只是肤色有些重。从面部特征看，他们的棱角和轮廓都更分明，介于阿拉伯人与东印度人之间。那个烧了我车的人穿着一件宽松的袍子，戴着一个厚厚的裹得很复杂的头巾。我能够看到的就是他的眼睛是黑色的，鼻子有点儿鹰钩。"

"那种头巾，是不是棉布的，反复裹缠在头部和下巴上？"耶利问道。

夏娃点了点头："看起来非常长。"

"什么颜色的？"

"蓝色，颜色很深，像是墨水的颜色。"

"靛蓝色？"

"嗯，"夏娃回答道，"差不多是靛蓝色。"

伊斯梅尔·耶利若有所思地沉默了好一会儿。他是世界卫生组织的协调员与后勤人员，精明干练，反应敏捷，对于细节有一种病态的追求和热爱，同时非常富有政治头脑。他老家在土耳其的地中海港市安塔利亚，他自称是库尔德人的后裔，在卡帕多西亚腹地长大。他是一个不怎么虔诚的穆斯林，已经有很多年没有进过清真寺了。他有着绝大多数的土耳其人都有的厚厚的黑头发，和两道几乎连在一起的浓眉，以及密密的唇髭。他似乎从来都不缺乏幽默，嘴唇总是弯出一抹笑意，但背后却藏着极端复杂的心理。

"图瓦雷克人。"最后，他下了结论。声音轻之又轻，霍普不得不把身子靠了过去问道："你说什么人？"

耶利隔着咖啡桌看着医疗组的加拿大领队。霍普是一个沉默寡言的人，很少说话，一直在倾听。大个子，幽默，有着一张长满了大胡子的红脸膛，只要再拿上一把战斧，戴上一顶头盔，霍普就是活脱脱的著名维京海盗红毛埃瑞克。他机敏聪明，思维开阔，是当今世界上最好的毒物学家之一。

"图瓦雷克人。"耶利重复了一遍。图瓦雷克人曾经数次击败了法国人和摩尔人的军队，是沙漠枭雄，也许是枭雄中最传奇最伟大的。现在，他们不再抢劫游牧，有些以养山羊为生，有些在撒哈拉沙漠边陲的城市乞讨。他们的头巾和阿拉伯的穆斯林不同，展开来足有一米长。

"但是一伙沙漠游民为什么要赶走夏娃呢？"霍普问道，似乎只是自言自语，"我找不到动机。"

耶利摇了摇头，似乎并没有什么特别意味。"看样子，是他们里面有人，至少有一个人，不希望看到夏娃，也许——我们应该把他们要对付的范围扩大到整个西南沙漠有毒污染物调查队的成员。"

"可是还不过是猜测。"霍普说道，"我们根本不知道是否污染物就是元凶，那种神秘的瘟疫也许是病毒和细菌引起的。"

夏娃点了点头。"皮特也是这么猜测的。"

"你说什么人？"霍普第二次提出这个问题。

"德克·皮特，那个救了我的人。他说有人不想我留在非洲。而且，他还认为你们和其他的人也会受到攻击。"

耶利猛地抬起了头："难以置信，这个家伙觉得我们正在对付的是西西里黑手党吗？"

"你真幸运能够碰到他。"霍普则评价道。

耶利喷出了一口淡淡的烟，然后盯着烟雾沉思。"看起来是巧合，那么空旷的海滩上，仅有的一个人居然有勇气去面对三个杀手。几乎可以说是个奇迹，或者说……"他故意停了很久，"像是预先设计好的。"

听到这种质疑，夏娃瞪大了眼睛："伊斯梅尔，你最好忘了这种猜测。"

"也许，他出现就是为了吓唬你，让你回美国。"

"我亲眼看到他杀了那三个人。相信我，没有什么阴谋。"

"他把你送回酒店之后你有他的消息吗？"

"前台有一句留言，说他想邀请我今晚和他共进晚餐。"

"而你坚持认为他是个碰巧路过的勇士。"伊斯梅尔继续坚持着自己的猜测。

夏娃没有理他,而是看着霍普:"皮特说他在埃及为国家水下及海洋组织在尼罗河进行一项考古调查,我没有什么理由怀疑他。"

霍普转头看着耶利:"这很容易去核实真伪。"

耶利点点头:"我一会儿就给一个朋友打电话,他是NUMA的海洋生物学家。"

"现在问题依然是动机。"霍普的声音轻得几乎没有。

耶利耸了耸肩:"如果夏娃遭遇谋杀是一场阴谋的话,也许是想恐吓我们,强迫我们取消任务。"

"是的,但是我们有5个独立的调查队,每个队6个成员,分别前往南方沙漠,要去的地方从苏丹到毛里塔尼亚,有5个国家,没有人强迫我们来,是他们的政府向联合国求援,想找到他们国家内蔓延的这种奇怪的疾病的病因。我们是被邀请的客人,不是不受欢迎的敌人。"

耶利看着霍普:"弗兰克,你忘了,有一个政府不想要我们来。"

霍普冷冷地点了点头:"你说得没错,我忽略了马里总统塔哈尔。他非常不愿意让我们进入他的国境之内。"

"更确切地说是卡兹穆将军。"耶利说道,"塔哈尔不过是个傀儡,札台伯·卡兹穆才是马里政府幕后真正的黑手。"

"他为什么要反对这些不会害人的生物学家去救人呢?"夏娃问道。

耶利翻了一下手掌:"我们可能永远都不会知道。"

"看起来也许是时间上的巧合,"霍普轻声地说道,"去年一年中,在马里北部的荒漠中,经常会有些人,特别是欧洲人,莫名其妙地消失。"

"比如,那个上了头条的旅行团。"夏娃说道。

"他们去向何方,命运如何,始终是个谜团。"耶利补充道。

"我不敢相信这种悲剧和夏娃受到的攻击之间会有什么联系。"霍普说道。

"但是,假如我们认为卡兹穆将军就是袭击夏娃的幕后首脑,那我们就有理由认为，他的间谍肯定知道夏娃是马里调查队的成员之一。根据这些信息，他下令杀手杀一儆百，让我们离他的骆驼场远远的。"

夏娃笑了起来："伊斯梅尔，你的想象力太丰富了，简直可以算是一个好莱坞的大编剧了。"

耶利的眉毛皱到了一起："安全起见，我觉得马里调查队有必要在查清楚这件事情前一直待在开罗。"

"你反应过度了。"霍普说道，"夏娃你怎么认为呢，要不要取消这次任务？"

"我愿意去冒冒险。"夏娃说道，"但是我不能代表其他的组员。"

霍普盯着地板，点了点头："那么，我们就征求志愿者。我不想取消马里的调查，不能就这么不明不白地看着数以百计、千计的人死去。我会亲自带队。"

"弗兰克，不要这样。"夏娃打断了他的话，"如果发生了什么怎么办？你德高望重，经验丰富，我们不能没有你。"

"我们有责任尽早向警察报告。"伊斯梅尔坚持道。

"理智点，伊斯梅尔，"霍普不耐烦地说道，"去向当地的警察报告，他们就会留住我们，延误我们的调查。我们也许得花一个月的时间去应付重重官僚机构，我不想去面对中东官僚作风的纠缠。"

"我的一些关系也许可以让我们绕开这些形式。"耶利恳切地说道。

"不，"霍普的态度坚决，"我希望所有小组都能如期登机，直飞既定的目的地。"

"对我们组来说，就是明天早晨。"夏娃说道。

霍普点了点头："不要耽搁，不要延期，我们明天早晨的第一件事情就是上路。"

"你是在毫无必要地在拿生命冒险。"耶利低声说道。

"除非我上保险。"

耶利不解地看着霍普："保险？"

"实际上，是新闻发布会。离开前，我要把在开罗的新闻机构和国外媒体派出站都找来，说明我们的任务，特别要强调马里，当然，我要说明其中潜藏的危险。到时，国际新闻的聚光灯都在我们身上，卡兹穆将军再想对我们下手，就得三思而后行了。"

耶利重重地叹了一口气："希望如此吧，我诚心希望如此。"

夏娃走了过来，走在了耶利身边："不会有什么问题的。"她轻声地说道，"我们不会遇到什么危险的。"

"难道我说什么都不能阻止你们吗？你们必须去吗？"

"如果我们不去，也许数以千计的人会因此而死。"霍普坚定地说道。

耶利悲伤地看着他们，沉默地点了点头表示认可，他的脸瞬间变得煞白。

"那么希望安拉保佑你。如果他不这么做，你们必死无疑。"

## 6

夏娃走出电梯的时候，皮特正站在尼罗希尔顿酒店的大厅里。他穿着一套茶色的府绸衣服，单排纽扣的夹克，打褶裤子，浅蓝色的衬衫，戴着一个黑金两色螺旋花纹呢镶边的深蓝色绸子波堤切利式领结。

他平静而放松地站着，手背在身后，头略微歪向一侧，打量着身边一个年轻漂亮的埃及女人。这个女人头发烫过，身穿贴满了亮片的紧身裙子，走过酒店大厅，散发出一阵炫目的光芒，不过她挎着的男人年龄却足有她三倍。这个女子步态轻盈，丰满的臀部就如同钟摆一般摇来摇去。

皮特的表情中没有任何的艳羡或饥渴，他完全是出于好奇地看着眼前的一幕。夏娃走到他身后，轻轻碰了碰他的胳膊肘，笑着问道："喜欢她？"

皮特转过身来，用夏娃有生见过的最绿的眼睛望着夏娃。"她看起来确实艳光四射。"皮特的嘴角微微上扬，夏娃觉得其中透着一种破坏的力量。

"是你喜欢的类型。"

"不，我更喜欢安静、睿智的女人。"

夏娃觉得皮特的声音低沉醇厚。她从皮特身上闻到一股男士古龙水的味道，不是那种法国香水公司为某些追求时髦的人设计的刺鼻香水，而是一种更加有男子气息的味道，令人发晕。

"我希望我能把这当做一种恭维。"

"你可以。"

夏娃的脸一下子红了，眼睛下意识地垂了下来："我明天得一早赶飞机，所以今天需要早点睡觉。"天啊，糟透了，夏娃心里想到，自己的表现就好像一个在大学新生舞会上初次见到心仪对象的小女孩。

"真遗憾。我原本打算在外面玩上一整夜，带你去逛遍开罗的大街小巷犄角旮旯，那些游客们都不知道的好地方。"

"你是认真的吗？"

皮特笑了："不是。实际上，我觉得我们不要上街，就在你的酒店里面吃饭比较明智。那些人也许还会想再次尝试。"

夏娃看了看拥挤的大厅："酒店挤满了人，希望我们能够找到空桌。"

"我预约了。"皮特说着牵起了夏娃的手，领着她走进电梯，去往顶层的豪华餐厅。

夏娃和其他女人一样，喜欢勇于承担责任的男人。她同样喜欢在电梯上升的过程中皮特轻轻而又坚定地握着她的手。

餐厅领班将他们带到了一张窗口边的桌旁，这里能够看到开罗和尼罗河的壮丽景色。夜色中灯火点点，河桥挤满了汽车的车灯，大街小巷中，马拉的邮车、观光马车和汽车混在一起，真正构成一条车水马龙。

"如果你不坚持要喝鸡尾酒，"皮特说，"那我建议咱们喝些葡萄酒。"

夏娃点了点头，浮现出一个满意的笑容："我没什么意见。为什么你不把所有菜都点了？"

"我欣赏敢于冒险的人。"皮特笑了，他迅速地浏览了一下酒水单，"我们来尝一下格兰纳克利斯乡村。"

"很明智，"服务生说道，"这是我们当地最好的干白葡萄酒之一。"

然后皮特点了一道用芝麻和茄子做的开胃菜，一份叫做乐班扎布迪的酸奶，一碟腌蔬菜，一篮全麦比塔饼。

酒送来斟满之后，皮特举起了杯子："祝你旅程愉快，顺利完成考察。希望你能找到所有想要的答案。"

"也祝你的河上考察安全。"夏娃的眼中出现了一丝好奇，"只是你在找什么？"

"古代沉船。比较特别的一个，是一艘灵船。"

"听起来很吸引人。属于谁的，我听说过吗？"

"古代一个叫做门卡拉的法老，或者你更熟悉希腊的说法——梅塞瑞斯。他属于第四王朝时期，吉萨三个金字塔中最小的那个，就是他建的。"

"他没有葬在自己的金字塔里吗？"

"1830年，一个英国上校在墓室的石棺中发现了一具尸体，但是经过对骸骨的分析化验证实，既不是古希腊时期的，也不是古罗马时期的。"

开胃菜上来了，他们充满了期待，将炸茄条蘸上了芝麻卷在蔬菜中吃了起来。皮特向站在一边的服务生点了主菜。

"你们为什么会认为门卡拉会在河里面？"夏娃问道。

"最近开罗附近的一个采石场挖掘出一块有古代象形文字的石头，上面说他的灵船起了火，最后沉入河底，失事的地点在当时的首都孟菲斯和吉萨的金字塔之间。石头上还简要地写到了他真正的棺材，说里面有木乃伊和一大批珍宝。到现在都还没有人发现过。"

酸奶上来了，十分稠，夏娃看着有些犹豫。

"尝一下，"皮特鼓励道，"乐班扎布迪不仅会改变你美式酸奶的口味，而且还能清理肠胃。"

"你的意思是说搞乱？"她舀了一勺酸奶放进嘴中，美味得超乎想象，她开始尽情享受，"那如果你找到了灵船会怎么样？你能拥有那些财宝吗？"

"很难，"皮特回答道，"一旦我们的探索仪器发现了目标，我们就会做上标记，将地点报告给埃及考古协会的考古学家，等他们募集到资金便开始挖掘。"

"难道沉船不是就在河底吗？"夏娃问道。

皮特摇了摇头："45个世纪了，泥沙早把一切都埋起来了。"

"你觉得会被埋多深？"

"我没有十足的把握。根据埃及的历史和地理的记录，从公元前2400年到现在，我们要搜索的那一段河道已经向东移动了大约100米。如果现在是河床附近的干地，沙子和泥下面3到10米都有可能。"

"这个酸奶好极了，我很高兴自己听了你的建议。"

服务生端来了一个摆满了盘子的银托盘，上面有一盘辣味的烤羊肉串，一盘炭烤龙虾，一盘像是炖菠菜的东西，和一份加了很多牛肉、葡萄干、坚果的米饭。在服务生的热情推荐下，皮特又点了一些辣酱。

"那么，你要去沙漠里调查的是什么奇怪的疾病呢？"

"来自马里和尼日利亚的消息非常有限，很难得出明确的结论。根据传言说是有毒污染物中毒引起的通常症状，先天缺陷，痉挛，抽搐，休克，死亡。也有生理和心理方面的反常……这个羊肉的味道真棒。"

"蘸些酱尝尝。那个浆果酱和羊肉的味道非常搭。"

"绿的那个怎么样？"

"我不大肯定，那个酱有点儿甜又有点儿辣。用龙虾蘸下试试。"

"美味至极。"夏娃说道，"每道菜都很好吃，除了那个菠菜样的东西，味道太浓了。"

"当地人管这种菜叫谋鲁克耶，你得学着欣赏它。说回到有毒污染物，都是些什么怪异的症状？"

"人们揪自己的头发，拿头撞墙，把手往火里伸，不穿衣服，走路像动物一样四脚着地，吃死尸，就好像他们突然退化成了蛮荒的食人族。这个米饭也很棒，叫什么？"

"卡哈尔塔。"

"我希望我能从厨师那里要到菜谱。"

"我觉得有的商量。"皮特说道，"我刚刚没有听错吧？那些中毒的人吃人肉？"

"这种表现与他们的文化习俗有很大关系。"夏娃一边说着一边沉浸在卡哈尔塔的美味中，"举个例子来说，第三世界国家的人们比欧美人更加习惯屠杀动物。当然,我们也时不时地参与杀生,但是他们能够在市场中就看到还没剥皮的动物,或者从小就会看着自己的父亲宰杀部落里的羊。孩子们很小的时候就被教育如何去捕猎兔子、松鼠或小鸟,然后剥皮取出内脏烤来吃。对于生活在贫困里的人来说,这种原始的残忍与血腥是司空见惯的。他们必须要杀生,这样才能活下去。当一些微量的致命有毒物在他们的血液中日积月累,他们的生理机能就会慢慢遭到破坏,大脑、心脏、肺脏、消化系统,甚至是基因。他们的感觉变得麻木,开始有精神分裂的症状,道德心理瓦解。他们便和普通的人不再一样。对他们来说,将一个认识的人杀掉吃了,突然间变得就好像扭断小鸡的脖子来做晚餐一样稀松平常……我喜欢那个酸辣味的酱。"

"那个的确很好。"

"卡哈尔塔更好。另一方面,我们这些文明人,习惯了在超市里面买已经处理好的、甚至是切好的肉。我们从来都没有见过杀牛宰羊的事情,这些有趣味的部分我们都没有经历过,所以,我们更习惯于简单地表达恐惧、焦虑和痛苦。也许有人会打枪,或是发疯杀了邻居,但是我们却不会吃人。"

"什么样的有毒污染物能够引发这样的问题呢?"皮特问道。

夏娃喝光了她的酒,服务生上前又倒满了一杯。"还不一定就是有毒污染物。不过通常,铅污染能让人行为失常,也能引发血管爆裂,使人眼白变成红色。"

"你还有肚子吃甜点吗?"皮特问道。

"所有东西都太好吃了。我能挤出来。"

"喝咖啡还是茶?"

皮特示意,服务生像滑冰一样轻快地走到了皮特身边:"给这位女士一份安阿里,再来两杯咖啡,一杯美式,一杯埃及口味。"

"安阿里是什么?"

"一种加了牛奶的面包布丁,上面有松果。很适合吃了一顿大餐之后暖胃。"

"听起来就很不错。"

皮特向后靠在椅子上，他棱角分明的脸上写满了担忧："你说你明天要搭飞机，你依然打算去马里吗？"

"还要扮演我的保护神？"

"在大漠中旅行是个要命的事，高温不是你唯一的敌人。那还有人等着要你和你那些好心的同事的命。"

"而那里没有穿着白色铠甲的骑士来救我于危难。"夏娃的语气中带着一丝揶揄，"不用吓唬我了，我会照顾好自己的。"

皮特目不转睛地看着她，她能够看得出来，皮特的眼睛中有一种伤心。

"你不是第一个这样说，但最后却伤痕累累地躺在停尸房的女人。"

而在饭店的另一个大厅中，弗兰克·霍普博士正把所有精力都投入在一个新闻发布会上。与会的人员非常棒。一小群中东地区有影响力的报纸的记者，还有四家国际新闻机构的办事处，另外埃及当地电视台的摄像机此刻也对准了他。记者们都在用各种各样的问题围攻他。

"霍普博士，你认为这次环境污染的范围有多广？"路透社的一位女记者问道。

"我们必须得等我们的小组深入了那里进行过调查之后才能知道。"

一个拿着录音机的男记者挥着手："你知道污染的来源吗？"

霍普摇了摇头："目前为止我们还没有答案。"

"有没有可能是法国在马里的太阳能解毒工程造成的？"

霍普走到一张悬挂着的南撒哈拉区域的大地图跟前，拿起一根教鞭，指着马里北部一片荒漠："法国的工程在这儿，佛瑞尔堡垒，离已知最近的病区有两百多公里。太远了，不可能是直接的污染源。"

一个来自《明镜周刊》的德国记者站了起来："难道风不会传播污染物吗？"

霍普摇了摇头："不可能。"

"你怎么能如此肯定？"

"在最初的策划阶段，我和来自世界卫生组织的同事科学家都与马萨德太阳能企业的工程师进行了细致的探讨，他们非常了解情况。所有有毒废物都能被太阳能分解，转变成无害的蒸汽。他们排出的所有东西都是受到监控的，不会有任何有害物质被风送到几百里外伤害到人的。"

一个埃及的电视台记者将一只话筒递到了前面："你们计划去的那些国家是否愿意与你们合作呢？"

"大部分都对我们敞开了热情的怀抱。"

"你早先提过马里的塔哈尔总统有些不愿意让你的调查队进入他的国家。"

"的确。但是如果我们到达后向他表明我们人道主义的目的，我希望他能够改变心意。"

"所以你觉得你们不会因为介入了塔哈尔政府的事务而存在生命危险？"

霍普的声音中开始燃烧起了愤怒。"真正的危险是他那些军师顾问们的错误想法。他们就这么对疾病不管不顾，任其蔓延发展，就好像没有发生一样。"

"但是你是否认为你的团队在马里是安全的？"

霍普狡黠地笑了，这个问题正是他所期望的。"如果真的发生了这样的悲剧，我祈求你们，媒体界的女士们先生们，请查明真相，向世界揭露这个罪恶的集团在自家台阶上所犯的暴行。"


晚餐后，皮特将夏娃送到了房间门口。夏娃手中不安地玩弄着钥匙，心中拿不定主意。她告诉自己，完全有理由邀请皮特进去，她欠他一条命，而且她心中对皮特充满了渴望。但是夏娃最终遵从了传统的规矩，认为很难和随便一个对自己表现出好感的男人直接上床，即便这个男人救过自己的命也不行。

皮特将夏娃从脖子一直涌到脸上的红晕都看在眼里。他低头看着夏娃的眼睛，蓝得像南方的星空。他轻轻地把她抱在怀中，夏娃有些紧张，但是并没有拒绝。

"取消你的航班。"

夏娃转开了脸:"我不能。"

"那我们也许永远无法再次相见了。"

"我必须去工作。"

"等你结束工作呢?"

"我会回到加州太平林的老家。"

"很美的地方,过去我经常开着老爷车去参加卵石海滩的优雅拉力赛。"

"那里6月很漂亮。"夏娃的声音有些发抖。

皮特笑了:"那么到时候我们一起徜徉蒙特利海湾。"

他们仿佛已经在茫茫人海中结成了知己,短暂的分离会种下彼此吸引的种子。皮特轻轻地吻了吻夏娃,然后退后一步:"尽量绕开危险,我不想失去你。"

然后他转身走向了电梯。

## 7

无数个世纪以来,埃及人和植物都竭尽全力地在尼罗河碧蓝的河水与撒哈拉苍黄的大漠之间扎稳脚跟。从中非发源,蜿蜒流转了6500多公里,最后注入了地中海,全世界所有的大河中只有尼罗河是自南向北流的。古代、现在,乃至永远,相对于了无生意的北非来说,尼罗河显得如此格格不入,就好像金星上出现了水蒸气一般神奇。

热季已经来到了河流沿岸。热浪仿佛一张巨毯,从沙漠向西一路铺天盖地而来,直到河域。地平线上射过来的晨曦就如同从火炉中拔出来的冒着火花的拨火棍一般,搅动着大自然的空气,所到之处都是一片热风。

河上,四个年轻的男孩子驾着一艘悬挂着三角帆的三桅小帆船从一艘装满了高科技的电子齿轮的调查船边经过,真是一幅古代的平静与现代的科技交汇的场面。热浪似乎并没有影响男孩子们的兴致,他们笑声连连,驾着绿色的小船逆流而上。

皮特从水底探索船高分辨率的显示器上抬起头来，眼神投向巨大的窗口之外。外面火炉一般的气温对皮特没有任何影响，探索船内部有着功能强大的空调，他正坐在电子探索设备前面品味着一杯冰茶。有好一阵子，他都注视着窗外的帆船，看着男孩子们在小甲板上蹦蹦跳跳，展开帆乘着风逆流而上，他甚至满怀嫉妒。

彩色显示器上出现了一个异常信号，皮特把注意力转了回来。船底的垂直扫描传感器在河水之下的淤泥深处发现一个不寻常的信号。起初不过是一个模糊的小点，而随着图像的调整，一艘古代船只的图像渐渐出现在显示器上。

"发现目标。"皮特报告，"标记为94号。"

阿尔[①]·吉奥蒂诺在他的控制台上键入了一个指令。在线地理系统立刻展示出当前河段的结构，河岸上的人工建筑和自然景观都历历在目。他又输入了一条指令，卫星定位系统立刻根据周围的景观精确地显示出图像所存在的位置。

"94号标记完毕。"吉奥蒂诺回复道。

阿尔伯特·吉奥蒂诺又黑又矮，结实得像是水泥铸成的一样，一头肆意蜷曲的黑发下闪烁着一对炯炯发光的圆眼睛。皮特总是在想，如果再给吉奥蒂诺一脸大胡子和一袋子玩具，他肯定就是一个年轻版的圣诞老人。在身体强壮的人中间，吉奥蒂诺的反应速度也是惊人的快，但是一旦面对女人，他却不知如何是好，仿佛那是一种极其巨大的痛苦。吉奥蒂诺曾经和皮特一起读高中，一起在空军学院踢足球，一起在越南战斗。他们服役之时，应NUMA总指挥詹姆斯·桑德克上将的要求，被临时借调到NUMA，到现在，这种借调已经延续了9年了。

他们两个都说不清救过对方多少次命了，帮助对方摆脱困境或尴尬境地的次数则更不必提了。他们两个在海洋之中或是深水之下时常做出越轨举动，因此，并没有得到许多应有的荣誉。

---

① 阿尔是阿尔伯特的昵称。

皮特向前探身，盯着数码显示器，电脑模拟出一个三维图像，将沉船的细节展现到令人吃惊的程度。图像和比例都被记录下来，上传到一个数据处理器，与已知的古埃及尼罗河船只的数据进行比较。几秒钟后，电脑发出完成分析的提示音，屏幕底部显示出了沉船的详细结构。

"这里的东西像是一艘第六王朝时期的货船，"皮特在读取结果，"大约建于公元前2200年到公元前2000年之间。"

"情况如何？"吉奥蒂诺问道。

"保存完好，"皮特回答道，"就和我们发现的其他船只一样，被泥沙保护得好好的。船体和船舵都完好无损，我能够看出来甲板上的桅杆。深度多少？"

吉奥蒂诺看了一眼他显示器上的数据："水下两米，沙下8米。"

"有金属吗？"

"核磁感应器没有发现。"

"埃及直到公元前12世纪左右才开始使用铁器，所以结果很正常。非铁金属扫描有什么结果？"

吉奥蒂诺调了一下控制台上的按钮："数据不多。似乎有些铜器，可能是什么废品。"

皮特仔细研究着这艘40个世纪前沉入河中的船只："真有意思，都过了3000多年了，为什么船只的设计始终没有什么变化呢？"

"他们的艺术同样如此。"吉奥蒂诺答道。

皮特抬头看着他："艺术？"

"你难道没发现他们的艺术模式从第一王朝到第十三王朝始终没有变化吗？"吉奥蒂诺仿佛十分权威，"甚至是身体器官的位置都是一模一样的。到底为什么他们一直都只是简单地画出眼睛的一半，而不画得更大一些？说到传统，埃及人简直就是宗师。"

"你什么时候变成了埃及学的专家了？"

吉奥蒂诺作了一个绝对明智的答复："这儿那儿的一点点凑起来的。"

皮特并没有被骗。吉奥蒂诺的眼睛锐利无比，对于细节从不放过，对于他刚提到过的埃及艺术的特点，99%的游客绝对不会注意到，而导游们也从来都不会提到。

吉奥蒂诺喝完了一罐啤酒，拿着还带着凉气的瓶子在额头上滚来滚去。他用一个手指指着显示器上的沉船："简直难以置信，我们不过探索了两英里，就发现了94艘沉船了。"随着探索船继续前行，显示器的图像渐渐退了下去。

"你想想尼罗河上有船只的历史有多少年了，就会觉得没有那么难以置信了。"皮特讲道，"过去20年中，所有文明的船只中没有在风暴、火灾、碰撞中毁掉的都是十分幸运的，而这些幸存下来的船只通常都因为疏于管理而最后烂掉了。从尼罗河三角洲到喀土木之间的流域是地球上平均沉船数量最多的地方。考古学家们应该感到幸运至极，这些船只都掩埋在泥沙之下保存了下来。他们可以再存在4000年，直到被挖掘出来。"

"没有货船的信号了，"吉奥蒂诺视线越过皮特的肩膀，看着那艘渐渐消失的船，"你的意思是说，她本来可以寿命再长一些，可是主人却对她不管不顾，最后任其像个废物一样地沉到了河底。"

探索船的驾驶员，盖瑞·马克思一只眼睛看着声纳，另一只瞄着河流前方。他是个蓝眼睛金头发的高个子小伙，只穿着短裤凉鞋，头戴一顶牛仔草帽。他把头转了转说道："德克，下游完了。"

"好的，"皮特回答道，"掉头，尽量靠近河岸，再来一遍。"

"我们现在就几乎擦着河底呢。"马克思有气无力地说道，似乎并不怎么关心，"如果我们想离河岸再近些，就得去找个拖拉机来拉纤了。"

"别发神经了，"皮特冷冷地说道，"只要掉个头，靠近河岸。小心不要碰到传感器。"

马克思娴熟地把船转向了主航道，做了一个180度的转弯，与河岸平行，距离不超过五六米。几乎同时，传感器发现了另一艘沉船的信号。电脑分析，这艘船应该是公元前2040到公元前1786之间的中期王朝时一位贵族的私人船只。船体比货船要纤细一些，后甲板上有一个小房间，他们能够看到甲板上的围栏的残骸。支柱的顶端似乎被刻成了狮子头的形状。船左舷上有一道巨大的裂缝，看样子像是和另一艘船相撞后才沉的。

之后，他们又在沉沙中发现了8艘古船的信号，并作了相应记录，然后传感器撞到了大运。

皮特坐直身子，目不转睛地看着屏幕上渐渐形成的船的图像，这次比刚才所有的信号都要大，横贯了整个屏幕，他兴奋地叫了出来："我们发现了一艘皇家驳船！"

"正在标记。"吉奥蒂诺回复道，"你肯定上面有法老吗？"

"就好像画一样，过来看看。"

吉奥蒂诺注视着正在形成的图像："看起来很好。没有桅杆的信号。她真大，只可能是皇室的。"

这艘船船体修长，从头到尾呈优雅的弧度。船尾上的柱子被雕刻成了鹰头的形状，这代表了埃及的何露斯大神，但是船首的部分却丢失了。电脑的高精度分析还显示出船侧刻有一千多个象形文字。有一个小船舱上也有文字。残损的船桨依然挂在船身上，靠向船尾的舵是个庞然大物，简直就像只巨大的独木舟一样。而最吸引人的地方，是船中部甲板平台上一个巨大的长方形物体，上面同样刻着象形文字。

电脑嗡嗡地运转着，皮特和吉奥蒂诺都屏住了呼吸，等着分析结果。

"一个石棺。"吉奥蒂诺的兴奋难以形容，"我们发现了一个石棺。"他跑到控制台边，检查着数据，"非铁金属扫描结果显示舱房和石棺中有大量金属。"

"门卡拉法老的财宝。"皮特轻声说道。

"大约是什么时期的？"

"公元前26世纪。那些钱币就能显示出时间来。"皮特大声笑了起来，"而且根据电脑分析，船首的木头有烧焦的痕迹，船首是被烧坏的。"

"那么，我们就找到了门卡拉失踪的灵船了。"

"我没什么反对意见。"皮特的表情写满了欢欣。

马克思在沉船的上方抛锚，将探索船停了下来。接下来的6个小时里，皮特和吉奥蒂诺一直都在用各种各样的电子扫描器和扫描探针检查着灵船，为埃及的科学家们获得了大量的记录。

"上帝啊，真希望我能带着摄像机进到船舱和石棺里。"吉奥蒂诺又打开了一罐啤酒，却因为太过兴奋而忘了喝。

"石棺里的内棺肯定完好无损，"皮特说道，"但是由于潮湿，可能木乃伊已经烂了。不过那些财宝，怎么说呢，也许和图坦卡吞法老①的财宝价值相当。"

"门卡拉远远比图特有钱，他肯定会为身后事准备更多的东西。"

"不过，我们什么都看不到。"皮特边向上伸展着胳膊边说，"等埃及人找到资金把这艘沉船挖出来放到开罗博物馆的时候，我们早死了，不知道埋到哪里去了。"

"游客们，"马克思提醒他们，"一艘埃及河上巡逻船正在靠过来。"

"这儿的消息传得真快，"吉奥蒂诺疑惑地说，"他们从哪儿得到的消息？"

"例行巡逻而已，"皮特说道，"他们会从中央的航道过去。"

"他们正直朝着我们过来。"马克思警告道。

皮特站了起来，从一个橱柜中拿出了一个文件夹。"他们不过是爱管闲事，想要检查一下而已。我拿着考古办公室给我们的许可去甲板上见他们。"

皮特走出舱门，进入外面燠热的空气中，站在甲板上。深灰色巡逻船船首冲开的波浪渐渐变成了一串涟漪，在双发动机空转的轰鸣声中，他们距离皮特的探索船仅一米之遥。

水波让探索船摇来摇去，皮特不得不抓紧围栏。他平静地看着两个穿着埃及海军制服的海员用钩子把船固定下来。皮特可以看到舵手室里面的船长抬手敬了一个非常友好的军礼，并没有登上探索船的意图，这让他觉得稍微有点意外。而一个又瘦又小的人跳过船舷轻巧地落在皮特身边的时

---

① 通常被称做图坦卡蒙。图坦卡蒙并不是古埃及历史上功绩最为卓著的法老，但却是今日最广为人知的法老，这主要就得益于他的墓葬的发现。后文提到的图特是他名字的简称。

候,他的意外变成了大吃一惊,直接张目结舌地愣在了原地:"鲁迪!该死的,你从哪儿钻出来的?"

鲁迪·古恩,NUMA的副指挥,咧嘴笑了起来,拉住了皮特的手:"华盛顿。不到一个小时前在开罗机场着陆。"

"你怎么来尼罗河了?"

"桑德克上将让我过来,把你和阿尔从你们现在的工作中揪走。一艘NUMA的飞机正等着我们,直飞哈考特港。上将在那儿等着我们呢。"

"哈考特港在哪儿?"皮特一片茫然地问道。

"是尼罗河三角洲上的一个港口,在尼日利亚。"

"为什么这么匆忙呢?你可以通过卫星通讯系统告诉我们啊,怎么还抽时间亲自来见我们呢?"

古恩用他的手做出了一个否定的姿势:"我不知道,上将没告诉我。可能是为了保密,也有可能是急疯了。"

如果鲁迪·古恩都不知道桑德克为什么插手,那么就没人知道了。

古恩是个小个子,肩膀窄窄的,臀部也十分瘦小。他毕业于安纳波利斯海军军官学校,服役时担任过中校,与皮特和吉奥蒂诺同时加入NUMA。他能力超群,特别是逻辑极其严谨。虽然他看世界需要透过一副角质镜框的厚眼镜,但是视角非常宽广,嘴角却总是带着一抹坏笑。吉奥蒂诺总是喜欢把他比做是正准备去杀人的美国国税局特工。

"你来得正是时候,"皮特说道,"进来凉快一下。我有点东西给你看。"

皮特和古恩进入船舱时,吉奥蒂诺正背对舱门,直接问道:"那些废物想干什么?"

"来要你的命。"古恩笑着回答。

吉奥蒂诺转身认出了眼前的小个子,也是大吃一惊。"天啊,"他站了起来,握住了古恩伸出来的手,"你来这儿干什么?"

"来送你们去下一项任务。"

"来得早不如来得巧。"

"我也这么想。"皮特笑道。

"嗨,古恩先生,见到你很高兴。"盖瑞·马克思低头走进了仪器舱。

"你好,盖瑞。"

"我也会被送走吗?"

古恩摇了摇头:"不,你得留在这儿继续。迪克·怀特和斯坦·肖明天早上到达,接替德克和阿尔。"

"浪费时间,我们都已经准备收拾行李了。"马克思说。

古恩质疑地盯了皮特一会儿,然后眼睛大睁,轻声说道:"法老的灵船,你们找到了?"

"走了狗屎运。"皮特说道,"才开始工作第二天而已。"

"在哪儿?"古恩冲口问道。

"从某种意义上说,就在你脚下。距我们的龙骨9米。"

皮特在电脑上展示了沉船的等比例模型。他们已经花了好几个小时将这艘几千年的沉船的细节数据具体到了每一平方米。

"简直难以形容。"古恩的语气中充满了敬畏。

"我们还记录了一百多艘其他沉船的位置,从公元前2800年到公元1000年的都有。"

"你们三个真太棒了!"古恩热情四射,"你们完成了一项难以置信的任务,值得载入史册。埃及政府会给你颁勋章的。"

"上将呢?"吉奥蒂诺直接问道,"他会给我们颁什么?"

古恩把视线从显示器转到了他们身上,脸色突然间变得非常严肃:"我估计,是又一个糟糕透顶的任务。"

"他没有透露一点儿?"皮特问道。

"没有任何线索。"古恩盯着房顶回忆道,"当我问他为什么这么紧急的时候,他引用了一段诗,具体的文字我记不大清楚了,但是大约有一艘船的影子和海水中魔变成红色的句子。"

闷热的海面上月光遍洒

如同四月的白霜蔓延

但在船身巨大的阴影下

中魔的海水仿佛烈焰

泛出一片血红，令人惧怕

皮特已经将诗背了出来："这是柯勒律治的《老水手之歌》中的一段。"

古恩仿佛发现新大陆一样看着皮特："真不知道你还会背诗。"

皮特笑了："我背过一些，仅此而已。"

"我真想知道桑德克在动什么坏心思，"吉奥蒂诺说道，"希望他不要像那些喜欢玩神秘的老家伙们。"

"不会的，"皮特的声音中有一种颤抖，流露出不轻松的心情，"那可不是他的风格。"

## 8

马萨德企业直升机的驾驶员从巴马科起飞，一路向东北方向前行，在广袤无边的大漠上飞行了两个半小时。飞了两个小时的时候，他看到了不远处钢轨反射的太阳光，于是转向，开始沿着似乎伸向无穷的轨道飞行。

这条铁路上个月才建成，终点就是马里大漠中心的无限太阳能废物分解工程。工厂叫做佛瑞尔堡垒，这名字本来属于几英里之外的一个已经废弃的法国外籍兵团的堡垒。铁轨从工程所在处开始，伸展了1600公里，几乎像一条直线一样，插入毛里塔尼亚境内，最后在塔法里特人工港与大西洋相接。

卡兹穆将军从舒适的座位中向直升机外眺望，看着驾驶员经过一列长长的火车，那列火车由两个柴油机车拉动，后面的集装箱是用来装有毒垃圾的。它刚刚把东西清空，正开往毛里塔尼亚。

乘务员过来将他的香槟酒杯重新倒满，又端上了一碟开胃菜。卡兹穆将视线从垃圾车上收了回来，对着乘务员狡黠地笑着点了点头。

卡兹穆心里想着：这些法国人，似乎就离不开香槟、蘑菇和香肠。在他看来，他们是个只知道吃喝不理世事的种族，对于建造自己的伟大的帝国丝毫不放在心上。他们不得不放弃在非洲和远东的殖民地时，当地的很多老百姓肯定都长出了一口气。但让卡兹穆内心深处恼火的是，法国人并没有完全从马里消失。尽管法国人在1960年就中止了殖民统治，但是他们依然深刻影响着马里的经济，甚至控制着马里的经济命脉，整个国家的矿采、交通、工业和能源都在法国人手中。很多法国商人看到了投资的前景，将巨资投在了马里。但是若说起在撒哈拉大漠中掘金的力度，无人能与伊夫·马萨德相提并论。

马萨德曾经是法国海外经济办事处的奇才，后来开创了自己的一片天地，利用关系和影响力接手了经营不善的西非公司，并将其扭亏为盈。他是一个难缠的谈判家，是一个手段毒辣的实干家。据说为了达成一笔交易，他会不择手段，威逼利诱。按照估计，他身家在20亿到30亿美元之间，而佛瑞尔堡垒的有毒废物处理工程是他经济帝国的核心。

直升机已经到达了工程上方，绕着边界兜了一圈，以便使卡兹穆能够尽览太阳能分解工程的博大。一片广袤的土地上凹面镜收集着太阳能，然后将其传入接收器，创造出60000个温度高达5000摄氏度的热源。这个超高温的光子能源直接进入光化学反应装置，将有毒化学物的分子摧毁。

其实，这个工程卡兹穆已经看过好几次了，他更感兴趣的是再多吃一口那个蘑菇鹅肉香肠。他喝完了第六杯凯歌皇牌特级香槟时，直升机开始缓缓地降落在工程指挥办公室前的停机坪上。

卡兹穆走出飞机，对正站在太阳下等他的马萨德的私人助理菲利克斯·韦瑞尼敬了一个军礼。看着这个法国人忍受着酷热的煎熬，让他心满意足。"菲利克斯，真高兴你来接我。"他说着法语，唇髭下面牙齿若隐若现。

"您旅途愉快吗？"韦瑞尼体贴地问道。

"那香肠有失你们大厨的水准。"

韦瑞尼挤出一个微笑，以掩饰心中对卡兹穆的厌恶："您回程的飞机上必然会有所改善。"

"马萨德先生怎么样了？"

"他正在他的办公室中等你。"

韦瑞尼带领着卡兹穆走过一段有遮阳棚的路，进入一栋外面都是黑色反光玻璃的三层建筑。进去之后，他们穿过一个大理石铺地、除一个警卫外空无一物的大厅，直接进入了电梯。电梯门开后是一个柚木包墙的门厅，然后才进入了由马萨德的起居室和办公室组成的独立区域。韦瑞尼将卡兹穆带到了一个很小但极端奢华的书房，安排他在罗奇堡的真皮沙发上落座。

"请坐，马萨德先生很快就会……"

"菲利克斯，我已经来了。"对面的门口传来了一个声音，马萨德走过来，拥抱住卡兹穆，"札台伯，我的朋友，你能来真是太好了。"

伊夫·马萨德眼睛碧蓝，眉毛浓黑，头发火红。鼻子很小，但是腮帮很大。身体很瘦，但是肚子却是鼓的。他看起来就非常不协调。但是见过他的人印象深刻的却不是他的长相，而只会记得他的言谈举止中流露出来的一种压迫感。

马萨德看了一眼韦瑞尼，韦瑞尼便点了个头，轻轻地走出房间，反手将门关上。

"现在，札台伯，我在开罗的办事人员告诉我，你的人没能阻止世界卫生组织前来马里。"

"实在遗憾。"卡兹穆漠不关心地耸了耸肩，"失败的具体原因不太清楚。"

马萨德严厉地看了将军一眼："根据我的消息来源，你的人在笨拙地尝试刺杀夏娃·罗加斯博士的时候失踪了。"

"这是对他们办事不力的惩罚。"

"你结果了他们？"

"我绝不姑息手下人的错误。"卡兹穆撒了谎，实际上他的人刺杀夏娃失败又离奇失踪，让他大为光火。挫折与暴怒之中，他下令杀死了策划谋杀的军官以泄愤。

而马萨德则对卡兹穆了如指掌，他没有轻易相信，知道这可能是在胡说。

"既然我们有了敌人，那么忽视他们就是致命的错误。"

"这没什么，"卡兹穆避开了话题，"我们的秘密还很安全。"

"世界卫生组织的污染物专家考察队不用一个小时就会到加奥市了,你居然还这么说?如果他们查出来源是在这……"

"除了沙子和酷热以外,他们什么都找不到。"卡兹穆打断了马萨德,"你知道的比我清楚,伊夫,不论引起那些怪病的是什么,都不会来自这里。你的工程没有理由为东南方向几百公里外的污染负责任。"

"确实。"马萨德若有所思地说,"我们的监控系统表明我们燃烧的废物都符合国际安全标准的规定。"

"因此,还有什么要担心的。"卡兹穆耸了耸肩。

"没有,只要每条路都被盖住。"

"把世卫组织的调查队交给我处理。"

"不要直接干涉他们。"马萨德警告道。

"对于这些外来人,沙漠会照顾他们的。"

"如果杀了他们,马里和马萨德企业就有暴露的风险。他们的领队霍普在开罗召开了一个新闻发布会,说你的政府不合作。他还声称他们到达后也许会有生命危险,如果他们暴尸沙漠,新闻记者和联合国的调查人员就会趋之若鹜地来多管闲事。"

"在计划除掉罗加斯的时候你可没有这么前怕狼后怕虎的。"

"是的,但是那可不是在我们自家门口,不会引来怀疑,不会把我们自己卷进去。"

"你一半的工程师和他们的家人开车出去野餐然后人间蒸发的时候,你也没有犹豫。"

"他们消失是保护我们的二期工程必需的。"

"你应该很庆幸,我能把事情处理得天衣无缝,既没出现在巴黎报纸的头条上,也没有法国政府派来的调查团。"

"你确实手段高明,"马萨德叹了一口气,"缺少你的高明手段,我做不成。"卡兹穆与他的沙漠同胞一样,永远都需要别人对他的恭维。马萨德不喜欢他,但是离开他却不成。他们是达成契约的两个魔鬼。但是马萨德却占据了优势,因为他能够容忍"骆驼粪"——背地里他就是这么称呼卡兹穆的。毕竟，每个月五万美元的投入，相对于马萨德从废物分解工程中每天两百万的收入，不过是九牛一毛。

卡兹穆走到一个珍藏丰富的吧台前，给自己倒了一杯柯纳克白兰地。"那么你建议我们应该如何对付霍普和他的人？"

"你是这方面的专家。"马萨德油滑地说道，"我相信你的手段。"

卡兹穆抬了抬眉毛："小菜一碟，手到擒来。"

马萨德看起来很好奇："你打算怎么处理？"

"我已经开始了，"卡兹穆回答道，"我派我的私人卫队出去巡逻，只要发现那种病人，就杀了埋掉。"

"你在屠杀自己的人民？"马萨德的语气中充满了讽刺。

"这只是为了维护国家的利益采取必要的手段而已。"卡兹穆依然无动于衷。

"你的手段有些极端。"马萨德的脸上出现了一丝忧虑，"札台伯，我警告你，不要引起骚乱。如果别人碰巧发现我们在这儿的真实行为之后，国际法庭会把我们两个都绞死。"

"没有证据，没有证人，他们办不到。"

"阿瑟拉那些杀了旅游团游客的怪物们呢？你让他们消失了吗？"

卡兹穆冷冷地笑了："没有。他们不过是自相残杀，吃了彼此。但是还有些其他的村子忍受着相同的疾病，也许霍普博士和他的调查队会非常苦恼，我估计，他们可能会亲自见证屠杀的。"

马萨德不需要任何解释。他读过卡兹穆关于阿瑟拉屠杀的秘密报告，脑海中很容易就勾勒出那些因病疯癫的游牧民们畅快地咀嚼着联合国派来的调查队人员的画面。

"的确是消除威胁最直接的办法，"他对卡兹穆说道，"还省了葬礼。"

"英雄所见略同。"

"但是如果有人活了下来想回埃及怎么办？"

卡兹穆耸了耸肩，胡子下苍白的薄嘴唇露出了一抹邪恶的笑意。"不论他们怎么死的，他们的骨头都没有办法离开沙漠。"

## 9

一万多年以前,马里共和国现在干枯的河床都奔流着满满的河水,而现在光秃的荒漠上那时也森林覆盖,满目生机。在石器时代之前,丰饶的平原和山地是早期人类生活的家园,他们就是在此生长繁衍,渐渐成为游牧的民族。接下来的七千年中,部落游牧迁徙的过程中,也狩猎着羚羊、大象和水牛。

随着时间的流逝,过度放牧狩猎,加之干旱,使得撒哈拉地区慢慢干枯,成为今天的不毛之地,而这不毛的范围还在逐渐扩大,吞噬着非洲大陆上青葱茂密的土地。大的部落逐渐离开了那片区域,将那片荒芜的几乎没有水的地区丢给了一些四处晃悠的小游牧团伙。

由于发现了骆驼不可思议的耐力,罗马人成为沙漠最早的征服者。他们用骆驼将奴隶、黄金、象牙以及其他数以千计的野生动物运到海边,装船运往罗马血淋淋的竞技场。在8个世纪的漫长岁月中,他们的驼队都行走于地中海与尼日尔河畔之间的荒漠地带。而当罗马帝国衰落后,柏柏尔人便让骆驼踏下铁蹄,叩开了撒哈拉的大门,而阿拉伯人和摩尔人紧随其后。

马里曾经是一个强大的帝国,统治着黑非洲,但是也已经消失了许久了。中世纪早期,加纳的国王将他驼队的路线伸展到了尼日尔河、阿尔及利亚和摩洛哥。1240年,曼丁哥人击败了加纳,他们造就了一个更伟大的帝国,名为"马林凯",这正是"马里"一名的来源。这里出现了空前的繁荣,加奥与廷巴克图成为公认的伊斯兰学术与文化的中心。

传奇随着携带了不可思议的财宝的黄金驼队而四处传播,这个帝国的盛名威震整个中东。但是两百年后,图瓦雷克人与富拉尼人的游牧军队从北方南侵,它便土崩瓦解。桑海人来到东方,逐步接管了这里的政权,成为新的霸主,直到1591年,摩洛哥国王挥师南下,侵入尼日尔河流域,击溃了他们。而到19世纪早期,法国人开始殖民统治的时期,马里昔日那些王国的风云事迹早就消失在人们的记忆中了。

岁月流转，法国人将西非地区变成了众所周知的法兰西共同体。1960年，马里宣布独立，拟定了一份宪法，组建了一个政府。后来，穆萨·特拉奥雷中尉领导政变，赶跑了第一位总统。1992年，经历了一系列不成功的政治变革之后，此时已是将军军衔的特拉奥雷总统被当时还是少校的札台伯·卡兹穆推翻。

卡兹穆很快就意识到，以一个军事独裁者的身份，自己无法获得国外的援助和贷款，因此，他退居幕后，将现在的塔哈尔总统推到了台前。卡兹穆以及他的亲信巧妙地把持着国家的大权，刻意与苏联和美国保持着距离，而与法国维系着密切的关系。

他很快就将自己置于高高在上的位置，掌握着国内外所有的贸易，令他在世界各地的秘密银行户头的数目激增。为了进一步发展，他一方面征收高额关税，另一方面则长袖善舞地进行着走私。法国的商人为了发展不得不贿赂他，例如他与伊夫·马萨德的合作就让他成了一个千万富翁。由于卡兹穆绝对的腐败和他政府官员的贪婪，马里无疑是世界上最穷的国家之一。

波音737的客机转弯时是如此贴近地面，夏娃总觉得那机翼会在地上和木头房上留下一道凹槽。然后驾驶员慢慢地接近廷巴克图原始的机场，稳稳地降落在地面上。夏娃透过窗户向外望去，感觉难以想象这个破旧的城镇昔日的繁荣。这里12世纪时曾是图瓦雷克人一个季节性的休憩地，但后来却成为西非最大的贸易中心，历经加纳、马林凯、桑海数个王朝的兴衰，在那个古老的时期就居住着十几万人。这荣极一时的历史对夏娃来讲有些不可思议。眼前只有三座依然矗立的古老的清真寺还浮现着旧日的荣光，除此之外，整个城镇死气沉沉，狭窄而弯曲的街道绕来绕去，仿佛根本没有出路。这里生命的气息微弱至极。

霍普没有浪费时间，飞机引擎还没有完全熄灭，他就走出了机舱。一个官员，头戴着卡兹穆私人卫队的靛蓝色头巾的官员，走上前来，敬了一个军礼。他用有明显法国口音的英语向世卫组织的调查员打招呼。

"我想您是霍普博士。"

"那么你肯定是斯坦利先生了。"霍普用他一贯的挖苦的语气说。

回答他的不是笑容。这个马里官员给了他明显很不友善的一瞥，眼神中写满了怀疑。"我是穆罕默德·巴图塔上尉，你将有幸由我带你去机场候机楼。"

霍普望着候机楼，不过是个有窗户的铁棚子而已。"很好，如果你只能做这些的话。"他干涩地说道，拒绝示弱。

他们直奔候机楼，走入了一个小小的火炉一般燥热的小办公室，里面除了一张破旧的木头桌子和两把椅子之外空无一物。桌子后面坐着一个官员，级别明显比巴图塔高，看起来现在情绪很糟。他坐在那里，带着毫不隐藏的轻蔑端详了霍普一阵子。

"我是诺侯姆·曼萨上校，能给我看看你的护照吗？"

霍普早有准备，将队员们的六个护照递了过去。曼萨不感兴趣地翻着，他注意的只是国籍一栏。最后，他终于问道："你们为什么来马里？"

霍普虽然周游过世界，但是对于某些荒谬的形式却怎么都不习惯："我相信你知道我们来这里的目的。"

"你要回答这个问题。"

"我们是联合国世界卫生组织派来的，来调查你们的人民中出现的污染造成的疾病。"

"我们的人民中没有这样的疾病。"上校坚定地回答道。

"那么如果我们对尼日尔河畔城镇的水和空气做些取样分析工作，你们应该更不会介意。"

"我们不会对在我们国家四处刺探的外国人以礼相待。"

面对这愚蠢的权威感，霍普不打算退让："我们来这里是来救人的，我想卡兹穆将军明白这些。"

曼萨一下子紧张了起来，霍普没有提塔哈尔总统却抛出了卡兹穆的名字是他没有想到的。"卡兹穆将军……他已经下令授权你们进境了？"

"你为什么不打个电话问问他呢？"霍普这是在虚张声势，反正不会因此而损失什么。

曼萨上校站了起来，走向门口。"等在这儿。"他粗鲁地命令道。

"请转告将军，"霍普说，"他的邻国都邀请联合国的科学家们前来锁定污染物的源头，如果他拒绝了我们的调查队入境，那么在别国面前他会丢尽颜面的。"

曼萨没有回答，径直离开了这间沉闷的屋子。

霍普等待的时候，不遗余力、目不转睛地盯着巴图塔。巴图塔实在受不了，把眼睛闭上了一阵，然后转身开始在房间里踱来踱去。

五分钟后，曼萨回来了，又坐在桌子边。他一句话没说，直接在每本护照上都盖上了章，然后交给了霍普。"你们已经被允许进入马里境内开展你们的调查。但是，博士，请你记住，你和你的人在这儿是客人，仅此而已。如果你们表现不友善，或者参与了任何威胁公众安全的行为，都会被立刻遣返。"

"谢谢你，上校。另外，请向卡兹穆将军代为转达我的谢意。"

"巴图塔上尉将会带领十个人陪同你们，同时保护你们的安全。"

"我很荣幸能够享有保镖。"

"你发现了什么可以直接向我报告，我希望在这件事情上你能完全配合。"

"到了偏远的地方我怎么向你报告？"

"上尉他们会携带必要的通讯器材。"

"我们会相处愉快的。"霍普傲慢地对巴图塔说道，然后转身又对曼萨说，"我们调查队需要一辆车来乘坐，最好是四轮驱动的，另外还需要两辆卡车运送我们的实验设备。"

曼萨上校的脸红了："我会帮你安排军用车辆。"

霍普很清楚地知道让上校留住一点面子十分重要，因此最后说道："非常感谢你，曼萨上校，您是一个慷慨而值得尊重的人。卡兹穆将军肯定因为拥有你这样的真正的沙漠武士而骄傲。"

曼萨靠到了椅子背上，眼睛中出现了一种胜利与满足的神色："是的，将军经常对我的忠诚和努力表示感谢。"

会面就此结束。霍普回到了飞机旁,指挥卸货。曼萨从候机楼的窗户中向外望着,一抹笑意浮现在嘴角。

"需要我把他的调查限定在一个无关紧要的区域内吗?"

曼萨没有回身,只是缓缓地摇了摇头:"不,他们想去哪儿就由着他们。"

"那么如果霍普他们发现了污染性疾病的迹象怎么办?"

"没关系,只要我控制着他和外界的通讯,他的报告就只会证明我们的国家中没有任何疾病,没有任何有毒污染物。"

"但是等他们回到联合国总部……"

"真相难道不会暴露吗?"曼萨接过了话,"是的,肯定会。"他突然转身,面带恐吓的表情,"而如果他们的飞机在回程的时候不幸遭遇了空难,那么就不会了。"

## 10

在从埃及飞往尼日利亚的NUMA直升机上,皮特一直都打着瞌睡。而当鲁迪·古恩两只手稳稳地抓着三只咖啡杯来到旁边的时候,他一下子就醒过来,接过一个杯子。他用困倦而顺从的表情看着古恩,脸上没有一丝热情与期待。

"我们在哈考特港的什么地方见上将?"实际上他并不关心这个问题。

"实际上,并不是在哈考特港。"古恩没有作正面答复,说话的同时给皮特倒满了咖啡。

"如果不是在那儿,那是在哪儿?"

"他在海上两百公里外我们的调查船上。"

皮特盯着古恩,就像是猎犬盯着一只无处可逃的狐狸:"你藏着秘密,鲁迪。"

"阿尔会不会想喝点咖啡?"

皮特看了吉奥蒂诺一眼，他正发出甜美的鼾声。"算了吧，除非在他耳朵边上打雷，否则别想叫醒他。"

古恩隔着走道坐了下来："我无法告诉你桑德克上将在想些什么，因为我真的什么都不知道。不过，我的确怀疑那和我们NUMA的海洋生物家们对世界范围内的珊瑚礁所作的考察有关系。"

"我久闻那项调查的大名，"皮特说道，"但是我和吉奥蒂诺出发去埃及之后才出来结果。"古恩终于和他坦诚相见，令他十分高兴。他和古恩虽然生活方式大相径庭，但是彼此相处却很惬意。古恩在化学、金融、海洋学等多方面都建树颇高，几乎把所有时间都花在家里地下室的书海之中，研究各种报告，或是策划调查项目。而皮特则喜欢在机械上耗时间，特别是他在华盛顿收藏的那些古董车。皮特在工程学方面有着大师级的造诣。冒险令他上瘾，驾驶独一无二的飞机翱翔在蓝天，或为寻找沉船而潜入水中，对他来说就像是处于天堂一样。他喜欢去处理别人认为不可能完成的工作。和古恩不同，皮特很少会出现在NUMA总部办公室里，他更喜欢在深海中享受探险的刺激。

"基本内容是说珊瑚礁十分危险，正在以前所未有的速度消亡。"古恩回答道，"现在，这正是海洋科学家们的热门话题。"

"哪一部分的海洋有这样的迹象？"

古恩看着他的咖啡说道："从佛罗里达群岛到特立尼达岛的加勒比海域，从夏威夷到印度尼西亚的太平洋海域，红海，非洲海岸，只要你能叫上名字来的。"

"消亡速度也都相同？"

古恩摇了摇头："不，速度因地域不同而有所不同。最严重的出现在西非海岸。"

"在我看来，珊瑚礁停止生长，死亡，然后再恢复健康，这样的循环过程并没有什么不寻常的。"

"很对。"古恩点了点头，"等情况恢复正常，珊瑚礁就会痊愈。但是我们从来都没有见过如此大范围的珊瑚礁以如此惊人的速度衰亡。"

"知道原因吗？"

"有两个可能。一是惯犯，海水升温。通常洋流造成的周期性海水升温会令珊瑚虫把它们吃下去的藻类喷出来，如果你愿意也可以说是呕吐出来。"

"珊瑚虫就是用它们的骨骼建造珊瑚礁的小鬼？"

"十分正确。"

"这基本上就是我对珊瑚的所有知识了。"皮特承认道，"珊瑚虫的生死挣扎很少能够成为晚间新闻。"

"真遗憾，"古恩简洁地说道，"尤其当你认为珊瑚的变化是未来海洋和气候变化准确的晴雨表时。"

"好吧，珊瑚虫们把藻类吐了出来，然后呢？"

"由于藻类是珊瑚虫营养的来源，同时也是使得珊瑚呈现出绚烂颜色的原因，"古恩继续说道，"因此，没有了藻类，珊瑚就得忍饥挨饿，慢慢变白，最后饿死，这种现象通常被称做'珊瑚漂白'。"

"在海水不变热的时候这很少发生。"

古恩看了皮特一眼："这些你都知道，我为什么还跟你废话？"

"我在等着你进入正题。"

"让我先喝掉我的咖啡，免得它变冷了。"

接下来是一阵沉默。古恩的心思并不在咖啡上，但他直到皮特丧失了耐心才停止了啜饮。

"好吧，"皮特说道，"珊瑚礁正在世界范围内死亡。那第二个原因是什么？"

古恩用一个塑料勺悠闲地搅拌着他的咖啡："一个新的威胁，但是极其严重，是海藻的突然增生，像一场不可控制的瘟疫一样覆盖住了珊瑚礁。"

"等一等，你说珊瑚因为把海藻吐了出来所以正在饿死，可同时海藻却把它们闷在中间？"

"海水变暖有得有失。它让海藻快速生长，使得珊瑚无法接触到营养和阳光，从而破坏了珊瑚礁，就像是把珊瑚闷死一样。"

皮特用手搔着他的黑头发："希望海水变冷的时候情况能够改善。"

"没有。"古恩说道,"南半球海水降温了,但是珊瑚并没有进入下一个生长期的迹象。"

"你认为这是自然现象还是温室效应的作用?"

"都有可能,也有迹象表明是污染造成的。"

"但是你没有确凿证据?"皮特步步紧逼。

"无论是我,还是NUMA的海洋学家都没有答案。"

"一个试管瘾君子,却没有自己的理论,这我从来都没有听说过。"皮特咧嘴笑了。

古恩也笑了:"我从来没有这么看待过自己。"

"或者其他的说法。"

"你喜欢给人安名号,不是吗?"

"只是个人见解罢了。"

古恩开始说道:"那么,所罗门国王,我不是。但是既然你问到了理论,我的理论学校里的孩子也能够告诉你,藻类的增生是长年累月向海洋中排泄未经处理的污水、垃圾和有毒化学物质造成的,终于达到了饱和的局面。海洋微妙的生态平衡被彻底打破了,它们在升温,而我们,特别是我们的儿孙,将为此付出惨痛代价。"

皮特从来都没有见过古恩如此严肃:"糟透了。"

"我相信我们已经没有办法挽回了。"

"你不乐观。"

"是的,我不乐观。"古恩悲伤地说道,"人们对水质污染引发的灾难忽略得太久了。"

皮特盯着古恩,心里隐约觉得这位NUMA的二当家正在因为自己悲观而晦暗的想法而备受折磨。古恩勾勒出了一幅可怕的图景,但皮特不愿认同古恩彻底悲观的论调,海洋也许病了,但是远未终结。

"放松点,鲁迪,"皮特语气中流露着振奋,"不管上将袖子里面藏着什么委任状,他应该都不会期待我们三个人就能拯救整个世界的海洋吧。"

古恩看着皮特,露出了一抹苍白的笑意:"我从不在背后议论上将。"

85

如果他们任何一个人知道或是猜到自己犯了多严重的错误，都会不惜以武力威胁驾驶员，要求他调转航向，直接把他们送回开罗。

他们在哈考特港一家原油公司的飞机跑道上短暂地停留了几分钟，便转乘了一架直升机，直飞几内亚湾，40分钟后便已经在"探索家"上方盘旋。"探索家"是NUMA自主拥有的科学考察船，皮特和吉奥蒂诺都对其十分了解，他们曾经3次乘着它去执行调查工作。这艘船造价超过8千万美元，120米长的船体中装满了各种各样复杂的探测仪器。

直升机在这艘庞然大物上盘旋了几圈，然后降落在尾部甲板的停机坪上。皮特最先走了出来，古恩紧随其后，吉奥蒂诺像是个还魂尸一样走在最后，每一步都无精打采地打着哈欠。船上有些认识的船员和科学家，大家路过的时候和他们打着招呼。

皮特轻车熟路，爬上了一架通往"探索家"艇上实验舱的梯子，走过一个摆满了化学实验设备的台子，进入一间会议室。作为一艘科考工作船，这个房间装修得有点儿像是一个办公室，其中摆了一张长长的桃木桌，周围是一圈舒适的皮椅子。

一面巨大的投影屏幕前站着一个黑人，他背对着皮特，年纪应该比皮特大上20岁，而个子却高很多，看起来好像是一个被放大投射在屏幕上的剪影。皮特觉得他至少有2米高，一举一动中都流露着一个前篮球运动员的架势。

但是吸引住皮特等3个人眼球的既不是屏幕上的彩色投影，也不是这个高得不可思议的陌生人，而是会议室中的另一个人影——一个一手支在桌子上，另一手拿着一支大雪茄的矮矮的但却充满了威严的身影。窄窄的脸，一双深邃的蓝眼睛，曾经如火但是现在却有些花白的红头发，精心修理过的胡须，分明就是一副退了休的海军上将的模样。而胸前口袋上装饰金锚的蓝色夹克，则说明他的确就是一个退休的海军上将。他就是NUMA的幕后指挥——詹姆斯·桑德克上将。

桑德克站直了身子，笑得像一条鱼一样，上前一步，伸出双手。

"德克！阿尔！"他的语气中充满了惊喜，仿佛他根本不知道眼前这三个人会到来一样，"恭喜你们发现了法老的灵船。干得漂亮！"他看到了古恩，点了点头，"鲁迪，看样子你顺利揪住了他们。"

"就好像是屠夫揪住了小羊羔。"古恩笑了笑。

皮特狠狠地看了古恩一眼，然后对桑德克说："你像催命鬼一样把我们从尼罗河调过来到底是为了什么？"

桑德克露出了一副受伤的表情。"连个招呼都不打，一句问候也没有。你们可怜的老板可是取消了与华盛顿那些有钱的社会名流共进的奢华晚宴，飞了六千公里特意赶来见你们的。"

"可为什么你的问候却看起来别有居心，让我十分担心？"吉奥蒂诺摆着臭脸把自己扔到了一张椅子里，"既然我们干得漂亮，那给我们一顿大餐、一笔奖金、直飞回家的飞机票和两个星期的带薪假期怎么样？"

桑德克十分忍让："百老汇过段日子有展演，你们享受过一次尼日尔河上悠闲的远航之后就能去欣赏了。"

"尼日尔河？"吉奥蒂诺嘟囔着，情绪还是不怎么好，"不是又找沉船吧？"

"不是沉船。"

"什么时候开始？"皮特问道。

"天一亮。"桑德克回答道。

"你究竟想让我们干什么？"

桑德克转向了站在屏幕前那个巨塔一般高的人："首先，请允许我向你们介绍达西·查普曼博士，他是坐落于拉瓜那海滩的古德温海洋科学实验室的首席海洋毒物专家。"

"先生们，"查普曼的声音低沉深邃，仿佛来自一口古井，"十分高兴能够见到你们。桑德克上将对我讲了许多你们的丰功伟绩，令我印象深刻。"

"你过去是丹佛掘金队的。"古恩后仰着身子倒挂着脑袋盯着查普曼的眼睛。

"直到膝盖受伤。"查普曼笑了笑，"然后我就去读了环境化学的博士。"

皮特、古恩都与查普曼握了手，吉奥蒂诺依然懒懒地缩在椅子里，只是稍稍抬了抬胳膊算是打招呼。桑德克拿起电话，吩咐厨房准备早餐。

"请自便，"他干脆地说道，"天亮前我们有很多路要走。"

"你确实给我们准备了一份糟透了的工作。"皮特缓缓地说道。

"当然是份糟透了的工作。"桑德克承认了事实，然后对查普曼博士点了点头，查普曼博士便按下了投影仪的遥控，一幅标示了一条河的流域的彩色地图出现在了屏幕上。

"这是尼日尔河，非洲第三长河，仅次于尼罗河和刚果河。说来奇怪，它发源于几内亚国内，发源地距离海洋只有200公里，不过它却东南西北地流了4200公里才在尼日利亚的三角洲地区注入了大西洋。而在它流经的某处，某个地方，正有一种重度有毒物随着水流进入海洋，那将引起一场灾难性的巨变……后果难以估计……灭顶之灾即将来临。"

## 11

皮特瞪着桑德克，不知道自己的耳朵有没有听错："灭顶之灾，上将？我没有听错吧？"

"我没有说我的谢顶问题。"桑德克回答道，"西非的海水都奄奄一息，由于某种未知的污染物，一场瘟疫正在传播肆虐，而且正在引起急速的连锁反应，可能会灭绝所有的海洋生物。"

"那会彻底改变地球的气候。"古恩说道。

"几乎不用怀疑，"桑德克强调道，"最后陆地上所有的物种都会灭亡，当然也包括我们。"

古恩轻声地问道："你没有危言耸听——"

"危言耸听，"桑德克直接打断了他的话，"我向国会递交报告警告他们，要求他们快速处理这个问题的时候，他们就是用这个词说我的。他们这群人更关心如何维系自己宝贵的权力，只知道空许愿好让自己选举得胜。

他们那没完没了的、愚蠢的听证会,让我恶心死了。他们一群不敢下决策、害得国家完蛋的胆小鬼,让我恶心死了。两党统治是姑息各种罪恶的烂泥塘,而苏联那伟大的共产主义民主实验也因为腐败完蛋了。谁他妈的还关心海洋的死活?可老天在上,我关心。而我就要踩过界去救它们。"

桑德克的眼睛中闪烁着痛苦,嘴唇绷得紧紧的。面对如此深藏的激情,皮特有点愣住了。这和桑德克一贯的性格完全不同。

"世界上每一条河几乎都有有毒垃圾排入,"皮特平静地把话题牵回了正轨,"为什么尼日尔河的污染这么特别?"

"之所以特别,是它引发一种通常被叫做'赤潮'的现象,而这里的赤潮正以惊人的速度蔓延着。"

"中咒的海水仿佛烈焰,泛出一片血红,令人惧怕。"皮特背道。

桑德克瞥了古恩一眼,然后盯着皮特:"你搞懂了。"

"但是没明白其中的联系。"

"你们都是潜水员,"查普曼说道,"应该知道赤潮是由于一种叫做双鞭毛海虫的微生物引起的。它们体内包含一种红色素,当大量繁殖聚集在一起的时候,就可以让海水呈现出棕红色。"

查普曼按了遥控器的一个按钮,屏幕上出现了一幅奇怪的微生物的图片,他接着讲道:"其实很早就有关于赤潮的记录。摩西把尼罗河水变成红色,荷马和西塞罗的作品中都提到了海水的红潮,达尔文的航海日记里也提过。现代世界各地也都出现过赤潮,最近的一次就是墨西哥西海岸的海水被污染后出现的。那次赤潮导致了无数的鱼类、贝类、龟类死亡,甚至北极燕也无法幸免于难。海滩大约有200公里被封闭了起来,几百个人因为吃了被一种致命污染物污染了的鱼而死亡。"

"我在赤潮里潜过水,没有潜水衣,只有呼吸器,"皮特说,"但是并没有出现什么不良反应。"

"你应该庆幸自己进入的是一片普通无害的区域。"查普曼解释道,"但是,现在,新发现了一个变种,能够生成一种前所未有的致命毒素。任何海洋生物,即便是与其轻微接触,都不可能存活。几克毒素就可以把所有人一网打尽,将地球变成一个天然坟场。"

"这么猛!"

查普曼点了点头:"就是这么猛。"

"而如果这种毒素没有这么坏,"桑德克说道,"在引起水中氧气急速减少、害得鱼和其他藻类都窒息而死后,这些小东西享受过盛宴便也会自行消亡。"

"但情况却并非如此,"查普曼继续说道,"地球上70%的氧气是由生活在海洋里的硅藻提供的,其他的来自于陆生植物。我想没有必要长篇大论给你们解释这些东西是怎么生成氧气的,你们小学就都学过。当双鞭毛海虫激增引发赤潮就会产生窒息的后果,导致硅藻死亡。没有硅藻,便没有氧气。可悲的是,我们过去都觉得呼吸氧气是理所当然的,从来都没有想过某种生态上的轻微不平衡就能引发不可挽回的恶果,我们呼出一口二氧化碳,可能就再也没办法吸入一口氧气了。"

"它们有没有可能自行消亡?"吉奥蒂诺问道。

查普曼摇了摇头:"它们的死亡率不过是增长率的十分之一。"

"难道等到最后,这些赤潮也不会自行消亡吗?"古恩问道,"或是有寒流经过把它们完全冻死?"

桑德克点了点头:"很不幸,我们面对的不是一般情况。我们现在要处理的这种微生物变种看样子对水温变化免疫。"

"所以,你是说,非洲的赤潮是不会消失了?"

"至少不会自己消失。"查普曼回答,"这些双鞭毛海虫就像是数以万计的弗兰肯斯坦[①]一样,正以天文速度增长着。平常的赤潮一加仑的水里面只有几千个海虫,而现在每加仑中接近十亿个。前所未有,已经无法阻挡了。"

"知不知道这些变种赤潮是从哪里开始的?"

"背后的始作俑者还不知道。但是我们相信是由于有毒污染物排入尼

---

[①] 英国科幻作家玛丽·雪莱同名小说的主人公,"弗兰肯斯坦"是个疯狂的科学家,他用许多碎尸块拼接成一个"人",但这个人却完全失控。后以弗兰肯斯坦指代怪物以及脱离控制的创造物等。

日尔河导致了双鞭毛海虫的变异,它们才会突然激增,霸占了海洋。"

"像一个服了兴奋剂的运动员一样。"吉奥蒂诺冷冷地说道。

"或者是壮阳药。"古恩笑了笑。

"也有可能是催孕药。"皮特也冒出一句。

"如果这种赤潮这么无节制地扩张,变异的双鞭毛海虫就会霸占整个海洋,氧气的供给就会不足以维持现有生物的需要。"查普曼继续解释道。

古恩说道:"查普曼博士,你勾勒了一个严峻的未来。"

"说是恐怖小说也许更容易接受。"皮特安静地说道。

"有没有化学药品能够摧毁它们?"吉奥蒂诺问道。

"杀虫剂?"查普曼说道,"那结果可能更糟。最好从一开始就不要考虑。"

"关于这场灾难,你有没有一个时间期限?"皮特问道。

"如果4个月内有毒污染物的排泄还不停止,那么一切就为时太晚了。到那时,赤潮蔓延的速度将难以控制。而且它们能够自给自足,可以养活自己,能将从尼日尔河中吸收来的有毒化学元素遗传下去,带到世界各地。"他停下来按了一下遥控器,屏幕上又出现了一幅新的画面,"根据电脑模拟,之后用不了8个月,就会有几百万人因慢性缺氧而死。婴幼儿由于肺功能较弱会最先有反应,因为缺氧而哭个不停,皮肤变成蓝色,然后休克,便无法挽救。那些后死的人要看到的画面实在太多了。"

吉奥蒂诺看起来并不相信:"真是难以接受整个世界因为缺氧而死。"

皮特站起来走到屏幕跟前,研究着上面没有感情的数字,那就是留给人类的最后期限。然后他转身看着桑德克:"你就是因此而心急火燎,想让阿尔、鲁迪和我开着一艘调查船沿河而上,取样分析,找到引起赤潮的有毒污染物的源头,然后找一个办法把闸门关上。"

桑德克点了点头:"同时,我们会研究开发一种可以抑制赤潮的东西。"

皮特走到挂在墙上的尼日尔河地图边,开始研究:"如果我们在尼日利亚找不到污染源怎么办?"

"那就继续向上游,直到找到为止。"

"从尼日利亚中部向东北方向的上游，河流便是贝宁和尼日尔两国的分界线，再往上游就进入了马里境内。"

"如果确实需要就进入。"桑德克说道。

"这些国家的局势怎么样？"皮特问道。

"我必须得承认有一点不稳定。"

"你所谓的'有一点不稳定'是什么意思？"皮特多疑地问道。

"尼日利亚，非洲人口最多的国家，有一亿两千万人，正在经历一场剧变。上个月，他们的民主政府被武力推翻，这是20年来的第8次政权颠覆，当然这不算那些数不清的没有成功的叛变。整个国家因为种族纷争与宗教冲突而四分五裂。反对派指责政府官员腐败管理无能，然后把他们逐个暗杀掉。"

"听起来是个好玩的地方。"吉奥蒂诺嘟囔道，"我真等不及想闻一闻炮火味了。"

桑德克没有理他继续说道："贝宁人民共和国，正处于高度的独裁政府统治之下。艾哈迈德·图古里总统通过恐怖手段来统治国家。对面的尼日尔，统治者的后台是利比亚的穆阿迈尔·卡扎菲，他对尼日尔境内的铀矿垂涎三尺，整个国家满目疮痍，造反的游击队四处都是。我建议你们经过这段时始终坚持在河中央。"

"马里呢？"皮特问。

"塔哈尔总统是个正派人，却受制于札台伯·卡兹穆将军，卡兹穆掌控的那个只有三个成员的高度军事化议会已经把整个国家榨干了。他手段下流，极不寻常，这个表面善良的政府就是由他那只独裁的黑手控制的。"

皮特和吉奥蒂诺交换了一个挖苦的笑容，然后无力地摇了摇头。

"你们两个有什么问题？"桑德克问道。

"'尼日尔河上悠闲的远航'？"皮特适当地引用了上将自己的话，"我们要做的就是在两岸密布血雨腥风的河中间愉快地航行1000公里，躲开全副武装的巡逻船，沿路加油时尽量不要被人当做外国间谍逮捕杀死，同时偶尔地再取点水样。没有问题，上将，一点问题都没有，除非我们他妈的是在找死。"

"的确，"桑德克十分冷静，"可以那么想，但如果你们稍微有点运气，就可以一帆风顺。"

"看着脑袋掉下来，可不是那么一帆风顺啊。"

"你没有考虑过用卫星传感吗？"古恩问道。

"达不到那么高的精确度。"查普曼回答道。

"用直升机呢？"吉奥蒂诺问道。

查普曼又摇了摇头："同样，以超音速的速度用传感器扫过流水根本没有什么意义。我知道，我做过试验。"

"'探索家'上有一流的实验室，"皮特说道，"为什么不把它开到三角洲呢？那样至少能够确认有毒污染物的种类和级别。"

"我们试了，"查普曼回答，"但是离河口还有100公里，一艘尼日利亚的战舰就对我们提出了警告。那里太远了，没有办法作精确的分析。"

"这项任务只能由装备精良的小船完成，"桑德克说道，"一艘可以通过急流浅滩的小船。除此之外，别无他法。"

"我们的国务院有没有出面与这些国家沟通，请他们让一支调研队研究河水以拯救地球上的生命。"

"正规途径已经尝试过了。尼日利亚和马里都直接拒绝了。许多德高望重的科学家来到西非说明情况，但是非洲的领导人不相信那套论调，甚至引以为笑谈。这不能怪他们，他们的心智发育不怎么样，没办法站在大局思考问题。"

"难道他们没有因为饮用了被污染的水出现高死亡率吗？"

"没有半点风声。"桑德克摇了摇头，"尼日尔河里有的不止是化学污染，沿河的城市和村庄都把生活垃圾也倒进河里，因此沿河的居民都知道最好不要喝那水。"

皮特看着墙上的字，一点都不喜欢："所以，你认为一次偷偷摸摸的考察是找到污染物唯一的方式？"

"是的。"桑德克固执地承认。

"我希望你能提供一个完全的计划。"

"我当然有计划。"

"那我们有权知道我们应该怎么做才能活着找到污染源吗?"

"这不是什么高级机密,"桑德克恼怒地说道,"我会宣传你们是三个有钱的法国工业家,为了寻找在西非投资的机会而进行一次公务旅游。"

古恩一副崩溃的表情,吉奥蒂诺张口结舌,而皮特的脸上则升起了一股愤怒。

"就这样?"皮特说道,"你的计划就是这样?"

"是的,简直好极了。"桑德克的回答斩钉截铁。

"简直疯了,我不去。"

"我也不去,"吉奥蒂诺哼了一下,"我一点儿都不像法国人。"

"我也不去。"古恩补充道。

"搭一艘慢得像牛、没有保护的调查船?肯定不去。"皮特进一步补充道。

桑德克假装没有注意到这些反驳:"这提醒我了,我忘了最关键的部分——那艘船。等看到船,你们就会改变主意了。"

## 12

在美国海军第六梯队服役的时候,皮特就曾经梦想过高性能、时尚、舒适而且火力十足的船只,而这一切他在桑德克许诺的船只上都找到了。只看了一眼那优雅的船身,那大马力的引擎和那难以置信的隐秘的武器装备,皮特就让步了。

这艘用掌管史诗的缪斯女神"卡利俄珀"的名字命名的船只,由NUMA的工程师特别设计,在路易斯安那的一个船坞中秘密建成。18米长的船身,玻璃纤维与不锈钢两种材质完美平衡搭配,低重心设计,船底吃水仅1.5米,非常适合在尼日尔河溯流而上会遇到的浅滩中航行。船上转载了三组V-12涡轮柴油发动机,船速最高可达70节。船体坚不可摧。这艘船就似乎是为了某个特殊任务专门铸造的。

皮特站在船舵旁边,驾着这艘超级快艇在尼日尔河三角洲的碧波中以30节的速度尽情驰骋,独一无二的动力让他十分享受。他的眼睛看着前方的水面,时不时地瞄一眼旁边的深度声纳上显示的水深。他经过了一艘巡逻船,但是对方船上的船员还没来得及对这艘快艇打个艳羡的招呼,他就消失不见了。一架军用直升机在上空好奇地盘旋了一下。一艘军用喷气机,皮特看出是一艘法国造的"幻影",特意降低高度看了一眼这艘船,然后心满意足地又升了起来。目前为止,一切都很好,他们没有把自己拦下或拘留的打算。

在宽敞的船舱内,鲁迪·古恩坐在一间很小但是超级发达的实验室中,设计这个实验室的人员肯定包括来自各个领域的科学家,实验设备中甚至有NASA[①]为星际探索设计的。实验室不仅能够分析水样,而且可以通过卫星连线将分析数据传给NUMA其他的科学家,让他们得以分辨其中比较复杂的化合物。

古恩,这个彻头彻尾的科学家,对于这艘优雅的船外面的一切都漠不关心。他相信皮特和吉奥蒂诺能够为他挡风遮雨,而他则把所有精力都倾注在自己的任务之上。

引擎和武器是吉奥蒂诺负责的。为了挡住引擎的咆哮声,他带着一个耳机,听着里面传来的小哈里康尼克的钢琴和爵士歌曲。吉奥蒂诺坐在轮机室一张折叠的沙滩椅上,手里捣鼓着便携式导弹发射器和它们的导弹。"双刃剑"是为了亚音速飞机、远航舰艇、坦克和碉堡设计的新型全自动武器,可以扛在肩膀上或安放在空地上发射。轮机室顶上有一个圆形的塔楼,从外面看,就像是轮机室的一个天窗,但实际上却是一个保护严密的隐藏炮口,它向后甲板方向突出一米左右的长度,能够旋转220度。吉奥蒂诺就正在把便携导弹发射器安装在那里。装好了发射器和导航设备,把导弹填入弹道后,

---

[①] 即美国国家航空航天局(National Aeronautics and Space Administration),简称NASA。

吉奥蒂诺开始擦拭足有一个小兵工厂的规模的自动步枪和手枪。接着他拆开了一个装满了燃烧弹和手榴弹的箱子，小心翼翼地取出了四枚，塞在一个巨大的弹药带上。

每个人都冷静而沉着地处理着自己负责的工作，出色而卓越，因为他们都想平安而成功地完成任务。桑德克上将选择了最佳的成员，即便找遍世界，他也难以找到更优秀的组合。他对他们的信任甚至接近于迷信。

"卡利俄珀"劈浪逐波，漫长的路途被抛在身后，喀麦隆高地和约鲁巴山脉在河南岸远处苍茫的雾气中隐隐浮现，橡胶树和红树林的热带雨林交替出现。村庄和小镇出现了，然后又消失不见。

河中其实也算得上非常热闹，传统的独木舟，超载的老式燃机渡轮，泛着铁锈的小货船，各种各样的船只熙来攘往，在温柔的北风中从一个渡口奔向另一个渡口。皮特知道，眼前这幅平静的画面不会持续多长时间。前方每拐一个弯，就会有一个不明的威胁等着他们，可能会将他们送入地狱。

中午的时候，他们经过了连接港市奥尼沙和农业小镇阿萨巴1404米长的大桥。奥尼沙身处无边的经济农作物中，大街上熙来攘往，市中罗马天主教堂如哨兵般伫立，河边的码头上挤满了装卸货物的船只。

皮特关注着河中来往的船只，每次"卡利俄珀"咆哮着经过那些小船，它激起的波浪都让它们晃来晃去，总有人摇晃着愤怒的拳头咒骂个不停，他每次都偷笑个不停。过了港口区，他就放松了下来，双手放开了方向盘，活动着手指。他在舵旁边已经有6个钟头了，但是一点都不觉得累。控制台边的椅子非常舒服，坐在上面就是一种享受，而方向盘的控制也非常轻松，和那些昂贵奢华的汽车没有什么两样。

吉奥蒂诺拿着一瓶啤酒和一个金枪鱼三明治来到他旁边："我估计你得补充点能量。离开'探险家'后，你就没有吃过东西。"

"谢谢。那引擎的声音太大了，我都听不到自己肚子叫饿。"皮特将舵交给了吉奥蒂诺，"小心点那种拉着驳船的拖船，它们几乎霸占了整条河。"

"我会和它们保持足够的距离。"吉奥蒂诺回答。

"我们现在可以将那些想上船的人打发走吗？"皮特笑着问。

"随时可以。有什么人怀疑我们,想要上来看看?"

皮特摇了摇头:"尼日利亚空军的两架飞机,还有经过的巡逻船,他们友好地挥了挥手。此外真算得上是一个逆流而上懒洋洋的日子,不过有些阴天。"

"这些当地的官员居然相信了上将的诡计。"

"让我们祈祷上游的国家也这么好骗吧。"

吉奥蒂诺对着船尾悬挂的法国国旗比了一个大拇指向下的手势:"如果有星条旗、国务院、拉尔夫·纳德①、丹佛野马队②和一大群水兵跟在后边,我会觉得舒服很多的。"

"最好有战舰爱荷华号。"

"啤酒够凉吗?我一个钟头前往厨房的冰箱里放了一箱。"

"够凉了。"皮特嚼着三明治的间歇说道,"鲁迪有没有揭发出什么惊人内幕?"

吉奥蒂诺否定地摇了摇头:"他现在正飘在化学的永无岛上,我想和他说点话,但他把我赶了出来。"

"那看样子得我去拜访他了。"

吉奥蒂诺喊道:"小心,别让他吃了你。"

皮特笑着下了楼梯,走进古恩的实验室。这位NUMA的科学家眼镜架在前额上,正在研究一张打印出来的电脑分析数据。其实吉奥蒂诺没有看懂他的情绪,他现在状态很好。

"运气怎么样?"皮特问道。

"这条该死的河,里面有所有人类已知的污染物,另外,还有些别的不知道的。"古恩回答道,"它可比我们的亨德逊河、詹姆斯河、凯霍加河污染严重的时候要严重得多。"

"看起来十分复杂。"皮特在舱房中走来走去,研究着遍布舱房的各种各样的仪器设备,"这些东西有什么功能啊?"

---

① 美国律师。
② 美国橄榄球队。

"你从哪儿搞来的酒?"

"想要一瓶?"

"当然。"

"吉奥蒂诺在冰箱里放了一箱子了。等一分钟。"

皮特穿过一个舱门,走向厨房,回来时递给古恩一瓶冰啤酒。

古恩喝了几口,叹了口气,然后说道:"好吧,来回答你的问题。我们的调查分析会用到其中三项重要仪器,第一个是微型培养仪。首先,我把河水和我们从海岸那边弄到的红藻样本放入试管中,微型培养仪就将海虫生长记录下来,我们以肉眼就能从它的显示器上看到其中的变化。几个小时后,电脑会给我一份这些小东西生长速度的报告。玩些数字游戏,我就可以对我们离污染源的距离作出一个合理推断。"

"所以,刺激赤潮的东西并不是来自尼日利亚。"

"数据显示要在河的更上游。"

古恩绕过皮特,走到一组方形箱子前,这些箱子就和小电视差不多大,但是荧光屏的位置安装的却是门。"这两个仪器是用来鉴别那些引起我们的问题的恶心的露珠的,我是这么叫它们的。第一个是一个色谱分析仪,我只需要放几滴水进去等着就可以,系统会自动提取分析,然后把结果传输到我们的主电脑上。"

"它到底告诉了你些什么?"皮特问道。

"它能识别出人工合成的有机污染物,包括各种有机溶剂、杀虫剂、PCB[①]、戴奥辛[②],还有其他各种各样的药剂和化合物。我希望这个宝贝能帮我找到引起赤潮的化合物的化学组成。"

"如果污染源是金属呢?"

---

[①] 多氯联苯的简称,在工业中被广泛使用。然而这种物质在自然界中极难降解,在污染大气、水和土壤后,往往通过食物链传递到生物体内。长期食用被其污染的食品,会影响正常发育和生育能力,并易导致癌症。

[②] 一类持久性污染物质,是源自于化学工业制程中的副产品,毒性极强,微量的暴露及吸入,可能会造成严重的健康损害或致命的危险。

"那就得靠等离子分析仪了。"古恩指着第二个设备,"它能自动鉴别所有的金属和其他可能出现在水里面的元素。"

"两个看起来差不多。"皮特打量着说。

"基本上原理相同,但是采用的却是不同的技术。同样,我只要弄几滴河水,按下开始就可以了。我现在每两公里提取一次样本。"

"结果怎么样?"

古恩揉了揉红色的眼睛:"尼日尔河中有人类已知金属的一半,铜、水银、金、银,甚至还有铀。含量都高于自然水平。"

"大浪淘沙,真不容易。"皮特轻声说道。

"最后,"古恩接着说道,"数据会传输给NUMA总部的研究员,他们会在自己的实验室中分析我们的结果,看看我是不是漏了什么。"

皮特从来都没有见过古恩漏过什么东西,他的这位朋友一直都是一个出众的科学家和分析家,能够冷静、清晰、逻辑严密地思考,尽心负责,从不知道放弃。

"目前有没有任何有毒化合物的线索?"皮特问道。

古恩喝光了啤酒,将酒瓶丢进一个放满了打印表格的纸箱子里。"'有毒'是相对而言的,在化学的世界里,没有有毒化合物,只有毒性的等级。"

"那结果呢?"

"我已经分析了很多不同的污染物和自然产生的化合物,包括金属化合物和有机物,结果显示,很多在美国禁用但是在第三世界国家依然广泛使用的杀虫剂含量超标。但是我还没有找到引起双鞭毛海虫疯狂生长的人工化合物。现在,我甚至都不知道我在找什么。我能做的,就是寻找线索。"

"我们走得越远,溲水就会越多,"皮特思考着,"我原本希望你现在已经找到办法了。我们进入非洲内陆越深,返回公海就越困难,特别是当地的武装决定四处搜索的时候。"

"要做好我们可能什么都找不到的准备。"古恩急躁地说道,"你想不到外面有多少种化合物。现在,人造化合物的数量已经超过700万种了,美国的化学家们一个星期就能整出600多种来。"

"但并不是都有毒吧?"

"从一定意义上讲,几乎所有的化学药剂都有毒性。吞下、吸入或是注射到一定剂量,所有东西都是有毒的,甚至水也是如此,水太多会导致我们把身体必需的电解液排出体外。"

皮特看着古恩:"所以,你是说没有绝对,没办法打包票。"

"没有。"古恩摇了摇头,"我可以肯定的是,我们还没有经过那个导致我们灭顶之灾的倾倒点。自从过了卡杜纳、本尼这几条下游的支流后,所提取的水样都能导致双鞭毛海虫疯狂生长。但是我还是没有找到元凶的线索,唯一的好消息是我排除了细菌微生物。"

"你是怎么做到的?"

"把河水样本消毒。提取过细菌微生物的水,并没有迹象显示小东西放慢生长速度。"

皮特轻轻拍了拍古恩的肩膀:"鲁迪,如果有一个人能揪住它们的小辫子,那个人肯定是你。"

"哦,我会把那个东西揪出来,"古恩把眼睛摘下来擦拭着镜片,"可能是前所未知的、邪恶的、变态的,但是我会把它揪出来。这是个承诺。"

第二天下午,他们刚刚驶过尼日利亚的边界,进入贝宁和尼日尔不过一个小时,好运就走到了头。那时,皮特正在"卡利俄珀"的船首,一声不响地注视着河岸上茂密、葱郁而潮湿的丛林。天空灰色的云衬得河水也泛出浅灰色。不远的前方,河流拐了一个小弯,看起来似乎是死神瘦骨嶙峋的手在那里打招呼。

舵旁边的吉奥蒂诺刚开始感觉到疲劳爬到了自己的眼角。皮特就站在他旁边,认真地看着一只孤单的鸬鹚精巧地借着上升气流滑翔在水面上。突然,这只鸬鹚拍打起翅膀,一头冲进了岸边的树林中。

皮特从控制台上拾起一副望远镜,看到一艘舰艇的船首在河流前方的弯道出现。"当地人想要跟我们打招呼。"他说道。

"我看到它了。"吉奥蒂诺从椅子上站了起来,用一只手遮住太阳光看着远方,"更正,是它们。有两艘。"

"直朝我们而来,枪支众多,看样子是来找麻烦的。"

"他们挂的是什么旗?"

"贝宁。"皮特回答道,"从船身轮廓来看,应该是俄国造的。"皮特放下望远镜,翻开了一本《西非空军和海军部队图鉴》:"河上攻击舰,装备两组双筒30毫米口径枪支,每分钟发射500发子弹。"

"不太妙。"吉奥蒂诺快速轻声说道。他看了一眼河流的地图:"还有40公里,我们就可以驶出贝宁的国境,进入尼日尔国的河域。运气好的话,引擎开到最大,我们就能过了边境再吃午饭。"

"不要说什么运气了,这些家伙可不只是来打个招呼就让我们继续愉快的旅程。这根本不像是例行侦察,那样他们不会把所有的武器都瞄准我们的喉咙。"

吉奥蒂诺回头看了一眼,指着船尾的天空说:"危险加重,他们叫来了'老鹰'。"

皮特转头就看到一架直升机在天空盘旋,距离水面顶多10米。"所有友好会面的可能都没有了。"

"感觉像是个阴谋。"吉奥蒂诺十分平静。

皮特对古恩发出了警告,他走出实验室,简单地了解了当前的形势,然后只说了一句:"我有点怀着期待。"

"他们是在等我们。"皮特说道,"这并不是巧遇。即使他们只是想拦住我们,检查船只,但只要发现我们根本不是法国人,就会把我们当间谍处死。我们进入河道后的所有数据都必须传到桑德克和查普曼手里。这些家伙是来找麻烦的。我们也不是好惹的。不是鱼死,就是网破。"

"我可以干掉直升机,如果运气好的话,前面那只船也没问题。"吉奥蒂诺说道,"但是在他们开火前我不可能把三个目标都干掉。"

"好吧,听我部署。"皮特看着靠近的敌船,对吉奥蒂诺和古恩说明了自己的计划,说完问道,"有什么意见?"

"这一带的人讲法语。"古恩说道,"你的水平怎么样?"

皮特耸了耸肩："我硬扯一下。"

"那就这么办。"吉奥蒂诺的声音冷冷的。

皮特想：他的朋友们都是一流的。古恩和吉奥蒂诺并不是训练有素的特种部队成员，但是却是最勇敢最优秀的人，能够和他并肩战斗。即便是有两百个人开着一只装备导弹的驱逐舰在他身边，他也不会有这样的安全感。

"好的，"他露出了一个坏笑，"带好耳机，保持通话，好运！"

皮埃尔·马塔布上将站在领头的战舰舰桥上，透过一副望远镜望着对面沿河而上的快艇。他三十几岁，又矮又胖，长着一双骗子的眼睛，穿着花里胡哨的自己设计的制服。因为自己的哥哥是总统，马塔布才当上贝宁海军的指挥官。他掌管着一支有400人的分队，有两艘河上战舰，三艘远洋巡逻船。此前他的船只指挥经验是在一艘河运渡轮上担任过三年的甲板人员。

这艘船的船长白罕金·凯窦中校正站在他身后："上将，您能从首都飞来指挥行动真是明智。"

"的确，"马塔布眉开眼笑，"我把这艘又好又新的快艇俘虏，献到我哥哥面前，他肯定会喜出望外的。"

"这些法国人在您预计的时间到了，"凯窦又瘦又高，透着一股威严的风度，"您真的有天机神算。"

"他们能如同我的预料一样，也让我十分高兴。"马塔布心满意足。而实际上，自从"卡利俄珀"进入了尼日利亚的三角洲地区，每隔两个小时他就会收到一次情报。最后，"卡利俄珀"进入了贝宁水域，终于让他得偿心愿。

"他们肯定是什么大人物，才能有这么贵一艘船。"

"他们是敌人的间谍。"

凯窦的脸上出现了怀疑的表情："如果是敌国的间谍，他们看起来有些招摇。"

马塔布放下了望远镜,看着凯窦:"不要质疑我的信息,中校。我说那些白人是来掠夺我们国家财富的阴谋分子,他们就是。相信我。"

"要把他们逮捕押解到首都吗?"

"不,你登上他们的船后寻找罪证,然后就开枪打死他们。"

"长官?"

"我忘了说你将有幸带领突击团。"马塔布十分傲慢。

"不要杀他们吧?"凯窦提出了反对,"如果法国人发现他们中的名流在这里被谋杀,会要求展开调查的,到时,您哥哥可能不会宽恕……"

"你把尸体扔到河里。不要质疑我的命令!"马塔布冷冷地打断了。

凯窦只得屈服:"遵命,上将。"

马塔布又举起了望远镜,那艘快艇距离他们只有200米远了,正在放慢速度。"下令你的人做好登船准备。我会亲自向这些间谍打招呼,命令他们接受你的团队登船。"

凯窦将命令传达给了他的大副,大副通过步话器将命令传达给了第二艘船的船长。然后,凯窦把注意力集中在慢慢靠近的快艇之上。"这艘船有点儿好玩,"他对马塔布说,"除了舵旁边的人以外看不到其他人。"

"那些欧洲的奸细们可能喝醉了躺在下面呢。他们什么都侦察不到。"

"很奇怪,他看起来并不在意我们的出现,而且对我们的武器也没有丝毫的反应。"

"如果他们想逃,你再开枪。"马塔布提示,"我想要那艘船毫发无损。"

凯窦把望远镜聚焦在皮特身上:"那个舵手正对我们挥手微笑。"

"他不会笑多久的,"马塔布露出了邪恶的牙齿,"用不了几分钟,他就会死了。"

"'来我客厅坐坐。'蜘蛛对三只苍蝇说。"皮特在挥手使劲微笑的同时低声嘟囔着。

"你在说什么?"导弹室的吉奥蒂诺问道。

"自言自语而已。"

"我透过船首的舱门什么都看不到,"古恩的声音从前舱传来,"我该瞄准哪儿?"

"等我命令,你准备干掉我们右舷船上的枪手们。"

"直升机在哪儿?"吉奥蒂诺什么都看不见,除非掀开塔楼的顶盖。

皮特看了一眼船尾的天空:"距离船尾大约100米远,高度50米。"

他们都当机立断,谁也没有猜测贝宁的战舰和直升机会让他们安全通过。接下来,他们都保持着沉默,每个人都严阵以待。当他们接近那个无法回头的点时,没有任何恐惧,有的只是下定的决心、坚持到底的倔强。他们都不是那种温顺的任人宰割的人,挨过打之后转过脸来让人打另一边。虽然一对三,但是他们可以出其不意。

皮特把填充了燃烧弹的发射器放在椅子后,接着将船调到空挡,来来回回地打量着对面的两艘船,一点儿都没有理会直升机,那是吉奥蒂诺要管的。皮特离对面的船已经很近了,可以看清船上的人员,他很快就得出了结论,那个穿着滑稽剧中才会有的制服的胖子是指挥官。这个指挥官正入迷地看着这些将黑色的枪口都对准他的死亡天使们。

皮特不知道对面舰桥上这个通过望远镜看着他的得意扬扬的军官的具体身份。他也不在乎。但是他很感谢这个对手犯了一个战术错误,没有让两艘船首尾相接地横着拦在河中,那样就能挡住"卡利俄珀"的通道,而且能让火力集中在"卡利俄珀"上。

那两艘战舰已经完全熄火,只是随波逐流,"卡利俄珀"滑到了两船之间。皮特将船速放得很慢,只能维持稍向前运动而已。两艘战舰近在眼前,距离"卡利俄珀"不过5米距离。皮特从驾驶舱能够看到大部分的船员都站得很随意,每个人都装备了自动化手枪,但没有人有自动步枪。他们的样子就像是在靶场等待自己上场。皮特一脸无辜地看着马塔布。

"Bonjour!"[①]

马塔布靠在控制台上,用法语喊了回来,让皮特停船,准备接受上船检查。

---

[①] 法语:早安。

皮特一个字都没有听懂。他继续喊道："Pouvez-vous me recommender un bon restaurant？"①

"德克说什么？"吉奥蒂诺问古恩。

"老天啊，"古恩痛苦地说道，"他就是叫对方的头头儿给介绍一个好餐馆。"

两艘战舰慢慢地漂到了"卡利俄珀"的两侧，皮特依然让船放在空挡，保持着缓慢的航速。马塔布再次命令皮特停船，准备接受上船检查。

皮特僵住了，但是极力做出温和、没有戒备的表情："J'aimerais une bouteille de Martin Ray Chardonnay."②

"现在他在说什么？"吉奥蒂诺问道。

古恩几乎说不出话来了："我想他是点了一瓶加州产的白葡萄酒。"

"接下来，他应该要一罐芥末酱了。"吉奥蒂诺轻声说道。

"他肯定是在拖延时间。"

战舰上的马塔布和凯窦都一头雾水的表情。然后皮特用英语喊了起来：

"我不懂斯瓦希里语，你们能说英语吗？"

马塔布火冒三丈，一拳砸在舰桥的控制台上。他还不懂得保持冷静。他的英语蹩脚得皮特几乎不能破译，但依然趾高气扬："我系皮埃尔·马塔布上将，贝宁汉军子挥官，关掉你的迎庆，丁船接受检查。丁船，否则我就下令开火了。"

皮特剧烈地点了点头，两手做出了表示服从的手势："好的，好的，不要开火，请不要开火。"

"卡利俄珀"的驾驶舱慢慢地靠近了马塔布的船尾。皮特小心地维持着两船的距离，那个距离除了奥运跳远冠军没人能够跳过来。两个船员把绳子扔到了"卡利俄珀"的船首和甲板上，但是皮特并没有动。

"把绳子绑住。"凯窦命令道。

"太远了，"皮特耸了耸肩，举起一只手，画了半个圈，"等一下，我过去。"

---

① 法语：您能推荐一家好餐馆吗？
② 法语：我想要一瓶马丁雷霞多利白葡萄酒。

对方还没来得及回答,他就将挡位推到最大,转舵掉头,绕过战舰的船尾,到了战舰的另一边。现在,"卡利俄珀"与他们平行,船首对着下游。皮特发现,现在那30毫米的炮无法压低到可以瞄准"卡利俄珀"驾驶室的高度,心满意足。

马塔布盯着皮特,喜上眉梢,一张肥脸上开始浮现出了胜利的笑容。凯窦与他的长官不同,而是依然保持着狐疑。

皮特非常冷静,依然保持着微笑,直到吉奥蒂诺的塔楼正对到战舰的轮机室。他一只手握住方向盘,另一只手伸向了椅子下面,抓住了榴弹发射器。然后他通过耳机上的微型话筒说道:"直升机就在头顶,战舰在右舷。好的,先生们,开始表演,让我们来结果他们。"

皮特说完,吉奥蒂诺就将塔楼的顶盖掀到一边,将一枚"双刃剑"导弹直射向直升机的油舱。古恩从前舱门突然出现,两只腋下都夹着一架改进式M-16自动步枪,双手射击,将对面船上负责操控的炮手击溃,他们就像打麦机上的谷壳一样飘散而去。皮特把他的发射器瞄向空中,第一发飞过马塔布的船,直中另一艘船。由于看不到那艘船,他不过是在胡乱打而已,估计可以落到自己的目标上。那发榴弹打在一个绞盘上弹入了河中,在水下爆炸。第二发完全没有擦着船,也落入了河中炸开。

马塔布根本没有想过自己会面临如此恐怖的场面,他突然间觉得天崩地裂。直升机变成了一个大火球,然后是一朵蘑菇云,接着飞机的残骸就如同雨点般洒落在河面上。马塔布只呆呆地瞥了一眼天空中四分五裂的直升机,就立刻停止了思维。

"这些白杂种耍我们!"凯窦暴跳如雷,愤怒地喊道,他跑到围栏边对着"卡利俄珀"生气地挥舞着拳头,同时对自己的船员喊道:"开火!开炮!压低瞄准!"

"太晚了!"马塔布的声音中流露着恐慌。看着自己的船员死在了古恩的子弹之下,看着周围尸横满船,鲜血横流,这位海军上将整个人惊慌失措,在原地缩成一团,脑筋像石头一样不知该如何是好。马塔布怎么都无法接受一艘悬挂着令人尊敬的国旗的小快艇,居然藏着秘密武器,把他安逸的世界变成了一个噩梦。站在那艘死亡之船舵边的陌生人，居然会出其不意，手段高明。马塔布的手下都无法接受眼前的震惊，觉得自己根本无法逃脱。他们就像热锅上的蚂蚁般乱作一团，只知道害怕，而忘了还击。然后，马塔布突然冷静地意识到自己肯定要死了，就在这时，快艇的塔楼旋转，将另一枚导弹瞄向了他战舰的轮机室。

几乎是在同时，皮特的第三发炮弹终于击中了目标。几乎可以说是奇迹，那颗榴弹击在了隔水壁上，然后弹进了一扇敞开的舱门中。一声轰鸣之后，那艘船上武器舱中的火药全都加入了爆炸的行列。船身的碎片和船员的断臂残肢四处横飞。这艘战舰不复存在。巨大的冲击使得马塔布的战舰也晃来晃去，一下子撞到了快艇上，震得皮特摔倒在地。

吉奥蒂诺的导弹将战舰的轮机室炸得四分五裂，河水从底部炸出的大洞中涌了进去，战舰开始飞速地下沉。实际上，整个舰内已经是一片火海，火舌四射，团团浓烟如巨浪般飘过河岸边的丛林，飘向热带的天空。

由于炮边和甲板上已经没有人，古恩将他的枪口瞄向了舰桥上的两个人影。他枪中仅剩的两发子弹打中了马塔布的胸口。马塔布站了起来，待了一阵子，双手死死地抓住舰桥的围栏，麻木地看着自己制服上的血迹，然后缓缓地瘫倒在甲板上，成为一堆没有生机的肥肉。

河上笼罩着一种绝望的沉默，几秒钟后，被水面上汽油燃烧的声音打破。然后，突然从水上传来一声痛苦的惨叫，仿佛来自地狱的呼号一般震人心魄。

### 13

"西方垃圾！"是凯窦在大叫着，"你们杀了我的手下。"他站在灰色的天空之下，鲜血从肩膀上的一个伤口中渗出，周围发生的灾难似乎已经让他眩晕。

古恩端着空枪看着他，他也回望着古恩。过了一会儿，他把目光聚焦在了正从甲板上爬起来向方向盘走去的皮特身上。

"西方垃圾！"凯窦又重复了一遍。

"善恶有报！"皮特的声音在火焰的爆裂声中传了过去，"你输了。"然后他又补充道，"弃船吧，我们过去接你过来……"

凯窦却以迅雷不及掩耳的速度顺着梯子滑下，冲向船尾。那艘战舰已经严重地向左舷倾斜，河浪拍打着船舷的上缘，而凯窦不顾严重的倾斜，挣扎着向前。

"拦住他，鲁迪，"皮特通过话筒喊道，"他要去船尾的大炮那儿。"

古恩什么都没有说，把已经没有用处的武器随手丢在了一边，低头走进前方的舱房，抓起一把雷明顿TR870自动手枪。皮特猛地推换挡位，同时向左转方向盘，将"卡利俄珀"猛地调头，船首对着上流方向，螺旋桨不停地旋转。"卡利俄珀"就像是一匹脱缰的野马，船尾的水开始沸腾。

此刻，河上只有泄露的燃油和漂浮的碎片。凯窦船长的战船开始了向河底的最后一滑。河水冲进了破碎的船体之中，然后蒸发出团团水汽，发出嘶嘶的响声。就在水蔓延到凯窦的膝盖时，他到达了船尾30毫米的炮前，将炮口对准正在逃跑的快艇，按下了发射的按钮。

"阿尔！"皮特招呼道。

回答他的是吉奥蒂诺在塔楼发射的导弹的嘶吼声。一条橘色的火焰和白烟掠过天空，直向战舰飞去。但是由于皮特突然转向加速，让吉奥蒂诺打空了。导弹飞过了下沉的战舰，在河边的树丛中爆炸。

古恩走到驾驶舱中皮特身边，谨慎地瞄准着，然后用雷明顿手枪向着船尾的凯窦射击。子弹从枪口喷出奔向非洲战舰的指挥官的过程中，时间的脚步似乎放慢了。他黑黝黝的脸上写满了仇恨与挫败，但是皮特他们已经走远了，看不见了。他们也没有看到他死在子弹之下时，没有了生命的手依然用力地按着开火的控制钮。

"卡利俄珀"后面突然传来一声爆炸。皮特立刻向右转向，但是战争的报应远未结束。所谓报应，是一个死人在面对自己难以预计的大灾难的时候作出的回击。白色的巨浪翻滚着卷向了"卡利俄珀"，尽管"卡利俄珀"飞速前行，但是依然无法幸免，螺旋桨上的护罩被撕下，驾驶舱后方的碟形卫星天线、通讯系统天线和导航用雷达收发机都被卷入了水中。驾驶舱的前挡风玻璃四分五裂,被水冲走。古恩蜷缩在甲板上,而皮特不得不继续抓着方向盘,好将船驶出这场要命的风暴。在涡轮发动机雷鸣般的嘶吼中,他们听不见船体受到撞击的声音,但是周围燃烧的碎片和残骸却看得一清二楚。

吉奥蒂诺打出了他的最后一发炮弹,战舰还残存的船尾突然间化做了一团烟火。然后,战舰不见了,河面上只留下了一团巨大的旋涡和不断蔓延的燃油。贝宁海军的指挥官和他的河上梯队再也不存在了。

皮特强迫自己不去看船尾那狼藉一片的河流,而把目光集中在自己的船和朋友上。古恩正颤抖着站起身子,他秃头之上有一个伤口正在淌血。吉奥蒂诺从轮机室走了出来,样子就像是一个刚刚打完比赛的运动员,浑身是汗,疲惫不堪,但却准备着迎接下一轮比赛。

他指着河流上游,向皮特喊道:"我们现在自由了。"

"也许还没有。"皮特喊道,"这个速度,我们得用20分钟才能进入尼日尔境内。"

"希望我们没有留下目击者。"

"别指望这个了,就算没有幸存者,河岸上肯定也有人看到了战斗。"

古恩抓住皮特的肩膀喊道:"我们一进入尼日尔,就要减速,重新开始调查。"

"当然。"皮特表示赞同,这时他瞥了一眼卫星通讯设备,才发现它们已经不见了,"我们有那么多东西得向上将报告。"

"NUMA的实验室也收不到数据了。"古恩沮丧地说。

"真糟糕,我们没办法告诉他惬意的河上泛舟变成了血淋淋的噩梦。"吉奥蒂诺吼道。

"我们必须找到别的方法离开这儿,否则必定是别人的板上肉。"

"我真想看看上将听到我们把他的船搞坏时的表情。"吉奥蒂诺想到这个笑了起来。

"你会看到的,你会看到的。"古恩把手拢成了喇叭向吉奥蒂诺喊道,然后走进了实验舱。

真是蠢透了，皮特想道，才不过一天半，他们已经杀了至少30个人了，打落了一架直升机，击沉了两艘战舰。而这一切，是在拯救全人类的名义下进行的。皮特觉得讽刺极了。现在没有回头路了，他们必须在尼日尔或马里的军队阻挡住他们之前找到污染源。否则，他们的生命将没有任何意义。

他看了一眼驾驶舱后的小小的碟形雷达天线。毕竟还有一个幸存的，这个碟形天线未受到损坏，依然在运转。如果没有了它，在河上夜航无异于在地狱游走。没有了卫星导航系统，他们必须要依靠附近的地标来判断污染源的位置。幸好他们还没有受伤，船也依然能够以接近70节的速度在河上航行，皮特现在唯一的担心是会撞上河中漂浮的东西。这样的速度，任何的撞击都能够凿穿船底，将船搞得四分五裂，沉入河底。

幸运的是，流水将碎片都冲走了。而皮特的估计也没有什么大的出入，18分钟后，他们进入了尼日尔共和国的疆域，天空中，河中，都没有任何武装。4个小时后，他们在首都尼亚美的码头靠岸加油。加过油，与西非的入境处官员进行了例行的谈话后，他们得以继续航行。

尼亚美的建筑和那座以约翰·F.肯尼迪的名字命名的桥渐渐驶出了视线，吉奥蒂诺用一种干脆而愉悦的声音说道："目前为止，一切都好。事情也不会变得更糟了。"

"并不好，"皮特在方向盘边说道，"而且会变得更糟。"

吉奥蒂诺看着他："干吗那么悲观？这儿的人看起来对我们并没有什么兴趣。"

"是太顺利了。"皮特慢慢地说道，"事情不应该如此发展的，特别是在非洲，尤其是我们和贝宁的战舰有了那点小冲突之后。你有没有留意到，我们给入境处的官员看我们的护照和船只的许可证的时候，周围都没有警察和军人？"

"巧合吧？"吉奥蒂诺耸了耸肩，"或者只是他们管理松懈？"

"都不是，"皮特坚定地摇了摇头，"我有一种预感，是有人在和我们玩游戏。"

"你是认为尼日尔的头头们知道我们和贝宁海军的冲突？"

"在这个地方，消息传得很快。我敢打赌，这消息比我们的速度还快。贝宁的军队肯定已经提醒过了尼日尔的政府。"

吉奥蒂诺看起来不相信："那为什么当地的机构没有拘捕我们呢？"

"毫无头绪。"皮特焦虑地说道。

"桑德克？"吉奥蒂诺提示道，"也许他插手了。"

皮特摇了摇头："在华盛顿，上将也许能算门大炮，但在这儿却什么都不是。"

"那么，肯定是有人想让我们通过。"

"看起来是这个样子。"

"但是为了什么？"吉奥蒂诺有些暴躁，"我们关于污染物的数据？"

"除了我们三个、桑德克还有查普曼，没有人知道我们的目的。除非有人走漏了消息，不然肯定是别的原因。"

"比如说？"

皮特笑了："你愿不愿意相信是我们的船？"

"'卡利俄珀'？"吉奥蒂诺显然不相信，"你应该找个更好的。"

"不，"皮特非常肯定，"想想吧，设计专业，建造秘密，有70节的速度，武器能够在三分钟内干掉一架直升机和两艘战舰，任何一个非洲军队的长官肯定都想把它收入自己的囊中。"

"好吧，我接受。"吉奥蒂诺态度有些不情愿，"但是告诉我，如果'卡利俄珀'如此抢手，为什么我们在尼亚美加油的时候，尼日尔的蠢货们没把它抢走？"

"黄雀在后？也许，有人暗中操作。"

"谁？"

"不知道。"

"为什么？"

"说不出来。"

"那么，斧头什么时候落下来？"

"既然他们都让我们走了这么远了,那么答案肯定在马里。"

吉奥蒂诺看着皮特:"所以,我们不能回头。"

"当干掉贝宁海军的时候,我们的票就变成了单程票。"

"我一直都认为那不过是乐子的开头。"

"乐子已经结束了,除非你足够神经病那么叫下去。"皮特看着河岸,绿色的植被渐渐变成了一片荒芜、光秃秃的黄土,"从这种地形来看,如果我们想要回家,最好拿船去换些骆驼。"

"上帝啊!"吉奥蒂诺叫道,"你是要我去骑着那种自然的怪物吗?我这样一个有理智的人,坚持认为上帝之所以让人间存在马,是作为西部片的背景之用。"

"我们会没事的,"皮特说道,"只要我们找到那些脏东西的来源,上将就会翻天覆地,把我们弄出去的。"

吉奥蒂诺扭头,沮丧地看着尼日尔河,缓缓地说道:"那么,就这样了。"

"哪样?"

"传奇的人们逆流而上,然后搞丢了船桨。"

皮特的嘴唇完成了一个微笑的弧度:"如果这样的话,那我们卸下法国的三色旗吧,让我们自己的旗子飞起来。"

"我们有命令,必须隐藏我们的国籍,"吉奥蒂诺反对道,"我们不可以在星条旗下进行我们鬼祟的小勾当。"

"谁说星条旗了?"

吉奥蒂诺明显一头雾水:"好吧,容我发问,您是想升起什么旗?"

"这一面。"皮特走到柜子边,拉开了一个抽屉,拿出了一面折叠着的黑色旗子递给了吉奥蒂诺,"几个月前,我从一个化装舞会顺了这面旗。"

看到长方形的旗子中间微笑骷髅头的图案,吉奥蒂诺做出了一个震惊的表情:"骷髅旗?你想要升上骷髅旗?"

"为什么不呢?"吉奥蒂诺的苦恼似乎非常真实,让皮特有些吃惊,"我觉得这是唯一适合我们的旗子,在它的照耀下,我们肯定能大展拳脚。"

## 14

"我们真是一伙出色的国际污染物侦探,"霍普看着尼日尔河上游的湖水和沼泽地上的日落抱怨着,"目前,我们唯一发现的就是第三世界国家对卫生的漠不关心。"

夏娃坐在一个小煤油炉前的马扎上烤火,驱赶着夜晚的寒意:"我已经测试了大部分已知的有毒污染物,但是却没有发现任何线索。不论我们认为的疾病是什么,都被证明非常难以捉摸。"

她旁边坐着一个年纪稍大的人,高个子,身材魁梧,铅灰色的头发,浅蓝色的眼睛,透着睿智与精明。来自新西兰的瓦伦·格里姆斯博士是这个项目的首席传染病学家。"我这边也没有任何结论。我观察过的500公里范围内的所有村落都没有任何致病的微生物。"

"我们是不是忽略了什么东西?"霍普坐到了一把带垫子的折叠椅中。

格里姆斯耸了耸肩:"没有受害者,我没有办法询问和解剖。我必须拥有必要的观察数据才能够进行分析比较。"

"如果有人因为有毒污染物而死,"夏娃说道,"那么他们不在这里。"

霍普从地平线上渐渐消退的橙色光芒中收回了视线,拎起炉子上的茶壶,倒出了一杯茶:"是不是我们听说的事情是假的,或是被夸大了?"

"联合国的总部也不过听说了一些含糊其辞的报告。"格里姆斯补充道。

"没有充分的数据,不知道确切的地点,看样子我们显然错过了重点。"

"我想是被人掩盖起来了。"夏娃突然说道。

然后是一阵沉默。霍普的目光在夏娃和格里姆斯之间移来移去。

"如果真是这样,他们干得相当漂亮。"最后格里姆斯轻声说道。

"我不肯定我是否有反对意见,"霍普的好奇心明显升起来了,"尼日尔、乍得和苏丹的小组也没有什么报告。"

"那就只能证明污染源在马里,而不在其他国家。"夏娃说道。

"你可以把受害者埋起来,"格里姆斯坚持地说道,"但是你不能隐藏污染物的痕迹。如果就在这周围，我们应该已经找到了。我个人认为我们正在白费心机。"

夏娃坚定地看着他，在炉火的映射下，她的蓝眼睛睁得更大了："如果他们能够隐藏受害者，那么他们同样能够阻挠信息。"

霍普点了点头："啊，夏娃说到了重点。我不信任卡兹穆和他派来的鬼鬼祟祟的人，从一开始就不相信。假设一下他们确实阻挠了信息，将我们引离了真正的病区？假设一下，我们认为会存在污染源的地方并不存在污染源？"

"这种可能性值得探讨，"格里姆斯赞同道，"我们一直把精力集中在这个国家最湿润、人口最稠密的地区，想当然地认为它们是高发病区，是污染的源头。"

"离开这里我们该去什么地方？"夏娃问道。

"回廷巴克图。"霍普坚定地说道，"你有没有注意到我们南下之前见到的那些人的表情？他们都很紧张焦虑，很容易就能看出来。显然，有人威胁他们保持沉默。"

"特别是沙漠里的图瓦雷克人。"格里姆斯回忆道。

"你是特别指他们的女人和小孩。"夏娃补充道，"他们都拒绝接受检查。"

霍普摇了摇头："是我的错，我下决定离开了沙漠，这是个错误，现在我才意识到。"

"你是一个科学家，不是一个通灵术士。"格里姆斯安慰道。

"是的，"霍普同意了，"我是一个科学家，但是我讨厌干这样的傻事。"

"我们全都忽略的一点是，"夏娃说道，"是巴图塔上尉的欣然配合。"

格里姆斯看着她："没错，没错。姑娘，你又正中靶心。现在既然提出来了，巴图塔的态度实在是太配合了。"

"的确，"霍普点头赞同，"他简直是仰着身子让我们上路，因为他知道我们离秘密的源头愈行愈远。"

格里姆斯喝完了汽水："真想知道你告诉他我们要回沙漠去重新开始调

查,他会作何表情。"

"我还来不及开口他就会通过无线电通知曼萨上校。"

"我们可能会死。"夏娃说道。

"说谎?有什么理由呢?"

"想办法甩掉他,把所有人都甩掉。"

"继续讲。"

"告诉巴图塔,我们的工作完成了,跟他说我们没有发现任何污染物的踪迹,准备返回廷巴克图,然后收拾行李回家。"

"我有点晕了。然后怎么办呢?"

"表面上,我们的小组要表现得放弃了,一切都结束了,"夏娃解释道,"巴图塔肯定长出一口气,高兴地给我们送行。但是我们并不飞去开罗,我们要在沙漠之中降落,在没有猎狗看守的情况下开始工作。"

对于夏娃的计划,两个男人花了一些时间来消化。霍普身子前倾,全神贯注地思考着,而格里姆斯的样子就好像有人要他抓住下一艘飞向月球的火箭。

"这行不通。"最后格里姆斯几乎是带着歉意说道,"你没办法在沙漠中间直接降落,你至少得需要一个一千米的跑道。"

"撒哈拉中有许多地方连续几百公里地面都是平的。"

"太冒险了,"格里姆斯十分顽固,"如果卡兹穆听到什么风声,我们将为此付出沉重代价。"

夏娃敏锐地看着格里姆斯,然后稍微缓和地望向了霍普,她发现霍普的脸上开始浮现出一抹笑意,然后坚定地说道:"这可能行得通。"

"任何事情都有可能,但是通常都不切实际。"霍普的拳头狠狠地砸在了椅子的扶手上,几乎把它砸破,"但老天在上,我认为值得一试。"

格里姆斯盯着霍普:"你不是非常认真吧?"

"哦,我当然很认真。当然,能否成功得依靠飞行员和机组成员的说法。但是,如果有合理的动机,比方说优厚的奖金,我想他们会愿意去冒险。"

"你们忘了一些东西。"格里姆斯说道。

"什么?"

"我们降落之后用什么来做交通工具?"

夏娃把头转向了封闭车厢的四轮驱动的小奔驰,那是廷巴克图的曼萨上校提供给他们的。"小奔驰应该能够装进货舱去。"

"但是货舱门离地面有两米高,"格里姆斯说道,"你打算怎么把它弄上去?"

"弄一个坡道,我们把它开上去。"霍普的声音中透露着喜悦。

"可是你们不得不在巴图塔的眼皮子底下做这些。"

"也不是不可能完成。"

"而且这辆车属于马里军方,它不见了你该怎么解释?"

"小菜一碟,"霍普耸了耸肩,"就告诉曼萨中校被贼偷了。"

"简直疯了。"格里姆斯总结道。

霍普突然站了起来:"那就这么定了。明天一早我们就开始实施我们的计划。夏娃,麻烦你去通知我们的成员这个计划。我去和巴图塔一起散个步,感慨一下我们的失败。"

"说到我们的牢头,"夏娃环顾了一下营地,"他藏到哪儿去了?"

"在那些有通讯设备的神奇汽车里。"格里姆斯回答,"他基本上就活在里头了。"

"真奇怪,每次我们聚在一起聊天的时候他居然都十分知趣地走开了。"

"照我说他实在是太知趣了。"格里姆斯站了起来,伸了个懒腰,趁机偷偷地看了通讯车一眼,没有看到巴图塔的影子,便又坐下了,"看不到他,也许他正坐在里面看着电视上的欧洲音乐节目。"

"或者在用无线电向曼萨上校报告着我们这个科学马戏团的最新八卦。"

"他应该没有什么好报告的,"霍普笑了起来,"他从来都很少出来晃悠,看不到我们耍的把戏的。"

巴图塔上尉并没有向他的上级报告,现在这个时候没有。此刻,他正坐在自己的卡车里,听着连接着极其敏锐的电子窃听器的立体声耳机里的谈话。窃听器的收音装置在卡车的顶上,方向正对着营地中间的火炉。他向前探身,校准着仿生放大器,以增大接收的范围。

夏娃和她的两个朋友所说的每一个字,包括轻声低语,都毫不失真地传了过来,并被录了音。巴图塔一直听着,直到谈话结束,三个人各自散去。夏娃开始向其余的队员们传达新的计划,霍普和格里姆斯开始研究沙漠的地图。

巴图塔拿起电话,拨出一个号码,这部电话连接着非洲国家通讯卫星。一个打着哈欠的声音回答道:"加奥军区总部。"

"巴图塔上尉请求和曼萨上校通话。"

"稍等,长官。"那个声音匆忙回答道。

差不多过了五分钟,曼萨的声音才从话筒中传来:"请讲,上尉。"

"联合国的科学家们正在策划转移。"

"什么样的转移?"

"他们准备报告说他们最终发现没有任何污染物的痕迹,也没有任何受害者……"

"卡兹穆将军让他们远离污染区域的英明计划十分奏效。"曼萨打断了他。

"到目前为止,"巴图塔继续说道,"但是他们开始看穿了将军的计划。霍普博士准备宣布他的项目结束,然后带领人马返回廷巴克图,然后搭飞机飞往开罗。"

"将军听到这些会高兴至极的。"

"但是当他听到霍普其实并没有离开马里的打算就不会了。"

"你在说什么?"曼萨命令地问道。

"他们计划买通飞行员,将飞机降落在沙漠之中,在我们那些染病的游牧人的村庄里开始新的调查。"

曼萨感觉自己的嘴里像被塞满了沙子:"这简直是灾难。将军听到后肯定会大发雷霆。"

"这不是我们的过错。"巴图塔迅速地辩驳道。

117

"但是你知道他的脾气,生气起来才不管有错没错。"

"我们已经尽职尽责了。"巴图塔坚定地回答道。

"随时向我报告霍普他们的行动,"曼萨命令道,"我会亲自向将军递交你的报告。"

"他现在在廷巴克图?"

"不,在加奥。如果没意外的话,他应该在伊夫·马萨德的游艇上,正在城市外的河上。我搭军用飞机,半个小时就能到达。"

"好运,上校。"

"继续观察霍普他们,有任何变化随时通知我。"

"遵命。"

曼萨挂断了,盯着电话机,思索着巴图塔的报告。如果没有察觉,霍普肯定就把他们都耍了,然后在撒哈拉,在所有人都想不到的地方,找到了污染的源头。那将是一场灾难。巴图塔上尉使他免于落入尴尬的境地,甚至可以说是逃离了莫须有的叛国罪的指控——这是卡兹穆对待令他不高兴的官员的惯用手段,真是命悬一线。但是如果这次能够把卡兹穆哄得开心的话,自己也许能够晋升到将级军衔。

曼萨通知办公室外的助手,让他给自己准备制服,并通知准备直升机。他觉得自己体内一股喜悦在偷偷蔓延,一场危机最终变成了消灭那些外国侵入者的良机。

曼萨乘坐军用汽车从机场出发,来到一座清真寺附近的码头时,一艘快船已经在候命。一个没有穿制服的船员解开了船首尾的缆绳,然后跳进了驾驶舱,按下了点火的开关,那架巨大的V-8型雪铁龙水上引擎开始嘶吼起来。

马萨德的游艇船首的锚已经抛下,只是在河中间轻轻摇动,附近的流水反射着船上的灯光。这实际上是一艘有独立推进系统的三层游艇,底部平坦,在丰水期可以轻易地顺流而下或逆流而上。

曼萨从来都没有上过这艘船,但是他听说过很多关于船上的描述:从主人房到直升机坪的玻璃顶螺旋楼梯，装满了法国古董的十间豪华客舱，装饰着从卢瓦尔河畔城堡墙壁上敲下来的路易十四时期壁画的高大餐厅，蒸汽浴室、桑拿房、按摩浴缸，还有在一个可旋转的休息室里的酒吧，以及联结着马萨德与他在世界各地的帝国之间的通讯设备。所有的一切都让这座水中的豪宅无与伦比。

上校从快船通过柚木的舷梯向上爬时，心里希望能够有机会见识一下那些奢华的装饰，但是很快他发现自己的希望落空了，卡兹穆就在舷梯边的甲板上接见了他。卡兹穆手中端着装了半杯香槟的玻璃杯，并没有想分曼萨一杯酒的意思。

"我希望你突然间跑来打断我和马萨德先生的会议所要报告的事情确实非常紧急。"卡兹穆冷冷地说道。

曼萨迅速敬了一个军礼，然后开始了快速并准确的报告。他将巴图塔上尉关于联合国世界卫生组织的报告修饰了一番，有条不紊地讲了出来，但是却没有提及上尉的名字。

卡兹穆感兴趣地听着，他黑色的眼睛看着水面上跳荡的游艇灯光，显得深不可测。他的脸上明显出现了一股焦虑，但是很快被嘴角的一抹勉强的笑意取代。

曼萨结束报告时他问道："霍普和他的人准备什么时候回廷巴克图？"

"如果他们明早出发，傍晚就能够到达。"

"有足够时间去扰乱这位好心医生的计划，"他冷冷地看着曼萨的眼睛，"我相信，当霍普向你宣布调查失败的时候，你会表现出极度的失望和焦虑。"

"我会尽全力表演。"曼萨肯定地说道。

"他的飞机和机组成员是不是还在廷巴克图？"

曼萨点了点头："飞行员们住在阿哉莱旅馆。"

"你说霍普想要花钱让他们降落到北方的沙漠里？"

"是的，他就是这么对其他人说的。"

"我们必须获得飞机的控制权。"

"您是想让我去用更多的钱贿赂飞行员？"

"太浪费了,"卡兹穆冷笑了一声,"把他们都杀了。"

这个命令出乎曼萨的意料,但他并没有任何质疑:"遵命,长官。"

"然后从我们的军队里面找一些个头和样子差不多的人取代。"

"将军,您的计划真是英明。"

"另外,告诉霍普博士,我坚持要巴图塔上尉陪他们去开罗,以表示我个人对世界卫生组织的敬意。他会监视整个行动的。"

"您希望我对我们的飞行员下达什么命令?"

"命令他们,"卡兹穆的眼睛中泛出了邪恶的眼白,"让霍普博士的人马降落在阿瑟拉。"

"阿瑟拉,"这个名字从曼萨的舌尖滑过,就像是一股强酸腐蚀着他,"霍普和他的队员肯定会被阿瑟拉的怪物们杀死,就好像沙漠观光团的命运一样。"

"这得由安拉来决定。"卡兹穆的声音冷冷的。

"那么如果万一他们活了下来呢?"曼萨机巧地提出了这个问题。

卡兹穆的脸上出现了一副魔鬼般的表情,他狡猾地笑着,黑色的眼睛中浮现着冷酷的快乐,让曼萨不寒而栗。

"那就当然是提比扎。"

# 第二部分 死地

为了从环境大灾难的手中拯救世界,拯救人类,德克·皮特与他的朋友们深入最神秘的非洲,溯尼日尔河而上,一路披荆斩棘,向一个巨大而危险的神秘工程进发。而这个废物处理工程的主人是法国的亿万富豪伊夫·马萨德和扎台伯·卡兹穆将军,后者统治着西非的马里王国,是一个残暴、专制而昏庸的军事独裁者……

## 15

1996年5月15日
纽约市

纽约，牙买加湾海滩的弗洛伊德贝内特机场上，停机坪的一端几近荒废，那里停泊着一辆瓦格尼尔吉普旅行车，一个穿得像是20世纪60年代嬉皮士的男人正靠在车上，透过一副金框眼镜注视着一架在晨雾中缓缓滑行最后停在了10米远地方的绿色飞机。桑德克和查普曼从这艘NUMA的飞机中走出来的时候，他立刻站直了身子，迎上前去和他们打招呼。

上将看到了这辆车，满意地点了点头。他讨厌正式的豪华轿车，依然坚持要这种四轮驱动的车子作为私人的出行之用。看着这个穿着李维斯夹克、扎着马尾辫的男人，他露出了一抹笑意。海拉姆·伊戈尔，这个NUMA大型计算机数据中心的指挥，是桑德克手下高级员工中唯一一个从不注意着装规范的人。

"谢谢你过来接我们，海拉姆。很抱歉让你这么匆忙从华盛顿赶过来。"

伊戈尔走向桑德克，伸出了一只手："上将，没关系，反正我得从我的那些机器边稍微离开一会儿。"然后他转头看着查普曼的脸："达西，从尼日利亚飞过来感觉怎么样？"

"机舱太低了，我的座位也太矮了。"高个子的毒物学家抱怨着，"更糟的是，和上校划了10场酒拳，我只赢了4场。"

"我来帮你放行李，然后我们去曼哈顿。"

"你和哈拉·卡米尔约好了吗？"桑德克问道。

伊戈尔点了点头："一得知你到达的时间，我就给联合国总部打了电话，卡米尔秘书长已经为我们更改了她的日程安排。她这么做，令她的助理非常吃惊。"

桑德克笑了:"我们大老远回来呢。"

"她会在10点半见我们。"

上将看了一下手表:"还有一个半小时。够时间去喝杯咖啡,吃点早饭。"

"好主意,"查普曼打着哈欠说道,"我都饿得半死了。"

伊戈尔从机场驶上公路,最后在科尼岛大街上的一家餐馆前停了下来。他们走进店中,向目瞪口呆地看着查普曼的女店员打了个招呼。

"先生们,要些什么?"

"熏鲑鱼,奶酪,硬面包圈。"桑德克点了菜。

查普曼要了浓味熏牛肉和香肠煎蛋卷,伊戈尔只要了一份点心。他们都沉默地各自思索着,直到女店员给他们端来了咖啡。桑德克往杯子里加了一块冰块,想让咖啡快点凉,然后又靠在了椅子上。

"你那些电子宝贝们关于赤潮有什么说法?"他向伊戈尔问道。

"任务看起来十分严峻,"计算机专家玩弄着一把叉子说道,"我已经运行了一个程序,根据卫星照片不断更新赤潮的扩展速度,那速度让人吓一大跳。就好像那个老掉牙的故事,开始你只有一便士,然后每天翻一番,到了月底你就是亿万富翁了。西非海岸赤潮正在不断蔓延,每4天面积就会扩大一倍。今天早上4点的时候,已经覆盖了24万平方千米的面积。"

"也就是10万平方英里。"桑德克将单位转换了一下。

"按照这样的速度,3到4个星期,它就会蔓延整个南大西洋。"查普曼指出。

"你对诱因有头绪吗?"伊戈尔问道。

"只是认为有可能是某种有机金属的污染,导致了双鞭毛海虫的变异,从而引起了赤潮。"

"有机金属?"

"是金属和有机物组成的一种化合物。"查普曼解释道。

"现在有没有发现什么特别的化合物?"

"还没有。我们分析了几十种污染物,但是看起来都不是。现在我们唯一能够猜到的是某种金属元素肯定是和人造化合物或化合衍生物一起被排入了尼日尔河。"

"也许是外来的生物研究造成的废物。"

"西非没有进行外来生物的实验。"桑德克肯定地说道。

"反正,这种无法识别的废物就像是一种兴奋剂,"查普曼继续说道,"几乎可以说是一种激素,让赤潮以一种疯狂的生长速度蔓延,同时带着一种难以置信的毒性。"

服务员把他们的早餐送来的时候,谈话暂停了下来。女服务员离开,然后拿着一壶咖啡回来倒满了他们的杯子。

"有没有可能我们要找的源头是未经处理的污水引发的细菌连锁反应?"伊戈尔一边说一边沮丧地看着他的点心,那点心的样子就像是被一只油乎乎的靴子踩了一脚一样。

"对于藻类来说,污水就是肥料,但却不是这种方式。"查普曼说道,"我们正在对付的是一种生态灾难,远非任何人类生活垃圾可以造成的。"

桑德克用刀子将奶酪涂在面包圈和鲑鱼上。"我们在这儿填满肚子的时候,赤潮正在铺天盖地地蔓延,1991年的伊拉克原油泄漏在它面前不过是小巫见大巫。"

"而我们却没有办法去阻止这一切。"查普曼说,"不对水样进行恰当的分析,我只能从理论推测。在鲁迪·古恩从大海中捞到针,找出是谁或是什么把它放入水中之前,我们都无计可施。"

"有什么最新消息?"伊戈尔问。

"关于什么的?"桑德克嚼着东西反问。

"我们尼日尔河上的三个朋友,"桑德克对他们似乎漠不关心,令伊戈尔有些生气,"昨天他们的数据传输突然间中断了。"

上将抬头环顾了一下餐馆,确定没有人能听到他讲话:"他们与贝宁海军的两艘战舰和一架直升机产生了一点小冲突。"

"一点小冲突?"伊戈尔丝毫不相信,冲口说道,"到底是怎么发生的?他们受伤了吗?"

"我们只能推测他们很好地活着呢。"桑德克警惕地说道,"别人要登船,为了自保，他们别无选择，只能进入战斗模式，战斗过程中，他们的通讯设备出了问题。"

"这就能够解释他们的通讯为什么中断了。"伊戈尔平静了下来。

"从国家安全局的卫星照片来看，"桑德克继续说道，"他们冲出了两艘船和一架飞机的包围，成功地进入了马里的国境内。"

伊戈尔一下子瘫倒在了座位上，再也不觉得饿了："他们永远都没有办法离开马里的，他们走上了一条死路。我已经检索过计算机里关于马里政府的资料了，他们的军事头子有着西非人权最糟糕的纪录。皮特他们肯定会被抓住，被吊死在最近的一棵海枣树上。"

"这就是我们去见联合国秘书长的原因。"桑德克说道。

"她能帮上什么忙吗？"

"联合国是把我们的人和他们找到的数据救出来的唯一希望了。"

"为什么我开始认为我们的尼日尔河探索是未经许可的？"

"我们没办法让那些政客们相信眼前的情况有多危急，"查普曼犹豫地说道，"他们始终坚持要成立一个特别委员会来处理这件事情。整个世界就在毁灭的边缘，而我们杰出的官员们依然坐在高凳上显摆着自己的权力，像无伴奏合唱那么讨论个不停，你能接受吗？"

查普曼的措辞让桑德克笑了起来，他解释道："达西想说的是我们把紧急情况报告给了总统、国务院和一些国会领导，但是他们都拒绝帮助我们，拒绝和西非国家交涉一下，以便让我们能够去分析水样。"

伊戈尔盯着他："所以，为了先发制人，你就派了皮特、吉奥蒂诺和古恩偷偷进行。"

"别无选择。倒计时已经开始，我们必须绕过我们的政府。如果消息泄露出去，我的屁股肯定得泡到强酸里头。"

"这比我想象的还糟。"

"因此我们才需要联合国。"查普曼说道，"没有他们的帮助，皮特、吉奥蒂诺和古恩很有可能一入马里再难出来。"

"而我们所迫切需要的数据，"桑德克说道，"也会随着他们一起消失。"

伊戈尔露出了一副伤心的表情:"你牺牲了他们,上将,你会牺牲掉我们最亲密的朋友。"

桑德克的表情却异常坚毅:"你以为我没有因为我的决定而辗转煎熬吗?但想想那些风险,你认为还有谁能去完成这项任务?你愿意把谁派去尼日尔河?"

伊戈尔揉了一阵太阳穴,最后点了点头回答道:"你是对的,当然。他们是最好的,如果有人能够完成这项不可能的任务,那肯定是皮特。"

"你能赞同,我很高兴。"桑德克粗声说道。他又一次看了看表:"我们最好快点结账上路。我可不想让卡米尔秘书长等我们,特别是我准备跪下来像个游魂一样求她帮忙的时候。"

哈拉·卡米尔,来自埃及的联合国秘书长,有着奈弗尔提蒂[①]的美貌和神秘。47岁的她,黑色的眼睛让人一见难忘,长长的黑头发柔顺地垂在肩上,毫无瑕疵的面部其端优雅,虽然工作繁重,压力巨大,但是她始终都能维持自己的年轻与美丽。她高高的个子、保守的衣着依然难掩她婀娜的身姿。

桑德克等人走进她在联合国总部的办公室时,她站了起来绕过桌子迎上去:"桑德克上将,见到你非常高兴。"

"女士,见到你是我的荣幸。"桑德克在这位美女面前眉开眼笑,他回握住了对方的手,并且微微鞠躬,"感谢你抽时间见我。"

"上将,太神奇了,你居然一点儿都没变。"

"可你看上去更年轻了。"

卡米尔露出了一个迷人的笑容:"不要互相恭维了。我们都多了一两条皱纹,已经很长时间没见了。"

"差不多5年了。"桑德克说完转身向卡米尔介绍查普曼和伊戈尔。

对于查普曼的大个子和伊戈尔的穿着,哈拉没有留意,她已经见惯了来自世界各地、长相千奇百怪、穿着各式各样的人。她伸出手指了指沙发:

---

[①] 阿肯那顿国王的妻子,埃及的一位王后。

"请坐。"

"我会长话短说,"桑德克直入主题,"我需要你的帮助,有一桩事情十分紧急,关系到全人类安危的环境灾难。"

卡米尔的眼睛中充满了怀疑:"上将,你的话题太沉重了。如果又是一套关于温室效应的恐怖预言,我已经听太多了。"

"远比那更糟,"桑德克十分严肃,"到今年年底,这个世界上的大部分人口都会成为历史了。"

哈拉看着坐在她对面的三个男人,每个人都神情肃穆。对于桑德克的话,她不再怀疑。她不知道自己为什么相信他,但是她知道自己非常了解桑德克,桑德克不是一个喜欢幻想的人,从不杞人忧天,如果他说天要塌了,绝对有充分而科学的证据。

"讲下去。"

桑德克把发言转交给了查普曼和伊戈尔,他们一一讲述了关于疯狂增长的赤潮的发现。20分钟后,哈拉说了声抱歉,然后按下了桌上对讲机的按钮:"萨拉,麻烦你给秘鲁大使打电话,告诉他我有突发事情,问他能否把我们的会面推迟到明天这个时候。"

"非常感谢你的时间和兴趣。"桑德克的话发自内心。

"这个威胁你们确定无疑吗?"哈拉这话是问查普曼的。

"完全确定。如果赤潮以这种速度无节制地蔓延的话,就会缺少足以支持地球生命的氧气。"

"而那还没有考虑到毒性的作用,"伊戈尔补充道,"这也肯定能够导致海洋生物的大范围死亡,陆地上的人类和动物如果吸入,也会死亡。"

哈拉看着桑德克:"你们的国会呢?你们的科学家呢?你们的政府和世界范围内的环境组织肯定都会非常关心。"

"是有关心。"桑德克回答道,"我们向总统和国会成员报告了我们的发现,但是官僚机构的齿轮转动太慢,委员会正在考察,但是却没有作出任何决定。这事情的紧急远远超乎他们的想象,他们没有想到时间已经那么紧迫了。"

"当然，我们也把我们的初步发现与知名的海洋学家和污染专家分享，"查普曼说道，"但是除非能够分析出引发问题的污染源，我们也提不出什么解决方案。"

哈拉沉默不语。得知自己掌握着如此的未来天劫，特别是如此近在眼前的，对哈拉来说，实在非常困难。从一定角度上来说，她无能为力。身为联合国的秘书长，更像是一个幻想王国里面的假想女王。她的工作是维持世界各国和平地运作，她可以监督，但是不能发号施令。

她隔着咖啡桌看着桑德克："除了保证联合国环境规划署的合作之外，我不知道自己还能做些什么。"

桑德克更加自信了，他原本低沉而紧张的声音，渐渐变得沉缓而清晰："我派了一队人驾着一艘船逆尼日尔河而上，分析水样，想要找出赤潮爆发的原因。"

哈拉的黑眼睛冷静而深邃，仿佛洞穿人心："击沉了贝宁的战舰的，就是你的船？"

"你果然十分明智。"

"我有来自全世界各地的报告。"

"确实，那是一艘NUMA的船。"桑德克承认道。

"我估计，你应该知道，贝宁海军的上将指挥官，也就是那个国家总统的弟弟，在那场战斗中死了。"

"我听说了。"

"按我的消息，你的船挂了一面法国国旗。在一面外国的旗帜下去做你们那些小勾当，足以让西非人把你的人当做敌国间谍杀死。"

"我的人都知道这种危险，他们是志愿者。他们明白，如果我们想要及时控制住赤潮，每一个小时都意义非凡。"

"他们还活着吗？"

桑德克点了点头："几个小时前，他们已经进入了马里的境内，正在接近加奥市，一直都很顺利。"

"你们的政府中还有谁知道这件事？"

桑德克用下巴指了指查普曼和伊戈尔："只有我们3个和船上的人。NUMA之外的人只有你一个。"

"卡兹穆将军，马里军队的主管不是个傻瓜。他肯定会听说贝宁海军的那次战斗，而且能够预计到你的人会进入他的国家，只要他们一靠岸，肯定就会被拘捕。"

"秘书长女士，我来找你就是因此。"

原来如此。哈拉心想。

"上将，你想让我做点什么？"

"希望你帮助去营救我的人。"

"我就猜到这样。"

"一旦他们发现了污染源，他们是否获救将关系重大。"

"我们迫切需要他们的分析数据。"查普曼说。

"那么，你真正想救的是那些发现。"哈拉的声音冷冷的。

"我也没有丢下勇士的习惯。"桑德克牙关紧咬。

哈拉无能为力地摇了摇头："很抱歉，先生们。我能理解你们的绝望，但是我不能滥用我的权力，去插手非法的国际行动，让我的部门蒙羞，不论那行动有多重要。"

"即便要救的人是德克·皮特、阿尔·吉奥蒂诺和鲁迪·古恩，你都不会？"

哈拉的眼睛瞪大了，过了一会儿，她靠在了椅子中，沉思了片刻："我开始明白了。你在利用我，就好像你利用他们一样。"

"我并不是在策划举办一场友好的网球比赛，"桑德克坦率地说道，"我是在拯救无数的生命。"

"但你击中人心，不是吗？"

"因为必须如此。"

查普曼挑高了眉毛："恐怕我不大明白是怎么回事。"

哈拉眼睛望着上方："大约5年前，你们派去尼日尔河的3个人从暗杀者手中救了我的命，而且不止一次，是两次。第一次是在科罗拉多州布雷肯里奇的一座山上，另一次是在麦哲伦海峡一个冰川附近的废矿中。桑德克上将是在考验我的良心，让我作出回报。"

"我大约记起来了，"伊戈尔点了点头，"那是打捞亚历山大宝藏的时候。"

桑德克站了前来，走到哈拉身边坐下："秘书长女士，你愿意帮助我们吗？"

哈拉如同一尊雕塑般一动不动地坐着，呼吸若有若无。最后，她微微转身，面对着桑德克说道："好的。我承诺，将运用我手头的所有资源，去将我们的朋友从西非救出来。我只希望我们还没有太迟，他们依然还活着。"

桑德克把头扭开了，他不想让哈拉看到他眼中的激动："谢谢你，秘书长女士，我欠你的，我欠你太多了。"

## 16

"没有生命的迹象？"格里姆斯看着阿瑟拉破败的村庄，"甚至连狗和羊都没有。"

"看起来就像是彻底死了一样。"夏娃的手搭在眼睛上遮挡着刺眼的阳光。

"比高速公路上被碾平了的青蛙还要死得彻底。"霍普举着望远镜眺望。

他们站在沙漠中一个小小的高地，俯视着阿瑟拉。这里唯一人类生命的踪迹就是从东北方驶向村子的轮胎印。但很奇怪，其中没有离开村子的方向的。夏娃看着村子外缘破败的房屋和蒸腾的热浪，感觉像是看着一座远古的废城。这个地方有一种不寻常的寂静，让她紧张而不安。

霍普转头对巴图塔说："上尉，非常感谢你与我们合作，允许我们在这儿降落，但很显然，这个村子是一个被遗弃的鬼都。"

巴图塔坐在方向盘后，无辜地耸了耸肩："陶德尼盐矿的一个商队说这里发现过疾病。你还想知道些什么？"

"去看看应该没什么。"格里姆斯说。

夏娃点头同意："我们应该也要分析村子水井里的水样。"

"如果你们想从这儿直接走过去，"巴图塔说，"我愿意回直升机那边，通知别的人。"

"十分感谢，上尉，"霍普回答，"麻烦你顺便把我们的设备运来。"

巴图塔没有回答，没有说再见，只是调转车头，向停在远处一片平地上的直升机开去，扬起一片沙尘。

"他突然间变得这么热情真是奇怪极了。"格里姆斯轻声说。

夏娃也点了点头："如果要我说，实在过于热情了。"

"不过我不太关心，"格里姆斯看着沉寂的村庄，"如果这是一部美国的西部片，我会说，我们正走进陷阱。"

"陷阱与否，"霍普心不在焉地说道，"咱们都过去找找有没有人。"他顺着斜坡向下走，全然不顾正午的烈日和地面沙石散发出的热度。夏娃和格里姆斯迟疑了一下，跟在了他的后面。

10分钟后，他们走进了阿瑟拉那窄窄的羊肠般的小街。小街没有任何特别，除了处处垃圾。他们不得不跨过或绕过一堆堆似乎整条街上都有的垃圾和碎片。突然间吹来一阵微微的热风，随风而来一股腐肉的味道，刺激着他们的鼻孔。每走一步，这种恶心的味道便浓一分，看样子是从那些房子里面飘出来的。

霍普始终都坚持不进入任何建筑，最后他们来到了集市，一幅难以置信的令人作呕的画面出现在他们眼前。即便是最恐怖的噩梦中，他们也难以见到这样的画面：眼前堆满了人类骨骼的残骸，仿佛等待出售一样，集市广场的树上，晒干的黑色人皮向下垂着，在成群的苍蝇的攻击下微微颤动，仿佛还是活的一样。

夏娃的第一个念头是这是军队组织的大屠杀后的场景。但是想到骷髅和被剥下来的皮的位置，她迅速抛弃了这个想法。这里发生过的，远不是嗜血的士兵或沙漠强盗的暴行那么简单。她弯下腰，捡起了一根骨头，是人类骨骼，上臂的。夏娃更加肯定了自己的想法。而当看明白这根骨头上面还有人类牙齿印记的时候,她浑身一阵战栗,轻声说:"食人族。"

不知为什么,苍蝇的嗡嗡声和夏娃说出的事实,只令村庄的死寂更加沉默。格里姆斯轻轻接过夏娃手中的骨头,仔细研究着。

"没错,"他对霍普说道,"这些可怜人肯定都是被某些疯子吃掉的。"

"根据刚才的味道判断,"霍普揉着鼻子说道,"肯定还有些没有变成骷髅。你和夏娃等在这儿,我进房子去找找看。"

"我觉得,看起来,他们并不喜欢陌生人。"格里姆斯表示反对,"在我们进入当地人的食谱之前,最好回飞机那里去。"

"胡说,"霍普冷笑着说,"我们正在研究反常表现的极端案例,也许这就是我们要找的有毒污染物引发的病例,不搞个究竟,我不会就这么离开的。"

"我和你一起去。"夏娃坚定地说。

格里姆斯耸了耸肩,他是个老派的人,不会甘居女人之后:"好吧,我们一起去。"

霍普拍了拍他的背:"好样的,格里姆斯。如果和你被煮成了一锅粥,我会很荣幸的。"

他们进入的第一座房子,不过是石头加泥巴堆成的一堆。里面有两具尸体,一男一女,死了至少一个星期了,热度已经将他们体内的水分蒸干了,皮肤干巴巴地皱着。霍普草草地检查过后,就断定,他们死得并不轻松,并不是死于快速致命的毒药,反而是备受煎熬,仿佛经历了一场酷刑,最终得以解脱。

"不做病理检查,看不出太多东西。"霍普说道。

格里姆斯低头看着,冷静自若:"这些人死了一段时间了,我希望能够找到更鲜活的受害者。"

这话在夏娃听来非常冷酷。而看到屋子一个角落里一小堆的小骨头让她开始浑身发抖。她忍不住去猜测,这对夫妇吃掉了自己亲生孩子。这种想法实在太令人无法忍受了,夏娃努力将它抛在脑后,单独一个人走了出去,走进街对面的另一间房子。

这一户的门廊似乎比其他的都要豪华一些。穿过门廊，有干净整洁的一个L形的庭院。别的庭院都堆满了残骸，这一座如此整洁，简直是个异类。但这座房子的恶臭格外明显。夏娃拧开腰间的水壶，浸湿了一块手绢，堵在鼻子上，然后一间屋子一间屋子地搜索。这家的墙壁涂成了白垩色，一根圆圆的柱子支撑着高高的屋顶，顶上还吊了一张席子。窗子多得数不清，全都朝着庭院，照进来的阳光足够亮。

这应该是村子中比较豪华的一户人家。那些做工精细的桌椅，与其他人家破碎的家具截然不同，依然立在原来的位置上，夏娃觉得这家的主人可能是一个商人。她沿着门廊走进一间长方形的屋子，这本是一间厨房，现在里面却堆满了一大堆正在腐烂的人类肢体，夏娃站在原地，心里作呕，不断喘息。

花了很大的力气，她才克制住翻腾的恶心的感觉，之后又突然间感觉到一种虚脱和恐惧，便快速闪身离开了这幅惨景，走进一间卧室。但是更大的震惊等在那里，夏娃整个人目瞪口呆，愣在原地。床上躺着一个人，似乎非常放松，眼睛大睁，头靠在一个垫子上，手伸在一侧，手掌摊开。他眼睛正对着夏娃，好像在用从魔鬼那里借来的神采看着她。眼白是淡粉色，而虹膜则是深红色。有那么可怕的一瞬间，夏娃觉得这个人还活着。但是他的肺部并没有起伏，魔鬼般的眼睛也一眨不眨。

夏娃站在那里，看着这个人，仿佛看了很长时间，最后终于聚集了所有的勇气，走到了床边，伸出手指摸了摸他脖子上的动脉。没有脉搏。夏娃探身举起了他的胳膊，由于尸僵，他的肌肉都已经僵硬了。这时背后响起一阵脚步声，夏娃一下站直身子，转身发现原来是霍普和格里姆斯。

他们走到她身边，低头看着尸体。然后霍普突然间大笑了起来，笑声响彻整间房子："老天啊，格里姆斯，你想要新鲜的受害者来做尸体解剖，他就躺在这儿呢。"

将联合国调查团的所有成员和他们便携的分析设备都运到村子之后，巴图塔将车停在直升机旁边。由于炽热的阳光，驾驶舱和客舱此刻都已经变成了烤炉,机组人员正懒洋洋地躺在一只机翼之下。尽管在那些科学家面前他们对巴图塔十分冷淡,但是现在却非常殷勤,向他敬了个军礼。

"飞机里还有人吗?"巴图塔问。

机长摇了摇头:"你把所有人都送到村子里去了。飞机现在空了。"

看着这个穿着袖子上有军衔条的航空服的飞行员,巴图塔笑了:"德伽玛中尉,干得好。霍普博士上钩了。你把他耍了,他完全把你当成了机组成员。"

"谢谢夸奖,上尉。这得多谢我南非的妈妈教会了我英语。"

"我必须用无线电联系曼萨上校。"

"请到驾驶舱,我来替你调频道。"

走进驾驶舱,就好像走进了一桶融化的铅当中。尽管德伽玛中尉打开了旁边的窗户通风,但是热气依然让巴图塔有一种窒息的感觉。他坐在一边,十分痛苦地等着马里空军的飞行员帮他呼叫曼萨上校的办公室。接通之后,德伽玛立刻将话筒交给了巴图塔,然后满心欢喜地离开了热腾腾的驾驶舱。

"这里是猎鹰一号。完毕。"

"我在,上尉,"曼萨熟悉的声音传了过来,"你不需要用代号,我不认为敌人的特工在偷听。你那边情形怎么样?"

"阿瑟拉的本地人都死了,那些西方人正在村子里自由行动。重复,所有的村民都死了。"

"那些血腥的食人族们都自相残杀死光了,是吗?"

"是的,上校,包括所有妇女儿童。霍普博士和他的人认为都是中毒死的。"

"他们有证据吗?"

"还没有。他们现在正在分析水井里的水样,解剖尸体。"

"没关系,陪他们继续玩。等他们完成那些小把戏,就把他们送去提比扎。卡兹穆将军已经安排好了欢迎仪式。"

巴图塔能够非常清晰地想象出将军会给霍普预备什么样的东西。他讨厌这个大个子加拿大人,他讨厌他们所有的人。"我会让他们安全抵达。"

"完成你的使命,上尉,我担保给你提升。"

"谢谢,上校。完毕,挂断。"

格里姆斯就在夏娃发现死尸的那栋房子里开始了工作。这是整个村子里最大最干净的一栋房子。他对卧室中发现的尸体进行解剖分析,而夏娃则进行血检。霍普从村子里的水井中提取水样,进行分析,其他的成员则随机选取着骨骼和其他人体组织的残留物进行化验。在集市后面有一个大仓库,他们在里面发现了当初被残杀的观光团的路虎车,将车开了出来,在村子和直升机之间往返运送必需的设备,而巴图塔上尉则一个人开始闲逛,让自己显得若有若无。

死尸的恶臭特别强烈,在这样的环境中,睡觉是不可能的。于是他们通宵达旦,一直工作到第二天傍晚才开始休息。营地就建在直升机旁边。世卫组织的科学家们聚在一个小煤油炉边,睡了一小阵,吃了一些压缩牛肉干作为晚饭。沙漠里白天虽然高达44摄氏度,但是到了晚上,居然跌到零下,日夜温差有60度之多。巴图塔仿佛一个得体的主人,给他们泡了刺激的非洲茶,别人讨论的时候,他就在一边认真地听着。

霍普点燃了烟斗,对瓦伦·格里姆斯点了点头:"应该由你开始,瓦伦,给我们讲一下对我们发现的那唯一一具完好尸体的分析。"

格里姆斯从一个助手手中接过了一个小写字板,在灯光下研究了一阵子才开口:"在我这么多年的经验看,我从来都没有见过一个人体内会有如此多的并发症。眼睛,包括虹膜和眼白,都变红了。皮肤组织特别红,呈铜褐色。脾脏胀大,心脏、脑部甚至微细血管都有血块郁结。肾部完全被破坏。肝脏和胰脏有明显瘢痕。血色素非常高。脂肪组织恶化。这些人发狂吃人一点都不奇怪。综合所有异常,很容易就会引发无法控制的精神错乱。"

"无法控制?"

"症状一步步严重,特别是对脑部的伤害,病患者便慢慢疯狂,最后完全失控,出现吃人的表现。按照我粗浅的推测,他活了这么久简直是个奇迹。"

"你的诊断结论呢?"霍普询问道。

"红血球严重过多引起的死亡,但病因不明。红血球数量增加,血色素值偏高,因此对病患的内脏造成了严重伤害。由于血块郁结并没有到阻挡血液循环的地步,所以血寄生虫遍布全身,特别是在皮肤和眼睛中特别多。就好像被人注射了大剂量的维生素$B_{12}$,你们都知道,那能促进血红细胞急速生长。"

霍普扭头看着夏娃:"血检是你做的,细胞本身有什么变化,是一般的那样扁扁圆圆中间凹陷的样子吗?"

夏娃摇了摇头:"不,我从来没有见过这样的血细胞,几乎可以说是三角形的,有孢子状的凸起。就如同格里姆斯博士所说的,含量高得惊人,一般普通的成年人每毫升血液中差不多有520万红细胞,但是这些人的数量是我们的3倍。"

格里姆斯说道:"我得补充一句,我同时发现了砷中毒的症状,其实那早晚都会杀了他。"

夏娃点了点头:"我认同瓦伦的诊断。血样中发现的砷浓度远高于正常标准。另外,钴浓度也高于正常水平。"

"钴?"霍普一下子坐直了身子。

"这没什么奇怪,"格里姆斯说道,"维生素$B_{12}$有4.5%是钴。"

"你们两个的发现同样回证了我对水样的分析,"霍普说道,"水中的砷含量和钴含量都高得离谱,普通的一杯足以毒死一头骆驼。"

"地下水,"夏娃看着灯光说道,"水流肯定通过了一个砷和钴的沉积层。"

"如果我回忆一下大学时学的地理课,"霍普思考着说,"一般的砷都是红砷镍矿,这种矿石通常都会含有钴。"

"这不过是冰山一角,"格里姆斯提醒道,"单这两种元素联合在一起并不足以引起这一片狼藉。肯定是有其他的化合物或衍生物充当催化剂,使砷和钴的毒性远超一般水平,引发了红血球的急速增加。这是我们没有找到的。"

"这种东西同样引起了它们的变异。"

"别再把事情搞得更复杂更神秘了，"霍普说，"我的分析中还有别的东西。我发现了严重的辐射的迹象。"

"有意思，"格里姆斯态度有些冷淡，"但如果是其他东西，长时间暴露在高辐射的环境中，红细胞的数量都会减少。我的检查中没有发现任何辐射的生理反应。"

"假设辐射是最近才渗到水井中的呢？"

"极有可能。"格里姆斯说，"但是那不知名的杀手对我们来说依然是一个谜。"

"我们的设备很有限，"霍普耸了耸肩，"如果我们正在对付的是一种新的病毒或新型的有毒化合物，在这儿我们没有办法完全鉴定出来，必须带些样本去巴黎的实验室。"

"是一种人造的化合物。"夏娃若有所思地轻声说道，然后她环顾了一下周围的沙漠，"是从哪儿来的呢？显然不是这儿。"

"佛瑞尔堡垒排出的有毒物？"格里姆斯猜测道。

霍普盯着自己的烟斗说："那在西北方向两百多公里的地方，太远了，而且盛行的风向不对，不可能飘来落在水井里。而且那也没有办法解释偏高的辐射值。佛瑞尔堡垒的设备并不接收辐射性废物，另外，那些有毒物质都被焚毁了，不可能渗入地下水系统，并且在不被沙土吸收的情形下传播到这么远。"

"好吧，"夏娃说道，"我们下一步该怎么办？"

"收拾行李，回开罗，然后去巴黎分析我们的样品。还要带着我们宝贵的变异人。把他包起来，保持低温，到开罗把他放到冰里的时候，他肯定还好好的。"

夏娃点了点头："我同意。越快找到合适的设备开始调查分析越好。"

霍普转头看着巴图塔，他正一句话不说地坐在旁边，仿佛心不在焉，但是衣服下面藏着的录音机却记下了每一个字。

"巴图塔上尉。"

"霍普博士？"

"我们决定明天一早就起程去埃及。你没有什么意见吧？"

巴图塔笑得十分开怀，用手捻着胡子的一端："很遗憾我必须留下来，向我的长官报告这个村子的情况。你们可以自便。"

"我们不能就这么把你留在这儿。"

"我们的汽油足够，到时候我可以开一辆路虎返回廷巴克图。"

"有大约400公里远。你认识路吧？"

"我在沙漠里出生长大，"巴图塔说，"早上出发，天黑我就能到达廷巴克图。"

"我们行程的改变会不会令你在曼萨上校面前为难？"格里姆斯问道。

"我接受的命令是照顾你们，"巴图塔一副施恩于人的样子，"不用多想了。我只是很遗憾不能护送你们去开罗。"

"那就这么定了，"霍普从椅子中站了起来，"明天一早我们就收拾设备，起程去埃及。"

会议就此结束了，科学家们回到各自的帐篷，巴图塔依然留在炉火边。他关掉了录音机，然后拿出一个手电筒，向驾驶舱的窗户闪了两下。一分钟后，机长从梯子爬了下来，来到巴图塔的身边。

"你发了信号？"他轻声问道。

"这些外国猪明天离开。"巴图塔说。

"我必须用无线电通知提比扎，提醒他们我们的到达。"

"记得提醒他们给霍普博士一行人适当的欢迎。"

机长心知肚明："提比扎，真是个烂地方。交接完这些乘客，除非必须，我不想在那儿多待一秒。"

"你接下来要飞回巴马科的机场。"巴图塔说道。

"真好。"机长微微颔首，"晚安，上尉。"

夏娃散了一会儿步，享受着清新的空气和璀璨的星空。回来的时候，她刚好看到飞行员向飞机走去，巴图塔一个人待在炉子边。

太配合，太顺从，太讨好了，夏娃想道，肯定会有麻烦。她摇了摇头，仿佛要驱散这种想法。女人多疑的本性又发作了？他怎么阻挡他们？只要飞到天上，他们就不会回来了，就远离了恐惧，将去往一个友好而透明的社会。想到自己再不会回马里，她心满意足。但是也许是直觉作祟，有些看不见的东西，依然扰乱着她的安宁。

## 17

"他们跟在我们屁股后面多久了？"吉奥蒂诺刚刚睡了三个钟头，现在正揉着眼睛看着雷达显示屏上的图像。

"大约75公里前我就发现了他们，那时候我们刚进入马里境内。"皮特站到了方向盘的一侧，用右手自如地操纵着舵。

"搞清楚他们的火力装备没有？"

"没。那艘船本来隐藏在一个支流上游大约100米的地方，我在雷达上发现了一个可疑的信号，我们刚绕过那个弯道，他们就驶入了河中开始跟着我们。"

"也许只是例行的巡逻船。"

"例行的巡逻可不会有什么伪装。"

吉奥蒂诺研究着雷达上的距离标尺："他们并没有试图去堵住河道。"

"只是在等时机。"

"可怜的老战舰，"吉奥蒂诺伤感地说，"它们不知道自己就要进入一个大垃圾场了。"

"悲观地说，情况有些复杂，"皮特缓缓地说道，"战舰并不是唯一的猎犬。"

"他们还有同伙？"

"马里军队抛出了坚实的欢迎红毯，"皮特转身抬头看着午后晴朗无云、一片蔚蓝的天空，"一群马里战斗机正在我们东方的天空中飞来飞去。"

吉奥蒂诺立刻就看到了它们，飞机驾驶舱的顶棚上反射着刺眼的阳光：

"法国幻影战斗机,看起来是比较新的机型。有6架,不,7架,至少离我们6公里远。"

皮特又转了一次身,指着河西岸:"河岸山丘那边有一股尘暴,是一队装甲车引起的。"

"有多少?"问这话的时候,吉奥蒂诺已经在心里算计他还有多少导弹了。

"他们经过一片空旷地带的时候,我数到的是4个。"

"没有坦克?"

"我们现在的速度是30节,坦克跟不上。"

"这次我们没办法给人们惊喜了,"吉奥蒂诺如实说道,"关于我们的传说速度远快过我们。"

"显而易见,从他们始终不愿意进入我们的射程范围就看得出来。"

"现在的问题是,什么时候?老家伙,他叫什么来着?"

"札台伯·卡兹穆?"

"管他是谁,"吉奥蒂诺漠不关心地耸了耸肩,"他什么时候会吹响冲锋的号角?"

"如果他比贝宁海军那个小丑上将聪明的话,并且他想将'卡利俄珀'收为己用,那么他要做的事就是等着。最后我们会跑完整条河。"

"还有燃料。"

"的确。"

皮特陷入了沉默,无语地注视着荒漠中间蜿蜒、宽阔而慵懒的尼日尔河。金黄的太阳正向地平线移动,蓝白两色的鹳鸟或是在午后炎热的空气中展翅飞翔,或是迈着优雅的长腿在浅水中悠闲漫步。一群尼罗河鲈鱼跃出水面,仿佛小火炬一样闪耀着光芒。一只小船顺流而下,船首船尾上五彩斑斓的涂鸦已经染上了黑色的污渍,小帆在微风中几乎无法招展。几个船员躺在一堆米袋上,头上撑着一把已经有些破损的遮阳伞,另外一些则在摇着桨。一切都宁静如画,皮特很难相信死亡与毁灭之神正慢慢在河上登场。

吉奥蒂诺打断了皮特的遐思:"你是不是提过在埃及遇到一个女人,她打算去马里？"

皮特点了点头："她属于联合国世界卫生组织的一个调查队，他们要飞来马里调查沙漠的村子里出现的一种怪病。"

"太糟糕了，你没办法和她在这儿碰头。"吉奥蒂诺笑着说，"你们可以一起坐在沙漠中，看着月亮，你就可以把胳膊搭上她的肩膀，在她耳边说说自己的丰功伟绩，嗯，还可以玩沙子。"

"你关于激情约会的想法就是这个？难怪你的爱情还是零分。"

"你还能有些什么别的办法去讨好一个地质学家？"

"生物化学家。"皮特纠正。

吉奥蒂诺的表情突然间变得异常严肃："你有没有想过，他们找的病源和我们找的有毒污染物是同一回事？"

"想过。"

就在此时，鲁迪·古恩从他下层的实验室中急匆匆地冲了上来，形容疲倦，但是满脸是笑。"找到了！"他得意扬扬地宣布。

吉奥蒂诺看着他，不太明白他在说什么："找到什么？"

古恩没有回答，只是不停地笑。

皮特立刻就懂了："你发现了？"

"引发赤潮的垃圾？"吉奥蒂诺轻声问。

古恩点了点头。

皮特举起了双手："恭喜你，鲁迪。"

"我几乎准备放弃了，"古恩说，"但是瞎猫碰到了死耗子，我已经在色谱仪里放了几百个水样，没有按照规定的时间去检查里面的情况。当最后检查的时候，发现仪器的试管里有一层钴，发现这种金属和合成的有机污染物一起被提取出来，我觉得奇怪极了。于是发疯地做了几个钟头的实验，最终我确定了一种有毒的有机金属化合物，那是一种经过改良的人造氨基酸和钴的混合物。"

"简直是天书，"吉奥蒂诺耸了耸肩，"氨基酸是什么东西？"

"组成蛋白质的东西。"

"是怎么进到河里的？"皮特问道。

"还说不好。"古恩回道，"我猜测，这种人造氨基酸应该是来自一个遗传工程生物技术实验室，他们把垃圾、化学废物和核废物一起排进了河里。它们混合在一起，自然形成了能够引发赤潮的恶性污染物，因为到了大海里，就显得稀薄了。我相信它是在一个很普通的地方形成的。"

"那里也是一个核废物的排放点？"

古恩点了点头："我在水中发现了很高的辐射读数。那只是全部污染中的另外一种，和我们的污染源没有直接关系，但是二者却相互作用。"

皮特没有回答，只是又看了一眼雷达屏幕上战舰的影子，依然在肉眼视力范围之外，如果说和刚才不同的话，只能说它距离更远了。他转头看着天空寻找战斗机，它们依然在空中懒洋洋而节约燃料地跟着，与"卡利俄珀"保持着一定的距离。现在的河面变宽了，有几公里宽，皮特看不到装甲车的影子。

"我们的工作只完成了一半，"他说，"接下来是找到污染物进入尼日尔河的地点。马里人看起来并不急着来打扰咱们。所以，继续向上，尽量在他们关门放狗前把事情做完。"

"我们的数据传输系统完蛋了，该怎么向桑德克和查普曼汇报呢？"

"我会想办法。"

古恩毫无保留地相信皮特的话，他没说什么，只是点了点头，转身回自己的实验室去了。

皮特将舵交给了吉奥蒂诺，然后躺在驾驶舱下的一张席子上，很快陷入了睡梦之中。

他醒来的时候，橘黄色的太阳已经有三分之一陷入了地平线之下，不过气温感觉比刚才热了十度。他瞥了一眼雷达，战舰依然跟在后面，战斗机却已经回基地去加油了。皮特觉得，这伙家伙开始轻敌了。马里人肯定觉得他们已经是囊中之物，否则为什么不派另一队直升机来接班？他站起来，活动了一下胳膊和肩膀。

吉奥蒂诺递来一杯咖啡："这会让你精神起来，上好的埃及咖啡，混合了杯底儿的泥。"

"我在梦里待了多久？"

"你死了两个多小时。"

"我们已经经过了加奥？"

"已经把那个城市甩在后方50公里。你没赶上看一个漂亮的游艇，上面有一群穿比基尼的美女对我飞吻。"

"你就吹吧。"

吉奥蒂诺伸出了三个手指："以童子军的荣誉起誓。那是我见过的最漂亮的游艇。"

"鲁迪现在的有毒污染物读数还那么高吗？"

吉奥蒂诺点了点头："他说，现在每向前一步，浓度便更高一分。"

"肯定不远了。"

"他认为我们几乎已经到了那东西的鼻子边了。"

突然，皮特的眼睛中闪过了一些什么，那是一种突然涌现的光芒，仿佛是皮特头脑中正在思考的东西的投影。吉奥蒂诺了解皮特什么时候身处现实，什么时候进入遐想。很快，皮特眼睛中的光芒消失了，被另一种神采取而代之。

吉奥蒂诺好奇地看着他："我不喜欢你这种表情。"

皮特最后回到了现实。"我只是在想办法不让'卡利俄珀'落入只知道拿它来寻欢作乐的专制的乡巴佬手里。"

"那么你打算怎么去打消卡兹穆眼中的贪婪？"

皮特笑得就像是一个绝地重生的老坏蛋："当然是准备些肮脏的小把戏。"

就在日落前，古恩从下面喊道："我们进入干净的水域了，我的设备测不到污染物了。"

皮特和吉奥蒂诺立刻扭头打量着河两岸。这个地方，河流从北稍偏西的方向流向南偏东。视力范围内，没有村庄，没有道路，只有一片荒芜。

四面八方都只是毫无变化、毫无起伏的空地，一直至地平线。

"空的，"吉奥蒂诺嘟囔道，"空得就好像刚剃过毛的胳肢窝。"

古恩爬了上来，看着船尾的方向："发现了什么没有？"

"自己看吧，"吉奥蒂诺把胳膊摆得就好像指南针的指针，"这个方向空得除了沙子一无所有。"

"东面似乎有点特别，"皮特指着河岸上一个宽宽的深壑，"看样子过去有水。"

"在我们有生以来就不是了，"古恩说，"看样子几个世纪前是条支流。"

吉奥蒂诺一本正经地研究着那条远古的河道："鲁迪肯定把界面调成了游戏，这里根本没有污染物进入河流。"

"调头再走一遍，我复查一下。"

皮特答应一声，船便开始像拉锯一样前后移动，离河岸越来越近，直到螺旋桨开始撞到上升的河底的淤泥。雷达显示后面的战舰停了下来，上面的人肯定都很好奇"卡利俄珀"想要干什么。

最后一趟后，古恩突然从舱口探出了头："向上帝发誓，最高的读数就来自东岸那个大沟口。"

他们全都满腹疑虑地看着这条已经干了几个世纪的河床。底部岩石嶙峋，向沙漠北方一片沙丘蜿蜒而去。没有人讲一句话，皮特将挡位调到了空挡，任快艇顺流漂荡。

"过了这个点，就没有任何有毒物的残余？"皮特问道。

"没有，"古恩的回答十分肯定，"就在这个河口下面浓度简直高出了计量器，一过了就完全消失了。"

"也许这是泥土自然产生的。"吉奥蒂诺猜测。

"这个邪恶的东西绝对不会是自然产生的，"古恩轻声说道，"我向你担保。"

"有没有可能是从沙丘那边的化工厂来的地下排水管道？"皮特猜测道。

古恩耸了耸肩："没有进一步的调查，就不能有结论。目前我们只能做这么多了。我们已经完成了任务，下面的事情可以交给污染物专家了。"

皮特发现船后方的战舰慢慢进入了视野。"我们的猎犬开始调皮了，如果让他们知道我们的把戏可不明智。我们最好继续上路，继续看风景。"

"这风景，"吉奥蒂诺咕哝着，"死亡谷和这比起来就像是花园。"

皮特推动挡杆，"卡利俄珀"发出一声吼叫，向前冲去。没用两分钟，马里的战舰已经从视线中消失。现在，皮特想，好戏该登场了。

## 18

卡兹穆将军坐在一张会议桌边的一把豪华的椅子中，会议桌侧面是两个马里内阁大臣和他的军事参谋长。如果只看丝绸覆盖的墙上的现代绘画和地上厚厚的地毯，很容易让人把这当成一座现代化的大厦中装修精良的办公室，但是弧形的房顶和直升机引擎的轰鸣声泄露了玄机。

这架布置典雅的A300空中客车是伊夫·马萨德送给卡兹穆的礼物之一，用以回报他使自己没在政府法律和限令这种琐事上浪费时间就在这里开始了自己伟大的事业。只要保证卡兹穆国外银行的账户中的金额不断增高，始终都有奢侈的玩具玩，他就会对马萨德有求必应。

这艘空中客车除了作为将军和他的亲信的私人交通工具外，设备还适用于作为军事通讯指挥中心。这主要是为了避免政府反对派所提出的贪污腐败的指责。

卡兹穆沉默地听着他的参谋长萨格哈尔·奇科上校向他报告贝宁的战舰和直升机覆灭的细节。然后奇科递给了他两张那艘超级快艇的照片，解释道："第一张照片里，快艇悬挂着法国的三色旗，但是自从进入我们国家之后，他们就挂上了海盗旗。"

"这是什么鬼把戏？"卡兹穆问道。

"我们不清楚，"奇科满脸歉意，"法国大使发誓他的政府对这艘船和船主一无所知。再加上那面海盗旗，这就是个谜。"

"你必须搞清楚这艘船是从哪里来的。"

"我们的情报来源没办法追查到它的建造地和国籍。欧美主要的船坞都觉得这艘船的造型十分陌生。"

"也许是日本的,或中国的。"马里的外交大臣莫索德·德哲马提示道。

奇科理了理自己浓密的唇髭,推了推有色眼镜:"我们的特工也侦察了日本、香港、台湾等地能生产时速超过50公里的一流快艇的造船厂,但是没有任何关于这艘船的记录和消息。"

"你对这个入侵者一无所知?"卡兹穆难以置信地问道。

"是的,"奇科举起了双手,"就好像安拉将它从天而降。"

"一艘貌似清白的快艇,沿着尼日尔河逆流而上,像女人换衣服一样随随便便地更换旗帜,"卡兹穆冷冷地吼道,"摧毁了一半的贝宁海军,还包括他们的上将指挥官,然后平安地进入了我们的水域,没有被海关和检查署拦下来检查,而你坐在这里,告诉我们的信息网络查不出建造者或所有者的国籍?"

"很抱歉,将军,"奇科十分紧张,他的近视眼逃避着卡兹穆冷冷的瞪视,"如果当初我能有权派一个特工在尼亚美的码头上登船,也许可以……"

"这艘船靠岸加油的时候,让尼日尔的官员们置之不理,我们已经花了太多钱了。我最不需要的事情就是一个笨手笨脚的特工给我引出一堆麻烦。"

"他们回应了无线电呼叫了吗?"德哲马问道。

奇科摇了摇头:"我们所有的警告都没有得到回应。他们对所有的通讯都置之不理。"

"真主在上,他们到底想做些什么啊?"塞尼·伽什,卡兹穆军委会的长官,长得与其说像军人,不如说更像是个商人,"他们有什么目的?"

"这个谜,看样子也是我们的情报人员能力之外的。"卡兹穆恼怒地说。

"既然已经进入了我们的领土,"外交大臣德哲马说,"为什么不直接登船接管它?"

"马塔布上将这么做了,现在他沉尸河底。"

"那船上装备有导弹发射器，"奇科指出，"从结果来看，是高精度的。"

"当然，我们有足够的火力……"

"那艘船被困在河里了，没处可逃，"卡兹穆打断了他的话，"他们没有办法回头开一千多公里回海里。他们肯定明白，任何逃跑的尝试都会引来我们的战斗机和陆上武装的开火。我们等着看，等他们燃料耗尽，唯一的办法就是投降了。到时候，我们所有的疑问就都有答案了。"

"我们是否可以肯定那些船员会交代自己的目的？"德哲马问。

"是的，是的，"奇科迅速答道，"而且会交代得更多。"

副驾驶员从驾驶舱走了过来："长官，我们现在已经能够看到那艘船了。"

"我们终于可以亲眼看看这个谜了，"卡兹穆说，"告诉驾驶员，选个好角度。"

连续工作的疲劳，和没有找到有毒物确切来源的失望，让皮特的警觉变得迟钝了。他通常都非常敏感，现在却只能看到"卡利俄珀"前方的水波。

是吉奥蒂诺最先听到了远处飞机的引擎声，然后抬头看到了——一架飞机正在河上不足两百米的高度盘旋，在黄昏蓝色的天空下分外显眼。那是一架比较大的客机，机身一侧有着马里国旗的图案。两三架歼击机作为护卫本应该足够了，但是这艘飞机周围有20架。起初，它似乎直向下降，靠近"卡利俄珀"，但是两公里后，它转弯开始盘旋，但距离越来越近。护航的歼击机呈八字形跟在后面。

现在，皮特已经完全能够看清飞机上的碟形雷达，断定那是一架指挥飞机。它现在距离"卡利俄珀"不足100米，透过窗户，那艘超级快艇上的每一处细节，甚至船员的脸孔，都能看得一清二楚。

皮特长长地叹了一口气，然后挥了挥手。然后他表演一般地鞠了一躬："保持速度，伙计们，欢迎参观这艘海盗船，还有河狸组成的梦幻乐队。欣赏演出，但是不要破坏货物，不然你们会受伤的。"

"不可能。"吉奥蒂诺一边趴在通向轮机室的舷梯上努力去够他的导弹反射器，一边警惕地观察着那架盘旋的飞机，"如果他不晃悠他的翅膀的话，我就能够一击即中,打得它四分五裂,死无全尸。"

古恩不慌不忙地坐在了一张椅子里,拧下他的天文望远镜的盖子:"除非你有办法让咱们隐形,不然我建议咱们顺着他们。居于下风是一回事,但是任人宰割又是另一码事。"

"我们确实被打败了。"皮特摇着头想要遣散疲倦,"我们做什么都不能扭转局面,他们的火力足够把'卡利俄珀'炸成牙签。"

古恩看着低矮的河岸上荒芜的景观:"也没办法靠岸逃跑,这片地方太开阔了,我们跑不出50米,就会玩儿完。"

"那么咱们怎么办?"吉奥蒂诺问。

"投降,然后寻找机会。"古恩语焉不详。

"狗急还跳墙呢,"皮特说,"我也要垂死挣扎一下,也许没有用,但是管他呢。咱们向他挥挥拳头,然后开足马力,死命地跑,如果他们敢开战,咱们就把他们变成大地的养料。"

"他们有更大的机会这么处理咱们。"吉奥蒂诺抱怨道。

"你说真的?"古恩怀疑地问。

"才不是呢,"皮特断然说,"皮特太太的好儿子可不会找死。我打赌,卡兹穆肯定非常想要这艘船,所以才会买通尼日尔的官员放我们进入马里让他抓。如果我赢了,他就不想伤这艘船一分一毫。"

"你在孤注一掷,而且押错了宝,"古恩反驳道,"只要打下一架飞机,就等于捅了马蜂窝,卡兹穆会倾尽全力来抓我们。"

"我确实希望如此。"

"简直疯了。"吉奥蒂诺说。

"关于有毒污染物的数据,"皮特耐心地说,"是我们来这儿的原因,记得吗?"

"不用提醒我们这个,"古恩开始觉得皮特的眼中有一种失去了自我的光,"你邪恶的脑袋里在酝酿些什么呢?"

"由于我极度讨厌毁坏一艘美丽完好的船,所以,要想把发现的结果带出非洲,交到桑德克和查普曼的手中,只有一条路——分头行动。"

"他那个疯脑袋里总算有点想法了，"吉奥蒂诺肯定道，"继续说。"

"没什么复杂的。"皮特解释道，"再过一小时，天就完全黑了。我们现在回头，在卡兹穆厌烦之前尽量靠近加奥，鲁迪跳水游到岸边，你和我开始射击表演，同时像处女躲流氓一样玩命往河下游逃。"

"那艘战舰可能会有意见，你没有想过吗？"古恩提示道。

"不成问题。如果时机把握得好，马里海军还没有意识到，我们就已经闪过去了。"

吉奥蒂诺透过太阳镜向远处望着："听起来机会渺茫。但一旦错过时机，马里人的注意力也不会放在河里游泳的人身上。"

"为什么是我走？"古恩用命令的语气问，"为什么不是你们中的一个？"

"因为你是素质最高的。"皮特论证道，"你机灵狡猾，处事灵活，如果有人能够混进加奥的机场，搭上离开这个国家的飞机，肯定是你。而且你是我们当中唯一的化学家，找到有毒污染物和它的入水点都是你的功劳。"

"我们可以想办法逃去巴马科的美国大使馆。"

"很有可能。巴马科有600公里远。"

"德克的主意很好。"吉奥蒂诺表示赞同，"我们两个加在一起也说不出肥皂的化学成分。"

"我不能就这么跑了，让你们拿生命掩护我。"古恩非常坚持。

"别说傻话了，"吉奥蒂诺的声音冷冷的，"你对德克和我都相当了解，我们没有自杀的基因，"他转向皮特，"是吧？"

"别乱想了，"皮特十分庄重，"等咱们掩护鲁迪逃走后，就动手修理'卡利俄珀'，让卡兹穆永远都没有办法享用它。然后，咱们就自己弃船，横穿沙漠，寻找有毒物的真正来源。"

"我们干什么？"吉奥蒂诺吓傻了，"横穿……"

"说得真简单。"古恩说道。

"……沙漠。"吉奥蒂诺终于嘟囔完了。

"小小远足，不会伤身。"皮特的语气十分轻松。

"我错了,"吉奥蒂诺哀叹,"他是想让我们自毁。"

"自毁?"皮特重复了一下,"伙计,你真说了一个神奇的词。"

## 19

皮特最后看一眼头顶的飞机。他们依然在漫无目的地盘旋,看起来没有发动进攻的打算,至少现在肯定没有。等到"卡利俄珀"开始向下游猛冲,他便无暇顾及它们。在夜幕之下,以70节的速度行驶在一片陌生的水域,足以占据他的每一根神经。

他将视线投向原本支撑卫星碟形天线的桅杆上,现在,船尾的旗杆上已经不见那面小骷髅旗的踪迹,一面大大的美国国旗正悬挂在卫星天线的桅挂上。这面旗子展开来足有两米长,但是夜空中没有一丝风,它只是蜷缩在桅杆上,没有一丝生气。

他又看一眼船尾的圆屋顶,护盾已经关起来了。吉奥蒂诺并没有在装备剩下的六枚导弹,而是将他们用雷管和定时器缠绕起来,固定在油箱周围。皮特知道,古恩现在正在下层,将数据光碟和水样包裹在塑料中,紧紧包装,然后塞进一个小背包中,背包里面还有一些食物和救生装备。

皮特将注意力转回了雷达之上,确定马里战舰的位置,要摆脱它们原来非常容易,这让他感到喜出望外。一切都已准备就绪,无法再回头。他的肾上腺素正快速蹿升。

皮特深深吸了一口气,将三重油门都开到最大,满打方向盘向右。

对于在空中指挥飞机上观察的人来说,"卡利俄珀"仿佛是跳出了水面,在空中扭了个身。它在河中间调了一个弯,接着全速向下游前进,身后溅起帘子一般的水幕。船首出水上翘,就如同一只被举高的剑,船尾深深吃水,在水面上拖下一条长长的尾巴。

船速的冲击之下,星条旗猛地开始伸展飘扬。皮特非常清楚,在异国的领土上,执行一项非法的任务时,挑衅般地悬挂出国旗,等于是在对抗所有的政府法令。但是如果暴怒的马里人攻击他们以表达自己的愤慨，那么美国国务院就会声称这是一场血淋淋的谋杀。上帝都知道，白宫就是一个地狱，但是他显然丝毫没有放在心上。

骰子已经开始滚动。黑色的水面如同缎带一般，在前方招手，平静的水面上只反射点点微弱的星光。皮特没有把握自己的视力能够使船维持在河道的深水部分，如果以全速撞上河岸，后果不堪设想。因此，尽管是在走回头路，他依然时刻关注着雷达和声纳。

他没有花工夫去瞥一眼速度表，速度表的指针起初保持在70节的标记上，然后开始在标记之外微微颤动。他也没有看转速表，他知道指针也已经超过了最大值。"卡利俄珀"就如同一匹骏马在以超越自己极限的速度驰骋，为这段最后的航程倾尽全力，仿佛它已经知道自己无法返回母港的命运。

马里战舰的位置几乎已经到了雷达正中，皮特从黑暗中仅能够依稀辨认出战舰的影子正在侧转，企图封住"卡利俄珀"的通路。船上没有光，但是皮特确定无疑，船员们肯定正将所有的炮火对准自己。

他决定在进入船体附近前佯装右转，避开炮手们的攻击，冲到战舰船首下方。马里人现在占据主动，但是皮特相信卡兹穆不愿意伤到这世界上最好的快艇。所以，那位将军肯定不会心急，要拦住这艘妄图逃跑的船，接下来的几百公里，对他来说绰绰有余。

皮特牢固地站稳脚跟，将手放在方向盘上准备快速转弯。涡轮发动机全速运转的嘶吼声，耳际呼啸的风声，都让皮特莫名其妙地联想起了瓦格纳的《诸神的黄昏》的最后一幕。所不同的，不过是缺少电闪雷鸣。

但是，那也很快出现了。

战舰开火了，嘶鸣的火焰在夜空中爆发，在人的耳际盘旋，一场骚乱的噩梦开始上演，开始扑向"卡利俄珀"。

指挥飞机上的卡兹穆并没有料想到这一轮攻击，让他震惊而暴怒。

"谁让战舰的船长开火的？"

奇科也是一头雾水的样子："他肯定是自作主张。"

"命令他停火，立刻！我想要那艘船完好无损。"

"是，长官。"奇科说完从椅子中跳了起来，急匆匆赶向飞机的通讯舱。

"白痴！"卡兹穆咬牙切齿，脸上满是愤怒，"我的命令很清楚，没有我的命令就不准开火，那艘船船长和指挥官居然敢违反，统统处死。"

外交大臣德哲马用不赞同的眼光看着卡兹穆："这么处罚过于严厉……"

卡兹穆狠狠地瞥了一眼德哲马，打断了他的话："对于不忠诚的人，一点也不。"

在卡兹穆的目光下，德哲马退缩了。任何一个有家室的人都不敢面对卡兹穆。所有质疑将军命令的人都消失了，就好像他们从来都没有存在过一般。

卡兹穆的目光非常缓慢地从德哲马身上收了回来，重新投入到河上发生的一切。

那些邪恶的追踪者们，在沙漠的夜幕中闪烁着诡异的光，在水上飞来飞去，开始粗野地瞄向"卡利俄珀"。霎时间，仿佛有十几门炮同时开火。河上水花四溅，如倾盆大雨。然后炮手们的瞄准开始稳定而致命，冒着火的炮弹飞过河面，撞向现在毫无反抗能力的几乎与他们平行的小船。船首和前甲板上一个破洞应声而出，如果不是船上多余的尼龙缆绳和前甲板上的锚链的干扰，炮弹肯定能够钻进这艘毫无保护的小船很深。

面对这第一轮攻击，皮特他们根本没有办法抵挡，几乎没有来得及反应。"卡利俄珀"整个失去了平衡。皮特条件反射地蹲下身子，同时疯狂转动方向盘，躲避这毁灭性的炮火。有一阵子，"卡利俄珀"躲开了炮火的攻击，但是对方的炮手很快调整方向，将燃烧的炮弹再度射向这艘亡命的小船，钢铁和玻璃纤维的船身在炮火的攻击下开始碎裂。炮弹撞击的声音就好像高速公路上全速行驶的汽车轮胎撞向中间的隔离带。

前甲板上被炸开的破洞中开始跳荡着浓烟烈火。皮特周围的控制面板上的仪器或破裂，或爆炸，幸运的是，并没有炮弹击中皮特，但是他依然觉得自己的脸颊上有一串液体滑过。他在心中暗骂自己怎么会那么蠢，居然认为马里人不会损坏"卡利俄珀"。他真的很后悔让吉奥蒂诺把所有的导弹都从发射器中卸了出来,放到了油箱附近。只要一个炮弹射入轮机室,他们就都会成为鱼食。

现在,他已经离战舰近在咫尺,如果他想的话,都可以借助对方炮口的烟火看清楚自己那块老多克萨手表的刻度。

皮特粗野地控制着方向盘,在距离战舰船首不足两米的地方突然转向,绕了过去。"卡利俄珀"激起的波浪铺天盖地,战舰都为之倾斜,炮手们因此丧失了准头,炮弹无用地飞向了夜空之中。

就在那时,突然间一切都安静了下来。战舰上持续的炮火瞬间停了下来。皮特没有去费心思琢磨这个缓刑的原因,他控制着"卡利俄珀"迂回前进,直至把战舰远远地甩在了身后的黑暗中。直到那时,他才清楚地意识到,他们不再开火了,还在运转的雷达也没有显示出继续攻击的迹象,才如释重负地长出了一口气。

吉奥蒂诺从他身后冒了出来,关切地看着他的脸:"你还好吧?"

"正因为自己那么蠢而生气发疯。你和鲁迪怎么样?"

"你恶心的驾驶技术让我们飞来飞去,我有点擦伤。鲁迪头上撞起了一个大包,不过他依然在扑船头的火。"

"他真是个坚强的小家伙。"

吉奥蒂诺找到了一把手电筒,用它照着皮特的脸:"你知不知道有块玻璃长在你那张丑脸上?"

皮特从方向盘上抽出一只手,轻轻地摸向脸颊,摸到了一块小玻璃。"你看得比我清楚,替我拔出来。"

吉奥蒂诺用嘴叼着手电筒,将光投向皮特的伤口,然后用食指和拇指夹住了玻璃,猛地一拽,拔了出来。"比我想象的大。"他先发表了一句评论,然后将玻璃扔到船外,接着在驾驶舱中找出一个急救包,给皮特缝了三针,裹上绷带。这个过程中,皮特的眼睛始终留意着船上还能工作的那些仪器和河面。吉奥蒂诺退后一步,欣赏着自己的杰作:"看看!阿尔伯特·吉奥蒂诺医生传奇生涯中的又一项成果,沙漠医疗。"

"你接下来还想在医学上有什么创举?"皮特说话的时候发现了一盏昏黄的灯,然后猛地转向,才没有撞到黑暗中航行的一艘小船。

"哎呀,当然是出账单了!"

"我会把支票给你寄过去的。"

古恩从下层爬了上来,用一块冰块敷着后脑勺上的大包:"如果上将知道我们对他的船干了些什么,他肯定会心碎的。"

"说实话,我觉得他并没有期待能够再看到这船。"吉奥蒂诺预言。

"火灭了吗?"

"还在冒烟,但是我得先透口气,把我肺里的烟都呼出去才能再去对付它。"

"下层有没有漏水?"

古恩摇了摇头:"我们受到的攻击都是从上面来的,水下没有,舱底干巴巴的呢。"

"飞机还在附近吗?雷达上只显示出一架。"

吉奥蒂诺抬头看着天空:"那个大家伙我们能看到。"他确认了一下:"天太黑了,看不见歼击机,也听不见声音,但是我的老骨头告诉我它们就在后面。"

"离加奥还有多远?"古恩问道。

"大约75或80公里。"皮特估计着,"即便这个速度,也得至少一个小时才能看到那个城市的灯光。"

"还得让上面那些家伙不要理我们。"风声和机器的声音太大,吉奥蒂诺不得不提高了声调。

古恩指着架子上的便携式无线电对讲机:"给他们点误导,也许会有帮助。"

皮特在黑暗中笑了:"的确,我认为是时候接电话了。"

"为什么不呢?"吉奥蒂诺赞同,"我很好奇他们会说些什么。"

"和他们说话也许能够为我们赢得到达加奥的时间,"古恩提议,"我们确实有很长的一段路需要赶。"

皮特将舵交给吉奥蒂诺，调高了音量，以使三个人都能够听到其中的声音，然后对着话筒用非常愉快的语气说道："晚上好，有什么需要帮助的吗？"

一阵短暂的沉默后传来回答，是法语。

"我讨厌这个。"吉奥蒂诺说。

皮特看着头顶的飞机说："Non parley vous francais。"

古恩皱起了眉头："你知道自己说了什么吗？"

皮特无辜地看着他："我告诉他我不会说法语。"

"Vous是你的意思，"古恩讲道，"你刚刚告诉他，他不会说法语。"

"管他呢，他会明白的。"

那个声音再次传了过来："我懂英语。"

"太好了，"皮特回答，"继续。"

"你们说明身份。"

"你先。"

"很好，我是札台伯·卡兹穆将军，马里最高军事委员会主席。"

听到这个回答，皮特扭头看着吉奥蒂诺和古恩："大人物亲自出马。"

"我一直都想认识个名人，"吉奥蒂诺揶揄地说道，"从来都没想过会在这种前不着村后不着店的地方碰上。"

"说明身份，"卡兹穆重复道，"你是在驾驶一艘美国船只吗？"

"爱德华·蒂奇，复仇女王号的船长。"①

"我在普林斯顿上的大学，"卡兹穆干涩地回答道，"对黑胡子的故事非常熟悉，不要胡扯了，立刻投降。"

"如果我有别的打算呢？"

"马里空军的炸弹会立刻摧毁你和你的船员。"

"如果他们准头不比你的海军战舰好些的话，"皮特针锋相对，"我们一点都不在意。"

---

① 这个人名与船名都史上确有，爱德华·蒂奇是18世纪横行加勒比海的著名海盗，他浓密的黑胡子是其代表特征，因此绰号"黑胡子"。

"别愚弄我。"卡兹穆声音突然尖锐了起来,"你是谁?在我的国家想要干什么?"

"你可以认为我们是一伙诗意的人,正在远航钓鱼。"

"立刻停船投降!"卡兹穆吼道。

"不,我不想这么干。"皮特傲慢地回答。

"如果不的话,你和你的船员必死无疑。"

"那么,你就错过了一艘世界上独一无二的船。我猜你应该很清楚这艘船的价值。"

然后是一阵很长的沉默,皮特知道他正中要害。

"我听说了你们和我已故的好友马塔布上将之间的小冲突,我充分了解你们的火力。"

"那么你应该知道,我们本可以把你的战舰炸到河底。"

"我很抱歉他们违反我的命令擅自向你们开火。"

"我们也能把你那艘笨拙的指挥飞机炸出天空。"皮特胡扯着。

卡兹穆并不傻,他考虑过这种可能:"我死了,你们也会死,那有什么好处?"

"给我点时间考虑一下,到了加奥再说。"

"我是个慷慨的人,"卡兹穆表现出一种反常的耐心,"但是到了加奥,你们必须停船靠岸。如果一意孤行妄图逃跑,我的空军就会把你们送入地狱。"

"我明白,将军,你已经清楚无误地说明了我们的选择。"皮特关掉了无线电对讲机,咧开大嘴几乎笑到了耳后,"每次做成一笔好买卖,我都高兴得不得了。"

加奥城的灯火在黑暗中浮现出来,就在前方不足5公里的距离。皮特从吉奥蒂诺手中接过舵,对古恩说:"鲁迪,准备下水。"

古恩迟疑地看着正以75节的速度向后退去的河水:"这个速度,我不跳。"

"别担心,"皮特说,"我会突然减到10节,你从没有直升机的那侧跳下去。你一下水，我就再提速。"然后他对吉奥蒂诺说，"和卡兹穆说点甜言蜜语，吸引他的注意力。"

吉奥蒂诺拿起对讲机，刻意压低了声音说："将军，你能重复一下你的打算吗？"

"停止毫无意义的逃跑，在加奥靠岸，然后你们可以活下去。就这样。"

卡兹穆说话的时候，皮特将船靠向加奥所在的一侧河岸。驾驶舱中的紧张气氛，他自己的焦虑，都在增加，三个人都拉起了紧绷的神经。他意识到，在加奥的灯光能够照清水面之前，古恩必须跳下去。而且他还必须和马里人玩下去，不让他们起疑。声纳显示河底的深度快速减少，他将油门关小，让船首入水，速度下降得如此之快，他自己几乎撞到了控制台上。

"就现在！"他冲古恩喊到，"干吧，好运！"

古恩没有说什么道别的话，这位NUMA的小科学家紧紧抓住背包的带子，跳出了他们的视线，几乎同时，皮特又将油门开到了极限。

吉奥蒂诺看着船尾的方向，古恩已经完全消失在了黑色的河中。想想古恩只需游50米就能到达河岸，他一阵高兴。他转回头，继续和卡兹穆的谈话。

"如果你能够承诺我们安全离开你的国家，船就是你的，否则就只能看看你的战舰能炸剩些什么了。"

卡兹穆对"卡利俄珀"短暂的异常表现并没有产生怀疑，他咕哝道："我答应。"

"我们可不想在一条脏河上死于炮弹。"

"聪明的决定。"卡兹穆回答，声音听起来正式而文雅，但是却充满恶意与胜利的喜悦，"你们确实没有其他的选择。"

皮特突然觉得他有点过于自信了。卡兹穆想要把他们杀了弃尸荒野，他对此一点都不怀疑，吉奥蒂诺同样如此。他们掩护古恩逃跑是一个希望的种子，另一个希望就是自己想办法活下去。但是机会却如此渺茫，任何一个人都不会赌他们赢。

他的计划，如果能够称之为计划的话，不过能够为他们赢得几个小时的时间，别无它用。他竟然以为能够靠此成功逃跑，简直蠢透了，他开始在心中暗骂自己。

但是过了一会儿，救星，出现在了黑夜中，出人意料而难以想象。

20

吉奥蒂诺拍了拍皮特的肩膀，指着河的下游："前面的光，就是我跟你说过的那艘漂亮游艇，我们早先经过的。看样子像是个亿万富翁的游艇，有直升机，还有一群和气的女人。"

"也许上面有卫星通讯设备，我们能借用一下联系华盛顿。"

"一点都不惊奇。"

皮特转脸笑着看着吉奥蒂诺："既然咱们不赶时间，为什么不去拜访一下？"

吉奥蒂诺笑了，一巴掌拍在皮特背上："我去设定炸药。"

"只给你30秒。"

"可以。"

吉奥蒂诺将对讲机交给了皮特，顺着通往轮机室的梯子而下，没过一会儿，他就回来了。皮特正用船上的电脑设定自动驾驶。幸运的是，河上足够宽，河道足够直，他们离船之后，"卡利俄珀"能够自己开到理想的距离外。

他冲吉奥蒂诺点点头："准备好了？"

"随时等你话。"

"说到说话，"皮特将对讲机举到嘴边，"卡兹穆将军。"

"什么事？"

"我改变主意了。你没有办法得到这艘船。祝你愉快。"

吉奥蒂诺笑了："我喜欢你的风格。"

皮特冷静地将对讲机扔出船外，稳稳地站着，"卡利俄珀"到了游艇跟前时,他松开了油门。

速度一降到20节,他就大叫了一声:"就现在。"

吉奥蒂诺没任何迟疑,一口气跑过后甲板,从船尾跳入水中。他跳入了船尾的正后方,激起的水花被周围的波浪掩盖。皮特将油门再度开到最大,然后蜷着身子从侧面跳了下去。突然撞向水面,让他身子一晃,几乎喘不过气来,幸运的是,水很暖和,像一面厚毯子一样包裹着他。他很小心,没有喝下一口被污染的河水。即便是不染上致命的疾病,他们已经苦难重重了。

他转身只看到"卡利俄珀"全速嘶吼着冲进了黑暗之中,这艘遭到遗弃的船,生命只剩下一瞬。皮特漂在水上,看着,等待着导弹和油箱爆炸的时刻。他并没有等太久。尽管"卡利俄珀"已经驶出了一公里,但是爆炸的声音依然振聋发聩,在水面上引起的波浪依然狠狠地拍在了皮特身上。橘色的火球打破了夜幕的黑色,忠实的"卡利俄珀"在爆炸中粉身碎骨。半分钟内,火焰在黑暗中消失,美丽的快艇不复存在。

快艇引擎的喧嚣声与爆炸声变小之后,是一种奇诡的静寂。沙漠的河岸边,仅剩的声音是卡兹穆的指挥飞机的轰鸣声,以及游艇上隐约飘来的钢琴声。

吉奥蒂诺侧泳着从一边经过:"游泳吗?我还以为你只会走路呢?"

"只是特殊场合才显露。"

吉奥蒂诺将一只手举向天空:"我们有没有骗过他们?"

"暂时的,但他们很快就能搞清楚。"

"我们要不要去破坏那边的派对?"

皮特转身开始轻快的蛙泳:"当然。"

他一边向前游一边观察这艘游艇,这是一艘适于内河航行的完美船只。吃水不足4米,设计和造型让皮特想起了以"罗伯特·E.李"号为代表的老式的密西西比侧桨汽船,只是这艘船没有侧轮,而且材料十分现代化。但是驾驶舱位于上层甲板的前方,这一点确实没有区别的。如果是为了远洋航行而设计的话,绝对能够算是大游艇中的优雅阶级。他还端详着后甲板中间停放的直升机、装点着热带植物的三层高玻璃房，还有后操舵室里探出的现代化的电子设备。这艘游艇就像是一个成了现实的不可思议的幻想。

马里的战舰开始全速向下游而来时，他们与游艇的距离已不足20米。皮特能够看到船上舰桥中指挥官的影子。他们都正在非常紧张地看着远处的爆炸，没有留意水面。他也能看到船首上有一群船员，不用说也知道，他们无疑是在黑暗的河水中寻找着幸存者。而他们手中虽然抓着武器，却全都处于关闭的状态。

皮特又快速地看了一眼，然后深吸一口气，潜入水中，躲开战舰的双螺旋桨激起的浪花，就是那一眼，他看到游艇的散步甲板上突然出现了一大群人，他们正在兴奋地谈论着，指着"卡利俄珀"最后出现的位置。整艘船和周围的水面都被上层甲板上的灯光照得通明。皮特重新浮上水面停了下来，在黑暗中踩着水，小心翼翼地维持在光明之外。

"我们只能到这儿，再往前就会被人发现。"他轻声地对一米外仰身漂着的吉奥蒂诺说。

"我们不过去吗？"吉奥蒂诺问道。

"谨慎告诉我，我们最好在破坏这个派对之前放弃通知桑德克的打算。"

"和往常一样，你是对的，真是圣人啊。"吉奥蒂诺的赞同似乎有些勉强，"游艇主人也许会把我们当成贼，给我们戴上手铐脚镣，他肯定会这么做的。"

"我估计这段距离有20米，你的肺活量怎么样？"

"你能屏住呼吸多长时间，我就能屏住多长时间。"

皮特做了几次深呼吸，努力将肺里的二氧化碳都排出来，然后深深吸气，潜入水中。

皮特知道，吉奥蒂诺就跟在他后面，他继续对抗着看不见的水流向下潜去，然后维持在大约3米的深度，向游艇的方向游去。根据水面上越来越明亮的灯光，他知道自己越来越近了。头顶出现一个阴影时，他知道自己已经到了船身之下。他举起一只手，以防撞到头，慢慢地向上浮，直到手指触摸到船底，接着轻轻地贴着船身浮出了水面。

他深深地吸了一口夜晚的空气，然后抬头向上看，只能看到头顶两米处扶手上探出的几只手，他看不到船上的乘客。他们也不看到他，除非有人探出身子直向下看。要想在别人看不到的情况下爬上舷梯是不可能的。吉奥蒂诺此时也浮出了水面，立刻就看懂了这样的局面。

　　在船的阴影下，皮特安静地动作着，他举起手示意船的下方。吉奥蒂诺看到，会意地点了点头。然后他们两个都再度深深吸气，无声地消失在水中，下潜从船底游过。船身十分宽，他们花了将近一分钟才在另一侧浮出了水面。

　　左舷的甲板空无一人，所有人都正被"卡利俄珀"的爆炸吸引到了右舷上。船身上有一个橡胶制的缓冲器，皮特和吉奥蒂诺拉住它将自己拉上了船。皮特花了差不多整整两秒钟，对船的大致结构有了一个了解。他们正站在客房所在的甲板上。他们应该再往上才对。他爬上了往上一层的舷梯，吉奥蒂诺紧随其后。他们爬过一个舷窗，往里瞥了一眼，是一间豪华、优雅而又宽敞的餐厅，便继续向上，直至驾驶舱下的一层。

　　皮特摸索着打开了一扇门，向里望去，是一间奢华的大厅。精致的玻璃和金属雕塑，闪耀着金闪闪的光芒。墙前一张精美的全木吧台更显优雅。

　　酒保现在不在了，也许和其他人一起看热闹。只有一个金发美女坐在一架袖珍三角钢琴前，她的腿细长而光洁，腰细细的，皮肤泛着健康的古铜色，穿着一件诱人的紧身衣，下着黑色亮片的迷你裙。她正在演奏着一曲忧郁的《我最后一次看到巴黎》，弹得十分糟糕，歌词也只是用喉音轻轻哼着。键盘上方，四个空空的酒杯排成一排，看样子，她整天都在喝酒，所以现在的表演才那么糟糕。她突然停住了歌唱，半眯着丝绒般绿色的眼睛慵懒而好奇打量皮特和吉奥蒂诺。

　　"你们这些家伙怎么跑到这来了？"她含糊不清地说道。

　　皮特从吧台后面的镜子中瞥到了自己和吉奥蒂诺的形象：两个人都穿着湿透了的T恤和短裤，头发贴在头顶，一个多星期没有刮胡子了。他自嘲地想，如果那个女人把他们当做落水狗，他一点都不奇怪。他将一个手指举到嘴边示意女子不要说话，另一只手牵起对方的一只手吻了一下，然后飞身钻进了一条走廊。

吉奥蒂诺停了一下,深情地望着那个女子,眨了眨眼睛,俯在她耳边轻身说:"我叫阿尔,我爱你,我会回来找你的。"

然后,他也跑了。

那条走廊似乎没有尽头,两侧还有很多岔路,不知道通向哪里,走在其中,就好像闯入了一个危险的迷宫。如果说这艘游艇从外面看非常大,那么从里面感觉,简直是无穷大。

"我们应该搞两辆摩托车,再弄份地图。"吉奥蒂诺嘟囔着。

"如果这艘船是我的,"皮特说,"我会把我的办公室和通讯中心放在上层前甲板正中,这样可以欣赏船头的风景。"

"如果船是我的,我觉得我会娶了那个弹钢琴的。"

"现在还不行,"皮特疲倦地说,"咱们继续向前,看看那些门里面有什么。"

要识别那些房间非常容易。门上都贴着漂亮的黄铜名牌。如同皮特所猜测的,走廊尽头的房门上,贴着"马萨德先生私人办公室"的标志。

"肯定就是那个拥有这个海上之家的人。"吉奥蒂诺说道。

皮特没有回答,只是轻轻地打开了门。无论哪个西方国家大企业的CEO,只要看一眼这艘停在茫茫大漠中的游艇上的办公室,都会嫉妒得脸发青。一张西班牙古董会议桌,周围围着十把椅子,上面覆盖着纳瓦霍印第安保留地的顶级织工织造的羊毛毯。更加令人难以置信的是,墙上、地上的装饰和工艺品都是美国西南部风格。原物大小的霍皮人的雕塑都是用整根的木棉树干雕成的,在防水玻璃后面高高耸立。屋顶覆盖着美国西南部惯用的天花板装饰条,小小的枝条与椽木纵横交错,柱子仿佛支撑着这个屋顶。窗子上覆盖着柳条做成的百叶窗。有一瞬间,皮特都不相信自己是身处一艘船上。

一张巨大的白蜡木桌子后面有一排长长的架子,各式各样的陶器和手工编织的筐子陈列其上。在一个十九世纪风格的框子,或者说是壁橱里面,有一整套通讯装置。

房间里面没有人，皮特没有浪费时间，迅速来到通讯设备前坐下，花了一阵子研究上面复杂的按钮，然后开始拨号。拨完国家和地区的区号后，他接着拨桑德克的私人电话号码，然后等待着。控制台上的扬声器传来了一阵噼噼啪啪的声音，然后是十秒钟的沉默，最后终于传出了美国电话特殊的响声。

铃声足足响了十声，都没有应答。"天啊，为什么不接电话？"皮特沮丧地说。

"华盛顿和马里有五个钟头的时差，也许他正在休息。"

皮特摇了摇头："桑德克不会，他从来都不会在这种紧要关头休息。"

"他最好快点接电话，"吉奥蒂诺祈祷道，"正有一队人顺着我们留下的水迹追过来呢。"

"绊住他们。"

"如果他们有枪呢？"

"到时候再担心吧。"

吉奥蒂诺看了一眼房子中的印第安艺术品，嘟囔着："他说，绊住他们，我这个卡斯特便跑去蒙大拿找乐子。"①

最后一个女人的声音从扬声器中传了出来："桑德克上将的办公室。"

皮特立刻辨别出了声音的主人："茱莉？"

桑德克的私人秘书，茱莉·伍尔芙，一下子屏住了呼吸："噢，皮特先生，是你吗？"

"是我，我没想到你这个时候还在办公室。"

"从和你们失去联系后，就没人能睡着。谢天谢地，你还活着。NUMA的每个人都担心死了。吉奥蒂诺先生和古恩先生还好吗？"

"他们都很好。上将在吗？"

"他正在和联合国的一个战术小组开会，商量怎么把你们从马里弄出

---

① 乔治·阿姆斯特朗·卡斯特(1839—1876) 美国士兵。他在23岁时就成为准将，在蒙大拿与苏族和夏安族的印第安士兵的战斗中死去，他的手下也在那场战斗中全军覆灭。

来。我现在去叫他。"

没用一分钟，一声重重的门响，桑德克的声音随之传来："德克？"

"我没时间长篇大论。上将，打开你的录音机。"

"开着呢。"

"鲁迪分离出了那种化合物。他已经带着数据前往加奥机场，希望能够溜上一架飞机离开这个国家。我们发现了污染物进入尼日尔河的地点，鲁迪的报告中会告诉你确切的地方。问题是，真正的来源在沙漠深处。我和阿尔依然在试图寻找确切来源。另外，我们搞坏了'卡利俄珀'……"

"那些当地人越来越生气了。"吉奥蒂诺的叫声传了过来，他用尽全力顶着门，而门外，正有很多人在踹门。

"你们在哪儿？"

"知不知道一个叫马萨德的有钱佬？"

"伊夫·马萨德，法国巨头，我听说过。"

皮特还没来得及回答，门就被撞开了，6个彪形大汉一齐冲向了吉奥蒂诺。吉奥蒂诺低身闪过了前3个，但被另一波攻击的人群团团围住。

"我们是马萨德游艇上的不速之客，"皮特急匆匆地说，"抱歉，上将，我得走了。"皮特平静地挂断了电话，转身看着办公室门口在混乱的人群后走进来的一个人。

伊夫·马萨德穿着考究的黄领白色无尾礼服，一只手插在外套口袋中，胳膊肘向外支着。一伙船员正像街头群殴一样想要捉住吉奥蒂诺，马萨德不动声色地绕过人群，走了进来，在嘴角叼着的香烟的蓝雾中看着办公室的另一头。他看到他的私人办公桌后正坐着一个眼神冷酷的人，这个人抱着胳膊，仿佛事不关己，脸上带着看热闹的笑容。马萨德看人的目光一向敏锐，眼前的这一个，让他立刻意识到一种阴谋和危险。

"晚上好。"皮特友好地说道。

"美国人还是英国人？"马萨德问道。

"美国人。"

"你们在我的船上想要干什么？"

皮特微微一笑："事出紧急，我不得不借用你的电话。希望我和我的朋友没有打扰到你，我很乐意还给你电话费还有门的修理费。"

"你应该像个绅士一样先问问再上船用电话。"马萨德的语气清楚地表明，在他看来，美国人就是不开化的牛仔。

"我们这个样子，大半夜的，你会愿意邀请这样的陌生人进入你的私人办公室吗？"

马萨德若有所思地笑了，然后说："不，可能不会，你猜得很对。"

皮特从古董墨水瓶里拿出一支钢笔，在一个记事本上乱画一通，然后撕下第一页，走上前递给马萨德："你可以把账单寄到这里。和你交谈非常愉快，但是我们得赶路了。"

马萨德口袋中的手抽了出来，手中有一把小手枪。他把枪口对准皮特的头："我必须坚持请你们留下来，在把你们交给马里军队之前好好招待你们。"

吉奥蒂诺的脚已经受到了招待，一只眼睛已经肿了，一个鼻孔正在流血。"你要给我们戴手铐脚镣吗？"

那个法国人打量着吉奥蒂诺，就好像在看一只动物园里的熊："是的，我想捆起来比较合乎规矩。"

吉奥蒂诺看着皮特，愠怒地说："看，我跟你说过会这样。"

## 21

NUMA总部大楼。

桑德克回到会议室重新落座的时候带着满脸的乐观，这种情绪十分钟前并不存在。

"他们还活着。"他的陈述简明扼要。

会议桌上摊着一张大大的西撒哈拉的地图和关于马里军方和警察力量的详细报告，两个人坐在会议桌边，看着桑德克，高兴地点了点头。

"那我们就可以按计划展开救援行动。"说话的是两个人中年纪较长的,他灰白的头发梳成背头,大大的圆脸上一双坚定的眼睛放射着蓝水晶般的光芒。

雨果·波克将军善于运筹帷幄,有着远见卓识。他是一个身兼百技的士兵,可以说是一个天生的杀手,波克是一个鲜为人知的安全部门的高级主管,那个部门叫做联合国国际快速反应战术小组,简称UNICRATT,专门负责为联合国执行一些秘密行动。波克曾在德国军队中功勋卓著,而且始终向发生革命战争或与邻国有边界冲突的第三世界国家提供意见和帮助。

他的副手马瑟尔·勒范特,曾经在法国外籍兵团久经历练,身上有着一种旧日贵族的气息。他毕业自法国最知名的军事学院——圣西尔,在世界各地服过役,1991年在伊拉克的快速沙漠战争中成为一个英雄。他的脸透着睿智,甚至有些英俊。尽管他已经36了,但是纤细的身材,长长的棕色头发,虽然很大但是却修剪得体的胡子,大大的灰眼镜,让他看起来就像是一个刚刚大学毕业的年轻人。

"你知道他们在哪儿吗?"勒范特问道。

"知道,"桑德克回答,"一个正在努力去加奥机场想要登上一架飞机,另外两个在尼日尔河上一艘属于伊夫·马萨德的游艇上。"

听到这个名字,勒范特一下瞪大了眼睛:"啊哈,蝎子。"

"你认识他?"波克问。

"只是有所耳闻。伊夫·马萨德是个国际企业家,身价据估计在20亿美元。他之所以被人叫做蝎子,是因为他的一些竞争者和生意合作伙伴都会莫名其妙地消失,让他有机会独占巨大的利益。世人都公认他极端残酷无情,当然更是法国政府的一个大麻烦。你的朋友选了一个最差的同伴。"

"他犯过罪吗?"桑德克问。

"几乎可以肯定,但是却没有证据足以把他送上法庭。据国际刑警的朋友说,有关他的卷宗足有一米高。"

"撒哈拉人也不算少,"波克轻声说,"你的人怎么就碰上他了呢?"

"如果你认识德克·皮特和阿尔·吉奥蒂诺,"桑德克疲倦地耸了耸肩,

"你就会懂了。"

"我现在依然搞不明白卡米尔秘书长为什么会为了把你们NUMA的人救出马里而努力,"波克说,"我们UNICRATT的工作通常都是为了拯救国际危机而进行的,我看不出来营救NUMA的3个调查员为什么那么重要。"

桑德克直直地看着波克的眼睛:"相信我,将军,这项任务的重要性绝对超过你的任何一项工作。这些人在西非收集的科学数据必须尽快送到我们华盛顿的实验室。由于某些天才知道的愚蠢原因,我们的政府拒绝卷入这件事情,但谢天谢地,哈拉·卡米尔认识到情势紧急,给了你这项任务。"

"我能问一下是什么类型的数据吗?"勒范特问道。

上将摇了摇头:"我不能告诉你。"

"这是一项只关系到美国的事情吗?"

"不,这关系到每个人,每个男人女人小孩,每个在这个地球上的人。"

波克和勒范特交换了一下迷惑的眼神。

过了一会儿,波克又将目光投向了桑德克:"你刚说,你的人分开了。这让计划成功得非常困难。如果把我们的人马分开,就得冒很高的风险。"

"你是想说,你没有办法把我所有的人都救出来吗?"桑德克疑惑地问道。

"波克将军想说的是,"勒范特解释道,"同时展开两项任务风险就更大了,出其不意攻其不备的效果便会减半,集中力量成功救出马萨德游艇上的两个人的机会更大一些。我们估计那儿不会有重兵把守,而且能够知道确切的位置。机场比较难办,根本没有办法确定你的人藏在……"

"鲁迪·古恩,"桑德克提示道,"那个人叫做鲁迪·古恩。"

"要找到鲁迪藏身的地方,"勒范特继续讲道,"我们必然会浪费很多宝贵时间。而且,那个地方四处都是马里的空军和警察,无论谁想尝试从加奥机场离开那个国家,都得格外走运才行。"

"你想让我作一个选择?"

"可能存在无法预见的困难,"勒范特说,"所以我们必须明白哪一方更加优先。"

波克也看着桑德克："这由你决定，上将。"

桑德克低头看着桌子上摊开的马里地图，将视线聚焦在标示着"卡利俄珀"航程的尼日尔河红线上，毋庸置疑，他的脑海中正在作着激烈的斗争。化学分析的数据是一切的关键，而他耳边又响起了皮特最后所说的继续追查污染源的话。桑德克缓缓地从一个小盒子中拿出一支雪茄点燃，然后盯着地图上加奥的位置看了很长时间，才抬头再次看向波克和勒范特。

"你们必须优先考虑古恩。"桑德克面无表情地说。

波克点了点头："就这么定了。"

"可是我们怎么能够确定古恩没有自己想办法登上一架离境的飞机呢？"

勒范特耸了耸肩，仿佛一切都心知肚明："我的手下已经查清楚了航班时刻，加奥机场下一班离境的飞机在4天后。取消的可能性不大。"

"4天，"桑德克重复道，他的心情突然间一落千丈，"古恩不可能藏4天，他也许能躲24个小时，但是之后，马里的军队和警察就会把他搜出来。"

"如果他能讲阿拉伯语或法语，样子接近当地人，就会好点儿。"勒范特说。

"没这样的希望。"桑德克说。

波克用手指着地图："12个小时内，勒范特上校就可以带着一个40人的小分队赶到加奥。"

"我们可以，但是我们不会。"勒范特十分冷静，"现在起12个小时后，刚好是马里时间的天亮。"

"我错了，"波克自己纠正道，"我不可以让人去冒这样大的风险。"

"我们等待的时间越长，"桑德克愠怒地说，"古恩被抓住的可能性就越大。"

"我向你保证，我和我的人会尽全力将你的人救出来，"勒范特郑重其事地说，"但绝对不会让他们冒着生命危险。"

"不要失败，"桑德克坚定地看着勒范特，"他携带的信息关系到我们所有人的存亡。"

波克若有所思，仿佛正在掂量着桑德克的话，然后他的眼睛定住了："一个合理的警告，上将。不论这项任务是否是秘书长派遣的，如果我为了拯救你的一个人，让我的二十个人死于非命，最好情势的确非常紧急，或者，某个人最好私下向我解释一下。"

某个人所指非常明确，但桑德克眼皮都没有眨一下。为了得到UNICRATT部门的资料，他已经欠了一个老朋友一笔人情。

UNICRATT被其他团队称作"疯子团伙"，他们是一伙活在刀锋上的勇士，从不惧怕死亡和战斗，毫不留情，杀人不眨眼。每个人都在自己的国家担任特工，理所当然地收集有关联合国秘密行动的情报信息。桑德克已经看过波克将军一份心理分析报告，非常清楚自己面对的是什么人。

桑德克前倾身子，用一双几乎冒火的眼睛盯着波克："听清楚，你这个德国产的木头脑袋，为了救出古恩你会损失多少人，我一点儿都不在乎。我只要你把他救出来。打起精神，听我指挥。"

波克并没有顶撞他，只是站在那里，透过浓密的灰睫毛看着桑德克，眼睛也一眨不眨。两个人无论谁眨一下眼睛，这一场战斗就结束了。但是过了一会儿，这个大个子的德国人突然间放松地笑了起来："既然我们彼此都已经理解了对方，为什么不继续下去，制定一个简单安全的策略呢？"

桑德克微笑着缓缓地坐回了自己的椅子中，他拿出一支墨西哥雪茄递给波克："将军，和你合作十分荣幸，希望以后的行动能够有所斩获。"

哈拉·卡米尔刚刚离开一个印度的联合国官员为她举办的晚宴，现在正站在沃多夫-阿斯特利亚酒店门口的台阶上等待着她的车。外面飘着细雨，街灯照着潮湿的路面。一辆黑色的加长林肯停在路边后，哈拉提起长长的裙边，在门童的伞下优雅地滑入了后排的座位。

车里面已经坐着伊斯梅尔·耶利。他执起哈拉的手亲吻了一下："很抱歉和你这样相见，但是如果被人看到我们两个在一起太冒险了。"

"伊斯梅尔，你在躲着我，"哈拉的大眼睛中闪耀着温柔，"有很长时间了。"

耶利看了看前方,确认隔离玻璃已经升起:"我觉得,我消失对你是最好的。你的地位那么高,工作那么努力,不能因为丑闻而让一切白费。"

"我们只要小心谨慎就可以了。"哈拉低声说。

耶利摇了摇头:"有权势的男人风流韵事无关紧要,但是对一个处于你的位置的女人则不同。所有国家的八卦媒体都不会放过你。"

"伊斯梅尔,我对你依然深深眷恋。"

耶利将自己的手放在哈拉的手上:"我对你也是同样。但你是联合国最好的奇迹,我不可以成为你垮台的原因。"

"所以你就走开了?"哈拉的眼睛中流露出一种伤感,"真是高尚啊。"

"是的,"他的回答毫不迟疑,"为了避免看到'联合国秘书长甘当潜伏在世卫组织的法国特工的情人'这样的头条。我在国防二部的长官肯定也不愿意我曝光。"

"我们一直都维持地下情到了现在,"哈拉坚持道,"为什么不能继续?"

"不可能。"

"人人都知道你是土耳其人,谁可能发现你在伊斯坦布尔大学上学的时候被法国人征用了?"

"如果有人深入挖掘,总会发现的。作为一个好的特工的第一守则,就是不能太招摇,也不能太鬼祟,这样才能不被人发觉。爱上你就威胁到我在联合国的潜伏,如果任何一个英国、苏联或是美国特工发现了我们的关系,肯定会有一大堆人不停地查下去,找到确凿的证据要挟你,让你利用职权为他们服务。"

"他们还没有发现。"哈拉充满了希望。

"现在没有,将来也不会,"耶利的语气十分决绝,"所以我们才不在联合国总部外见面。"

哈拉扭头看着雨点拍打的玻璃:"那么,你为什么又出现在这儿?"

耶利地深深吸了一口气说:"我需要你帮我一个忙。"

"和联合国有关还是和你的法国老板有关?"

"都有关系。"

哈拉感觉自己仿佛被掏空了："你只是在利用我，伊斯梅尔。你为了那鬼鬼祟祟的间谍勾当玩弄我的感情，你是一个下贱的败类。"

他没有说话。

哈拉却让步了，她知道自己会如此。"你让我做什么？"

"有一个世卫组织的流行病调查队，"他的声音仿佛在谈生意，"现在正在马里的沙漠中调查。"

"我记得这个项目，几天前在日常简报中读过，弗兰克·霍普博士负责指挥这次调查。"

"没错。"

哈拉点了点头："霍普是个德高望重的科学家。你和他的这次任务有什么关系？"

"我的工作是配合他们的行程，负责他们的后勤、食物、交通、实验器材等。"

"你还没有说清楚你想让我干什么。"

"我想让你立刻召回霍普博士和他的调查队。"

哈拉惊奇地看着他："你为什么这么做？"

"因为他们处于巨大的危险之中。我有确定的情报，西非的恐怖组织计划谋杀他们。"

"我不相信你。"

"绝对千真万确，"他说得十分严肃，"有一颗炸弹会被装在他们的飞机上，在沙漠中间引爆。"

"你到底为什么怪物工作？"哈拉的声音变得尖锐了起来，"为什么来找我？为什么你不去警告霍普博士。"

"我试了，但是他没有回复任何信息。"

"难道你不能去说服马里当局为他们转达信息、提供保护吗？"

耶利耸了耸肩："卡兹穆将军把他们当成入侵的外国人，根本不关心他们的死活。"

"如果我相信只有炸弹这种威胁，我就是个彻头彻尾的傻瓜。"

耶利看着她的脸："相信我，哈拉，我只是想要救霍普博士一行人。"

哈拉十分想要相信他，但是内心却非常清楚他在撒谎："似乎这段日子每个人都在马里找污染物，而且全都需要营救才能撤离。"

耶利看起来十分迷茫，但是却没有说话，静静等着哈拉的解释。

"美国水下与海洋组织的桑德克上将来找我，让我的联合国国际快速反应战术小组去从马里军方手中救出三个他的人。"

"那些美国人在那里寻找污染物？"

"是的，显然是偷偷进行的，但是马里军方拦住了他们。"

"他们被抓住了？"

"四个小时前还没有。"

"他们到底在哪里寻找？"

耶利的样子十分兴奋，哈拉察觉到了他的语调中流露出的迫切和紧张。

"尼日尔河。"

耶利一把抓住了她的胳膊，眼睛死死地盯着她："我想多知道点信息。"

哈拉第一次感觉到一种战栗："他们正在寻找一种引起非洲海岸赤潮爆发的化学污染物的源头。"

"这我在报纸上读到过。继续。"

"我听说他们用一艘装载有分析设备的船寻找污染物入河的地点。"

"他们找到了吗？"他用要求的语气问道。

"桑德克上将说，他们已经查到了马里的加奥。"

耶利看起来并不相信："假情报，他们肯定是在做别的勾当。"

哈拉摇了摇头："上将和你不一样，不会以谎言为生。"

"你说NUMA是这个项目的幕后组织？"

哈拉点了点头。

"不是中情局或其他美国情报部门？"

哈拉从耶利手中挣出了自己的胳膊，得意地笑了："你的意思是说，你们在非洲卓越的情报来源对美国人在他们眼皮底下的所作所为毫不知情？"

"别开玩笑了。哪个杰出的特工能想到美国会对马里这种不发达国家有兴趣。"

"肯定有什么事的,你为什么不告诉我呢?"

耶利看起来心烦意乱,没有立刻回答她。"没什么,当然没什么。"他敲了敲玻璃,提示司机将车停在路边。

司机在一个大写字楼前停了下来。

"你就这么离开了我?"哈拉的声音中充满了深深的蔑视。

耶利转头看着她:"我很抱歉,你能原谅我吗?"

哈拉的心在阵阵作痛,但她摇了摇头:"不,伊斯梅尔,我不会原谅你。我们以后不会再见面了。我希望明天中午前能看到你的辞职信,不然我会把你赶出联合国。"

"你是不是有点太过分了?"

哈拉已经下定了决心:"你根本不关心世卫组织,你对法国也没有什么忠心可言。"哈拉身子前倾,越过耶利,打开了车门,"立刻滚出去!"

耶利一句话也没说,离开车子站在路边。哈拉强忍着眼中的泪水,狠狠地关上了车门,再也没有回头看,任凭司机把车驶向混乱的交通中。

耶利希望自己能够感到一丝自责和悲伤,但却没有。哈拉是对的,他不过是利用她。他对她的爱慕完全是装出来,他对她唯一的兴趣就是性。哈拉不过是任务所需而已,就如同大多数女人都会被对自己漠不关心的孤僻男人吸引,哈拉不可自拔地爱上了他。而现在,她终于意识到了自己的投入。

耶利走入了阿尔冈金酒店的酒吧,点了一杯喝的东西,然后拿起他们的电话,拨了一个号码,等待着对方的回应。

"喂?"

他压低了声音,悄声说道:"我有些有价值的消息想通知马萨德先生。"

"你是哪里?"

"帕加马的废墟。"

"土耳其人?"[①]

---

[①] 帕加马是古希腊时期的城市,位于今土耳其伊兹密尔省贝尔加马镇。

"是的，"耶利快速说道，他从来都不信任电话，"我现在在阿尔冈金酒店的酒吧，我得等到什么时候？"

"凌晨一点会不会太晚了？"

"不。我晚点吃饭就好了。"

耶利满腹思绪地挂断了电话。美国人对于马萨德在佛瑞尔堡垒的沙漠工程到底知道些什么呢？他们的情报部门是否已经察觉到了废物处理工程背后的秘密，所以才派人去周围探听消息呢？如果这样，那么后果将不堪设想，现任法国政府的倒台将是最小的反应。

## 22

后方是彻底的黑暗，前方是加奥闪烁的灯火。古恩一只蹚水的脚踢到软软的河床时，距离河岸还有10米。他潜下了身子，用手抓着河底的软泥，一点点地将自己拉到水边。在黑漆漆的河岸边，他等待着，倾听着，观察着。

河滩只有缓缓的10度的坡度，尽头一堵矮矮的石墙，墙外是一条公路。古恩爬到了沙子上，享受着沙子传递给他湿漉漉的皮肤的热量，便停了下来，翻身侧躺着，想休息几分钟。他的右腿有点抽筋，胳膊感觉麻木而沉重。想到自己在茫茫黑夜中如此不显眼，他就觉得安全。

古恩伸手探向后背摸索自己的背包。他像炮弹一样射入湍急的水中后，有一瞬间，他认为背包也许被卷走了，但现在依然紧紧地绑在他的肩膀上。

他站了起来，半蹲着疾跑到墙边跪下，越过墙顶疲倦地观察着那条公路。那里并没有什么，不过是一条斜着通向城市的破败的街道，有很多人缓步走在其上。他一只眼角的余光瞥到了一抹模糊的闪光，抬头看向附近一座房屋的屋顶，刚好看到一个点烟的男人。另外还有一些模糊的灯光照射下的模糊人影，他们正在和邻居愉快地聊着天。古恩猜测，现在人们肯定蜂拥而出，享受着夏日夜晚的清凉。

他研究着街道上的人流，试图寻找出他们动作中的规律。这些人穿着宽松飘逸的外衣在寂静的街道上走来走去,就如同游魂一般。古恩摘下背包,从中拿出一个蓝色的床单,撕下一块围在自己身上,围成一件连帽的长袖外衣,和当地穆斯林式斗篷差不多。他想,自己是没办法赢得当地的服装奖,但这样走在灯火昏黄的街道上可以不引人注意也算不错了。他原打算摘下眼镜,但最后放弃了这个念头,而是让帽子盖住了眼镜的框。他是近视眼,摘了眼镜什么都看不清。

他把背包藏在衣服下面,绑在身前,装成一个鼓起的肚子,然后坐到墙上,晃着腿落到另一侧。他镇定地走上马路,进入窄窄的街道,进入散步的加奥市民之中。走过两条街,是一个比较大的十字路口,但是所谓车流也不过是些破旧的出租车,两辆老朽的公共汽车,一些摩托车和一些自行车。

如果能够直接拦辆出租车去机场那该多好,可是那太引人注目了。在跳下船之前,他研究过这个城市的地图,知道机场在城市南方几公里的地方。偷窃也有可能被发现报警,而他不想暴露自己。如果警察和安全部门没有理由认为人们中间有一个非法的外国人晃悠,便不会四处搜索他。

古恩镇定地走过城市,他经过了集市的广场和久经风霜的大西洋酒店,小贩们在酒店的拱门下叫卖着自己的货物。空气中弥漫着一股异国情调。古恩愉快地享受着微风的吹拂,虽然没有路标,不过他可以时不时地抬眼寻找北极星,来确认自己在这沙漠的街道上的方向。

这里的人们都穿着绿色或蓝色的衣服,也有少数穿黄色的,式样多是穆斯林斗篷或土耳其长袍,有些人穿着西装裤和外套。几乎没有人光着头。大部分男性的头和脸都裹在厚厚的蓝布之中。而女人都穿着优雅的斗篷或长长的彩裙,大部分都没有戴面纱。

他们时不时地用一种奇怪的低声说着话。孩子们四处乱跑,穿得各式各样。古恩觉得很难想象在如此的赤贫之中,会有这样的社交活动和精神面貌,似乎马里人从来都不知道自己贫穷。

古恩一直尽量低着头,用头巾遮挡自己的脸,以免露出自己白色的皮肤。他随着人群移动,渐渐走出了城市热闹的地区。没有人拦住他问什么反常的问题。如果真有人拦住他,他会说自己是一个沿尼日尔河远足的旅行者。他并没有花太多时间考虑这种可能,被特别搜索美国人的人拦下的危险微乎其微。

他经过一个上面画有一架飞机的路标。找到通往机场的路原来比他想象的容易,好运似乎很关照他。

他穿过一片显然比较富裕的城区,进入了外围的贫民区。自从离开河边,加奥城给他的印象就是一个黑暗的沙土街道上潜伏着看不见的恐惧的城市。对他来说,这是一个几个世纪以来都浸泡在血腥与暴力之中的城市。走在黑暗中破败的街道上,他的想象力开始信马由缰,恣意横行,开始第一次察觉到那些坐在破败的房屋前的人们脸上古怪而敌视的表情。

他转身走入一条空空的窄巷,停下来从包中取出来一把老式的点三八左轮手枪,这是他从父亲那里继承来的。直觉告诉自己,如果还想看到明天,最好不要在夜里从这里走路经过。

一辆卡车的声音传了过来,车灯照亮了沙地,后车斗中装着砖块。古恩意识到这辆车和自己方向相同的一瞬间,将谨慎抛诸脑后,他飞跑着从卡车的后面蹿了上去,爬到砖顶上趴着俯视前方的车厢。

在闻了那么久的城市的气息之后,柴油发动机散发出的味道就好像是一种安慰。身处卡车顶上的有利地形,古恩看到前方左侧几公里处闪烁着两盏红灯。随着卡车渐渐前行,他看到黑暗的大漠中的候机厅和两个飞机篷上的照明灯。

"有些机场,"他轻声地自言自语,"不使用跑道时会关掉所有的跑道灯。"

车前灯照出了路上的一处凹坑,司机放慢了速度,古恩借机跳到了地面上。卡车继续在黑暗中前进,轮胎扬起点点沙尘,司机丝毫没有意识到自己有过一个乘客。古恩顺着卡车的尾灯往前走,一直走到一条柏油岔路口,路边有一个木头牌子,上面用三种语言写着"加奥国际机场"的字样。

"'国际',"古恩读了出来,"我真是满怀期待啊。"

他沿着柏油路的边缘而行,躲避着几乎不可能出现的汽车。其实根本没有必要担心。机场的候机楼里一团漆黑，停机坪空空如也，他希望自己能够趁这个机会仔细地观察一下候机楼。他见过的一些牢房都要比这个有着粗糙的金属屋顶的木结构建筑好看很多。而爬上附近几乎腐朽的支柱支撑的不牢固的控制塔工作，无疑需要的是一个勇士。他绕过这些建筑，走到了一片漆黑死寂的停机坪。在这片空地上，灯光照射着八架马里战斗机和一架运输机。

发现警卫室外坐着两个全副武装的保安，古恩立刻提高警惕站在原地。那两个人一个正在椅子里打瞌睡，另外一个靠在房子的墙壁上抽着烟。太好了，古恩心想，简直太好了。现在他必须和军人打交道了。

古恩将自己的克朗斯宝潜水手表举到眼前，辨别上面的刻度。现在是11点12分，一股倦意突然袭来。他不过找到了一个几个星期都不会有飞机升降的荒废的机场，更糟的是，还有马里空军警戒。他不知道自己能够在这里隐藏多久，在没有充足的食物和水的情况下又能撑多久。

他必须从长计议。白天的时候出来晃悠显然不明智。他向沙漠中走了大约一百米后被一个表面覆盖着木屋残骸的坑绊倒。他在干沙地上挖出了一个斜坡，爬了进去，将几块烂木头挡在身后。他太疲倦了，丝毫没有想过洞里有可能爬满了蚂蚁或是蝎子。

半分钟没到，他就睡着了。

皮特和吉奥蒂诺被马萨德的手下粗暴地铐了起来，用一根链子拴在蒸汽管上。链子太短，他们两个都站不起来，只能跪在地上。他们被关在轮机室的底层中，举目无援。头顶上，有一大群带着自动手枪的看守走来走去，鞋子重重地踩在他们头顶的金属板上。他们跪在游艇下层潮湿的底舱中，手上戴着紧紧的手铐，短裤下面裸露的膝盖贴在热腾腾的金属地板上，在被烤熟的边缘挣扎。

逃跑是没有希望的。早晚他们都会被转交给卡兹穆将军的安全警察，以残酷的死亡为自己的生命画上句点。

底舱中的空气非常沉闷，让人几乎无法呼吸。蒸汽管散发出来的潮热让他们汗流浃背。随着时间一分一秒地过去，他们的痛苦也在一点一点地增加。吉奥蒂诺觉得自己疲惫不堪，在这个魔窟中待了两个小时，他感觉自己已经虚脱了。这里的湿度比他去过的任何蒸汽浴室都要重，身体水分的流失让他渴得发疯。

吉奥蒂诺看着皮特，他这位喜欢自作主张的朋友此刻也正承受着严酷的刑罚，但是他却看不出来皮特有什么反应。皮特淌满汗水的脸若有所思，得意扬扬。他正在端详着整齐地悬挂在后面的防水壁上的一排扳手，但他没有办法够到，手铐被一个托架的栏杆挡住不能滑动。他算计着自己与扳手之间的距离该如何解决，偶尔抬起头和上面的护卫打个招呼，然后就会又把注意力集中到扳手上。

"你让我们陷入了一团糟，史坦利。"吉奥蒂诺引用了《劳拉与哈代》中的台词。

"抱歉，奥利，一切都是为了拯救人类。"皮特笑着说完。

"你觉得鲁迪成功了吗？"

"如果他能够保持冷静，保持隐蔽，就没有理由像我们这样。"

"你觉得那个法国佬为什么让咱们这么出汗？"吉奥蒂诺说着用胳膊抹了一把脸上的汗水。

"不知道，"皮特回道，"但我认为，用不了多久我们就能搞明白，他为什么要把我们关在这个火箱子里，而不把我们交给宪兵。"

"如果他因为我们用了下他的电话就发疯，那真是太小气了。"

"是我的错，"皮特虽然如此说，但是眼睛中却依然充满了笑意，"我应该打一个对方付费电话。"

"算了，你也不知道那家伙这么吝啬。"

皮特充满敬意地看着吉奥蒂诺，看了许久许久。生命危在旦夕，但是这个坚强的家伙居然还能讲出笑话来。

在接下来的时间里，皮特将他们所处的火炉般的不利环境暂时抛诸脑后，一门心思思索着如何逃跑。在这种时刻，乐观是没有意义的。他们两个都没有足够的力气挣开手上的枷锁，也没有办法撬开手铐的锁。

他的脑子里想出了十几种意外，一种好过一种，但是除非老天帮忙，一切都不会发生。他们主要的问题是锁链。不管怎样，他们都得想办法离开蒸汽管，不然皮特再好的计划都是白费。

一个警卫将一块地板掀开时，皮特暂时停止了自己的思考。警卫从腰带上摘下一枚钥匙，打开了铁链，轮机室中有四个船员探下身子，抓住皮特和吉奥蒂诺把他们拉了上来，带着他们走出轮机室，通过一段向上的楼梯，进入了一条铺着豪华地毯的走廊。其中一个敲了敲一扇柚木门，然后推门将两个俘虏带了进去。

伊夫·马萨德坐在一张长长的真皮沙发中间，抽着一只细雪茄，一只手摇晃着一只装着科涅克白兰地的酒杯。一个穿军装的黑人坐在对面的椅子上，喝着香槟。皮特和吉奥蒂诺只穿着短裤和T恤衫，汗流浃背出现时，他们都没有动。

"这就是你从河里捞起来的可怜人？"那个军官用冷峻空洞的黑眼睛审视着他们。

"实际上，他们不请自来，自己爬上了船，"马萨德说，"他们使用我的通讯设备时被我抓了个正着。"

"你觉得他们已经发了信息出去？"

马萨德点了点头："我没来得及阻止他们。"

军官将杯子放在茶几上，从椅子中站了起来，穿过房间，一直走到皮特面前。他比吉奥蒂诺高，但还是足足矮皮特6英寸。

"在河里时你们俩是谁和我通话的？"

皮特的回答非常明白："你肯定是卡兹穆将军。"

"我是。"

"只是告诉你不要以声取人。我原本以为你会长得像鲁道夫·瓦伦蒂诺或是黄鼠狼威力呢……"

卡兹穆的脸被气得通红，牙关紧咬，抬起穿着靴子的脚狠狠地踹向皮特的胯部，皮特一蜷身闪到了一边。卡兹穆这一脚，几乎倾注了他全部的力气和恨意，而皮特微微一动不仅闪开了，双手还像钳子一样紧紧地夹住了卡兹穆踢过来的脚,卡兹穆拉脸上的愤怒转成了震惊。

皮特没有动,也没有松开卡兹穆的腿。他就是站在那里,两手抓着一动不动,任卡兹穆金鸡独立。然后,他缓缓地推着快被气疯了的卡兹穆后退,一直把他推回到椅子里。

房间里出现了一阵可怕的寂静。卡兹穆惊呆住了。十多年来,他一直只手遮天,呼风唤雨,怎么都无法接受这样的反抗和轻视。他已经习惯了人们对他点头哈腰,对他怕得要死,有人居然敢制伏他,他都不知道该作何反应。他呼吸急促,嘴抿成一条白线,黑色的脸上写满了愤怒,只有黑色的眼睛依然保持着冷峻与空洞。

卡兹穆从身侧枪套中拔出了一把手枪,动作缓慢而刻意。皮特不动声色地观察着,那是一把老式的自动手枪,伯莱塔出产的92SB型9毫米口径手枪。卡兹穆缓缓地扣下保险栓,将枪口对准皮特。他浓密的唇髭下露出了一抹冷酷的笑意。

皮特用眼角的余光瞥了一眼吉奥蒂诺,发现他正绷紧神经准备扑向卡兹穆。然后,皮特将眼神聚焦在卡兹穆握枪的手上,留心着那只手的细微动作,观察着握着扳机的手指,同时将膝盖微微曲起,准备到时向右闪避。这本应该是一次逃跑的良机,但是皮特知道自己在推卡兹穆的时候将机会错失了,他的死将漫长而痛苦。卡兹穆理所当然是一个好射手,不可能在这么近的距离打空,皮特知道自己也许能够躲开第一枪,但是卡兹穆会迅速再次瞄准,第一枪打向一个膝盖,第二枪打向另一个,让自己无法移动。这位将军的眼神中并没有透露出速战速决的意思。

然而,就在这个房间爆发出弹药味前的一刹那,马萨德手一挥,让空气重新活跃了起来,他用一种命令式的声音说道:"如果你愿意,将军,请到别处去执行你的处决,但千万不要在我联谊室里。"

"这个高个子死定了。"卡兹穆黑色的眼睛盯着皮特,嘶嘶地说道。

"早晚的事,我的好朋友,"马萨德悠闲地又给自己倒了一杯白兰地,"但拜托不要让血染了我宝贵的纳瓦霍地毯。"

"我会买块新的给你。"卡兹穆咆哮道。

"你有没有想过,也许他想要速战速决的,很明显他在刺激你快点杀了他,这样好过忍受漫长的折磨。"

那把手枪缓缓地放低了。卡兹穆冷酷的笑容转变成了残酷:"你看透了他,你看透了他的想法。"

马萨德耸了耸肩:"美国人管这个叫街头智慧。这些人肯定在藏着些什么东西,而且是非常重要的东西。如果能够让他们讲出来,对你我都有好处。"

卡兹穆从椅子边走到吉奥蒂诺身边,举起自动手枪,对准了吉奥蒂诺的右耳。

"我要看看你是不是比在你们船上时更健谈。"

吉奥蒂诺并没有退缩:"什么船?"他问话的声音就像牧师一样清白无辜。

"那艘爆炸前被你们遗弃的船。"

"哦,那艘船啊。"

"你们有什么目的?为什么顺着尼日尔河来到马里?"

"我们正在研究毛苔鱼的洄游习惯,跟着一群淘气的小家伙就逆流而上,来到了他们的产卵地。"

"你们船上的武器又是怎么回事?"

"武器?什么武器?"吉奥蒂诺嘴角下吊,肩膀高耸,典型一副毫不知情的样子,"我们没有什么武器啊。"

"你忘了你们击沉贝宁海军巡逻船的事情了?"

吉奥蒂诺摇了摇头:"抱歉,没有半点印象。"

"在巴马科总部的审讯室里待上几个钟头,也许能够帮你恢复记忆。"

"我向你保证,那里不利于不合作的外国友人的身心健康。"马萨德说。

"别耍他了,"皮特看着吉奥蒂诺说,"把实话告诉他吧。"

吉奥蒂诺转身,茫然地看着皮特:"你疯了吗?!"

"也许你能忍受严刑,但是我受不了。想到疼就让我觉得难受,如果你不愿意告诉卡兹穆将军他想知道的事情,我来告诉他。"

"你朋友是个聪明人，"卡兹穆说，"你最好听他的。"

吉奥蒂诺脸上茫然的表情消失了，但很快又再次出现了，只是这一次，夹杂着愤怒："你这个没用的废物，你这个叛徒……"

卡兹穆的枪声打断了吉奥蒂诺口头上的愤怒，一颗子弹擦着他的脸颊而过，在他脸上留下了一道很深的伤口。吉奥蒂诺向后退了两步，然后站住，接着像只发了疯的公牛一样扑向前去。卡兹穆又举起手枪，这一次瞄准的是吉奥蒂诺的两眼之间的位置。

就这么来了，皮特平静地想着，吉奥蒂诺突然爆发的脾气让他们无法再耍把戏。皮特冲到了卡兹穆前面，抓住吉奥蒂诺的胳膊，绞到吉奥蒂诺身后："别动，求求你了。"

不知何时，马萨德按下了沙发边小控制台上的一个按钮，这些人还没有进一步的反应，一小队船员就冲进了房间，他们合力将皮特和吉奥蒂诺扑到地板上。皮特只瞥了一眼这伙人，还没有来得及防备，就摔倒在地。他知道反抗根本没有用，还不如省省力气。而吉奥蒂诺则相反，像个疯子一样不停厮打，咒骂声不绝于耳。

"把那个人带回底舱。"马萨德站起来指着吉奥蒂诺喊道。

卡兹穆的警卫们开始集中全力对付吉奥蒂诺，让皮特感觉到了一阵轻松。一个抡着一根短棒，一下正中吉奥蒂诺的后脖子。吉奥蒂诺瞬间停止了反抗，他晕了过去。警卫们架着他的胳膊将他拉出了房间。

卡兹穆用自动手枪指着还躺在地上的皮特："既然你愿意展开一场诚恳的对话，为什么不先告诉我你真实的姓名呢？"

皮特一扭身子坐了起来："皮特，德克·皮特。"

"我能相信你吗？"

"这是个多好的名字啊。"

卡兹穆转脸问马萨德："你搜过他们身没有？"

马萨德点了点头："他们没有携带任何身份证明，连张纸都没有。"

卡兹穆看着皮特，脸上写满了不信任："也许，你可以告诉我你们为什么不带护照就进入了马里？"

"当然可以，将军，"皮特的话完全不假思索，"我和我朋友吉奥蒂诺是考古学家，我们受雇于一个法国的基金会，来尼日尔河寻找古代的沉船。我们的护照本来在船上，可是，船却被你的巡逻艇给炸了。"

"真正的考古学家，被锁在蒸汽室里两个小时后，会像小狗一样摇尾乞怜，但是你们太坚强了，无所畏惧。你们的身份只有一个可能性，受过训练的间谍……"

"你们受雇于什么基金会？"马萨德突然插话问道。

"法国历史探索研究会。"皮特回答。

"我从没有听说过。"

皮特做了一个无能为力的手势："我还能说什么？"

"从什么时候，考古学家们做勘察开始使用配备导弹发射器这种武器的超级快艇了？"

"防备海盗和恐怖分子总没有错吧。"皮特的笑容傻傻的。

就在这时，响起了一阵敲门声。马萨德的一个手下进来交给他一张纸条："要回复吗，先生？"

马萨德看了看内容点头说："向他表达我的谢意，让他继续调查。"

手下离开后，卡兹穆问："好消息吗？"

"极端有价值。"马萨德低声说，"来自我在联合国的密探。看样子这些人来自华盛顿的国家水下和海洋组织，他们的任务是在尼日尔河中寻找一种进入海洋就会引起赤潮的化学污染物的源头。"

"幌子而已，"卡兹穆冷笑了一声，"肯定的。他们绝对不是只勘察污染那么简单，我的猜测绝对没错。"

"我在纽约的密探也这么想。他也认为这是种掩护，但是他的消息来源却并不这么想。"

卡兹穆怀疑地看着马萨德："我希望，不会是佛瑞尔堡垒的泄漏吧？"

"不，根本不可能。"马萨德丝毫没有迟疑，"我的工程离河太远了，怎么可能污染到河水？肯定是你别的暴利项目。"

卡兹穆的脸变得强硬起来，面如死灰："如果该有人为在马里排放污染物负责,我的老朋友,那肯定就是你。"

"不可能,"马萨德不动声色地说,然后他盯着皮特:"你对这谈话感兴趣吗,皮特先生?"

"我不知道你们在说些什么。"

"你和你的搭档肯定是非常有价值的人。"

"实际上不是。现在我们不过是平凡的俘虏而已。"

"你说的有价值是什么意思?"卡兹穆问道。

"我的密探还说,联合国准备派一个特别行动小组来救他们。"

卡兹穆为之一惊,但很快又恢复了平静:"一支特别的军队要来这里?"

"可能已经在路上了,既然皮特先生联络过了他的上级。"马萨德又看了一眼那张纸条,"据我的密探说,那个人是詹姆斯·桑德克上将。"

"看起来那没有骗你。"这间屋子中空调控制的温度让刚在蒸汽中待了两个钟头的皮特不由自主地战栗,但是侵袭他的还有一种莫名的寒意。马萨德能够获知整个活动的始末,简直出人意料。皮特绞尽脑汁想要猜出是谁出卖了他们,但是却毫无头绪。

"好吧,好吧,好吧,既然伪装都揭开了,我们没那么聪明,也没那么差劲,不是吗,朋友?"卡兹穆又给自己倒了一杯马萨德那出类拔萃的香槟,然后猛地抬起头,"皮特先生,你们准备在哪里和联合国的军队接头?"

皮特想让自己失忆,但显然行不通。加奥机场无疑是一个接头的好地点,他不想因此连累到古恩,但最后,他希望卡兹穆就像外表那么蠢。

"加奥机场,他们天亮的时候飞来。我们在跑道的西头等着他们。"

卡兹穆看了皮特一小会儿,然后拿他手枪的枪筒砸向皮特的前额,厉声说道:"骗子!"

皮特低下头,用胳膊护住脸:"千真万确,我可以发誓。"

"骗子,"卡兹穆又说了一遍,"加奥的跑道是南北向的,根本不可能有西头。"

皮特长长地叹了一口气,缓缓地摇了摇头:"我猜再瞒下去也没有什么用了，你早晚会让我说出来的。"

"真不幸，我确实有办法办到。"

"很好，"皮特说，"桑德克上将的指示是，要我们弃船后到达加奥南方20公里处的一个宽阔的低谷中。直升机会从尼日尔飞到那儿接我们。"

"你们用什么信号联络他们？"

"根本没必要发信号。那周围都没有人，据我所知，直升机会开着降落灯扫描那片地区，直到找到我们为止。"

"具体时间？"

"早上四点。"

卡兹穆若有所思地看了他很长时间，然后尖锐地说道："如果你还是骗我，你会后悔不迭的。"

卡兹穆将手枪放回枪套中，对马萨德说："没有时间了。我必须要去筹备一个欢迎仪式。"

"札台伯，你应该尽量和联合国保持安全距离，我强烈反对和他们的行动小组起冲突。他们在那儿找不到皮特先生和他的朋友，自然会飞走，而把飞机打下来杀了上面的人，则是捅马蜂窝。"

"他们在入侵我的国家。"

"这有什么重要的？"马萨德摆了摆手，"爱国情操不适合你，嗜血的欲望不值得去损失金钱和援助，就别理他们好了。"

卡兹穆强挤出一个笑容，干涩地哼了两声："伊夫，你把我生活中所有的乐趣都搞没了。"

"但同时把法郎几百万几百万地放入你的口袋。"

"确实。"卡兹穆点头同意。

马萨德对皮特点了点头："另外，你还可以在这位先生和他的朋友身上找乐子。我肯定，他们会告诉你很多你想知道的事情。"

"中午前他们就会开口。"

"我肯定他们会。"

"谢谢你把他们软禁在你那让人汗流浃背的小箱子里。"

"荣幸之至。"马萨德说着走向了一扇侧门,"现在请原谅,我必须去看看我的客人们了,我把他们冷落太久了。"

"请便。"卡兹穆说。

"你得处理一下这里。"

"让皮特先生和他朋友在你的蒸汽室里多待一阵子,我希望在我把他们带去巴马科总部时,他们身上所有的坚强和忠诚都蒸发了。"

"如你所愿,我会让手下将皮特先生带回底舱。"

"谢谢你,伊夫,我的朋友,你抓住了他们还把他们交给了我。我很感激。"

马萨德微微低头:"荣幸之至。"

马萨德离开后,卡兹穆又将注意力集中在皮特身上,黑色的眼睛中毫无友善可言。这样邪恶的脸,皮特过去只见过一次。

"继续享受蒸汽室吧,皮特先生。之后,你就得忍受,忍受你最坏的噩梦中都不会有的事情。"

如果卡兹穆想看到皮特充满恐惧的战栗,那他只能失望了。皮特看起来不可置信地平静。他脸上的微笑好像一个刚在老虎机上赢了头奖的人。实际上,皮特真的欣喜万分,因为卡兹穆并没有察觉他逃跑的计划。门已经敞开了一条缝,皮特就要溜出去了。

## 23

别人都在打盹,但夏娃始终紧张焦虑,难以入睡。她是第一个察觉到飞机下降的人,尽管飞行员的操作非常轻微,但是飞机高度降低,依然让夏娃一阵耳鸣。

她向窗外望去,能够看到的只是一片漆黑,没有光,根本看不见外面的情形。手表显示现在是夜里十点半,一个半小时前他们才将所有的设备和污染物样品装好机从阿瑟拉起飞。

她安静地坐着,让自己放松下来,猜测也许飞行员只是选择了一条新的航线,所以改变了高度。但是胃里下陷的感觉,告诉她飞机依然在下降。

夏娃站起来,走向机舱后部,霍普选择那里的位置,是为了抽烟斗。夏娃走近将他摇醒:"弗兰克,有些事情不对劲。"

霍普一向睡得很浅,几乎立刻就睁开眼睛,充满疑问地看着她:"你刚说什么?"

"飞机正在下降,我想我们要着陆了。"

"不可能,"霍普哼着鼻子说:"开罗有五个小时的路。"

"但我听到引擎关了。"

"飞行员也许是为了节省燃料减低了油门。"

"我们高度正在降低,我很肯定。"

夏娃严肃的语气让霍普坐直了身子,侧耳倾听。然后他靠在扶手上,审视着前方客舱的走廊。"我相信你。确实有些角度。"

夏娃向着驾驶舱示意:"飞行员一向都开着驾驶舱门,但是现在却关起来了。"

"确实奇怪。我想我们确实有些反应过激了。"但是他却掀开了身上盖着的毯子,缓缓地站了起来,"不过不管怎么着,去看看也无妨。"

夏娃跟在他身后走向驾驶舱。霍普拧了拧门把手,脸色立刻为之一变:"这个鬼东西锁住了。"他拍了拍门,但是过了一阵,始终没有回应,唯一的回应是飞机下倾的角度更大了。"很奇怪,你最好去把其他人叫醒。"

夏娃赶忙跑回去将其他人从沉睡中唤醒,格里姆斯是最先来到霍普身边的。

"我们为什么要着陆?"他问。

"毫无头绪。飞行员没有打算回答。"

"也许他们是紧急迫降。"

"如果是的话,他们却在保密。"

夏娃靠在一个座椅上透过窗户望着外面的黑暗,离飞机几公里的地方,闪烁出一丛昏黄的灯光。"前面有光。"

"我们应该踢开门进去。"格里姆斯提议。

"有什么意义吗？"霍普说，"如果飞行员想着陆，我们束手无策，我们谁也不会开飞机。"

"那么，我们只好坐回座位绑好安全带等着。"

夏娃的话还没有说完，着陆灯就亮了起来，照射出一片毫无特征的沙漠。起落架放了下来，飞行员猛地转了一个弯，似乎是为了让飞机驶向那现在还看不到的机场。等他们全都系好安全带的时候，飞机的轮胎已经陷入了厚厚的沙子中，飞行员拉着气闸，引得引擎发出一阵咆哮声。这没有经过修葺的软软的跑道产生了足够大的摩擦力，飞行员没有继续拉气闸，飞机就慢了下来。飞机沿着跑道边的一排照明灯滑行，最后停了下来。

"我很好奇这是什么地方。"夏娃轻声说。

"很快我们就能搞得一清二楚。"霍普说着又走向了驾驶舱门，决定这次要把门踹开。但是他刚到门边，门就自己打开了，飞行员走进了客舱。

"为什么中途停了下来？"霍普质问道，"出现故障了吗？"

"你们在这儿下飞机。"飞行员缓缓地说道。

"你在说什么？你应该把我们送到开罗的。"

"我的任务是让你们在提比扎降落。"

"这是联合国租用的飞机，你是我们雇的，我们要去哪儿，你就得送我们去哪儿。提比扎，管它是什么地方，不是我们想去的地方。"

"把它当成一次计划外的停留吧。"飞行员的态度蛮横。

"你绝对不能就这么把我们扔在沙漠中间，你叫我们怎么离开这儿去埃及？"

"计划已经决定了。"

"我们的设备呢？"

"会有人保护的。"

"我们必须尽快把样本送到世卫组织在巴黎的实验室。"

"那不是我的问题。现在请你们收拾个人物品，即刻下飞机。"

"我们不会这么做。"霍普义愤填膺。

飞行员从霍普身边挤过，顺着走廊快速走到后出口。他打开了锁轴，按下一个大开关，液压泵开始工作，后方的地板慢慢放低，变成了一道通向地面的台阶。然后飞行员从身后拿出一把大口径的左轮枪，指着吃惊的乘客们。

"下飞机，立刻！"他粗暴地命令道。

霍普向前走，几乎踩到了飞行员的脚才停下来，他完全没有理会顶着他胃部的那把枪："你是谁？你为什么要这么做？"

"我是马里空军的阿布巴卡·巴巴南迪中尉，我遵从我的上级指挥。"

"你的上级又是谁？"

"马里最高军事委员会。"

"你是说卡兹穆将军。是他召集了这里的枪手……"

霍普激动地说着，而阿布巴卡·巴巴南迪中尉此时将左轮枪的枪口狠狠地指向了他的胯部："请别找麻烦，博士。下飞机，不然我就开火。"

夏娃抓住了霍普的胳膊："按他说的做，弗兰克，别为了骄傲丧命。"

霍普挪动着双脚，双手条件反射性地护着胯部。巴巴南迪看起来冷酷而顽固，但是夏娃却从他的眼神中察觉到了恐惧，而非敌意。巴巴南迪一把将霍普推向了台阶。

"我警告你，不要磨蹭。"

20秒后，在夏娃的扶持下，霍普到达了地面，打量着四周。

有6个头和脸都隐藏在靛青色的图瓦雷克式头巾里的人走了过来，在霍普身边围成一个半圆形。他们全都高高的，凶横十足，穿着黑色的长袍，腰间带着弯刀，手持自动步枪，枪口全都瞄准霍普的胸口。

又走来了两个人影。一个是高如巨塔的男人，瘦瘦的，全身上下露在外面的只有头巾缝隙中露出的眼睛和一双肤色较浅的手，他的袍子是紫色的，头巾是白色的。霍普的头顶只能到这个陌生人的肩膀。

他的同伴是一个女人，样子像是一辆装满货的矿车。她穿着一条肮脏的已经走形的及膝裙子，下面露着一对仿佛电线杆的腿。和其他人不同，她的头是露着的，尽管肤色像南非洲人一样黑，头发像他们一样卷，但是她却有着高颧骨，圆下巴和尖鼻子，眼睛又小又圆，嘴却有整张脸那么宽。破损的鼻子和伤痕累累的额头显示，这是一张受过虐待的脸，但现在却只透着冷酷和残虐，那些伤痕更突出了这一点。她一只手拿着一条粗皮鞭，眼睛看着霍普，就好像一个中世纪宗教裁判所的刑讯者正在对行刑架上的罪犯行刑。

"这是什么地方？"霍普直接问道。

"提比扎。"高个子的男人回答。

"这我已经知道，但提比扎是什么地方？"

回答者的英语透着北爱尔兰的口音："提比扎是沙漠的尽头，地狱的起点，是一片服刑的犯人和奴隶开采的金矿。"

"像是陶德尼的盐矿？"霍普说话的时候始终看着瞄准他的步枪，"你是否介意别让那些枪对着我的脸？"

"这是必须的，霍普博士。"

"不要担心，我们来不是为了偷你的……"霍普突然停了下来，他开始面无血色，眼神茫然，吃惊地轻声说道，"你知道我的名字？"

"是的，我们正在等你。"

"你是谁？"

"塞利格·奥巴尼奥，矿务运营的总工程师。"奥巴尼奥转脸指着那个大块头的女人，"这是我的助理麦莉卡，这个名字是女王的意思，你和你的人要听她的命令。"

沉默持续了也许有10秒钟，然后霍普冲口说道："命令？你到底在说什么？"

"蒙札台伯·卡兹穆将军的好意，你们被送到这里。就是说他希望你们在矿里工作。"

"这是绑架。"霍普气吁吁地说。

奥巴尼奥安静地摇了摇头："不能算绑架，霍普博士，你和你的队员不会作为人质，不会被勒索，你们被判决在提比扎服刑，为马里国库开采黄金。"

"你简直不可理喻……"霍普刚开口，便因麦莉卡向他的脸挥来的皮鞭而向后摇晃。这下抽打让霍普呆住了，伸手抚摸着自己脸颊上肿起的伤痕。

"蠢猪，给你作为奴隶的第一课。"大块头女人吐了口唾沫，"从现在开始，没有命令，你不能讲话。"

她又向霍普举起了皮鞭，但是奥巴尼奥抓住了她的胳膊："放松点，给他点时间适应一下。"他看着从飞机上下来聚在霍普身边的其他科学家，他们的脸上都写满了震惊，眼睛中充满了恐惧，"我希望他们能拥有良好的状态，能开始第一天的工作。"

麦莉卡有些不情愿地放低了皮鞭："我担心你的心变软了，塞利格，他们又不是瓷器。"

"你是个美国人。"夏娃说。

麦莉卡咧了咧嘴："没错，宝贝儿。在加州科罗纳女子监狱做过十年的典狱官，你可以找人打听打听，这儿和那儿差不太多。"

"麦莉卡会特别关照女性员工，"奥巴尼奥说，"我肯定她非常高兴见到你。"

"你让女人也在矿里工作？"霍普不相信地问。

"是的，有些女人，还有他们的孩子。"奥巴尼奥平淡地说。

"你这是对人权的粗暴践踏。"夏娃愤怒地指责。

麦莉卡带着一种恶魔般的表情看了看奥巴尼奥："可以吗？"

他点了点头："可以。"

大个子女人将鞭子抽向了夏娃的胃部，逼得她弯下了腰，然后又一鞭抽向夏娃的后脖子，如果霍普没有及时揽住夏娃的腰，她必定会瘫倒在地。

"你们很快就能明白口头上的反抗是没有意义的，"奥巴尼奥说，"你们最好配合一些，让你们的余生尽可能少受些痛苦。"

霍普疑惑地张开了嘴："我们是世界卫生组织的知名科学家，你不能随随便便地将我们处死。"

"将你们处死？"奥巴尼奥平静地说，"博士，才没有呢，我是想让你们工作到死。"

## 24

　　一切都如同皮特所预料的。警卫将他押回蒸汽室后，他表现得非常屈从，非常配合，主动将手举起来让警卫用手铐将他锁在蒸汽管上。只是这一次，皮特将手举在了托架的另一边。将皮特牢牢锁住后，警卫心满意足地放下了活板门，"砰"的一声，将两个囚犯关在了令人窒息的底舱之中。

　　吉奥蒂诺坐在一团雾气中揉着自己的头，仿佛心不在焉。雾气重重，皮特几乎看不到他。吉奥蒂诺问道："怎么样？"

　　"马萨德和卡兹穆两个人狼狈为奸，在搞什么阴暗的勾当，马萨德贿赂那位将军以牟取暴利，这些都显而易见。此外，听到的消息并不多。"

　　"下一个问题。"

　　"尽管问。"

　　"我们怎么才能离开这个茶壶？"

　　皮特抬了抬自己的手，笑着说："只要稍弯手腕就行。"

　　皮特顺着管子向后滑，一直到后舱壁放着各种尺寸扳手的架子边。他拿到一把，在蒸汽管的闸门上试了试，太大了。第二把刚好合适。他握住扳手把手一拉，由于那些配件已经生锈，没有移动。皮特休息了一会儿，然后把脚顶在一根铁柱上，两手抓着扳手，用上了全身的力气，闸门才吝啬地转动了一点点。最初的四分之一，皮特几乎绷紧了胳膊上的每一块肌肉，而接下来，则轻而易举。最后只剩下两圈时，皮特扭头看着吉奥蒂诺："很好，现在这个已经快断开了。里面如果是给上层甲板供暖的低压蒸汽，我们就会很幸运，否则我们就会知道被煮在锅里的龙虾是什么感受了。即便是前者，如果我们不尽快离开这里，蒸汽也足以让我们窒息。"

　　吉奥蒂诺站了起来，弯曲着膝盖，低着头，但他汗湿的头发已经顶到了上层的甲板。

　　"把警卫扔到我够得到的地方，其他交给我好了。"

皮特没说话点了点头，然后快速地拧开了阀门。他用手铐中间的铁链挂在蒸汽管上，用自己的重量把阀门拉了开来。一团蒸汽从管子中喷涌而出，瞬间充满了小小的底舱，没有几秒钟，皮特和吉奥蒂诺已经完全看不到彼此，皮特轻轻地移动，把铁链从断开的管子的一头滑出来，但手背还是被烫到了。

他和吉奥蒂诺开始异口同声地大叫，拍打舱顶。警卫发现了突然涌现的蒸汽，之后的反应就完全如同皮特的预计，警卫打开了舱门，一团蒸汽向他扑面而来，蒸汽中袭来的还有他看不到皮特的双手，将他一把拽了下去，警卫大头向下，颌骨撞在了一根铁柱上，立刻晕了过去。

一秒钟后，皮特从晕倒的警卫手中夺过了步枪，而吉奥蒂诺则多花了五秒钟的时间才从警卫的口袋中摸到手铐的钥匙。吉奥蒂诺打开自己手铐的时候，皮特已经像猫一样跳到上层甲板，蜷着身子端着步枪。轮机室里没有人，除了警卫之外，并没有其他的船员在值班。

皮特转身跪地，抹了一把额头上如雨的汗水，斜眼看着下方滚滚的蒸汽："你上来吗？"

"把警卫弄上去，"吉奥蒂诺的声音从迷雾中传来，"没必要让这个可怜的杂种死在这儿。"

皮特弯下身，摸到了一对胳膊，抓住将失去知觉的警卫拉到了轮机室，放在甲板上。然后，他又摸到了吉奥蒂诺的手腕，一把将他拉出火坑，但手上突然一阵剧痛，让他不禁皱起眉头。

"你的手真像煮熟的小虾。"吉奥蒂诺评价道。

"我从管子一头溜出来的时候肯定被烫到了。"

"应该找点什么东西包扎一下。"

"没时间了，"他举起了还被铐着的手，"能帮个忙吗？"

吉奥蒂诺很快打开了皮特的手铐，然后将钥匙放进了衣服口袋里："留作纪念。你永远都不知道我们什么时候会再被铐起来。"

"从我们所处的局面来看，用不了多长时间，"皮特轻声说，"马萨德的乘客肯定很快就会抱怨冷了，特别是那些穿着低胸装的女士们，然后就会派个船员来检查问题，接着就会发现我们不见了。"

"那么现在是时候机智而别具风格地退场了。"

"一定要机智。"

皮特走向舱门,打开向外观察,这里能够直通船尾。他走到栏杆边,向上眺望,能够通过活动室的大窗户看到里面的人影,他们穿着晚礼服畅饮闲谈,与皮特和吉奥蒂诺被关在底舱受苦真是天壤之别。

他示意吉奥蒂诺跟上,两人沿着甲板,悄悄前行,碰到舷窗便低身,一直到了一段楼梯。他们躲进台阶下的阴影中,透过上层的出口往外望。在亮如白昼的照明灯下,他们能够清楚地看到马萨德的私人飞机停在上层甲板的台子上,而且无人看守。

"我们的座驾等在那儿呢。"皮特说。

"绝对胜过游泳。"吉奥蒂诺赞同道,"如果那个法国佬知道他招待的是两个空军飞行员,他就不会这么把它扔在这儿了。"

"他的疏忽,我们的运气。"皮特婉转地说完,便爬到楼梯顶,观察着上层的甲板和附近的舱门有没有人。舱房中还留心外面的人简直少之又少。然后他轻轻地穿过甲板,打开了直升机的门,爬了进去。吉奥蒂诺移开了止轮块,解开了缆绳,然后也爬了进去,关上门坐在了右边的座位上。

"咱们到底弄到了什么东西?"吉奥蒂诺研究着仪表盘嘟囔着。

"是一个比较新的机型,法国产的,从样子看是架双涡轮松鼠机。"皮特回答,"我还没看出是什么机型,但是咱们没时间研究这些不中用的东西了,得快点想办法让它飞起来,飞走。"

他们花了宝贵的两分钟来启动,幸运的是,皮特松开手闸,旋翼开始转动,加速到升空的速度时,都没有警报响起。皮特并不需要看懂仪表盘上的量表、仪器、开关的所有法文标志,他知道都是指什么。这些仪表盘是世界通用的,操作起来没有半点问题。

这时一个船员出现,好奇地看向直升机的挡风玻璃里头。吉奥蒂诺对他挥了挥手,咧开大嘴笑了,船员就站在那里,脸上写满了犹豫不决。

"这家伙看不出来我们是谁。"吉奥蒂诺说。

"他有枪吗?"

"没有,不过他那些正在上楼梯的同伴看起来并不怎么友好。"

"可以走了。"

"所有读数正常。"吉奥蒂诺确认道。

皮特没有再犹豫,他深吸一口气,将直升机升高,在甲板上盘旋了一圈,然后稳住方向,加大油门向前飞。游艇被甩在了后面,成为黑色的河水上的一团光。之后,皮特将直升机固定在大约仅仅十米的高度,向着河的下游飞去。

"我们去哪儿?"吉奥蒂诺问。

"到鲁迪发现污染物入河的地点。"

"那我们是不是走错路了?我们是在上游100公里的地方发现的。"

"只是一个甩掉追捕的伪装。一旦离加奥远远的,我就掉头,飞过沙漠,回到河边时我们已经在上游30公里了。"

"为什么我们不去机场,接上鲁迪,直接离开这个见鬼的国家?"

"原因有很多,"皮特边说边对着油表点了点头:"首先,我们的燃料飞不了200多公里。第二,一旦马萨德和他的老伙计卡兹穆发现我们不见了,就会派出整个马里空军追捕我们,要么强迫我们降落,要么把我们在空中打成碎片。我想这大约需要15分钟而已。第三,卡兹穆认为我们只有两个人,我们离鲁迪越远,他就越安全,带着数据逃出去的希望就越大。"

"这些都是你一时想到的?"吉奥蒂诺抱怨,"还是你从一群算卦的那儿听来的?"

"就把我当成你友好而亲密的占卜师吧。"皮特故作谦虚地说。

"你肯定去问过算卦的。"吉奥蒂诺干巴巴地说。

"我让咱们离开了桑拿房和那艘船,不是吗?"

"是,现在我们要飞过撒哈拉沙漠的中心,飞到没油为止,然后徒步穿越这世界上最大的沙漠,寻找一种我们也不知道是什么的污染物,接着我们就会被马里的军队抓住,消失在他们恐怖的地牢中。"

"你真有讲恐怖故事的天分。"皮特挖苦地说。

"那给我指条明路。"

"很简单，"皮特点了点头，"我们一飞到污染物入河的地点，就扔了直升机。"

吉奥蒂诺看着他："扔到河里？"

"现在开始你开始步入正途了。"

"在那条臭水沟里再游一次泳？不要吧？"他坚定地摇了摇头，"你简直疯透了。"

"我是字字皆真理，事事皆伟大。"皮特快活地说，然后又严肃地补充道，"马里人肯定会派出每一架飞机来找我们这架直升机。如果把它沉在河里，他们就不知道该从何找起。卡兹穆绝对想不到我们会跑进沙漠里面去找污染源。"

"狡猾至极，"吉奥蒂诺说，"这是你的定义。"

皮特弯下身子，从座位下面的支架上找出一份地图："你来开，我要研究条航线。"

"好的。"吉奥蒂诺边说边抓住了他座位边的控制杆。

"升到100米，沿着河飞5分钟，然后转向260度。"

吉奥蒂诺按照皮特的指示升到了100米的高度，然后向下俯瞰，他只能看到河的表面："幸好河面会反射星光，不然我根本不知道在朝哪儿飞。"

"转向后注意地平线上的阴影，咱们可不能扑向一片突出的岩石。"

他们只花了12分钟，就绕过了加奥，开始向真正的目的地飞去。他们没有开导航灯，皮特导航，吉奥蒂诺控制，马萨德的这架飞机就好像幻影一般飞在天空中。下方的沙漠广袤无边，一片平坦，只有一些突起的岩石和沙丘投下的阴影。当尼日尔河再度进入视线时，他们都欢欣鼓舞。

"右边的灯光是什么东西？"吉奥蒂诺问道。

皮特没有抬头看，眼睛依然在地图上："河的哪边？"

"北边。"

"应该是布雷姆，我们经过这个小镇没多久就驶出了污水区。绕开它。"

"你打算在哪儿扔掉飞机？"

"上游，只要出了小镇人的听力范围。"

"这个地方有什么特别的吸引力吗？"吉奥蒂诺疑惑地问。

"今天是星期六，为什么不去镇上看看有什么乐子？"

吉奥蒂诺没说话，咧了咧嘴作为回答，然后将注意力重新集中在飞行上。他紧张地扫着仪表盘上的数据，到了河中间，他松开了油门，微推控制杆，让飞机向右转，将机头对准上游。

"准备好救生衣没有？"吉奥蒂诺问道。

"随身携带，"皮特点了点头，"再低些。"

飞机在水上两米的时候，吉奥蒂诺关闭了引擎，皮特也将所有的按钮一一关闭。伊夫·马萨德的漂亮飞机就好像一只受伤的蝴蝶一样跌入了水中，激起一朵安静的水花。飞机在水面上浮了很久才沉下去，皮特和吉奥蒂诺有充足的时间打开门跳得远远的，手脚并用游离还在慢慢旋转的螺旋桨的范围。等到水漫到门边，冲入舱内，飞机便快速进入了黑色的水底，只留下一声驾驶舱的空气被水排挤发出的叹息。

河岸上没有人听到它下落，没有人看到它沉没。它与"卡利俄珀"一样，睡在了河中的软泥上，等着某天污泥将它完全掩埋，为它造一座永久的坟墓。

## 25

虽然并不是贝弗利山庄酒店的酒吧，但是对于一个被扔入水中两次，被蒸汽快熏熟了，又在黑暗的沙漠中蹒跚走了一段脚正疼的人来说，这里比任何一个酒吧都更舒服。皮特觉得，自己从来都没有发现过一个这么邋遢的低级酒馆会这么舒服。

他们感觉像是走入了一个山洞。泥墙粗糙不堪，地板脚印凌乱。水泥铸成的墩子上搭了一条长木板，权充吧台。木板中间下垂，看样子在上面放上一个杯子立刻就会滑到中间。看似嵌进泥墙的架子上一排奇形怪状的茶壶煮着茶和咖啡。旁边的五个瓶子，里面的液体高低不等，表面上的标签斑驳不清。皮特估计，这肯定是储备给这个地方很少会出现的游客的，因为穆斯林人应该不会喝这种东西。

一面墙边,有一个小炉子,散发着微温,同时还散发出一股刺鼻的气味,皮特和吉奥蒂诺都不知道那是骆驼粪的味道。椅子看上去就像是救世军商店都会拒收的,没有两把是配套的,桌子也好不了多少。烟熏的痕迹,烧焦的表面,还有刻画的涂鸦可以追溯到法国殖民地时期。两个光秃秃的灯泡,从房顶上橡子上钉的钉子顺着电线垂下来,在这个比储藏室大不了多少的房间里,依靠镇上过时老化的发电机提供的有限电力,闪着昏黄的光。

皮特走在前面,在一张空桌边坐下,将注意力从酒馆的装潢转到了顾客身上。发现没有人穿着制服,他非常庆幸。酒馆里面是各式各样的本地人:尼日尔河上的船夫、渔民、附近的居民,还有一些皮特认为是农民。没有女人。有几个在喝着啤酒,但是大部分都在喝小杯的甜咖啡或茶。好奇地看了新进来的人一眼,他们又继续各自的谈话和一种类似骨牌的游戏。

吉奥蒂诺身子探过桌子,轻声问:"这就是你对城镇的夜晚的想法吗?"

"这是我们暴风雨中的港湾。"皮特说。

店主显然是那个头发浓、胡子浓、皮肤黑的男人,他从凑合着用的吧台后面绕出,走到桌边,等着皮特他们先开口。

皮特举起两个手指,说道:"啤酒。"

店主点点头,走回吧台。吉奥蒂诺看着他从有一个大坑的铁质冷藏箱拿出了两瓶德国啤酒,然后转过头来困惑地看着皮特:"我能问一句你打算怎么付账吗?"

皮特笑了,他弯下身子,脱掉左脚的鞋,从鞋底拿了些东西出来,然后冷静而警惕地看了看周围,没有人在注意他们。他冷静地摊开手,只有吉奥蒂诺能够看到,他的两手之间是一叠整齐的马里货币。

"法属非洲联盟法郎,"他轻声地说,"上将毫无遗漏。"

"桑德克的确事事正确,"吉奥蒂诺承认,"但是他为什么相信你不相信我?"

"因为我的脚比较大。"

店主走回来,放下——更确切地说是丢下——两瓶啤酒在桌子上,然后咕哝着:"Dix francs。"

皮特递给了他一张钞票,店主举起来对着一个灯泡望了望,然后用油乎乎的大拇指摸了摸,看上去没有问题,他点点头走掉了。

"他要10法郎,"吉奥蒂诺说,"你给了他20,如果他觉得你是个有钱人,我们离开的时候,半个镇子的人都会跟着我们。"

"我就是这么打算的,"皮特说,"村子里的骗术大师总会发现猎物,只是时间的问题。"

"我们是买还是卖?"

"基本上是买,我们需要些交通工具。"

"买一大块肉更合适。我都饿死了,就像刚冬眠完的熊一样。"

"如果你喜欢,可以尝尝这里的食物。"皮特说,"至于我,我宁愿饿着。"

他们喝到第三瓶啤酒的时候,一个不足18岁的年轻人走进了酒馆,他个子高高的,背有些驼,一张圆脸透着和气,但是大眼睛中却有些悲伤的神情,穿着T恤和卡其布的裤子,外面还套着白棉布的外套。他快速看了一眼店里的顾客,然后将目光停留在皮特和吉奥蒂诺身上。

"耐心,乞丐登场了,"皮特轻声说,"救星正在路上。"

年轻人停在桌子边,点头致意:"Bonsoir①!"

"晚上好。"皮特回答。

那双忧郁的眼睛微微睁大了一些:"你们是英国人?"

"新西兰人。"皮特撒了个谎。

"我叫穆罕默德·狄格纳,也许我可以帮助你们兑换货币。"

"我们有本地的货币。"皮特耸了耸肩。

"那你们需不需要一个导游,帮你们处理海关、警察和其他手续?"

"不,我觉得不需要。"皮特伸出手指了指旁边的空椅子,"不过你愿意和我们喝一杯吗?"

"好的,谢谢。"狄格纳对店主说了几句法语,然后坐了下来。

---

① 法语:晚上好。

"你的英语说得很好。"吉奥蒂诺说。

"我在加奥上学,然后在巴马科读大学,一直都是名列前茅。"他很自豪地说,"我能说四种语言——我的母语班巴拉语、法语、英语和德语。"

"你比我聪明多了,"吉奥蒂诺说,"我的英语也不过马马虎虎够用而已。"

"你在哪里高就呢?"皮特问。

"我父亲是附近一个村庄的村长,我帮他管理生意。"

"这样你还时不时地来酒馆,向游客推销自己的服务?"吉奥蒂诺多疑地嘟囔。

"我很喜欢碰到外国人,这样我就能练习我的外语。"狄格纳似乎没有迟疑。

店主过来在狄格纳面前放下了一小杯茶。

"你父亲怎么运送货物呢?"皮特问。

"他有一小队雷诺卡车。"

"可不可以租一辆?"皮特问。

"你想要拉货?"

"不,我和我朋友想到北方做个旅行,看看大沙漠再回家。"

狄格纳轻轻摇了摇头:"不行。我父亲的卡车队今天下午出发去了莫普提。而且,外国人如果没有特别许可是不能在沙漠中旅行的。"

皮特转头看着吉奥蒂诺,脸上写满了悲伤和失望:"多遗憾啊!咱们飞了半个地球过来,就是想看看沙漠,看看游牧人骑骆驼。"

"我没脸见我白发苍苍的老母亲了,"吉奥蒂诺都哽咽了,"为了让我来撒哈拉,她拿出了一辈子的积蓄。"

皮特拍了下桌子,站了起来:"好吧,该回廷巴克图的旅馆了。"

"先生们,你们有车吗?"狄格纳问。

"没有。"

"那你们怎么从这儿回廷巴克图?"

"搭公车。"吉奥蒂诺的回答十分迟疑,与其说是回答,不如说是提问

"你是说搭载客的卡车？"

"对，就是那种车！"吉奥蒂诺十分愉快。

"明天中午之前，你不会找到任何去廷巴克图的车。"

"我们肯定能在布雷姆租到车。"皮特说。

"布雷姆很穷，镇上的大部分人都走路，顶多骑摩托车。很少有人家能够买得起能正常使用的车，布雷姆唯一运作正常的汽车引擎声来自卡兹穆将军的私人汽车。"

狄格纳的话一石激起千层浪。皮特和吉奥蒂诺的脑袋里都在涌动着相同的脑波。他们都呆了一下，然后立刻放松了下来。他们定住眼神，咧开大嘴笑了。

"他的车来这儿干什么？"吉奥蒂诺无辜地问，"我们昨天还在加奥见到他呢。"

"将军一般是坐飞机去各地，"狄格纳回答，"但是他更喜欢坐自己的车往返城镇之间。他的司机开车从巴马科沿一条新建的高速路去加奥，在布雷姆附近抛了锚，拖来这儿进行修理。"

"修好了吗？"皮特问着心不在焉地抿了一口啤酒。

"镇上的机械师今天修好了。一块石头卡在水箱里了。"

"司机出发去加奥了吗？"吉奥蒂诺懒懒地问。

狄格纳摇了摇头："从这儿到加奥的路还没有竣工，晚上在上面开车太危险了，司机不想再把将军的车弄坏了。他打算明天天亮离开。"

皮特看了看他："你是怎么知道的？"

狄格纳笑了："汽车修理厂是我父亲的，我看着那辆车修好的，司机和我还一起吃了晚饭。"

"司机现在在哪儿呢？"

"寄宿在我父亲家。"

皮特把话题转向了当地的工业："附近有化工厂吗？"

狄格纳笑了："布雷姆太穷了，只出产手工艺品和纺织品，没有别的东西。"

"那有什么污染源吗?"

"佛瑞尔堡垒,但那儿离这儿有几百公里,从这儿往北。"

对话出现了一个短暂的停顿,然后狄格纳突然问道:"你们带了多少钱?"

"不知道,"皮特的回答很诚实,"我没有数过。"

皮特发现吉奥蒂诺正在奇怪地看着他,然后用眼角的余光瞥了一眼角落里的一张桌子上的四个人,他扭头看他们,而他们立刻转开视线。这是个陷阱。他又看了一眼店主,正靠在吧台上看报纸,便将他排除了暴徒的阵营。他又快速瞥了一眼其他的顾客,大家都在忙着自己的事情,这让他安心多了。二对五,一点都不算糟。皮特想。

皮特喝完了啤酒,站了起来:"该走了。"

"帮忙问候村长。"吉奥蒂诺拉着狄格纳的手。

这个年轻的马里人脸上的笑容始终都没有消失,但是他的眼睛开始变得冷酷:"你们不能走。"

"不用担心,"吉奥蒂诺挥了挥手,"我们可以睡在路边。"

"把你们的钱给我。"狄格纳说得很温柔。

"村长的儿子居然乞讨,"皮特说得则干巴巴的,"你肯定是你老爷子的奇耻大辱。"

"别惹我,"狄格纳冷冷的,"把你们的钱都给我,不然让你们血溅当场。"

吉奥蒂诺完全没有理这种威胁,走向了酒馆的一个角落。那四个人站了起来,等待着狄格纳的信号,但是信号却没有出现。这些马里人似乎被他们的加害对象的大无畏给弄糊涂了。

皮特身子探过桌子,直到和狄格纳脸对脸:"你知道我和我的朋友怎么对付你这样的下三烂吗?"

有整整五秒钟,狄格纳一动不动,喉咙中隐隐作响,仿佛有人扼住了他的脖子。他脸部的肌肉紧绷,牙关紧咬,然后他跳着站了起来,从外套下抽出了一把长刀。

但他慢了两秒,只慢一秒已经迟了。

皮特一拳打向狄格纳的下巴，他向后倒去，砸在旁边玩骨牌的人的桌子上，桌子被砸碎，狄格玛摔在地上，失去了知觉。他的同伙全都朝皮特围了过来，他们谨慎地将皮特围在中间，三个人拔出了弯刀，第四个人举出了一把斧子。

皮特抓起椅子，砸向领头的，一下砸在那个人的右臂和右肩上。一声惨叫传出，整个酒吧乱作一团。惊恐的顾客们互相冲撞，抢着挤出门口逃生。接着另一声痛苦的叫声从拿斧子的人口中传出，吉奥蒂诺扔出的一个酒瓶正砸在他的脸上。

皮特抓住一张桌子的两条腿，将其举过头顶，玻璃破碎的声音顷刻响起。吉奥蒂诺已经站在了他的身边，手向前一抓，抓住了一个瓶子的颈部。

那些袭击者们停了下来。现在是二对二了。他们发呆地看着自己的同伴，一个正跪在地上摇晃着拖着一只脱臼的胳膊呻吟，另一个坐在地上双手掩面，鲜血从指缝中流出，然后还有一个昏迷不醒的头目。他们开始向门退去，眨眼工夫就消失不见。

"还没活动开呢，"吉奥蒂诺唠叨着，"这些家伙在纽约街头活不过五分钟。"

"看着门。"皮特说完，转脸看着完全无动于衷完全置身事外的店主，他还安然地翻着报纸，仿佛刚才的打斗是酒馆正常的夜间表演。"Le garage？[①]"皮特问道。

店主抬起头，捻着胡子，然后一言不发地抬起手指朝南方指了一下。

皮特往下陷的吧台上扔下了几法郎作为赔偿，用法语说了声"谢谢"。

"这个地方像是就靠你养着呢，"吉奥蒂诺说，"我都舍不得离开呢。"

"把它铭刻在你的脑海中。"皮特看了一眼手表，"再过四个钟头天就亮了，我们最好在警报响起前离开。"

他们走出小酒馆，走到建筑后面，躲进阴影中，悄悄观察着四周。皮特发现，他们的警惕有些过度了。街上没有一盏灯，所有的房子也都黑着，主人们都睡了，没有一点可疑的地方。

---

① 法语：修车厂。

他们走到了镇上一座坚固的泥砖建筑前,这是一个大仓库样的房子,前面有一扇大铁门,后面有两扇门。后面铁栅栏圈住的院子看起来像是个废车场,停着三十几辆旧车,但是都残破不堪。院子的一角,有几个油桶,旁边堆着一堆轮胎和破旧的引擎。房子上靠着各种传动装置和其他零件。整个院子的土地有着经年的油污。

他们在铁栅栏上发现一扇用绳子绑着的门。吉奥蒂诺找到一块尖石头,磨开绳子打开了门。他们小心地走进去,仔细倾听着有没有狗,注视着有没有其他的安全措施。最后皮特认定,这里肯定用不着防贼。镇上车那么少,谁偷了一辆车或是车的零件,肯定都会立刻被发现。

两扇后门锁着,挂着生锈的挂锁。吉奥蒂诺用大手抓住锁,狠狠一拉,锁一下就被拽开了。他看着皮特笑了:"其实没什么,这东西年久失修。"

"如果这是我们离开这里的最后希望,"皮特酸酸地说,"我会颁给你一枚勋章。"

他轻轻地将门开得大大的,足够两个人进入。车库的另一端是一个方便机械师在车底工作的坑。有一间小办公室,还有一个房间堆满了各种工具。屋里停着三辆轿车,一辆卡车,都被拆到了不同的程度。但是吸引住皮特视线的是停在车库中间的那辆车。他伸手探进一辆卡车的窗户,打开了车灯,一束光照在这辆二战前出产的造型优雅的玫瑰红汽车上。

"天呐,"皮特敬畏地呢喃,"一辆飞行瓦赞。"

"一辆什么?"

"一辆瓦赞,加布里尔·瓦赞,1919到1939年间在法国出产的,非常稀有。"

吉奥蒂诺绕车走了一圈,研究着这辆车的独特造型。他注意到了特别的门把手,挡风玻璃上有三个雨刮器,前挡板和水箱之间的铬合金压杆,还有引擎盖上高高耸起的翅膀状的吉祥物。

"看起来很奇怪。"

"别小瞧它。这个经典的座驾,是我们离开这里的工具。"

皮特爬到车里,坐在装饰精美的前排座位上,握着方向盘。开关上插着一把孤零零的钥匙。他扭了一下，油表指针滑向了最大值。然后他按下一个按钮，水箱下的发动机开始运转，但几乎没有一点声音，唯一预示它即将脱缰而出的标志是几乎听不见的发动机的咳嗽声和排气管微弱的排气声。这令吉奥蒂诺大吃一惊。

"真是个老鸟。"

"和现在升阀涡轮驱动不一样，"皮特说，"这款车采用的是闭阀式引擎，因为安静，所以在当时非常流行。"

吉奥蒂诺满腹疑虑地看着这辆老爷车："你真打算开着这辆老古董穿越撒哈拉？"

"我们有一满箱油，这比骑骆驼强多了。找些干净的容器装水，再看看你能不能找到吃的。"

"我十分不相信，这家公司会拥有软饮料和自动售货机。"吉奥蒂诺愁眉苦脸地看着这个破旧的修车厂。

"尽力吧。"

皮特打开了建筑的后门，将院子的大门也开得大大的，保证车能出去。然后他检查了一遍车子，确保油箱的油和水箱的水都是满的，轮胎里的气充足，还特别检查了备用胎。

吉奥蒂诺回来的时候搬着一箱当地出产的饮料和几塑料瓶水。"我们有好几天不用担心渴的问题。但我最成功的，是在厨房的桌子里找到了两罐沙丁鱼和一些黏糊糊的像是糖的东西。"

"没必要晃悠了，把你的储备放在后座，咱们上路。"

吉奥蒂诺遵命而行，爬上座位。皮特推动变速杆，确切地讲是驾驶杆探出的一个扶手上的按钮，他调到低档，踩油门，松离合，这辆60岁的瓦赞安静而平稳地驶向前方。

皮特小心地从废车中驶过，驶出大门，谨慎地开过一条巷子，上了一条与尼日尔河方向平行的窄路，向西而行。他仔细地沿着地上模糊的车辙，以每小时25公里的速度慢慢向前滑行，直到驶出小镇的视力范围，才打开车前灯，开始加速。

"如果我们有张道路图的话会好很多。"吉奥蒂诺说。

"一张驼队路线图会更管用,我们不能冒险去走公路。"

"我们只要沿着河走就好了。"

"等我们到达古恩发现污染源的那个河谷,就转弯顺着它向北。"

"等司机通知卡兹穆他的骄傲和快乐被偷走的时候,我可不想还在附近。"

"那位将军和马萨德会认为我们去了最近的边界线,也就是尼日尔,"皮特充满自信,"他们最想不到的就是我们跑到了沙漠中间。"

"我必须得承认,"吉奥蒂诺发着牢骚,"我不看好这次旅行。"

皮特同样不。这是一次疯狂的举动,基本上他们没有希望活到晚年了。车前灯照着前方的路,一片平坦,偶尔有些棕色的小石头,车灯还让路边偶尔出现的小树投射出摇晃的影子,但却又转瞬即逝,就像大地上闪现出的鬼魂一般。

皮特觉得,死在这样的地方,确实十分凄凉。

## 26

太阳升起后,温度也跟着升了起来。到10点钟的时候,气温已经达到了32摄氏度。一阵南风开始刮起,为鲁迪·古恩带来了一丝夹杂着不适的欣慰。对他汗湿的皮肤来说,这风无疑非常清新,但是对他的鼻子和耳朵来说,风中夹杂的沙尘可没有那么亲切。他把头巾裹紧一些来抵御沙尘,戴上太阳眼镜保护眼睛。他从背包中拿出了一小塑料瓶水,一口气喝掉了一半。没必要节省,反正候机楼旁边有一个滴水的水龙头。

机场看上去和夜晚没有什么两样。从防卫上讲,警卫换了一班,但是飞机棚和飞机跑道依然没有半点活动的迹象。而商用候机楼那边,他看到了一个男人骑着摩托车出现,爬上控制塔。古恩觉得这是个好的预兆,只要有点脑子的人,肯定都不会愿意在这样炽热的阳光下爬进一个热烘烘的玻璃房,除非是有飞机要到达。

一只猎鹰在古恩栖居的巢穴上方盘旋，古恩盯着它看了一会儿，小心翼翼地拉过几块久经风霜的木板来遮蔽自己，之后便又将注意力放在了机场之上。一辆卡车出现在候机楼前的停机坪上。两个男人走了出来，从车上卸下一些木制的塞块，这是在飞机降落后固定飞机轮胎的。古恩一动不动，但在心里开始算计自己该如何接近飞机停泊的地点。他在心中计算着路线，眼睛寻找着可以作为隐蔽的低谷和树木。

然后他又躺下了，忍受着不断攀升的温度，注视着天空。那只猎鹰现在正在追赶一只向河边逃窜的鸽。无垠的蓝天中飘浮着几朵棉花状的云。在如此干燥灼热的气候中，居然还有云，让古恩觉得很是好奇。他放了太多心思在云上，以至于远处传来的渐渐靠近的飞机轰鸣声，他一开始并没有听到，但是一个闪光点抓住了他的视线，他一下坐了起来。天空中有一个小斑点闪烁了一下光芒。他等着，注视着，那个闪光点又一次出现，只是这一次，离地平线更近了。这是一架正准备着陆的飞机，但是依然太远无法看清。古恩心想，这一定是架民用飞机，不然不会准备停靠在机场上民用的一侧。

他推开遮挡阳光的木板，带上背包，匍匐在地，准备偷偷靠近。他斜眼看着令人目眩的蓝天，现在飞机只有一公里远了，他心跳加速，心中充满了焦虑，而时间也仿佛被拉长了一般。最后他终于能够看清楚飞机的机型和上面的标志：一架民用的法国产飞机，机身上有非洲航空公司深绿浅绿条纹交织的标志。

飞行员一到了跑道边便匆匆下降，着陆，开始减速，滑到候机楼的前方，飞机便戛然而止，但引擎并没有关闭。两个保安人员将塞块推到轮子下面，然后将一段登机楼梯推到了飞机出口处。他们站在下面等着乘客们下飞机，但是出口门并没有立刻打开。古恩开始移动，向跑道尽头奔去，跑了50米后，他隐蔽在一棵合欢树后，打量着那架飞机。

乘客门终于滑向了一侧，一个女空乘人员拾阶而下。她走过两个马里警卫身边，看也没看一眼，直接走向控制塔。两个马里人不再注意飞机，而是带着极大的好奇全神贯注地盯着这个女人。她走到控制塔下之后，从肩膀上挎着的包中拿出了一把小的剪线钳，镇定自若地开始对付从候机楼中伸出的控制设备的动力光缆和通讯光缆。然后她对飞机驾驶舱挥手发了一个信号。

机身后侧探出一道斜坡，随之传来一声很响亮但显然经过消音的汽车引擎的声音。古恩看到，一辆车，似乎是沙漠越野车，从飞机中驶出，顺着斜坡而下。司机一上跑道便转向，将车头对准了军用跑道边的警卫室。

古恩曾经协助过皮特和吉奥蒂诺参加穿越国家拉力赛，但是他从来都没有见过这样一辆能够适合所有地形的车，车身造型和底盘都不同凡响，引擎是美国加速跑车赛手们常用的V-8罗德科541立方英寸的引擎。司机坐在车前面一个小驾驶室里，正好在安装在中间的引擎前面，一个枪手在驾驶舱顶上，端着一把样子吓人的六枪桶轻型沃尔坎机枪，后车轴上坐着另一个枪手，端着一把5.56毫米63式机枪对着后方。现在古恩终于想起来，这种车，在沙漠战争期间被美国特种部队在伊拉克战线后方将作用发挥到了极致。

一队全副武装穿着特殊制服的人紧随越野车出现，他们迅速将两个已经呆住的马里警卫人员包围，同时警惕地防备着候机楼。

机场军用区域的两个马里空军警卫仿佛入迷地看着那辆驶向他们的怪车，距离不剩100米的时候，才意识到这是一个威胁。他们举枪准备开火，但是却被车前方的枪手迅速放倒。

然后司机猛地转弯，两个枪手将火力对准了停机坪上停着的8架马里战斗机。由于不是战时，这些马里战斗机放得十分集中，整整齐齐的两排，仿佛等待接受检阅。那辆全副武装的车冲过去，车上的机动武器开始了自动攻击。一架架飞机接连起火爆炸，冒出团团黑烟，油箱中漏出的油流淌成河。刚才，还是一个空军梯队的飞机，转瞬之间，只剩下一片燃烧的残骸。

躲在合欢树后的古恩惊骇地看着这一幕，从头到尾，整个过程没用6分钟。那辆全副武装的全能车已经驶回跑道边，在候机楼出口处停下。然后，一个穿着军官制服的男人走出飞机的登陆梯，手中拿着一个古恩觉得像是手提式扩音器的东西。

那个军官将扩音器举到嘴边,他的声音飞过燃烧的废物,穿向飞机场的另一边:"古恩先生!请你走过来!我们时间有限。"

古恩愣了一下,他怀疑这是一个复杂的陷阱,但很快否决了这个猜测,卡兹穆不可能为了抓住一个人而毁掉自己的空军力量。但是他依然不愿意贸然进入这么多火力的视线中。

"古恩先生!"那个军官又开始呼喊,"如果你能听见我的声音,恳请你加快速度,否则我不得不直接离开了。"

听到这里,古恩再也无法隐藏,他从合欢树后跳出,奔跑着经过不平坦的路面,跑向跑道,像个疯子一样一边挥手一边大叫:"等一下!我来了!"

那位不知名的军官看着停机坪,就好像一个不耐烦的乘客,正在为了航班晚点而恼怒。古恩跑到近前,他看了一眼这位NUMA的科学家,仿佛是在看一个乞丐:"早上好!你是鲁迪·古恩吗?"

"我是。"全力的奔跑和酷热让古恩喘着粗气,"你是谁?"

"马瑟尔·勒范特中校。"

古恩带着敬畏的眼神打量着飞机下面护卫的精锐之师,一看就知是一伙锐不可当的强悍部队。"这支队伍是?"

"联合国的一个行动小组。"勒范特回答。

"你们怎么知道我的名字的?怎么知道到这儿来找我?"

"詹姆斯·桑德克上将收到了一个叫做德克·皮特的人的信息,他说你藏在机场附近,必须尽快来营救你。"

"上将派你来的?"

"在秘书长的支持下。"勒范特说,"我怎么能够肯定你就是鲁迪·古恩?"

古恩无奈地看了一眼四周荒凉的环境:"你觉得到底会有多少个鲁迪·古恩在这片沙漠晃悠,等着你来打招呼?"

"你没有任何身份证明?"

"我的私人文件应该都沉在尼日尔河底了。你必须要信任我。"

勒范特把扩音器递给一个助手,然后对着飞机点了点头:"撤退,登机。"他的命令干净利落。然后他转头看着古恩,明显没有完全相信。"上飞机,古恩先生。我们没时间闲聊。"

"你要带我去哪儿？"

勒范特有点恼怒地看了一眼天空，说："巴黎。你从巴黎搭乘协和式飞机去华盛顿，那儿有几个非常重要的人正在焦急地等着你。这就是你能得知的全部。现在，请动起来，时间紧迫。"

"为什么这么匆忙？"古恩问道，"你显然已经把他们的空中力量破坏了。"

"我担心这只是一个中队。在巴马科附近还有三个，一旦他们收到警报，依然可以在我们飞离马里领空前拦截我们。"

那辆越野车已经驶上了飞机，武装小队跟在其后，而那位割断了控制塔电缆的勇敢的空务员抓住了古恩的胳膊，将他拉到了斜坡上。

"我们不是提供美味佳肴的头等舱，古恩先生，"她轻快地说，"但是我们却有些冷啤酒和香肠三明治。"

爬上登机梯的时候，古恩本应该感到放松欣慰，但是却突然间被苦恼的巨浪缠住。他能够得以自由，多亏了皮特和吉奥蒂诺，是他们掩护了他。天知道，他们究竟是怎么搞到了电话联系到了桑德克。

他觉得，他们坚持要留在这片流火的大地简直是疯了，去找出污染源的打算更是疯透了。卡兹穆会出动所有的力量追捕他们，如果沙漠没有吞没他们，马里人也会。

走进飞机前，他犹豫了一下，扭头看着外面丑陋而空旷的沙漠和岩石。从他的位置，尼日尔河尽收眼底，不过在西方一公里多一点的位置。

他们现在在哪儿？都还好吗？

他强迫自己转移视线，进入了机舱，空调控制的空气像冰冷的浪花一样扑向他汗湿的身体。飞机在跑道上滑行，掠过燃烧的战斗机时，他的眼睛一阵刺痛。

勒范特中校坐在古恩旁边，端详着他伤心的表情。他不解地看着古恩的眼睛问："离开这个鬼地方你看上去并不开心。"

古恩看着窗外："只是在担心别的人。"

"皮特和吉奥蒂诺?他们是你的好朋友?"

"好多年了。"

"为什么他们没和你一起?"勒范特问。

"他们还有任务。"

勒范特不解地摇了摇头:"他们要么勇气十足,要么蠢到家。"

"他们不蠢,"古恩说,"一点都不蠢。"

"他们肯定要下地狱了。"

"你不了解他们。"古恩终于挤出了一个笑容,"如果有人能够进了地狱,又能走出来,手里还能端着一杯加冰龙舌兰,"他恢复了信心,"那一定是德克·皮特。"

## 27

6个卡兹穆将军私人卫队的精干士兵吸引了马萨德的注意力,让他从休息室走上甲板。一个少校上前行礼:"马萨德先生?"

"什么事?"

"卡兹穆将军派我来带你立刻去见他。"

"他是否知道我要去佛瑞尔堡垒,我不想突然改变行程。"

那个少校礼貌地点了点头:"我相信他这次与您的会见十分紧急。"

马萨德恼怒地耸了耸肩,让少校走在前面:"请带路。"

少校点了点头,向一个中士说了几句,然后走上破旧的木头已经泛白的码头,朝着码头边的一个大仓库走去。马萨德顺从地紧随其后,警卫们簇拥在周围。

"这边请。"少校示意绕过仓库,走进一条小巷。

那里,重兵护卫着一辆奔驰房车,这是卡兹穆将军的移动指挥部和私人生活中心。马萨德走上台阶,一进门,门就在后面关上了。

"卡兹穆将军在他的办公室里。"少校说着,打开了另一扇门,站在门边。

和外面的气温相比，里面简直像是北极。马萨德想，卡兹穆肯定将空调开到了最大。防弹窗户上挂着厚厚的窗帘，里面光线昏暗，马萨德过了一阵才适应过来。

"进来，伊夫，坐下。"卡兹穆在桌子旁说，边说便放下了一部电话听筒。桌上一共摆了四部电话。

马萨德站着笑了："为什么有那么多警卫？你觉得会有人暗杀你吗？"

卡兹穆也笑了："根据过去几小时发生的事情来看，充足的警卫是有效的防备。"

"你找到我的直升机了？"马萨德直接问。

"还没有。"

"你怎么可能在沙漠中找不到一架飞机呢？它的油只够飞一个半小时的。"

"看上去，从你手中跑掉的两个美国人……"

"我的游艇不是关押犯人的，"马萨德打断了卡兹穆，"你本应该把他们带走的。"

卡兹穆直直地瞪着马萨德："朋友，这也许是个错误。看起来，这两位NUMA的特工偷了你的直升机后，飞到了布雷姆。我有理由相信他们在那儿把飞机沉到了河里，走到村子里，然后偷了我的车。"

"你的老瓦赞？"马萨德的发音不太准。

"是的，"卡兹穆从嘴缝中挤出了回答，"这些美国垃圾带着我稀有的古董车跑了。"

"而你还没有找到他们？"

"没有。"

马萨德终于坐了下来，心中为失去了直升机而生气，却又因为卡兹穆丢了宝贵的汽车而幸灾乐祸："他们在加奥南方的集合点呢，你找过吗？"

"十分令人懊悔的是，我相信了他们的谎言。我埋伏在加奥南方20公里处的人马什么都没有等到，地面上的雷达设备没有发现任何飞机的踪迹。他们采用了一架商用飞机飞去了加奥机场。"

"为什么你没有收到警报？"

"这看上去不像是个安全事宜。"卡兹穆回答，"日出前一个小时，非洲航空公司在加奥的官员得到通知，他们的一艘飞机将要特别降落，让一批游客下飞机去游览城市，在河上做一次旅行。"

"航空公司的官员相信了？"马萨德疑惑地问。

"为什么不信？他们循例打电话给阿尔及利亚的总部确认，得到了肯定回复。"

"然后呢？"

"根据机场调度员和地面工作人员的说法，那架飞机，机身上确实有非洲航空公司的标志，发出了正确的信号。但是降落之后，从飞机里出来了一队全副武装的士兵和一辆装备了武器的汽车，军用区的保安还没来得及反抗就被干掉了。然后，那辆车摧毁了我的整个空军中队，足足8架战斗机。"

"对，爆炸声惊动了船上的所有人。"马萨德说，"我们看到机场方向在冒烟，以为有飞机坠毁了。"

卡兹穆抱怨着："可没那么普通。"

"调度员和地面工作人员认得出这批袭击者吗？"

"这些袭击者穿着很不常见的制服，没有徽章，没有标志。"

"你死了多少人？"

"很幸运，只有两个警卫。其余的工作人员、保安人员和飞行员都因为一个宗教节日放假了。"

马萨德的脸变得严肃了："要找到元凶一点儿都不难。这听起来就像是你的反对派干的，他们可比你想象的狡猾而强大。"

卡兹穆摆了摆手做了个否定的姿势："几个持不同政见的图瓦雷克人，骑在骆驼上拿着刀在厮斗而已，根本不是你所谓的持有现代武器经过训练的特种部队。"

"也许他们雇用了这些人。"

"用什么雇？"卡兹穆摇了摇头，"不，这是一个专业的部队精心策划的。

摧毁战斗机是为了保证他们来接NUMA的一个特工的过程万无一失。"

马萨德露出了不快的表情："你忘了告诉我什么，不是吗？"

"地面工作人员说，袭击者的领队呼叫了一个叫古恩的人，看样子他就藏在旁边的沙漠中。古恩出来上了飞机后，他们就直向北飞，向着阿尔及利亚的方向。"

"这情节听上去真像个二流电影。"

"别说笑了，伊夫。"卡兹穆的声音虽然非常安详，但是却又透着锐利，"所有的一切都证明这远不是找污染那么简单，绝对是一个大阴谋。我强烈地相信有国外的势力正在威胁着我们两个人的利益。"

马萨德犹豫了，不知道是否应该完全认同卡兹穆的猜测。他们的信任是建立在对彼此睿智的尊重和对彼此权力的恐惧之上的。马萨德不是很认同卡兹穆在玩的游戏，这个游戏的结果只能是卡兹穆获得好处。可以说，马萨德面对的是一只豺狼，而卡兹穆面对的则是一只狐狸。

"你是怎么得出了这么夸张的结论？"马萨德讽刺地问。

"现在我们可以知道，那艘在河里炸掉的船上有三个人，我怀疑他们爆炸后分头行动。两个到了你的游艇上，第三个，肯定就是那个叫古恩的人，游到了岸边，然后去了机场。"

"这似乎很难和偷袭机场的时间吻合。"

"他们行动迅速，是因为早有预谋，而且是一流的专业部队实施的。"卡兹穆缓缓地回答，"这支行凶的部队之所以能得知古恩的位置，应该是那个自称叫德克·皮特的特工通知的。"

"你怎么知道的？"

卡兹穆耸了耸肩："合理的推测。"他看着马萨德，"难道你不记得皮特曾经用你的卫星通讯系统联系他的上级詹姆斯·桑德克上将吗？这是他们上你的船的原因。"

"但是这并不能解释为什么皮特和吉奥蒂诺没有尝试和古恩一起逃跑。"

"显然因为你抓住了他们，所以他们没有来得及游过河和古恩会合。"

"那么他们偷了我的飞机后为什么没有逃跑呢？尼日利亚的边境只有不

到150公里,直升机的燃料差不多可以支持那么远。往国家中心飞,扔了飞机,偷一辆老车,这一系列行为简直毫无意义。这片地方没有桥过河,他们也没有办法开到南方的边境。他们可能去哪儿呢?"

卡兹穆眯着眼睛牢牢地盯着马萨德:"也许是谁也想不到的地方。"

马萨德的眉毛皱到了一起:"北方?沙漠中间?"

"还有别处吗?"

"荒谬之极。"

"我再开启一条新思路。"

马萨德疑惑地摇了摇头:"两个人到底为了什么会偷一辆有60岁的老车开到世界上最荒凉的沙漠中去呢?这简直是自杀。"

"到现在为止,他们的行为都找不到合理解释。"卡兹穆承认,"他们是在执行某种秘密使命,这是肯定的。但是我们并不知道他们在找些什么。"

"秘密?"马萨德简单地提示道。

卡兹穆摇了摇头:"我的军事计划中没有任何疑点值得上CIA的档案。马里也没有任何足以吸引国外势力关注的秘密工程,即便是我们的邻国也不会关注我们。"

"有两个你忘了。"

卡兹穆好奇地看着马萨德:"你是指什么?"

"佛瑞尔堡垒和提比扎。"

这确实有可能,卡兹穆想,废物处理工程和金矿可能与入侵者有关。他前思后想,想要找一个答案,但是却毫无头绪。"如果这是他们的目标,为什么他们在南方300里惹乱子呢?"

"我无法回答。但是我在联合国的密探坚持说,他们是来寻找一种化学污染物的源头的,这种污染物顺尼日尔河进入大海,会引发巨大的赤潮。"

"我觉得这说法简直烂透了,极有可能是隐藏真实目的转移视线的大话。"

"那么,就有可能是佛瑞尔堡垒的渗漏和提比扎的人权。"马萨德严肃地提出了这样的看法。

卡兹穆没有说话，但脸上写满了怀疑。

马萨德讲了下去："假设古恩获救时已经携带了重要的信息，为什么他被救后，皮特和吉奥蒂诺还要向北方我们的工程进发？"

"等我抓到他们的时候就会找到答案。"卡兹穆的声音中夹杂着愤怒和紧张，"所有能派出的军人和警察都已经派出，他们封锁了所有离开本国的公路和驼队路线，我也已经命令空军向北侦察。我不会放过任何一个可能。"

"英明决策。"马萨德说。

"没有给养，他们在沙漠里活不了两天。"

"我相信你的能力，札台伯。我确信明天此时，你的一个下属部门就能够将皮特和吉奥蒂诺擒获。"

"我个人认为，会更快。"

"这就再让人放心不过了。"马萨德笑着说。

但是，他最终会发现皮特和吉奥蒂诺并不是那么容易对付的。

巴图塔上尉对着曼萨中校立正敬礼，而曼萨中校只是稍微抬了抬手作为还礼。

"联合国的科学家已经被关押在了提比扎。"巴图塔报告。

曼萨的唇角露出了一抹微微的笑容："我想奥巴尼奥和麦莉卡一定很高兴矿场有新员工。"

巴图塔露出了一种厌恶的表情："那个麦莉卡是个冷酷的老巫婆，我不羡慕任何享受她马鞭的男人。"

"还有女人，"曼萨补充道，"她实施惩罚可不分男女。在我看来，最多4个月，霍普博士和他的人就会死光，埋骨大漠。"

"卡兹穆将军绝对不会为他们的死亡而落半滴泪。"

门打开了，德哲马中尉，联合国科学家飞机的马里空军驾驶员走了进来，敬了一个礼。曼萨打量了他一下："一切都顺利吗？"

德哲马笑了："是的，长官。我们飞回了阿瑟拉，挖出数量相同的尸体，装在飞机上，然后掉头向北飞。我和我的副驾驶在塔奈兹鲁夫特沙漠上空跳伞，那里离最近的驼队路线足有100公里。"

"飞机坠毁后起火了吗？"曼萨问。

"是的，长官。"

"你去检查过残骸吗？"

德哲马点了点头："您派出的汽车接到我们后，我们就去了坠机的地点。坠毁前我设定了一下程序，所以它是垂直降落的。因为冲击而起火，炸出的坑足有10米深。除了引擎以外，其他都支离破碎，最大的碎片也就鞋盒那么大。"

曼萨的脸上浮现出了一抹满意的微笑："卡兹穆将军会非常高兴的，你们两个都等着升职吧。"

然后，他看着德哲马："中尉，你将奉命去搜索霍普的飞机。"

"但是，我都知道它在哪儿了，干吗还要去搜索？"德哲马困惑地问。

"那你为什么要在上面装满死尸呢？"

"巴图塔上尉没有向我说明计划。"

"我们要通过寻找飞机残骸来表现我们的仁慈。"曼萨解释，"然后把它交给国际飞行事故调查团来处理，他们根本找不到人来解释飞机坠毁的原因。"然后他坚定地看了一眼德哲马一眼，"因为中尉做得天衣无缝。"

"我已经私下删除了飞行记录。"德哲马解释道。

"做得好。现在，我们可以向国际媒体表演我们国家对科学家飞机的关心和对他们丧生的遗憾了。"

## 28

大地反射着阳光的温度，下午的酷热令人透不过气来。无边的沙漠在太阳下闪烁着刺眼的光芒，没有太阳镜的皮特几乎快瞎了。他坐在窄沟的沙砾底上，躲在飞行瓦赞的影子中。除了他们从布雷姆的修车厂偷来的东西外，身上的衣服是他们唯一的财产了。

吉奥蒂诺正在用他从车的后备箱中找到的工具卸掉排气管和消声器，

想把车的底盘提高一些。为了更好地在沙地行驶,他们还给轮胎放了一些气。到目前为止,这辆老瓦赞穿越荒凉的沙漠,就好像一位年迈的美丽女王穿过纽约的布朗克斯,虽然风情万种,但是不合时宜。

他们借着夜晚的凉意,在星光下,以每小时不超过10公里的速度行驶在这片荒芜的大漠中。每个小时他们都停下来,掀开引擎盖,让引擎凉下来。他们没有想过用车前灯,车灯会被听力范围外的侦察机发现,因此得经常有人下车去前面检查路况。尽管如此,他们还是开进了沟里一次,另外有两次,他们必须从软沙地中挖出一条路来。

没有指南针,也没有地图,顺着尼日尔河的古老支流的干河床向北进入沙漠深处时,他们只能观察天象来导航,确定自己的位置。白天,他们藏进了一条低谷中,用一薄层沙子和灌木将汽车盖了起来。从空中看,那不过是一个长着一些植物的土包。

"你想要一杯冷得冒泡的撒哈拉泉水还是一瓶清凉爽口的马里软饮料?"吉奥蒂诺笑着举着一瓶当地的汽水和一杯车库的水龙头里接来的温吞的有硫黄味的液体。

皮特接过那杯水便皱起了鼻子:"我真受不了这味道,但是我们每天最少要喝三夸脱。"

"你不认为我们应该省着点吗?"

"我们现在给养充足,没有必要。而且每次喝得越少,就口渴越快。我们最好一次喝个够,等喝光了的时候再担心也不晚。"

"一份精美的沙丁鱼大餐怎么样?"

"听起来就不错。"

"现在所差的就是一份凯萨沙拉。"

"那是搭配凤尾鱼的。"

"我一直都分不清楚。"

吃完沙丁鱼后,吉奥蒂诺舔着手指:"坐在沙漠中间吃鱼,我觉得自己就像个白痴。"

皮特笑了:"真多谢你找到了它们。"

然后他侧耳倾听。

"听到什么吗?"吉奥蒂诺问。

"飞机。"皮特把手拢在耳朵边,"一架低空飞行、正在侦察地面的飞机。"

他趴在沟边往上爬,到达顶端后,挪到一丛柽柳下,头和脸藏在树丛中。接着他开始缓慢而细致地观察天空。

飞机引擎低沉的嘶吼声越来越近,皮特向着声浪传来的方向望去,但是一片蓝得炫目的天空中却空无一物。他将视线放低了一些,突然间发现了远处沙漠上方出现了一点动静。皮特看出那是一架老式的法国产"幻影"飞机,打着马里空军的标志,大约在南方6公里的位置,以不足100米的高度飞行。它就如同一只巨大的秃鹫,棕色的伪装色与灰黄的大地相去不远,懒懒地绕着弧线飞行,仿佛第六感告诉它附近就有猎物。

"看到没有?"吉奥蒂诺问。

"一架F-4幻影。"皮特回答。

"哪个方向?"

"正从南方兜着圈子过来。"

"你觉得它是在找我们吗?"

皮特扭头看了看绑在后车轮缓冲器上用来掩盖车痕的棕榈叶,在它的作用下,他们几乎没有留下什么车痕。"搜查直升机上的搜查员也许可以看到我们的车痕,但是战斗机上的飞行员看不到。他看不到飞机下面的东西,如果想看到什么,必须着陆。而且他飞的速度太快了,看不出来地面上模糊的轮胎痕的。"

飞机的声音向低谷靠近,沙漠伪装的颜色已经成为纯蓝色天空中的斑点。吉奥蒂诺钻进车底下,而皮特拉了一些柽柳树枝盖住了自己的头部和肩膀。他看着"幻影"机高高地拐了一个弯,扫描着下方看起来一片空荡的撒哈拉。

皮特紧张地屏住了呼吸。飞机直朝着他们的低谷飞来,然后稍微拐了一个弯,机翼在空气中就如同船桨划过水面,搅动着飞扬的沙尘。皮特感到一阵热浪向自己扑来。飞机仿佛已经飞到了低谷的正上方,高度极低,皮特认定他能把一块石头扔进飞机的进气口中。然后,它消失了。

他充满恐惧地看着它离去，看着它缓缓地继续盘旋而行，仿佛飞行员并没有发现任何感兴趣的东西。皮特一直看着它从视线中消失，由于担心飞行员突然间出其不意地兜回来又望了几分钟。

但是飞机的声音终于彻底消失了，还给大漠一片死寂。

皮特滑到低谷底部，又躲进老瓦赞的影子中，这时吉奥蒂诺也从车底爬了出来。

"真险啊。"吉奥蒂诺说着从胳膊上捋下了一排蚂蚁。

皮特用一根小树枝在沙子上乱画着："要么我们欺骗卡兹穆不成，要么他宁可错杀不肯放过。"

"在空无一物的背景下居然找不到这么一辆漆得这么绚烂的车，他肯定会被气得跳起来。"

"他跳起来肯定不会是因为开心。"皮特赞同。

"我敢打赌，当他发现车被偷了的时候肯定气炸了，立刻认定咱们就是罪犯。"吉奥蒂诺笑着说。

皮特举起一只手遮在眼睛上方，眺望着向西坠落的太阳。"再过一小时天就黑了。我们就能再上路了。"

"前面路况怎么样？"

"我们出了这段峡谷，回到河床边，就是一片平坦的沙地，只是偶尔点缀着碎石。如果我们眼尖些就能顺利前进，不让那些石头挂破轮胎。"

"你觉得我们离开布雷姆多远了？"

"里程表显示是116公里，我估计直线距离大约是90公里。"

"现在依然没有任何化工厂或化学废物的踪迹。"

"连个空罐子都没有。"

"我看不出来继续下去有什么意义，"吉奥蒂诺说，"化学废物不可能在干枯的河床上漂流90公里进入尼日尔河。"

"看起来确实败局已定。"皮特承认。

"我们现在能够朝着阿尔及利亚的边界线努力。"

皮特摇了摇头。"汽油不够了，我们至少得走200公里才能走到公路。

走不了一半，我们就会被晒死。"

"所以，我们还有什么选择？"

"继续前进。"

"再走多远？"

"直到我们找到要找的东西，即便那意味着要多走一倍的路才能回家。"

"不论如何，我们的尸体周围都没有什么好风景。"

"那样最好，我们至少排除了这片地区是污染物来源地的可能，也算做到了一些事情。"皮特不动声色地说着，他边说边盯着脚下的沙子，仿佛上面有一幅画。

吉奥蒂诺看着他："我们在一起那么多年了，最后终结在世界上这么龌龊的地方，真他妈的遗憾。"

皮特笑着看着他："那个拿着长柄大镰刀的老家伙可还没登场呢。"①

"我们出现在讣告上简直是最大的尴尬。"吉奥蒂诺继续沮丧地幻想着。

"会是什么？"

"国家水下和海洋组织两位理事失踪，恐已死在撒哈拉沙漠中。谁会相信这个呢……你刚听到什么没？"

皮特站了起来："我听到了。"

"一个声音在用英语唱歌。天啊，也许我们已经死了。"

太阳已经开始沉入了地平线。他们肩并肩地站着，听着传来的歌声。他们听出来那是一首叫做《我亲爱的克莱门汀》的老牧歌，那跑调的歌声越来越近，他们已经能够听清楚歌词了。

"你不见了，永远地消失了，真是遗憾啊，克莱门汀。"

"他在向低谷靠近。"吉奥蒂诺轻声说着抓起了扳手。

皮特捡起了几块石头作为防备。他们在被沙子掩住的车两边蹲伏下来，准备攻击，等待着不远的拐弯处将要出现的人。

"在一条峡谷里的一个山洞中，有一座金矿……"一个男人牵着一只牲口的影子出现在了低谷的壁上，"住着一个淘金者和他的女儿克莱门

---

① 指希腊神话中的死神塔纳托斯。

汀……"

看到盖着沙子的车时,声音停住了,他止住了脚步,带着并不简单的好奇研究着这意外的发现。他靠得更近了,使劲拉着那脾气倔犟的牲口,然后,他停在了车边,伸出手,抚掉车顶上的沙子。

皮特和吉奥蒂诺慢慢地站了起来,看着眼前的陌生人,如同看着来自另一个星球的怪物。眼前的图景并不是一个图瓦雷克人牵着骆驼走在熟悉的野外,所有的一切都与撒哈拉格格不入。

"也许那老家伙现在不拿镰刀了。"

这个男人穿得像是一个美国西部沙漠中的老矿工,已经磨坏的宽边牛仔帽,吊带的粗布裤子,裤管包裹在褪色的皮靴之中。脖子上系着一块红色的围巾,遮住了脸的下半部分,让他的样子又有点像早期的强盗。

他后面的牲口不是骆驼,而是一只小驴,背上的货物和它自己差不多高,除了货物之外还有水壶、毯子、罐装食物、锄头和铲子,另外还有一把杠杆式温彻斯特步枪。

"我知道了,"吉奥蒂诺充满敬畏地低语,"我们完蛋了,然后到了迪斯尼。"

这个陌生人拉下了脸上的围巾,露出了白色的胡须。他的眼睛是绿色的,几乎和皮特的一样绿。眉毛和胡须一个颜色,但是帽子下露出的头发却还夹杂着暗棕色。他个子高高的,和皮特差不多,而身形更壮一些,嘴角露出了一抹友善的微笑。

"我非常希望你们能说我的语言,"他满脸热情,"这样我们就能聊聊。"

29

皮特和吉奥蒂诺茫然地看着彼此,然后视线又都回到了眼前的男人身上,确定自己没有出现幻觉。

"你是从哪儿来的?"吉奥蒂诺冲口发问。

"我也许可以问你同样的事情，"陌生人如此回答，他看着覆盖着沙子的瓦赞车，"你们就是飞机在找的家伙？"

"你为什么想知道这个？"皮特问。

"如果你们两位先生想要玩这种问答游戏，我就要走了。"

这个人身上没有半点游牧民的影子，而且长相言谈都像是自己的同胞。皮特迅速地决定可以信任他："我叫德克·皮特，这是我的朋友阿尔·吉奥蒂诺，马里人的确是在找我们。"

老人耸了耸肩："不奇怪，他们对外国人不太友善。"他好奇地看着瓦赞车，"老天啊，你们到底是怎么在这没有路的地方开着这么一辆车走那么远的？"

"那确实不容易，先生……"

陌生人靠近了一些，伸出一只满是老茧的手："每个人都叫我'小子'。"

皮特笑着和他握了握手："你这样年纪的人怎么会有这样的称号？"

"很久很久之前，我每做完一次探险回到亚利桑那的杰罗姆后，都会去我最喜欢的酒馆，当我疲惫不堪地走到酒馆的时候，那些老伙计们就会跟我打招呼：'嘿，小子回来了。'这名字就这么缠住我了。"

吉奥蒂诺看着"小子"的同伴："骡子在这个地方似乎不大协调。骆驼是不是更合适？"

"首先，""小子"十分愤慨，"海螺先生不是骡子，而是一只驴。而实际上，驴也是非常适宜沙漠生活的。8年前，我在内华达发现海螺先生在四处闲逛，就收留了它。来撒哈拉时，我就把它带了过来。它比骆驼脾气好，吃得少，驮的重量和自己体重一样多。另外，个子低，装卸货物比较容易。"

"真是个好牲口。"吉奥蒂诺退让了。

"看样子你们要走了，我原本希望我们能够坐下来聊一会儿。我这段日子除了一个要去廷巴克图卖骆驼的阿拉伯人外再没见过别人了，那也有3个星期了。我原以为得再过1000年我才能在这儿碰到别的美国人呢。"

吉奥蒂诺看着皮特："也许留下来和了解这一带的人套套消息比较明智。"

皮特赞同地点了点头，打开了瓦赞的后门，做了一个请进的动作："你不介意暂时歇歇脚吧？"

"小子"看着车中的皮座，仿佛是在看着金碧辉煌的装饰："我都记不起上次坐软椅的时间了。恭敬不如从命了。"他低头进入车中，陷在后排的座位中，愉快地感叹着。

"我们只有一罐沙丁鱼了，不过很乐意与你分享。"皮特很少见到吉奥蒂诺这么慷慨。

"不必，我来负责晚饭。我有很多干粮，很高兴能和你们一起享用。牛肉干怎么样？"

皮特笑了："你不知道我们有多高兴。我们也不太想在这种地方吃沙丁鱼。"

"我们能够用我们的软饮料来送你的牛肉干。"吉奥蒂诺提议。

"你们有汽水？你们这些家伙是怎么准备水的？"

"足够好多天的。"吉奥蒂诺说。

"如果你们的水不够，在北方大约10公里的地方有一口水井。"

"任何帮助我们都非常感谢。"皮特说。

"谢意比你想的更多。"吉奥蒂诺补充道。

太阳已经陷入了地平线下，天空中依然闪耀着微弱的光芒。随着夜幕的降临，空气又变得舒服了起来。"小子"将海螺先生拴在了一个小沙丘边，让它愉快地嚼着那里的几丛草。然后，他往牛肉干上加了些水，和饼干一起，放在一个小炉子上加热，这让皮特欣慰无比。如果卡兹穆夜间派飞机出来寻找他们，一丛篝火足以招来杀身之祸。"小子"居然还提供了锡制盘子和餐具。

皮特回味着口中牛肉的余香，宣称这是他有生以来吃过的最美味的一餐。一点食物就让他再度乐观起来，这让他自己都觉得神奇。吃完之后，"小子"拿出了半瓶黑麦威士忌，传给大家。

"好了，现在，孩子们，你们如果愿意的话，为什么不给我讲讲你们是怎么开着一辆看起来和我一样老的车来到了撒哈拉最糟的地区的?"

"我们正在找一种污染了尼日尔河最后进入了大海的化学污染物的源头。"皮特直截了当地回答。

"新鲜事。这些东西可能是来自什么地方的呢?"

"化工厂,或是废物处理工厂。"

"小子"摇了摇头:"这附近没有这样的东西。"

"这附近有没有任何大型建筑?"吉奥蒂诺问。

"想不出来。也许佛瑞尔堡垒算是,那在西北方向。"

"法国人的太阳能解毒工厂?"

"小子"点了点头:"那儿有好大一片。我和海螺先生6个月前从那里经过,一路东躲西藏。那儿四处都是警卫,你看到肯定会以为他们在秘密建造核弹。"

皮特喝了一口威士忌,享受着它从喉咙蔓延到胃部的灼烧,然后把酒瓶递给吉奥蒂诺:"佛瑞尔堡垒离尼日尔河太远了,不可能污染到它。"

"小子"沉默了一阵,然后好奇地看着皮特:"也许它是扎里提河边的工厂。"

皮特向前探身重复道:"扎里提河?"

"那是一条横贯马里的传奇的河,但是130多年前开始慢慢干涸。根据我的见闻,当地的游牧部落认为扎里提河依然在地下流淌,流入了尼日尔河。"

"像是一个蓄水层。"

"一个什么?"

"一种可以让水通过岩石缝隙流动的地层,通常是多孔的砾岩和石灰石构成的。"

"我只知道,如果你挖得足够深,就能从老河道中挖出水来。"

"一条河消失了,但是在地下流淌,我从没有听说过这样的事。"吉奥蒂诺说。

"那没有什么奇怪的,""小子"解释道,"莫哈韦河的很多支流也是地下河,传说有一个矿工发现了一个山洞,一直通往地下几百英尺深的地下河。

据说后来，他在水边发现了好几吨金子。"

皮特扭头直直地看着吉奥蒂诺："你怎么想？"

"听起来，佛瑞尔堡垒也许是唯一的乐子。"吉奥蒂诺的回答冷冷的。

"风险很大。不过从有毒废弃物的工厂经过流向尼日尔的地下河，可能是污染物的搬运工。"

"小子"举起一只手来："我估计你们这些孩子应该知道这条峡谷通向那个老河床。"

"我们知道，"皮特回答，"从昨天晚上，我们就从尼日尔河岸顺着它过来。白天我们就躲在这儿躲避酷热和马里人的搜索队。"

"看样子你们骗了他们。"

"说说你的故事吧，"吉奥蒂诺把酒瓶递回给了"小子"，"你在找金子开采吗？"

"小子"端详着酒瓶上的标签，好像在绞尽脑汁思考自己在这儿出现的原因。然后他耸了耸肩，摇了摇头："找金子？的确是。至于开采，就不是。我猜告诉你们这些孩子也没什么，实际上，我在找一艘沉船。"

皮特带着冷冷的疑惑注视着他："一艘沉船？在撒哈拉沙漠中央？"

"确切地说，是一艘南方邦联的装甲舰。"

皮特和吉奥蒂诺都不知如何是好地坐在那里，心中暗暗地期待瓦赞的工具箱里能有一件束缚衣。① 他们都用非常奇怪的眼神看着"小子"，天色虽然很黑，但是他们依然能够看出来"小子"的眼睛中闪耀着真诚。

"为了避免我们一头雾水，"皮特疑惑地说，"你是否介意告诉我们，美国内战时候的一艘战舰是怎么跑到这来的？"

"小子"喝了一大口威士忌，然后抹了抹嘴，接着在沙子上铺开一张毯子，手垫在头下躺了下去："这得说回到1865年的4月，李向格兰特投降的前一周，里士满下游几公里的地方，得克萨斯号装载上了邦联政府的记录。表面上，他们声称那是政府文件，实际上，却是金子。"

"你肯定这不是那种捕风捉影的传说？"

---

① 医院用来限制精神病人或监狱用来限制犯人行动的紧身衣状的枷锁。

"杰斐逊·戴维斯总统临死前也承认，邦联国库的黄金都在一个晚上装到了得克萨斯号上，他和他的内阁想要最后一搏，希望它能通过联邦海军的封锁，运送到另一个国家，以便组织一个海外政府，将战争继续下去。"

"但是戴维斯被捕入狱。"皮特说。

"小子"点了点头："邦联死了，再也没有复生。"

"那得克萨斯号呢？"

"那艘船经历了一场艰苦卓绝的战斗，突破了一半的联邦海军的封锁，顺詹姆斯河而下，驶入汉普顿锚地，然后通过切萨皮克逃进了大西洋。这艘船最后出现的景象就是它消失在一团迷雾中。"

"而你认为得克萨斯号跨海进入了尼日尔河？"皮特冒昧地问道。

"是的，""小子"坚定地回答，"我研究了当时法国的殖民者和当地人的说法，他们有一个故事，说一艘没有帆的怪船从他们村子边的河中漂过。对那艘船的描述和日期都让我们非常确信那就是得克萨斯号。"

"一艘装甲船怎么可能驶入了撒哈拉那么深而没有搁浅呢？"吉奥蒂诺问。

"那是在大干旱之前，那时候这里会下雨，尼日尔河也比现在深很多。支流之一扎里提河从东北部的阿哈加尔发源，流经600多公里进入尼日尔河。早期法国探险家的游记说，当时河的深度足以容纳大船通过。我猜测，得克萨斯号从尼日尔河进入了扎里提河，然后继续向上游，到了夏季时，由于水位下降便搁浅了。"

"即便水足够深，一艘重型装甲舰能从大海驶入这么深，也真的不大可能。"

"得克萨斯号是为了詹姆斯河上的军事战斗而建造的。船底平滑，吃水量浅，河上的急弯和深度变化对于她和她的船员来说都不成问题。她居然穿越了大洋，没有毁在巨浪和恶劣的天气中，这才是奇迹。"

"那个年代美洲海岸北部和中部有很多人口稀少的地方，它能去的地方有很多，"皮特说，"为什么要冒那么大的风险驶过危险的海洋，进入陌生的国家呢？"

"小子"从衬衫口袋中拿出一根雪茄，用火柴点燃："你得承认，联邦海军从来都不会想到到非洲一条河的上游1000多公里的地方来找得克萨斯号。"

"他们应该不会。不过这事情看起来还是太极端了。"

"我同意，"吉奥蒂诺说，"为什么这么不顾一切呢？他们不可能在沙漠中央重建起一个政府的。"

皮特思考地看着"小子"说："这次危险的航行，应该不止藏金子那么简单。"

"有一个谣言，"听起来这段话绝不是一个含糊其辞的说法，它明白无误，"得克萨斯离开里士满的时候，林肯在上面。"

"不是亚伯拉罕·林肯吧？"吉奥蒂诺轻蔑地说。

"小子"没有说话，只是点了点头。

"这是谁编出来的？"皮特谢绝了递过来的威士忌。

"一个叫做纳维尔·布朗的邦联骑兵上尉，1908年临死前向一个医生作临终陈述时，声称他押解林肯上了得克萨斯号。"

"一个要死的人的胡言乱语，"吉奥蒂诺的话中流露着百分百的不相信，"林肯肯定得搭飞机回去才赶得及在福特剧场被人暗杀。"

"我不知道整个故事的来龙去脉。""小子"承认。

"一个充满幻想、错综复杂的传说，"皮特说，"但是很难当真。"

"我不担保林肯的那一段，""小子"坚定地说，"但是我敢拿海螺先生和我全部的财产打赌，得克萨斯号和他船员的骨骸以及船上的金子，就在这片沙漠的某个地方。我已经找了5年了，也许哪天能找到，也许就这么死了。"

皮特怀着同情和崇敬的心情看着老矿工的影子，他很少看到这样矢志不渝的人。"小子"身上焕发着一种澎湃的自信，让皮特感慨万千。

"如果她被埋在了沙丘下面，你怎么才能发现她呢？"吉奥蒂诺说。

"我有一个很好的金属探测器。"

"我希望好运能够帮你找到她，而一切正如你的想象。"除此之外，皮特实在不知道还能说些什么。

"小子"躺在毯子中没有说话，似乎陷入了深思。最后，吉奥蒂诺打破了沉默。

"如果我们想在天亮前动地方的话，现在应该上路了。"

20分钟后，瓦赞的引擎开始安静地运转，皮特和吉奥蒂诺向"小子"和海螺先生道别，老矿工坚持要分一些干粮给他们。他还帮他们画了一张古河床的粗略的地图，标注了去往佛瑞尔堡垒的路程和路上唯一的水井的位置。

"有多远？"

"小子"耸了耸肩："大约110英里。"

"也就是177公里。"吉奥蒂诺转换了一下。

"希望你们能够找到要找的东西。"

皮特和他握了握手，笑着说："你也一样。"然后他爬入车中，坐在方向盘后，心中居然对这个老人有些依依不舍。

吉奥蒂诺迟疑了一会儿才开始道别："很感谢你的款待。"

"很高兴能帮到你们。"

"我一直想说，你看起来有些面熟。"

"有点奇怪，我不记得过去见过你们。"

"是否能冒昧问一下你的真名？"

"当然可以。那个名字有点奇怪，我很少用。"

吉奥蒂诺耐心地等着，没有插话。

"克莱夫·卡斯勒。"[①]

吉奥蒂诺笑了："你说得没错，是个怪名字。"

然后他转身进入了车中，坐在皮特旁边，向老人挥别。皮特松开离合，瓦赞开始在干涸平坦的河床上缓缓前行。老人和他忠实的驴子很快消失在了夜幕的黑暗中。

---

[①] 也就是本书作者的名字，可以说作者在自己的书中客串了一个角色。

# 第三部分 沙漠的秘密

　　皮特沿着尼日尔河而上的过程中，遭受了来自非洲两个国家的炮艇和战斗机的攻击，历尽艰险，最终找到了卡兹穆和马萨德的秘密基地，但是他和罗加斯博士以及联合国的科学团，却被对方囚禁在沙漠的又一个秘密工程——提比扎金矿中，沦为开采金矿的苦力，受尽非人的虐待。世界末日一点点逼近，皮特不得不策划穿越撒哈拉，以向世人揭露危险的污染源，拯救世界……

## 30

1996年5月18日
华盛顿

飞机在杜勒斯机场下降，开始滑向货运中转站附近一座不引人注意的美国政府用机棚。天空中一片阴霾，但是跑道非常干燥，没有下过雨的痕迹。飞机刚停稳，古恩立刻就冲门而出，手中依然仅仅抓着他的背包，仿佛那已经是他身体的一部分了。他从楼梯而下，奔向一辆由一个穿制服的警察驾驶的黑色福特车，在闪烁的警灯与嘶鸣的警笛的陪伴下，向NUMA总部进发。

坐在一辆驰骋的警车的后座上，古恩觉得自己就好像个囚犯。经过罗尚博纪念大桥的时候，他发现波拖马可河泛着不同寻常的铅灰色。而路边的行人似乎对警灯和警笛都已经免疫，黑色的福特车从他们身边经过时都不屑一顾。

司机并没有将车停在NUMA的正门，而是绕到了西侧的角落，顺着斜坡驶入地下的一个车库。福特车开到一部电梯前骤然停住，两个保安上前一步，打开门，护送古恩进入电梯，直上四楼。顺着走廊走了一段后，他们停下脚步，打开了NUMA大会议室的门。

会议室中，长长的会议桌边坐了一些男男女女，他们的注意力都集中在投影仪前的查普曼博士身上，显示器上是西非赤道附近的中部大西洋的画面。

古恩的到来引起了一阵骚动。桑德克上将从椅子中站了起来，快步走上前去，像是迎接一位劫后余生的兄弟。

"谢天谢地，你终于回来了。"他的话语中带着平时少有的激动，"从巴黎过来的飞机怎么样？"

"整个飞机上就我一个乘客,感觉像是被流放一样。"

"我们一时找不到军用飞机。租一辆商用飞机是把你尽快弄回来的唯一办法。"

"真好,纳税人还没有发现。"

"我觉得,如果他们知道自己危在旦夕,是不会抱怨的。"

桑德克将古恩领到了会议桌边:"我估计,这儿除了三个人外,其他的你都认识。"

查普曼博士和海拉姆·伊戈尔都走过来和古恩握手,脸上的欣慰显而易见。接着古恩被介绍给NUMA海洋生物部主管木莉·豪格,以及环境学专家伊万·霍兰德。

木莉·豪格个子很高,但是身材却像个节食的模特那般瘦。她乌黑的头发盘成一个精巧的小髻,圆眼镜下棕色的眼睛炯炯有神。她没有化妆,但是古恩觉得这样也很好,贝弗利山顶级美容院的化妆师也没有办法再增加她的美丽。

伊万·霍兰德是一位坏境化学家,样子就好像是一只发现自己盘子中有一只青蛙的猎犬,他的耳朵相比头的比例来说大了两号,鼻子也格外长,鼻头很大,眼睛中写满了忧郁。但他这副滑稽的外表只是假象而已,实际上,他是最权威的污染调查者之一。

另外两个人古恩都认识,齐普·韦伯斯特是NUMA的卫星数据分析师,肯斯·豪治是NUMA的首席海洋地理学家。

古恩对桑德克说:"有人为了救我大费周章。"

"哈拉·卡米尔亲自派出了联合国的行动小组。"

"负责这次行动的军官,一个姓勒范特的中校,看样子一点都不高兴见到我。"

"我们花了些口舌才说服他和他的主管波克将军。"桑德克承认,"但是当他们意识到你数据的重要性时,就全力配合了。"

"他们策划了一次非常顺利的行动,"古恩说,"简直难以相信他们一个晚上就想出来并实施了。"

如果古恩以为桑德克愿意听他从头道来所有细节的话，那么他得失望了。上将脸上不耐烦的表情愈益严重。桌上有一个托盘上面放着咖啡和面包，但是上将却没有递给古恩，而是抓着他把他按到桌子边的一把椅子中。

"言归正传，"上将唐突地说，"每个人都迫不及待地想听你关于引起赤潮的污染物的发现。"

古恩打开背包，小心翼翼地取出装着水样的玻璃瓶，放在一块布上，又取出数据碟放在另一边，然后抬起头来。

"这就是水样和我用船上的设备分析出来的结果。我非常幸运能够确认引起赤潮的元凶是一种罕见的有机化合物，确切地说，是一种人造氨基酸和钴的化合物。我在水中还发现了辐射的迹象，但我想这对赤潮并没有直接影响。"

"你们在西非遭遇了那么多的阻碍，"查普曼说，"能够找到这样的结果真是奇迹。"

"我们很幸运，在和贝宁海军的冲突中，我的所有设备都完好无损。"

"在你们毁了半数的贝宁海军和一架直升机后，我受到了CIA的质询，"桑德克脸上带着一副勉强的笑容，"他们问我是否了解在马里进行的一个秘密活动。"

"你怎么说？"

"我撒了个谎。你继续讲。"

"不过，一艘贝宁战舰确实摧毁了我们的数据传输系统，"古恩继续说道，"让我无法将结果传送给伊戈尔。"

"海拉姆会核对你的分析数据，我要重新检查一下你的水样。"查普曼说。

伊戈尔走到古恩旁边，轻轻拿起桌上的磁碟："我留下来也没有什么用了，先回去工作了。"

这个电脑大师走后，古恩对查普曼说："我已经两次三番地审核过我的结果。我肯定你的实验室和海拉姆会认同我的发现。"

查普曼意识到了古恩语调中的紧张。"相信我，我并没有丝毫质疑你的发现和数据。你、皮特和吉奥蒂诺完成了一项棘手的任务，多亏你的努力，我们才知道现在的敌人是什么。现在可以请总统向马里政府施压，让他们关闭污染源。这能为我们赢得时间，找到办法遏制这种化合物。"

"先别急着下手，"古恩正色说道，"虽然我们鉴定出了污染物的性质，找到了它进入河中的地点，但是我们还是没有发现它的来源。"

桑德克用手指敲打着桌子："皮特挂线前对我讲了这个坏消息，抱歉我忘了转达给大家。不过我希望卫星扫描能够找到。"

木莉·豪格直直地看着古恩的眼睛："我不明白，你们沿着河跟着污染物的踪迹走了1000多公里，最后是怎么搞丢线索的？"

"很简单，"古恩疲倦地耸了耸肩，"我们驶过污染物读数最高的地区后，所有的读数就都不见了，仪器显示水中只有普通的污染物了。我们来来回回好几次确认都无误。我们仔细观察了周围每个方向，沿岸和内陆都没有垃圾场，没有化工厂或化学仓库，没有任何建筑物，没有任何东西，只有光秃秃的沙漠。"

"也许是过去填埋过的垃圾？"霍兰德提示道。

"我们也没有看到任何施工的痕迹。"古恩回答。

"那有没有可能是自然产生的？"齐普·韦伯斯特问。

木莉·豪格笑了："如果分析证实古恩先生的人造氨基酸的结果，那么肯定是生物实验室产生的，不是自然的。它在某个地方和含钴的化合物被一起遗弃。偶然的反应生成了一种前所未知的化合物，这并不是破天荒的事情。"

"但老天在上，这种有毒污染物是怎么在撒哈拉中间凭空出现的呢？"齐普·韦伯斯特十分好奇。

"而且到了海洋之中，引起了海虫最近的突变。"霍兰德补充道。

桑德克看着肯斯·豪治："关于赤潮蔓延有什么最新的消息？"

这位海洋学家已经年逾六旬，瘦削的脸上一双深棕色眼睛闪耀着坚定的光芒。如果换上合适的衣服，他就像是从一幅18世纪画像中走出来的人。

"过去4天中，蔓延的速度加快了30%，我担心这样下去，会比我们最坏的预测还要糟。"

"也许查普曼博士能够研究出一种化合物来遏制这种污染物，我们能够找到并切断它的源头，到时候不就能够控制赤潮的蔓延了吗？"

"最好快点，"豪治回答，"现在我们看到它的激增，再过1个月，可能就会发现它们无须尼日尔河中流出的污染物就能够自行生长了。"

"那比预计提前了3个月！"木莉·豪格厉声说。

豪治无奈地耸了耸肩："当你在面对一个未知的敌人时，唯一能确定的就是不确定。"

桑德克转身看着投射在一面墙上的马里卫星照片，问古恩："污染物是从什么地方出现的？"

古恩站了起来走到照片旁边，拿起一支铅笔，指着加奥上游一点的地方："就在这附近，这里有一条干涸的河床，曾经是尼日尔河的支流。"

齐普·韦伯斯特按下桌上小控制面板上的按钮，将古恩所指的地方放大："看不见任何建筑。没有污染源的迹象。我也看不出任何动土施工证明当地埋过有毒垃圾的迹象。"

"好吧，这是个谜。"查普曼轻声说，"那个烂东西到底是从什么地方来的呢？"

"皮特和吉奥蒂诺还在那里搜索。"古恩提醒他们。

"有没有他们的最新消息？"豪治问。

"皮特从伊夫·马萨德的游艇上打过电话后就再没有消息了。"

豪治突然间抬起了头："伊夫·马萨德？天啊，不是那个垃圾吧？"

"你认识他？"

豪治点了点头："四年前，西班牙地中海沿岸发生了一次严重的化学污染，那时我和他狭路相逢。他的一艘装着PCB之类的致癌废物的船在驶往阿尔及利亚的途中遇到风暴沉没。我个人认为那艘船是为了诈骗保险，而且完全不合法。事实证明，阿尔及利亚官方从来都没有答应过允许那些垃圾靠岸。然后马萨德费尽心机，用尽手段，利用了无数的法律漏洞逃掉了责任。和这个家伙握完手，你最好数一下自己的手指头。"

古恩看着韦伯斯特:"情报收集卫星都能从太空中看到报纸上写什么,为什么我们不能用一台在加奥北部的沙漠中搜索皮特和吉奥蒂诺呢?"

韦伯斯特摇了摇头:"没有用。我在国家安全局的朋友们都把注意力集中在中国的导弹、乌克兰的内战、叙利亚和伊拉克的边境冲突这样的事情上,他们的卫星抽不出时间来帮我们扫描撒哈拉沙漠寻人。我能够使用最新的地质卫星,但是它是否能从撒哈拉沙漠这样的地方识别出人类来是个问题。"

"他们如果在沙丘上会不会明显些?"查普曼问。

韦伯斯特摇了摇头:"在撒哈拉的任何人都不会去接近沙丘的那些软沙,附近的游牧部落更不会。靠近一片沙丘,通常是必死无疑。皮特和吉奥蒂诺不会这么做。"

"但是你要去搜索。"桑德克十分坚持。

韦伯斯特点了点头。他没有头发,几乎看不出脖子来,肚子也圆圆的,在需要减肥的人群中肯定首当其冲。"我有个好朋友,他是五角大楼的顶级分析师,沙漠卫星侦察的专家。我想我能哄哄他,让他提供最高级的电脑来检验我们的地质卫星的照片。"

"十分感激你的支持。"桑德克非常真诚。

"如果他们在户外,如果有人能够找到他们,我的朋友肯定能。"韦伯斯特向他保证。

"你的卫星有没有发现疾病调查队搭乘的那艘飞机的踪迹?"

"我想还没有。我们上一次扫描马里的时候,除了画面一角漂出的一团烟没有任何异常,希望下一轮扫描我们能够得到更详尽的画面。那团烟也许不过是游牧民的营火。"

"那里并没有足够的木头来点营火。"桑德克严肃地说。

古恩看起来有些茫然:"你们在说什么疾病调查队?"

"世卫组织的一队科学家在马里进行调查,"木莉解释说,"他们正在寻找沙漠牧民村子中爆发的怪病的病源。他们的飞机在从马里飞向开罗的途中失踪了。"

"那个团队是不是有一个女人?一个女生物化学家?"

"有一位夏娃·罗加斯博士是那个团队的生物化学家,"木莉回答,"我曾经和她在海地合作过。"

"你认识她?"桑德克问古恩。

"我不认识,但是皮特认识。他和她在开罗约过会。"

"现在他不知道这些也好,"桑德克说,"想办法活下去也许就够他忙活的了。"

"还没有坠机的证据。"霍兰德充满希望地说。

"也许他们在沙漠中迫降,活了下来。"木莉也充满了希望。

韦伯斯特摇了摇头:"我担心这是痴心妄想。我觉得札台伯·卡兹穆将军与此脱不了干系。"

古恩回忆道:"我跳河前,皮特和吉奥蒂诺用船上的无线电和这位将军谈过几句,在我看来,他是个难缠的人。"

"和所有的中东独裁者一样冷酷无情,"桑德克说,"甚至有过之。我们的使节要想和他会面都得给他一张大额的支票。"

木莉补充道:"而且他从不理会联合国,拒绝所有向他的民众提供的救助。"

韦伯斯特点了点头:"在马里,任何人权激进分子都不敢作声,如果有坚持的,结果就是人间蒸发。"

"他和马萨德两个人狼狈为奸,"豪治说,"他们将整个国家搞成了赤贫。"

桑德克的脸冷酷了下来:"那不是我们的问题。如果我们不能想法挡住赤潮,就没有什么马里西非,也不会有任何一个地方了。现在,其他一切都无关紧要。"

查普曼说:"现在我们已经找到了下手的数据,必须竭尽所有想出一个解决办法来。"

"快点!"桑德克眯起了眼睛,"如果你30天内没有成果,我们就都没有机会了。"

## 31

亨德逊河边。

微风摇动着树叶，伊斯梅尔·耶利通过一副望远镜看着一只倒吊着栖息在树枝上的蓝灰色的小鸟，仿佛他所有的注意力都集中在那只小鸟身上，对于出现在他后面的人毫无察觉。但实际上，两分钟前他就意识到了靠近的人。

"一只白胸五子雀。"身后那个高大英俊穿着昂贵的皮衣的人说道。他在耶利旁边的一块石头上坐下，用一双浅蓝色的眼睛心不在焉地望着那只小鸟。

"后脑部的颜色比较暗，应该是只雌鸟。"耶利并没有放下望远镜。

"雄鸟也许就在附近，可能正看着鸟巢。"

"说得好，波尔多，"耶利叫出了另一个人的代号，"我还不知道你是个观鸟专家。"

"我不是。要我做什么，帕加马？"

"是你提出见面的。"

"但我没建议在这冷风中来到荒郊野外见面。"

"在一个高级餐馆见面不符合我对秘密工作的定义。"

"我从来都没有想过在贫民窟鬼鬼祟祟地生活。"波尔多冷冰冰地说。

"招摇并不明智。"

"我的工作就是保护一个人的利益，也许我可以补充一句，他给我的报酬丰厚。只要FBI不怀疑我是间谍，他们就不会监视我。既然我们的工作，至少我的工作，不是盗取美国国家的机密，我不明白为什么我要自甘堕落，融入那种恶心的气味。"

波尔多对于情报工作的轻蔑态度让耶利很不舒服。尽管他们已经认识了几年了，而且经常为了伊夫·马萨德一起工作，但是他们都不知道彼此的真实姓名，甚至都没有想去知道。波尔多是马萨德企业在美国的商业情报负责人，对于他来说，耶利只是帕加马，经常向马萨德提供一些有价值的信息，因此，支付他类似法国情报特工的薪水。耶利的上级能够容忍这些，是因为马萨德和法国内阁的成员有着非常密切的联系。

"你太大意了，我的朋友。"

波尔多耸了耸肩："我厌倦了和那些粗鲁的美国人打交道，纽约就是一个臭水坑，整个国家充斥着人种纠纷，四分五裂。美国有一天会重蹈俄国的覆辙的。我渴望能够回到法国，那是世界上唯一文明的国度。"

"我听说一个NUMA的人从马里逃了出来。"耶利直接转换了话题。

"卡兹穆那个白痴让他从指缝中溜走了。"波尔多回答。

"你没有把我的警告转达给马萨德先生吗？"

"我当然提醒他了，而且他也转告给卡兹穆了。另外两个人被马萨德先生抓住了，但是卡兹穆却蠢得没有去搜索第三个人，就是那个跑掉被联合国行动小组救走的人。"

"马萨德先生有什么想法？"

"他不高兴，尤其是知道有一个国际调查项目可能正在调查他在佛瑞尔堡垒的工程。"

"这不好，任何可能影响佛瑞尔堡垒导致它关闭的因素，都是对我们法国核工业的威胁。"

"马萨德先生很清楚这个问题。"波尔多挖苦地说。

"世卫组织的科学家呢？报纸说他们的飞机没有按时抵达，推断说是失踪了。"

"卡兹穆还算好点的决策之一，"波尔多回答，"他在沙漠中一个荒无人烟的地方伪装了一次坠机。"

"伪装？我向哈拉·卡米尔说我确信会有一个炸弹炸掉飞机和上面的科学家。"

"恐吓其他世卫组织科学家的方案稍有变化而已，"波尔多说，"飞机坠落了，但是上面的尸体却不是霍普他们的。"

"他们还活着？"

"他们和死了没有区别。卡兹穆把他们送去了提比扎。"

耶利点了点头:"他们应该早点死掉的,那比在提比扎的矿场里像奴隶一样过劳死好多了。"耶利停下来思考了一下,接着说,"我觉得卡兹穆犯了个错误。"

"他们真实处境的消息很安全,"波尔多心不在焉地说,"没有人能逃出提比扎,他们有去无回。"

耶利从外衣口袋中拿出了一张纸巾,擦着自己的望远镜镜头:"霍普他们发现了任何威胁到佛瑞尔堡垒的事情吗?"

"他们的发现如果公诸于世,足以引起世界关注和更深入的观察。"

"关于那个逃跑的NUMA特工有些什么信息?"

"他叫古恩,是NUMA的副指挥。"

"很有影响力。"

"确实。"

"他现在在哪儿?"

"我们跟踪营救他的飞机到了巴黎,他在那儿转乘了一架飞机飞华盛顿,然后被直接接到了NUMA的总部。我的眼线说,到40分钟前他还没有出来。"

"他有没有带出什么重要信息?"

"无论他从尼日尔河带出来什么,我们都不知道。但是马萨德先生认为即便他发现了什么,也影响不到佛瑞尔堡垒。"

"卡兹穆应该和另外两个美国人聊得很开心。"

"我出来和你见面前刚收到消息,很不幸,他们也跑了。"

耶利勃然大怒,看着波尔多:"谁搞砸的?"

波尔多耸了耸肩:"谁搞砸的没有什么区别。坦白说,这不是我们的问题。重要的是他们依然还在马里,他们逃出边境的可能性微乎其微,卡兹穆抓到他们只是迟早的事。"

"我应该飞去华盛顿,混进NUMA,也许能够打探出这个环境污染调查背后的秘密。"

"先别管这个，"波尔多冷冷地说，"马萨德有其他任务派给你。"

"他有对我国防部的领导打招呼吗？"

"你的外派任命很快就会传达给你。"

耶利没有说什么，只是继续通过望远镜看倒吊在树上的小鸟啄着树枝上的树皮。"马萨德想干什么？"

"想让你去马里，作为他和卡兹穆的联系人。"

耶利没有任何反应，说话的时候依然看着那只鸟："几年前我在苏丹待过8个月，糟透了的地方，虽然人很友好。"

"马萨德企业的飞机会在拉瓜迪亚的机场等你，你要在今天6点登机。"

"所以，我要去做卡兹穆的保姆，防止他再犯什么错误。"

波尔多点了点头："让那个疯子横冲直撞实在太危险了。"

耶利将望远镜放下，背在肩膀上："我曾经有一次做梦，梦到自己死在了沙漠中，"他安静地说，"我向真主祈祷，那只是……只是个梦。"

五角大楼人迹罕至的一个角落，有一个没有窗子的房间，空军少校汤姆·格林沃德刚刚给自己的妻子打完电话，告诉她自己会晚点回家吃饭。他放松了一阵子才又把思绪放到手头的工作上。

齐普·韦伯斯特送过来的地质卫星的胶片已经放入了军方复杂的放大仪中，一切准备就绪后，他坐下来，打开一罐汽水，控制着操作台上的按钮，仔细地研究着显示器上的图画。

地质卫星的图片让他想起来了30年前的侦察卫星。地质卫星是单纯用来扫描地质和水文的，和最新型的侦察卫星简直没有办法比，但是相比20年前的地球资源探测卫星依然有了明显的进步。新型的地质卫星的摄影机能够穿透黑暗和阴霾的天空，甚至是烟雾。

格林沃德细细研究着每一张照片，照片上显示了马里北部沙漠不同的区域，他很快辨别出那些代表飞机和沙漠中驼队的小斑点。

照片从尼日尔河向北一直拍到阿扎瓦德，这片区域只是撒哈拉沙漠中的一块而已，除了沙丘，空无一物。格林沃德发现人类的踪迹越来越少，他能够辨认出散落在荒井边动物的骨骼，但是要想识别出一个站着的人却很难，即便有他先进的电子仪器的帮助。

差不多一个小时后，格林沃德揉了揉疲倦的双眼，按了按太阳穴，到现在为止，他没有发现与他要寻找的两个人有关的任何踪迹。这些照片已经到了韦伯斯特认为他们能徒步到达的最北部，但是却找不到任何结果。

格林沃德觉得自己已经尽力，想今天就此结束，早点回家陪妻子，但是他又想再最后尝试一次。多年的经验告诉他，目标通常不会在他以为会在的地方。他又调出了比阿扎瓦德更深入沙漠中心的图片，开始快速地浏览。

一如既往的荒凉和空旷。

他几乎错过了，他本来已经错过了，但是一种奇怪的感觉告诉他，地面上有一点东西和周围很不协调。那有可能被当做石头或小沙丘而就此放过，但是那形状却又有些特殊，不像是自然产生的，线条非常直顺。他按下操作按钮，将那个物体放大。

格林沃德知道自己正在发现某些东西。他十分专业，决不会出错。伊拉克战争期间，他因为以神乎其神的技艺侦察出伊拉克军队隐藏的装甲车、坦克和其他军事设备而成为众人的传奇。

"一辆车，"他大声地自言自语，"一辆盖着沙子的车。"

经过更关注的辨别，他已经能够看出来车边还有两个小点。格林沃德希望自己此时正在看的是军方卫星发来的图片，这样就能够读出拍摄照片的时间，但是地质卫星并没有这种细节。经过细致的校准，他只能够辨别出那是两个人。

有一阵子，格林沃德一直坐着思考着自己的发现。然后他走到旁边的桌子边，拿起电话拨号。他耐心地等着，祈祷千万不要出现答录机的声音。第五声铃响之后，一个男人接了电话，声音上气不接下气。

"喂？"

"齐普吗？"

"是，你是汤姆？"

"你刚去跑步了？"

"我和我妻子正在后院和邻居聊天，"韦伯斯特解释说，"听到电话响就死命地往回跑。"

"我发现了一些东西，我觉得你会感兴趣。"

"我要找的两个人，你把他们从地质卫星照片中认出来了？"

"他们比你想象的要靠北100多公里。"

有一阵短暂的停顿。"你肯定你看到的不是两个牧民？"韦伯斯特问，"他们不可能在48个小时内就走到那么远的。"

"走不到，但是开车可以。"

"开车？"韦伯斯特十分惊讶。

"看不太清楚。不过，在我看来，白天的时候，他们用沙子盖住车作为伪装，来躲避飞机的搜索，夜晚的时候前进。这肯定是你要找的那两个家伙，还有谁会在草都不长的地方玩这种把戏？"

"他们是不是在朝着边境前进？"

"不是。除非他们迷失了方向。他们正朝着马里北部中心地区进发，最近的边界离他们有350公里。"

韦伯斯特过了很久才能回答："那肯定是皮特和吉奥蒂诺，但是他们到底是怎么搞到车的？"

"我觉得他们很足智多谋。"

"他们应该早就放弃搜索污染源了才对，到底为什么又发了疯？"

如果这是个问题，格林沃德显然不能回答。"也许他们到了佛瑞尔堡垒会给你们打电话。"他猜测，但多半是开玩笑。

"他们正在往法国的太阳能废物处理工程走？"

"离他们只有50公里。那是周围唯一的文明痕迹。"

"谢谢你，汤姆。"韦伯斯特发自内心地说，"我欠你的，咱们两家一起吃顿饭怎么样？"

"听起来不错，选好餐馆，通知我时间。"

格林沃德放下听筒，视线重新聚焦在显示器上模糊的斑点和旁边两个小小的人影上。

"你们这些家伙肯定疯了。"他对着空荡荡的房间说,然后关闭了系统准备回家。

32

晨曦渐渐升起,就如同火炉慢慢打开,给沙漠带来一股股热浪,夜晚的凉爽如浮云一般飘散。低沉的天空中飞着两只乌鸦,它们在空旷的沙漠上发现了一些异样的东西,便开始盘旋,希望能够找到一餐美食。靠近之后,它们才发现那是活人,不可食用,便慢慢地向北方飞去了。

皮特躺在一个矮沙丘的斜坡上,几乎快被沙子埋住了。他看着那两只鸟看了一会儿,将注意力转回到了巨大的佛瑞尔堡垒太阳能废物处理工程上。这是一个梦幻般的地方,不仅是一片人造的建筑。这片由于干旱和酷热而荒芜已久的土地中间有的是一片欣欣向荣的景象。

皮特听到瑟瑟的沙子声,微微扭身,看到吉奥蒂诺像蜥蜴一样爬着靠了过来。

"风景好看吗?"吉奥蒂诺问。

"过来看看,保证你会眼前一亮。"

"现在唯一能让我眼前一亮的,是凉爽浪花拍打的沙滩。"

"别做美梦了,"皮特说,"你那头卷毛在沙子上就好像臭鼬似的。"

吉奥蒂诺抓起一把沙子扬在自己的头发上,笑得像个白痴一样。他挪到皮特身边,从沙丘顶上看着远方。"天啊,天啊,"他吃惊地说,"真想不出来说什么,我只能说我是在看着一座月亮上的城市。"

"这一片荒芜确实像,"皮特承认,"不过这儿没有玻璃穹顶。"

"这地方像迪斯尼乐园那么大。"

"我估计有20平方公里。"

"有货运到,"吉奥蒂诺指着4节机车拉着的火车,"生意肯定很兴隆。"

"马萨德的毒物火车,"皮特沉思着说道,"我估计有120节车厢,肯定都装满了有毒垃圾。"

吉奥蒂诺点头指着远方一片无边的镜子的海洋，它们弧形的表面都反射着太阳光。"那看来像是太阳能反射板。"

"是集中器，"皮特说，"它们收集太阳能，然后集中聚焦形成超高温和质子能，然后将能量集中到一个化学反应堆中，将有毒的废物完全摧毁。"

"我们真是天才。"吉奥蒂诺说，"你什么时候成了太阳能专家了？"

"我过去认识一个在太阳能公司工作的女工程师，她曾经带我去参观过。那是几年前了，他们还在测试如何用太阳能摧毁有毒废物，看样子，马萨德已经掌握了这项技术。"

"我搞不懂一些东西。"吉奥蒂诺说。

"比如说？"

"这所有的一切。为什么要花那么多钱、费那么大力气，来这个世界上最大的沙漠中间建造这片宏伟的建筑？如果是我，我会选择离大型工业区比较近的地方。光是从港口将货物运到这儿要1600公里，就得花很多运费。"

"一个非常值得思考的问题，"皮特承认，"我也很好奇。如果佛瑞尔堡垒是有毒废物处理工程的杰作，被专家认定十分安全，没有理由不选择一个更便利的地方。"

"你依然觉得它是尼日尔河中污染的元凶吗？"

"我们找不到其他的来源。"

"那个老矿工关于地下河的说法也许就是解释。"

"除了一个漏洞。"皮特说。

"你真是不喜欢相信人。"吉奥蒂诺抱怨着。

"地下河的理论没有任何问题，我不相信的是污染泄露。"

"我同意。"吉奥蒂诺点着头说，"如果一切都烧成灰了，那还有什么好泄露的呢？"

"没错。"

"所以，佛瑞尔堡垒并不是对外宣称的那样。"

"在我看来不是。"

吉奥蒂诺扭头疑惑地看着皮特："我希望你现在不是在打算咱们俩像过去拜访的消防员一样下去玩玩？"

"我心里面有一只猫在抓。"

"那咱们应该怎么过去？直接开到门口，要一个参观证？"

皮特对着驶入工厂的长长的火车笑了笑："我们搭火车。"

"逃跑呢？"吉奥蒂诺疑惑地问。

"瓦赞的油也快光了，向马里道别，开车驶入夕阳是我的最后一项打算了，然后我们搭上开出去的特快火车去毛里塔尼亚。"

吉奥蒂诺做了个痛苦的鬼脸："你想让我爬上一辆装了几百吨的有毒化学物的火车？我还太年轻了，不想就这么变成烂泥。"

皮特耸了耸肩，笑笑："你只要小心别碰任何东西就好了。"

吉奥蒂诺猛烈地摇了摇头："你想过会遇到障碍吗？"

"障碍就是用来被克服的。"皮特威严地说。

"比方说电网啊，带着德国牧羊犬的警卫，装备着自动大炮的巡逻车，能把一切照得亮如白昼的探照灯？"

"是的，现在你得陪着我提醒我。"

"说来奇怪，"吉奥蒂诺沉思着说，"一个有毒废物处理工厂需要像一个核弹研究中心那样重兵看守吗？"

"又多了个原因去搞个清楚。"皮特平静地说。

"我们还是搭档，你真不会改变主意直接回家吗？"

"走着瞧。"

吉奥蒂诺举手投降了："那个老矿工疯狂地相信一艘载着林肯的邦联装甲舰会埋在这片沙漠里，但你比他还疯狂。"

"我们的确有很多相同点。"皮特轻松地说，他滚到一边，看着东方6公里处铁路旁边的一片建筑，"看见那个废弃的老堡垒了吗？"

吉奥蒂诺点了点头："有着美丽的仪态，法国外籍兵团的加里·库博写过这个地方。是的，我看到了。"

"佛瑞尔堡垒的名字就来自于这个和它一条铁路之隔的地方，等天黑了，我们就隐藏在那儿，等着过来的火车。"

"我已经注意过车速了，他们速度太快，专业扒车客都爬不上。"

"耐心，细心。"皮特说，"他们开到旧堡垒的时候会稍微放慢一些，等他们靠近那个安全港的时候就慢得像蜗牛了。"

吉奥蒂诺观察着那个火车进入工程中心必须要经过的岗亭："我打赌那儿肯定有一大队警卫会——检查每一节车厢，一赔一百。"

"他们不会太认真的，检查一百多节装满了有毒垃圾的车厢，稍有理智的人就不会全身心投入这种工作的。另外，谁会蠢到藏在车厢里面的？"

"我能想到的只有你。"吉奥蒂诺干巴巴地说。

"我非常欢迎你继续提出些类似电网、猎犬、探照灯、巡逻车这样实用的意见。"

吉奥蒂诺想要对皮特摆出一副愤怒的表情，但是突然间紧张了起来，扭头看着天空，一架直升机正在靠近。

皮特也抬头眺望。飞机从南方而来，直朝着他们飞来。这并不是一架军用飞机，而是一架造型优雅的民用飞机，一眼就能看到机身上面写着的"马萨德企业"的字样。

"该死！"吉奥蒂诺骂了一句，回头看着他们扔在瓦赞上面的沙子，"它再飞低点，就能把车上的沙子都吹掉。"

"只有从正上方经过才有可能，"皮特说，"趴好，不要动。"

如果是一双锐利的眼睛，也许已经发现了他们，察觉到这个沙丘形状的奇怪。但是飞行员的注意力放在了工程主楼附近的停机坪上，并没有留意下方的沙丘。直升机上唯一的乘客正在研究一份财务报告，也没有望向窗户外边。

飞机就从他们上方飞过，微微调整方向，朝着停机坪降落，盘旋了一会儿后，停在了工程中。几秒钟后，螺旋桨停了下来，舱门打开，一个人下到停机坪上。尽管隔着很远，没有望远镜，皮特立刻就认出了那个健步走向办公楼的人。

"我想我们的朋友回来等我们了。"

吉奥蒂诺把手拢在眼睛周围看着："太远了，我看不清，不过我相信你没看错。真遗憾他没把游艇上那个弹钢琴的带过来。"

"你能把她忘了吗？"

吉奥蒂诺带着受伤的神情看着皮特："我为什么要那么做？"

"你都不知道她叫什么呢。"

"爱能征服一切。"吉奥蒂诺暴躁地说。

"那么，你先征服自己的胡思乱想。咱们休息一下，等天黑就去赶火车。"

他们曾经经过了老矿工描述的那口井，那时扎里提河的老河床还在另一个方向蜿蜒。现在饮料已经喝光了，水也只剩下两升，但为了防止脱水，他们便都分开喝光了，因为他们相信在工程附近肯定能找到水源。

他们将瓦赞车停在堡垒遗址南方一公里处的一个低谷中，然后钻进车底，想寻找一丝阴凉。吉奥蒂诺很快就睡着了，但是皮特却始终无法入睡。

夜幕很快就降临在沙漠，黄昏一闪而过，天地便陷入了黑暗。一种奇怪的静寂在蔓延，唯一的声音来自瓦赞车低沉的引擎声。干燥的空气开始变得清爽，黑缎子般的天空上星星放射着光芒。它们如此清晰，皮特都能凭眼睛分辨出不同等级的星星。他从来都没有见过如此无垠的天空，即便是开阔的海上。

他们最后一次将车隐藏在低谷中，借着星光徒步向堡垒进发，一边走一边用棕榈树枝清理自己的脚印。他们经过了过去法国外籍兵团的墓地，顺着一面10米高的墙探索，最后找到了大门。那扇巨大的木门，在经年的日晒下已经泛白，正微微敞开着。他们走进去，发现是一片阅兵场，黑暗而荒凉。

他们轻而易举就能想象出一队虚幻的法国外籍兵团的步兵，穿着蓝色外套和松垮的白色裤子，头戴白色平顶帽，立正站好，整装待发，准备去外面燃烧的土地上迎战图瓦雷克人的游牧部落。

依照外籍兵团一般标准来看，这里比较小。周围的墙都长30米，围成了一个正方形。墙底部的地方足有3米厚，顶上还有摇摇欲坠的碉堡。整个建筑只要50人就能看守得水泄不通。

里面就是疏于管理的一般迹象。法国外籍兵团撤离时遗留的物品，沙漠中的旅行者在这儿躲避沙尘暴时留下的垃圾。一面墙边还堆放着修建铁路时筑路工人留下的材料：枕木，各式各样的工具，几个柴油桶，还有一辆看上去状况非常良好的铲车。

"你觉得在这个地方待上一年怎么样？"吉奥蒂诺轻声问。

"一星期都不想待。"皮特看着堡垒说道。

他们等火车的时候，时间仿佛被无限拉长了。古恩发现的引起赤潮的化学污染物来自一个太阳能废物处理工厂，这种推论合情合理。但是和马萨德打过交道后，皮特知道，如果自己礼貌地去敲门请求进去调查，得到的绝不是热情的欢迎。他们必须偷偷摸进去，才能找到有力的证据。

佛瑞尔堡垒中还隐藏着更加险恶的东西。从表面上看，它为世界对抗有毒废物的战争作出了巨大贡献，但是皮特想，如果掀开外衣，一切就能如实呈现。

他计算着他们成功通过安全港并再成功出来的机会。这时，远处传来一个声音。吉奥蒂诺本来正在打盹，也一下醒了过来。

他们没有说话，互相望了望，站起身来。

"一列进去的火车。"吉奥蒂诺说。

皮特举起手臂看着手表。"11点20。天亮前我们有充足的时间进去侦察一番再出来。"

"那需要有向外开的火车。"吉奥蒂诺还十分冷静。

"到目前为止，它们就像钟表一样准时，每3个小时就有车。马萨德简直就像是墨索里尼，让一切都有序守时。"皮特拍打着身上的沙子，"我们出发。我不想这么站在一片空荡荡的遗迹上。"

"我倒不介意。"

"放低身子，"皮特提示道，"沙子会反射星光，而且工厂和这边之间非常空旷。"

"我会像蝙蝠一样融入黑暗。"吉奥蒂诺保证，"但是如果有长着獠牙的大狗或带着枪的眼尖的警卫，我们怎么办？"

"那我们就证实了对佛瑞尔堡垒的怀疑，它只是个幌子。"皮特坚定地说，"我们两个必须有一个逃出去通知桑德克，即便要牺牲另一个也在所不惜。"

吉奥蒂诺的脸上出现了一副深思的表情，他看着皮特，什么也没有说。然后火车响起了汽笛声，通知安全港它的到来。吉奥蒂诺对着铁轨点了点头："我们最好快点。"

皮特沉默地点了点头。然后他们走出堡垒的大门，走向铁轨。

### 33

一辆废弃的卡车无助地停在堡垒和铁路中间。所有能够从车身上卸下来的东西都已经不见了，轮胎、方向盘、引擎、传动装置、差动齿轮，甚至是挡风玻璃和车门都不翼而飞，可能早已经在加奥或廷巴克图的市场上售出了。

皮特和吉奥蒂诺藏在车后，躲避着火车机车的顶灯。沙漠中存在一个曾经被人使用如今被人遗弃遗忘的孤零零的东西在所难免，而长长的火车靠近时，这却成了他们最好的掩护。

旋转的车顶灯光芒在周围的沙漠划过，照亮了将近一公里范围内的一沙一石。他们蜷伏在灯光照射不到的地方，等着机车轰隆隆地经过，此时火车时速大约50公里。准备进入安全港的时候，司机开始放慢速度，皮特耐心等着火车速度一点点慢下来。皮特估计，到最后一节车厢经过废卡车的时候，车速应该已经慢到了每小时大约15公里，这个速度他们足可以爬上去了。

他们离开了卡车的掩护，跑了最后几米到达铁路边，蹲下身子观察装载着巨大的可移动式集装货箱平板火车。此时，他们已经能够看到最后一节车厢了。并不是一般的给车组人员的乘务车厢，而是配备重兵、装备重型机枪的装甲车。马萨德正在操作着一项危险的事业,皮特想,车上也许是专业的雇佣兵。

为什么要保护如此周密?大部分的政府都会觉得化学废物是个麻烦事,沙漠中央的一次偶然泄露也不会引起国际媒体和环境组织的关注。他们到底要防备些什么?肯定不是一般的强盗或恐怖组织。

如果皮特对伊夫·马萨德的性格有所了解的话,他应该已经推测出这位法国巨贾是个两面三刀的人,他在贿赂卡兹穆的同时也在向马里的叛乱者支付佣金。

"咱们去装甲车前面的第二个集装箱,"他对吉奥蒂诺说,"上第一个也许会被眼尖的警卫发现。"

吉奥蒂诺点了点头:"同意。靠近警卫的车厢检查也不会太仔细。"

他们敏捷地站了起来,开始沿着铁路飞奔。皮特对车速的估计错了,现在火车的速度几乎是他们的两倍,他们谁也上不去,但是却丝毫没有想过停下来或是退缩。如果他们掉头离开,警卫可能会发现他们,装甲车后面的尾灯照出一片半圆形的光,铁轨上都闪烁着那灯光。

他们竭尽全力。皮特高一些,胳膊长一些,他先抓住了一个梯子,向前一跳,借助冲劲把自己晃上了火车。吉奥蒂诺伸出手,却与那节车厢后面的梯子以几厘米的距离错过,路基都是砾石,难以跑动。吉奥蒂诺向后瞥了一眼。错过了想要上的那节车厢,他现在唯一的希望就是冒险登上警卫正前方的那节车厢。

从平板火车上延伸到集装货箱顶部的梯子正在慢慢靠近,在吉奥蒂诺看来,速度快得超乎想象。他看了一眼下面滚动的铁轮,这是他最后的机会了,错过了就会葬身轮下,或是被警卫射杀。这两种命运他都不喜欢。

梯子经过的时候,他用两手抓住了梯子上的一个横杆,利用火车向前的惯性拉动双脚,他拼命地抓着不放,双腿踢蹬着想要在火车上找一个落脚地方。他慢慢松开左手,抓住上面的一个横杆,然后将右手也移动上去,然后弯膝抬腿,脚踩上了一个比较低的横杆。

皮特爬上车顶后缓了几秒才喘过气来,然后开始在货箱顶爬行,但是扭头才发现吉奥蒂诺并没有爬上同一节车厢，出现在他的身后。他向下寻找，发现吊在后面一节车厢上侧面的身影、吉奥蒂诺咧嘴露出的白牙和一张坚定的脸。

火车依然在快速行进，车厢有些摇晃，皮特无助而绝望地看着吉奥蒂诺在货箱的梯子上一动不动。他扭头看着火车前方，机车距离安全港只有一公里了。而此时，一股诡异的感觉涌上心头，皮特猛地回头看，一下呆住了。

最后的机车上有一个伸出的平台，一个警卫正站在上面，手抓着拉杆，看着周围的沙漠。皮特觉得，他似乎陷入了深思，也许正在想着某些遥远的事情，可能是某地的一个姑娘。皮特不得不扭头，视线在吉奥蒂诺和前方的火车之前游移。

这时警卫站直了身子，转身走入了车厢中。

吉奥蒂诺抓紧时机，分秒也没有浪费，迅速爬上梯子到达货箱的顶部躺下来，和货箱融为一体。他躺在那里喘着粗气，周围的空气依然燥热，还混杂着柴油的味道。他抹了一把额头上的汗水，然后扭头看着前方的皮特。

"跳过来。"皮特在一片轰鸣中喊道。

吉奥蒂诺审慎地匍匐前行，同时看着下方急速掠过的枕木和铁路。他花了一小会儿才鼓足勇气，然后站了起来，小跑几步，跳向前方。下落时，他的脚离对面的车厢还有半米的距离，他伸开胳膊抓住了对面车顶上突出的把手，然后抬头寻找援手，却什么都没有找到。

皮特对自己朋友的体能有着绝对的信心，所以一直在冷静地端详着货箱顶部安装的空调。这是用来使易燃的化学废物保持低温、避免旅途中长期受太阳炙烤而发生自燃的，是为了对抗高温而专门设计的机型，压缩机由一个装了消声装置安静运转的小汽油发动机带动。

安全港的灯光已经在前方出现，皮特开始思考如何避免被发现。在他看来，警卫绝对不会像大萧条时代防范扒车客的铁路警察，走入车厢巡视。他们应该也不会依靠猎犬。鼻子再灵的猎犬也无法从一大堆化学用品的浓重味道和柴油味中识别出人的味道来。

摄像机。皮特认定了这种可能。火车从一排摄影机下经过，监视器就在建筑里面。伊夫·马萨德会信赖现代科技，这毫无疑问。

吉奥蒂诺已经慢慢爬了过来，皮特没有和他打招呼，直接问道："你有没有能拧螺丝的东西？"

"你是想问我有没有螺丝起子？"吉奥蒂诺疑惑地问。

"我想把空调侧面这个大板子卸下来。"

吉奥蒂诺手探进口袋中，在游艇上被马萨德的船员搜过身，他几乎没有剩下什么东西。但是他找到了一个五分硬币和一个一角硬币，递给了皮特。"这么催命我只能找到这个。"

皮特探手快速摸索了一下空调侧面的板子，很快找到了上面的螺丝帽。有十个，皮特并不能完全肯定自己是否能及时全部卸下。五分的硬币稍微有些大，但是一角硬币很合适，他尽全力转动手指，运转硬币，来松开螺丝。

"你修空调真会挑时候。"吉奥蒂诺好奇地说。

"我相信警卫是用摄像机来检查有没有我们这样的搭车客，他们肯定能发现我们。我们唯一的机会就是躲在这个板子后面，这足够大，我们两个都能躲进去。"

火车现在已经非常慢了，一半的车厢已经通过了安全港。吉奥蒂诺焦急地说："你最好快点。"

汗水滴进了皮特的眼睛，他只是甩了一下头，依然继续转动着硬币。他们的车厢也正在一点一点无情地靠近摄像机。现在四分之三的车厢已经过去了，但是皮特还有三个螺丝没有拧下来。

两个。

只剩一个了。

前面的车厢已经驶入了安全港。皮特绝望地两手抓住了铁板，猛地一拽，将它拽了下来。

"快点，背靠空调坐过来。"他指示吉奥蒂诺。

255

他们都尽可能地把背靠在空调里面,然后匆忙将铁板放在前面作为遮蔽。

"你觉得这能骗过他们吗?"吉奥蒂诺怀疑地问。

"监视器是二维的,只要他们没有正对着我们的头顶,任何人都看不到我们。"

他们的车厢缓缓地驶入一个小小的隧道,上面有摄像机,能够监视车底、侧面和车顶。皮特用指尖紧紧勾住板子,而不敢将手指探出去握牢,因为那样警卫就可能在监视器上看到他的手指。这个权宜之下的伪装也许不尽完美,但这是他能想到的最好的了。警卫肯定厌烦地看着眼前一排监视器上没有什么两样的车厢似乎没完没了地划过,这就好像看着十个电视仿佛重播着同一个画面,大脑很快就会感到厌倦,开始神游。

他们蜷在那里,提防着警铃突然响起,但是什么警报都没有出现。车厢再次出现在夜空之下,慢慢靠向一个水泥的卸货站台,站台边正停靠着大型起重机。

"哦,老兄,"吉奥蒂诺又抹了一把额头,"我可不想再玩一次这样的把戏了。"

皮特咧嘴笑了笑,用肩膀友好地撞了吉奥蒂诺一下,然后扭头看着货车尾部:"别松开板子,我们的朋友还在呢。"

他们依然待在集装箱的顶部,一动不动地抓着空调的铁板。警卫的装甲车这时与火车脱离,被一辆小的电机车拉走。4节机车也已经和后面的车厢脱离,驶向一条侧线,那里正有一长排空车等待着被拖回毛里塔尼亚的港口。

暂时安全了。皮特和吉奥蒂诺依然待在远处等待着。站台上有许多弧光灯,灯火通明,但看上去并没有人。一长排造型诡异的汽车停在站台上,这些车都有4个没有轮胎的轮子,平平的货台,在前方还有一个带灯的小箱子,就好像虫子的眼睛一样看着前方。

皮特本打算放下空调板,却发现头顶有东西移动,抬头发现站台的电线杆上悬挂着一个摄像机,正在缓缓地旋转。他看了看站台四周,又看到了4个摄像机。

"别动,"他警告吉奥蒂诺,"它们四处都是监控设备。"

他们依然蜷在板子后面,观察着摄像机的运动规律。这时,起重机上的灯突然亮了起来,电子发动机也开始轰鸣。它们都没有驾驶舱,全部是由工程内部的控制中心遥控的。它们驶到火车边,放下金属爪子,抓起集装箱的顶部,然后一声号响,已经将集装箱吊下火车,转到站台上,放在一辆平板卡车上,然后移向下一个货箱。

接下来的几分钟,他们依然一动不动地躲在板子后面,起重机已经到了他们附近,放下抓手抓起了他们的集装箱。这里没有一个人,但一切都能如此自如地运转,让皮特大吃一惊。他们的集装箱已经稳稳地放在了卡车上,一阵嗡嗡声响起,卡车无声地驶过站台,沿着一个斜坡进入一个入口,螺旋下降地通往地下。

"谁在开车?"吉奥蒂诺轻声问。

"运输机器而已,"皮特回答,"应该有个控制中心操纵。"

他们迅速将铁板归位,往上拧了两个螺丝,然后爬到了集装箱的前沿,打量着眼前的景象。

"我不得不承认,"吉奥蒂诺柔声说,"我过去没有见过这么先进的地方。"

皮特也不得不赞同,眼前的景象让人着迷。弯曲的斜坡,令人叹服的工程,越来越深入沙漠的地下。他估计,他们已经直下了100米了,经过了4层。

皮特研究着过道上的巨大标志,上面有符号,也有法语术语。上面的一层应该是处理生理废物的,下面一层是化学废物。皮特开始好奇他们的集装箱中不知道装的什么。

他感觉迷雾越来越重了。为什么一个用来焚毁垃圾的反应堆要建在如此深的地下?按照他的想法,这应该建在地表接近太阳能收集装置的地方。

最后斜坡到了尽头,伸向一个看起来巨大无比的洞窟。洞顶足有4层楼高,四面八方都是石头隧道,就好像自行车的辐条一样多。皮特觉得,这个洞应该是天然形成的，而后经过人工扩建。

皮特的感觉就像天线一样先他一步。这里依然没有一个人，没有工人，没有机械师，他又一次大吃一惊。这个作为货舱的洞窟所有的动作也都是自动的。电动的运输器就像工蚁一样，一辆接着一辆，驶入一个顶上悬挂着红底上有两条黑色对角线标志的隧道。前方传来阵阵的回声。

"生意真兴隆！"吉奥蒂诺指着反向驶来的几辆运输器，它们的集装箱门都已经打开了，里面空空如也。

前进了将近一千米后，运输器开始放慢了速度，而前方的噪音越来越大了。一个弯道之后，它驶入了一个巨大的房间，里面堆放了足有几千个水泥筑成的货箱，从地板一直堆到房顶。一个机器正在卸下集装箱里面的桶，把它们和其他容器放在一起。

皮特的牙缓缓地咬在了一起。他的吃惊有增无减。突然间，他希望自己身处别处，任何地方都可以，而不是这个充满了死亡的恐怖的地下。

那些桶上有着放射性的标记。佛瑞尔堡垒的秘密让他和吉奥蒂诺都呆住了。这里是一个倾倒核废物的地下垃圾场，而规模前所未有。

马萨德意味深长地看了一眼监视器，惊讶地摇了摇头，然后转头看着助理菲利克斯·韦瑞尼。

"那些人真是惊人。"他轻声咕哝。

"他们是怎么通过安检的呢？"韦瑞尼思考着。

"和从我游艇上逃跑、偷走卡兹穆的车、开着穿越沙漠相同的手法。他们狡猾而固执。"

"我们要不要把他们困在货舱，"韦瑞尼问，"让他们最后死于辐射？"

马萨德沉思了一会儿，然后摇了摇头："不，派警卫过去抓捕他们。让他们好好地清理一下，把所有的污染都洗掉，然后带来见我。我想在处理皮特先生之前好好和他谈谈。"

## 34

20分钟后,马萨德的警卫抓住了他们。那时他们躲在一辆车的空货箱中返回了地面。他们卸掉了货箱顶,钻入其中,没有想到一台隐蔽的摄像机在他们进入前的一瞬发现了他们的踪迹。

货箱被吊上火车前,箱门被猛地打开了,他们没有任何反抗或逃走的机会。两个人全都大吃一惊。

10个,皮特数了一下,货箱外10个全副武装的人正用枪冷冷地指着他们两个。皮特觉得失败的痛苦正像一把刀子一样慢慢刺痛着自己。他的舌尖上甚至都感觉到了一股苦涩。被马萨德抓住一次可以说是策略失误,但是被抓住两次简直是蠢透了。他看着警卫们,心里没有任何恐惧,只有愤怒。他不断暗骂自己为什么不更警觉一些。

现在,他们无计可施,唯有耗时间,希望在找到下一次逃跑机会之前不要被杀死,不论那机会有多么渺茫。皮特和吉奥蒂诺缓缓地举起双手,背在头后。

"我希望你们能谅解这次不请自来,"皮特安静地说,"但是我们正在找洗手间。"

"你们不会想让我们遇到不测的。"吉奥蒂诺补充道。

"安静!你们两个!"发出声音的是一个穿着微有些皱的制服、头戴法国军人的红色平顶帽的警卫头目,他的英语冷冷的,非常刺耳,丝毫没有半点法国人的腔调,"我知道你们都很危险。放弃所有逃跑的想法,我的人在打伤反抗的俘虏方面可没有专门的训练。"

"出了什么大事吗?"吉奥蒂诺面带无辜,"你的样子就好像我们偷了一桶没用的戴奥辛。"

那个军官没有理会吉奥蒂诺:"说明身份。"

皮特看着他说:"我叫洛基,我的朋友是……"

"布尔温克。"[①] 吉奥蒂诺抢了过来。

---

[①] 这两个名字都是美国经典的卡通《洛基与布尔温克》中的人物。

军官的嘴角露出了一抹狠狠的笑容:"无疑不如德克·皮特和阿尔伯特·吉奥蒂诺好听。"

"既然你都知道,干吗还问?"皮特说。

"马萨德先生十分想你。"

"他们最想不到我们会出现的地方就是沙漠中间。"吉奥蒂诺重复着皮特曾说过的话,"好像是猜错了,不是吗?"

皮特微微耸了耸肩:"我记错了剧情。"

"你们这些人是怎么躲过我们的安检的?"军官问。

"我们搭火车。"皮特没有任何隐瞒真相的意图。

"货箱的门都是锁着的,火车开动的时候,你们根本没有办法进入。"

"你应该告诉你们那个看监视器的人,仔细研究一下车顶上的空调。卸下一块板子用来做掩护非常简单。"

"真的吗?"这位军官非常感兴趣,"太聪明了,我要把你们的方法加入我们的安全守则中去。"

"我深感荣幸。"皮特笑了。

军官眯起了眼睛:"你不会感受太久的,放心。"他拿出一个移动对讲机,"马萨德先生?"

"我在。"话筒中传来了马萨德的声音。

"我是安全总管,查尔斯·布鲁南上尉。"

"皮特和吉奥蒂诺呢?"

"在我手里。"

"他们反抗了吗?"

"没有,先生,他们很安静。"

"请把他们带到我的办公室来,上尉。"

"是的,先生,我带他们消毒后立刻去见您。"

皮特对布鲁南说:"如果我说声抱歉,情况是否会好一些?"

"看样子美国人的幽默永远都不会停。"布鲁南冷冷地说,"你可以亲自向马萨德先生道歉,不过由于你弄坏了他的直升机,我觉得如果我是你,就不会有什么期待。"

伊夫·马萨德并不爱笑,但是当皮特和吉奥蒂诺被带到他的办公室的时候,他正在笑。他靠在真皮转椅中,胳膊肘支在把手上,手托着下巴,开心地笑着,仿佛一场瘟疫后的殡仪馆老板。

菲利克斯·韦瑞尼在一扇玻璃窗前俯视着外面的设施,眼神呆板,好像只是一个摄录机。他的表情冷酷,嘴角轻蔑地抿着,与他的领导散漫的凝视截然相反。

"十分出色,布鲁南上尉,"马萨德咕噜着,"你把他们完好无损地带了过来。"他充满疑问地看着面前的两个人,他们穿着干净的白外套,脸孔黝黑,身体良好,似乎对眼前的事情漠不关心,这一切让马萨德印象深刻,不由得想起了在他游艇上时这两个人就是同样的表情。"看样子,他们很配合。"

"就像听话的学生,"布鲁南刻板地说,"让做什么就做什么。"

"真聪明!"马萨德赞许地轻声说。他向后推了推椅子,绕过桌子,来到皮特跟前:"恭喜你成功穿越沙漠。卡兹穆将军说你最多坚持两天,你们在这片敌对的土地上能走这么远、这么快,真是值得称道。"

"我绝对不愿意听信卡兹穆将军的任何预言。"皮特和颜悦色地说。

"你们偷了我的直升机,把它沉到了河里。皮特先生,你要为此付出代价的。"

"我们在你的游艇上待遇很差,所以我们就稍微报答你一下。"

"卡兹穆那辆值钱的老车呢?"

"引擎失灵了,所以我们把它烧了。"皮特撒了个谎。

"你看样子已经养成了破坏其他人值钱东西的坏习惯。"

"我小时候,就搞坏了所有的玩具",皮特冷静地说,"还把我爸推到墙上。"

"我能再去买一架直升机,可卡兹穆将军却再也找不到车取代他的飞行瓦赞了。你们在他的刑讯室里被折磨致死前好好享受吧。"

"真好，我是个受虐狂。"吉奥蒂诺丝毫不为所动。

马萨德似乎沉思了一秒钟，脸上又露出了好奇的神色："到底是什么吸引你们穿越了半个撒哈拉来佛瑞尔堡垒的？"

"你游艇上的招待让我们十分享受，所以，我们想，我们应该再来拜访你一次……"

马萨德劈手狠狠地扇向皮特的脸，一颗硕大的钻石戒指在皮特的右脸上划下了一道痕迹。皮特稍稍扭了扭头，但是脚仿佛生了根一样，依然稳稳地站着。他苦笑了一下，轻声问："你这是在对我发起决斗的挑战吗？"

"不，这是说，我要把你慢慢浸在硝酸里，直到你开口讲真话为止。"

皮特看了吉奥蒂诺一眼，然后又看向马萨德，耸了耸肩说："好吧，马萨德，你有泄漏。"

马萨德皱了皱眉："说详细点。"

"那些有毒的废物，那些化学废物，你本应该烧了的，但是却渗入了地下水，顺着老河床的地下水，把从这儿到尼日尔河之间的所有水井都污染了，然后顺河流入大西洋，引发了一场会摧毁所有海洋生物的大灾难。而这里就是源头。我们顺着河床过来，发现它正从佛瑞尔堡垒下方经过。"

"我们离尼日尔河有400多公里，"韦瑞尼说，"地下水不可能在沙漠下面流那么远的。"

"你怎么知道？"皮特问，"佛瑞尔堡垒是马里境内唯一一个接收化学废物和生物试验废物的工厂，引起问题的化合物只可能来自这里，这是唯一可能的来源。我现在已经清楚无误地知道，你只是把废物藏起来，根本没有烧了它们。"

马萨德的嘴角出现了一抹怒意："你并不完全正确，皮特先生。我们佛瑞尔堡垒确实烧垃圾，而且事实上数量相当可观。跟我来，我带你去看。"

布鲁南上尉退后一步，示意皮特和吉奥蒂诺跟上马萨德。

马萨德带着他们穿过一间大厅，来到一个房间。房间中间是一个佛瑞尔堡垒有毒废物分解工程的三维模型。这个模型做工细致，细节一丝不苟，仿佛就是从高处看到的实物。

"这是真的,还是只是个空想?"皮特问。

"你看到的一切都是如实再现。"马萨德向他保证。

"而你打算给我们一次货真价实的演讲。"

"一次你可以铭记一生的演讲。"马萨德的语气中带着责备,他拿起一根长长的象牙教鞭,指着工程南部的一大片土地,那里覆盖着巨大的朝向阳光的太阳能板,"我们的能量完全能够自给自足,"马萨德开始说道,"我们利用这边的光电硅栅格系统来发电,这些平平的太阳能收集模块由多晶体硅制成,面积4平方公里。你对光电学了解吗?"

"我知道那正在成为世界上最经济的能源。"皮特回答,"按我的理解,光电学就是将太阳能转化为直流电的一种太阳能科技。"

"完全正确。"马萨德说,"当阳光,或者说是科学家所谓的太阳光子能,照射到这些单元的表面,就会产生电能,足够三倍于现在规模的工程运转,那样的规模也是我们的目标,"他停了一下,教鞭指向旁边的一栋建筑,"这座建筑中的蓄电设备可以将多余的能量储存起来,以备夜间和没有太阳的日子使用,当然,在撒哈拉很少有没有太阳的日子。"

"很高效,"皮特说,"能源系统非常高效。但是你的太阳能收集阵列,它们的效率并不相同吧?"

马萨德充满深思地看着皮特,他想知道为什么这个人总能先自己一步。他把教鞭指向了旁边弧形的太阳能收集阵列,这就是皮特白天观察过的那部分区域。

"的确,"马萨德冷冷地说,"我的用于分解有毒废物的太阳能热能系统是全世界最先进的。这片超级集中器能把太阳能的热量提高8万倍,这种高热量的阳光,或者说光能,聚焦到两个反应堆中的第一个,"马萨德将教鞭停在一个建筑模型上,"这一个反应堆以950度的高温将有毒废物转换成无害的化学制品。第二个反应堆,有1200度的高温,将任何残留的东西烧成灰,整个装置能将任何已知的有毒化学制品全部摧毁。"

皮特看着马萨德,敬仰之中混杂着疑问:"听起来非常彻底。但是如果你的废物分解装置如此高效,为什么你还在地下藏起来几百万吨的废物呢?"

"很少有人知道全球上有多少化学制品,世界上有超过700万种人造化合物,每个星期,化学家们就能创造出一万种新的,以这个速度来看,每年就会产生20亿吨废物。美国有3亿吨,欧洲和俄国是这个数量的两倍,而南美、非洲、日本和中国加起来的数量又要再翻一番。这些废物中,有一部分被焚化装置分解了,但是绝大多数被非法地倾倒到土地和水系之中。这些东西无处可去,而在撒哈拉,远离都市和农田,我给全球的工业找到了一个排放有毒废物的安全场所。现在,佛瑞尔堡垒每年能够摧毁4亿吨的有毒废物,但是等澳大利亚和中东戈壁的太阳能分解装置完成后,我就能摧毁所有的废物。也许你感兴趣,两个星期后,我就会在美国建一个工厂。"

"值得表扬,但是这并不能给你借口把烧不掉的废物埋掉,你必须为此负责。"

马萨德点了点头:"成本问题,皮特先生,藏起废物比毁掉要省钱得多。"

"对于核废物,你也遵循同样的原理。"皮特责备地说。

"废物就是废物,对于人类而言,核废物和有毒废物之间的唯一区别是一个用辐射杀人,一个用毒性杀人。"

"别胡扯了,带着这套逻辑去下地狱吧。"

马萨德漠不关心地耸了耸肩:"总得找地方处理它们。我的国家是世界上第二大核能国家,仅次于美国。两个辐射分解废物的工程已经在筹建。一个在索兰尼,另一个在芒什,但是很不幸,两个都不是设计成摧毁高级的核废物的。比方说,钚-239,两万四千年才会半衰,其他有些放射性核素的半衰期还要长100倍。也许你们不请自来进行探险时已经发现了,我们接收处理的都是高级的核废物。"

"暂时停下你关于有毒废物处理的假仁假义的演说吧,你的太阳能废物处理工程只是个幌子。"

马萨德微微笑了:"从某个意义上说,的确是。但是正如我所解释的,我们确实摧毁了相当多的废物。"

"只是装门面而已。"皮特的声音冷冷的,充满了压迫感,"马萨德,我相信，你建造这个冒牌工程，情报部门始终不知道真相。你开掘那个仓储洞窟的时候是怎么骗过情报采集卫星的？"

"实际上也没什么，"马萨德傲慢地说，"首先我修好了铁路，把建筑工人和材料运来，那时地下洞库第一层已经开始挖掘了，我用空的货箱来装上挖掘出来的沙土，运到毛里塔尼亚，给那个国家的一个港口来填海造陆，这样我还又多了一项收入。"

"真是精明。废物运进来，你能赚钱，沙子石头运出去你也能赚钱。"

"我从来不会放弃任何一项优势。"马萨德充满哲思地说。

"真没有人比你更聪明，没有人抱怨，"皮特说，"也没有环境组织给你造成关张的威胁，没有反对污染地下水系统的国际呼声。没有人质疑过你的工程，特别是那些生产废物的公司，他们只想着摆脱废物就可以了。"

韦瑞尼的视线停留在了皮特身上："涉及环境的时候，很少有人能够言行一致，"他冷冷地说，"每个人都是有罪的，皮特先生。每个人都享受着化合物的便利，汽油，塑料，水净化系统，食品防腐剂，各种各样。陪审团私下里都会和罪犯妥协。任何人或组织都没有办法控制或打败这个魔王，它是一个可以自我繁殖的弗兰肯斯坦，已经没有办法去杀死了。"

"所以，你们就为了追求利益让它变得更坏？你们提供的不是解决方式，只是一个骗局而已。"

"骗局？"

"是的，放弃使用造价昂贵但是经久耐用的滤毒罐，而在地下几千米开采了一个天然的垃圾场，而从地质构造上来说，那个岩石层正好在水层之上，"皮特的目光从韦瑞尼身上转向了马萨德，"你不过是一个阴险小人，牟取暴利，却危害众生。"

马萨德脸红了，但他是一个控制情绪的高手。"今后50年，也许100年，泄露所产生的危险不过是杀死几个沙漠中的乞丐，不足挂齿。"

"说得轻松。"皮特的脸写满了冷酷的嘲笑，"但是现在正在泄露。我们说话的时候，沙漠中的游牧部落正在死亡。而我们最不能忘记的是，你所做的一切将影响地球上的每一条生命。"

屠杀全球生命罪名的指责并没有产生什么作用，但是游牧民族死亡的事情却让马萨德想到了一些事情："你是在与弗兰克博士和他的世卫调查队合作吗？"

　　"不，我和吉奥蒂诺单独行动。"

　　"但是你知道他们。"

　　皮特点了点头："如果你想知道的话，我和他们的生物化学家比较熟。"

　　"夏娃·罗加斯博士。"马萨德缓缓地说道，他始终留意着皮特的反应。

　　皮特意识到了陷阱，但是反正没有什么可失去的了，他决定将计就计："猜对了。"

　　马萨德并不是中了彩票一夕变富的，他之所以能成功，完全是由于他是诡计和阴谋的大师，而他最重要的资本便是洞察力："我想再猜一次。你就是那个在开罗附近把她从卡兹穆派出的杀手手中救出的人。"

　　"我碰巧在那附近。你入错行了，马萨德，你没当算命先生真是有违天命。"

　　对于马萨德来说，对质的新鲜感已经不再具有吸引力了，他不习惯别人居高临下地对他讲话。而且对于一个掌控着巨大的金融帝国、日理万机的人来说，和两个不受欢迎的闯入者浪费时间是没有必要的，这应该交给手下处理就好了。

　　他对韦瑞尼点头示意："我们的谈话结束了。请通知卡兹穆将军来接收这些人。"

　　韦瑞尼塑像般的脸上终于露出了一个阴险的笑容："遵命。"

　　布鲁南上尉的情绪与马萨德和韦瑞尼并不相同。作为法国军人，他也许会为了三倍的薪水而折腰，但却始终保留着一种荣誉感。"抱歉，马萨德先生，我不想变成卡兹穆将军的走狗。这些人擅入我们的土地的确有罪，但是并不应该被无知的野蛮人折磨致死那么惨。"

　　马萨德思考了一下布鲁南的说法："十分正确，十分正确，"他很奇怪地表示赞同，"我们不能堕落成卡兹穆那样。"他盯着皮特和吉奥蒂诺，眼中闪现出一种光芒，"把他们送到提比扎的金矿去，他和罗加斯博士可以开矿的时候好好叙旧。"

"那卡兹穆呢？"韦瑞尼问，"他会不会还想让他们为了损坏他的车而受罚？到时他会不会生气？"

"没关系，"马萨德漠不关心地说，"等他发现他们在哪儿时，他们已经死了。"

35

总统隔着桌子看着桑德克："为什么我没有早点得知此事？"

"我被告知这件事情优先权低，不能扰乱您日理万机的工作。"

总统把眼睛瞄向了白宫的参谋长伊尔·威尔欧沃："真的吗？"

威尔欧沃40岁上下，秃顶，戴眼镜，有着一脸红色的大胡子，此刻在椅子中移动，向前探身看着桑德克："我把赤潮的理论交给了国家科学部研究，他们不认为这是一场世界性的灾难。"

"那么他们是如何解释大西洋中部不可思议的赤潮蔓延速度的？"

威尔欧沃无动于衷："那些著名的科学家认为这种蔓延是暂时的，很快就会自然消退。"

威尔欧沃负责的执行委员会可谓是一夫当关，万夫莫开，很少有人能够走进总统的会议室，也很少有人能够在会议室中逗留太久，而如果他们和总统有不同的政见，更是想留也不能留。在国会中有一种心照不宣的默契，几乎所有人都讨厌执行委员会。

总统看着摆在他桌子上的关于大西洋的卫星照片："我觉得这很显然是一个不容忽视的现象。"

"如果没有营养源，赤潮会自然消退，"桑德克解释说，"但是非洲西海岸却有一种人造氨基酸和钴的化合物滋养着赤潮，让它以不可思议的速度生长。"

总统曾经是蒙大拿州的议员，样子看起来更适合待在马鞍上，而不是办公桌边。他高高瘦瘦，眼睛湛蓝，说话轻细软绵，把每一个男人称呼为"先生"，把每一个女人称呼为"女士"。一离开白宫，他就会回到自己在黄石河边的农场去。

"如果这个威胁如你所说的那般严重，那整个世界都危在旦夕。"

"我们已经在计算潜在的危险，"桑德克说，"我们的计算机专家在不断更新赤潮蔓延的速率。如果我们不能阻止，地球上所有的生物都会在明年年底死于缺氧。明年春天，海洋就没救了。"

"这太荒谬了，"威尔欧沃轻蔑地说，"很抱歉，上将，但这是典型的杞人忧天。"

桑德克看着威尔欧沃，眼睛中几乎能够射出箭来。

"我不是杞人，即将降临的灾难千真万确。我们并不是在讨论臭氧空洞两个世纪后会引发皮肤癌这样遥远的事情，也不是地质灾难，不是瘟疫，不是核爆，也不是彗星撞地球。一定要切断引发赤潮的污染源，而且要尽快，不然赤潮会吸光空气中的氧气，引起地球上所有生命的灭绝。"

"你描绘了一幅恐怖的画卷，先生，"总统说，"我很难想象出这样的未来。"

"总统先生，让我这么说，最后期限差不多就是你任期结束的时候。你不会有继任者，因为到时候不会有人给他投票。"

威尔欧沃完全无动于衷："上将，算了，你为什么不披块床单，举个写着世界末日的牌子去游行？让我们都认为所有人类到了明年年底会因为某种微生物的过度繁殖而灭绝，这实在是太难了。"

"事实会自己说话。"桑德克平静地回答。

"你的末日预言听来不过是在唬人而已。"威尔欧沃回答，"即便你说得没错，我们的科学家也有充足的时间来解决问题。"

"我们并没有时间。我来给你勾勒一些简单的事情。想象一下，赤潮每周就能扩散一倍，如果任其如此发展，不出一百周，它就能覆盖地球上的海洋的每一平方公里。而全世界的政府都直到海洋已经有一半被赤潮覆盖之后才决定想办法解决问题，研究如何消灭赤潮。我想问，总统先生，还有威尔欧沃先生，赤潮用多久就能覆盖半个海洋，世界还剩下多少时间来阻止灾难？"

总统和威尔欧沃交换了一个茫然的表情："我不知道。"

"我也不知道。"威尔欧沃说。

"答案是一半海洋会在第九十九周被赤潮覆盖，而你们只有一个星期的时间。"

总统以一种新的思路认识到了这种致命的可能性。"我想我们都明白你的意思了，上将。"

"赤潮没有丝毫衰退的迹象，"桑德克说，"现在我们已经知道了问题的来源，这是第一步。下一个问题是切断污染源，然后找出一种能够阻止赤潮的生长、甚至能够消灭赤潮的化合物。"

"对不起，总统先生，我们必须长话短说，你应该与内阁多数派和少数派的首脑共进午餐。"

"让他们等着。"总统暴躁地说，"你知道这东西是从哪儿来的吗，上将？"

桑德克摇了摇头："还不知道。但是我们怀疑是从法国在撒哈拉的太阳能废物处理工程经由地下河排入尼日尔河的。"

"我们怎么能确定？"

"我的特别项目指挥和他的得力助手此刻正在佛瑞尔堡垒里。"

"你和他们保持着联系？"

桑德克犹豫了一下："不，不。"

"那你是怎么知道这些的？"威尔欧沃逼问。

"情报卫星的照片显示他们通过一辆运载有毒废物的火车潜入了其中。"

"你的特别项目指挥，"总统深思着，"是德克·皮特吗？"

"是的。还有阿尔·吉奥蒂诺。"

总统眼睛看着远方回忆过去，然后他笑了："皮特是那个从核汽车炸弹中把我们救出来的人。"

"是的，就是他。"

"他是不是需要对尼日尔河上的贝宁海军的冲突事件负责？"威尔欧沃问。

"是的，但是责任在我。"桑德克说，"因为我已经上报，但却没有得到合作，所以我就派出皮特和NUMA两个最好的成员沿尼日尔河而上，追踪污染源。"

"你在没有许可的情况下，非法组织了一次行动。"威尔欧沃暴怒。

"我同样说服哈拉·卡米尔借给了我一支联合国行动小组，进入马里，将我们的首席科学家和他发现的数据救了出来。"

"你会危害我们和整个非洲的外交关系。"

"我不知道你们和非洲有外交。"桑德克完全没有理会威尔欧沃眼睛中的恨意，轻松地挡了回去。

"你越界了，上将，这会严重威胁你的事业。"

桑德克可不是一个临阵退缩的人："威尔欧沃，我的职责是忠于上帝，忠于国家，忠于总统，你或者我的事业得排在860位。"

"先生们，"总统打断了他们，"先生们，"他脸上的皱眉与其说是生气，不如说是表演，他非常喜欢看到他的助理和内阁成员被人逼得哑口无言，"我不想看到你们二者之间有任何冲突，我深信，我们正在面对一个严峻的事实，最好通力合作，共同解决。"

威尔欧沃恼怒地叹了一口气："好的，当然，我会遵照您的命令行事。"

"只要我不需要声嘶力竭才能说服你们，"桑德克平静地说，"并能获得阻止赤潮的后援，我就不会有任何的不合作。"

"你建议我们做什么？"总统问。

"我的NUMA的科学家们已经通宵达旦地在工作，想要研究出一种可以在不影响海洋生态平衡的情况下阻止赤潮或消灭赤潮的化学制品。如果皮特能够证明污染源确实是佛瑞尔堡垒，我希望您来处理，总统先生，用您所有的影响力切断它。"

然后出现了一个暂停。之后，威尔欧沃缓缓地说道："不去想那些恐怖的预言，暂时假定上将的话都是对的，要关闭一个法国人投资在马里这样的主权国家的大型企业也不是简单的事情。"

"如果我们命令空军瞄准那个工程，"总统回答说，"我们说话就会比较有力了。"

"耐心，总统先生，"威尔欧沃说，"这样做真的前途未卜。"

总统看着桑德克："其他国家的科学家有没有察觉这个问题？"

"还没有完全意识到，"上将回答说，"暂时还没有。"

"你是怎么发现的？"

"12天前，NUMA的一个洋流专家发现我们的海洋卫星拍摄的照片上有一大片不同寻常的赤潮，然后便开始观察，专家被它不可思议的生长速度震惊了，就向我报告。经过仔细研究，我决定在找到解决办法之前不要去惊动公众。"

"你并没有权力自己解决。"威尔欧沃厉声说。

桑德克懒散地耸了耸肩："华盛顿对我的警告充耳不闻，我觉得除了我自己动手外无计可施。"

"现在你打算怎么办？"总统问。

"现在，我们除了继续收集数据外无计可施。哈拉·卡米尔秘书长已经决定在联合国总部召开一个顶级海洋学家的秘密会议，她请我过去说明情况，组建一个海洋学家国际委员会，共同合作，资源共享，找到解决问题的办法。"

"我也愿倾力相助，上将。有什么消息随时通知我，白天黑夜无所谓。"然后总统转向了威尔欧沃，"你最好通知国务院和国家科学委员会。如果最终证明佛瑞尔堡垒就是元凶，而又没有其他国家的合作，那么我们就必须自己动手拔除它。"

威尔欧沃站了起来："总统先生，我强烈建议我们要谨慎行事。我深信这场海洋瘟疫，或者随便你怎么称呼它，会如同我尊敬的那些科学家所说的那样自行结束。"

"我愿意听信桑德克上将的忠告，"总统眼睛牢牢地盯着威尔欧沃，"我在华盛顿这些年，他从来都没有出现过错误。"

"谢谢,总统先生。"桑德克说,"还有一件事情需要引起我们的关注。"

"好的。"

"我提过,皮特和吉奥蒂诺已经进入了佛瑞尔堡垒。如果他们被马里人或法国的警卫抓住,那么就必须为了他们可能收集到的信息,尽快把他们救出来。"

"总统先生,"威尔欧沃依然坚持自己的意见,"如果冒险派出陆军特种部队或三角洲特种部队去沙漠执行营救,就会引发烦人的政治反应。如果失败了,新闻媒体就会得到消息。"

总统深思地点了点头:"这一点我赞同伊尔的看法。抱歉,上将,我们必须想其他的办法去救你的人。"

"你刚刚说联合国的部队把收集到了尼日尔河污染物数据的人救了出来?"威尔欧沃问。

"哈拉·卡米尔非常友好,派出了UNICRATT执行这次任务。"

"那么如果皮特和吉奥蒂诺被抓了,你要想办法让她再派一次。"

"如果我派出部队去法国人的地盘,"总统说,"天知道我会怎么死。"

桑德克的脸上浮现出了失望:"我怀疑自己是否还能说服她第二次帮忙。"

"我会亲自提出请求。"总统保证。

威尔欧沃的回答十分简单:"上将,你不必一力承担的。"

桑德克疲倦地叹了一口气,他们还不完全了解赤潮爆发的恐怖。每一个小时过去,他的心情就紧张一分,消极一分,挫败一分。他站了起来,看着总统和威尔欧沃,声音变得极其冰冷:"做好最坏的打算,如果我们不能在赤潮蔓延到北冰洋、太平洋和印度洋之前阻止它,我们的末日就注定了。"

说完,他转身安静地离开了房间。

汤姆·格林沃德坐在办公室里面,电脑上是金字塔间谍卫星接收到的图像。他已经通过地面控制中心,将间谍卫星的轨道向他在地质卫星上发现皮特和吉奥蒂诺的那片沙漠稍微移动了一下。没有上级给他这个指令,但他依然能够通过其他的途径监控乌克兰内战的情形,也便没有人理会他。

目前似乎也只有副总统关心那里的信息,总统的国家安全局的注意力在别处,比方说日本秘密的核工程。

格林沃德完全是出于好奇而"擅离职守"的。皮特和吉奥蒂诺扒火车进入了工程内部后,他想找一些更清楚的图像,而通过金字塔他能够看得非常清楚,通过分析,他发现了悲惨的一幕。

两个人被从地下带出押上了直升机的图像完全让人大吃一惊。格林沃德能够根据齐普·韦伯斯特给他的NUMA档案判断出来,几百公里之外太空中所拍摄的照片中的两个囚犯就是皮特和吉奥蒂诺。

他离开电脑,走到电话前拨号。两声响后,齐普·韦伯斯特接听了。

"喂?"

"齐普吗?我是汤姆·格林沃德。"

"汤姆,有什么消息给我?"

"坏消息。你的人被抓住了。"

"真不想听到这个,"韦伯斯特说,"该死!"

"我有他们被押上直升机的清楚的画面,他们戴着镣铐,周围是十几个警卫。"

"能确定直升机的方向吗?"韦伯斯特问。

"我的卫星在它起飞后一分钟就转动了方向。我猜测是飞向东北。"

"沙漠更深处?"

"看样子是,"格林沃德回答,"也许飞行员会兜一个大圈子,但是我不知道。"

"桑德克上将肯定不愿意听到这个。"

"我会继续观察,"格林沃德说,"如果有什么新消息,立刻通知你。"

"谢谢你。这次我欠你太多了。"

格林沃德挂断了电话,看着显示器上的图像,自言自语:"可怜的杂种们,我可不想像他们那样。"

## 36

提比扎的迎新委员会并没有出动,显然皮特和吉奥蒂诺不值得劳动当地首脑的大驾。两个图瓦雷克人端着枪向他们行着沉默的注目礼,第三个人将镣铐带到了他们的手腕和脚踝上。从铁链和手铐磨损的情形来看,显然已经经过了很多人的手脚。

皮特和吉奥蒂诺被推上一辆小雷诺卡车的后面,一个图瓦雷克人在前面开车,另外两个也爬到了后面坐下,枪架在大腿上,他们的眼睛在靛蓝色的围巾缝隙中警惕地盯着两个囚犯。

卡车引擎发动驶离飞机降落地之后,皮特就开始不怎么理会警卫。将他们从佛瑞尔堡垒带来的直升机也已经再度起飞到燠热的空气中。而皮特已经开始在寻觅逃跑的机会,他的眼睛一直在打量着周围的景观。没有栅栏,没有岗哨,周围400公里的沙漠就是天然的牢笼,没有必要再设置人工的障碍。成功逃脱的可能几乎为零,但是皮特还是很快把这样绝望的想法抛到了脑后,逃跑的希望虽然渺茫,但并非完全没有。

视力所及,就是一片光秃秃的沙漠,不见寸草。远方一丛丛的沙丘像是瘤子一样突出,中间是浅白色的低谷。只有西方的荒漠上有一块突出的石质高地。这是一片变幻莫测的国度,蕴含着一种难以用言词形容的美丽。皮特不由得想起了老电影《沙漠之歌》中的背景。

皮特背靠在卡车壁板上,歪头绕过驾驶室,看着路前方。这条路,也许都不能称之为路,不过是伸向高原方向的轮胎痕罢了。路边没有任何建筑,看不到任何仪器或汽车,更没有任何矿石的残渣。他开始觉得提比扎的矿业也是一个大谜团。

20分钟后,卡车慢了下来,驶入了高地中切开的一个窄窄的峡谷。峡谷中的沙子非常松软,两个囚犯和两个警卫都必须下车帮助推车才能驶到比较坚硬的路面上。顺着峡谷走了大约一公里之后,司机拐入了一个山洞,山洞的大小刚好容一辆卡车通过,山洞伸向一个开凿在岩石中的通道。

司机在一条灯火通明的隧道前刹了车,警卫从车上跳到地上,皮特和吉奥蒂诺在他们用枪口沉默的指挥下，拖着沉重的镣铐笨拙地爬了下来。警卫们示意他们走进隧道中，他们便蹒跚地走进去了，幸亏这里是地下，没有太阳，还算凉爽。

那条通道已经变成了一条铺着地砖的走廊。他们经过的走廊边有好几道门，都是从石头中凿开的。警卫最后在走廊尽头一道大大的双扇门边停了下来，打开门，将他们推了进去。皮特和吉奥蒂诺全都大吃一惊，他们发现自己竟然是站在一个铺着厚厚的蓝色地毯、装修丝毫不逊于纽约第五大道总裁办公室的房间。墙壁被漆成了与地毯颜色相配的浅蓝色，挂着沙漠日出和日落的照片。高高的屋顶上罩着灰色灯罩的灯散发着光芒。

就在房间的正中间，是一张槐木桌子，桌旁摆着灰色的皮沙发和皮椅。在房间后面的角落处，一扇门的两边矗立着一对图瓦雷克男女的铜像，他们摆着骄傲的姿势，仿佛在守护着朝圣的路途。房间非常凉，但是没有潮湿的味道。皮特认为自己闻到了一股橙花的味道。

一个女人站在桌子后面，她有着紫灰色的眼睛和及臀的长发，非常美丽。她的脸上有着地中海沿岸人种的特点，但是具体是哪个国家的，皮特却看不出来。那个女人抬头看了看走进来的两个人，脸上完全是漠不关心，仿佛走进来的是两个推销员。然后她从椅子中站了起来，娴娜的身体上披着一件像是印度纱丽的衣服，她走到铜像边，打开门，无言地抬起手示意他们进去。

他们走入的房间有着高高的穹顶，四面墙上都是石头雕琢出来的书架。整个房间就是一件巨大的雕塑品，完全是凿出来的。一张巨大的马蹄形桌子拔地而起，仿佛就是地板的一部分，桌上摆着各种图表和文件。桌子对面是两张石头长凳，石凳中间是一张雕饰繁复的咖啡桌。屋子里面除了书和桌子上的东西外，其他唯一不是石头的是房间一个角落摆放的木质支柱支撑的矿道木头模型。

在远离门口的一个角落中，站着一个非常高的男人，他正沉浸在一本书当中。他穿着游牧人的紫色长袍，头戴白色围巾。长袍之下，是一双非常不搭配的蛇皮牛仔马靴。皮特和吉奥蒂诺在那儿站了好一阵子，他才转过头来，微微瞥了他们一眼，然后便又将注意力投入到书中，仿佛他的访客早就已经转身离去了。

"这地方真不错，"吉奥蒂诺作了开场白，他的声音在石头墙壁之中回旋，"肯定花了你不少钱。"

"应该弄些窗户，"皮特打量了一下书架，然后又抬头看了看屋顶，"装块有色玻璃做天窗，也能让屋里亮很多。"

奥巴尼奥在书中夹了一个书签，然后才带着好奇抬头看着他们："要想到达地表，见到阳光，必须要钻120米才行，而且都是坚固的岩石。不值得这么大动干戈，我有更多实际的活让我的工人干。"

"你不是说奴隶吧？"皮特说。

奥巴尼奥微微耸了耸肩膀："奴隶，苦力，囚犯，在提比扎一律平等。"他把书放回了书架中，走向他们。

皮特从来没有和一个比自己高两头的人站得如此接近。他不得不把头仰到一个很大的角度，才能看到对方的眼睛。

"而我们，是你的工蜂队伍的新成员？"

"马萨德先生肯定告诉过你们，比起忍受卡兹穆将军手下的折磨，挖矿实在是一桩美差。你们应该觉得庆幸。"

"我估计我们是没有机会假释吧，先生？"

"我叫塞利格·奥巴尼奥，负责管理矿务。另外，对，这里没有假释，一旦进来，就不能再出去。"

"死了都得埋在这里？"吉奥蒂诺并没有什么畏惧。

"我们有专为死人准备的地下墓室。"奥巴尼奥回答。

"你就像卡兹穆一样凶残，"皮特说，"甚至比他更糟。"

"皮特先生，我读过你海下探险的故事，"奥巴尼奥没有理会皮特的指责，"我很高兴能够迎来一个和我在才智上是同一个级别的人。从你的报告中我发现你对于深海矿藏有着特别的兴趣。你必须要时不时地来陪我吃顿饭，告诉我你在水下的经历。"

皮特的脸变成了一块冰："一进来我就有了特权？不，谢了，我更愿意和骆驼一起吃饭。"

奥巴尼奥的嘴唇撇了起来："那随你便，皮特先生，也许跟着麦莉卡工作几天，你就会改变主意。"

"谁？"

"我的工头。她是个异常冷酷的女人，你们两个现在身体状况很不错，我估计，到我们下次见面她就能把你们变成病猫。"

"是个女人吗？"吉奥蒂诺非常好奇地问。

"你从来没有碰到过她那样的女人。"

皮特没有说什么。撒哈拉沙漠中的盐矿声名狼藉，世人皆知，它们已经成了其他地方蓝领、白领各种人士之间的一种谈资。但是由奴隶运营的金矿，却没有任何人知道。卡兹穆无疑会从中牟利，但是听起来感觉这里更像是伊夫·马萨德的投资。冒牌的太阳能废物分解工程、金矿，天知道他还有些什么。这是一场大游戏，像章鱼的触手一般伸向四面八方，其中除了金钱之外，还有难以想象的权力的参与。

奥巴尼奥走到办公桌边，按下了一个按钮。门打开了，两个警卫走进来站在皮特和吉奥蒂诺后面。吉奥蒂诺瞥了皮特一眼，想寻找一个暗示、一个点头或是一个眼神，以一起袭击警卫。如果皮特给出这样的暗示，吉奥蒂诺丝毫都不会犹豫。但是皮特却动也不动地站在原地，仿佛手腕脚踝上的镣铐已经麻木了他求生的意识。但是对于皮特来说，更重要的是，一定要想办法将佛瑞尔堡垒的秘密送到桑德克的手中，不成功则成仁。

"我很想知道我为谁工作。"皮特说。

"你不知道吗？"奥巴尼奥干巴巴地问。

"马萨德和他的伙计卡兹穆。"

"三个猜到了两个，还不赖。"

"第三个是谁？"

"当然是我，"奥巴尼奥耐心地回答，"三方互利的协议。马萨德提供开采设备，负责黄金的销售，卡兹穆提供工人，而我负责金矿的管理。因为是我发现了金矿矿脉。"

"马里人民能得到多少？"

"啊呀，是零。"奥巴尼奥依然不动声色，"一群乞丐如果碰上天上掉馅饼会怎么样？也许是被无所不用其极、只知道牟取暴利的外国商人诈骗。不能这样，皮特先生，穷人最好保持贫穷。"

"他们是否理解你的哲学？"

奥巴尼奥的脸上还是什么表情都没有："如果所有人都富起来，那是一个多无聊的世界啊。"

皮特继续追问下去："每年这里要死多少人？"

"多了。有时候两百，有时候三百，这取决于传染病和事故的多少。我实在不怎么算这个。"

"工人们居然没有罢工，真是奇怪。"吉奥蒂诺懒洋洋地插了一句。

"不工作，无食物。"奥巴尼奥耸了耸肩，"而麦莉卡通常会给领头的人剥层皮来督促大家开工。"

"我可不大擅长锄头铲子这些工具。"吉奥蒂诺自动招认。

"你很快就会成为专家的，不然你就会有麻烦了。你们会被分配到开采部。"奥巴尼奥停下来看了一眼手表，"现在过去你们还能工作15分钟。"

"我们从昨天就没有吃东西。"皮特抱怨。

"今天你们也吃不到。"奥巴尼奥对警卫点了点头，示意他们带走皮特和吉奥蒂诺，然后便走回了书架边。

警卫将他们推了出去。除了一个接待员和两个穿着褐色工装裤、头戴有灯的矿工帽、说着法语、检查着在显微镜下的矿石的男人之外，他们一个人都没有见到。他们最后走到了一个铺着地毯、金属包壁的电梯边。电梯门打开，一个图瓦雷克人示意他们进去。电梯门关上后，四壁回响着嗡嗡的机器声，而他们在向下降落。

电梯下降得非常快，而这条通道似乎没有尽头。下降的过程中，黑色的洞穴一闪而过，圆形的通道通向上层的走廊。按照皮特的估计，他们向下降了大约有一千米，电梯才开始慢慢地停了下来。电梯操作员打开门，映入眼帘的是一条窄窄的通向石头当中的通道。两个警卫带着他们走到一扇重重的铁门前,一个护卫从袍子中拿出一圈钥匙,从中找出一把打开了门,然后他们让皮特和吉奥蒂诺推门,将门撞开来。门内是一个稍大些的通道,地面上铺着窄窄的轨道。而警卫关上了门,将他们留在了门内。

吉奥蒂诺出于习惯,将门检查了一番。这扇门足有两英寸厚,里面没有把手,只有一个钥匙眼。"除非我们能偷到钥匙,否则这个出口就根本没用。"

"这扇门本来就不是给我们这些雇工用的,"皮特说,"那是奥巴尼奥和他的手下用的。"

"那么,我们必须找别的出路了。他们显然有一条其他的通道,是用来运矿石的。"

皮特若有所思地看着那扇门:"不,我不想走那种路。要么搭客梯,要么就不走。"

吉奥蒂诺还没有回答,便从通道尽头传来了一串电车的轰鸣声以及钢轮撞击轨道的声音。一个小的电动机车头拉着一串空矿石车应声出现,慢慢地停了下来。一个女黑人从驾驶座上爬下来,看着眼前的两个男人。

皮特从来都没有见过一个高度和宽度相等的女人,但是他认为眼前这个女人就是如此,而且这是他有生以来见过的最丑陋的女人,活脱脱像是中世纪教堂房檐上的怪兽。她手中拎着一根皮鞭,就仿佛那是她身体的一部分。她一句话没说,直直地走到了皮特面前。

"我是麦莉卡,矿场的工头,必须完全服从我,不得有任何质疑。懂吗?"

皮特笑了笑:"真是新体验,要听命于一个体重超标又长得像癞蛤蟆的人。"

他看到了迎面而来的皮鞭,却已来不及躲藏,皮鞭重重地抽在了他的脸上,他觉得眼前金星直冒,不得不退后一步,靠在身后的一根柱子上。这一皮鞭非常重,皮特的脸上立刻出现了一道淤青。

"似乎今天所有人都会打我。"疼痛已经让皮特有些口齿不清。

"你不服从,给你上一小课而已。"然后,她稍微地动了动,相对于她的身形来说,这个动作简直微小得难以形容,但是已经将皮鞭挥向了吉奥蒂诺的脑袋。但是这一次，她的动作并不够快。吉奥蒂诺和皮特不同，他早有防范，一把牢牢地抓住了麦莉卡的手腕，使得皮鞭只能悬在空中，抽不下来。吉奥蒂诺仿佛在测试自己的意志，胳膊上的每一块肌肉都使出了全部的力气，手臂因此而微微颤抖着。

麦莉卡力大如牛，她没有想到会有人把她抓得如此的紧。她瞪大的眼睛中写满了惊奇，然后变成了难以置信，最后是愤怒。吉奥蒂诺用另一只手把皮鞭从她手中夺了过来，猛地一扔，扔到了一辆矿车中。

"狗杂种，"这些话完全是麦莉卡从牙缝中往外挤出来的，"你会为此付出代价的。"

吉奥蒂诺却丢给了她一个飞吻："爱恨交织的关系真是太棒了。"

但这份骄傲却害了他。他没有留意到麦莉卡眼神的瞬间变化，麦莉卡抬起一只脚屈膝顶向了他的裆部。吉奥蒂诺一下松开了麦莉卡的手腕，跪倒在地，然后又蜷成一团，痛苦地抽搐着。

麦莉卡恶魔般地笑了起来："你们这些蠢货咎由自取，后果是你们根本想象不到的地狱。"她没有再花时间说话，直接捡回马鞭，用它指着一辆空矿车，只说了一个单字："上。"

五分钟后，矿车停了下来，然后又拐入一条通道。矿车支柱上的灯光慢慢地照亮眼前的铁轨。看起来，这是一个新的工作区。矿车行驶的噪音之中隐约传来了人声，过了一会儿，他们的灯光照出了一个弯道。一些人在带着警棍和枪支的图瓦雷克人警卫看守下，用疲倦而嘶哑的声音喊着劳动号子。所有人都是非洲人，有些来自南部的草原部落，有些是沙漠地区的。这些可怜人的身体情况还不如恐怖电影中的僵尸健康。他们行动迟缓，脚步蹒跚，衣着褴褛，汗水湿透了身体，岩石的碎末在上面和成了泥。他们眼中黯淡的神采和胸部突出的肋骨，说明他们正忍受着饥饿。所有人都伤痕累累，有些还手指残缺不全，还有些人手上正绑着脏乎乎的纱布。渐行渐远，他们微弱的声音也慢慢消失，在一个弯道处，他们头灯上的光也便完全消失不见了。

他们的车最后停在了一堆石头前，这是被刚才碰到的那些爆破工炸下来的。麦莉卡解开了机车头,命令道:"下来!"

皮特帮助吉奥蒂诺翻过了矿车的边缘,扶着他站稳,两个人恨恨地盯着那个水桶一般的奴隶主。

麦莉卡的大嘴唇露出了一抹迷幻般的狞笑:"你们很快就会变得和那些垃圾一样。"

"你应该提供维生素和工作用的护具。"吉奥蒂诺说着站直了身子,突然间的剧痛让他脸色发灰。

麦莉卡举起皮鞭抽向吉奥蒂诺的胸口,而吉奥蒂诺却没有一丝退缩,连眼睛都没有眨一下。这些人还不驯服,但是,要把他们变成温顺的动物,只是个时间早晚的问题。麦莉卡思量着。"爆破会有事故,"她说得无动于衷,"工作时难免丢胳膊少腿的。"

"提醒我不要去主动做爆破工。"皮特轻声说。

"把这些矿石装车。干完活,你们就能吃饭睡觉。有个警卫会时不时地过来,如果发现你们在睡觉,你们的工作就加倍。"

皮特犹豫了一下,一个问题涌到了嘴边,但是又被他咽了下去。现在还是服软比较稳妥。他和吉奥蒂诺看了看通道尽头好几吨的矿石,然后又看了看彼此。对于两个带着镣铐的人,要干完这些48个小时都不止。

麦莉卡爬上了电动机车头,用下巴指了指一根横梁上的摄像机。"不要浪费时间计算逃跑,你们始终处于监控之下。从矿场逃出去的只有两个人,后来周围的游牧人发现了他们的尸体。"

她仿佛女巫一般咯咯地笑着驾车驶向了主通道。皮特和吉奥蒂诺一直看着她完全消失,吉奥蒂诺抬起靠在皮特身上的手,自己站好。"我想我们是成为别人的财产了。"他一边嘟囔着一边沮丧地数着矿车的数量,一共35辆。

皮特拖着镣铐走到旁边堆着的一大堆梁柱,这是将来新的通道开辟出来之后用来做支撑的。他用步子量了量梁柱的长度,又走到矿车边量了一下矿车的长度。然后,他点了点头。

"我们应该能够在6个钟头内完成这活。"

吉奥蒂诺露出了一副非常苦涩的表情:"如果你觉得这真能成,最好找个地儿去教授这门学问。"

"高中时候有一次摘树莓时我学会的一个把戏而已。"

"我希望这把戏能够瞒过摄像机。"吉奥蒂诺嘟囔着。

皮特坏笑了一下:"看着学。"

## 37

正如麦莉卡所说的,警卫会不定期地过来察看,但是他们很少停留,每次看到眼前的两个囚犯正热火朝天地装着车,干劲十足,仿佛想要创造某种世界纪录一般,便会心满意足地离开。6个半小时后,35辆矿车上都堆满了矿石。

吉奥蒂诺缓缓地坐下来靠在一根柱子上。"你装了16吨,又得到了什么?"他引用了一句歌词。

"又苍老了一天,负债多了一点。"[①]皮特跟着他说完。

"说回来,你就是这么摘树莓的?"

皮特坐在吉奥蒂诺旁边,笑着说:"有一年夏天,我和一个同学四处旅行,想要周游全国,我们在俄勒冈看到一个农场正在招聘采莓工,我们觉得这活应该很轻松,便去应征。摘满一果箱他们就给50美分,如果我没记错的话,一果箱大约有8个小格子。但是我们没有想到,树莓比草莓小得多,而且很软。我们用尽了全力拼命摘,似乎也摘不满一箱。"

"所以,你们就在底下垫了些乱七八糟的,上面盖上树莓。"

皮特大声笑了出来:"即便这样,我们一个小时也不过赚到36美分。"

"等那老巫婆发现我们在车底垫了很多梁柱,表面盖了一层矿石的时候,你觉得会怎么样?"

"她会不高兴。"

---

① 这两句均来自于反映矿工生活的美国歌曲《十六吨》。

"往摄像机的镜头上扔一把土,让我们的图像模糊,这招确实漂亮。那些警卫们永远都想不到。"

"至少我们的把戏为我们换来了一些时间,不至于累得精疲力竭。"

"我渴了,给我泥汤我都能喝得下去。"

"如果我们不快点喝到水,就没办法逃跑了。"

吉奥蒂诺看了看手上的铁链,然后又看了看矿车的轨道:"我在想,把铁链放在铁轨上,推一辆车轧过去,能不能轧断。"

"5个小时前,我就想过了。"皮特说,"这些铁链太粗了,除非是联合太平洋公司动力最大的机车头,否则根本别想。"

"我讨厌泼冷水的人。"吉奥蒂诺抱怨。

皮特无聊地捡起了一块矿石,借着头顶的灯光打量着:"我不是地质学家,不过我敢说,这就是含金石英。看纹理结构,这真的是个含金量很高的富矿。"

"马萨德肯定把他的利润拿去扩展他那肮脏的帝国了。"

皮特摇了摇头,表示不赞同:"不,他不会拿去用的,那会引来税务问题,我打赌他肯定以现金的方式藏在了某处的保险箱里。考虑到他是个法国人,我估计他会藏在社会群岛。"

"塔希提岛?"

"也可能是波拉波拉岛,或莫雷阿岛。我想这只有马萨德和他的跟班韦瑞尼知道。"

"那我们从这儿出去后,可以考虑去南太平洋寻宝……"

皮特突然间站了起来,把手举到嘴边,做了一个"不要说话"的姿势,然后说道:"又有警卫来了。"

吉奥蒂诺支起耳朵,双眼盯着通道,但是却看不到警卫。"你往弯道那边倒了些碎石子这招也真机灵,他们还没过来,就能听到他们的声音了。"

"咱们忙起来吧。"

他们都做出了一副忙忙碌碌、干劲十足的样子,往已经装满的矿车顶上继续添着矿石。一个图瓦雷克警卫出现在弯道处,盯着他们看了一分钟,然后转身离开，继续巡逻。就在这时，皮特叫住了他。

"嘿，哥们儿，我们干完了。看，全都装满了。该休息了。"

"得去弄点吃的喝的了。"吉奥蒂诺也加入了。

警卫的目光从皮特身上转移到那一串矿车上。他狐疑地绕着整串车走了一圈、两圈，然后又看了看地上剩下的那一堆矿石，隔着头巾搔了搔头发。然后，他耸了耸肩，用手枪示意皮特和吉奥蒂诺往出口处移动。

"他们似乎并不喜欢闲聊。"吉奥蒂诺咕哝着。

"这样要想贿赂他们就难了。"

进入主隧道后，他们顺着一条长长的上坡的轨道而行。轨道是在岩体中央开凿出来的，对面驶来一辆机车时，他们不得不紧贴在墙壁上给机车让行。走了不远，他们进入了一个空空的洞窟，轨道贯穿洞窟，连接着一个巨大的一次可以容纳4节矿车的升降机。

"他们会把矿石弄到哪儿去？"吉奥蒂诺问。

"肯定是弄到上面一层去，轧成粉末，然后从中淘金。"

警卫将他们带到了一扇巨大的铁门前，这扇铁门看上去足有半吨重，铰链都大得惊人。门的另一边，等着两个图瓦雷克人，他们点了点头，用尽了全身的力气才打开了门，沉默地示意皮特和吉奥蒂诺进去。一个警卫递给了他们每人一个脏脏的锡铁杯子，里面装着半杯浑水。

皮特看了一眼杯子，然后又看了一眼警卫："真有创意啊，蝙蝠粪泡茶。"

那个警卫听不懂皮特在讲什么，但是他却能够明白皮特眼睛中的蔑视，便一把抓过杯子，将水泼在地上，朝着皮特踢了一脚，让他快点往里走。

"他们这是在教育你对于要入口的礼物不要太挑剔。"吉奥蒂诺咧开大嘴笑着，将自己杯子里的水也倒在了地上。

他们的新家有10米宽，30米长，装着4盏小灯泡。长的两侧墙边安了4层木头铺位。这是一个名副其实的地牢，没有通风系统，空气中弥漫着浓重的体臭。唯一的卫生设施是后墙边岩石上的几个洞。房间中央是两张长长的饭桌，周围摆着粗糙的木头长凳。皮特觉得，这个恶心的地方肯定关了有300多人。

皮特觉得缩在最近的铺位上的人可能在睡觉，样子昏昏沉沉的，脸上毫无表情。桌子边有二十几个人，正像饿死鬼一样用手从一个公用的锅中往外拿东西吃。他们的脸上都没有恐惧和忧虑，他们早已经显示不了这种普通的情绪，因为所有的人都被饥饿和疲倦掏空了。他们就像活死人一样机械地动着，眼神中全都丧失了斗志和欲望。皮特和吉奥蒂诺走入这群困苦的人海时，没有任何人瞥他们一眼。

"一点狂欢的气氛都没有。"吉奥蒂诺轻声说。

"这几乎没有一点人道，"皮特恼怒地说，"比我想象的糟。"

"糟太多了。"吉奥蒂诺将一只手拢在鼻子上，想要抵挡周围的恶臭，"加尔各答的黑洞也没有这么糟。"

"想吃东西吗？"

吉奥蒂诺看了一眼锅里的残余，皱了皱眉头："我的食欲刚好一点也没有了。"

在这个地牢般的洞窟中，令人几乎窒息的空气，在没有通风系统的情况下，令洞内的温度和湿度都达到了一种难以忍受的程度。但是皮特却在瞬间感觉自己仿佛掉进了冰窟中，在那一瞬间，他忘记了所有的反抗与愤怒，恐惧与痛苦也都随之瓦解。在那一瞬间，他看到了右边墙壁上一个下层铺位边跪着的身影。他冲了过去，跪在了那个正在照顾一个生病孩子的女人旁边。

"夏娃。"他轻声呼唤。

由于劳累与食物的缺乏，她已经骨瘦如柴，面无血色，却有着道道伤痕和淤青，但当她转过头，看着皮特的双眼中依然充满了勇敢。

"你想干什么？"

"夏娃，我是德克。"

这没有起什么作用。"一边去，"她轻声说，"这个小女孩病得很重。"

他用两手抓着她的手，拉近一些："看着我，我是德克·皮特。"

此时，夏娃的眼睛终于睁大了："噢，德克，真的是你吗？"

他吻了吻她，轻轻地抚摸着她脸上的伤痕："如果我不是德克，那么肯定有人在咱们两个身上开了一个残酷的玩笑。"

吉奥蒂诺走到皮特身边:"你朋友?"

皮特点了点头:"夏娃·罗加斯博士,我在开罗认识的那位女士。"

"她怎么到这儿来的?"吉奥蒂诺大吃一惊。

"你怎么来的?"皮特问夏娃。

"卡兹穆劫持了我们的飞机,把我们弄到了这里干活。"

"但是为什么?"皮特问,"你对他会有什么威胁?"

"我们的调查队,在弗兰克·霍普博士的带领下,几乎快识别出那种引发沙漠村民的致命疾病的有毒污染物了,就在我们带着分析用的生物样本回开罗的路上被卡兹穆劫持了。"

皮特看着吉奥蒂诺:"马萨德问过我们,是不是和霍普博士是一道的。"

吉奥蒂诺点了点头:"我想起来了。他肯定知道他们被卡兹穆囚禁在这里了。"

夏娃将一块湿手帕盖在了小女孩的额头上,然后一下子将头扎到皮特胸前,开始抽泣:"你为什么要来马里呢?你会和我们其他人一样死在这里的。"

"我们有过一个约定,还记得吗?"

皮特将所有的精力都集中在夏娃的身上了,根本没有留意铺位中间走出三个男人,将他们围了起来。这三个男人,为首的是一个红脸膛、大胡子的高个,另外两个看起来形容枯槁。他们赤裸的上身前胸后背都满是伤痕,吉奥蒂诺转身看到他们狰狞的面容时不由得龇了龇牙。他们的身体状况都不太好,他觉得自己不费吹灰之力就能把三个人都放倒。

"这些人在骚扰你?"红脸膛的男人保护性地问夏娃。

"不,不,没有,"夏娃轻声回答,"这是德克·皮特,在埃及救了我的那个人。"

"NUMA的那个人?"

"是的。"皮特回答,指着吉奥蒂诺介绍说,"这是我的朋友,阿尔·吉奥蒂诺。"

"天啊，真是高兴。我是弗兰克·霍普，我左边这个邋遢鬼叫沃伦·格里姆斯。"

"在开罗的时候，夏娃跟我谈起过你。"

"真遗憾我们竟然在这种环境下相识。"霍普看着皮特两个脸颊上深深的伤痕，然后举手摸了摸自己脸上长长的伤疤，"看样子，我们都惹到了麦莉卡。"

"左边是惹她搞的，右边的是因为别的事情弄伤的。"

第三个人上前一步，伸出了手自我介绍："我是法尔韦泽少校。"

皮特握了一下递过来的手："你是英国人？"

法尔韦泽点了点头："利物浦的。"

"你怎么会到这个地方的？"

"我一直是撒哈拉沙漠旅行团的带队，直到瘟疫驱使下发疯的村民将我的一个团都杀了，我差一点也没有逃出来。最后费尽了力气，穿越荒漠，被人搭救到加奥，卡兹穆便将我抓起来，送到这里，以防止我将发生的一切公之于众。"

"我们考察分析过法尔韦泽少校提到的那些村民，"霍普解释，"全都死于一种神秘的化合物。"

"人造氨基酸和钴。"皮特说。

霍普和格里姆斯愣住了。"什么？你说什么？"格里姆斯问道。

"引发马里境内暴发疾病和死亡的有毒物质，是一种人造氨基酸和钴形成的有机化合物。"

"你怎么可能知道这些？"霍普问。

"你们的调查队在荒漠中调查的时候，我们正在尼日尔河追踪它。"

"而你们识别出了那种物质？"霍普的脸上出现了一副刚才并不存在的乐观。

皮特简要地向他们讲述了赤潮的爆发和他们逆河而上的经历，以及鲁迪·古恩带着数据飞走的可能。

"谢天谢地，你们找到了答案。"霍普轻声说。

"源头呢?"格里姆斯追问道,"源头在哪里?"

"佛瑞尔堡垒。"吉奥蒂诺回答。

"不可能——"格里姆斯发呆地看着他们,"佛瑞尔堡垒和受污染的地方有几百公里远呢。"

"是地下河带过去的,"皮特说明,"我和阿尔被抓前去工程内部检查了一下。虽然有很多有毒物质被焚毁了,但是高级的核废物,以及更多的垃圾被埋在了地下的山洞中,因此泄露到了地下水系统。"

"必须让世界环境组织机构知道这些,"格里姆斯主张,"佛瑞尔堡垒这样规模的垃圾场造成的破坏是难以预计的。"

"不要废话了,"霍普说,"时间很宝贵。我们必须实施计划,帮助这些人逃跑。"

"你们剩下的人呢?"

"我们已经没有力气去穿越沙漠了。在矿场里过度劳作,缺乏睡眠,也没有足够的食物和水,我们已经不成人形了,是不可能逃出去的。所以,我们作了退一步的打算,储备资源,等待像你这样体格良好的人出现。"

皮特低头看了看夏娃:"我不能丢下她。"

"那就留下和我们所有人一起死吧,"格里姆斯唐突地说,"你是这个魔窟里所有人获救的唯一希望。"

夏娃抓着皮特说:"你必须要走,而且要尽快走,"她恳切地说,"不然就来不及了。"

"她说得没错,"法尔韦泽补充道,"在这待上48小时就会毁了你。看看我们,我们全都被榨干了,在沙漠里走不了五公里就会累趴下的。"

皮特看着脏兮兮的地面说:"你觉得阿尔和我在没有水的情况下又能走多远?顶多比你们多20公里,或是30公里。"

"我们藏起来的食物只够一个人的,"霍普说,"你们自己来决定谁逃出去谁留下来。"

皮特摇了摇头:"阿尔和我一起走。"

"两个人没有办法跑足够远的。"

"我们到底要跑多远？"吉奥蒂诺问。

"穿越撒哈拉的汽车公路在这东方400公里远，那里可以通向阿尔及利亚的边界。"法尔韦泽说，"300公里后，你们就得凭运气了，一旦到达公路，应该就能搭到过路车。"

皮特扭着头，仿佛没有听清楚："也许我没有听清楚，你没有解释我们怎么穿过前300公里。"

"你们一旦到了地面，就偷一辆奥巴尼奥的卡车，那应该能带你们走300公里。"

"有点过于乐观，不是吗？"皮特说，"万一偷到的车没油呢？"

"沙漠里面，没有人会让汽车的油箱空着。"法尔韦泽笃定地说。

"走出这里，按一下电梯按钮，上到地面，偷一辆卡车，开心上路，"吉奥蒂诺揶揄地说，"我们当然能做到。"

霍普笑了："你有更好的计划吗？"

"说实话，"皮特笑出了声，"我们毫无头绪。"

"我们最好动作快点，"法尔韦泽提醒道，"过不了一个小时，麦莉卡就又会把所有人都拉去干活。"

皮特看了看这间囚室："你们都是爆破、装车的吗？"

"政治犯，也包括我们，"格里姆斯回答，"在爆破之后挖矿装车。刑事犯负责提取，他们也担任爆破。可怜鬼们，没有活得长的，就算不死在炮灰中，也会因为萃取金子所用的水银和氢化物中毒。"

"你们有几个外国人？"

"我们调查队的6个人还剩下5个，有一个女人被麦莉卡害死了，被活活打死的。"

"一个女人？"

霍普点了点头："玛丽亚·维克多博士，一个活泼的女士，是欧洲最好的生理学者之一。"霍普脸上的兴奋都不见了，"我们来这儿后，她是第3个死去的人。另外两个是佛瑞尔堡垒工程师的妻子，也是麦莉卡杀死的。"他停了一下，悲伤地看着床铺上的小女孩，"他们的孩子最可怜，我们却无能为力。"

法尔韦泽指着一群蜷在床铺上的人，4女8男，有一个女人怀中抱着一个大约3岁的男孩。

"我的天啊！"皮特轻声说，"当然了，当然了！马萨德不可能让建造了他的堡垒的工程师活着回到法国讲出真相的。"

"这里有多少女人和孩子？"愤怒笼罩着吉奥蒂诺的脸。

"目前有9个女人和4个孩子。"法尔韦泽回答。

"你还不明白吗？"夏娃柔声说，"你越快逃出去求援，就能救越多的人。"

皮特不需要更多的说服了，他转身看着霍普和法尔韦泽："好吧，让我们听听你们的计划。"

### 38

这是一个漏洞百出的计划，是绝望的人在几乎没有资源的情况下想出来的策略，难以置信的粗糙，但是却疯得可以实施。

一个小时后，麦莉卡带着警卫出现了，将这些可怜的奴隶们都叫了起来，在大厅中集合，然后向矿洞进发。皮特觉得，麦莉卡将皮鞭挥来挥去，抽打在那些已经一脚踏入棺材的男男女女毫无防护的肉体上，是这个女魔头在曲折地寻找快乐。

"这个老巫婆从来都不会厌倦在伤口上撒盐。"霍普激动地说。

"麦莉卡是女王的意思，这是她给自己取的名字。"格里姆斯对皮特和吉奥蒂诺说，"但是我们叫她'西方坏女巫'[①]，她曾经在美国的女子监狱当过牢头。"

"你现在觉得她已经坏透了，"皮特轻声说，"等她发现我和吉奥蒂诺装的矿车有鬼的时候，就更有的瞧了。"

---

① 这个称呼出自著名的小说《绿野仙踪》。

吉奥蒂诺和霍普走在皮特身边，而皮特搂着夏娃的腰，扶着她一起走。麦莉卡看到了皮特，走到他身边，用邪恶的眼神打量着夏娃。她笑了，因为她知道要激怒皮特，并不需要抽打他，只要把皮鞭瞄向旁边的夏娃即可。

她抡起皮鞭，但是吉奥蒂诺却走到他们之间，皮鞭打在他绷紧的肱二头肌上，发出了一声令人心惊的声响。

这一鞭本可以让普通人抓着胳膊痛苦地呻吟个不停，但是抽在吉奥蒂诺身上，他除了胳膊上出现了一道渗血的伤痕，并没有半点变化。他没有退缩，冷冷地盯着麦莉卡说："你就能做到这些吗？"

人群死一般的寂静。他们都停了下来，屏息等待着那必将来临的暴风雨。时间仿佛结成了冰。起初漫长的5秒钟中，吉奥蒂诺的勇敢让麦莉卡待在了原地。但是很快，她的脸由于愤怒而通红，像一只受伤的熊一样嘶吼着，抡着皮鞭砸向吉奥蒂诺。

"克制一下！"大门处传来了一声命令。

麦莉卡转身看到塞利格·奥巴尼奥正站在牢房外面，仿佛一个巨人一般。麦莉卡的皮鞭在空中停了一会儿，然后缓缓地放低了。她羞愧地盯着奥巴尼奥，眼睛中藏满了怨恨，就好像一个欺凌弱小的人在自己的受害者面前被警察鞭打一般。

"不要伤到皮特和吉奥蒂诺。"奥巴尼奥命令道，"我希望他们的命能最长，能够把其他人抬到墓室去。"

奥巴尼奥柔声笑了，对麦莉卡点了点头："在肉体上伤害皮特给我带来的乐趣微乎其微，但是打击他的意志对我们两个人来说都十分快乐。让他们接下来十次工作都轻轻松松的。"

麦莉卡勉强地点了点头表示遵命。奥巴尼奥上了一辆机车，驶入一条通道，开始巡视。

"出去，你们这些臭虫。"麦莉卡挥舞着那染血的皮鞭咆哮着。

夏娃脚步蹒跚，几乎站不稳了，皮特扶着她走向集合的地方："我和阿尔会想办法出去，"他向她保证，"但是你一定坚持，等到我们带着人回来救你们的那一天。"

"现在，我有了活下去的动力，"她柔声说道，"我会等着你。"

他轻轻地吻了吻夏娃的嘴唇和脸上的伤痕，然后转身看着保护性地围在他们身边的霍普、格里姆斯和法尔韦泽："好好照顾她。"

"我们会的。"霍普肯定地点了点头。

"我希望你不要放弃我们最初的计划，"法尔韦泽说，"藏在矿车里面上去比你的办法要安全。"

皮特摇了摇头："但是那必须经过碎石区、反应提炼区才能够到达地面。这么折腾，我不喜欢，直接搭客梯上到办公室更有吸引力。"

"如果要在从后门溜出去和从前门闯出去之间选择的话，"吉奥蒂诺悲伤地说，"他每次都会这么选的。"

"带枪的警卫有多少？你们能不能大致估计一下？"皮特直接向法尔韦泽询问，因为这位旅行团的领队在这里的时间最长。

"大致估计？"法尔韦泽想了一下，"20到25个。不过那些工程师们也有武器，除了奥巴尼奥之外，至少还有6个。"

格里姆斯拿出两个小罐子递给吉奥蒂诺，吉奥蒂诺接过，藏在了破烂的衣服里。"这是我们藏起来的所有水了。每个人都尽了力，但是只有两升多而已，我们只能弄出这么些来，真是遗憾。"

吉奥蒂诺把手放在格里姆斯的肩膀上："我知道你们为此付出的代价，谢谢。"

"炸药呢？"皮特问法尔韦泽。

"在我这儿，"霍普回答道，偷偷递给皮特一小条炸药和雷管，"一个爆破工藏在鞋里带出来的。"

"最后还有两样东西，"法尔韦泽说，"格里姆斯从一个机车的工具箱中偷来的锉刀，可以帮你们弄断铁链。还有一份标注了哪里有摄像监控的地图。背面我还画了一份草略的地图，供你们穿越沙漠寻找公路用。"

"如果说有人了解沙漠的话，那么这个人就是伊安了。"霍普说。

"我很感激，"皮特说，他的眼中泛起了令自己感到莫名其妙的泪水，"我们会用尽全力，带人回来救你们。"

霍普用熊一样的胳膊抱住了皮特："我们会一直为你们祈祷。"

法尔韦泽握住了他的手："记住要绕开沙丘，不要尝试去翻越沙丘。那样的话你只会掉下去摔死。"

"好运！"格里姆斯简单而明了。

一个警卫走了过来，用枪指着皮特和吉奥蒂诺，示意他们和其他人分开。皮特没有理他，低下头，给了夏娃最后一吻。

"别忘了，"他说，"你，我，还有蒙特利湾。"

"我会穿上我最暴露的衣服。"夏娃调皮地笑了。

他还没来得及说下去，就被警卫带走了。走到隧道尽头时，他转身挥了挥手，但是夏娃和其他人已经消失在诸多苦力之中。

警卫将皮特和吉奥蒂诺带到了几个小时前他们装矿车的地方，然后走了。那里又出现了一列矿车，而矿石似乎也又多了一些。

"我会表现得像争取月度最佳员工一样，你到摄像机照不到的地方对付镣铐。"皮特说着，开始往矿车上装石头，而吉奥蒂诺开始用格里姆斯给他的锉刀磨他的镣铐。

幸运的是，这些钢铁都已经老化，并不结实，锉刀很快就磨穿了铁链，吉奥蒂诺将断开的铁链绕在手铐和脚镣上，自由地活动了一下手脚，然后对皮特说："该你了。"

皮特把铁链套在一辆矿车上作为支撑，没用10分钟就搞定了："一会儿我们还得带着镣铐工作，但是现在可以打打拳跳跳舞。"

吉奥蒂诺悠闲地晃悠着胳膊，铁链就像飞机螺旋桨一样转着："谁来对付警卫，你还是我？"

"你。"皮特说着将断开的铁链又重新连上，"我负责蒙蔽他。"

一个半小时后，碎石的响声报告了警卫的到来。皮特猛地扯断了摄像机的电源线。这一次，弯道处出现了两个警卫。这两个图瓦雷克人，走在轨道两边，手中端着枪，仿佛时刻准备着开火。从头巾的缝隙中能够隐约看到他们的眼睛，眨也不眨，仿佛被无情的心冻住了一般。

"两个人，"吉奥蒂诺轻声说，"看样子他们情绪并不好。"

右边的警卫走上前来，用枪口直戳皮特的肋骨，想要折磨他。皮特微微扬了扬眉，然后退后一步，和气地笑了笑，想让他们消除戒心。

"真高兴你们能过来。"

实际上，要想在警卫们意识到自己将受到攻击之前动手必须迅如闪电，皮特话还没说完，就用左手抓住了枪，扭到一边，另一手稳稳地扔出了一块大石头。由于近在咫尺，石头准确地砸到了警卫的额头，警卫好像一根被拉动的弓弦一般，向后弯身，摔倒在铁轨上。

有两秒钟，但是看起来是很长的时间，第二个警卫始终都不敢相信地俯视着自己摔倒的同伴。过去，在提比扎没有警卫遭到过奴隶的袭击，现在的一幕让他呆住了，然后自己可能会被袭死亡的意识涌上了心头，他摆脱了困惑，举起武器准备射击。

皮特扭身躲开了枪口，然后侧卧在地，手中紧紧抓着从倒下的警卫手中夺来的枪。就在电光火石的一瞬间，他看到一根铁链仿佛小孩玩的跳绳一样从图瓦雷克人的脑后甩来，吉奥蒂诺一拉，便如绞索般套住了那人的脖子，让他只能无力地踢蹬着双脚。步枪掉到了铁轨上，警卫伸出手，疯狂地撕扯着勒在喉咙边的铁链。

当疯狂的挣扎变成了无力的踌躇，吉奥蒂诺松开了铁链，任由这个命悬一线的警卫摔倒在地，躺在已经昏倒的同伴身边。然后他捡起枪，夹在胳膊里，留意着通道的另一端。

"我们不杀他们真是慈悲心肠啊。"吉奥蒂诺轻声说。

"只是个缓刑而已。"皮特说，"等麦莉卡发现他们让我们逃掉了，他们就会加入自己欺凌过的人的行列。"

"我们不能任由这些家伙躺在这儿，很容易就会被人发现的。"

"把他们放到矿车里，然后用石头盖住。他们至少两个小时之内是醒不过来的。对我们开始沙漠探险来说，足够了。"

"除非修理工会急着赶来修理监控系统。"

吉奥蒂诺处理两个警卫的时候，皮特开始研究法尔韦泽绘制的矿道草图。他根本没有办法依靠记忆找到工程师们的客梯,整个矿场如同蜂巢一般复杂,小路纵横,没有指南针,要想选对一条正确的出路,简直是不可能的。

吉奥蒂诺已经干完了他的活,从地上又拾起步枪来研究:"法国产的普通陆军用556式。不错的小东西。"

"如果我们能够应付,就不要开枪。"皮特说,"在麦莉卡发现我们不见了之前,我们必须谨慎行事。"

离开他们工作的通道后,他们直接穿过主隧道,走向另一个方向,在法尔韦泽的地图上标注摄像机的位置便谨慎地躲避着前进,15分钟后,他们到达了另一个洞窟,沿路一个人都没有碰到。没有人拦住他们,没有人袭击他们。他们逃跑的第一段路上,只有他们自己。

他们顺着从电梯边带他们进入矿洞的轨道而行,在交叉口就停下来,让皮特查看地图,这种时候流逝的每一秒,都像是一年那么宝贵。

"搞清楚我们在哪儿没有?"吉奥蒂诺悄悄地问。

"我真希望我们进来的路上撒了一些面包屑。"皮特嘟囔着,在一盏满是灰尘的灯泡下研究着地图。突然,从后方传来了铁轨撞击的声音,一辆矿车离他们已经不远了。

"麻烦来了。"吉奥蒂诺说。

皮特指着十米外岩石的一条天然缝隙说:"躲进去,等车过去。"

他们飞奔到石缝中,却突然间停了下来。因为一股令人恶心的味道从石缝中迎面扑来,那是一种让人想要呕吐的腐肉的味道。他们小心而谨慎地向石缝深处移动,一直走到了一个稍大的房间。皮特感觉自己是走进了一个阴森的坟墓,房间里一片漆黑,他在墙壁上摸索了一下,找到了电灯开关按下电源,鬼魅的灯光照亮了一个巨大的洞窟。

这就是一个坟墓,一个死人的地下墓穴。他们碰巧闯入了奥巴尼奥和麦莉卡堆放尸体的山洞,这里的人都是因为毒打、饥饿、过度劳累而死,死亡对他们来说也许是一种期待已久的解脱。那些枯槁的尸体就如同木头一样胡乱地堆放着，大约一堆有30个。眼前的景象可怕、变态，又让人伤感。

"我的天啊，"吉奥蒂诺气吁吁地说，"这肯定有1000多具尸体。"

"真是方便。"皮特的心中燃烧着愤怒，"奥巴尼奥和麦莉卡都不用费心思去挖墓穴。"

突然，皮特的眼前晃过了令人战栗的一幅画面，他仿佛看到夏娃、霍普博士还有其他人也躺在尸体中间，死不瞑目的双眼无助地盯着山洞顶。他闭上了眼，但是这幅画面却依然存在。

一直到矿车从墓室入口经过时，他才摆脱了这个可怕的想象。他张口，吐出来的却是一种刺耳的低语，他几乎认不出那就是自己的声音。

"咱们上去吧。"

矿车的声音已经消失了，他们停在石缝中，打量着外面是否有巡逻的警卫。通道里空无一物，他们跑向了一条支道，法尔韦泽的地图显示，那是去工程师的客梯的近路。然后不可思议的好运从天而降。这个通道中非常潮湿，水滴滴落，地面上铺着遮泥板。

皮特扯下了一块遮泥板，欣喜地看着下面的水注。"幸福时光，"他说，"喝得饱饱的，我们就能少喝一些霍普给我们的水。"

"不用你告诉我。"吉奥蒂诺说着屈膝在地，用手掬起沁凉的水。

他们刚刚喝饱，把板子放回原处，就听到后方的走廊中传来了铁链叮当的声音。

"一队工人从我们后面上来了。"吉奥蒂诺轻声说。

他们振作精神，带着满腹的乐观加紧步伐。一分钟后，他们走到了通向电梯的铁门。吉奥蒂诺将那一小条炸药塞进钥匙孔中，连上雷管，然后退后。皮特拿起一块石头，砸向雷管，但是他没有砸中。

"就当是狂欢节你正把一个漂亮姑娘往水池里扔。"吉奥蒂诺带着挖苦提醒道。

"还是让我们祈祷刚才那一声没有惊动警卫和电梯操作员吧。"皮特说着拾起了另一个石头。

"他们会把那当成爆破的回声。"

这一次,皮特没有失手,雷管烧了起来,引燃了炸药。一声刺耳的响声后,锁头被炸开了,他们冲向前去,拉开门,迅速进入通向电梯的短短的走廊。

"如果需要密码才能叫电梯下来怎么办?"吉奥蒂诺问。

"现在才想到这个已经有点晚了,"皮特咕哝着,"我们只能用自己的密码了。"

他走到电梯边,想了一下,按了按门边的按钮,然后按了第二次,第三次,停了一下之后,他又按了两次。

"你肯定会触动某人的心扉。"吉奥蒂诺笑着说。

"我相信运气,任何能够运行那么久的东西,肯定不止一声号响。"

一分半钟之后,轰鸣声停了下来,电梯门打开了,操作员向外看了看,没有看到任何人。他好奇地探出头,结果脖子后面遭到了皮特枪柄的一击,晕倒在地。吉奥蒂诺将操作员拖了进去,而皮特关上了电梯门。

"所有人都上来了,开始直达办公室的旅行。"皮特说着按下了面板上方的按钮。

"不参观一下碎石和提炼车间吗?"

"除非你坚持。"

"我放弃。"吉奥蒂诺说话的时候,电梯已经开始上升。

他们肩并肩靠在一起,紧张地关注着面板上方指示器上的灯,在猜测是否打开电梯门后会有一队图瓦雷克警卫准备将他们打成筛子。响声停了下来,电梯也缓缓地停了下来。

皮特端起了枪,对吉奥蒂诺点了点头:"预备,开始。"

门打开了,并没有人向他们开火,走廊里有一个警卫和一个工程师,但是他们却背对着电梯,忘情地聊着天走远了。

"感觉就像是他们想让我们离开是的。"吉奥蒂诺喃喃而语。

"别高兴太早,"皮特简略地说,"我们还没出去呢。"

他们没有地方隐藏电梯操作员,皮特便按下了到最下一层的按钮,任他自己上路。他们小心地跟在警卫和工程师后面,直到那两个人走进了一间办公室。

这条长长的走廊和24小时前警卫把他们押进来时一样死寂。他们端着枪瞄向前方，各自沿着一侧的墙壁向前飞跑，一直跑到了通向停车场的隧道。一个图瓦雷克人，坐在一把折叠椅中，守卫着出口。他就坐在那儿抽着烟斗读着古兰经，从来没有想过身后的办公室和生活区会有什么麻烦。

他们停下来深吸了一口气，看了看身后的路。后面一个人都没有，然后他们将注意力放在了最后一个障碍上。那是一片开阔的地带，足有50米的范围没有摄像机的影子。

"我跑得比你快，"皮特轻声说着把他的枪递给了吉奥蒂诺，"如果我跑到他身边前他发现了我，一枪摆平他。"

"你别进入了我的火线。"吉奥蒂诺警告。

皮特脱下了鞋子，摆出了赛跑选手的起跑姿势，双脚牢牢地抓地，绷紧，然后如离弦的箭一般冲了出去。皮特虽然不愿意接受，但却清楚地知道，他肯定会暴露。虽然光着双脚不会有太大的脚步声，但是这石头的隧道却可以将所有的声音都放大。他跑了差不多40米的时候，警卫听到身后传来的脚步声，觉得好奇扭头观望，正看到这个苦力向他飞奔而来。皮特应该庆幸的是警卫的反应十分迟缓。听到身后传来的机枪保险的声音，皮特向前一跳，扑向警卫。

震惊是警卫当时唯一的眼神，但是很快，变成了痛苦，他头向后栽去撞在了石头墙壁上，然后双眼深陷，栽倒在皮特身上。皮特将警卫推到一边，躺在地上，大口地喘着粗气，吉奥蒂诺走到近前，低头看着他。

"一个快40的老男人还能有这种速度还真不赖。"他伸出手将皮特拉了起来。

"我不会试第二次，绝对不会。"皮特最后摇了摇头。站起来后，他就打量着长长的走廊，两辆雷诺卡车就停在通向峡谷的隧道边。然后他看了看脚下蜷缩的图瓦雷克人。"你，身强力壮的大个子，"他对吉奥蒂诺说，"把他扛到近处那辆车上，放在车厢后。我们带着他，如果有人来这儿溜达，会认为他擅离职守去找乐子了。"

吉奥蒂诺轻松地扛起了警卫，将他扔过了卡车的后拦板。而皮特已经爬进了驾驶舱，开始研究仪表盘。没有点火的钥匙，但是那个开关没用钥匙也能拧动。油表如同法尔韦泽预料的那般是满满的。他拧了一下开关，按下了启动键，引擎便开始点火运作。

"仪表盘上有时钟吗？"吉奥蒂诺问。

皮特扫了一眼，摇了摇头："这个便宜货，没有那么多功能。你为什么问这个？"

"那些肮脏的图瓦雷克人抢走了我的手表。我现在对时间完全没有概念了。"

皮特拿起一只靴子，从鞋底找出了他的潜水手表，戴在手腕上，举到吉奥蒂诺眼前："凌晨1点20。"

"一点都不像。"

皮特换到一档，松开离合，将车开向出口，他们速度非常慢，以防止引擎的声音顺着隧道传入敏锐的耳朵中。

两侧的墙壁触手可及。皮特并没有花心思留意墙壁会否刮伤车上的油漆，他主要的精力都用在如何避免引起注意的声音。而一驶出出口，进入峡谷，他就开始加速，打开车前灯，全速前进。雷诺卡车穿过狭窄的山谷，疯狂地前进着，扬起一片尘土。

皮特在心中回想着进入峡谷时经过的软沙地，他在推车的时候留意过周围的景观，现在他不计后果的加速，车下的软沙纠缠着轮胎，却没有困住他们，因为车速实在太快了。

皮特并没有留意那自由的味道和荒漠夜晚冷冷的空气，也没有花心思瞥一眼头顶的天空。每一分钟都珍贵无比，他们与追捕者之间拉开的每一公里的距离都是无价的。他像魔鬼一样，将卡车速度开到了极限。

吉奥蒂诺并没有任何抱怨，也没有任何放慢速度的要求。他无条件地信任着皮特，把脚靠在仪表板上，双手抓着座位，牙关紧咬，眼睛盯着峡谷峭壁间黑暗中出现的轮胎印，随着皮特驰骋。

突然，车前灯涣散成了一个平面，他们已经驶进了平坦的大漠。直到这时,皮特才抬头望向天空,寻找到北极星,然后开着卡车向东行驶。

他们已经无法回头,只得继续这自杀般的尝试。希望如此渺茫,似乎注定了失败。但是皮特不会改变方向,找到水源或是救兵之前,他们绝不会停下。

前方有400公里的大漠,充满诱惑,也充满邪恶与死亡。求生的奔跑已经开始。

### 39

天亮前的几个小时,皮特驱使着卡车在荒蛮的沙漠中前行。而这种地方,时间本来没有意义。在透明的空气中,令人战栗的寒冷清晨,令人窒息的飞扬沙尘,令人焦灼的灿烂艳阳,正在一点点地扩大着自己的范围。皮特觉得自己仿佛走入了另一个宇宙。

他们向着撒哈拉当中一片叫做塔奈兹鲁夫特的区域前进,那是一片面积达20万平方公里的无边荒地,只有一些高低不平的断崖将它分割成一片片奇形怪状的小块荒地。荒漠之中还点缀着很多沙丘,这些沙丘就如同带着面纱的幻影幽灵,在平坦的大漠上无情地悄悄移动。

这就是最原始的大漠,寸草不生。

但是,那里依然有生命的存在。飞蛾在车灯前飞舞,一对大乌鸦被卡车的到来惊起,恼怒地展开翅膀,飞上天空。黑色的甲虫在沙子上奔跑,躲避着汽车轮胎,时不时地,还有蝎子和绿色的小蜥蜴做着同样的举动。

皮特发现,在这空旷的环境中很容易陷入恐惧,尤其是他们前方还有几百公里的路要赶,等待他们的注定是饥渴困顿。唯一给他带来安慰的是卡车引擎稳定的嘶吼声。自从离开矿场后,它从来没有出过问题,在软沙地带,皮特原以为他们必然会陷进去,但是这辆车始终表现完美。有4次,皮特已经将车开进了深而窄的软沙堆积成的干枯的冲积扇,费了很大的力气才用低速将车开到了对面的岸边。他经常觉得没有办法躲开那些突然出现的陡坡和拦路的大石头，不得不冒险冲向那看似不可能通过的障碍，但是最后，这辆结实的卡车都带他们闯了过去。

他们始终都没有停下来下车活动活动腿脚，他们知道，等离开卡车，他们走路的机会实在太多了。他们甚至都没有放慢速度看看周围的自然。

"我们走了多远了？"吉奥蒂诺问。

皮特看了一眼里程表："120公里。"

吉奥蒂诺看着他："你走错路了？还是我们在兜圈子？我们应该走了差不多200公里才对啊。我们是不是迷路了？"

"我们在正路上，"皮特镇定地说，"要怪就怪法尔韦泽。他给出的距离是乌鸦飞的距离，但是只要有点脑子的乌鸦就不会兜圈子，而我们却没有办法走直线，刚才为了绕开那两块洼地和沙丘，我们至少多走了40公里。"

吉奥蒂诺开始觉得不舒服了："为什么我开始觉得我们要在这片无人区步行的距离会远远超过100公里？"

"这个想法的确不愉快。"皮特说。

"天很快就亮了，到时候就没有导航的北极星了。"

"不需要星星了。我终于想起来了《野战指南》那本书里记录的自制指南针的方法。"

"真高兴。"吉奥蒂诺打了个哈欠，"油表怎么说？"

"还有一半多一些。"

吉奥蒂诺转头看了看后面被他们绑在车斗里的图瓦雷克人。"咱们的朋友就好像是一个被人骗上贼船的水手一样高兴。"

"他还不知道呢，不过他是我们逃避追捕的必需品。"

"花花肠子又来了，你就从没有停过。"

皮特抬头瞥了一眼天空中镰刀般的月亮，他本来更喜欢满月，不过现在行驶在这片仿佛月球表面的大漠中，这一弯月牙照下的微弱光芒已经让他心怀感激。他推换挡位，眼睛紧盯着车灯照亮的崎岖不平的地面。突然间，沙漠消失了，浮现出一片焰火般的火花。

原来卡车驶入了一个巨大的干涸的湖，湖底沉积的晶体将两束车灯的光芒散射成了彩虹。皮特加速行驶，以差不多超过90公里的速度驰骋在牢固的平地上，这让他感觉到一阵欣喜。

这片荒漠似乎无边无际，晨星落入了地平线，天地之间开始没有了明显的界限，天空就如同穹庐一般，在他们头顶，也在他们四周。一种迷失疲倦的感觉瞬间攫住了皮特，幸好，撒哈拉沙漠上方，北极星落得很晚，依然可以为他们指明方向，皮特朝着东方继续前行。

时间一点点地流逝着，干涸的水晶湖变成了低矮的山丘。皮特想不起来何时见过这么单调的景观。左侧北方出现了一个小山峰，就如同苍凉无边的大海中浮现了一座岛屿，对他来说，简直是莫大欣慰。

太阳如同炮弹般喷射到天空中的时候，吉奥蒂诺接管了方向盘。然后，太阳似乎就悬在了原地，一动不动，仿佛等待着日落时像石头一般坠地。影子要么被拉得很长，要么就不存在，没有中间阶段。

天亮后一个小时，他们停下了卡车，皮特到车后斗中寻觅了一番，最后找出了一根大约一米长的管子。他跳到了地面上，将管子垂直插到沙子中，然后他捡起了两块石子，将一块放在了管子投射在地上的影子顶端。

"这就是你的穷人指南针？"吉奥蒂诺躲在汽车的影子中观察着皮特的举动。

"好好看看大师的工作吧。"他站到了吉奥蒂诺旁边。大约12分钟后，他用另一块石子标记出影子移动的距离来，接着以这两点为准画了一条半米多长的直线，然后他左脚站在第一块石头上，右脚踩在线的尽头，然后举起手臂，指着正前方，说："那边是北。"又将右臂平伸开来，"东面，撒哈拉公路。"

吉奥蒂诺顺着皮特伸出的胳膊望过去："那边有个沙丘，我们可以先用它来做向导。"

然后他们上路了，每一个小时就重新确认一次方向。大约9点钟的时候，一阵大风从东方刮来，沙尘如同云朵一样浮在空中，能见度不足20米。10点钟的时候，热烘烘的风越来越大，尽管卡车的窗户紧闭，但是沙尘依然开始往里渗透。而车外,一个个小旋风开始成形,沙子就像疯子一样在空中转个不停。

温度计上的水银柱像跷跷板一样起起落落。3个钟头不到,气温就从15摄氏度上升到了35度,在下午的时候到达了46度。皮特和吉奥蒂诺都觉得他们仿佛进入了一个火炉,每一次呼吸,鼻腔中的空气都又热又干。唯一令他们庆幸的是,快速前进使得一丝微弱的凉风迎面而来。

温度表上指针在接近沸点的标记处摇晃,不过水箱并没有漏出蒸汽来。现在,他们不得不每半个小时就停下来一次。皮特要确定方向也只能借助层层沙尘中的微弱阳光,那根管子的影子已经若有若无。

他打开了一罐水,递给吉奥蒂诺:"水分补给时间。"

"喝多少?"吉奥蒂诺问。

"我们喝光它,这样每个人大约半升水,另外一罐明天再喝。"

吉奥蒂诺用膝盖控制着方向盘,喝下了属于自己的那一部分水,然后将罐子递给皮特:"奥巴尼奥现在肯定已经派出追踪的猎狗来了。"

"开着完全同款的卡车,他们追不上我们的,除非他们能找到一个F1拉力赛的冠军车手。他们唯一的优势就是可以携带多余的汽油,这样我们的汽油用光后他们还能继续追踪。"

"我们为什么没有想到装上一桶汽油呢?"

"卡车停车场那儿根本没有汽油桶,我当时看过,他们肯定把汽油单独储藏在别处,而我们又没有时间去搜索。"

"奥巴尼奥可能会召唤来一架直升机。"吉奥蒂诺说着,放低了挡位,爬上一个低矮的沙丘。

"对他来说,佛瑞尔堡垒和马里军队是飞机的唯一来源。而我猜测,他最不想求助的人就是卡兹穆和马萨德。他肯定很清楚,如果让他们知道我们这两个公众之敌刚接受他的照管没几个小时就从他身边开溜了,他们肯定不会给他好脸色看的。"

"所以,你认为,在我们进入阿尔及利亚前奥巴尼奥追不上我们?"

"这么大的沙尘暴,他追不到我们的,"皮特用拇指指了指身后,"没有痕迹。"

吉奥蒂诺从后望镜中看了一眼,发现风将卡车的轮胎印全都刮没了,卡车就如同行驶在汪洋中的小船,虽然留下波纹,但水会自动复原。他放下心来,靠在座位上。"你不知道和一个盲目的乐天派一起旅行是多高兴的一件事。"

"先别把奥巴尼奥这一页翻过去,也许他们会先到达撒哈拉公路,会在那儿上上下下地巡逻,等着我们到达。那就没戏了。"

皮特喝完水,将水罐扔到了后面的图瓦雷克警卫旁边,那个人已经恢复了知觉,背靠着卡车的后挡板而坐,瞪着驾驶舱中的两个人。

"汽油还有多少?"皮特问。

"快干得冒烟了。"

"是该祭出一个幌子了。调头向西,然后停下来。"

吉奥蒂诺尽职地完成了皮特的指示。"现在,我们要走路了?"

"现在我们要走路了。但是首先,把那个警卫弄到前头来,然后把卡车从里到外搜一遍,找找有用的东西,比方说能够帮我们防晒的破布。"

警卫的眼睛中燃烧着恐惧与狰狞的混合情绪,他们将他推到了前排座位上,从他的袍子和围巾上撕下布条来把他紧紧地捆了起来,他的手脚都无法够到方向盘或脚踏板。

他们将卡车搜索了一遍,找到了一些油乎乎的布条和两条毛巾,他们将这些东西缠在头上,弄成了穆斯林的头巾,然后将枪埋在了沙子中。皮特又将方向盘捆了起来,确保卡车不会发生任何移动。然后,他跳出驾驶舱,寸步难行的卡车中只剩下那位被捆起来的乘客,仿佛他们正在返回提比扎的路上,在沙尘暴中迷失了方向。

"你给他的生机可比他给我们的好多了。"吉奥蒂诺反对道。

"也许是吧,也许不是呢。"皮特温和地说。

"你估计我们得走多远?"

"大约180公里吧。"皮特的语气仿佛是在说一个很小的数字。

"也就说大约112英里,而我们只有一升水,这点水连仙人掌都养不活。"

吉奥蒂诺一边抱怨一边打量着狂风席卷的沙子,"我刚知道,原来我这把老骨头要在沙子中晾干了。"

"往好的一面想想,"皮特整理着自己头上的围巾,"你可以呼吸一下纯净自然的空气,晒晒太阳,和大自然亲密接触。没有烟雾污染,没有交通拥挤,没有人群,你说还有什么更能振奋人心升华灵魂的呢?"

"一瓶冰啤酒,一个汉堡包,再洗一个澡。"吉奥蒂诺叹了口气。

皮特伸出四个手指:"4天,你就会愿望成真。"

"你沙漠生存的经验如何?"吉奥蒂诺满怀希望地问。

"12岁那年,我参加过一次童子军组织的在莫哈韦沙漠的周末野营。"吉奥蒂诺沮丧地摇了摇头:"这显然能让我抛弃所有担忧了。"

皮特又确认了一次方向,然后将那根管子当做拐杖,低着头,顶着风沙,朝着他认为是东的方向前行。为了确保两个人不会在突然出现的沙尘旋风中走散,吉奥蒂诺一只手抓住皮特的腰带,跟在皮特后面开始了漫长的跋涉。

## 40

联合国总部的秘密会议从上午10点钟开始,一直开到了半夜。出席会议的有全球最知名的25位海洋学和环境学方面的科学家,另外还有其他30位科学家,都是生物学、有毒污染物等领域的专家。他们都全神贯注地听着。哈拉·卡米尔简短的开场后,桑德克上将接过了主持棒,他一上来便抛出了生态灾难的议题。

然后,桑德克介绍达西·查普曼博士出场,查普曼讲述了引发赤潮的化学物质,然后鲁迪·古恩更进一步说明了污染物的数据,接着海拉姆·伊戈尔简要地展示了卫星拍摄的扩展的赤潮照片,同时说明了赤潮的生长速度。

信息介绍一直持续到下午两点钟。伊戈尔坐下后,桑德克回到了讲台上。会场中有一种奇怪的寂静,科学家们各持己见互不妥协的通常局面并没有出现。更值得庆幸的是，参会者中有12个人已经注意到赤潮的疯狂生长，同时开始了自己的研究。他们推举出一个发言人，表示他们的发现恰好支持NUMA的人士提出的结论。那些本不愿意接受环境灾难的人也回心转意，接受了桑德克可怕的预言。

会议最后的内容是组建委员会和调查团，互相合作，共享资源，共同止住危险，拯救人类。

尽管知道那是一个没有什么意义的要求，但是哈拉·卡米尔最后还是登上讲台，乞求科学家们在找到解决办法前不要向媒体透露这个消息。她声明，他们最不能做的事情，就是引起世界公众的恐慌。

卡米尔宣布了下一次用于交流新信息和进度的会议的时间后，这次会议就结束了。没有任何礼节性的掌声。科学家们三五成群地聚在走廊，轻声地交谈着，彼此交换着在各自权威领域的见解。

桑德克疲倦地陷在讲台上的一把椅子当中。他的脸上堆满了皱纹，写满了疲倦，但是心中却欢欣鼓舞。他觉得，他终于扭转了局面，不再是对牛弹琴。

"这是一次很伟大的会议。"哈拉·卡米尔说着坐在了桑德克旁边。

桑德克坐直了身子："我希望这能有效果。"

哈拉点头笑着说："你已经打动了海洋学和环境学方面的权威，现在寻找解决方法还不晚。"

"应该说通知了，很难说是打动了。"

哈拉摇了摇头："你错了，上将，他们全都意识到了情况的危急，脸上都写满了想要战胜威胁的激情。"

"没有你，这一切根本不可能，全都得感谢你的远见认识到了那威胁。"

"在我看来显而易见、理所当然，可是有些人却觉得荒谬之极。"她悄声地说。

"我现在感觉好多了，所有的争执都不存在了，我们可以集中力量来对付这件事情了。"

"我们要面临的下一个问题是要保密，肯定不出48小时，这件事就会被公之于众。"

"记者们蜂拥而至是必然的,"桑德克点了点头,"科学家们并不擅长闭紧嘴巴。"

哈拉看了看现在已经空荡荡的会议室。在她参加过的会议中,这次会议的合作精神是史无前例的。世界也许被不同的种族文化和语言分割,但是始终都有希望。

"你现在有什么打算?"她问道。

桑德克耸了耸肩:"把皮特和吉奥蒂诺弄出马里。"

"他们在那个太阳能废物处理工程被抓有多久了?"

"4天了。"

"有什么消息吗?"

"恐怕是没有。我们在那一个地区的情报系统非常弱,根本不知道他们被带到了什么地方。"

"如果他们落入了卡兹穆的手里,我想可能得做好最坏的打算了。"

桑德克无法让自己接受失去皮特和吉奥蒂诺的想法,于是改变了话题:"世卫组织的考察队死亡背后有没有什么肮脏的内幕?调查团有没有发现?"

哈拉过了一阵子才回答:"他们还在调查失事的飞机残骸,但是初步结果说明,并没有炸弹引发坠机的可能。目前为止,一切还是个谜。"

"没有生还者吗?"

"没有,霍普博士,他的整个调查队,还有机组人员,全都死了。"

"很难相信卡兹穆没有搞鬼。"

"他是一个恶人,"哈拉的脸上满是忧郁的思绪,"我也认为他应该与此有关。霍普博士肯定发现了马里瘟疫蔓延背后的秘密,而卡兹穆不想事情曝光,特别是不想让那些给他提供援助的外国政府知道。"

"希望皮特和吉奥蒂诺能够找到答案。"

哈拉看着桑德克,眼睛中流露着一丝同情:"你必须接受他们有可能已经被卡兹穆杀死的事实。"

桑德克脸上的疲倦退去了，嘴角浮现出一抹微笑。"不，"他缓缓地说，"除非我亲眼看到，否则我绝不相信皮特死了。他已经很多次离奇地从死亡边缘回来了。"

哈拉握住了桑德克的手："就让我们祈祷他能再次做到吧。"

伊斯梅尔·耶利在加奥机场下飞机的时候，菲利克斯·韦瑞尼已经等在了那里。"欢迎来到马里，"他说着伸出了一只手，"我听说你过去在这儿待过几年。"

耶利面无表情地握了握对方的手："很抱歉来这么晚，不过这是因为你们派去接我的马萨德企业的飞机在巴黎出现了故障。"

"我听说了。我本来打算再派另一架飞机过去的，但是你却已经上了一班非洲航空公司的飞机。"

"我的感觉是，马萨德先生希望我尽快来到这里。"

韦瑞尼点了点头："波尔多有没有告诉你你的任务？"

"我对美国国家水下与海洋组织的调查之事已经一清二楚，这是当然的，不过波尔多只告诉我说，我的工作是担任卡兹穆将军的幕僚，防止他做出影响马萨德先生的举动。"

"整个污染物调查的事件那个白痴都大错特错，新闻媒体居然还没听到风声，真是奇迹。"

"霍普和他的队员都死了吗？"

"和死差不多，他们在马萨德先生投资的位于撒哈拉最深处的秘密金矿中充当苦力。"

"那些NUMA的人呢？"

"他们也被抓住送到了金矿。"

"那么马萨德先生和你已经将一切置于掌控之中了。"

"马萨德先生让你来的原因是保证卡兹穆坚决不能再犯错。"

"我现在去哪儿？"耶利问道。

"去佛瑞尔堡垒，马萨德会亲自将你介绍给卡兹穆，用你在情报获取方面的丰功伟绩唬住那个家伙。卡兹穆非常迷信间谍小说，他会因为拥有你的服务而欢呼雀跃，完全想不到你会把他的一举一动都报告给马萨德先生。"

"佛瑞尔堡垒有多远？"

"直升机飞两个小时。过来，拿上行李，咱们上路。"

就好像那些只买国货的人一样，马萨德只雇用法国工人，只使用法国产的设备和交通工具。机场现在正停着一架和皮特沉到尼日尔河中的那架一样的飞机。韦瑞尼让飞行员接过耶利的行李装上飞机。

他和这个面无表情的土耳其人在飞机上的舒适皮椅中坐好时，一个乘务员端来了开胃菜和香槟酒。

"有点奢侈，不是吗？"耶利问，"对于普通客人你们是不是也总要铺上红地毯迎接？"

"这是马萨德先生的命令。"韦瑞尼生硬地回答，"他厌恶提供汽水、啤酒和坚果的美国作风，他坚持我们法国人要展示我们的文化和高雅的饮食品味，不论对待什么级别的客人都要。"

耶利举起了香槟："敬伊夫·马萨德，愿他能永远如此慷慨。"

"敬我们的老板，"韦瑞尼说，"愿他能永远慷慨地对待忠于他的人。"

耶利漠不关心地耸了耸肩，放下杯子，重新倒满酒。"那些环保组织对你们在佛瑞尔堡垒的工程有没有什么评价？"

"实际上没有。他们有点左右为难，一方面赞同我们自主高效的太阳能焚毁设备，另一方面又极端担心焚烧垃圾会对沙漠的空气造成破坏。"

耶利看着他酒杯中的泡沫说："你肯定佛瑞尔堡垒的秘密还很安全？如果欧洲或美洲的国家发现了真实情况的线索怎么办？"

韦瑞尼大笑了起来："你开什么玩笑？工业国家的绝大部分政府都巴不得能够悄悄地摆脱掉有毒的垃圾，私下里讲，世界各地的核能源与化学方面的机构和商业组织都对我们送上了祝福。"

"他们知道？"耶利惊奇地问道。

韦瑞尼带着一抹意味深长的笑容看着他："你以为马萨德的客户都是些

什么人?"

*41*

离开卡车后,皮特和吉奥蒂诺顶着下午的酷热前行,然后迎来了夜晚的寒冷,他们想要在体力还算充足的时候尽可能多走一些路,于是到第二天清晨才停下来休息。他们将自己埋在沙子中,来抵挡白天的高温、灼人的烈日,同时减少水分流失。而沙子微微的压力也给他们疲倦的肌肉带来了一种慰藉。

第一段旅程,他们向着目标前进了48公里。实际上,他们走的路程要更长,因为不得不绕过那些沙丘和低谷。日落前,皮特用那根管子确认了一下方向,他们便再度上路,第二天,太阳升起之前,撒哈拉公路离他们又近了42公里。在刨出他们白天休息用的沙坑之前,他们喝光了罐子中的最后一滴水。从此,在他们发现水源之前,只能任身体慢慢枯萎,甚至死亡。

第三个晚上,他们不得不穿越一系列无边的沙丘,这些沙丘虽然充满了危险,但是却非常美丽,表面优雅光滑,表面的沙末随着微风轻轻移动。皮特很快就掌握了它们的秘密。沙丘通常一边坡势缓和,另一面则异常陡峭,他们小心翼翼沿着在沙丘锐利的顶端线前行,竭力避免随沙子下滑。相比起这段路程的困难来说,他们走在山谷中坚实的大地上简直可以称作轻松漫步了。

第四天,沙丘渐渐变低了,最后终于被一片广阔的沙地平原取代,那是一片沉闷而干旱的景象。那天最热的时候,太阳照射在这片燥热的平原上,就如同铁匠的大锤砸在烧红的铁块上。尽管走在平原上,但他们依然觉得步履维艰。这片沙海中时不时地出现两种涟漪,第一种是小小的浅浅的低洼,这没有什么问题,但第二种则是稍微有些高大的障碍,他们必须跨大步才能翻过去,这十分费力气。

他们跋涉的时间越来越短,休息的时间越来越长,也越来越频繁。他们低着头,拖着沉重的步伐,默默前行——说话只会让他们的口更干。他们就是这片沙漠的囚犯,被囚禁在看不到边际的牢笼中。除了远处一串起伏不平的峰峦外,地上没有其他的景观。在这片土地上,时间仿佛失去了意义,每走一步,看到的和前一步没有区别,他们似乎是在绕着磨盘转动而已。

20公里后,平原遇到了一片高地。太阳升起前的时候,他们两个投票决定爬上那处陡峭的断崖再作休息。4个小时后,当他们终于挣扎着爬上了顶端,太阳早已经高高地挂在了天空中。他们最后残余的一丝力气也都用光了,经过艰难的爬升后,他们心脏疯狂地跳动,腿部的肌肉酸痛,胸闷闷的,肺渴望着更畅快的呼吸。

皮特已经精疲力竭了,但是却害怕一旦坐下便再没有力气站起来了,所以,他始终站在断崖上疲倦地打量着周围,仿佛是一个船长正站在自己船的舰桥上。如果说下面的平原是一片了无生机的荒地的话,那么这片高地的顶部就是一片太阳炙烤下的诡异噩梦。一片无边无际或红或黑的嶙峋怪石,中间夹杂着仿佛石碑一样从地面隆起的铁矿石,一直铺向东方,而那正是他们的通道。看着这里,就如同看着一个几个世纪前毁于核爆的城市废墟。

"这是地狱的哪一部分?"吉奥蒂诺喘着粗气问道。

皮特拿出了法尔韦泽的地图,摊在膝盖上。这张地图现在已经皱巴巴的,马上就要支离破碎了:"他在地图上标出了这片地方,但是没有写名字。"

"那么,从此刻开始,这里就叫吉奥蒂诺之峰。"

皮特焦干的嘴唇挤出了一抹微笑:"如果你想用这个名字,可得找国际地质研究所申请。"

吉奥蒂诺瘫倒在崎岖的地面上,茫然地看着前方:"我们走了多远了?"

"大约120公里了。"

"还有60公里才能到撒哈拉公路?"

"那得是我们违反了皮特法则的前提下。"

"法则是什么?"

"我们在使用一个将距离缩短了20公里的地图。"

"你确定我们没有走错路吗？"

皮特摇了摇头："但是我们没有办法走直线。"

"那么还有多远？"

"我估计有80公里。"

吉奥蒂诺用充血而疲倦深陷的眼睛看着皮特，用干枯肿胀的嘴唇说："那就是还有50英里。我们已经在没有一滴水的情况下走了70英里了。"

"感觉像走了1000英里还要多。"皮特的声音已有些嘶哑。

"好吧，"吉奥蒂诺嘟嚷着，"我必须说这目标很有问题，我认为自己办不到。"

皮特的视线从地图上抬起："我从来没想到过我会听你讲这样的话。"

"我过去从来都没有渴得这么难受过，过去的渴都是很正常的感觉，现在喝水都不是渴望，而是痴心妄想了。"

"再过两夜，我们就可以在公路上跳舞了。"

吉奥蒂诺缓缓地摇了摇头："如意算盘。在这种温度下，我们没有力气再走50英里的，更何况我们现在已经脱水了。"

皮特眼前又出现了夏娃被麦莉卡奴役鞭打的景象："如果我们过不去，他们就会都死掉的。"

"你不可能从萝卜中榨出血来。"吉奥蒂诺说，"我们走了这么远，已经是奇迹了……"他坐了起来，手搭在眼睛上，然后他指着正前方一片嶙峋的巨石，"那儿，那些石头中间，是不是有点像是山洞的洞口？"

皮特顺着他指的方向望去，那片石头中间确实有一个黑色的开口。他拉住吉奥蒂诺的手，将他拉了起来。"看，我们的运气好点了，有一个凉爽的山洞来躲避一天中最热的时刻，实在棒极了。"

此时，那些石头都反射着阳光，温度已经令人窒息，他们感觉自己就是走在一堆烧着的煤上面。没有太阳镜，他们不得不用简易的头巾遮挡着强睁的双眼，透过细微的缝隙向外观望，只能看到前方几米远的情况。

要到达山洞的入口，必须爬过一片松动的大石头。为了避免烫伤，他们不得不小心翼翼地避免用手直接接触石头。一堆沙子堵在山洞的入口处，他们跪下用手清开，皮特必须低头弯腰才能够从那块悬着的石头下面进入山洞，而吉奥蒂诺则可以站直身子。

他们并不需要等待眼睛去适应微弱的光线，因为山洞中并不黑。这个山洞并不是由于风化或流水冲击自然形成的，而是在远古的时候，由一块巨石一块巨石堆积而成的，顶部石头的缝隙中有光线透过来。

皮特往里面走了一些，阴暗出浮现出两个巨大的人影。他条件反射地退后一步，撞上了吉奥蒂诺。

"你踩我脚了。"吉奥蒂诺咕哝着。

"对不起，"皮特指着一面光滑的墙，上面绘着一个人正用标枪瞄准一头水牛，"我没有想到我们会有同伴。"

吉奥蒂诺透过皮特的肩膀看着那个标枪手，在这个世界上最荒凉的地方居然发现了这样的壁画，让他呆住了。他缓缓地转头，看着这条展示了好多个世纪的文化艺术长廊。

"是真的吗？"他轻声自言自语。

皮特走上前一步，研究着这非比寻常的壁画，充满敬畏地打量着一个大约有3米高的戴面具的人物形象，这个人物的头顶和肩膀上都鲜花丛生。饥饿与疲倦瞬间消失。"这真是真正的艺术。我真希望自己是个考古学家，能够破译各种各样的文化和艺术风格。看样子，最早期的绘画从山洞后面开始，然后像编年史一样慢慢展开，直到近代。"

"你怎么看出来的？"

"大约一万两千年到一万年前，撒哈拉是湿润的热带气候，草木丛生，远比现在适合生活。"他指着一组围猎巨大的受伤长角水牛的图画说，"这肯定是最早期的图画，猎人们杀死的这头水牛足有大象那么大，这种水牛已经灭绝很久了。"

皮特又走到了另一幅有几平方米的壁画前。"这幅你可以看到放牧牲口，"他用手指着画上的人物，"畜牧时代差不多在公元前五千年开始，这幅晚期的壁画比早期的更有创意，一看就知。"

"河马，"吉奥蒂诺盯着一幅覆盖了整块巨石的庞大画面，"这个地方肯定很久没有出现过这东西了。"

"至少三百年没有了。很难想象这里曾经是无边无际的草原，羚羊、鸵鸟、长颈鹿都能存活。"

他们继续浏览着这条石头之上的撒哈拉时空走廊。吉奥蒂诺说："从这儿开始，艺术家似乎就不再画牲口和植物了。"

"雨水终于枯竭了，土地开始干涸，"皮特回忆着自己已经忘却很久的历史教材，"四千年毫无节制的索取，植物便都不见了，沙漠开始接管。"

吉奥蒂诺从最里面开始往出口处折返，停在了另一幅壁画前："这幅画了马车比赛。"

"公元前一千年，从地中海来的人把马和马车带到了非洲，"皮特解释说，"但我不知道他们往沙漠深处走了这么远。"

"接下来怎么样呢，老师？"

"骆驼时代，"皮特停在了一幅长长的画卷前，上面有将近60头骆驼组成的驼队以S形蜿蜒着，"公元前525年，波斯人征服了埃及，便把骆驼带来了。通过骆驼，罗马的商队一直从海岸线走到了廷巴克图。骆驼持久的耐力是其存在的原因。"

在接下来的壁画中，骆驼变得普及了，几乎成了基本要素。皮特停在了一组描绘战争的壁画前仔细研究着。这组画是先刻在石头中，然后以醒目的赭红色染料描绘的。武士们长着方形的胡须，举着长矛和盾牌，站在两辆四匹马拉的两轮战车中，迎战着一队黑色的弓箭手，天空中的箭头如同雨点一般。

"好了，博学的先生，"吉奥蒂诺说，"来解释一下这幅画。"

皮特走过去，顺着吉奥蒂诺的视线观察。有好几秒钟，皮特一直盯着那幅画，困惑不解。这幅画是用直线型的风格绘制的，画中一艘船漂在河中，周围游着鱼和鳄鱼。很难想象山洞外面那片地狱曾经是一片富饶的土地，那条现在干枯的河床中居然有鳄鱼嬉戏。

他又上前一步，眼中闪耀着难以置信的目光，但是吸引他的并不是鱼或者鳄鱼，而是那艘漂在河流中的船。那本应该描绘一艘埃及风格的船只才对，但是这艘船的造型却截然不同，非常现代化。水面上的船体就像是一座没有顶的金字塔，圆形的管子从侧面向上伸出，甲板上一队人保持着各种姿态，他们头顶是一面迎风招展的旗帜。这艘船的图画有将近4米长。

"装甲舰，"皮特半信半疑地说，"邦联海军的装甲舰。"

"不可能，不可能在这儿的。"吉奥蒂诺几乎站不稳了。

"可能，而且这就是。"皮特掷地有声地说，"这肯定就是那个老矿工跟我们讲过的那艘船。"

"那么，那不是传说了。"

"当地的艺术家画不出他们没见过的东西。而且那面旗是邦联的十字战旗，这是内战结束前他们使用的旗帜。"

"也许一个邦联的海军军官在战争结束后来到了这片沙漠，画了这幅画。"

"那他没办法画出完全本地的风格来，"皮特若有所思地说，"这幅画完全没有一点西方风格的痕迹。"

"你觉得站在炮塔上的两个人是什么人？"吉奥蒂诺问。

"很明显一个是这艘船的指挥官，有可能是船长。"

"另一个呢？"吉奥蒂诺轻声问，他的脸上是完全不敢相信的表情。

皮特从头到脚打量着站在船长旁边的人："你觉得是谁？"

"我不相信自己这双被太阳晒坏的眼睛，我希望你来告诉我。"

皮特的思潮起伏，最后入迷地轻声说："不管画家是谁，他无疑都画出了亚伯拉罕·林肯的典型特征。"

42

在凉爽的山洞中休息了一整天，皮特和吉奥蒂诺感觉体力恢复了很多，应该可以再度踏上旅程，在危险的土地上向着撒哈拉公路跋涉了。关于那艘沙漠中的装甲舰的猜测和思考让他们暂时忘记了其他的事情,有了勇气继续面对那几乎不可能实现的目标。

下午晚些时候,皮特走出山洞,走入如火的太阳下,用他的管子来确定方向。只在这个敞口的炉子中过了几分钟,他就感觉自己快要像蜡烛一般融化了。他将东方五公里外的一个拔地而起的巨石设定为他们第一个小时的目标。

回到凉爽的山洞中,他并不需要去感受自己的疲倦和痛苦,不需要去回味自己的虚弱。吉奥蒂诺就是他的镜子,空洞的双眼,污秽的衣服,泛着灰色的头发,特别是那副仿佛就要走到生命尽头的表情。

他们曾经一起经历过无数的危险,但是皮特过去从没有在吉奥蒂诺的脸上看到过失败的神情。精神的压力远胜过肉体的折磨,吉奥蒂诺为人务实,他遇到挫折困苦会以顽强的个性和勇往直前的力量来斗争。他和皮特不同,不会利用想象的力量来消解饥饿的折磨和身体的痛苦,他无法把自己带入一个没有折磨和失望的想象乐园,让自己沉浸在游泳池、凉爽的饮料和堆满各式甜点的餐桌的幻想中。

皮特看得出来,今晚是最后一晚了。如果他们能够战胜荒漠,幸存的机会就会增加一倍。再过24个小时没有水的时间,他们就完蛋了。不会再有继续前进的力量。他心中充满了忧虑,50英里之外的撒哈拉公路对他们来讲实在太遥远了。

又过了一个钟头,他才把吉奥蒂诺从沉睡中唤醒:"如果想在明天前前进一些的话,我们现在就得出发了。"

吉奥蒂诺眼睛只睁开了一条缝,挣扎着坐了起来:"为什么不在这儿多待一天休息一下?"

"我们肩负着太多人的生命,他们都等着我们去救他们,每个小时都很宝贵。"

提比扎金矿中那些受苦的女人和惊吓的孩子的回忆,足以驱散吉奥蒂诺的睡意,让他站起身来。然后,在皮特的提议下,他们勉强做了几分钟的伸展运动,来缓解肌肉和关节的僵硬与酸痛。最后,他们又望了一眼那些令人震惊的壁画，特别是那艘邦联的装甲舰，便走出山洞，开始穿越这片巨大的崎岖的高地。皮特走在前面，向着他定为目标的那块巨石走去。

就这样了。除了短暂的休息，他们必须一直走到公路，等待过路的汽车停下帮忙，最好车上还携带着充足的水。不论遇到什么，是灼热的气温、飞扬的风沙或是坎坷的路途，他们都必须一直走下去，直到他们倒下，或是得到救助。

完成了白天的破坏工作后，太阳便溜走了，一弯半弯的月亮取代了它的位置。沙漠中没有一丝风，完全静止而沉寂。荒凉的景观似乎无边无际，没有尽头。高地上耸起的岩石就如同恐龙的骨骼，散发着白天高温的余热。一切都是静止的，只有岩石的影子在悄悄变化，如同夜幕降临时复苏的女巫。

他们继续走了7个小时，走到了被当做目标的那块巨石，又将它甩在了身后。夜越来越深，气温越来越低，加之极度的虚弱和疲倦，他们都开始不由自主地发抖。气温的剧烈变化让皮特觉得自己是在经历季节的流转，白天的酷热是夏季，傍晚变成秋天，午夜则是严冬，而早晨如同春天。

地形的变化十分不明显，他们并没有发觉石头都渐渐变小了，最后已经完全消失了。直到皮特停下来看了一下天空的星星，再看向前方的时候，才发现他们已经走到了一块平坦的平原，这是一块被一些干枯的河道分割的平地，只是雕琢出这片土地的流水早已经死去多年。

由于疲劳，他们的进展缓慢，渐渐成了蹒跚前行。疲劳，几乎彻底的精疲力竭，使他们觉得仿佛背负了千斤的重担。而他们依然用仅剩的一丝力量向着东方前行。但是他们真的已经极度虚弱，休息之后几乎再没有站起来继续走下去的力气。

皮特始终让自己想着奥巴尼奥和麦莉卡在那个矿洞中虐待妇孺的画面。他仿佛看到了麦莉卡的皮鞭抽打在那些无助的受害者身上，抽打在那些积劳成疾的病患身上。他逃出来之后，这些天又死了多少人？夏娃是不是已经被人搬到了那间尸体仓库？他本可以抛却这些恐怖的思绪，但是他却一直让自己想着，因为这是激励他坚持下去、忘却痛苦的唯一动力。

他已经想不起来自己上次小便是什么时候了，这很不正常。尽管他在嘴里含了一块小石子来缓解口渴,但是他同样想不起来最后感到口中有唾液是什么时候了。他的舌头似乎变成了一块干燥的海绵,上面沾满了白矾。不过他发现自己还能吞咽。

在凉爽的夜间行走,本就可以降低排汗量,白天时他们用尽各种办法,避免身体内的水分蒸发。但是他感觉到他们的身体已经严重脱水,这更加剧了身体的虚弱。

皮特绞尽脑汁回忆着所有沙漠生存的技巧,并且一一尝试。包括用鼻子呼吸,少说话来降低水分流失,多久休息一次比较合适。

他们来到一条窄窄的干河床边,河谷两侧是巨石嶙峋的小山。他们顺着河谷一直走,直到河谷开始转向北方。接着他们爬到对岸,继续向东。天很快就要亮了,皮特停下来拿出法尔韦泽的地图,对着渐渐发亮的东方察看。地图上用粗糙的线条勾勒了一个巨大的干湖,一直伸展到撒哈拉公路。尽管平地会好走一些,但是皮特也发现,空旷开阔的地形中不会有阴凉存在,这简直是致命的。

在白天火焰般的温度中没有休息的地方。这片土地碎石都太过牢固,没有办法挖开躲进沙坑中。他们必须忍受着凶残的火焰般的气温一直向前走。而此时太阳已经渐渐升上了天空,昭示着痛苦骇人的一天又开始了。

天空中出现了几朵云,暂时遮住了痛苦,给了他们将近两个小时的幸福。然后云飘走了,消散了,太阳又出现了,比刚才更热。到了中午的时候,皮特和吉奥蒂诺已经是垂死挣扎。如果白天的酷热不会征服他们疲倦的身躯,那么长夜的寒冷肯定可以。

就在那时,突然之间,干涸的湖底出现了一条深邃的河谷,坡势陡峭,足有7米深,仿佛一条人工挖掘的水渠般从湖底穿过。皮特一直都低着头盯着脚下,几乎直接走了下去。他趔趄着停下脚步,绝望地注视着这道出乎意料的障碍。显然他已没有足够的力气爬到河谷底部再爬上对岸。吉奥蒂诺蹒跚地走到他身边,直接瘫倒在地,头和胳膊悬在河谷的边缘。

皮特看着河谷对面,依然是空无一物的大地,他知道,他们挣扎求生的壮举到了尽头。到现在为止,他们只走了30公里,还有足足50公里等在前面。

吉奥蒂诺慢慢地转动脑袋，抬头看着皮特，皮特还在站着，但是已经微微地摇晃，注视着东方的地平线，仿佛他们的目标近在咫尺，却难以企及。皮特和他一样精疲力竭，但是却看起来非常高大。粗糙而又严峻的脸，深邃坚毅的眼睛，高耸的鹰钩鼻，弯曲的黑发从他头上包裹的脏毛巾中伸出来——没有一点显示他正承受挫败，面对着注定的死亡。

皮特的目光扫了一下河谷上下，突然停住了，毛巾围成的头巾下的眼睛中出现了一种迷惑。"我神志不清了。"他轻声说。

吉奥蒂诺抬了抬头说道："20公里前我就神志不清了。"

"我发誓我看到了……"皮特缓缓地摇了摇头，又揉了揉眼睛，"那肯定是海市蜃楼。"

吉奥蒂诺望着这片巨大的熔炉，远处的热浪中确实闪动着水幕。这幕景象他太渴望是真的了，都不敢再看下去了，便把头扭向了别处。

"你看到了吗？"皮特问。

"我闭着眼都看到了，"吉奥蒂诺迷迷糊糊地说，"我看到了一个酒吧，舞女们正在招手呼唤，大杯的冰啤酒等着我。"

"我是认真的。"

"我也是。但如果你说的是平地上那片假的湖水，还是算了吧。"

"不，"皮特轻快地说，"我是说沟底下有一架飞机。"

起初，吉奥蒂诺觉得他的朋友已经迷糊了，但是还是慢慢翻身趴在地上顺着皮特的视线望去。

在沙漠中，任何人工制造的产品都不会分解腐烂，它们所能受到的最大的伤害就是风沙的击打。一架坠毁的飞机就在河谷当中的一侧崖岸之边，毫无锈迹，反射着亮光，表面几乎没有沙尘，就如同一艘迷失的外星飞船一般。这架飞机样子是老式的高翼单翼飞机，孤独地躺在那里应该已经有几十年了。

"你看到了吗？"皮特又问道，"还是我发疯了？"

"你没疯，要么就是我也疯了。"吉奥蒂诺震惊地说，"看起来就是架飞机。"

"那么肯定是真的。"

皮特扶着吉奥蒂诺站了起来，他们蹒跚地沿着河谷边缘，走到了飞机的正上方。机身和机翼上的布制品居然出奇的完好，他们都能够看清楚上面的标志编号。铝制的螺旋桨撞到了崖壁，已经碎了，星形发动机和气缸都已经被撞进了驾驶舱里，向上扭曲着。除了这些和破裂的起落架外，飞机看上去没有什么破损。他们也同样看到了地上的凹陷，那是飞机冲进干河床底之前留下的印迹。

"你觉得它在这儿待了多久了？"吉奥蒂诺用嘶哑的声音问道。

"至少50年，也许有60年了。"皮特回答。

"飞行员肯定活下来走出去了。"

"他没有，"皮特说，"在左翼下面。那儿有人腿。"

吉奥蒂诺看向了左翼，机翼的阴影下探出了一只老式的系带皮靴和一段破碎的卡其布裤子。"你觉得我们过去凑合一下他会介意吗？毕竟他那儿有全世界唯一的阴凉。"

"我也正有此意。"皮特说着，往下迈了一步，背靠在陡峭的崖壁上滑了下去，他提着膝，把双脚当做刹车。

吉奥蒂诺紧跟在他后面，他们一块儿坠落在干河床底部，溅起一团灰尘。就和他们发现有壁画的那个山洞时一样，兴奋的感觉暂时取代了饥渴。他们鼓足力气站起来，向那位死去已久的飞行员走去。

沙子已经掩住了飞行员的底部。他背靠着飞机机身，一根用机翼上的支架做成的粗糙拐杖放在一只脚边，那只脚上的靴子已经不见了。飞机上的罗盘就在附近，已经半掩在沙子之中。

飞行员的尸体也保存得极端完好，高温和严寒的共同作用，将它变成了木乃伊，皮肤就如同晒干的皮革一般，颜色暗淡，纹理清晰。他脸上有一种安详宁静的表情，双手交叉着安然地放在腹部，60年来一动没动。早期的飞行员皮盔和护目镜放在一条腿上。黑色的头发已经纠结僵硬，满是灰尘，从肩膀上垂下来。

"天呀，"吉奥蒂诺茫然地低语，"是个女人。"

"也就刚过30岁，"皮特观察着，"她曾经肯定非常漂亮。"

"我真想知道她是谁。"吉奥蒂诺喘着粗气好奇地说。

皮特绕过尸体，从驾驶舱的门把手上解下了一个防水布的包裹。他小心翼翼地打开，里面是一本飞行员的日志。他翻开了第一页开始阅读。

"基蒂·曼诺克。"他大声读出了那个名字。

"基蒂什么？"

"曼诺克，一个非常有名的女飞行员。我记得是澳大利亚人。她的失踪是飞行史上的一大谜团，仅次于艾米丽亚·阿尔哈特的失踪。"

"她怎么到这儿来的？"吉奥蒂诺简直无法把自己的眼睛从基蒂身上移开。

"她正在尝试一次破纪录的飞行，从伦敦飞到开普敦。她失踪之后，驻扎在撒哈拉的法国军人曾经进行过营救式搜索，但是既没有找到她，也没有找到她的飞机。"

"她太倒霉了，掉在了方圆100公里内唯一的河谷当中。如果是在上面肯定很容易就能被人发现。"

皮特翻动着日志，一直翻到了空白页。"她在1931年10月10日坠机，她的最后一篇日志写于10月20日。"

"她又活了10天，"吉奥蒂诺充满敬意地说，"基蒂·曼诺克肯定是个坚强的女士。"他走到机翼的阴影下，用枯干的嘴唇疲倦地叹了一口气，"到了这个时候，她总算有了同伴了。"

皮特并没有在听，他的注意力集中在了一个疯狂的想法之上。他将日志放入裤子口袋里，然后开始检查飞机的残骸。他没有去看引擎，而是将注意力放在了起落架上，尽管由于冲击，下方的架子都被压平了，但是轮子本身并有损坏，轮胎也没有什么腐烂的痕迹，小后轮的状况同样良好。

接着，他开始研究机翼，左翼受伤的损坏并不大，但是看样子基蒂已经从上面割了一块布下来。而右翼基本上完好无损，加强杆和肋材上的布料还很结实，尽管上面有了数以千计的裂缝，但是却并没有破碎。

由于陷入深思，皮特不经意地将手放在了驾驶舱前一块暴露的金属之上，这块金属热得就如同火炉上的煎锅一般，烫得他猛地收回手。他还在驾驶舱里找到了一个小工具箱，里面有一把小锯子和包括手泵在内的一组轮胎修理工具。

他若有所思地站在那里，似乎没有感受到太阳的灼热。他面容憔悴，体力消耗殆尽，此刻应该躺在病床上输液，死神离他只有咫尺之遥，已经在悄悄拍打他的肩膀，但是他的脑筋依然运转正常，能够权衡利弊。

就在那一刻，他下定了决心，他不会就这么死去。

他绕过右翼，走到吉奥蒂诺身边，问道："你有没有读过埃里斯顿·特雷沃写的《凤凰于飞》？"

吉奥蒂诺斜眼仰视着他："没有，但我看过吉米·史都华演的那个电影。怎么了？如果你觉得你能让这架破飞机飞起来，就得让轮胎转起来。"

"不是飞，"皮特平静地说，"我已经检查过飞机了，我觉得我们能够拆下来足够的配件造一艘快艇车。"

"造一艘快艇？"吉奥蒂诺夸张地重复着，"是啊，我们还能在上面装一个酒吧一个餐厅……"

"就好像雪艇一样，不过它是靠轮子前进。"皮特没有理会吉奥蒂诺的挖苦。

"你打算用什么来当帆？"

"一个机翼。那是个椭圆形的机翼，把它立起来，翼梢朝上，就是帆了。"

"我们没力气了，"吉奥蒂诺继续表示反对，"做出一个像你说的那玩意儿得用好几天。"

"不，几小时就够了。右翼基本上是完好的，那些布还能用。我们能用驾驶舱到机尾之间的机身来做艇身，用支架和加强杆做滑动装置，再用两个着陆轮和一个小后轮，我们就有了三轮的轮滑系统。我们还有足够的材料来做控制绳和转向系统。"

"工具呢？"

"驾驶舱里头有一个小工具箱。虽然不是最好的工具，但是够用了。"

吉奥蒂诺缓缓地摇了摇头，从一边摇到另一边。要把皮特的想法当成幻觉，躺回地上，任死亡平静地给自己带来解脱，是世界上最容易的事情。这种诱惑似乎不可抗拒。但是在他的心底深处，那颗不愿放弃的心依然在跳动，他依然不愿束手待毙。花了九牛二虎之力，他又站了起来，疲劳过度的身体中吐出了一些话语。

"躺在这儿感慨生命凄凉也没有什么意义。你去卸机翼吧，我来拆轮子。"

## 42

在一只机翼的阴影下，皮特用那架老飞机上的零件，将自己建造快艇车的想法付诸实施。说来似乎十分简单，这是一个产生于沙漠的地狱之中的想法，是濒临死亡的人不愿意接受现实想出来的计划。为了建造这艘艇，他们必须在自认为早已经掏空的身体中更深入地寻找力量。

陆上风帆其实并不是新鲜东西。两千多年前，中国人就使用过。荷兰人也在木排上升起过风帆来运送小批部队。美国的铁路工经常用带帆的小车沿着铁路穿越大草原。20世纪早期，欧洲人将此发展成了一种度假海滩上的运动。而南加州的玩家们也用这个主意来改装了他们的车，参加穿越莫哈韦沙漠干湖的比赛。

他们使用皮特在驾驶舱中找到的工具箱，在炎热的午后完成了最轻松的那部分工作，然后趁着傍晚的凉爽继续对付比较繁重的事情。对于两个业余时就喜欢玩弄旧车和飞机的人来说，整个工作高效而顺利，完全没有多余的动作浪费他们仅存的一点能量。

他们没有考虑自己的力气，一直热火朝天地干完了活，中途都没有休息。他们很少交谈，因为干燥的舌头和嘴唇让说话非常困难。月光照在他们的成果上，将一道影子投射在河谷的崖岸上。

他们谦恭地避开基蒂·曼诺克的尸体，在她身边不露声色地工作着，有时，他们甚至会觉得她还是活着的，而自己则是在地狱边缘徘徊。

吉奥蒂诺卸下了两个大的着陆轮和一个小后轮，将轴承中的沙子清干净，用飞机引擎滤油器中残存的油泥当做润滑剂，将它们擦拭了一遍。老旧的橡胶轮胎已经被太阳晒得发硬，而且有了裂缝，但是依然形状完好，只是不能充气了。于是，吉奥蒂诺卸除了内胎，在外胎中装满了沙子又安到了轮子上。

接着，他用从破损的机翼上卸下来的肋材做了一个伸展滑道。完成后，他用那把锯子将驾驶舱后机身中央的纵向支架锯开，然后又锯开机尾。机身中部卸下来后，他开始将宽阔的驾驶舱尾部固定在延长滑道上，以支撑住两个着陆轮。现在，从机身的底部伸出了两米半。另一边，锥形的机尾现在成了快艇车的前端，让它有了一个粗糙的流线型。让它形成一个艇身的最后一道工序是造一个向前伸出三米的小滑动装置，固定飞机的小后轮。这件接近完工的产品，样子可以让一些老人想到过去那些箱车。

吉奥蒂诺将艇身组合起来的时候，皮特则在全力对付风帆。机翼从机身上卸下来之后，他就将副翼和机翼前缘内侧的大型支架弄直，做成桅杆。他和吉奥蒂诺两个人合力将机翼垂直立起来，将桅杆固定在底座中央。由于这些东西都在沙漠中风干已久，比原本轻了很多，这项工作并没有那么费力气。他们做出来的是一个可以转动的风帆。接着皮特用飞机的控制绳缆将侧滑道、艇首全都连接起来，作为桅杆的支撑。然后他又用控制绳缆连接上前滑道和前轮，做成了一个转向设备。最后，他在帆上也装配了一套绳具。

最后，他们将驾驶舱中的座椅卸下来，一前一后地安装在他们的快艇车中。皮特还将飞机的罗盘装了过来。而那条一直被他用来确定方向的管子，则被他绑在了桅杆之上，作为好运的象征。

凌晨三点钟的时候，他们大功告成，像死人一样倒在了地上。他们躺在那里，在寒冷的空气中颤抖着欣赏他们的杰作。

"它永远飞不起来。"吉奥蒂诺轻声说。

"它只需要带着我们穿越平地就够了。"

"你有没有想出来我们怎么把它从这条沟里弄出去？"

"往下游方向50米,东岸的坡度稍微缓一些,我觉得我们可以从那儿把它拉上去。"

"我们如果能够把这东西拉上去就算大幸了。只是即便如此,也不知道它能不能起作用。"

"我们所需要的就是一丝微风。"皮特的声音轻得几乎难以听到,"如果过去6天能够当做参考的话,这个问题我们并不需要担心。"

"没有什么能够比得上追逐遥不可及的梦想。"

"它能做到的。"皮特下定了断言。

"你觉得它有多重?"

"大约160公斤,也就是350磅。"

"我们叫它什么?"吉奥蒂诺问。

"叫它?"

"想个名字,它得有个名字。"

皮特看了看基蒂。"我们是用那堆废铁造出来的,我们欠她的。就叫'基蒂·曼诺克'怎么样?"

"好主意。"

他们在这片空旷的死亡国度偶尔用耳语的声音含糊地交谈着,直到陷入睡梦之中。

当他们终于醒来的时候,阳光已经射入河谷的底部。站起来对他们来说都是一个里程碑式的举动。他们对吉蒂送上了一声无声的再见,便蹒跚地走向他们临时铸造起来的求生的希望。皮特将两根长绳绑在快艇车前面,将其中一根递给吉奥蒂诺。

"你成吗?"

"当然不成。"吉奥蒂诺的话从干枯的嘴唇中冲口而出。

皮特忍着干裂流血的嘴唇的疼痛笑了笑。他和吉奥蒂诺四目相对,想在吉奥蒂诺的眼睛中寻找能让他们挺过去的激情,确实有,只是很黯淡。"鼓足劲。"

吉奥蒂诺就像一个暴风中的醉鬼一样站不稳身子,但是他眨了眨眼睛,勇敢地说道："吃我的灰吧，笨蛋！"然后他将缆绳扛在肩膀上，向前探身，拉紧绳索。这艘快艇车就好像在砖地上的购物车一般轻快地滑动了起来，几乎撞倒了他。他用发红的眼睛看着皮特，太阳晒焦的脸上写满了惊讶："天呀，就像羽毛一样轻。"

"当然，这可是两个一流的技师造出来的。"

他们没有再说什么，便拉着他们亲手造出的快艇车顺着河道而下，一直走到一处较缓的斜坡下。

他们只需要向上爬7米，但是对于两个18小时前已经认为自己快要踏入坟墓的人来说，这个高度就如同珠穆朗玛峰一样高。他们原本没有指望能够又活过一个晚上，而现在，他们依然在做着最后的努力，等待着被救，或是死亡。

吉奥蒂诺休息的时候，皮特先尝试了一下。他把缆绳绑在腰间，然后像蚂蚁一样开始向上爬行，几厘米几厘米地移动。他的身体已经是一台严重磨损的机器，为了最后的一丝希望依然运转着。他疼痛的肌肉恼怒地反对着这种做法，四肢也很早就不愿再听他的使唤。但是他强迫它们继续坚持。他充满血丝的眼睛几乎疲倦地闭了起来，痛苦的表情已经烙印在脸上，每一次呼吸都带着疼痛，他的心脏也跳动得如同一把电钻。

皮特不能让自己停下来。如果他和吉奥蒂诺死了，那么提比扎里所有可怜的人们也都会死去，外界永远都不会得知他们真实的命运。他不可以放弃，不可以崩溃，不可以停下，现在不能，哪怕死神就在他身边也不能。他坚毅地咬紧牙关，继续向上。

吉奥蒂诺试图喊些加油的话，但是他能说出的都是一种无声的低语。

就在那时，谢天谢地，皮特的手探到了顶端。他聚集所有的意志力，将自己憔悴的身体拉上了干湖。

他躺在那里，就要失去知觉。他唯一能够感觉到的就是自己沉重得如嘶嚎般的呼吸和几乎要跳出身体的心脏律动。

他不知道自己在直晒的太阳下躺了多久，呼吸和心跳才恢复了正常的速度，最后，他跪在地上，看着斜坡斜面，吉奥蒂诺正坐在风帆的影子中，向他微微地招了招手。

"准备好上来了吗？"皮特问。

吉奥蒂诺无力地点了点头，抓住绳索，将身体压在坡上，探索着自己向上的路。皮特将他那一段的绳子架在肩膀上，身体前倾，利用身体的重量拉动绳索。四分钟后，在自己的爬行和皮特的拉拽的结合下，吉奥蒂诺翻到了平地上，就如同一条经过漫长的斗争终于被钩拉到岸边的鱼。

"现在好戏要上演了。"皮特虚弱地宣布。

"我不行了。"吉奥蒂诺喘着粗气说。

皮特低头看着他。吉奥蒂诺看上去像是已经死了一样。他的眼睛闭着，脸上和10天没有刮过的胡子上都满是尘土。如果他不能够帮皮特将快艇车拉上来的话，今天就是他们两个人的死期。

皮特跪在他身边，狠狠地拍着他的脸。"别现在放弃，"他厉声说，"如果你不抬屁股给我帮忙，又怎么能够再去找马萨德那个漂亮的钢琴手？"

吉奥蒂诺的眼睛睁开了，他抬起一只手揉了揉脸上的沙尘，然后聚集了全身的力气，让自己站了起来，只是依然如同喝醉了般摇摇欲坠。他看着皮特，完全没有一丝挨打后的恼怒，他只是忍着疼痛，咧了咧嘴："我讨厌自己这么容易被人说服。"

"这是好事。"

他们捡起绳子，搭在肩膀上，向前拉绳，就如同套上索具的消瘦的骡子一般。但他们的身体已经太过虚弱，只能够迈出沉重的步伐而已。他们虽然缓慢，但是始终坚持，将快艇车拉到了坡面之上。他们低着头，弯着腰，思绪因为饥渴而有些迷失。进展缓慢得令人心碎。

很快他们就跪倒在地，开始可怜兮兮地向前爬行。吉奥蒂诺发现，皮特的手掌已被绳索磨出了血，鲜血正在滴落，但是皮特浑然不觉。然后，突然间，绳子松了下来，那架简易的快艇车已经到了顶部，向他们冲过来。幸运的是，皮特早有先见之明的是绑紧了风帆的绳索，现在风帆的方向对着风势最弱的一方，并没有前进的动力。

解开车前的缆绳后，皮特扶着吉奥蒂诺走进车中，让他像一袋土豆一样瘫倒在前面的座位中。然后,皮特抬头看了看他绑在绳索上的用来指示风向的小布条,又扬起一把沙子再次确认风向,风从西北而来。

关键的时刻到来了。他低头看了看吉奥蒂诺,吉奥蒂诺做出了一个无精打采的向前的手势,用微弱而沙哑的声音轻声说:"让它动起来。"

皮特靠在艇尾部,把艇推得在沙地上缓缓地滑行,他蹒跚地走了几步之后翻到了后排的座位中。风正吹在他的左肩上。他探身松开了绳索,让风帆顺风鼓起,"基蒂·曼诺克"便开始自己移动。皮特把绳索又调整了一下,速度便更快了。

皮特低头看了一眼指南针,然后设定了前进的方向。精疲力竭与欢欣鼓舞的感觉似乎同时如同潮水般在他混沌的血脉中翻涌。他调整风帆,强劲的大风吹得风帆都有些弯曲,很快,他们的快艇车就开始在这片干枯的湖中飞驰,轮子激起一片尘土。在一片灿烂的寂静之中,他们的速度已经达到了每小时60公里。

激动很快变成恐慌,皮特有些用力过度了,突然风驰电掣的轮胎下面出现了光亮。迎风的轮子飘了起来,这是被那些快艇车的玩家们称作"飞升"的现象。他为了增加动力,让风帆太直接地迎向风了,现在必须改变策略,防止"飞升"把他们的快艇车掀翻,那对他们来说绝对是一场灾难,因为他和吉奥蒂诺都没有力气再把车正过来了。

他几乎是在临界点时才松开绳子调整好风帆,让风帆侧对着风吹来的方向。他保持好前进的方向,飞起的轮子慢慢地落回了地上。

皮特在加州的纽珀特海滩长大,驾驶过很多小船,但是从没有尝试过现在的速度。他细致地调整好巨大的风帆的方向,让风以大约45度的方向吹过来。然后他又低头看了一眼罗盘,现在是时候设定一条迂回向东的新路线了。

他操作熟练起来之后,便必须要抑制自己心中想要冒险的冲动,告诉也许会引发失控,引发事故。他现在并不是退缩,而是理智提醒着自己"基蒂·曼诺克"并不结实,它是用有60年历史的绳索、零件连接起来的。

他坐到座位上,用疲倦的眼睛看着盘旋在荒凉干湖上魔鬼般的沙尘。

如果凭空来一阵大风或是一个旋风，降临到他们的前方，他们就不能再继续下去了。皮特很清楚，他们是在碰运气。也许，会有另一个河谷，等他们发现时为时已晚，也许会有一块大石头，可能会破坏他们飞艇车的滑动装置，这个无情的沙漠之中有数不清的灾难可能降临在他们身上。

也许打滑，也许偏离方向，但是皮特真的没有想到临时拼凑出来的"基蒂·曼诺克"能够达到这种速度。迎面而来的风开始夹杂着风沙打在他脸上，就如同子弹一样。而背后的风正在逐渐变大，皮特觉得，他们现在的时速已经达到了85公里。在大漠中步履维艰地走了那么多天后，这样的速度，仿佛就是喷射机一样。他隐隐地祈祷"基蒂·曼诺克"一定要坚持下去。

半个小时后，他刺痛的双眼开始想在前方一成不变的景观中寻找一个落脚的地方。皮特现在开始担心他们已经在不知不觉中驶过了撒哈拉公路。所谓的撒哈拉公路只不过是沙地中间一条南北方向的模糊小路而已。如果错过了，他们就会继续在浩瀚无垠的大漠中前进，想回头都来不及。

他看不到任何汽车的影子，但是地面上开始出现了一些移动的沙丘。他很想知道，他们是不是已经进入了阿尔及利亚境内，但是却不得而知。那些曾经带着黄金、象牙和奴隶往返于青葱的尼罗河河谷与地中海之间的大商队，都已经化作历史的云烟，没有留下他们的足迹。现在，这里只有一些载着观光客的汽车、一些装着货物和给养的卡车以及军用巡逻车偶尔会经过这片上帝都忘却了的荒芜的土地。

如果皮特知道地图上的红色公路线条现实中并不存在，那不过是绘图师臆造出来的图形而已，他肯定会极其挫败。如果足够幸运的话，他能看到的唯一标志是散落的动物骨骼、一辆遗世独立的汽车和没有被风沙掩埋的轮胎痕迹，以及一排汽油桶，当然，那得需要过路的游牧者没有将它们借去移作别用或运到加奥卖掉。

就在那时，皮特看到在他右侧的地平线上有一个人造的物体，那是蒸腾的热浪中出现的一个小黑点而已。吉奥蒂诺也看到了，抬手指着它，这是他们使用快艇车之后看到的第一个生命的标记。空气非常干净，能见度很高，他们已经驶出了干湖，空气中再没有盘旋的沙尘。他们现在已经能够看得出来，那个物体是一个报废的大巴车的残骸，那些有用的部件都已经不见了，只留下一个空壳。车身一侧刷着一句话，读来十分讽刺："当年你需要阿拉伯的劳伦斯时，他又在什么地方？"

他们已经到达了公路，这令他们心满意足，皮特调整方向，开始向北进发。地面变成了沙子和砾石，他们偶尔会遇到软沙，但是快艇车比较轻，并不会陷下去，稍稍下沉时已经轻巧地滑了过去。

10分钟之后，皮特看到了远方浮现出了一个旧油桶，现在他已经很肯定他们正在顺着公路前行。他不知道的是，再向北两公里，就会进入阿尔及利亚境内。

吉奥蒂诺没有什么新动作。皮特伏下身，摇晃着他的肩膀，但他的头只是晃了晃，又垂到了胸前。吉奥蒂诺已经完全失去了知觉。皮特想要把他唤醒，把他摇醒，但是自己也找不到力量。皮特能够感觉到黑暗也在自己的视野边际出现了，他知道，过不了几分钟，自己也会陷入黑暗之中。

他听到远处传来像是汽车引擎的声音，但是抬头却看不到任何东西，他觉得自己已经出现幻觉了。但是那声音越来越大，他已经能够分辨出那是柴油发动机的声音和排气管的轰鸣，但是却依然找不到声音的来源。他知道，昏迷很快就会将他征服。

然后又传来了一声汽笛的叫声，皮特无力地转了转头，一辆英国产的贝德福德大卡车出现在旁边，一个阿拉伯人司机正大笑着好奇地看着他们的快艇车。皮特不知道，那辆卡车在他们后面很久了。

司机把头探出窗户，一只手拢在嘴边，大声喊道："需要帮忙吗？"

皮特除了无力地点点头，什么都不能做。

他并没有想过给他们的快艇车设计停车的装置，只能无力地调整风帆和前进的方向。但是判断失误加上一阵突然出现的狂风，让他松开了帆脚索，想重新抓住已经来不及了。风和地球重力共同作用，车子一弹之后，滑动装置和迎风轮脱落，皮特和吉奥蒂诺像两个毛绒娃娃一样被扔到了车外的一团沙尘之中。

阿拉伯司机赶紧停下车，冲下驾驶舱，跑过来看着两个失去知觉的人。他立刻就看出了他们有脱水的迹象，然后跑回卡车，拎了四塑料瓶水回来。

皮特一感觉到有水洒在脸上、滴在自己半张的嘴中，就爬出了黑暗的洞窟。事情的转变就如同一个奇迹，一分钟前，他还奄奄一息，但是喝下两加仑水之后，他又成了一个头脑清晰、身体健康的人。

吉奥蒂诺干枯的身体也恢复了生命力。有了水的滋养后他们如此迅速地摆脱了注定的死亡，这似乎有些难以置信。

那个阿拉伯司机还给了他们一些盐片和干枣。这个司机有着一张黑色而充满智慧的脸，头戴一顶素色的棒球帽，他坐在地上，带着极大的兴趣看着这两个死里逃生的人。

"你们用你们的机器从加奥滑到了这儿吗？"司机问。

皮特摇了摇头，撒了个谎："佛瑞尔堡垒。"他依然并不肯定他们是否已经进入了阿尔及利亚。他也不敢肯定这个司机如果知道他们是从提比扎逃出来的，是否会把他们送到最近的警察局里。"我们现在在哪儿？"

"塔奈兹鲁夫特沙漠的中央。"

"哪个国家？"

"怎么了？当然是阿尔及利亚。不然你以为你在哪儿？"

"只要不是马里就行。"

阿拉伯人露出了一个恨恨的表情："马里都是坏人，坏政府，他们杀了很多人。"

"离这儿最近的电话有多远？"皮特问。

"阿德拉尔在这儿以北350公里。他们那里有通讯设备。"

"那是一个小村吗？"

"不，阿德拉尔是个很大的镇，非常发达，他们还有一个机场，有固定的航班去阿尔及尔。"

"你是往那个方向吗？"

"是的，我刚送了一车货去加奥，现在开着空车回阿尔及尔。"

"你能把我们两个捎到阿德拉尔吗？"

"当然，乐意至极。"

皮特看着司机笑了："你叫什么名字，我的朋友？"

"本·哈迪。"

皮特热情地握了握司机的手，柔声说："本·哈迪，你不知道，你救了我们的命，就是救了几百条人命。"

# 第四部分 阿拉莫的回声

皮特克服了重重困难,终于穿越了沙漠,并协同联合国战术小组救出了提比扎的同胞,但返回途中,被卡兹穆阻截,双方人数比例高于五十对一,对方还有坦克、飞机助阵,一场恶战不可避免,皮特与联合国战术小组生死未卜……

## 44

1996年5月26日
华盛顿

"他们逃出来了。"哈拉姆·伊戈尔大叫着冲进了桑德克的办公室,鲁迪·古恩紧跟在他后面。

桑德克的思绪正纠缠在一项海下工程的预算上,一片茫然地抬起头来问:"什么出来?"

"德克和阿尔,他们已经到了阿尔及利亚。"

桑德克突然间就像一个听说圣诞老人来临的孩子一般雀跃:"你怎么知道的?"

"他们在一个叫阿德拉尔的沙漠小镇的机场打来了电话。"古恩回答,"连线不是很清楚,但是我们听清他们说他们要搭飞机去阿尔及利亚。到达之后,就会立刻再打过来。"

"还有别的吗?"

古恩看了伊戈尔一眼:"我去的时候你已经开始和德克通话了。"

"信号非常差,"伊戈尔说,"阿尔及利亚沙漠里的电话也就比两个连着绳子的铁罐子高级一点而已。如果我没有听错的话,他坚持要你找到一个特种部队跟他回马里。"

"他说明为什么了吗?"桑德克好奇地问。

"他的声音太不清晰了,我们的对话被干扰打断了。我能够听明白的事情都很疯狂。"

"疯狂?怎么说?"桑德克问道。

"他说什么要去救一个金矿里的妇女和儿童。听起来非常急迫。"

"这简直说不通。"古恩说。

桑德克盯着伊戈尔："德克有没有说明他们是怎么从马里逃出来的？"

伊戈尔的样子仿佛是彻底迷失了："虽然不是原话，但是我发誓，他的确说他们坐着一艘快艇穿越了沙漠，同行的还有一个女人，叫基蒂·曼宁或是曼考克。"

桑德克坐回了椅子中，露出了一个听天由命的笑容。"按照我所了解的皮特和吉奥蒂诺来说，我不大相信这个。"然后他突然眯起了眼睛，脸上显出疑惑，"那个名字有没有可能是基蒂·曼诺克。"

"这个名字很不清楚，不过我想应该是。"

"基蒂·曼诺克是19世纪20年代时很有名的飞行员，"桑德克解释说，"她打破了很多几乎跨越半个地球的长距离的飞行记录，后来在撒哈拉失踪。我想那是1931年的事情。"

"她怎么可能会和皮特还有吉奥蒂诺在一起？"伊戈尔大声问。

"我毫无头绪。"桑德克说。

古恩看了看手表。"我查过了阿德拉尔和阿尔吉尔之间的航线，只有1200公里。如果他们现在已经上了飞机的话，大约一个半小时后我们就能听到他们的声音了。"

"命令通讯部开通一条和驻阿尔及利亚大使馆的直接连线，"上将下令，"让他们一定要确保线路安全。如果皮特和吉奥蒂诺找到了任何有关赤潮污染的重要数据，我不想泄露给媒体。"

当皮特的电话再度打到NUMA通讯中心的时候，桑德克和其他人都围在了一台通讯器前。这部通讯器能够将通话录音，并将皮特的声音通过扬声器传出来，所有人能够直接参与对话，无需话筒和听筒。

在90分钟的通话过程中，绝大部分问题都得到了解决，皮特的回答简明而精炼。每个人都专心致志地听着，并记录着相关内容。他讲述了他和吉奥蒂诺与古恩在尼日尔河上分开后曲折而壮丽的经历。他细致地描述了他们如何发现了佛瑞尔堡垒的真相。讲到霍普博士和其他的世界卫生组织的科学家们都还活着，讲到马萨德企业的法国工程师全家、其他被绑架的外国人和卡兹穆政府的政治犯，同在提比扎的金矿中受人奴役，令所有人都大吃一惊。他最后讲到了他们在穿越沙漠的时候是如何意外而又幸运地发现了基蒂·曼诺克和她的飞机。听到关于快艇车的时候，所有听众都情不自禁地笑了起来。

通讯台旁边的人们都懂得了为什么皮特希望能够带着部队返回马里。提比扎金矿的非人处境令他们全都心惊胆战，更令他们心惊的是佛瑞尔堡垒地下秘密存储的核废物和有毒废弃物。原来这个高科技的太阳能废物分解工程只是徒有其表，这令他们全都心生忧虑，不仅担心世界各地其他的马萨德企业的有毒废物分解工程是否都只是个幌子而已。

皮特接着阐明了伊夫·马萨德和札台伯·卡兹穆之间的罪恶联盟，他详细地复述了他在与马萨德和奥巴尼奥的谈话中听到的私情。

接着查普曼便提出了一个问题："你们已经认定佛瑞尔堡垒就是赤潮污染物的源头？"

"吉奥蒂诺和我都不是地下水系统的专家，"皮特回答道，"但是我们可以肯定那些没有焚毁、藏在地下的有毒废物发生了泄露，直接进入了地下水层，在一条干涸的河床的下层，流到了尼日尔河中。"

"那么大型的地下洞窟挖掘的时候是怎么避开国家环境组织的监察的呢？"伊戈尔问。

"还有卫星为什么没发现呢？"古恩补充道。

"问题的关键是铁路和集装箱，"皮特回答，"最初建造太阳能收集器、光电设备和反应堆的时候，洞窟开采并没有开始。这些建筑建好之后，正好提供了掩护，而运送废品的火车返回毛里塔尼亚的时候车厢中就装着开凿洞窟挖出来的岩石和土。我和阿尔还检查过，马萨德刚巧利用了原本已经存在的地下洞窟。"

所有人都沉默了一阵，然后查普曼说："如果这事情传出去，丑闻和调查就会源源不绝。"

"你们有没有确凿证据？"古恩问。

"我们只能告诉你们我们在那儿看到的和听马萨德讲的事情，很抱歉没有进一步的证据。"

"你们已经完成了一项不可思议的任务,"查普曼说,"多亏了你们,我们终于得知了污染源,现在就能够制订防止它泄露进入地下水的计划了。"

"说着比做着容易,"桑德克提示道,"德克和阿尔是给了我们一大堆麻烦。"

"上将说得没错,"古恩说,"我们不可能直接去佛瑞尔堡垒把它关了。伊夫·马萨德有钱有势,和卡兹穆还有法国政府的高层都联系紧密……"

"还有一大堆有影响力的政商名流。"桑德克补充道。

"马萨德是次要问题,"皮特打断了他们的讨论,"现在最重要的事情是尽快去救出提比扎那些可怜人。"

"里面有美国人吗?"桑德克问。

"夏娃·罗加斯博士是美国公民。"

"就她一个吗?"

"我只知道这一个。"

"过去的总统在营救黎巴嫩人质的时候全都表现不佳,现在的总统应该是不可能为了只救一个美国公民而派出特种部队。"

"问一问也无妨。"皮特很坚持。

"我请求他派人去救你和阿尔的时候,他就拒绝了。"

"哈拉·卡米尔曾经给我们提供过她的特别行动组,"古恩说,"她肯定会授权一次营救他们科学家的任务。"

"哈拉·卡米尔是一个很有原则的女士,"桑德克自信地说,"比我认识的大多数男人都更高尚。我认为我们可以信赖她会再次派出波克将军和勒范特中校。"

"那个金矿里的人们就好像老鼠一样死去,"所有人都能够听得出皮特声音中的苦涩,"天知道我和阿尔逃出来之后又死了多少人。时间宝贵。"

"我来联系秘书长女士。"桑德克保证道,"如果勒范特这次的行动像他救古恩时那么迅速的话,我猜测,你吃早饭之前就能和他当面说明情况了。"

桑德克给哈拉·卡米尔打电话的90分钟后，勒范特中校已经带着人马和武器飞在大西洋上，向着阿尔及尔的一个法国空军基地飞去。

雨果·波克将军将地图和卫星照片摊在桌上，拿起一个放大镜来仔细观察。那个放大镜是小时候集邮时祖父送给他的礼物，到现在镜面依然光洁，没有丝毫裂纹，可以将图像毫不失真扭曲地放大。波克军旅生涯中始终带着这个小东西，这是他的护身符。

他抿了一口咖啡，开始研究地图和提比扎附近的卫星照片。尽管皮特描述过那个金矿的位置，但是根据桑德克发给波克的传真，这个位置只是一个粗略的估计。将军的眼睛很快就聚焦在照片中的飞机跑道和切割高原的河谷中隐约的公路。

这个叫皮特的家伙，观察力实在超群。他不禁感叹。

这个人肯定记住了他传奇地穿越沙漠的过程中看到的少之又少的景观，可以顺着它们找到回金矿的路。

波克开始研究那一区周围的地形，但是丝毫都不喜欢自己看到的东西。从加奥机场营救古恩的行动实际上非常简单，他们只需要从开罗附近的埃及军事基地出发，直飞加奥机场，接上古恩便能返程。但是提比扎可难缠得多。

勒范特的小队必须在沙漠中的飞机跑道降落，行进大约20公里进入金矿入口，攻下一个隧道和地洞组成的迷宫，携带鬼知道有多少的囚犯回到跑道，让他们登上飞机，才可能起飞。

最严重的问题是他们在地面需要停留太长时间了，往返跑道和矿场的过程简直就是坐以待毙，等着卡兹穆的空军来攻击。在一条原始的沙漠公路上往返40公里，这无疑增加了失败的风险。

这次的行动不能完全依赖把握时机。那里有太多其他未知的变数，比如说通讯被切断。波克觉得这次行动几乎不可能在一个半小时内完成，但是两个小时的行动，就意味着灾难。

他拳头砸向桌子，厉声地自言自语："妈的！没时间准备，没时间策划，一个拯救生命的紧急任务。妈的,也许我们死的人会比救到的人还多。"

从各个角度审视过这次行动之后,波克叹了一口气,拨通了哈拉·卡米尔的电话。

"你好,将军,"哈拉说,"我没有想到这么快就能听到你的消息。营救行动有问题吗?"

"恐怕是一堆问题。秘书长女士,我们这次筹备严重不足,勒范特上校需要后备支持。"

"我已经授权你可以调动所有的联合国武装。"

"我们抽不出人来。主力人员都得对付叙利亚和以色列之间的边境冲突,或是去营救印度动乱中的民众。勒范特中校的后备力量必须到联合国外部去找。"

出现了一阵的沉默,哈拉全力思索,最后说道:"这有点难,我不知道我能找谁。"

"美国怎么样?"

"现在的美国总统和他的那些前任不同,他非常排斥卷入第三世界国家的问题。实际上,他还请我派你去救NUMA的两个成员。"

"为什么我不知道这事情?"

"桑德克上将无法得知他们的确切位置,就在等消息的时候,他们逃了出来,所以就没有必要采取营救行动了。"

"提比扎可不是一个又快又稳的任务。"波克冷冷地说。

"你能向我保证一定会成功吗?"哈拉问。

"秘书长女士,我非常信任我的人的能力,但是我无法作出任何承诺。而且,我担心人员伤亡会很高。"

"我们不能袖手旁观,"哈拉严肃地说,"霍普博士和他的调查队是联合国的人员,我们有责任救出我们的人。"

"我深表赞同。"波克说,"有一支后备军会让我觉得更安心,以防勒范特中校被马里军队困住。"

"也许英国和法国会更愿意……"

"美国能够更快速地作出反应，"波克打断了她的话，"如果我有门路，我就会要求他们出动三角洲特种部队。"

哈拉安静了下来，犹豫着该如何作出回复。她知道美国的首脑肯定会顽固不化，含糊了事。"我会亲自和他们总统谈谈这个情况。"哈拉顺从地说，"但是我也只能做这么多。"

"那我只能通知勒范特，他不能有任何闪失，不能犯任何错误，也不要期待任何援手。"

"也许好运会眷顾他。"

波克深深地吸了一口气，他能感觉到自己的脊梁骨一阵发冷。"秘书长女士，只要我开始期待运气，有些事情总会出问题。"

圣·朱利安·珀尔穆特的书房十分庞大，有着几千本藏书，大部分图书都整齐地摆放在红木书架上，但至少有两百本或是散乱地放在地毯上，或是堆在一张老旧的书桌上。珀尔穆特正穿着睡衣睡袍，坐在桌子边，脚悠闲地跷在桌上，读着一份17世纪时期的手稿。

珀尔穆特是一个海事历史方面的专家，他关于船只和海洋的历史文学的收藏几乎是全世界最好的。如果能够得到他的藏书，全美国任何一家博物馆的馆长都会欣然满足他所有要求，或是给他一张空白支票。但是对于一个拥有五千万遗产的人来说，根本很少考虑钱的事情，除非是在购买他没有的关于海洋的稀缺图书时。

女人也无法与他的研究相提并论。如果只有一个人能够就某艘有记载的沉船发表一个小时的演讲，这个人无疑就是圣·朱利安·珀尔穆特。欧美的打捞人员和宝藏猎人迟早都会来到他家门口，聆听教诲。

他是人中之怪，有差不多400磅重，全因他饮食优裕，却很少运动，他做的最大运动可能就是找出一本书翻开它。他有着天蓝色的眼睛和红红的脸膛，但是巨大的灰胡子却几乎掩盖了一切。

电话响起后，他推开好几本打开的书才找到电话。

"我是珀尔穆特。"

"朱利安，我是德克·皮特。"

"德克，好孩子，"他完全就是在大声呐喊，"好久没听过你的声音了。"

"不超过三个星期。"

"在寻觅沉船的线索时，谁还会去理会时间。"他笑着说。

"你跟我肯定不会。"

"为什么你不过来尝尝我的珀尔穆特氏薄饼？"

"我想等我过去早就凉了。"皮特回答。

"你在哪儿？"

"阿尔及尔。"

珀尔穆特哼了一声说道："你在那个倒霉地方干什么？"

"一些别的事。我现在对一艘沉船很有兴趣。"

"在北非地中海？"

"不，是在撒哈拉沙漠。"

珀尔穆特很了解皮特，知道他不是在开玩笑。"我对加州沙漠科特斯海沉船的传奇比较熟悉，但我不知道在撒哈拉还有一艘。"

"我从三个地方听说过它，"皮特解释说，"一是一个美国'沙漠鼠'，他正在撒哈拉寻找一艘叫做'得克萨斯'的邦联装甲舰，他发誓说，那艘船顺着一条现在已经干了的河逆流而上，最后在沙漠中消失。而且他认为上面应该装着邦联国库的黄金。"

"你在哪儿遇见他的？"珀尔穆特笑了，"这个家伙抽的烟是什么怪草做成的？"

"他还说林肯在那艘船上。"

"你现在已经从荒谬变成胡扯了。"

"听起来很怪，但是我相信他。然后我又找到了两个关于这件事情的证据。一个是在一个山洞里的壁画上，那只可能是一艘邦联的战舰，另外一个是我在基蒂·曼诺克的飞机里找到的飞行日志中提到的。"

"等一下，"珀尔穆特疑惑地问，"谁的飞机？"

"基蒂·曼诺克。"

"你找到了她？天呀，她失踪60多年了。你真的找到了她的失事地点？"

"我和阿尔·吉奥蒂诺在穿越沙漠的过程中碰巧在一个隐蔽的河谷里发现了她的尸体和坠毁的飞机。"

"恭喜你，"珀尔穆特大声吼着，"你扫除了飞行史上最有名的谜团之一。"

"纯粹是走运。"皮特说明。

"这个电话谁付费？"

"美国驻阿尔及尔的大使馆。"

"这样的话，你等一下，不要挂断，我很快回来。"珀尔穆特抬起他庞大的身躯，走到一个书架边，看了几秒钟，抽出了一本书，回到桌边，翻了几页，然后又拿起电话："你是说那艘船名字叫'得克萨斯'吧？"

"是，没错。"

"一艘装甲舰，"珀尔穆特读着书中的内容，"内战结束前一个月，也就是1865年3月，在里士满的洛克茨海军船坞建造。190英尺长，桅杆高40英尺。双引擎，双螺旋桨，吃水11英尺深，护盾6英寸厚。装备有两门100磅布雷克雷炮，两门9英寸口径64磅大炮。速度14节。"珀尔穆特停了一下，"你都听到没？"

"听起来她在那个时代很强大。"

"确实很强大。速度大约是那个年代其他装甲船只的两倍。"

"她的历史呢？"

"非常短暂，"珀尔穆特回答，"她第一次也是唯一一次出现在战争中是顺詹姆斯河而下的史诗般的航行，她穿越了整个联邦海军梯队的阻拦，通过了汉普顿锚地的堡垒，受损严重，但她逃进了大西洋，再没有出现过。"

"那么，她消失是确有其事了？"皮特问。

"是的，也不能算是反常事件。由于邦联的战舰都是为了内河和港口的任务而建造的，一旦进入海洋就非常危险。所以一般认为'得克萨斯'号被急流吞没，沉入海底。"

"你认为她有没有可能穿越大洋来到西非，逆尼日尔河而上？"

"按我的记忆，邦联其他的船只中，'亚特兰大'是唯一一艘进入海洋的，但在佐治亚的奥索湾与两艘联邦的护卫舰相遇，最终被俘。战争结束一年后，这艘船被卖给了海地国王扩充他的海军，一驶出切萨皮克进入加勒比海就沉了。幸存的船员声称好天气时这船都进水。"

"那个老矿工还说，法国的殖民者和当地的土著中都流传着一个没有帆的铁怪逆尼日尔河而上的故事。"

"你想让我把它查清楚吗？"

"你能吗？"

"我已经上钩了，"珀尔穆特说，"我发现了另外一个让'得克萨斯'有趣的谜团。"

"是什么？"

"我正在看一本关于内战时海军的权威之作，"珀尔穆特缓缓地回答说，"这本书中的船只都列出了很多供深入研究之用的参考书目，但是可怜的'得克萨斯'却没有任何参考条目。看样子很可能是有人想让人们把她忘了。"

## 45

皮特和吉奥蒂诺离开美国大使馆后走到街上叫了一辆出租车，皮特将大使馆的助理用法语写好的地址递给司机。出租车便出发了，载着他们从中心广场经过有尖塔的壮丽的大清真寺。他们的司机是一个愤世嫉俗的家伙，经常对着擅闯红灯的步行者和机动车大叫大喊。在繁忙的码头区的主干道上，司机向南转弯，开入城市的郊区，按照地址条上的要求停在了一条蜿蜒的小巷巷口。

付过钱后，皮特他们下车等着，一直看着出租车驶出了视线范围。然后，不到一分钟，一辆法国空军部队的指挥车停在他们旁边，那是一辆605标致轿车，他们爬入车后座。穿着军装的司机根本没有搭理他们，吉奥蒂诺还没来得及关好后门，他就加速驶入小巷。

10公里后，车子停在了一个军事机场的大门前，机场的岗楼上飘着法国的三色旗，安保人员看了一眼那辆标致，便点头放行，同时举手行了一个法国军礼。在停机坪的入口处，司机停了下来，将一片格子旗插入了座前挡泥板上的一个小孔中。

"别告诉我为什么，"吉奥蒂诺说，"我喜欢猜。咱们是参加阅兵的大元帅。"

皮特笑了："你忘了你空军学院的生活了吗？任何汽车在驶过飞行跑道之时都必须插上一面授权的旗子。"

标致车沿着一排地勤人员正在工作的幻影2000三角翼战斗机前进，战斗机的一端停着一排AS-332超级美洲狮直升机，这种直升机并没有其他歼击机那种杀手的外形，因为它们的使命是携带空对地导弹。

司机一直开到一条次级跑道无人的尽头才将车停了下来。他们就坐在那里等待着。在指挥车舒适的空调下，吉奥蒂诺很快就开始打盹，皮特则安然地读着从大使馆拿来的《华尔街日报》。

15分钟后，一辆大型飞机悄无声息地从西方飞来，慢慢降落。皮特和吉奥蒂诺都是听到飞机轮胎撞击水泥跑道的声音才意识到它的到来。吉奥蒂诺立刻醒了，皮特合上了报纸，而飞机已经开始减速，然后一个轮子着地慢慢转向，转了180度，飞机的巨大轮胎一停下来，标致司机便又开动，将车开到了距离机尾5米的地方。

皮特看着那架飞机，整个飞机被漆成淡淡的沙褐色，掩盖了原本在上面的标志。飞机巨大的起落架中间的一个舱门跳下来一个女人，她穿着沙漠作战服，袖子上的臂章是联合国标志和一把剑组成的图形，快步走到指挥车边，打开后门。

"请跟我来。"她的英语中夹杂着浓重的西班牙口音。指挥车开走了，他们则跟着这位联合国战术部队的成员来到了椭圆形的机身之下，她示意让他们进去。他们进入飞机下层的货舱，走向通往主舱的楼梯井。

吉奥蒂诺停下来看了一下3辆装甲运兵车，这些车非常矮，车顶高度不足两米。然后他便入迷地盯着在加奥营救古恩时派上过用场的重火力沙漠汽车。

"开着这家伙去参加越野赛,"他向往地说,"没有人能超过你。"

"看起来确实很有威胁性。"皮特表示赞同。

他们进入主舱的时候,有一个军官已经等在那里了,他自我介绍说:"我是陆军上尉皮姆布鲁克·斯迈瑟,你们能来真的太好了。勒范特中校正在策划室等你们。"

"你显然是英国人。"吉奥蒂诺说。

"是的,你会发现我们是个大杂烩。"皮姆布鲁克·斯迈瑟高兴地说着,用一根轻便手杖指着机舱,这里有36个男人,3个女人,都在清理组装着各种武器和设备,"有些有远见的人认为联合国应该有自己的战斗部队,去国际政府不敢踏足的地方,基本上可以这么解释。我们有时候被叫做'秘密武士',每个人都在自己国家的特种部队经受过严格训练,全都是志愿者。有一些是长期的,但是大部分都只有一年的义务。"

他们可谓皮特见过的最强大、最坚毅的团队。艰苦甚至野蛮的磨炼铸就了他们结实的体魄,他们精通各种技能,擅长完成秘密使命。皮特不希望在暗巷和他们中的任何一个人遭遇,包括女人。

皮姆布鲁克·斯迈瑟引领他们走到作为飞机指挥中心的一个隔间,这个地方很大,里面有各种各样的电子仪器。一个操作员正在调试通讯系统,另一个正把提比扎营救任务的数据输入电脑。

勒范特中校优雅地从一张桌子后走出来,走到门口与皮特和吉奥蒂诺打招呼。勒范特稍微有一些无所适从。他读过NUMA提供的关于这两个人的厚厚档案,对他们过去的业绩印象深刻。他也读了一份关于这两个人逃出提比扎、穿越撒哈拉的简报,对他们的坚韧充满敬佩之情。

对于行动时带上皮特和吉奥蒂诺,勒范特早先持严重的保守态度,但是他很快就意识到没有这两个人,这次行动是有着高度危险的。他们有些憔悴,显示出长期经受太阳暴晒的后遗症,但是与他们握手的时候,勒范特能看出来,这两个人的状态出奇的好。

"先生们,在得知你们的英雄行为后,我就一直期待和你们见面。我是马瑟尔·勒范特中校。"

"德克·皮特,这是我烦人的小朋友阿尔·吉奥蒂诺。"

"我读过一份关于你们艰难经历的报告,原以为你们需要用担架抬到飞机上来,但现在看到你们都身体健康,我真的很高兴。"

"水,维生素,充足的锻炼,"皮特微笑着说,"自有它们的好处。"

"别忘了还有晒太阳。"吉奥蒂诺轻声说。

勒范特并没有回应吉奥蒂诺的玩笑,而是将视线越过他们,望向皮姆布鲁克·斯迈瑟:"上尉,请通知大家,并命令飞机长,立刻准备起飞。"然后他将注意力转回到眼前的两个人:"如果你们说的全都属实的话,那么时间就是生命。我们路上来探讨任务的细节。"

皮特深表赞同地点了点头:"我很赞同您的灵活处事。"

勒范特看了手表一眼。"飞行时间大约是4个小时。我们时间紧迫,如果想要在囚犯们休息的时候发动攻击就不能耽搁,太早或是太晚,他们就会分散在矿内各处,我们难以在有限的时间内找到他们。"

"4个小时,会让我们在夜里到达提比扎。"

"我们的行动200个小时允许有5分钟的误差。"

"你打算亮着着陆灯过去吗?"皮特疑惑地问,"这无异于放烟火通知他们我们来了。"

勒范特捻着胡子的一端,这个动作在接下来的10个小时中,皮特将反复看到。"我们在黑暗中降落。在我继续说下去之前,你最好先坐下绑好安全带。"

他的话伴着引擎低沉的咆哮声而来,飞行员已经催动了螺旋桨。飞机开始在跑道上加速,引擎只传出一些轻微的轰鸣。

吉奥蒂诺认为勒范特有些死板,有些自大,便表现得兴味索然,态度冷淡。而皮特则认为自己见到了一位睿智而又处事灵活的指挥官。他察觉到这位中校对他们有一种隐隐的敬意,这也是吉奥蒂诺没有发觉的。

起飞的过程中,皮特评论起飞机引擎不同寻常的安静,这种声音丝毫不像是全速飞行的飞机的声音。

"排气管上加装了特别设计的消音器。"勒范特解释道。

"它们效果卓著,"皮特赞美地说,"你们降落的时候,轮子触地前我都没有听到动静。"

"你可以把它当成是我们在不受欢迎的地方秘密降落时的隐形衣。"

"你是否还要在无光的情况下偷偷潜入?"

勒范特点了点头:"是的,无光。"

"你的飞机装备了神奇的高科技夜视仪吗?"

"没有,皮特先生,没有什么神奇的。我会让四个人跳伞到提比扎的跑道,保证跑道安全,然后在跑道上设置红外线引导飞行员降落。"

"降落之后,夜里走从机场到矿场入口的路途可不轻松。"

"这,"勒范特冷冷地说,"是我们最小的问题。"

飞机逐渐地提升高度,并向南转向。勒范特解开了安全带,走到桌边,桌上是一张放大的金矿上方高地的卫星照片。他拿起一根铅笔,指着照片。

"将直升机降落在高地上,用绳索下降到河谷,会大大简化我们的问题,而且我们也会更出其不意。但不幸的是,我们必须考虑其他的事情。"

"我理解你的困境,"皮特说,"往返提比扎超出了直升机的最大航行范围。而在沙漠中设置燃料补给站会造成额外的延迟。"

"32个小时,根据我们的估计。我们也考虑过让我们的直升机小分队交互前进,一队携带燃料,一队运载人员和设备,但是这样太复杂了。"

"太复杂而且太慢。"吉奥蒂诺评价道。

"速度问题是使用这架飞机的一个原因,"勒范特说,"客机胜过直升机梯队的另一个重要原因是我们可以用这艘飞机携带我们的交通工具,同样还能在飞机上设置医疗室,用于救治你们的报告里提到的大量急需关照的人。"

"你的行动队有多少人?"皮特问。

"38个战士,两个医护人员。"勒范特回答,"着陆后,4个人留下守护飞机,医护人员随主力救治俘虏。"

"你的运兵车没有足够的空间运送所有人。"

"如果我的人待在车顶上或是吊在车侧,就能运40个人。"

"也许不会有那么多的幸存者。"皮特郑重地说。

"我们会尽全力。"勒范特向他保证。

"马里人呢?"皮特问,"那些政治犯和卡兹穆将军的敌人呢?他们怎么办?"

"他们不得不留在那里,"勒范特耸了耸肩,"矿场中储藏的所有食物都会向他们开放,而且会将警卫们的武器交给他们。除此之外,我们为他们做不了什么了,他们必须靠自己。"

"卡兹穆十分残暴,得知他的奴隶们冲开牢笼后,肯定会下令大屠杀。"

"我有我的任务,"勒范特简单地回答,"其中不包括解救当地的犯人。"

皮特看着提比扎高地周围沙漠的放大照片。"所以,你打算趁夜色在沙漠的跑道中悄悄地降落,开车通过一条白天都很难走的路,攻入金矿,找到所有外国囚犯,然后赶回跑道,起飞飞向阿尔及尔的灯火。以你手头的有限资源来说,这有些人心不足蛇吞象。"

勒范特看得出来,皮特的表情中没有任何谴责,也没有丝毫讽刺或批评。"皮特先生,正如你所说的,你所见即是你所得。"

"我并不是在质疑你的人马的战斗素质,中校,只是我原本期待着一支更大、装备更精良的部队。"

"我很遗憾联合国没有足够的资金让我们快速反应战术小队像许多国家的特种部队那般扩充人力,装配复杂的仪器。我们的预算有限,只能权宜行事。"

"为什么会是快速反应战术小队呢?"皮特好奇地问,"为什么不是英国或法国的突击敢死队或是美国特种部队呢?"

"因为没有任何一个国家,包括你的祖国,愿意冒险插手这次任务。"勒范特解释道,"我们是卡米尔秘书长无偿提供的。"

这个名字唤起了皮特记忆中关于他们与哈拉·卡米尔共度的一段短暂时光,那是在麦哲伦海峡的一艘船上,大约5年前,皮特记得是在搜寻亚历山大宝藏的时候。

勒范特注意到了皮特恍惚的神情和吉奥蒂诺会意的笑容。皮特看到了他们的表情，于是将注意力转回到卫星地图上。"有一个问题。"

"有很多问题，"勒范特平静地说，"但是都会被克服的。"

"除了两个。"

"是什么？"

"我们不知道奥巴尼奥的通讯中心和安全监控室的位置。如果他在你阻止他之前给卡兹穆的军队发出警报，那么我们在马里的战斗方队出现盯死我们之前，成功回到机场并顺利起飞的希望几乎为零。"

"那样的话，我们必须在40分钟内进出矿洞。"勒范特说，"如果大多数囚犯能够自己走上来的话，也不是不可能，但是如果很多需要我们搬运，就会失去我们不应失去的宝贵时间。"

这时，皮姆布鲁克·斯迈瑟端着一个放着咖啡和三明治的托盘从走廊走来。"我们的食物并不适合美食家，"他轻快地说，"不过你们可以在鸡肉沙拉和金枪鱼中二选一。"

皮特看着勒范特咧嘴笑了："你说你们预算有限，还真不是开玩笑。"

飞机高飞在如同大海般的沙漠之上。皮特和吉奥蒂诺根据记忆绘制了一幅矿场的平面草图。他们的记忆力让勒范特大吃一惊，虽然他们都没有照相机般的记忆，但是被关在里面这么短的时间，却能记住如此多的细节，确实令人叹服。

勒范特和另外两个军官进一步质询，经常重复问一个问题三四遍，希望他们能够想起一些可能忽略的细节。进入河谷的路，矿场的布局，警卫的武器，方方面面，一遍又一遍。

他们的数据被电脑录音记录下来，并据此绘制出了三维的矿场结构图。没有任何事情被遗漏、接下来几个小时的天气预报、卡兹穆的战斗机飞来所需的时间、如果客机在地面被摧毁的备用逃生计划和路线，每一种可能性都制定了相应的计划。

降落在提比扎一个小时前，勒范特将他的小队人马集合在主舱当中，皮特开始向他们简要地讲述提比扎里的警卫数量和武器以及他们由于长期生活工作在沙漠之下形成的懒散态度。接着吉奥蒂诺用黑板上的大型草图带着他们参观了一下矿场。

皮姆布鲁克·斯迈瑟将行动小队分成了4个小组，然后向各小组分发了地图和地下隧道的结构图。勒范特最后向他们申明使命，为这次训话画上句号。

"我很抱歉我们没有足够的信息，"他说，"我们从来没有在如此缺少资料的情况下实施过如此危险的任务。你们拿到的地图也许只画出了矿场内部隧道和通道的20%。我们必须稳准狠，先找到办公室和警卫们的活动区，解除抵抗后，就将囚犯集合，开始撤退。在山洞入口处的最后集合时间是进入之后的40分钟。有问题吗？"

一只手举了起来，前排一个男人用带着斯拉夫口音的英语问："为什么是40分钟，中校？"

"瓦德林斯基下士，如果再多的话，离那里最近的马里空军基地就能派出战斗机，在我们安全飞回阿尔及利亚之前将我们击毙。我希望大多数的囚犯能够自己走到我们的车上，如果很多人需要抬的话，我们就会被耽搁。"

另一只手举了起来："如果我们在矿洞里面迷了路，不能在最后集合时间找到回来的路怎么办？"

"那你就会被留下。"勒范特平静地回答，"还有吗？"

"我们能够保有我们发现的黄金吗？"提这个问题的是后排的一个肌肉发达的家伙，他引起了一片哄笑。

"任务结束后，你们所有人都会被扒光衣服搜身。"皮姆布鲁克·斯迈瑟兴奋地回答，"所有的黄金都要上交，存到我在瑞士的私人账户里。"

"女士也要扒吗？"这次提问的是一个女人。

他丢给她一个诡秘的微笑："尤其是女士。"

尽管这并没有改变勒范特脸上严肃的表情，但是他很感谢有这一幕幽默的表演缓解了紧张的气氛。

"既然我们都知道战利品在哪里了,那就全力以赴吧。我会带领第一队人,皮特先生充当我们的向导,我们扫清上层的办公区,然后进入矿洞释放魔窟中的囚犯。第二队由皮姆布鲁克·斯迈瑟上尉带队,在吉奥蒂诺先生的引导下从电梯下去对付警卫中心。斯滕侯姆中尉负责第三队,作为后备,负责在主隧道进行防御,阻挡侧面通道可能出现的攻击。第四队由莫里孙中尉负责,对付矿石提炼层。医疗队外的其他人留守飞机。如果还有什么问题去问你们的小队指挥官。"

勒范特停了下来,环视着他的手足的脸孔,然后说道:"我很遗憾我们筹备行动的时间如此仓促,但是这次行动不应该被证明超出了你们的能力,你们是一个前6次任务都没有折损一人的队伍。如果有什么意外,就灵活处理。我们必须冲进去,释放囚犯,尽快出来,不要被马里的空军追上。讲话的最后,我祝你们都好运。"说完,勒范特转身走进了他的指挥舱。

## 46

联合国飞机上的导航系统根据卫星定位系统提供的数据自动设定了飞往提比扎高地的航线。轻微地调整之后,飞行员很快便开始在沙漠中央那条荒凉的跑道上方盘旋。

后舱门打开后,4名突击队员排列在这个黑洞的边缘。20秒后,一声信号声响起,他们纵身一跳,跳入了无尽的夜空,而舱门随之关闭。飞行员向北飞了12分钟,然后才往回兜,飞回要降落的地点。

飞行员通过夜视眼镜向外观察,而他的副机长则一边看着仪表上的读数,一边通过特别的双光眼镜观察下方的沙漠,这种眼镜能够让他观察到伞兵布置的红外光。

"我已经接近地面。"飞行员宣布。

副机长摇了摇头,因为他看到了右舷方向有4盏灯在闪烁。"你选了一条为小型飞机降落用的短跑道，主跑道在右方半公里。"

"好的，已经调整，开始减速。"

副机长拉动控制杆，飞机轮子向下放下。"起落装置已放下并锁定。"

"那些阿帕契的直升机驾驶员是怎么避免撞到地上的，"飞行员轻声嘟囔着，"这简直就像是从两个厕纸纸筒里看东西，纸筒里还有只绿青蛙。"

副机长根本没有时间笑或是回话，读取飞行速度、高度、航向修正数据就让他忙坏了。

大轮子撞上了沙地和砾石，激起一片灰尘，飞机后方天地简直混为一体。飞机悄无声息地降落在跑道上，稳定地持续减速，最后停在距离跑道尽头不足100米的地方。

沙尘依然在飞机后方飞舞时，他们就放下了后舱门。汽车顺斜坡开下，一字排开，沙漠越野车排在最前。接着走下的是留守的6人安全组，他们很快消失在飞机周围。主力跟在后面，迅速登上了各自的车辆。勒范特一走到地面上，伞兵队的领队就上前报告。

"报告长官，这片地区完全无人，没有任何警卫或电子安全防护设备。"

"建筑呢？"勒范特问。

"只有一个小砖房，里面有一些工具和汽油桶、柴油桶。要我们摧毁它吗？"

"等我们从金矿回来再说。"他向旁边一个模糊的人影打招呼，"皮特先生？"

"中校，在这儿。"

"吉奥蒂诺先生跟我说你参加过越野拉力赛？"

"是的，长官，没错。"

勒范特指着战斗越野车的司机位置，同时递给皮特一副夜视眼镜："你熟悉去金矿的路。请你掌控方向盘，带我们进去。"然后他转向一个黑暗中的人影："皮姆布鲁克·斯迈瑟上尉。"

"到。"

"我们要出发了。你开最后一辆车负责殿后，留意观察后方，特别是空中。我不想我们被一架飞机悄悄盯上。"

"我会眼观六路。"皮姆布鲁克·斯迈瑟向他担保。

如果说UNICRATT的运作资金真的捉襟见肘的话,皮特忍不住想知道有着花不完的钱的美国特种部队会装备什么神奇的设备。勒范特所有的人,无论男女,也包括皮特和吉奥蒂诺,全都穿着灰黑色的迷彩夜间战斗服,外套防弹背心,头戴保护眼睛的夜视眼镜和装备了微型通讯设备的头盔,手持海克勒-寇奇MP5冲锋枪。

吉奥蒂诺爬上后方运兵车,在司机旁边坐下。那个座位十分局促,座位上方有一把六枪筒沃尔坎机枪,让他不得不低下头来。皮特向他挥手道别,便戴上了自己的夜视眼镜,突然增强的光线让他不得不调整眼睛,越野车前方200米都突然间变得像是外星的绿色地表。他指着西北方说:"进入金矿的通道在前方30米处开始。"

勒范特点了点头,转头确认他的队员全都已登车,整装待发,然后用手做了一个向前的手势,拍了拍皮特的肩膀:"时间紧迫,皮特先生,出发。"

皮特调整越野车的挡位,加速前行,三辆运兵车跟在后面。很快轮胎下的土地便模糊了起来。凡是走过的地方,全都细沙飞扬,后面的三辆车不得不在越野车后雁字排开,躲开沙尘的围困。但是没用多久,汽车和车上的人员全都披上了一层棕灰色的沙尘做成的外衣。

"这车能开多快?"皮特问。

"在平地上,210公里。"

"也就是每小时大约130英里。"皮特说,"它没有流线型的车身,又那么重,到这个速度还不赖。"

"你们的海豹突击队在伊拉克的沙漠战争中使用过这款车。"

皮特用胳膊碰了勒范特一下:"告诉后面的司机我们要左转30度,然后直走大约8公里。"

勒范特通过通讯系统传达了指示,没一会儿,运兵车便都整齐转向,继续跟随越野车。

从飞机跑道到高地河谷的通道沿线基本没有什么标志性的景观,皮特一半依赖自己的记忆一半依赖夜视眼镜前行。在暗夜中穿越沙漠是绝对紧张万分的,即便是带着夜视眼镜。根本无从知晓下一步到底是什么,他是不是还在路上,是否可能带着整队人马冲下悬崖,冲向无尽的深渊。只有那地上偶尔出现没有被风沙掩埋的轮胎印告诉皮特,他还走在正路上。

皮特偷眼瞥了一眼勒范特。中校正放松地坐着,出奇的镇静。如果说对皮特在暗地上野蛮的驾驶感觉到了恐惧的话,他也没有表现出一丝一毫。只有当他转头察看3辆运兵车是否都跟在身后时才显现出一丝忧虑。

高地在前方浮现出来,它隆起的地面遮住了西方低处的星空。4分钟后,皮特感觉一阵欣慰袭上心头,他完全凭借记忆找到了那条狭窄的裂缝。通向蜿蜒的河谷的入口,如同被斧子劈开一般,在黑色的高地中出现。皮特减速停了下来。

"停车的洞窟入口离这儿只有1公里。"他对勒范特说,"你想不想派一个侦察队先步行过去?"

勒范特摇摇头:"放慢速度继续开,皮特先生。也许我们会暴露,但也要开车进去,这样节省时间。你意下如何?"

"为什么不呢?没人会想到我们会来。如果奥巴尼奥的警卫看见我们,说不好还以为我们是卡兹穆或马萨德派来的运奴车呢。"

皮特再次开动越野车,运兵车排成纵排跟在后面。感觉到汽车下陷时皮特才微微加速,此外他始终让车保持在3档,引擎比空转快不了多少。峭壁在河谷投下蜿蜒的黑色阴影,车队便沿着峭壁底部前进。汽车上特别设计的消声器并不能完全掩盖住排气筒的声音。而引擎也微微地震颤着大地,声音仿佛是远方活塞式发动机的飞机传来的轰鸣声。夜间的空气非常凉爽,一丝微风低语着,而河谷的崖岸依然散发着白日的余温。

山洞的入口突然间在黑暗中出现,皮特自然而然地将越野车开过狭窄的石墙,进入主通道。内部只有办公区走廊流泻过来的灯光,除了一辆雷诺卡车和一个预想到的警卫之外,空无一物。

穿着沉重的袍子、头戴头巾的图瓦雷克人盯着慢慢靠近的汽车,与其说是出于防范,还不如说是出于好奇。越野车离他只剩几米时,他才怀疑地瞪大了眼睛，从肩膀上摘下步枪端平，而此时勒范特已经用一把贝雷塔无声手枪射中了他的两眼之间。

"漂亮！"皮特词穷地评价着，停下了越野车。

勒范特看了手表一眼："谢谢你，皮特先生，你让我们提前了12分钟。"

"这也让我高兴。"

中校走出越野车，做了几个手势，行动队的队员便迅速而悄无声息地跳到了地上。各小队排列整齐，向隧道挺进。一进入那条铺地砖的走廊，勒范特的小队便悄悄地挨个进入圆形的入口，将震惊的奥巴尼奥的工程师们包围。而吉奥蒂诺则带着另外3个小队直接向法尔韦泽地图上标注的通向下层的货梯前进。

奥巴尼奥的4个矿务工程师正围桌而坐打着扑克，这群穿着迷彩作战服全副武装的人突然出现在眼前，将他们包围，用枪口瞄着他们的头。他们还没来得及作出任何反应，就被绑好塞住嘴巴，丢进一间储藏室里。

勒范特轻轻地悄悄地打开了标有安全监控中心的门。房间里没开灯，只有一排显示着矿硐不同地点情况的监视器闪烁着光芒。一个欧洲男人坐在一把转椅中，背对着门。他穿着花衬衫和百慕大式短裤，抽着一根细雪茄，漫不经心地看着监视器上的画面。

一面没开的监视器上的反光出卖了他们。看到后面有人进入房间的画面，那个人微微左转，手指摸索在有一排红色按钮的控制台上。勒范特跳起来将手枪枪柄砸下去的时候已经太晚了。虽然警卫失去了知觉，瘫倒在座位中，但是整个矿场内都响彻着救护车般的嘶鸣声。

"他妈的糟透了！"勒范特苦恼地咒骂着，"所有的惊喜都没了。"他把警卫拖到一边，对着控制台开了10枪，破损的零件火花四射，浓烟喷射，而嘶鸣声突然停了下来。

皮特顺走廊往里跑，将门一扇扇推开，最后终于找到了通讯中心。操作员是一个漂亮的摩尔女人。突然闯入的皮特并没有吓到她，她甚至都没有从通讯仪器上抬头看一眼。警报响了后，她就在对着头上戴的耳麦快速地用法语说着。皮特上前一步，一拳砸在她脖子上。但是他和勒范特一样，都已经太晚了，操作员摔倒在地的时候，警报已经传送到了卡兹穆的部队。

"不够及时，"皮特对冲过来的勒范特说，"我没来得及阻止，她已经传了信息出去。"

勒范特看了一眼，然后转身喊道："肖韦尔中士！"

"到！"穿着厚厚的作战服，几乎看不出来这位中士是个女人。

"你负责通讯，"勒范特用法语命令道，"告诉马里人警报只是由于短路，没有任何紧急状况。求你和他们一直讲，不要让他们作出反应。"

"是，长官。"肖韦尔应声答道，然后将通讯员踢到一边，坐在了通讯设备旁边。

"奥巴尼奥的办公室在走廊尽头。"皮特说，勒范特推着他一直向走廊深处跑去。他一口气跑到头，然后放低肩膀，向门撞去。门开了，他像是一个全力以赴的赛跑选手一般冲进了接待室。

紫灰眼睛的长头发接待员镇定地坐在自己的桌子前，双手端着一把骇人的自动手枪，由于冲劲，皮特一直飞越过房间，跳上桌子，撞向这个女人，和对方一起摔倒在地，混成一团。但是这个女人还是向着皮特的防弹背心开了两枪。

皮特感觉似乎有人拿锤子在自己的胸口砸了两下，这子弹确实让他猝不及防，但却不足以让他放慢动作。接待员一边挣扎着一边用皮特完全听不懂的语言大叫着。她又开了一枪，子弹从皮特肩膀上方飞过，射到岩石屋顶，然后反弹到一幅画上。此时，皮特才从她手中夺过枪。然后他抓住对方的两脚，将她抡向一张沙发。

然后他转身走入两个图瓦雷克人铜像中间，拧了拧奥巴尼奥办公室的门把手。门是锁着的。他举起从接待员那里夺来的枪，对准锁头，连按三次扳机，枪声振聋发聩——现在已经没有必要隐藏了。他贴墙而站，用脚尖踢开了门。

奥巴尼奥背靠着桌子，手支在桌子面上，仿佛就是在等待着敌对公司的负责人而已。他头巾下的眼睛中没有丝毫恐惧，有的只是傲慢自大。而当皮特走进房间，摘下头盔的时候，他的眼色中流露出了吃惊。

"我希望我没来晚,奥巴尼奥,我记得你说过想和我一起吃顿饭。"

"你!"奥巴尼奥嘶嘶地说着,脸色开始变白。

"我回来看看你,"皮特微微笑着,"我还带了一些朋友来,他们对奴役谋杀妇孺的虐待狂很有看法。"

"你应该死了才对。没有人可以在没有水的情况下活着穿过沙漠。"

"我和吉奥蒂诺都没死。"

"卡兹穆将军的一架侦察机在撒哈拉公路西方很远的一个干河谷里发现了翻车的卡车。你们不可能从那儿步行走到公路的。"

"那个我们绑在方向盘上的警卫呢?"

"还活着,但是很快就因为让你们跑了而被枪决了。"

"在某些地方,命真的很贱。"

奥巴尼奥眼睛中的震惊渐渐退去了,但是里面依然没有恐惧。"你是回来救人的吗?还是偷金子的?"

皮特看着他:"第一条,不是第二条。我们还打算让你们就此歇业,直到永远。"

"你的武力非法侵入了一个主权国家。你们没有权利进入马里,处理我和金矿。"

"我的天啊,你跟我讲权利?那些被你奴役和谋杀的人的权利在哪里?"

奥巴尼奥耸了耸肩:"反正卡兹穆会把他们杀了的。"

"那你为什么不给他们提供人类应有的待遇?"

"提比扎又不是度假休闲的地方。我们这里要开采金矿。"

"为了你、马萨德还有卡兹穆的利益。"

"是的,"奥巴尼奥点了点头,"我们就是唯利是图。那又怎么样?"

奥巴尼奥的冷酷无情激开了皮特愤怒的闸门,他的眼前又出现了一连串的画面:数不清的男男女女、老老少少备受摧残,地穴中堆放的累累尸体,麦莉卡染血的皮鞭抽打在无助的人身上。那三个人的贪婪犯下了不可胜数的累累罪行,必须要有所报应。他走上前一步,摘下肩膀上的枪,把枪柄撞向奥巴尼奥嘴部。

这个穿着游牧人服饰的爱尔兰矿主应声瘫倒在地毯上，围巾上染满了鲜血。有好一阵子，皮特一直低头看着他，愤怒地咒骂着，然后将这个没有知觉的男人扛在肩膀上。在走廊里，他遇到了勒范特。

"是奥巴尼奥？"中校问。

皮特点了点头："他出了点意外。"

"显而易见。"

"情况怎么样？"

"第四小队已经肃清了矿石提炼层。第二队和第三队遇到了警卫的轻微抵抗，看起来那些人更擅长打无助的人，而不是对抗顽强的专业人士。"

"贵宾梯在这边。"皮特说着走向了一条侧面的走廊。

第一小队一部分人负责看守奥巴尼奥的工程师和办公室工人，其他人跟随皮特和勒范特走向电梯。电梯的操作员已经跑了，他们直下矿洞中心区，走出后来到大铁门边，铁门歪歪斜斜地开着，被炸药炸坏的锁依然破损。

"有人想让我们进去？"勒范特沉思着。

"我和吉奥蒂诺逃跑的时候炸开的。"皮特解释说。

"看样子他们是没机会修理了。"

外面的通道中回响着尖锐的枪声。皮特将依然毫无知觉的奥巴尼奥放在了一个肌肉强健的队员肩膀上，然后便直朝关押囚犯的洞窟跑去。

他们没有遭遇任何抵抗，一直挤入了中心的洞窟。第二小队正在那里看押着解除了武装的奥巴尼奥的警卫，这些警卫全都恐惧地把双手背在头后。吉奥蒂诺和两个队员已经打坏了关押囚犯的地牢大铁门门锁，正在推着门。皮姆布鲁克·斯迈瑟看到了勒范特，跑上前来报告。

"已经拘捕16个警卫，中校，有一个或是两个逃入了矿区。7个由于冥顽不灵地抵抗而被击毙，我们只有两个人受伤，而且都是轻伤。"

"我们必须快点，"勒范特说，"我担心我们在切断通讯前他们已经发送了警报。"

皮特走到吉奥蒂诺身边，也加入了推门的阵列。吉奥蒂诺扭头看着他。

"好的,你总算登场了。"

"我耽搁了一会儿,和奥巴尼奥聊了几句。"

"他是需要医生还是需要送殡的?"

"确切地讲,需要个牙医。"

"你看到麦莉卡了吗?"

"办公室里没有她的踪迹。"

"我会找到她的,"吉奥蒂诺有着一丝残忍,"她是我的。"

门终于被开到了最大,队员们走入洞窟。尽管有过亲身体会,皮特和吉奥蒂诺完全知道里面是什么,但是他们看了一眼依然觉得恶心。面对着强烈的恶臭和眼前受着无尽苦难的人们,队员们都呆住了,脸色苍白。勒范特和皮姆布鲁克·斯迈瑟也都震惊地站了一会儿,才鼓足力量走进去。

"老天啊,"皮姆布鲁克·斯迈瑟喃喃自语,"简直就像奥斯维辛和戴考营。"

皮特冲过一大群的囚犯,这些人已经被过度的劳作和饥饿折磨成行尸走肉,精神完全麻木,已经不懂得绝望与震惊。他看到霍普博士正坐在一个铺位上,迷蒙的眼神茫然地望着前方,由于劳碌与食物短缺,他身上污秽的衣服已经松垮垮的了。他突然间开口大笑,强打精神站了起来,抱住皮特。

"感谢上帝,你和阿尔成功了。真是奇迹。"

"很抱歉我们这么晚才回来。"

"夏娃从来都没有放弃,"霍普的声音哽咽了,"她知道你能成功的。"

皮特环视周围:"她在哪儿?"

霍普对着一个铺位示意:"你来得正是时候。她现在情况不太好。"

皮特走过去,跪在一个下铺边,床上的人已然如同一个雕像。忧伤爬满了皮特的脸,他不敢相信,才不过一个星期,夏娃就会变得如此虚弱。他轻轻地抱起她的肩膀,微微地摇了摇:"夏娃,我回来找你了。"

夏娃稍微动了动,睁开眼睛,惘然地望着他,轻声说:"请让我多睡一会儿。"

"你现在安全了。我会带你离开这里。"

这时,她终于认出了皮特,眼睛中涌出了泪水:"我知道你会回来救我的,救我们所有人。"

"我们就是完全为了这个而来的。"

她看着他的眼睛,笑了起来:"我从来都没有怀疑过。"

然后他吻了她,久久地,轻轻地,柔柔地。

勒范特的医疗队立刻就投入了工作,治疗伤重的俘虏,而作战人员开始指挥那些人走到外面上运兵车。他们最初的担心果然成了现实。这个过程进展缓慢,很多人都非常虚弱,根本没有办法自己移动,必须依靠别人的帮助。

看着夏娃和其他的女人孩子得到了照顾,开始向上转移后,皮特向勒范特的爆破专家借了一包塑料炸药,然后去找奥巴尼奥。奥巴尼奥现在已经恢复了知觉,正坐在一辆矿车下面,一个强壮的女队员看着他。

"过来,奥巴尼奥,"皮特命令道,"咱们去散个步。"

奥巴尼奥的头巾已经脱落,现在他的脸上露出了一条很重的伤疤,那是他早年在巴西的矿场时被炸坏的。而皮特的枪柄敲得他满嘴是血,还掉了两颗门牙,更加重了他面部的狰狞。

"去哪儿?"他肿着嘴唇生硬地问。

"去向死者致敬。"

女队员站到了一边,任皮特把奥巴尼奥拉了起来,推着他沿着一条轨道走向埋尸的洞穴。一路上,他们都没有说话,只是偶尔要绕开抵抗而死的图瓦雷克的警卫尸体。来到那个洞窟前时,奥巴尼奥迟疑了,但是皮特毫不留情地将他推了进去。

奥巴尼奥转脸看着皮特,眼神依然傲慢无礼。"你为什么带我来这儿?在杀死我之前发表演说告诉我我有多残酷?"

"根本不是,"皮特平静地回答,"这一刻根本不会有什么演说,而我,也不会杀了你。那太痛快了,太便宜你了,一瞬间的痛苦然后就是黑暗一片。

不，我觉得有种死法更适合你。"

奥巴尼奥的眼睛中第一次闪过了一次恐惧。"你到底想干什么？"

皮特用手中的枪指着累累的尸体。"我想给你充足的时间让你好好思考你的狠毒和贪婪。"

奥巴尼奥似乎有些困惑。"什么？如果你想看我哭着求饶的话，你就大错特错了。"

皮特看着那一堆堆的尸体，看着其中一个不足10岁的小女孩，她死前已饿得骨瘦如柴，一双失神的眼睛现在依然睁着。愤怒燃烧着他，噬咬着他，而他竭尽全力地控制自己的情绪。

"你会死的，奥巴尼奥，但是非常缓慢，你曾经让这些可怜人忍饥挨饿，现在你必须在他们旁边体会这一切。等你的朋友卡兹穆和马萨德发现你的时候，你就和这些被你害死的可怜人一样了。不过我很怀疑你的朋友们会费心找你。"

"朝我开枪，现在就杀了我！"奥巴尼奥不顾一切地喊道。

皮特冷冷地笑了笑，冷得如同一块冰，他什么都没有说，用枪对着奥巴尼奥，强迫他走到洞窟最里面。然后皮特走出入口的隧道，在几个位置上安放了炸药，设定好计时器，接着，他向奥巴尼奥最后一次挥了挥手，然后跑入通道，蜷在一列矿车后面。

接着传来4声爆炸的轰鸣声，一声紧随一声，炸裂了通向墓穴的隧道的支柱，激起一片灰尘。爆炸声在矿洞内回响了好一阵，然后出现了一阵奇怪的静寂。皮特的耳朵已经快被震聋了，他恼怒地猜测自己的炸药是不是安放的位置不对。然后传来一声巨大的轰鸣声，隧道的屋顶坍塌，无数巨石落了下来，封死了墓穴的入口。

皮特等着尘埃落定，才平静地扛起枪，沿着轨道向主通道走去，边走边吹着口哨，是《我一直在铁路上工作》的调子。

吉奥蒂诺听到一点动静，然后看到左侧一个支道的交口处有东西在动。他沿着铁轨走到一辆空矿车旁边，然后悄悄地贴着墙，不让自己的脚踢到松动的石头，一点点向前靠近，然后他像猫一样猛地一跳，跳过铁轨，把枪口指向矿车里面。

"放下枪！"他厉声喝道。

那个图瓦雷克人完全没有想到自己会被抓住，他缓缓地从空矿车里站了起来，双手拖着枪高高举在头顶。他不会说英语，也无法完全明白吉奥蒂诺的命令，不过他很快就明白反抗没有意义。他看着吉奥蒂诺的枪，走到了一边，然后丢下了武器。

"麦莉卡呢？"吉奥蒂诺厉声问。

警卫摇了摇头，但是吉奥蒂诺看到了他眼神中的怯懦迟疑。他将枪口顶在警卫嘴边，推进他嘴巴里，将手指勾在扳机上。

"麦莉卡。"警卫含着伸进他喉咙深处的枪口，喃喃地说着，痛苦地点了点头。

吉奥蒂诺抽出了枪。"麦莉卡在哪儿？"他用威慑的语气问道。

看样子，警卫十分惧怕麦莉卡，就如同他惧怕吉奥蒂诺一样。他瞪着眼睛没有说话，只是用下巴指了指通道的深处。吉奥蒂诺示意他走出通道，向主通道移动。吉奥蒂诺指着前方说："回主洞窟，明白吗？"

图瓦雷克人双手背在头后，点了点头，然后离开支通道，沿着轨道全速向前跑去。吉奥蒂诺转身继续镇定地走向黑暗的隧道深处，每一步都防备着可能爆发的枪火。

他的脚步非常轻，周围死一般的寂静。途中他停下来了两次，他身体中的每一种感觉都提示着危险的存在。他最后来到一个大弯处，停了下来。通道的另一面有灯光，还有一个影子和石头相互撞击的声音。他从作战服的众多口袋中的一个摸出来一面小镜子，贴在一根支柱上缓缓移动。

麦莉卡正在通道尽头焦躁地对着石头，她想砌起一面墙躲在后面。她背对着吉奥蒂诺，距离有10米远，一挺枪靠在墙边她触手可及的地方。她毫无戒备地忙碌着，完全相信刚才吉奥蒂诺抓住的那个警卫不会出卖自己。吉奥蒂诺完全可以在她有所察觉之前走到隧道中心，向她开枪。但是他并不想让麦莉卡这么快地死掉。

吉奥蒂诺偷偷地绕过弯道,轻手轻脚地向麦莉卡走去。其实麦莉卡弄出的岩石撞击声完全盖住了他的脚步声。那个隐藏工事已经接近完工了。吉奥蒂诺走到近前,抓起麦莉卡的枪,扔到身后。麦莉卡这才转身,搞清情况,然后向吉奥蒂诺扑去,手中那条该死的皮鞭也甩了过来。但是她完全没有占到任何先机,吉奥蒂诺一点都没有退缩,他的脸上仿佛戴着一张无情的面具,冷静地扣动了扳机,打在麦莉卡的膝盖上。

复仇是吉奥蒂诺唯一的感情。麦莉卡就像一只疯狗一般歇斯底里,暴躁如雷。她一直以虐待杀戮为乐,到了现在,躺在地上,双腿扭曲,她紧咬的牙关和黑色的眼睛中迸发的依然是彻底的毒辣。她内心疯狂的兽性突然间爆发,克服了剧痛,她如同一个受伤的野兽一般对着吉奥蒂诺疯狂地嘶吼,叫喊出所有她知道的脏话,同时还抽打着手中的皮鞭。

吉奥蒂诺向后退了一点,困惑地看着麦莉卡无用的反抗,缓缓地说:"这是一个暴虐、无情的世界,不过很快你就可以离开这儿了。"

"你个矮杂种,"麦莉卡号叫道,"你懂什么暴虐无情?你又没像我一样吃过苦受过罪,在烂泥里生活过。"

吉奥蒂诺的表情就像石头一样坚硬。"即便那样你也没有权力给其他人带来痛苦。作为法官和行刑者,我对你的生活问题不感兴趣。也许你变成今天这样是有原因的,但是如果你问我,我觉得你先天就有问题。你犯下了累累罪行,根本没有理由再活下去了。"

麦莉卡并没有求饶,从她的嘴中冒出一串充满恨意的无情詈骂。吉奥蒂诺向着她的胃部开了两枪。那双充满恶意的眼睛最后看了这个世界一眼,只看到吉奥蒂诺冷冷的表情,便变成了一片空白。麦莉卡巨大的身躯倒在了岩石地面上。

吉奥蒂诺低头看了她好一会儿,才对着这个再也听不到声音的尸体轻声说:

"叮咚!老巫婆死了。"

## 47

"一共25个人，"皮姆布鲁克·斯迈瑟向勒范特报告说，"14个男人，8个女人，3个孩子。全都由于备受折磨而半死不活。"

"比我和吉奥蒂诺走的时候少了一个女人和一个孩子。"皮特愤愤地说。

勒范特看了看已经乘坐了被释放的囚犯的运兵车，然后又看了看手表。"我们已经比预定的时间慢了16分钟。"他焦急地说，"尽量快点，上尉，我们必须要出发了。"

"马上就能出发。"皮姆布鲁克·斯迈瑟说完跑到车旁边，督促队员们加快速度。

"你朋友吉奥蒂诺呢？"勒范特问皮特，"如果他不快点来，我们就得扔下他了。"

"他有点杂事要处理一下。"

"他得凭运气才能穿过下层的暴动。那些囚犯们冲进了储存食物和水的地方，之后便开始向警卫们报复了。最后一队从下层撤离的人报告说，马上就会有大屠杀。"

"在这个鬼地方受了那么多苦，这也难怪。"

"把他们扔下让我觉得很难受，"勒范特说，"不过如果我们不尽快离开，他们顺电梯冲上来，要阻止他们上我们的车就麻烦极了。"

山洞的入口处守护着6个队员。这时，吉奥蒂诺从走廊深处跑来，越过他们，他的脸上得意扬扬。他对皮特和勒范特笑了笑："你们能专程等我这个小老头，真让我高兴。"

勒范特并没有心情笑："你根本不是我们拖延的原因。"

"麦莉卡呢？"皮特问。

吉奥蒂诺举起了他作为纪念品取来的皮鞭。"正在地狱办理入住登记。奥巴尼奥呢？"

"去看管停尸房了。"

"准备就绪，可以出发。"皮姆布鲁克·斯迈瑟从一辆车边喊道。

勒范特点了点头。"皮特先生，请带我们回到跑道。"

皮特快速地看了一眼夏娃，她喝了医疗组提供的一加仑水，狼吞虎咽地吃下了一些东西，现在已经好多了。霍普、格里姆斯和法尔韦泽看起来也都恢复了生机。然后他便跑到沙漠越野车旁边，跳到驾驶座上。

殿后的队员跳上最后离开的车吊挂在车外，没有一秒钟，囚犯们便如同洪水一般冲出了矿洞，冲进了停车场。但是他们还是来迟了，只能失望地看着那个特种部队离开。这些人将他们从死亡边缘救了回来，现在却将他们丢在了黑暗中，丢给了未知的命运。

皮特加速穿过河谷的时候，感觉不需要再小心翼翼的了。他打开了车前灯，脚平放在车底板上。在勒范特中校的催促下，他已经把运兵车甩到了视线之外。因为勒范特想要提前赶回去监督上机的工作。吉奥蒂诺开着领头的运兵车，地上有轮胎印可以追踪，即便没有皮特的引路，他们也能轻易找到返程的路。

回程途中，勒范特非常焦躁，他每隔几分钟就看一眼手表。他们比计划落后了21分钟，这事情让他困扰不堪。最后5公里，他才开始放松下来，天空中没有什么东西，根本没有飞机的踪迹。他开始乐观了一些，也许卡兹穆的军队已经让肖韦尔中士给骗住了。

但幻灭时刻很快就降临了。

在越野车加装了消声器的排气管声音之外，他们突然间听到了无疑是喷气发动机的声音，抬头便看到黑色的天空中闪烁的飞机导航灯。勒范特立刻通过头盔里的通讯设备通知机组成员和安全人员，让他们撤离飞机，隐藏起来。

皮特猛踩刹车，越野车四轮漂移，在一个小沙丘后停在了一片沙尘中。他松开方向盘，看着天空中的飞机："看来我们惹来了很多不友好的关注。"

"卡兹穆肯定派了一架侦察机过来检查那警报是不是真的是袭击。"勒范特的声音冷冷的，但是脸上写着深深的恐惧。

"飞行员肯定还没有发现问题,否则他不会闪着翅膀上的灯来跟咱们打招呼。"

勒范特严肃地看着那架喷气战斗机,它已经开始在他们飞机停靠的跑道上方盘旋。"我担心他正在报告说发现了一艘身份不明的飞机,请求攻击的命令。"

并没有用多久,他们的怀疑就有了答案。那架战斗机,勒范特已经认出来是法国产幻影,突然转向,飞向跑道,将激光对准他们的飞机,而他们的飞机就如同一头在大炮前睡着的牛一般,无依无靠。

"他开始了。"皮特厉声喊道。

"开火,"勒范特对坐在他们后面操纵沃尔坎机枪的人喊道,"把它打下来。"

枪手用瞄准器瞄准马里战斗机,调整好角度后立刻开火。机枪上的6个枪管轮番发射,数以千计的20毫米子弹飞入黑色的天空。子弹击中了目标,开始将幻影撕碎,而幻影的飞行员刚好将两枚导弹投向地上无助的飞机。

两架飞机同时爆炸起火,沙漠顿时成了一锅噪音与烟火煮成的粥。那架喷气战斗机,现在变成了一个明亮的橘红色的火球,直直地坠向地面,粉身碎骨,在这片无人关注的沙漠,碎片覆盖了一大片沙子。那架客机也不再是一架飞机,只是一堆火,浓烟像一根大柱子一样直冲云霄,遮挡住了闪烁的星光。

皮特仿佛被催眠了一般地看着,两秒钟前他还看到两艘完好的飞机,现在只剩下火和废墟。他和勒范特爬出越野车,站在原地。在毁灭的火光的照射中,皮特在勒范特的脸上察觉到了一丝苦涩。

"该死!"勒范特咒骂着,"怕什么来什么!现在我们被困在这里,没有被救的机会了。"

"卡兹穆很快就会怀疑有外国的军队进入了他的领地,"皮特严肃地补充道,"他会把他的整个空军都派到提比扎来。那时候你后备的直升机还没靠近就会被他们打成碎片。"

"除了向边境逃跑别无他策。"勒范特承认。

"我们永远都看不到边境的。就算卡兹穆的飞机没有把我们当做靶子,他的地面部队没有沿路追踪追杀我们,我们找到救兵前汽车也会没油的。你那些强壮的突击队员可以挺过去,但是你刚刚从死神那里救回来的可怜人肯定会死在沙漠里。我知道,我经历过。"

"你当时是向东去撒哈拉公路,"勒范特说,"那有将近400公里,而如果我们直接向北,只用240公里就能进入阿尔及利亚境内,和来自阿尔及尔的援兵会合。我们的燃料足够跑这段距离。"

"你忘了卡兹穆和马萨德在提比扎投入甚多,"皮特直接看着勒范特,"他们会不惜一切代价避免让这个秘密公诸于世。"

"你认为他们会进入阿尔及利亚袭击?"

"你的营救行动会让他们不顾一切,"皮特打断了勒范特,"边境这种小事情不会让他们放弃命令空军进入阿尔及利亚的一块无人区。一旦制伏我们,救援我们的飞机或被他们摧毁,或自己开走,他们就会派一个伞兵部队,确认我们全都死了。他们不会让任何一个人逃出去,揭发他们惨绝人寰的罪行。"

勒范特转过头来看着皮特,他的脸上反射着火光:"你不赞同我的计划?"

"我讨厌去做这种能想得出后果的事情。"

"你一直在深藏不露吗,皮特先生?还是因为你太谦虚了?"

"我比较实际,"皮特快速回答说,"我有充分的理由相信卡兹穆不会在边境线前止步。"

"你计划怎么办?"勒范特耐心地问。

"向南开到佛瑞尔堡垒,等待通向外面的火车。"皮特回答,"然后劫一辆火车,去毛里塔尼亚。如果我们行动无误的话,等我们到了艾丁尼港海边卡兹穆才会有所察觉。"

"深入虎穴,"勒范特怀疑地说,"你说得倒是真简单。"

"从这里到佛瑞尔堡垒一路平坦,只有些沙丘而已。如果我们能以时速50公里前进，天亮前就能到达，燃料还会有剩。"

"然后呢，四面八方肯定都能看到我们。"

"我们躲在一个法国外籍兵团的一个旧堡垒里，等到天黑，劫下一辆出境的火车，大家都躲上去。"

"最初的佛瑞尔堡垒。那里二战后就被废弃了，我去过一次。"

"就是那个。"

"没有人给我们带路，穿过那些沙丘无异于自杀。"

"我们救出的人里面有一个专业的导游，他就像游牧人一样对马里沙漠了如指掌。"

勒范特转头不再看燃烧的飞机，对皮特提出的计划思前想后。如果他是卡兹穆的话，他也会认定这个部队会向北方最近的边境逃跑。而且他也会下令自己所有的力量拦截他们。最后，他认定，皮特是对的。显然没有希望向北逃到阿尔及利亚，卡兹穆不看到他们都死了不会罢休。向完全相反的方向进发也许能骗过卡兹穆和马萨德，至少能够为他们争取到足够的溜出去的时间。

"皮特先生，我有没有跟你提过，我曾经在沙漠待过8年，我是法国外籍兵团的一员。"

"没有，中校，你没提过。"

"游牧部落流传着一个传说，说一只狮子身上插着猎人的矛，从北方的雨林而来，游过尼日尔河，是为了最后能死在沙漠温暖的沙子中。"

"这有什么寓意吗？"皮特茫然地问。

"实际上没有。"

"那你为什么说起来呢？"

勒范特转头看着追上来停在越野车旁边的运兵车，然后又望向皮特，缓缓地露出了一个笑容："我这么说是因为我打算相信你的判断，向南方的铁路推进。"

## 48

卡兹穆在晚上11点钟赶到了马萨德的办公室。他给自己倒了一杯酒,坐在椅子中,马萨德才抬起眼来和他打招呼。

"我刚得知你的不期而至,札台伯。"马萨德说,"你为什么这个时候来佛瑞尔堡垒?"

卡兹穆将冰块投入酒中。"我想我最好来亲自告诉你。"

"告诉我什么?"马萨德不耐烦地问。

"提比扎被人偷袭了。"

马萨德皱起了眉头:"你在说什么?"

"大约9点钟,我的通讯部收到金矿安全系统发送来的一份紧急警报。"卡兹穆解释说,"几分钟后,提比扎通讯无线电操作员声称没有发生问题,警报之所以响起是因为电线短路。"

"听起来很合理。"

"表面上而已。我不信任这种听起来合理的事情,于是我派出一架战斗机去那片地区侦察。飞行员报告说提比扎的跑道上停着一架身份不明的客机,我得补充一句,和那架从加奥机场抢走美国人的法国客机同一机型。"

马萨德脸上突然泛出了担忧,但是他依然十分镇定:"你的飞行员可以肯定?"

卡兹穆点了点头,接着说:"由于没有我的授权任何飞机都不能在提比扎降落,所以我命令飞行员摧毁它。他答应然后发动攻击,刚开始报告命中目标他的通讯就中断了。"

"老天,天呀,那可能只是一架出现故障紧急降落的商业飞机。"

"商业飞机机身上不会没有徽标。"

"我觉得你的反应过激了。"

"那给我解释一下我的飞行员为什么没有返回基地。"

"机械故障?"马萨德耸了耸肩,"他可能遇到了什么问题。"

"我更相信他被偷袭金矿的军队击落了。"

"你根本不知道。"

"虽然如此，我已经下令一个空军方队携带伞兵去那片地区检查情况。"

"奥巴尼奥呢？"马萨德问，"他有没有联系你？"

"没有，根本没有。他们否认是警报40分钟后，提比扎所有的通讯都中断了。"

马萨德思考着卡兹穆所说的情况，但是却毫无头绪。"为什么会有人偷袭金矿？"他最后问道，"为了什么？"

"最有可能是黄金。"卡兹穆回答。

"不会有人蠢到偷矿石。而纯金一提炼出来我们就会运送到南太平洋的存放地，上一艘船两天前刚出发。有点脑子的贼都会选择去打劫运金船。"

"现在，我也不知道，"卡兹穆也迷惑了，他抬起胳膊看了看手表，"现在我的军队应该已经在金矿上的高地降落了。不用一个小时，我们就会有答案。"

"如果你说的都属实，那么有些奇怪的事情正在发生。"马萨德轻声说。

"我们必须要考虑那些袭击了加奥空军基地的美国特种部队再度袭击提比扎金矿的可能性。"

"加奥问题不同。他们为什么会回来袭击提比扎？是谁命令的？"

卡兹穆喝完了杯中的酒，又给自己倒了一杯。"哈拉·卡米尔？也许关于霍普博士等人的消息泄露了出去，所以她派出特种部队来营救他们。"

"不可能，"马萨德摇了摇头，"除非你的人讲的。"

"我的人都知道如果他们背叛我就必死无疑。"卡兹穆冷冷地说，"如果有人泄露了消息，肯定是你这边的。"

马萨德温和地看了卡兹穆一眼。"我们这么争吵真是蠢透了，过去虽然没有办法改变，但是我们却能够控制将来。"

"如何控制？"

"你说你的飞行员报告说命中了那架飞机？"

"这是他的遗言。"

"那么，我们就可以认定，这个偷袭团离开马里的唯一途径已经被我们阻断了。"

"那需要对他们的飞机破坏足够严重。"

马萨德站了起来，转身看着他桌子后面墙上挂着的一幅大大的撒哈拉的塑料地图。

"如果你是偷袭者的指挥，你的飞机被摧毁了，你会怎么想？"

"绝望，无助。"

"那你会怎么办？"

卡兹穆走到地图边，用玻璃杯指着地图："只有一个办法，跑去阿尔及利亚境内。"

"他们做得到吗？"马萨德问。

"假设他们的汽车没有故障，燃料充足，他们应该可以在黎明时分进入阿尔及利亚。"

马萨德看着他："那你能在他们越过边境之前抓住他们或是干掉他们吗？"

"我的夜间作战系统很有限。我也许能够打击他们，但是要想彻底剿灭他们，就必须白天。"

"那你就太晚了。"

卡兹穆从一个陶瓷雪茄盒中取出了一根雪茄点燃，又抿了一口酒："咱们实际点。这片区域是塔奈兹鲁夫特，撒哈拉沙漠最荒凉、最偏远的一部分。阿尔及利亚军队很少在这片地区的边境线巡逻，而且他们也没有理由。他们和马里一直相安无事，所以，我的军队可以轻松进入北方邻国100英里而不被察觉。"

马萨德锐利地看着卡兹穆："如果这真是联合国武力的营救行动，那么霍普的人还有我的工程师及其家眷，都决不可以逃出去。如果有人逃出去，说出佛瑞尔堡垒或是提比扎的秘密，我们就再也没有办法合作了。"

将军的脸上开始浮现出一个大大的笑容："不要为自己担心，伊夫，我的朋友。我们的事业太伟大了，绝不能允许一些多管闲事的人挖我们的地基。我向你保证，到明天中午，他们全都会成为秃鹫的晚餐，一个不剩。"

卡兹穆离开后,马萨德对着内部通讯器说了几句,几秒钟后,伊斯梅尔·耶利走进了房间。

"你从监视器上都听到看到了吧?"马萨德问。

耶利点了点头:"很奇怪居然有人如此狡猾的同时又能愚蠢至极。"

"你对卡兹穆的看法十分到位。你应该能明白,要去约束他,并不是个轻松的工作。"

"我什么时候会成为他的随从?"

"我会在今晚为塔哈尔总统举办的晚宴上把你介绍给他。"

"提比扎这样的情形,卡兹穆会不会不去出席?"

马萨德笑了:"马里的大狮子从来都不会忙到错过一个法国人举办的优雅宴会。"

纽约,联合国总部,波克将军正坐在他的小办公室中阅读着勒范特中校通过联合国通讯卫星发来的报告。他苍老的脸上神色凝重,然后拿起一台保密电话,拨通了桑德克上将的私人号码。回复的是上将的答录机,波克留下了一条简短的消息。8分钟没到,桑德克的电话打了过来。

"我刚刚收到勒范特中校发来的报告,并不乐观。"波克说。

"情况怎么样?"桑德克有气无力地问。

"马里空军的飞机炸毁了他们停在地面上的飞机。他们被拦下了,困在沙漠中。"

"营救计划怎么样?"

"按照计划进行。那些外籍人士都还活着,已经接受了救治,安全撤离。勒范特报告说他的损伤很轻。"

"他们现在被人攻击了吗?"

"还没有,但是卡兹穆的军队过来只是时间早晚的问题。"

"那他们有可选的逃生路线吗?"

"中校很清楚,现在的情形,唯一的希望就是在天亮前赶到阿尔及利

373

亚的边境。"

"的确选择不多。"桑德克严肃地说。

"我怀疑这只是幌子而已。"

"你怎么这么说？"

"他是在一个公共频道发送这份报告的，卡兹穆的通讯系统人员肯定会截获它。"

桑德克停了下来："你认为勒范特中校会选择另一条路线？"

"我原本希望你来告诉我。"波克说。

"我可没有千里眼顺风耳啊。"

"勒范特的报告里还有一条你的人发来的信息，来自皮特。"

"德克！"桑德克的声音中突然透出了一股暖意，一股敬意，全因为皮特的名字意外出现，"消息说什么？"

"消息说：'告诉上将，等我回到华盛顿，我会带他到阿托圣沙龙看哈维的女朋友茱迪唱歌。'这是个冷笑话还是什么？"

"德克可不是以冷笑话出名的，"桑德克干脆地说，"他是在试着用谜语告诉我一些信息。"

"你认识叫哈维的吗？"波克茫然地问。

"这个名字很陌生，"桑德克喃喃地说，"我也从没有听德克提过。"

"华盛顿有没有一个有歌手叫茱迪的阿托圣沙龙？"波克问。

"我从来没去过。"桑德克在脑海中搜寻着线索，"我唯一知道的一个叫茱迪的歌手是……"

答案如同迎头一棒般砸向了桑德克。对于上将这样的老电影百科全书来说，这个谜语精巧而简明易懂。他本应该知道的，他本应该料到的，皮特肯定会在这方面玩把戏。桑德克笑了。

"我看不出来有什么好笑的。"波克严厉地说。

"他们没有去阿尔及利亚的边境。"桑德克炫耀地说。

"你说什么？"

"勒范特中校向南方前进，去一条从佛瑞尔堡垒通向港口的铁路。"

"我能问一下你是怎么得出这个结论的吗？"波克疑惑地问。

"德克丢给了我们一个谜语，一个卡兹穆不可能猜出来的谜语。茱迪是指歌星茱迪·格兰特，而哈维代表她主演的一部叫做《哈维女孩》的电影。"

"阿托圣沙龙又是怎么和这部电影扯上关系的？"

"那并不是一个沙龙，而是茱迪·格兰特在电影里唱的主题歌，叫做《阿奇申、托皮卡和圣达菲》，这是一条铁路的名字。"

波克缓缓地说："这就解释了为什么勒范特发送了一份卡兹穆的通讯部能够轻易破解的报告，他是想让他们相信，他要去北方的阿尔及利亚。"

"而实际上，他们是去相反的方向。"桑德克补充道。

"勒范特无疑认为即便穿过了马里和阿尔及利亚的边境也不能保证安全。像卡兹穆那样狠毒的人，不会顾虑什么国际法。他会一直将我们的人赶尽杀绝。"

"下一个问题是他们到了铁路之后打算怎么办？"

"也许偷一辆火车。"波克提示道。

"有可能，不过白天行动吗？"

"你的皮特的信息还没完。"

"请继续说。"

"下一部分说：'请同时转告上将，贾莱、雷和鲍勃打算去布赖恩的房子里找乐子。'你能破译这个吗？"

桑德克想了一会儿，说："如果皮特依然是在用电影做密码的话，那么贾莱肯定是贾莱·古柏，而雷我猜是雷·米兰德。"

"你能想起他们两个共同出演的电影吗？"

"我正在想。"桑德克的笑声从电话中传了过来，"德克肯定也是挂出了一盏信号灯。1939年，这两个人和罗伯特[①]·普雷斯顿、布赖恩·唐里维联袂主演了一部叫《万世流芳》的电影。"

"我小时候看过，"波克说，"说的是在法国外籍兵团服役的三兄弟的故事。"

---

[①] 鲍勃是罗伯特的昵称。

"布赖恩的房子应该是一个堡垒。"

"肯定不是佛瑞尔堡垒那个垃圾场,那肯定是勒范特最不想去的地方。"

"那片地区还有其他堡垒吗?"

波克观察着他的地图:"有,在垃圾工厂西方几公里有一个老的军团前哨。那是唯一的一个,实际上,马萨德的工程就是据此命名的。"

"看样子他们打算在那儿隐藏等到天黑。"

"如果我是勒范特我也会这么做。"

"他们需要支援。"桑德克说。

"这正是我给你打电话的原因,"波克变得强硬而正式,"你必须说服你们总统派出特种部队,去援助勒范特和那些他们救出来的人逃出卡兹穆的势力范围。"

"你和卡米尔秘书长讨论过这件事情吗?她在总统面前肯定比我说话有分量。"

"很不巧,她被突然召去参加莫斯科的紧急会议。你是我能唯一依赖的人。"

"我们还有多长时间?"

"几乎没有了。他们那边,还有两个小时天就亮了。"

"我会尽全力。"桑德克保证道,"我只希望总统还没睡觉,不然我得费尽力气才能说服他助理去叫醒他。"

## 49

"你肯定脑袋进水了,居然这个时候要求见总统?"伊尔·威尔欧沃愤怒地说。

桑德克看着总统的这位助理,他穿着优雅的暗色对襟羊毛针织衫,只有裤子上微有褶皱,桑德克觉得这个人肯定是站着睡觉的。"请帮我传话,伊尔,如果不紧急我也不会这个时候过来的。"

"如果不是危及国家安全的国际性事务，我不会叫醒总统。"

此前，桑德克尽量控制着自己的情绪，但是现在却完全控制不住了。"好吧，告诉他在白宫办公室楼下等他的是一个疯到家的纳税人兼选民。"

"你确实疯了。"

"疯到足以冲进他的卧室，亲自把他叫醒。"

威尔欧沃看样子也在爆发的边缘："你试试，我会让特情局把你抓起来。"

"如果总统不插手，很多无辜的人，包括女人和孩子，都会死的。"

"我一周有7天会听到这样老掉牙的故事。"威尔欧沃嘲讽着。

"就能拿受害者开玩笑，是吗？"

威尔欧沃终于也爆发了："你无所不知啊，这个自以为是的老锚工。我随时可以毁掉你。你懂吗？"

桑德克上前紧紧地面对着威尔欧沃，他都能够闻到对方薄荷味的呼气。"听着，伊尔，有一天总统的任期会结束，而到时你不过是一个普通民众，我会按响你家门铃，把你五脏六腑揪出来。"

"我打赌你会的。"一个熟悉的声音传了过来。

桑德克和威尔欧沃都扭头看着穿着睡衣和浴袍站在门口的总统，他一手端着一盘烤面包，另一只手正在拿着吃。

"我溜下来想到厨房的冰箱里找点消夜，然后就听到了你们火热的交谈。"他看着桑德克，"现在，上将，你应该告诉我到底有什么事情了吧。"

威尔欧沃抢在了桑德克前面："先生，都是些无关紧要的事情。"

"伊尔，你为什么不让我自己来作判断呢？上将，请讲。"

"首先请容许我问您，总统先生，你是否得到了有关佛瑞尔堡垒工程的最新进展报告？"

总统看了威尔欧沃一眼："我得知你的人，皮特和吉奥蒂诺设法逃到了阿尔及尔，他们提供了重要信息，证明伊夫·马萨德利用有毒废物工程不择手段地非法敛财。"

"我能问一下您有什么反应吗？"

"我们组织了欧洲和北非合法代表组成的国际环境仲裁组，开会讨论方案。"威尔欧沃回答。

"那么,你们不打算……总统先生,我记得你说过'自己动手拔除它'。"

"头脑清醒才能占据上风。"总统说着对威尔欧沃点了点头。

"即使现在,有证据显示是从佛瑞尔堡垒渗漏的化学制品引发了赤潮,是不是所有人打算做的就是坐下来谈谈而已?"桑德克竭力控制着自己的情绪。

"我们以后再讨论这个问题,"总统转身准备返回楼上卧室,"伊尔会约时间。"

"伊尔是不是也告诉你关于提比扎金矿的事情了?"桑德克贸然问道。

总统迟疑地摇了摇头:"没有,我没听过这个名字。"

"皮特和吉奥蒂诺在佛瑞尔堡垒被人抓住后,"桑德克继续讲,"他们被带到了另一个卡兹穆将军和伊夫·马萨德合伙的罪恶企业,一个鲜为人知的金矿,反对派和政治犯在那里被奴役,在野蛮的非人的待遇下工作至死。里面有一些法国工程师和他们的家属,他们是马萨德囚禁进去的,以确保他们无法回国把佛瑞尔堡垒的秘密公之于众。我的人同样发现了本应该死于坠机的世界卫生组织的成员。所有人都因为过度劳作和食物缺乏而奄奄一息。"

总统冷冷地看了威尔欧沃一眼:"看样子我有很多事情都被蒙在鼓里。"

"划分事件优先级是我的工作本分。"威尔欧沃匆匆地反驳。

"那么,这件事的进展呢?"总统问桑德克。

"我们知道请求您派出特种部队根本没有用,"桑德克接着说,"哈拉·卡米尔又一次伸出援手,提供了联合国的战术部队。在皮特和吉奥蒂诺的引导下,勒范特中校和他的部队在金矿附近的沙漠地区降落,成功实施了一次偷袭,营救出25名外籍人士,包括女人和孩子……"

"孩子也被强迫在矿场工作?"总统忍不住打断了桑德克的话。

桑德克点了点头:"他们是法国工程师的家属。其中还有一个美国公民,夏娃·罗加斯博士,她是世卫组织的成员。"

"如果这次偷袭很成功，那还有什么紧急的？"威尔欧沃问。

"他们的交通工具，从阿尔及尔飞过去的飞机，在提比扎的跑道上被马里空军的战斗机摧毁了。整个小队包括被救出来的人，都被困在了马里，卡兹穆的军队找到并消灭他们只是时间早晚的问题。"

"你描绘了一幅恐怖的画面，"总统严肃地说，"难道他们没有可能平安抵达阿尔及利亚的边境吗？"

"即便做到了也不会有什么效果，"桑德克解释说，"为了防止囚犯们将提比扎和佛瑞尔堡垒的秘密曝光，卡兹穆会不惜与阿尔及利亚政府产生冲突，他会派军队深入阿尔及利亚歼灭他们，确保他们保持沉默。"

总统没有说话，他审视着烤面包，却一口都没有咬。他知道威尔欧沃肯定会建议对桑德克所讲的事情不予理会，但是他却无法做到，他无法袖手旁观，任一个落后的暴君屠杀外籍民众。

"卡兹穆就和萨达姆·侯赛因一样。"总统喃喃自语，然后他对威尔欧沃说，"伊尔，这件事情上我不打算逃避，伊尔。太多生命危在旦夕，而且里面还有至少三个美国人。我们得伸出援手。"

"但是，总统先生……"威尔欧沃想要表示反对。

"通知坦帕特种部队司令部的哈佛森将军，让他立即行动。"总统看着桑德克，"上将，你们谁来配合这件事情？"

"波克将军，联合国紧急反应战术组的指挥官。他和勒范特中校保持着联系，能够将事情的最新进展提供给哈佛森将军。"

总统将面包放到了一张柜子上，双手放在威尔欧沃的肩膀上："我很重视你的意见，伊尔，但是这一次我决定介入。我们成功的话便能一箭双雕，如果失败，也不过有一半责任。我想让我们的特种部队悄悄潜入马里，营救联合国战术组和那些囚犯，在卡兹穆和马萨德知道之前快速撤离。然后，我们能够想个办法把佛瑞尔堡垒这个垃圾场关掉。"

"我深表赞同。"桑德克开怀地笑了。

"我估计，我说什么都没有办法改变您的主意了。"威尔欧沃说。

"是的，伊尔，"总统又拿起了他的面包盘子，"就让我们闭上眼祈祷援兵能够手到擒来。"

"但如果我们失败了呢?"

"我们不能失败。"

威尔欧沃好奇地看着他:"为什么不能?"

总统像桑德克一样开怀地笑了起来:"因为我介入了,我对我们的特种部队有足够的信心,他们肯定能把卡兹穆和马萨德这样的烂人踢到他们应该待的烂地方。"

华盛顿向西几英里,在马里兰的乡村,一片平坦的农田周围有一座大山拔地而起。从这儿开车经过的人都会把这当做自然的杰作,几乎没有人知道这实际上是二战时候为首都的政治和军事领导人们建造的指挥中心和避难所。

冷战期间,这里也没有停工,地下的房间被扩展成了一个巨大的储藏仓库,存放着国家的档案和各种艺术品,时间可以追溯到第一批开拓者在东海岸定居的17世纪早期。内部的空间非常巨大,根本不能用平方米或是英亩来计算,而只能用平方英里或平方公里来衡量。那些知道这里的为数不多的人,将这里称作ASD①。

无数的秘密被埋藏在保管所没有尽头的档案柜里。出于某些只有特定的少数高级官员才知道的诡异原因,保管所中许多分区的全部资料和物品都永远不能公之于世。艾米利亚·阿尔哈特和费雷德·努南的骨骸以及他们在塞班岛被处决的日文档案、刺杀肯尼迪的阴谋、苏联想要暗中破坏美国火箭及航天飞机的秘密情报、切尔诺贝利的报复、阿波罗登月骗局的影片资料,以及很多很多其他不为人知的秘密,全都被藏在这里,永远不能得见天日。

圣·朱利安·珀尔穆特并不会开车,他搭了一辆出租车来到这个叫做福雷斯特维尔的小镇,在公车站的长椅上等了将近一个小时,终于等到了前来接他的道奇商务车。

---

① Archival Safekeeping Depository,即档案保管所。

"珀尔穆特先生？"这个戴着太阳镜的司机实际上是一个政府安全部门的特工。

"我就是。"

"请上车。"

珀尔穆特照做，但是心中却觉得这一切都像孩子的游戏一样无聊。"你不想看看我的证件吗？"他尖酸地问。

暗棕色皮肤的非洲裔司机摇了摇头："不用。你是这个镇上唯一符合描述的人。"

"你有名字吗？"

"厄尼·尼尔森。"

"你是什么部门的？国家安全局？联邦调查局？还是机密局？"

"我有权不讲。"尼尔森给了一个很官方的答复。

"你不要把我眼睛蒙起来吗？"

尼尔森很快地摇了摇头："不用。你查阅历史资料的申请是总统批准的，而且你曾经持有Beta-Q级的许可，我相信你不会把今天看到的东西说出去。"

"如果你能挖得再深点，你会发现这是我第四次去ASD查资料。"

特工没有回答，接下来的一路上他都保持着沉默。他驶下主干道，顺一条石板路来到一个保安闸前，出示证件进入。他们又经过了两道保安闸，车子进入了一座农场，猪、鸡随处可见，绳子上悬挂着洗好的衣服。他们进入了农场中央一个谷仓样的建筑，然后顺一道水泥斜坡而下，进入了深深的地下，最后停在一个治安岗前。

珀尔穆特很熟悉这儿的规矩。他下车走向一辆等在一边的电车，一个穿着白色实验室工作服的档案管理员握了握珀尔穆特的手。

"弗兰克·摩尔，"他自我介绍说，"很高兴再次见到您！"

"我也很高兴，弗兰克。咱们有多久没见了？"

"您上一次来这儿是三年前，那时您正在研究'崎户丸'号。"

"那艘被美国'鳟鱼'号潜艇击沉的日本客货两用船。"

"我记得，那艘船要往日本运载德国产的V-2导弹。"

"我在查阅您过去的来访记录时又看了一遍，"摩尔说，"我这次能为您做什么？"

"内战，"珀尔穆特回答，"我想找到一艘邦联装甲舰神秘失踪的线索。"

"听起来很有意思。"摩尔指着电车上的一个座位说，"我们内战的资料和藏品在离这儿两公里的地方。"

经过了最后一次安检，珀尔穆特签署了一份他不会在不经政府的许可的情况下擅自公开发现的保密声明。然后他和摩尔搭上电车，经过了一队卸货工，离开了越战老兵纪念区，那里没有尽头的架子上塑料包装里面保存着各式各样的照片、老战靴、军服、纽扣、手表、结婚戒指、身份识别牌、玩具，等等。

政府什么都不会扔掉。

尽管过去来过，但是珀尔穆特依然不禁为这个地方的宏大规模和装满档案和藏品的档案柜而震惊，这里面还有很多东西是来自国外的。比如纳粹区就有四个足球场大小。

内战相关的物品存放在四个三层的建筑中。建筑前面有一排内战时期使用的不同型号的大炮，全都光洁如新，仿佛就是送上战场时的样子。它们装在马车上，车橡上依然放着炮弹。从哈特福德号、奇尔沙治号、卡龙德莱特、梅里马克等知名船只上卸下来的巨大的海军大炮，也在展示的队列中，像是等待着阅兵式。

"档案保存在A座，"摩尔解释说，"B、C、D座存放武器、军服、医疗器械等。曾经属于林肯、杰斐逊·戴维斯、李、格兰特以及其他名人的家具存放在建筑之间。"

他们走下车，进入了A座，这是一片书柜的海洋。"和邦联有关的书面资料在一楼，"摩尔用手指着这个洞窟状的房间，"联邦的资料存在二楼和三楼，您想从哪里开始？"

"有没有关于'得克萨斯号'的？"

摩尔从车上拿下一本目录翻了翻："邦联海军的资料在那面墙边的蓝色

文件柜里。"

尽管自从存到这里之后,已经有很多年没有动过这里的文件了,有些文件甚至从来都没有人碰过,但是这里却一尘不染。摩尔帮助珀尔穆特找到了一包关于那艘走霉运的装甲舰的历史资料。

摩尔指着桌椅:"请自便。您很熟悉保护档案的规章,我必须留在这里监督您的研究过程。"

"我对规矩一清二楚。"珀尔穆特回答道。

摩尔看了看表:"您在ASD的研究许可于8小时后到期,到时我们必须返回管理员办公室,您会被送到福雷斯特维尔。您明白吗?"

珀尔穆特点了点头:"那我最好快点开始。"

"请开始,"摩尔说,"祝您好运。"

第一个小时,珀尔穆特看完了两个灰色的金属文件柜里的资料,才找到了记录有邦联战舰"得克萨斯号"的黄色文件夹。里面的文件只有零星的东西是没有出版过的。战舰的规格,战舰出现的目击者描述,轮机长绘制的草图,还有船上指挥官和成员名单。里面还有她冲破了联邦海军包围进入大海之事当时的记录。其中一篇是一位当时在一艘联邦护卫舰上的人写的,但其中明显有两行被删掉了。珀尔穆特非常好奇,为什么会有审查。研究内战时期沉船这么多年来,他是第一次遇到文字审查官的剪刀。

然后他发现了一份脆弱的新闻简报,于是小心翼翼地将它摊在桌子上。那是一个英国记者在约克镇上小医院里的采访记录,接受采访的是克拉克伦斯·毕彻,他当时正濒临死亡。毕彻声称自己是神秘失踪的得克萨斯号的唯一幸存者。毕彻的遗言中描述了他们的船只穿越大西洋、顺一条非洲大河逆流而上的航行。这艘船航行过几百英里富饶的河岸,然后进入了一片沙漠。由于驾驶员对这条河流并不熟悉,他错误地从主航道拐入了一条支流。他们又航行了两天两夜,船长意识到了问题,准备转向驶回下游的时候,船搁浅了,没有办法再让它活动起来。

军官们经过商量,决定等到夏天过后,等秋水涨起。船上供给虽然有限,但是河流却能提供充足的水源,船长同时还从经过的图瓦雷克部落手中买到了食物,买东西用的是黄金。两伙大型的沙漠强盗团伙想要袭击船只,打劫船上似乎用之不竭的黄金,但是最终却失败了。

到了8月,伤寒、疟疾以及食物不足,使得船员人数锐减,最后只剩下两个军官、总统和10个船员。

珀尔穆特停了下来,看着空白处,他的好奇心开始蠢蠢欲动,毕彻所说的总统是谁,他觉得这是最有意思的。

毕彻接下来讲,他和其他4个人被挑选出来用装甲舰上的一艘小艇顺流而下,寻找救援。只有毕彻活着到达了尼日尔河口,但也已经奄奄一息。他被附近英国贸易前哨中的商人所救,最后到了英国,在约克郡定居结婚,成了一个农民。毕彻说,他之所以不返回佐治亚州的家乡,是因为他知道他肯定会因为得克萨斯号犯下的恐怖罪行而被绞死,他始终不敢说起往事,直到临终才有勇气。

毕彻呼吸停止后,他的妻子和医生都把他的临终遗言抛诸脑后,认为那不过是一个快死的人的胡言乱语。而记者之所以刊登这个故事是因为当天的新闻不足,需要填补空白的版位。

珀尔穆特把这篇文章重新读了一遍,尽管毕彻的妻子和医生都充满了怀疑,但是他依然愿意相信这篇文章尤具价值,但是他又扫了一眼他刚才看过的得克萨斯离开里士满船坞时的船员名单,里面并没有克拉伦斯·毕彻的名字。他叹了口气,将文件合了起来。

"这里我都看完了,"他对摩尔说,"现在我想去看看联邦海军的记录。"

摩尔将文件放回了各自的柜子中,然后引导他上楼梯进入二楼了:"您想看哪年哪月的?"

"1865年4月。"

他们走过窄窄的过道,过道两边都是一直顶到屋顶的文件柜。摩尔将珀尔穆特带到了相应的架子边,并提供了一个梯子,以防珀尔穆特想要查阅上层的资料。

珀尔穆特从1865年4月2日——"得克萨斯"号驶离里士满下游码头的日子——开始浏览。说起研究调查,他有自己的一套方法,很少有人比他更成功。他依靠天生的直觉和无尽的耐心从浩如烟海的资料中剔出残渣，只取重点。

他从关于那场战役的官方记录开始，之后是沿河居民和联邦战舰船员的目击者证词。两个小时里，他看了60封信，15份日记，边看边在一个大记事本上做着笔记。而所有的一切都要在弗兰克·摩尔的眼睛底下进行，虽然他相信珀尔穆特，但是过去的工作中遇到过太多持有证明文件的研究者妄图窃取历史文件和信件的事情。

珀尔穆特发现了线索，他便开始顺藤摸瓜，找出那些看似不重要、看似难以相信但却可以揭示真相的线索。最后，当他无法继续的时候，便向摩尔示意。

"我还有多少时间？"

"两个小时零十分钟。"

"我想换个地方？"

"您打算去哪里？"

"你们有没有埃德温·麦克马斯特斯·斯坦顿的私人信函或文件？"

摩尔点了点头："林肯那位脾气暴躁的战争部长。我不知道我们都有些什么。他的文件并没有被分类整理，不过应该在美国政府档案区的楼上。"

斯坦顿的文件实在是卷帙浩繁，装了满满的10个文件柜。珀尔穆特一直在投入地阅读，中途只起身去了一次厕所。他用自己最快的速度浏览文件，发现内战结束前夕斯坦顿和林肯之间的关系毫无惊喜。众所周知，这位战争部长很不喜欢总统，还毁掉了暗杀林肯的约翰·维尔克斯·布茨的几页日记，其中涉及背后阴谋策划者的信息。斯坦顿故意围绕佛特剧场的暗杀案件留下了许多无法解答的问题，令无数历史学家大伤脑筋。

就在距离最后时间还有40分钟的时候，珀尔穆特发现了宝藏。

在一个文件柜的深处，珀尔穆特找到了一个包裹，包裹上面的蜡封还没有开启，上面红棕色的墨水显示的日期是1865年7月9日，这是布茨的同党玛丽·苏拉特、刘易斯·佩恩、大卫·赫罗德和乔治·阿特兹洛德特在华盛顿军事监狱被绞死后两天。下面写着一句话："一百年内不要打开。"

然后是埃德温·M.斯坦顿的签名。

珀尔穆特坐在书桌边,清除蜡封,打开包裹,开始阅读那些比斯坦顿的指示还多尘封了31年的文件。

他一边读,一边觉得自己穿越了时空,尽管深处地下十分凉爽,但是他的额头上却汗水直淌。40分钟后,他将最后一页纸翻过,双手不停地颤抖。他长长地叹了一口气,仿佛排出了身体中所有的气,然后缓缓地摇了摇头。

"天啊!"珀尔穆特喃喃自语。

摩尔隔着桌子看着他:"找到有意思的东西了?"

珀尔穆特没有回答。他只是盯着那摞陈旧的文件,不停地喃喃自语:"天啊!天啊!"一遍接着一遍。

## 50

他们一起卧在沙丘顶峰之后,盯着沙地上仿佛伸向幽冥的不归路的铁轨,在这黎明前的黑暗中,唯一的生命的信号是远方佛瑞尔堡垒有毒废物工程的灯火。铁路另一边,西方不足一公里的地方,废弃的法国外籍兵团堡垒的阴影在墨黑色的天空的映衬下,仿佛恐怖电影中的阴森城堡。

他们穿越沙漠的疯狂旅程一路顺风,没有遇到搜查,也没有出现机械故障。那些囚犯们虽然忍受着汽车的颠簸,但是因为重获自由而欣喜若狂,丝毫没有抱怨。法尔韦泽准确地将他们引上了一条过去从陶德尼的盐矿通往廷巴克图的骆驼队常走的路,仅仅依靠自己对这片沙漠的知识和一个借来的指南针,他就将车队带到了能够看到堡垒的铁路边。

途中他们停下来了一次,因为皮特和勒范特都听到了喷气战斗机的声音。虽然看不到,但是依靠声音他们能够判断出,那些飞机正朝着北飞,飞向提比扎或是阿尔及利亚边境。如同皮特所预料的,马里空军的飞行员们从他们头顶飞过,丝毫没有想到他们的目标就在他们下方。

"干得漂亮,法尔韦泽先生,"勒范特称赞道,"你是我见过最好的导航员。你让我们直达目的地。"

"凭直觉,"法尔韦泽笑了,"我完全是凭直觉,再加上那么一些运气。"

"最好穿过铁路进入堡垒里面,"皮特说,"还有不到一个小时天就亮了,我们还得把车藏好。"

沙漠越野车和运兵车仿佛就像是诡异的夜间幽灵一样,驶上铁路路基,驶过混凝土轨枕,一直来到堡垒近前。皮特绕过那辆雷诺卡车的残骸——就是那辆他和吉奥蒂诺扒火车时用作隐蔽的卡车,最后开到大门前停下。高高的木头大门依然和一个星期前他们离开时一样微微开着。勒范特派了几个人过去把门打开,让整个车队得以进入阅兵场。

"中校,在我看来,"皮特谨慎地说,"时间只够你的人去清除从铁轨到堡垒的轮胎印了。我们应该让多疑的人们觉得这是马里军队的车队穿过了沙漠,然后顺着铁路地基去了废物处理工程。"

"好主意,"勒范特说,"就让他们认为是自己的巡逻队。"

皮姆布鲁克·斯迈瑟、吉奥蒂诺和勒范特其他几个军官聚到他们指挥官周围,等候指示。

"我们最重要的事情是伪装、隐藏车辆,给妇女儿童找到栖身的地方,"勒范特说,"然后防备攻击。马里人发现他们追错了方向后就会开始搜寻风沙没有掩盖的轮胎印。"

"长官,您计划什么时候从这里撤离?"一个有瑞典口音的军官问道。

勒范特转头看向皮特:"你怎么想,皮特先生?"

"我们拦下天黑后第一辆经过的向外开的车,然后借下它。"

"火车上有通讯系统,"皮姆布鲁克·斯迈瑟说,"如果你打算用火车逃跑,机车司机会引来血腥的屠杀。"

"一旦收到警报,马里人就会封锁前方的路段。"瑞典军官补充道。

"不用多想,"皮特的语气中带点谴责,"这事情交给智多星皮特和火车大盗吉奥蒂诺就好了。我们一直都在练习悄悄地劫火车的技术,至少有……"他看了看吉奥蒂诺,"阿尔?"

"至少有一个星期了,就从上周二开始。"吉奥蒂诺回答。

皮姆布鲁克·斯迈瑟可怜兮兮地望着勒范特："我们当初应该提议增加保险额度的。"

"现在想有点晚了。"勒范特打量着堡垒黑暗的内部，"这些墙无法抵挡空对地导弹或重型炮弹，卡兹穆的空军不用半个小时就能将这里夷平，所以，为了避免麻烦，我们得维持它荒废的样子。"

"这次马里人对付的可不是无助的民众，"皮姆布鲁克·斯迈瑟坚决地说，"这个地方方圆两公里内平得像板球场，攻击部队没有掩护。我们如果能够逃开空中的攻击，卡兹穆要占领这个地方，就得付出沉痛的血淋淋的代价。"

"你最好祈祷他这片地方没有坦克。"吉奥蒂诺提醒他。

"安排人在城墙上放哨，"勒范特下令，"寻找通往地下的入口，我记得我上次来参观的时候看到过一个用来储藏军火的仓库。"

在勒范特的提示下，他们很快在军营里找到了通往地下的台阶。下面是两个小房间，除了一些曾经装子弹的金属盒子以外什么都没有。提比扎的囚犯们很快就离开了运兵车，被安置到地下。医疗组让他们尽可能地舒适，并且对那些病情严重的人特别关照。

战术小队的车很快就被隐藏了起来，从外表看就好像那些废铜烂铁一样。阳光照到城墙的时候，这座老旧的法国外籍兵团堡垒又变成了一副遗世独立的样子。勒范特最害怕的两件事情就是天黑前被人发现和遭到来自空中的攻击。他一点都没有安全感。一旦被人发现，他们没有地方可以逃跑。而城墙上的哨兵看着离开废物工程去往毛里塔尼亚海岸的火车充满了渴望，非常想现在就登上去。

皮特看着一个屋顶支离破碎的车库，他发现在一堆垃圾中有12个柴油桶，敲了敲这些容器，里面竟然有六个是满的。他试图想要拧开盖子的时候，吉奥蒂诺走了过来。

"想要放火？"

"如果我们被装甲车袭击，这是个不错的主意。"皮特说，"联合国小队飞机炸毁的时候，也毁掉了他们的反坦克导弹发射器。"

"柴油，"吉奥蒂诺猜测，"也许是那些筑路工放在这儿的。"

皮特将一个手指探进桶口，然后举了出来。"非常纯净，就好像刚提炼出来一样。"

"除了做燃烧弹还有什么用？"吉奥蒂诺疑惑地问，"你想烧热它往那些爬墙的敌人身上泼？"

"你的激情越来越热了。"

吉奥蒂诺扮了个鬼脸："五个大人加一个孩子都没有办法搬得动一个桶，至少在它满的时候搬不动。"

"有没有见过弹簧弓？"

"从来没有。"吉奥蒂诺嘟囔着，"如果我让你给我画个示意图，是不是显得我很蠢？"

出乎吉奥蒂诺的意料，皮特真给他画了。他蹲下，从腿上的一个刀鞘中拔出一把双刃军刀，开始在地上勾画。他画得很粗糙，但是吉奥蒂诺还是看明白了。皮特完成后抬头问吉奥蒂诺："觉得我们能造一个吗？"

"为什么不能？"吉奥蒂诺说，"堡垒里面有各式各样可选的东西，运兵车上还有用于攀岩的绳索，在我看来，重点是我们需要什么东西来产生扭力。"

"后车轴上的弹簧片？"

吉奥蒂诺想了一下，然后点了点头："可能成。肯定成，老天担保，它们一定能大显神威。"

"也许这只是浪费时间，"皮特端详着自己的设计图，"没有理由认为卡兹穆的巡逻兵会在我们的火车到站前跑来这儿吹响号角。"

"还有11个钟头天才黑呢，我们得给自己找点事情做。"

皮特向门走去，边走边说："你开始收集材料吧。我有点事儿要处理一下，一会儿和你会合。"

皮特走过大门前加固大门的士兵，绕着堡垒外墙而行，一边走一边仔细地掩盖自己的脚印。他走入一条河谷，来到斜坡下的一堆凸起的东西前。

他和吉奥蒂诺当初匆忙之间扔到车身上的沙子大部分都已经被风吹走

了，但是剩下的依然足以让空军巡逻人员很难发现它。他打开门，坐在方向盘前，按下启动按钮，引擎立刻就开始运转。

皮特在那儿坐了几分钟，赞叹着这辆老汽车的工艺，然后关火走了出来，重新用沙子盖住车身。

皮特顺着通往仓库的楼梯而下，立刻就看到了夏娃。她已经在逐步康复，虽然面色依然憔悴苍白，衣服依然凌乱污秽，但是她已经在帮助给一个缩在妈妈怀抱中的小男孩喂食。她抬头看着皮特，脸上充满了力量和坚强。

"这孩子怎么样？"

"他吃点干粮和维生素之后就立刻能去玩足球了。"

"我踢足球。"小男孩轻声说着。

"那是法语吗？"夏娃好奇地问。

"我们叫玩足球，"皮特笑着说，"但别的地方都叫做踢足球。"

小男孩的父亲是参与建造佛瑞尔堡垒的工程师，他走了过来，握住了皮特的手。他骨瘦如柴，脚上穿着粗糙的皮凉鞋，衬衫破破烂烂，很多污渍，裤子用一根草绳系在腰间。胡子几乎遮住了他一半的脸，头的一边裹着厚厚的绷带。

"我叫路易·蒙特。"

"德克·皮特。"

"我代表妻儿谢谢你把我们救了出来，"蒙特有气无力地说，"我都不知道该如何谢你才够。"

"我们还没有离开马里呢。"皮特说。

"痛快地死总比待在提比扎要好。"

"明天这个时候，我们就逃出卡兹穆的手掌心了。"

"卡兹穆和马萨德，"蒙特吐了一口唾沫，"犯了一级谋杀。"

"马萨德把你们送去提比扎，"皮特问他，"是否是为了防止你们把佛瑞尔堡垒的真相说出去？"

"是的。有一批科学家和工程师最初设计建造了工程，而马萨德却打算弄来远超他处理能力的有毒废物。"

"你当时负责什么？"

"设计监督用于摧毁废物的热反应堆的建设。"

"它起作用了。"

蒙特骄傲地点了点头："确实，而且效果非常好，它碰巧是当今世界上最大最高效的废物分解系统。佛瑞尔堡垒的太阳能技术是一流的。"

"那马萨德是哪里出问题了？为什么花了几亿建造了一流的设备，却只用它作为偷偷埋核废物和有毒物的幌子？"

"德国，俄国，中国，还有美国，半个世界都充斥着高等级的核废物，反应炉剩余的高辐射性残渣，核弹生产过程中产生的裂变物质。尽管核材料只有百分之一会剩余，但是依然是几百万加仑，根本无从处理。马萨德主动声称他可以全部处理掉。"

"但是一些政府自己也建造了分解处理的设施啊。"

"太少了，也太晚了。"蒙特耸了耸肩，"法国在索兰尼的最新的填满场刚完工就几乎饱和了。你们国家华盛顿州里奇兰的汉佛保留地废物处理工厂，被用来储藏高级别液体废物的货柜，最初设计时说可以使用50年，但是20年就开始泄露了。差不多有100万加仑高辐射的废物流入地表，污染了地下水。"

"手段高超。"皮特深思着，"马萨德在和那些想要摆脱有毒垃圾的政府和公司进行地下交易，西撒哈拉的佛瑞尔堡垒看样子是一个理想的垃圾排放场所。而他和卡兹穆合作，是依靠卡兹穆来对抗国内外的反对意见。他收取高昂的费用，把垃圾运来这个世界上最荒凉的地方，埋在热反应堆幌子的下面。"

"简单而又合情合理的精密计划。但是你是怎么知道的呢？"

"我和朋友曾经潜入了地下仓库，亲眼看到了核废物的容器。"

"霍普博士说你们是在工程内部被抓的？"

"蒙特先生，你觉得，马萨德能不能在佛瑞尔堡垒建造一个处理好所有运来的垃圾的有益而可信赖的工程？"

"绝对的，"蒙特肯定地说，"如果马萨德往坚如磐石的地下挖了两千米是为了防止地震，那么他可以被供为圣人。但是他不过是一个吝啬无情的商人，只对利润和收入感兴趣。马萨德是一个病人，沉溺于权力和金钱，只知道不择手段地攫取。"

"你是否知道有化学废物也渗入了地下水？"

"化学废物？"

"据我所知，这片沙漠地区数千人死亡的元凶，是一种人造氨基酸和钴的化合物。"

"我们到了提比扎之后就什么都没有听说。"蒙特说，他的身子很明显在发抖，"天啊，事情的恐怖已经远超我的想象了。不过最坏的还没来呢。马萨德使用劣质的存储罐来存放核废物和有毒垃圾，整个仓库和方圆几英里都早晚会泡在死亡之水里。"

"有些事情你还不知道，"皮特说，"化合物顺着地下水流到了尼日尔河，然后顺流而下进入海洋，引发了赤潮的大爆发，这足以杀死水中所有的生物，吸收所有的氧气。"

听到这个消息，蒙特用双手揉了揉他悲伤而又震惊的脸："我们到底做了什么？如果早知道马萨德会建造一个廉价而又危险的工程，我们谁都不会允许的。"

皮特看着蒙特："你们建设过程中应该早就能意识到马萨德的打算的。"

蒙特摇了摇头："我们被囚禁在提比扎的这些人，都是外聘的顾问和建筑师，我们只负责设计建造光电阵列和热反应堆，对于地下的挖掘并没有太留意。那是马萨德企业内部单独建造的。"

"你们什么时候开始起疑的？"

"并不是最初。当时如果有人出于好奇询问马萨德的工人，得到的答案是这些洞窟是用来暂时存储新运来的废物的。除了地下的开采工之外，没有人可以靠近那里。到工程接近完工的时候，我们才看穿了谎言。"

"是什么让马萨德暴露的？"

"我们全都认为,热反应堆完工的时候,地下的挖掘应该也能完成了。那时,有毒废物开始通过卡兹穆将军提供的廉价劳工建造的铁路上运来。一天晚上,建造了太阳能收集器的工程师偷了一份入门证,悄悄地溜了进去。他看到挖出来的脏土被秘密地装载到了货车集装箱里,才意识到挖掘并没有停止,还在继续。他还发现那些洞窟中堆放着装满核废物的罐子。"

皮特点了点头:"我和朋友也撞见了那些秘密,只是没意识自己已经出现在马萨德的监控录像里。"

"那个工程师回到了我们的住处,将消息告诉了大家。"蒙特解释说,"不久之后,我们所有非马萨德企业的顾问和家眷全都被强行送到了提比扎,以防止秘密传到法国。"

"他是怎么掩盖你们的突然失踪的?"

"编了个故事说工地发生事故,我们都葬身火海。法国政府坚持要来作详细调查,但是卡兹穆却不允许调查人员入境,宣称他的政府会负责调查。当然,他什么都没有做,过了一段时间后,他们就报告说在周围沙漠中发现了四分五裂的尸体,被认定是我们的。"

皮特眼睛中的绿色更加深邃了:"马萨德是个考虑周详的人,不过他却犯了一系列错误。"

"错误?"蒙特好奇地问。

"他让太多人活了下来。"

"你们被抓时有没有见到他?"

皮特抬起手摸了摸脸颊上的一道伤痕:"而且他脾气有些暴躁。"

蒙特笑了:"就当逃脱是他给你的唯一礼物吧。我们被集中起来,要送到提比扎做死囚奴隶的时候,一个女人反抗了,朝着马萨德的脸吐了一口唾沫。马萨德就在她丈夫和10岁女儿的面前一枪打中了她的眉心。"

"这个人的事情我知道得越多,"皮特的声音冷冷的,"我就越不喜欢他。"

"那些士兵说我们今晚要拦一辆火车,然后逃到毛里塔尼亚去。"

皮特点了点头:"如果我们天黑前没有被卡兹穆的军队发现就这么做。"

"我们都谈过了,"蒙特肃穆地说,"大家都宁死也不愿回提比扎去,我们宁可杀了自己的妻儿也不会让他们回去受苦。"

皮特盯着蒙特,然后又看了看仓库地板上休息的妇女和儿童。他饱经风霜的脸上出现了一丝混杂着愤怒的悲伤。他柔声说:"让我们祈祷这并不会发生。"

夏娃太累了,以至于无法入睡。她看着皮特的眼睛问:"想不想和我在朝阳下散散步?"

"严禁任何人到外面溜达。堡垒必须保持无人的样子,以防路过的火车和飞机起疑。"

"我们昨晚整夜都在旅行,而且我在地下被关了快两个星期了。真的没有办法让我看看太阳吗?"

他没有说什么,只是开怀地笑了笑,然后一把将夏娃抱起,抱着她顺着通往地表的台阶而上。到了地面后,他并没有停下来,而是一直到了堡垒城墙上探出的平台才把夏娃放了下来。

有一阵子,阳光让夏娃都无法睁开眼睛。她并没有看到负责巡逻的女突击队员正向他们走来:"你们应该待在地下,这是勒范特中校的命令。"

"就几分钟,"皮特请求说,"这位女士太久没有见过蓝天了。"

这个女战士全副武装,看起来坚如磐石,但是心中却充满了同情和理解。她看了一眼靠在皮特身上虚弱的女人,表情开始软了下来。"就两分钟,"她微微地笑了,"然后你们就都得下去。"

"谢谢,"夏娃说,"非常感谢。"

再过一小时,气温才会变得灼人,此刻皮特和夏娃正站在高处,视线越过铁轨,看向远方无穷无尽的大地。很奇怪,是皮特而不是夏娃先发现了那片焦躁危险的大地的壮美,尽管事实上,他曾经差点死于其中。

"我迫不及待想要再看到大海了。"她说。

"你会潜水吗?"他问。

"我喜欢水,可是顶多到用通气管潜泳而已。"

"蒙特利湾有缤纷多彩的海洋生物。水藻的森林中漂亮的鱼游来游去，礁石千姿百态，特别是从卡梅尔到大瑟尔的那一段。等我们去了，我给你好好上一课，教你怎么潜水。"

"我满怀期待。"

她闭上眼睛，仰着头沐浴在阳光之中。太阳的温度让她的脸开始泛红。而皮特低头看着她，欣赏着经过长期磨难无法夺走的她身上的美丽。城墙上的哨兵渐渐消失在明媚的阳光中。他想将夏娃拥在怀中吻她，忘掉危险，忘掉所有，只记取此刻。

他真的做了。

有很长一段时间，她紧紧地搂着他的脖子，回吻着他。他向上抱着她的腰，让她脚尖点地。他们相拥了多久，两个人都不记得。

最后，夏娃稍稍退后，看着皮特浅绿色的眼睛，感觉虚弱而又兴奋，而心底却爱意翻涌。她轻声说："从埃及一起吃的那顿饭起我就知道自己无法拒绝你。"

他轻声说："我本以为我再也见不到你了。"

"我们脱险之后你要回华盛顿吗？"她说这话，仿佛脱险是必然的。

皮特耸了耸肩，但是并没有松开夏娃："我肯定他们想让我回去继续工作，阻止赤潮。你呢？好好休息一段会去哪儿？去另外一个不发达国家悬壶济世吗？"

"那是我的工作，"她轻声说，"小时候我就一直想要去帮助他人，拯救生命。"

"没有留时间来恋爱啊，不是吗？"

"我们两个都是受缚于自己的职责。"

这时巡逻的哨兵回来了。"现在你们得回去了，"她说得很不好意思，"现在这个时候再小心都不为过，不是吗？"

夏娃把皮特胡子拉碴的脸拉了下来，在他耳朵边轻声低语："我如果说自己想要你，你是否会认为我是个放荡的女孩？"

他笑了笑："我很容易被放荡的女孩吸引。"

她稍稍整理了一下头发,然后扯了扯自己肮脏破损的衣服:"但显然不是一个两个月没有洗澡、瘦得像只病猫一样的女人。"

"哦,真说不准,没洗澡的瘦女人也许会激发我体内的动物本能。"

皮特没有再多说话,带着夏娃下了城墙,来到阅兵场,穿过曾经的厨房和食堂,进入一个小储藏室。里面除了一桶铁钉空无一物,一个人也没有。他走开了几分钟,回来时拿着两张毯子。将毯子放在满是灰尘的地面上后,他锁上了门。

仅仅依靠门缝中漏进来的昏暗光线,他们基本看不见彼此。但他再次抱紧了她:"抱歉我没有香槟和软床。"

夏娃优雅地展开毯子,跪在上面,仰望着皮特模糊而坚毅的脸:"我就闭上眼睛想象自己和英俊的爱人正在旧金山最好的酒店最豪华的套房中。"

皮特吻了吻她,轻声笑了:"女士,你的想象力真丰富。"

## 51

马萨德的助理,菲利克斯·韦瑞尼走进了老板的办公室。"伊斯梅尔·耶利从卡兹穆总部打来电话。"

马萨德点了点头,拿起电话:"请讲,伊斯梅尔,我希望有好消息。"

"很遗憾地告诉您,马萨德先生,没有好消息。"

"卡兹穆抓到了联合国的小队没有?"

"没有,他还没有找到他们。如我们所料,他们的飞机被摧毁了,但是人却消失在沙漠中。"

"他的巡逻队为什么不去追踪车印?"马萨德生气地问。

"风吹得车印都被沙子埋起来了,"伊斯梅尔平静地回答,"一点痕迹都没留下。"

"金矿的情形怎么样?"

"囚犯们发生了暴乱,杀了警卫,捣毁了仪器设备,洗劫了办公室。

工程师也都死了。要让金矿完全恢复正常运作得花6个月。"

"奥巴尼奥呢？"

"消失了，没有发现他的尸体，不过却找到了他那个虐待狂工头。"

"叫麦莉卡的那个美国人？"

"囚犯们出于报复恶意鞭尸，几乎都看不出来是她。"

"偷袭者们肯定把奥巴尼奥带走了，希望从他身上挖出更多秘密来对付我们。"

"现在还不知道，"耶利说，"卡兹穆的军官刚开始进行审问。我想跟你讲的另外一个消息，可能会让你很不舒服，一个幸存的警卫认出来那两个美国人，皮特和吉奥蒂诺，一个多星期前，他们设法逃出了金矿，去了阿尔及利亚，然后带着联合国的偷袭队回来了。"

这消息对于马萨德来说如同晴天霹雳："老天啊，那就是说他们到了阿尔及利亚，和外界取得了联系。"

"我也这么想。"

"为什么奥巴尼奥没有通知我们他们跑了？"

"显然是害怕你和卡兹穆的反应。他们如何在没有食物和水的情况下穿越了400公里的沙漠，真是个谜。"

"如果他们把金矿的事情报告给了华盛顿的高层，他们肯定也报告了佛瑞尔堡垒的事情。"

"他们没有确凿证据。"耶利提醒他，"两个外国人非法侵入了马里境内，犯下了种种对抗马里政府的罪行，他们说的话在任何国际法庭上都不会被当真。"

"但是我的工程会被新闻媒体和环境调查组织围个水泄不通。"

"这不用担心。我会建议卡兹穆闭关锁国，把所有来的人都赶走。"

"你忘了，"马萨德努力地保持冷静，"我请来建造工程最后丢进提比扎的那些法国工程师和科学家。一旦他们脱险，他们就会散播自己被绑架和囚禁的故事，更糟糕的是，他们还会暴露出我们非法的垃圾填满。马萨德企业将受到来自各方面的攻击，只要有我办事处或是工厂的国家都会指控我。"

"没有人可以活着去作证。"耶利说得仿佛是既定的事实。

"下一步该怎么办？"马萨德问。

"卡兹穆的空军侦察兵和陆地巡逻部队找不到任何他们进入阿尔及利亚的证据，也就是说，他们还在马里，藏在什么地方，等待着援兵。"

"卡兹穆的军队却会挡住援兵。"

"当然。"

"他们有没有可能已经向西去了毛里塔尼亚？"

耶利自己摇了摇头："他们离最近的有水的村庄有差不多一千公里。而且，他们不可能携带了足够那么远的燃料。"

"一定要拦下他们，伊斯梅尔，"马萨德的声音中有着难以隐藏的疯狂，"一定要干掉他们。"


艾尔·哈吉·阿里坐在骆驼的阴影中，等着经过的火车。他从阿劳安奔波了两百公里来到这里，就是为了见见曾经领着沙漠旅游团经过他们村庄的英国人向他描述的奇迹般的铁路。

刚过完14岁生日的阿里，得到父亲的许可，可以带着家里两头骆驼中的一头出来。他选了一头白色的，向北旅行，来亲眼看看闪亮亮的铁轨和长长的钢铁怪物。他曾经见过汽车，也见过飞在天上的飞机，但是对他来说，摄影机、收音机、电视还有其他东西都充满了神秘。亲自看一看，或是摸一摸火车，会让他成为村子中所有男孩女孩都嫉妒的对象。

他一边等一边喝着甜茶，回味着嘴中美好的味道。等了好久，还是没有火车靠近的信号。他便骑上骆驼，顺着铁路向佛瑞尔堡垒方向走去。这样回去时他就可以跟全家描述沙漠中耸起的无边无际的建筑。

他路过了被长期废置的法国外籍兵团的堡垒，看了看这座高墙环绕、荒凉而孤独的堡垒，出于好奇，他向堡垒大门走去。被太阳晒得泛白的大门紧紧地关着。他跳下骆驼，绕着堡垒的外墙寻找其他的入口，但是只找到硬泥和石头。他放弃了，又向铁路走去。

他望向西方，为热浪下太阳炙烤的沙地上伸展蜿蜒的银闪闪的铁轨而深深着迷。他站到枕木上，四处观望，眼睛看到了一些东西。热浪之中出现了一个小点，并且越飘越近，慢慢变大，向着他过来。钢铁巨怪，他心中一阵激动。

但是等到那东西近了一些，他才发现它太小了，不可能是一列火车。然后他看清楚上面有两个人，那仿佛是一辆行驶在铁路上的敞篷汽车。阿里退下路基，站在骆驼边，而正在巡路的汽车却停在了他面前，车上载着两个护路工。其中一个是白种人，另一个暗肤色的摩尔人向他打招呼："你好。"

"你们好。"阿里回答道。

"你从哪儿来，小伙子？"摩尔人用图瓦雷克人的柏柏尔语问道。①

"从阿劳安来，来看钢铁怪兽。"

"你走了很远啊。"

"路上挺顺利。"阿里扬扬自得。

"你的骆驼很不错。"

"我父亲把最好的一头借给了我。"

摩尔人看了看手表说："你不用等太久了，从毛里塔尼亚来的火车再过大约45分钟就到了。"

"谢谢。我会等着的。"阿里回答道。

"在旧堡垒有没有看到有意思的东西？"

阿里摇了摇头："我没办法进去，门锁着呢。"

两个护路工交换了一下疑惑的眼神，然后用法语交谈了几分钟。

摩尔人又问："你肯定吗？那个堡垒一直开着。我们一直在那儿存放修路用的枕木和仪器。"

"我没撒谎，你可以自己去看。"

摩尔人从车上下来，走到了堡垒前，没用几分钟就回来了，用法语对

---

① 实际上，图瓦雷克人是柏柏尔人的一个分支，特指主要居住在西撒哈拉地区的柏柏尔人。

白人说:"那个孩子没说错,大门从里面锁了起来。"

法国人的脸严肃了起来:"我们必须去废物处理工程报告此事。"

摩尔人点了点头,又上了车,他对阿里挥了挥手,说:"火车来的时候,不要离铁轨太近,还有,紧紧牵着你的骆驼。"

引擎开始响起,车顺着铁轨驶向有毒废物工程的方向,只留下阿里一个人呆呆地观望。他的骆驼一直看着地平线的方向,将一口唾沫吐在了铁轨上。

马瑟尔·勒范特中校知道,他无法阻止那个流浪的孩子和护路工窥探堡垒内部。12挺机枪无声但却狰狞地对着好奇的闯入者。本来很轻易就能把他们击毙,拖入堡垒中,但是勒范特却不忍心去杀死无辜的人,所以他们一枪也没发。

"你打算怎么办?"皮姆布鲁克·斯迈瑟看着那辆机动车开往安全港的方向问。

勒范特斜眼看着男孩和他的骆驼,他们依然等在铁轨边,等着经过的火车。"如果车上的那两个人告诉马萨德的警卫堡垒被锁了起来,肯定就会有一伙全副武装的巡逻兵来调查。"

皮姆布鲁克·斯迈瑟看了看时间:"离天黑还有7个钟头,让我们希望他们的反应迟钝吧。"

"波克将军有没有最新的消息?"勒范特问。

"我们失去了联络。在从提比扎过来的路上,无线电被碰了一下,线路非常脆弱。将军最后的信息非常混乱,难以破译,操作员只能看出来是关于一个美国特种部队要到毛里塔尼亚和我们会合。"

勒范特难以置信地望着皮姆布鲁克·斯迈瑟:"美国人来了?却只到毛里塔尼亚?老天啊,那儿离这儿有300多公里。如果我们到达边境前被袭,他们在毛里塔尼亚又能帮我们什么?"

"长官,那个信号不清楚,"皮姆布鲁克·斯迈瑟无助地耸了耸肩,"我们的操作员已经尽力了,不过也许他搞错了。"

"他能想办法把无线电转到我们的战斗通讯设备上吗？"

皮姆布鲁克·斯迈瑟摇了摇头："他已经这么试过了，但是系统不兼容。"

"我们都不知道桑德克是否正确解读了皮特的暗语，"勒范特有气无力地说，"波克所知道就是我们要在沙漠兜圈子或是逃到阿尔及利亚。"

"长官，我倒愿意想得积极一些。"

勒范特重重地陷了下去，靠在城墙上："现在没机会往那边跑了，燃料不够了，在空地中肯定会被马里人抓住，和外面的世界又失去了联络。我担心我们中很多人会死在这个老鼠洞里，皮姆布鲁克·斯迈瑟。"

"往好的一面想，中校，也许美国人会像卡斯特将军的第七骑兵团一样长驱直入来到这里。"

"哦，天哪，"勒范特绝望地呻吟，"你怎么会想到这个？"

吉奥蒂诺躺在一辆运兵车下面，正往下卸一个弹簧。这时，他看到自己有限的视线中出现了皮特的靴子和腿。"你去哪儿了？"他一边拧着螺丝一边问。

"去照顾弱者。"皮特轻快地说。

"现在来照顾一下你那个奇怪的鬼知道叫什么的设计吧。你能使用军官室屋顶上的椽子，它们又干又好。"

"你一直在忙？"

"真遗憾你不是，"吉奥蒂诺抱怨着，"你最好想想怎么把这些东西组装起来。"

皮特在吉奥蒂诺视线边缘放下了一个木桶："问题解决了，我在食堂找到了一个木桶。"

"食堂？"

"是从食堂的储藏室里掀出来的。"皮特纠正自己。

吉奥蒂诺把自己从车下拉了出来，看着皮特。他的眼睛从没系好带的靴子看到半开的作战服，一直看到皮特蓬松的头发。最后，他终于开口讲话，声音中充满了讽刺。

"我打赌,你在储藏室里掀开的绝对不只是钉子。"

## 52

当护路工的报告从佛瑞尔堡垒传到卡兹穆的军事总部时,卡兹穆的私人情报官希德·阿汉穆德·古万看了一眼,就放在了一边。他觉得这条消息毫无价值,肯定不必交给那个多管闲事的土耳其人伊斯梅尔·耶利。

古万没有看出来一个废弃的堡垒与本应在北方400公里的猎物之间有什么联系。那些铁路工坚持说堡垒的大门被从里面锁了起来,不过是想要拿些道听途说的消息讨好自己的上级罢了。

但是时间一个小时一个小时地过去了,始终没有发现联合国军队,古万开始对这份报告另眼相看,心中的疑虑渐生。他是一个深思熟虑的人,是一个年轻有为的情报人员,是卡兹穆的军队中唯一一个在法国接受教育,毕业自法国顶级军事学院圣西尔的人。他开始看到了取悦领导和给耶利这个业余情报专家一个下马威的可能。

他拿起电话,呼叫马里空军的指挥官,要求对提比扎南部的沙漠做一次空中侦察,要着重寻找轮胎印。为了以防万一,他同样建议佛瑞尔堡垒暂时停止所有火车的进出。如果联合国的部队确实悄悄地去了南方,古万觉得,白天的时候他们肯定会躲在旧堡垒中。他们的汽车肯定已经燃料不足了,所以可能会等到天黑,准备劫持一辆经过的火车,去往毛里塔尼亚。

而古万要确定自己的猜测,只要空军发现从提比扎向铁路方向的新车印即可。他十分肯定自己的思路正确,于是拨通了卡兹穆的电话,向他解释自己的分析。

在堡垒中,最折磨人的东西就是时间。每个人都一分一秒地等着天黑。每个小时平安度过都令人如获至宝。但是到了下午4点钟,勒范特意识到有些事情出了大问题。

皮特跟随皮姆布鲁克·斯迈瑟来到城墙上的时候，他正用双筒望远镜观察着有毒废物工程。

"你找我，中校？"皮特问。

勒范特没有放下望远镜："你和吉奥蒂诺先生潜入废物工程的时候，有没有留意火车的时刻？"

"出入的火车是交替的，一列进入3小时后会有一列离开。"

勒范特放下了望远镜："那你觉得为什么4个半小时了却没有一列火车出现？"

"铁路出问题了，火车脱轨了，仪器故障，有很多问题能够造成时间拖延。"

"你相信这些吗？"

"现在不信。"

"那你最好的猜测是什么？"勒范特继续追问。

皮特看着堡垒前空空的铁轨："如果要我赌一年的薪水，我敢说，是因为我们。"

"你认为火车被停止是为了防止我们逃出去？"

皮特点了点头："有理由认为卡兹穆一旦意识到我们的迂回战术，发现我们从金矿向南的轮胎印，他就会想到我们的目的是劫火车。"

"马里人比我以为的聪明。"勒范特承认，"现在我们被困在这里，没有办法向波克将军汇报我们的处境。"

皮姆布鲁克·斯迈瑟清了清喉咙："长官，我自愿向边境突围，和美国特种部队会合，带他们过来。"

勒范特严厉地看了他一阵子："你这顶多能算是自杀。"

"这也是我们唯一能出去的机会。假如用那辆越野战斗车，我6个钟头之内就能到达边境。"

"你想得太乐观了，上尉。"皮特指正，"我在这片沙漠开过车，正当你全速行驶在一马平川上时，就会掉进50英尺深的陡峭河谷。还有那数不清的沙丘更耽误时间。照我说，明天上午你能到毛里塔尼亚就算走运了。"

"我可以沿着铁路直开过去。"

"死路一条。你开不了50公里,卡兹穆的巡逻兵就会在你头顶出现了。他们还有可能已经在沿路设置了路障。"

"而且你忘了我们的燃料已经不足了吗?"勒范特补充道,"汽油不足以行驶三分之一的路。"

"我们可以把运兵车里的汽油弄出来。"皮姆布鲁克·斯迈瑟丝毫没有退缩。

"你成功的希望小得像蚂蚁。"

皮姆布鲁克·斯迈瑟耸了耸肩:"没有风险的旅程无聊死了。"

"你不能一个人去。"勒范特说。

"在沙漠里高速夜行是非常冒险的,"皮特谨慎地说,"你需要一个副驾驶和导航员。"

"我也没打算一个人。"皮姆布鲁克·斯迈瑟告诉他们。

"你已经有了人选了?"勒范特问。

皮姆布鲁克·斯迈瑟笑眯眯地看着眼前来自NUMA的高个子:"皮特先生或他的朋友吉奥蒂诺先生都行,因为他们在沙漠里面横冲直撞过一次。"

"一个平民在逃避马里巡逻队的追击时帮不了什么忙。"勒范特警告道。

"我计划把所有的武器和装甲都卸掉,以减轻车的重量。我们可以携带一个备胎和一些工具,足够24小时的水,还有手枪。"

勒范特仔细地从头到尾思考着皮姆布鲁克·斯迈瑟疯狂的计划,然后他点了点头:"好的,上尉,去准备车辆。"

"是,长官。"

"不过还有一件事。"

"长官?"

"很抱歉得让你的逃跑计划做些变动,但是你是副指挥官,我需要你留在这里。你必须派其他人去,我建议派斯滕侯姆中尉,如果我没记错,他参加过蒙特卡罗拉力赛。"

皮姆布鲁克·斯迈瑟并没有试图去掩饰脸上失望的神情,他想说些什么,但是却敬了个礼,一句反对的话都没有讲,顺着台阶匆匆而下。

勒范特看着皮特:"你们也得是志愿者,皮特先生。我没有权力命令你们去。"

"中校,"皮特微微笑了笑,"过去的一个星期,我一直在撒哈拉被人追杀,距离渴死只有一步之遥,被枪击,被晒得像龙虾一样,我遇到的每一个讨厌的杂种还都要打我的脸。这是皮特太太的儿子的最后一站了。我要从这辆车上下来,哪里也不去了。阿尔·吉奥蒂诺会和斯滕侯姆中尉一起出去。"

勒范特笑了:"你是个骗子,皮特先生,一个高级的上等骗子。你和我一样清楚,留在这里是必死无疑,你把逃生的机会让给了你的朋友,你的高贵让我由衷钦佩。"

"我的举动没有高贵的成分,我留下来是因为有事情没做完。"

勒范特看了看一面墙下面的奇怪机器:"你是指你的弹弓。"

"实际上,这是一种弹簧弓。"

"你真的认为这能对装甲车起作用吗?"

"哦,肯定会的。"皮特的声音中有着十足的自信,"只是不知道会有多好。"

日落之后不久,大门后匆匆填起的沙包和暂时的路障被移开,大门打开了。斯滕侯姆,一个英俊帅气的金发大个奥地利人,把自己绑在方向盘后,听着皮姆布鲁克·斯迈瑟的最后指示。

吉奥蒂诺站在被扒光的沙漠越野车前,向皮特和夏娃道别:"再见了,老伙计,"他强挤了一个笑脸出来,"让我代替你走这不公平。"

皮特给了吉奥蒂诺一个熊抱:"留心坑底。"

"斯滕侯姆和我会在午饭时分带着啤酒和比萨回来。"

这话其实没有任何意义。也许明天中午,堡垒和里面所有人都已经成了回忆。对此,他们谁都没有怀疑过。

"我会点着烛光等你回来。"皮特说。

夏娃轻轻地吻了吻吉奥蒂诺的脸颊，递给他一个小塑料包："一点路上吃的东西。"

"谢谢。"吉奥蒂诺扭身，不让他们看见自己含泪的双眼。爬上越野车后，他脸上的笑容消失了，只剩下悲伤。"上路吧。"他对斯滕侯姆说。

中尉点了点头，推动挡杆，猛踩油门，越野车一下跳向了前方，冲出大门，咆哮着消失在西方天空渐渐退去的橘色之中，后轮扬起两道冲天的沙尘。

吉奥蒂诺扭着身子回头观望，皮特就站在大门外，一只手搂着夏娃的腰，另一只对他挥动着。吉奥蒂诺能够看到皮特脸上闪过的苦涩的笑容，然后沙尘遮住了他的视线。

整个战队望着越野车全速通过沙漠，望了漫长的一分钟，直到越野车成为了灰尘中的一个小点。他们脸上的表情各异，既有伤悲，也有漠然。每个人都希望加入吉奥蒂诺和斯滕侯姆的求生之旅。之后，勒范特轻声地下达了一个命令，士兵们将门又一次也是最后一次推上，在门后堆好障碍物。

古万少校从一架奉命去追踪勒范特车队去铁路方向轮胎印的直升机巡逻员口中得到了他期待的报告。进一步的侦察由于夜幕降临而取消了。马里空军有几架飞机为了防范紧急机械故障而配备有夜视仪，但是古万并没有要求进一步调查搜索。他知道他的猎物藏在哪里。他和卡兹穆联系，肯定了自己的推论。他心花怒放的领导将他提升为中校，并且答应为了他这次大功奖励他一枚勋章。

古万的工作结束了。他点起一根烟，把脚跷在桌上，从他桌子中拿出一瓶人头马，给自己倒了一杯。这瓶酒是他为了特殊时刻准备的，而现在就是特殊时刻。

对于他的指挥官卡兹穆将军来讲，不幸的是，古万精准的观察和推理能力在任务的剩余阶段并没有发挥作用。就在卡兹穆最需要他的情报主管的时候，这位新近晋升的中校已经带着他的法国情人去了尼日尔河边的别墅度假，丝毫不知道那场席卷沙漠的暴风雨。

马萨德在电话上听耶利报告搜查的最新进展，他焦急地问："有什么最新消息？"

"我们找到他们了，"耶利扬扬得意，把古万的远见卓识据为己有，"他们认为兜个圈子进入马里内部就能蒙混过关，但我可不是好骗的，他们现在就被困在离你不远的废堡垒里。"

"听到这个我很高兴。"马萨德长出了一口气，"卡兹穆打算怎么办？"

"命令他们出来投降。"

"如果他们接受了呢？"

"把战队和指挥官以入侵马里为罪名审判，之后作为人质来换取联合国的经济援助。提比扎的囚犯会被带去他的审讯室，得到应有的待遇。"

"不行，"马萨德说，"这不是我要的结果。唯一的结果就是把他们全部歼灭，而且要快。不能留下任何活口，我们不可以再留任何后遗症。我要求你去对卡兹穆讲，立刻了结这件事情。"

他的命令如此强横如此唐突，耶利愣了一阵子，才缓缓地说："好的……我会尽力说服卡兹穆天一亮就派战斗机和直升机突击队发动攻势。另外幸运的是，他有4辆重型坦克和3个步兵连在那附近进行演习。"

"他能今晚就进攻堡垒吗？"

"他需要时间召集部队，部署任务。明天天亮前无法发动攻击。"

"那就看卡兹穆倾尽全力阻止皮特和吉奥蒂诺再次逃脱吧。"

"全赖我要求停下所有出入境的火车的缘故。"耶利撒谎说。

"你现在在哪儿？"

"在加奥，正准备上飞机，那架你作为礼物馈赠给卡兹穆的指挥机。他打算亲自督战。"

"记住，耶利，"马萨德尽可能地耐心说，"不要活口。"

## 53

他们早上6点刚过就来了。联合国的战术小队成员们在城墙下挖完深深的壕沟后,全都精疲力竭,但是却都十分警醒,时刻准备着反击。他们大部分人都像鼹鼠一样躲在防空洞中。在地下深深的仓库中,医疗小组已经开辟了一块地方作为救护站,而法国工程师和他们的家庭都蜷缩在那些老旧的木头桌子和家具之下,躲避有可能坠落的屋顶。只有勒范特和皮姆布鲁克·斯迈瑟,还有负责操纵从越野车上卸下来的沃尔坎机枪的人员还留在堡垒的城墙上,他们只有矮墙和仓促堆起的沙包的保护。

他们看到飞机之前,先听到了飞机的声音,于是便发出了警报。

皮特并没有寻找掩体,而是依然沉迷于他的弹簧弓,在抓紧最后一分钟进行调试。汽车上卸下来的弹簧被垂直地安放在错综复杂的木柱之上,几乎被压到了对折,使用的液压装置是在和铁路物资一起堆放的那辆旧铲车上卸下来的。系在绷紧的弹簧上的,是一块斜向上的凹板中放了半桶装的柴油,桶的上半部分凿出了许多开口。帮助皮特把这个构造复杂的装置安装好后,勒范特的人就离开了,但是他们都带着满腹的疑虑,不知道这半桶柴油怎么能够不在里面爆炸伤及自己人的前提下飞到城墙外面。

勒范特跪在矮墙边,背后靠着一个沙袋的保护,观察着万里无云的蓝天。他看到了飞机,用望远镜开始观察,那些飞机开始在南方3公里500米的高度盘旋。他发现对方完全没有空对地导弹的顾忌,他们看样子认为堡垒根本没有抵抗空中攻击的方法。

和许多第三世界国家喜欢炫耀、华而不实的军事领导人一样,卡兹穆从法国买来幻影战斗机更多是出于虚荣,而非战争需要。由于周围的邻国军事力量都相对较弱,无须惧怕,卡兹穆的空军和陆军所受到的训练和激励就是卡兹穆的自大和对造反的想法的恐惧。

马里的攻击军后面是一小批轻型武装的直升机,它们唯一的任务就是执行巡逻,运送作战的步兵。只有战斗机上装备了可以敲开装甲坦克和堡垒的导弹发射器,但是这些导弹不同于新型的激光制导导弹,马里的飞行员们必须凭肉眼锁定目标。

勒范特通过头盔中的麦克风说："皮姆布鲁克·斯迈瑟中尉,沃尔坎机枪手就位。"

"已经站在玛德琳身边,准备开火。"皮姆布鲁克·斯迈瑟从对面城墙上的炮台回答。

"玛德琳?"

"大家已经和枪建立了感情,长官,他们用在阿尔及利亚帮过他们的一个女孩给它命名。"

"保证玛德琳不要耍脾气卡壳。"

"是,长官。"

"让第一架完成它的点火试验,"勒范特指示道,"等它飞过去从后面轰击它。如果你们时机把握得好,可以及时调整方向,在第二架飞机发射导弹前炸掉它。"

"放心吧,长官。"

皮姆布鲁克·斯迈瑟刚一说完,领头的幻影战斗机便离开阵列,急降至75米,一往无前地飞了过来,丝毫没有迂回前进躲开地面攻击的意图。飞行员很难算是一个顶级的喷气机驾驶员,他慢慢地靠了过来,又稍微迟疑了一瞬间才射出两枚导弹。

由一个单级固体推进器提供动力的导弹,第一枚飞过了堡垒,高杀伤性的弹头在远处的沙地中爆炸,丝毫没有造成伤亡。第二枚击中了北墙,爆炸后从墙顶撕开一道两米深的沟,碎石如同雨点一样坠入阅兵操场。

沃尔坎机枪手锁定了低飞的喷气机,它一飞过堡垒上方,他们就开了火。为了节省弹药,六筒旋转机关枪并没有以每分钟两千转的最大速度攻击,而是每分钟一千转。就在飞机处于易攻击的位置时,一簇20毫米口径的子弹射了过去。一只翅膀被整个炸掉了,就如同手术刀割掉一般整齐,幻影机猛地掉了个儿,坠向地面。

几乎就在子弹命中之前,玛德琳已经迅速旋转180度,再度开火。一团子弹飞向了第二架飞机,命中它正前方。一团黑烟后,飞机成了一个火球,爆炸解体，碎片纷纷落在堡垒的外墙上。

下一架战斗机慌慌张张、匆匆忙忙地发射了一枚导弹便掉头飞走了。勒范特带着一丝茫然的表情看着在堡垒前方两百米开外炸出的两个弹坑。现在失去了领队，整个方队乱了阵脚，在射程之外盲目地盘旋攻击。

"漂亮，"勒范特赞赏沃尔坎枪手，"现在他们知道我们能够还手，就会在远处发射导弹，准确度便低了。"

"只剩下600转子弹了。"皮姆布鲁克·斯迈瑟报告。

"现在省着用，让大家寻找掩体隐蔽起来，让他们炸我们一阵子。早晚会有不小心飞过来的。"

卡兹穆听着他们的飞行员们之间透过无线电激动的叫喊，他通过指挥机上的视频系统看着外面的局面。第一波攻击，遭到了敌人的回击，他们的信心被严重地动摇了，飞行员们就好像吓坏的孩子一样，喋喋不休地请求指示。

卡兹穆气红了脸，他走进通讯舱，对着无线电大喊："懦夫们！我是卡兹穆将军。你们空军是我的右臂，是我的杀手锏。攻击！攻击！任何表现不勇敢的人一降落立即就地正法，家人全送去坐牢。"

缺乏训练，而又盲目自大，马里的空军飞行员更擅长在街上晃悠，追逐漂亮姑娘，而不是迎战试图杀死他们的敌人。在改进沙漠游牧民族的空军装备和提升战术训练上，法国人作出了很大的努力，但是传统的文化和思维习惯已经在他们的头脑中根深蒂固，使他们无法成为一个高效的作战部队。

卡兹穆愤怒带来的恐惧远甚于领队飞机和驾驶员永远消失在天空中所带来的，他们勉强地重新组织攻势，排成一条线飞向依然坚实的法国外籍兵团堡垒。

仿佛认为自己是不死之身，勒范特直接站着从城墙上冷静地观察敌人的攻势。前两架战斗机离堡垒远远地就丢下了导弹猛地掉头。两个导弹都飞得特别高，一直到了铁路另一边才爆炸。

他们从四面八方而来，疯狂而毫无战术可言。他们应该有组织地集中火力，攻击一个点，但却是四处乱飞胡乱攻击。由于没有遭到回击，他们的准确度提高了，堡垒遭到的攻击变得具有毁灭性，石头的墙体上出现了大洞，城墙开始崩塌。

就在这时，如同勒范特所预料的，马里的空军又开始大胆而贸然起来，发射导弹之前越来越逼近城墙。勒范特从他小小的指挥位置上站起来，拍打掉作战服上的灰尘。

"皮姆布鲁克·斯迈瑟上尉，有伤亡吗？"

"没有，中校。"

"现在又是玛德琳和她的朋友们再显神通的时候了。"

"正在调整枪口，长官。"

"如果你们计划得当，还可以剩下干掉两架飞机的弹药。"

有两架飞机几乎是紧挨着飞了过来，他们的任务就轻松多了。沃尔坎调整方向开火，最初的情形让人以为枪手没有击中，但接着右侧的飞机就出现了一团火焰和黑烟。这架飞机并没有爆炸，而飞行员似乎也没有失去控制，它只是飞机前身稍微向下倾斜，持续下降，坠到了沙子中。

玛德琳瞄向了左侧的战斗机，像个女鬼一样尖叫着开了火。两秒钟后，最后的一转子弹离开了枪筒，玛德琳完全安静了下来。但是就在那之前，它短促的炮火已经足以使第二架飞机直接进垃圾场了。飞机顶棚脱落，四分五裂的碎片纷纷坠落。很奇怪的是，并没有烟也没有火。那架飞机落在沙漠上，弹起一次，又冲进了东墙才最后爆炸，声音震耳欲聋，阅兵场中满地都是燃烧着的碎片，军官室被压塌了。那些身处其中的人感觉整个堡垒似乎已经被一波爆炸清空了。

皮特身子在空中转了几圈，才重重地摔在了地上。他觉得天崩地裂，爆炸仿佛就是在自己头顶发生的，而其实是在堡垒的另一面。他大喘着粗气，震荡的感觉依然在他周围回响。

他挣扎着跪了起来，在遮天蔽日的灰尘之中咳嗽着。他最担心的就是弹簧弓。一团烟云中，它依然完好无损地站着。然后，他才发现附近躺着一个人。

"老……天啊!"那个人无力地说。

这时皮特才认出来这是皮姆布鲁克·斯迈瑟,他被爆炸从城墙上震了下来。皮特爬过去,低头只看到一双紧闭的眼睛,唯一能够显示出生命迹象的是上尉脖子上绷紧跳动的脉搏。

"你伤得重吗?"皮特完全不知道应该说些什么。

"完全喘不过气来,我的背受伤了。"皮姆布鲁克·斯迈瑟紧咬着牙从牙缝中说。

皮特瞥了一眼坍塌的那一部分城墙:"你真是从很高掉下来。我没看见血,看起来应该也没有伤到骨头。你能动动腿吗?"

皮姆布鲁克·斯迈瑟设法举起腿,扭了扭穿靴子的脚。"至少我的脊椎还连着。"然后他又举起一只手,指着皮特后方的阅兵场。尘埃已经开始落下,看到那边一大堆碎石的时候,他的脸上都是无助的神情。碎石下埋了几个士兵。"把那些可怜鬼挖出来,"他恳求着,"看在上帝分上,把他们挖出来。"

皮特猛地转身,视线聚焦在那一面坍塌破损的墙上。那原本是一段砂浆和石头筑成的巨大的舷墙,如今只是一大堆碎石。埋在下面肯定会被砸死,如果那些人躲在壕沟中奇迹般地逃过了撞击,也早晚会死于窒息。皮特意识到,除非有大型的建筑用的器械,否则没有办法把他们及时挖出来。他觉得脖子后面一阵恐怖的芒刺作痛。

他还没有来得及作出反应,又一簇导弹飞进了堡垒,让食堂摇摇欲坠。屋顶上的椽木瞬间就起火,一团浓烟升起,为渐渐升温的空气贡献热度。整个城墙看起来仿佛遭受了巨人的重锤,北墙残留的最小,但出人意料的是大门依然完好。但是另外三堵墙都受损严重,都有好几处裂痕。

4架飞机被击坠,导弹耗光,加之燃料不足,剩下的马里战斗机重新编队,向南方的基地飞去。幸存的联合国战士们从地下掩体中出来,就如同死人从坟墓中爬出一般。他们开始拼命地清理那堆碎石,以拯救自己的同伴。但是不论他们如何倾尽全力,单纯靠手拯救出埋在墙下的人的机会几乎为零。

勒范特从城墙上下来发号施令。伤员被送去地下军火库中，接受医护人员的治疗，夏娃和几个妇女已经开始给医护人员充当助手。

勒范特下令停止挖掘，要大家开始修补城墙上较严重的漏洞时，战术小组每一个人的脸上都写满了痛苦。勒范特和他们一样痛苦，但是他要对生者负责，对死者已经无能为力。

虽然承受着背部的剧痛，皮姆布鲁克·斯迈瑟却依然咧嘴笑着，迈着蹒跚的脚步巡视堡垒，听取伤亡报告，对同伴们说些鼓励的话。他完全没有理会正在吞噬人心的死亡和恐惧，努力用幽默感来对抗他们面临的考验。

6人死亡，3人被流石击断骨头，重伤。7个受了轻伤的人经过简单的救治包扎回到了自己的岗位。勒范特审视自己的处境，不断地提醒自己，事情本会更糟。但是他知道空袭只是个开头，短暂的间歇之后，第二波攻击开始了。1枚导弹在南墙下爆炸，导弹来自南方两千米处的四辆坦克之一。然后其他3辆坦克也都相继将有向性线导战地导弹射向了堡垒。

勒范特很快爬到了一堆碎石之上，举起望远镜看着坦克。"法国产AMX-30型坦克，SS-11战地导弹，"他镇定地对皮特和皮姆布鲁克·斯迈瑟说，"他们会先削弱我们的力量，然后步兵就会跟来。"

皮特环视了一眼受损的堡垒，轻轻地咕哝："也没有多少好削弱的了。"

勒范特放下望远镜，转身看着后面的皮姆布鲁克·斯迈瑟，他弯着腰，好像一个95岁的驼背老人。

"下令所有人进入地库，只留一个哨兵。我们要在下面躲避暴风雨。"

"等坦克过来敲我们的门的时候呢？"皮特问。

"那就要看你的弹弓了，不是吗？"皮姆布鲁克·斯迈瑟沮丧地说，"那是我们唯一能用来对付那些残忍的坦克的东西了。"

皮特坚定地笑了笑："看样子我必须让你依赖我了，上尉。"

对自己的演技，皮特很骄傲。他成功地掩饰了内心席卷而来的忧虑的巨浪。他完全不肯定自己临时拼凑的反坦克武器是否有半点实际用处。

## 54

向西400公里的地方,黎明中一片沉寂。这片空荡广袤荒凉的沙地中,连风声都没有。唯一的声音来自越野车效果声的喷气管。它如同海滩上的一只蚂蚁一样,在沙漠中穿行。

吉奥蒂诺正在研究着车上电脑,想要从里程表上的数字算出他们已经走的直线距离。一路上,他们必须要绕过不能通行的河谷和一大片沙丘。还有两次调头开了20公里才能继续前行。

根据小屏幕上显示的数字,吉奥蒂诺和斯滕侯姆花了将近12个小时才开完佛瑞尔堡垒到毛里塔尼亚的距离。躲在铁路上的视线之外,让他们浪费了很多时间,但是如果沿着铁路而行,就有可能遇到全副武装的巡逻兵,或是被天空中盘旋的马里战斗机发现炸成沙子。

最后三分之一的旅程是坚硬的路面,但是路面上被大风和细沙打磨光滑的卵石却星罗棋布,从弹珠大小到足球大小,应有尽有,让驾驶充满了恐怖,但是他们从来都没有考虑过要减速。他们以每小时90公里的速度在坎坷不平的路面上跳荡着,两人都以坚韧的决心忍受着一路的颠簸起伏。

他们始终没有感到疲倦和痛苦,心中所想的只是他们留在身后的人们会发生什么。吉奥蒂诺和斯滕侯姆都很清楚,他们得救的唯一希望就是找到美国特种部队,而且要快,在卡兹穆杀光堡垒中的人之前到达堡垒开始营救行动。中午时回去的保证又袭上了吉奥蒂诺的心头,这个保证看起来确实希望渺茫。

"离边境还有多远?"斯滕侯姆的英语口音和施瓦辛格非常像。

"看不出来,"吉奥蒂诺回答,"无人沙漠区他们根本不立欢迎的牌子。我觉得我们已经过了边境了。"

"至少现在我们能够看清前面的路了。"

"马里人也更容易发现我们了。"

"我建议我们向北去铁路边。"斯滕侯姆说,"油表快掉到最低了,再过30公里，我们就得走路了。"

"好的，你说了算。"吉奥蒂诺又看了一遍电脑，然后指着仪表盘上的罗盘说，"西北方向50度斜开过去，一直开到铁路边。这样我们能再前进几公里，以防我们还没有进入毛里塔尼亚境内。"

"最后时刻。"斯滕侯姆笑着说。他将踏板踩到底，在沙石中转向，给空中留下一片沙尘。这辆军用越野车便朝着马萨德的铁路而行。

11点钟的时候，战斗机回来了，用导弹继续攻击已经残破的堡垒。他们的弹药用光后，4辆坦克又开始了轰炸，整个沙漠回荡着爆炸的声音。那些守护者总觉得爆炸似乎没有尽头，而卡兹穆的陆军已经移动到了300米之内，以迫击炮和狙击火力朝着已经残损的堡垒开火。

集中的火力和当年法国人殖民西非的时候法国外籍兵团对抗的图瓦雷克人的攻击毫无相似之处。子弹如雨点般纷纷坠落，雷鸣般的爆炸无休无止。余留的墙体继续遭受着持续的炮火的消磨，石头、石灰、沙子高高地飞向天空，老堡垒已经丝毫看不出原本的模样，现在更像是一个考古的遗址。

卡兹穆将军的指挥机降落在附近一个干涸的湖中。他在参谋长萨格哈尔·奇科上校、伊斯梅尔·耶利陪同下，与穆罕默德·巴图塔上尉会合。上尉将他们带到了一辆指挥车边，开车来到临时建起的战地指挥中心。诺侯姆·曼萨中校上前迎接。

"你把他们完全包围了？"卡兹穆问。

"是的，将军。"曼萨马上回答，"我的计划是逐步向堡垒压近，最后开始攻击。"

"你没有试图说服他们投降？"

"试了4次。每次都被他们的首领，一个叫勒范特的中校，直接拒绝。"

卡兹穆冷冷地笑了："既然他们坚持想死，那我们就帮帮他们。"

"他们应该没剩下几个人了。"耶利从架在三脚架上的望远镜观察，"那个地方已经像个筛子了，他们肯定都被石头埋在下面了。"

"我的人已经迫不及待地要参战,"曼萨说,"他们想为敬爱的首长好好表演。"

卡兹穆十分高兴。"他们有机会的。下令一小时内拿下堡垒。"

冲击始终没有停歇。仓库中已经挤了差不多60个人。支撑穹顶的石头开始摇晃,霎时崩裂,变成石头砸向下方的人。

夏娃蜷缩在楼梯附近,给一个肩膀被榴弹击中的女战士包扎。而一颗迫击炮正好击中上层的入口处。爆炸掀起一片碎石,她用身体护住那个受伤的女战士,但却失去了知觉。过了一会儿,她醒来后发现自己和另一个伤员一起躺在地板上。

一个医护人员正在抢救她,皮特坐在身边,握着她的手。他形容憔悴,汗湿全身,横飞的灰尘已经染白了他的胡子,但是脸上却露出泛着爱意的笑容。

"欢迎回来,"他说,"楼梯塌下来的时候你让我吓了一大跳。"

"我们被困住了?"她轻声问。

"没有,等时候到了我们就能冲出去。"

"好黑。"

"皮姆布鲁克·斯迈瑟上尉带人只清出了一个小洞,足够我们呼吸。没有太多的光,不过榴弹也进不来。"

"我浑身都麻了。真奇怪一点都不疼。"

那个医护官,一个年轻的红头发的苏格兰人对她笑了笑:"我给你进行了重度麻醉,给你接你那可爱的骨头时不能让你醒过来。"

"我伤得多重?"

"右臂右肩受伤,至少一根肋骨骨折,没有X光我无法得出确切数字,左胫骨及踝关节断裂,外加数不清的挫伤和可能存在的内伤。此外,你完好无损。"

"你非常诚实。"夏娃对医护官怪异的幽默坚定地挤出了一个微笑。

医护官拍了拍她没有受伤的胳膊:"请原谅我的坦白,但我觉得你最好知道事实。"

"我很感激你能这样。"她虚弱地说。

"休息两个月,你就又能游泳穿越运河了。"

"我更喜欢热烘烘的游泳池,谢谢你。"

皮姆布鲁克·斯迈瑟,和往常一样不屈不挠,在拥挤的仓库中移动,给每个人打气加油。他走过来跪在夏娃身边:"真棒,真棒,你是个坚强的女士,罗加斯博士。"

"我得知我可以活下来。"

"她有一段日子过不了狂野的性生活而已。"皮特打趣道。

皮姆布鲁克·斯迈瑟作了一个漫画式的鬼脸:"等她康复我就不可以出现了。"

夏娃没有听完皮姆布鲁克·斯迈瑟狡黠的讽刺,他还没说完,夏娃就又陷入了昏迷。

皮特和皮姆布鲁克·斯迈瑟彼此对望,脸上的幽默完全消失。上尉对着皮特左臂下的自动手枪点了点头,轻声问道:"到最后,你会成全她吗?"

皮特严肃地点了点头:"我会好好地照顾她。"

勒范特走了过来,满脸污秽,疲倦不堪。他知道,他的手下无法再承受多长时间了。而看着女人和孩子们忍受苦难,又刺激着他坚强的神经。他不愿看到他们和自己的战术小组成为这样无情的苦难的受害者。他最害怕的就是轰炸停止后的冲击蹂躏,那时便只能无助地看着马里人疯狂地冲进来烧杀掳掠。

他猜测,敌军至少有1000到1500人,而他们只剩29个人还有战斗能力,这里面还包括皮特。但到时还要顾虑4辆坦克。他不知道他们离被侵占还有多久,一个小时,也许两个小时,但更可能是不足一个小时。他们会拼死反抗,这是肯定的。爆炸很奇怪地帮了他们的忙。大部分碎石都倒向外侧,让步兵很难爬过来。

"瓦德林斯基下士报告说马里人已经准备整队向内进发,"他对皮姆布鲁克·斯迈瑟说,"攻击马上就要开始了。把通向楼梯的出口拓宽,让大家准备好等轰炸一停就冲出去。"

"好的，中校。"

勒范特转身看着皮特："好的，皮特先生，我相信该去测试一下你的发明了。"

皮特站起来伸展了一下身体："没被炸成碎片就是奇迹。"

"几分钟前，我往地上望了一眼，它依然完整地站在一块还没倒的墙后面呢。"

"现在我的时间足够实现自己戒酒的打算了。"

"我已经想到了最糟的了。"

皮特看着勒范特的眼睛："我能问一下你是怎么回答卡兹穆投降的要求的吗？"

"和我们法国人在滑铁卢和卡梅奴给出的答案一样——merde。"

"也就说，胡扯。"皮姆布鲁克·斯迈瑟翻译说。

勒范特笑了笑："这是拒绝的礼貌说法。"

皮特叹了口气："我从来没想到，皮特太太的儿子有朝一日会像阿拉莫的大卫·克罗科特和吉米·波伊一样。"①

"想到敌众我寡的比例，"勒范特说，"我得说我们幸存的几率并不比那强，甚至更糟。"

寂静突然而至，仿佛一张巨毯一般被抛向了地下的仓库。每个人都一动不动地看着屋顶，仿佛他们能够看穿3米厚的岩石。

隐蔽躲藏攻击了6个小时后，战术小队依然能够战斗的成员飞出乱石，封住出口，然后在焦热灼人的太阳下中分散开来。他们发现堡垒已经面目全非。这里就像是一个经过爆破的仓库。他们的运兵车都已经起火，黑烟直冒。所有的建筑几乎都坍塌在地。子弹在呼啸，仿佛一团团疯狂的马蜂，在乱石堆中哀号、爆炸。

---

① 阿拉莫是美国得克萨斯州圣安东尼奥附近一座由传教站扩建成的要塞。1836年的阿拉莫之战中，美国以两百对抗七千墨西哥敌军，维持了十三天才被对方攻陷。大卫·克罗科特和吉米·波伊是当时的指挥官。

联合国战术小队的成员都因为撒哈拉的灼热而汗湿全身，浑身污秽，饥饿不堪，而且累得要死。但是面对马里人丢给他们的一切，他们丝毫没有恐惧，只是无比愤怒。他们什么都缺，但是就是不缺战斗之心。他们选好了自己的位置，冷冷地暗自发誓，在他们最后一个倒下之前，要让攻击者付出沉痛的代价。

"听我命令，开火要稳准狠。"勒范特在头盔中的通讯器中下令。

卡兹穆的战斗计划非常简单：让坦克冲开北墙上已经受损的大门，而步兵从四面包围。他指挥下的每个人都投入了战斗，1470人，没有后备军。

"我期待完胜，"卡兹穆对他的指挥官们说，"将任何试图逃跑的联合国战士都击毙。"

"不要俘虏吗？"奇科中校惊讶地问，"你不觉得那样比较好吗，将军阁下？"

"你觉得有问题，老伙计？"

"等国际社会发现我们处决了一整队联合国的军队，他们就会对我们采取严厉的制裁措施。"

卡兹穆站了起来："我不想任何侵入我们领土的恶意袭击得不到惩罚。世界很快就会知道，不能像对待沙漠游匪一样对待马里。"

"我赞同将军的决定，"就在这时耶利说，"必须消灭人民的敌人。"

卡兹穆喜不自胜，过去，他从来没有让步兵参加过战斗，他的迅猛发展和权力都来自阴险狡诈。对于提出反对意见的人，他做的就是下令杀死，现在，他已经把自己当成了一个勇敢对待外国侵略的伟大战士了。

"通知前线，"他下令道，"这是可载史册的时刻，我们要进攻。"

步兵按照传统的教科书中的方式发起了冲锋，奔跑着穿过沙漠，然后低身防止挡住后方队员的火力，然后再起身继续向前。第一批冲锋的步兵到达距离堡垒两百米的地方还没有收到敌人的回击，便开始大胆地呐喊。他们前面，坦克开始分散，但却已无法保持队形。

皮特决定拿后面的那辆来做个试验。在五个战士的帮助下，他把弹簧弓上的碎石等清除，拉到一个开阔的地方。过去的弩炮拉力是依靠绞盘和绞索来产生的，但是在皮特的这台模型中，从铲车上卸下来的液压装置能够将弹簧向后水平拉开。一桶柴油已经装在了弹簧上，还有五桶一条线排在旁边，这是皮特的全部弹药。

"来吧，宝贝。"他嘟囔着，踢动了铲车倔犟的引擎，"现在可不是耍脾气的时候。"然后化油器一声咳嗽，喷气管一声爆响，便开始稳定地运作。

早些时候，天黑之前，勒范特曾经离开了堡垒，在堡垒周围设置了界限，来作为开火的标记。等到防守者能看清攻击者的眼睛的时候，就意味着注定的死亡。敌众我寡，人数相差实在太大，绝对不能允许近身攻击。勒范特把那个距离设定为75米。

现在，战术小队等待着反击的开始。每双眼睛都集中皮特身上。如果没有办法拦住坦克，那么马里步兵必然会一哄而上。

皮特在发射板上弹簧的弯处画下一个记号，作为拉力的刻度，然后他爬上一个支撑的柱子，又一次盯着坦克。

"你在瞄准哪一辆？"勒范特问。

皮特指着最左边落后那一辆："我想从后往前。"

"这样前面的就不知道后面发生了什么。"勒范特思考着说，"希望能起作用。"

灼热的阳光照射在坦克的装甲外壳上。他们极端自负，认为等待他们的只有尸体。坦克的指挥官开着顶舱门，对着所剩不多的堡垒城墙开火。

皮特几乎能够看清最前面的坦克司机的时候，他点起了一根火炬，将火焰压在油桶的上部，火一下子就着了起来，然后皮特在地上捻熄火炬，猛地拉开他用一个门闩做成的制动钩，原来拉着弹簧的绷紧的尼龙绳全都松开了，弹簧一下子伸直了。

燃烧着的汽油桶仿佛一团带火的陨石，飞过残破的城墙，从最后的坦克头上飞过，在坦克后面一段距离坠地爆炸。

皮特吃惊地看着："这东西比我想象得还好。"

"减少50米,向右10度。"皮姆布鲁克·斯迈瑟一副漠不关心的样子,仿佛只是在看着一场比赛。

勒范特的手下帮助皮特将第二发炮弹就位,皮特在发射板上画定了一个新标记来判断距离。接下来他启动了铲车的液压装置,再次拉弯弹簧。火炬点燃,制动钩拉开,第二个油桶飞上了天空。

这一发落在了后面的坦克前面几米处,反弹起来,又滚落下去,然后才爆炸。坦克立刻就笼罩在火焰之中。坦克上的人全都拼命地想要往外逃,互相推搡着,但是最后4个人只有两个逃了出来。

皮特丝毫没有停歇,又一次设定好弹簧弓,又一个油桶被射向前进的坦克。这一次他正中目标。油桶飞过墙,直接落在下一辆的塔楼之上,然后爆炸,将坦克变成了一团大火。

"它管用了,它真的管用了。"皮特一边准备好一次射击一边欣喜地喃喃自语。

"漂亮!"一贯感情内敛的皮姆布鲁克·斯迈瑟也大喊道,"你正中那些阿拉伯佬的要害。"

皮特和其他为下一个油桶而努力的战士们丝毫都不需要鼓励。勒范特爬到了唯一一堵还没有受损的墙上,观察着战场。卡兹穆军队中两辆坦克的意外受损,暂时拖住了冲锋的速度。勒范特为皮特机器的初步成绩而满怀欣喜,不过他也清楚,哪怕只有一辆坦克到达堡垒,也是防御者的大灾难。

皮特放出了第4个油桶。它确实飞出去了,但是那辆坦克的指挥官已经对堡垒的攻击有了防备,他让司机迂回前进。他的谨慎起了作用,油桶飞到了坦克后方4米,爆炸只把一些火花溅到坦克的尾部,这个钢铁怪物依然朝着堡垒压近。

对于埋伏在乱石中的战士们来说,渐渐逼近的马里人就好像一大群搬家的蚂蚁一般,那么多,那么密集,根本不会打出空枪。马里人喊着自己特别的口号,稳步地向前。

距离勒范特划定的界限只有几米远了,但他并没有下令开火,而是将希望寄托在皮特身上,希望他能够干掉剩下的两辆坦克。他的愿望得到了回答，皮特预估出坦克的路线变化，将他的弹簧弓调整方向，第5发燃烧的炮弹几乎飞进了驾驶舱当中。

一团火幕罩在坦克前面。就在这时，它不可思议地爆炸了。整个冲锋的队伍都停了下来，目瞪口呆地看着坦克的塔楼飞旋着飞上沙漠的天空，然后又好像一只断线的风筝似的落了下来，扎进沙子中。

皮特将他最后一个柴油桶准备就绪，在噬人的热浪中，皮特感觉自己的体力快要耗光了，他快站不稳了。连续几次把重重的油桶安装在发射板上并调整方向瞄准攻击，他的呼吸急促，心跳加速。

巨大的60吨级坦克在烟尘中渐渐浮现，如同一个巨大的钢铁怪兽，在寻找着可以吞进肚中的目标。他们都能看到坦克的指挥官在向司机发号施令，让枪手开始近距离射击。

皮特准备弹簧弓的时候，堡垒中的每个人都紧张得屏住呼吸。许多人认为已经到了结束的时候。这是他最后一次射击，最后一个油桶。

足球场上，加时赛时，为了赢取胜利，选手下脚前都不会跑很远。如果皮特判断失误，很多人就会必死无疑，包括他自己和仓库中的那些孩子。

坦克直接开了过来，指挥官并没有躲避的意图。现在坦克距离很近，皮特不得不提起弹簧弓的后步，以放低反射板。他踢开制动钩，然后便开始祈祷。

坦克的枪手也在同一时刻开火。令人难以想象的巧合，重重的炮弹和燃烧的油桶在半空中相遇。

令人激动的是，坦克中的枪手发射的是一枚穿甲弹，直穿过油桶，引得一大片泄露的柴油燃烧着落在了坦克上。这个钢铁怪物立刻就迷失在一团火帘之中。慌乱之中，司机调头想要躲开，却撞上了后面燃烧的坦克。两辆坦克纠缠在了一起，很快连成了一片狂野的大火，内部的弹药和燃料接连爆炸，一片喧嚣。

炮火之中，战士们的欢呼声更加响亮。他们内心的恐惧都被皮特的弹簧弓消除了，只剩下高涨的士气和坚定的决心。

"瞄准目标，开火，"勒范特郑重地下令，"现在是时候让他们吃点苦头了。"

## 55

这一分钟，吉奥蒂诺还能够看清楚铁路上停着一长串的火车，有4列之多。下一分钟，一切都迷失在一阵突然而起的沙尘旋风中，能见度从两公里变成了50米。

"你怎么想？"斯滕侯姆将越野车调到3挡，尝试细心管理最后几滴宝贵的燃料，"我们到了毛里塔尼亚没有？"

"我真希望我知道。"吉奥蒂诺说，"看样子马萨德拦住了所有入境的火车，但是我真不知道它们是在边境的哪一头。"

"导航电脑怎么说？"

"上面的数字显示我们已经穿过边境十公里了。"

"那我们也许可以靠近铁路，寻找机会。"

斯滕侯姆说着将车开到了两块大岩石中间，开向一座小山的顶峰，然后突然刹车。就在那时，两个人都听到了那声音，那声音无疑是顺着风传来的，虽然隐约，但是都没有听错。每一秒过去，声音就更清晰一分，这时，似乎已经到了他们的头顶。

斯滕侯姆匆匆开始点火，扭动方向盘向右猛转，准备退下山去。然而引擎却突然间"啪"的一声之后再也不响了，汽油已经耗光了，车完全停了下来。两个人都无助地坐在那里。

"我觉得好像我们刚把下面这片地买下来似的。"吉奥蒂诺有气无力地说。

"他们肯定在雷达上发现了我们，所以正朝着我们飞来。"斯滕侯姆一边恼怒地捶着方向盘一边说。

一架直升机渐渐穿过棕色的沙尘，在离地两米的地方盘旋，仿佛来自外星的巨大怪物虫子。30毫米的机关炮，两架2.75英寸的三八火箭炮，和8个激光制导对坦克导弹，绝对是让人目瞪口呆的阵势。吉奥蒂诺和斯滕侯姆两个人坐在越野车里，做好了最坏的打算，准备拼死一搏。

423

但是他们等来的并非一团炮火,一个人从底舱门中跳了下来,向他们走来。他们能够看清对方穿着装备了很多高科技产品的沙漠作战服,头上是一顶迷彩头盔,而脸上则戴着面具和护目镜。他端着机枪,仿佛那就是长在他胳膊上的一部分。

他停在沙漠越野车旁边,低头看着吉奥蒂诺和斯滕侯姆,看了好一阵,然后他将面具拉到一边,说:"你们这些家伙到底是从哪儿来的?"

弹簧弓的使命结束之后,皮特抓起两把从受伤的战术队员那里拿来的机枪,躲在一个石头堆成的据点之后。这些穿着军装的游牧人让他印象深刻,他们都是大个子,以极其敏捷的速度奔跑、隐蔽,冲向堡垒。由于没有遇到反击,冲得越近,他们就越显勇敢。

人数比例远高于五十对一,联合国的战术小组没有希望撑到获救。这一次,失败者没有机会反败为胜。皮特很快就体会到了阿拉莫的守兵们当时的想法。他看着逼近的敌人,在勒范特的命令下扣动扳机。

马里军队的第一波遭到了致命的攻击,被阻住了攻势。他们完全暴露在大地上,非常容易射击。联合国的战士们蹲伏在乱石中,枪枪命中。攻击者们还没有意识到发生了什么就倒在了地上,就如同碰到了镰刀的麦子。不到20分钟,堡垒周围已经躺下了近300人。

第二波很多被第一波的尸体绊倒,队形涣散,所有人都是迟疑、撤退。他们没有一个人,包括其中的军官,能想到会遇到顽强的反击。卡兹穆仓促之中制定的攻击在一片混乱中瓦解了,他的军人都恐慌不已,有些甚至胡乱地朝自己人开火。

就在马里人乱成一团,大部分如同遇到火的动物一样四散溃逃的时候,有少数勇敢的依然在缓缓逼近,看到可疑的东西就开枪。有一些人想要躲到燃烧的坦克后面隐蔽起来,但是皮姆布鲁克·斯迈瑟一记子弹就切断了他们的路。

冲锋开始一个小时后,枪炮的声音渐渐退去了,堡垒周围空空的沙地上充斥着伤者的嘶喊和垂死者的哀号。联合国战术小组的成员震惊而又恼怒地发现，马里人丝毫都没有试图抢救自己的同伴。他们不知道，卡兹穆在暴怒之下已经下令，把伤员丢在撒哈拉的烈日之下。

在堡垒的废墟之中，战士们从自己的射击掩体中出来，开始清点人数。一死三伤，其中两个重伤，皮姆布鲁克·斯迈瑟向勒范特报告。"可以说，我们给了他们一次迎头痛击。"他得意扬扬地说。

"他们会回来的。"勒范特提醒道。

"至少比例稍微变化了。"

"对他们也是。"皮特说着将水壶递给了中校，"我们少了4个人来对抗下一波攻击，而卡兹穆则可以加强攻势。"

"皮特先生说得没错，"勒范特表示赞同，"我看到了直升机又运来了两个连的人。"

"你觉得他们多久会再次发动？"皮特问勒范特。

中校举起一只手挡着眼睛，望向太阳："我认为，是最热的时候。他们比我们更适应炎热的气候，卡兹穆会让我们晒上几个钟头再发动下一轮冲锋。"

"他们现在已经有了经验了，"皮特说，"下一次就没办法拦住他们了。"

"是啊，"勒范特的脸已经疲劳而又憔悴，"我猜也没有。"

"你什么意思？"吉奥蒂诺勃然大怒地质问，"你们不打算进入马里把他们救出来？"

古斯·哈治罗夫中校并不习惯被人挑衅，尤其是被一个比他矮一头的狂妄自信的平民。作为军事突击队飞行突袭队的指挥官，他是一个久经历练的士兵，曾经在越南、格林纳达、巴拿马、伊拉克等地执行过直升机突击任务。他坚强而又机智，受到下属的尊敬和上司的赏识。头盔下面，一双蓝眼睛闪烁着钢铁一般的坚强。他嘴角叼着一支雪茄，偶尔会拿出来，以便吐唾沫。

"你看样子并没有理解，吉奥达诺先生。"

"是吉奥蒂诺。"

"随便吧,"哈治罗夫漠不关心地嘟囔着,"消息走漏了,也许是从联合国走漏的,马里人正在守株待兔等着我们。这时候马里一半的空军就在边境巡逻。也许你不知道,阿帕契直升机虽然装备了很好的导弹,但是却无法和幻影喷气战斗机匹敌。白天的时候肯定不行,除非有一个飞行中队掩护我们,不然我们没有办法在天黑前飞过去。到了天黑,我们也只能利用地形优势,尽量在河谷低地中飞行,才能躲开他们的雷达。你明白了吗?"

"如果你不在几个小时内到达佛瑞尔堡垒,那儿的男女老幼都必死无疑。"

"对方早有防备,我们没有后援,在大白天贸然冲过去,"哈治罗夫坚决地说,"我们可以现在尝试进入马里,但是我们的4架飞机进不了边境50公里,就会被炸出天空。你告诉我,先生,这对你在堡垒里面的人有什么好处?"

吉奥蒂诺一下理屈词穷,他耸了耸肩说:"我错了。我道歉,中校,我不知道你的处境。"

哈治罗夫声音也软了下来:"我理解你的焦虑。但既然我们达成了一致,马里人正摩拳擦掌地准备伏击我们,我想救出你的人的机会就已成定论了。"

吉奥蒂诺感觉自己的胃像是被钳子钳住了一般。他转头不再看哈治罗夫,而是看着沙漠。沙尘暴已经过去,他现在又能看到远处铁轨上的火车了。

他把头扭了回来:"你有多少人?"

"不包括直升机机组人员,我有一个80人的战队。"

吉奥蒂诺瞪大了眼睛:"80人对抗马里半个国家的军队?"

"是,"哈治罗夫从嘴中拿出了雪茄,吐了一口唾沫,咧嘴笑了笑,"但我们的火力足够抗衡半个西非。"

"假设你能穿越沙漠进入佛瑞尔堡垒而不被人发现?"

"其他的一切我都早有计划。"

"去往佛瑞尔堡垒有毒废物工程的入境火车有没有被放行?"

哈治罗夫摇了摇头:"我派了一个小队长过去查看,他报告说,火车的车组成员从无线电中收到指示,停在毛里塔尼亚和马里的边境。第一列火车的技师说,他被告知一直等到工程的铁路站主管的命令才能继续前进。"

"马里边境上入境检查人员有多少?"

"10个警卫,也许有12个?"

"你们能在他们发出警报前干掉他们吗?"

哈治罗夫像机器一般调整视线,眼睛扫过火车的货箱,落在5节平板车上,上面严实的帆布保护着要送去佛瑞尔堡垒的新运输车,然后又迅速地移向了铁路边上的马里边境管理站,最后回到了吉奥蒂诺身上。"牛仔能骑马吗?"

"我们两个半小时就能到那里,"吉奥蒂诺说,"3个小时返程。"

哈治罗夫若有所思地拿出了嘴角的雪茄:"我想我现在明白你的念头了。卡兹穆绝对想不到我的人会坐着火车闯进他的游戏场。"

"让人坐在货舱里,你的直升机可以放在平板车上,用帆布盖起来。在卡兹穆看穿骗局前直达目标,我们有很高的机会能够救出勒范特中校的人和那些平民,然后在马里人搞明白被谁袭击之前回毛里塔尼亚。"

"如果卡兹穆一个艺高胆大的飞行员发现有一列火车违抗指示,便自行决定将它炸出铁轨怎么办?"

"在没有确定火车被劫持的绝对证据的情况下,卡兹穆,他自己,都不敢损坏伊夫·马萨德运载有毒污染物的火车。"

哈治罗夫踱来踱去,这个大胆的计划听起来实在是很奇特,但是速度就是生命,他决定把自己的职业生涯押上,冒险一试。

"好的,"他斩钉截铁地说,"咱们去填充炮弹吧。"


面对没有把勒范特和他的小队从法国外籍兵团的堡垒连根拔出的挫败,卡兹穆咆哮得如同一个疯子。他就像是一个被夺走玩具的孩子一般,歇斯底里地咒骂指责他的军官们。在他的参谋长奇科中校将他安抚下来之前,他重重地扇了两个军官耳光,下令以不同理由将他们枪毙。盛怒之下,卡兹穆狠狠地盯着撤退回来的步兵,要求他们立即整队,准备第二次攻击。

出于恐惧,曼萨中校开车去了他撤退的部队中,大声地斥责他的军官们，说他们1600人居然对付不了屈指可数的几个反抗者，简直是奇耻大辱。他愤慨激昂地让他们重新编队，再次尝试。为了带回去不会再失败的消息，曼萨将10个想要逃离战场的士兵当场击毙。

这一次他们没有包围堡垒，卡兹穆将所有的人马都集中在一起，增援来的人马在最后，得到命令只要看到前面有人逃跑就要射击。卡兹穆唯一下达的命令在连与连之间传播：非战即死。

下午两点之时，马里军队重新集结，等待着号令。只要看一眼这些恐惧而不快的士兵，任何一个好的指挥官都会放弃进攻。卡兹穆也不是一个值得人肝脑涂地的好领导，但当他们看到堡垒周围的遍野横尸时，愤怒开始慢慢滋生，渐渐赶走了对死亡的恐惧。

这一次，他们暗自发誓，佛瑞尔堡垒的防御者必将走入坟墓。

56

皮姆布鲁克·斯迈瑟完全一副对于子弹漠不关心的镇定，在热带的太阳下，坐在一根手杖之上，看着正在重新编队准备冲锋的马里军队。

"我确信那些叫花子准备再来一次。"他通知勒范特和皮特。

一串信号弹射向空中，表示发动进攻。这次在后方火力的掩护下，他们没有迂回兜圈子。马里的整个军队殊死地冲过平地，近2000个喉咙发出的呐喊在沙漠中回响，撼天动地。

皮特觉得自己仿佛一个圆形舞台上的演员，周围都是充满恶意的观众。"不能称作战术，"他站在勒范特和皮姆布鲁克·斯迈瑟身边，看着那巨大的人潮，"但也许有用。"

皮姆布鲁克·斯迈瑟点了点头："卡兹穆把他的人当压路机来用。"

"好运，先生们，"勒范特冷冷地笑了笑，"也许我们地狱再见。"

"那儿应该会比这儿凉快很多。"皮特笑着回答。

中校抬头看着皮姆布鲁克·斯迈瑟："让我们的人马暂时挡住前沿的攻

击。然后告诉他们，可以随意射击。"

皮姆布鲁克·斯迈瑟和皮特握了握手，然后在人群中走来走去。勒范特站到了残留的城墙之上，而皮特回到了他在乱石中给自己挖出的小堡垒中。子弹已经开始飞向堡垒，碎石又开始下落。

第一排攻击部队蔓延了50米宽，加上增援，他们现在总数将近1800人。卡兹穆将他们都集中在堡垒在空袭中受损最严重的一面，也就是北墙和残破的大门。

后排的人因为自己无疑可以活着进入堡垒而欢呼，而前排的人却抱着不同的心思，没有人觉得自己能够穿越死亡之地而又幸存下来。他们知道，无论是前方堡垒的防御者，还是他们自己后方的同伴，都不会对自己仁慈。

堡垒中少得可怜的几个人一开火，第一排就出现了空缺，但是马里人跳过死于第一波冲锋的同伴的尸体，依然继续压进。这一次，无法挡住他们，他们已经闻到了胜利的血腥味道。

皮特就如同一个梦游者一般，对这逼近的人潮开火。瞄准，开火。瞄准，开火。然后卸出弹夹，装填弹药。对他来说，这个轮回似乎无始无终，无限漫长，而实际上，冲锋的信号才发出10分钟而已。

一枚迫击炮弹在他身后爆炸。卡兹穆下令让轰炸一直继续，直到他的先头部队进入堡垒。皮特感觉榴弹从他的头顶飞过，他都能够感到弹药飞过引起的风。马里人已经近在眼前，占据了他机枪的全部视野。

迫击炮弹如同暴风雨一样纷纷落下。弹幕攻击停止时，第一排的人员已经到了坍塌的碎石前，开始向上攀爬。在这里他们更容易受到攻击。第一排人成为防御者迅猛火力的靶子，消退了。他们在这里无处藏身，也没有办法一边爬一边朝隐蔽敌人射击。而另一方面，那些防御者却不会打空。马里人爬过碎石，投入的却是子弹的密云。

第一排在100米外被洗清，第二排在堡垒的影子下。然后是后面的人。所有沿着北墙的攻击者，都呐喊着滚落下去。他们密集的火力不论有多强大，都没有多大用处，只能削弱一些防御。

对于联合国的小队来说，就是人太多了，无法阻挡。他们的火力开始变弱,一个接一个地受伤、死亡。

勒范特知道灾难只有一步之遥。"干掉他们!"他在头盔的无线电中咆哮,"把他们轰下墙去。"

看起来似乎不可能,但是联合国小队的子弹又突然间密集了。马里军队的先头已经停了下来。皮特的弹药用光了,便开始用尽全力朝着他们扔手榴弹。爆炸在拥挤的人群中造成了巨大的破坏,马里人开始撤退。他们都呆住了,不相信有人能够如此暴力、如此愤怒地战斗。带着决心和勇气,他们在大门前集合,想要攻破这已经破损的大门。

联合国的战术小队从自己的掩体中站了起来。一边跑着穿过阅兵场、跑过他们燃烧的运兵车,一边向后射击。他们在原本的军团兵舍和军官区形成了一条新的防御阵线。持续的炮火声已经让战士们对伤者的呐喊声充耳不闻。

马里人所遭受的惨烈伤亡足以粉碎任何一个进攻部队的士气和军心,但是他们却始终如潮水般地前进,冲入堡垒。第一批穿过城墙的人暴露在阅兵场上的一瞬间,就被撕裂,他们恐慌地四处溃散,视力所及,并没有几个可怜的幸存者。

皮姆布鲁克·斯迈瑟在坍塌的兵营和军官区中待在前排的位置上,他们抢救回来的几个伤员被送到了地下。现在只有皮特和12个联合国战术小队的成员可以战斗。勒范特中校失踪了。最后看到他的时候,是人群撞破北门的时候,他正从城墙上向下射击。

认出皮特时,皮姆布鲁克·斯迈瑟闪现出一个笑容:"你看起来真是糟透了,老家伙。"他看着皮特作战服上蔓延了左臂和左肩的红色血迹,皮特的一侧脸颊上被飞石滑破的伤口还在滴着血。

"你自己也不怎么健康。"皮特指着皮姆布鲁克·斯迈瑟屁股上的一个伤口说。

"你的弹药还有多少?"

皮特举起了他的机枪,任其坠在地上:"没了。我只剩两颗手榴弹了。"

皮姆布鲁克·斯迈瑟递给了他一支敌军的机枪:"你最好去地库,我们剩下的人拖住他们,直到你……"他没有办法让自己说完,只是低头看着地面。

"我们把他们伤得很重。"皮特一边说一边卸出机枪弹夹,数里面的子弹数量,"为了复仇,他们就好像留着哈喇子的疯狗一样。不管我们谁落到他们手里,都不会好受。"

"女人和孩子不能再落入卡兹穆的手里。"

"他们不会受苦的。"皮特保证道。

皮姆布鲁克·斯迈瑟看着他,从他眼睛中看到了苦恼和伤感:"再见,皮特先生,能认识你是我的荣幸。"

皮特握了握上尉的手:"我也一样,上尉。"这时,一阵炮弹如同暴风雨一般在他们周围响了起来。

皮特转身离开,顺着堆满碎石和废墟的楼梯下到仓库。霍普和法尔韦泽同时看到了他,向他走来。

"谁赢了?"霍普问。

皮特摇了摇头:"不是我们。"

"等死没有用,"法尔韦泽说,"最好殊死奋战。你有没有多余的枪?"

"我也会用。"霍普说。

皮特把机枪递给法尔韦泽:"对不起,除了我的手枪以外,这就是唯一的了。上面倒是有很多武器,但是你必须要从死的马里人手里弄。"

"听起来是个好运动。"霍普说,他用力地拍了拍皮特的后背,"好运,我的孩子,照顾夏娃。"

"我保证。"

法尔韦泽点了点头:"认识你们很高兴,老伙计。"

他们一起走上楼梯,加入了战斗。一个女医官从一个伤员边站起身来,向皮特挥手示意。

"情形怎么样?"她问。

"做好最糟的打算。"皮特轻声回答。

"还有多久?"

"皮姆布鲁克·斯迈瑟上尉和你们剩余的队员还在坚持,也许不用10分钟或15分钟。"

"这些可怜鬼怎么办?"医官看着仓库地板上的伤员。

"马里人不会表现出任何同情心。"皮特沉重地回答。

她的眼睛瞪大了:"他们不要俘虏?"

他摇了摇头:"看起来不。"

"女人和孩子也不要?"

他没有回答,但是脸上悲伤告诉了她最坏的答案。

她勇敢地笑了笑:"我猜我们这些还能扣动扳机的人都要上去开一枪才好。"

皮特抓住了她的肩膀,过了好一会儿才松开。她勇敢地笑着,转身去把这个无情的消息通知给自己的同伴。皮特走向夏娃躺的地方之前,被法国工程师路易·蒙特拦了下来。

"皮特先生。"

"蒙特先生。"

"时候到了?"

"是的,恐怕是。"

"你的枪,装了多少颗子弹?"

"10颗,另外还有4颗。"

"我们的妇女和孩子只需要11颗。"蒙特轻声说着,伸出手索要武器。

"我照顾完罗加斯博士就给你。"皮特说得异常坚定。

蒙特抬头看了看,上面战斗的声音越来越近,甚至开始在楼梯处回响。"不要花太长时间。"

皮特走到夏娃的身边坐在地毯上。她正醒着,以一种关爱和焦虑的表情抬头看着皮特:"你在流血,你受伤了。"

他耸了耸肩:"手榴弹飞出去时我忘了自己蹲下来。"

"我很高兴你出现。我正在想我是不是再也见不到你了。"

"我希望我们约会的时候你能穿上一件亮眼的裙子。"他一边说,一边将胳膊绕在夏娃肩上,轻轻地将夏娃的头放在他的大腿上。他趁夏娃不注意从腰带上解下了手枪,枪口对准夏娃太阳穴后方一厘米的位置。

"我知道一个百里挑一的饭馆……"她迟疑了一下,歪着头仿佛在倾听,"你听到了吗?"

"听到什么?"

"我不大肯定,像是口哨。"

皮特肯定镇静剂已经让夏娃产生了幻觉,在一片混乱的战斗声中,根本没有什么奇怪的声音。他的手指开始扣紧了扳机。

"我没听到什么东西。"他说。

"不……不,又响起来了。"

他犹豫了。夏娃的眼睛活起来了,闪耀着一种模糊的乐观神采,但是他克制着自己不去理会。他低头吻了吻她的嘴唇,然后又移开她,再度将扳机握紧。

她试图抬起自己的头:"你肯定也听到了?"

"再见,我爱你。"

"是火车的汽笛,"她兴奋地说着,"是阿尔,他回来了!"

他松开扳机,然后扭头朝向通往上层的楼梯,然后在一片零落的枪炮声中他也听到了。不是口哨,而是柴油机车汽笛隐约的咆哮声。

火车轰隆隆地向战场奔来。吉奥蒂诺站在技师后面,像疯子一样拉着汽笛。堡垒在挡风玻璃中的形象越来越大,他看了又看,很难认出这个遭到破坏的建筑来。彻底的破坏,冒向天空的黑烟,让他心底发沉。从表面来看,救兵来得太晚了。

哈治罗夫也入迷地看着。他相信,这样的破坏之下不会有人能活下来。大部分的城墙都被炮弹击下来了,一片狼藉,正门旁边的墙上只留下一小堆乱石。而堡垒周围遍地的尸体和4辆燃烧的坦克,更让他大吃一惊。

"老天,他们真是打了一场硬仗。"哈治罗夫充满敬意地说。

吉奥蒂诺把枪口顶在技师的太阳穴上:"刹车,停在这东西前面,现在就停。"

技师是个法国人,曾经负责巴黎到里昂之间的超级快速火车,被马萨德用双倍的薪水挖了过来。他拉动制动闸,将火车停在了堡垒和卡兹穆战地指挥中心的中间。

车一停,哈治罗夫的特种战士们立刻从火车两侧跳到地上。一队人马立刻冲向马里战地指挥部,准备给卡兹穆和他的指挥官一个出其不意。其余的人员开始从后面攻击马里军队。直升机上的帆布很快被揭开了,没用两分钟,飞机就已经上天,开始准备发射炮弹。

面对突然的恐慌和混乱,卡兹穆意识到美国特种部队就在他空军的鼻子底下偷偷溜过了边境。他站在原地一动不动,心中震惊无比,根本不知道该如何指挥防御或寻求掩护。

曼萨中校和奇科中校架住卡兹穆的胳膊,将他拖出指挥帐篷,拖进指挥车中,巴图塔上尉跳到方向盘后。伊斯梅尔·耶利也沾了他们的光,爬到了副驾驶座上。

"离开这儿,"曼萨对巴图塔喊道,他和奇科坐在了后座上卡兹穆两边,"真主在上,快点离开。"

巴图塔和他的上级一样,没有半点死的心思。这些军官们把自己的手下都丢在身后,一门心思只想着逃离战场保住自己的性命。由于惊恐,巴图塔已经无法正常地思考了,他发动引擎,想让车运作起来,但是轮胎却陷在了软沙之中,轮胎转动,挖出了两道壕沟,却没有往前动。而巴图塔依然紧紧地踩在加速器上。引擎疯狂地号叫着,而他却愚蠢地向高过他们车轴的地面转向,把事情搞得越来越糟。

卡兹穆一直无声地自言自语,却突然意识到了现实,脸孔因为恐怖而开始扭曲。"救我,"他大叫着,"我命令你救我。"

"你个蠢货,"曼萨冲着巴图塔喊道,"开油门,否则我们都没办法逃出去。"

"我正在试。"巴图塔也喊着,汗水已经从他额头上滴落。

只有耶利平静地坐着,坦然地接受着自己的命运。他一句话不说,从侧面的窗户望着,他看到死亡随着一个身穿美国沙漠作战服的大个子的男人慢慢靠近。

来自亚利桑那州天堂谷的军士长杰森·拉斯姆森带着他的小队直奔卡兹穆的指挥帐篷。他们的工作是控制通讯部门,阻止马里人向空军发送警报求援。他们一定要做到快进快出,就好像吸血鬼去吸血一样,哈治罗夫中校在开会的时候是如此给他们形容的。如果他们无法成功,在他们的直升机飞入毛里塔尼亚之前被马里喷气战斗机抓住,那他们都会死定了。

他的小队制伏了目瞪口呆的马里士兵的微弱抵抗,成功切断通讯,完成了任务。之后,拉斯姆森注意到了指挥车,然后便开始追去。他能看出来后排座位上有三个人,前排有两个。他看到那辆车陷入沙子的时候,他只想把这些人抓住。但是汽车却突然向前一跳,跃上了坚实的地面,司机开始提速,汽车开始开远。

拉斯姆森端起机枪开火了。他的子弹洞穿了门和窗户,玻璃成了碎片,反射着耀眼的阳光,成了筛子的车速度放慢,最后停了下来。拉斯姆森谨慎地靠近,他看到司机似乎已经死了,正趴在方向盘上。一个高级军官的尸体从窗户中栽出一半,另一个从打开的车门中滚落在地。坐在后排中间的那个人仿佛被人催眠,眼睛睁得大大的,望着远方。而前面副驾驶座上的人黯淡的眼睛中则有一种奇怪的平静。

对于拉斯姆森来说,后排中间的官员看起来就像是漫画中的元帅,衣服奇奇怪怪,他怎么都无法相信这个人就是马里军队的首领。他从打开的门探身进去,用枪管捅了捅这个高级军官,这具尸体倒向一边,脖子后面露出了两个子弹孔。

拉斯姆森军士长检查了一下其他人的状况,每个人都受到了致命伤。他并不知道他已经完成了使命,而且远超期待。没有卡兹穆和他的直属官员的命令,下层的军官根本不会去联系空军。单枪匹马的亚利桑那州军士长改变了一个西非国家的面貌。卡兹穆死后,一个支持民主改革的新政党废除了马里过去的领导人,建立了一个新政府,一个对伊夫·马萨德这样的人不友好的政府。

拉斯姆森浑然不知自己已经改变了历史。他重新装填好弹药,将眼前的这些死人抛诸脑后,快步跑回队伍加入战斗。

10天之后,卡兹穆将军才在他最后的战败地被葬,无人哀悼,也永远不会有人留意到他的坟墓。

57

皮特顺着台阶而上,找到了入口附近一个小战壕中的最后坚持的战术队员们。他们都已经抛开了伪装,在阅兵场中端着枪站成了一排。在一片废墟和死亡的海洋之中,他们依然在坚持,带着几近疯狂的激情在奋战,阻挡敌人在吉奥蒂诺和特种部队介入之前进入仓库屠杀平民和伤员。

面对眼前如此顽强的抵抗,如洪水般的马里人迷惑了,停下了脚步。皮特、皮姆布鲁克·斯迈瑟、霍普、法尔韦泽还有联合国的12个战士,并没有后退,反而冲向前去。16对1000,他们冲入了发呆的人群,像来自地狱的魔鬼一样号叫着,疯狂地射击每一个出现在他们面前的人。

面对冲入他们阵列的恐怖屠杀,马里人墙突然仿佛红海遇到摩西一般分开了。他们四散奔逃。当然也并非每个人都失去了战斗力,一些勇敢的跪下开始射击。4个联合国的战士倒下了,但只让剩下的人更加勇猛地向前,携手奋战。

5个人倒在了皮特的手枪之下,皮特的耳朵已经快被自己的手枪震聋了。马里人已经进入了阅兵场,没有撤退,也没有隐蔽。

皮特面对着一堵人墙,用光了自己的子弹,他将手枪丢在一边,就在这时,他大腿被击中,倒在了地上。

也就是在同一时刻,古斯·哈治罗夫中校的突击队拥进了堡垒,对着已故的卡兹穆将军毫无防备的部队洒下了一片意外而致命的炮火。皮特和其他人面前的攻击一下子消失了,惊呆的马里人开始意识到了他们后方的攻击。所有的勇气和理性全都不见了,如果在平地的战场上,他们会全军溃退，四散奔逃，但是在堡垒里面，却没有可逃的地方。他们仿佛听到一个无声的命令，纷纷丢下了自己手中的枪，双手抱在头后。

原本密集的火力一下子只剩下零星的几声，最后完全消失了。哈治罗夫的人马开始将马里人包围解除武装的时候，堡垒之中笼罩着一种诡异的静寂。这场战斗突然结束的一瞬间，透着奇怪和不安。

"老天爷呀。"对面难以令人接受的遍野横尸，一个美国突击队员叫了起来。他们冲出火车穿过沙漠向堡垒靠近的一路上，就必须跳过绕过如地毯一样倒在地上的死伤之人，人数如此之多，他们都很难找到落脚的地方。而这座被毁的堡垒之中，某些乱石中的尸体都是三四个人堆成一摞。他们没有人一下子见过这么多的死人。

皮特忍着痛站起身来，一只脚着地，他扯下来一只袖子，把它绑在自己的腿上来止血。这时他看到了灰头土脸僵硬地站着的皮姆布鲁克·斯迈瑟，身上好几处伤，显然也痛得要命。

"你比我上次见你时更糟糕了。"皮特说。

上尉边上上下下地打量着皮特，边冷静地拍打着自己肩章上厚厚的灰尘："你这么邋遢，休想进萨沃伊旅馆。"

就像是从坟墓中回来一般，勒范特从一片废墟中站了起来，举着榴弹发射器当拐杖，跛着脚向皮特和皮姆布鲁克·斯迈瑟走来。他的头盔不见了，左臂无力地垂着，脚踝上有一道很深的伤口，鲜血横流。

他们谁都没有想到他还活着，全都郑重地和他握了握手。

"我很高兴见到你，中校，"皮姆布鲁克·斯迈瑟欣喜地说，"我以为你已经被埋在墙下面了呢。"

"我被埋了一会儿，"勒范特点头看着皮特，笑着，"看来你还和我们在一起，皮特先生。"

"我就是俗话说的狗皮膏药。"

看到仅剩的几个人来到身边和他打招呼时，勒范特的脸上出现了深深的悲伤："他们把我们稍微削弱了一些。"

"我们也削弱了他们。"皮特咧嘴笑着。

勒范特看到哈治罗夫带着助理和吉奥蒂诺、斯滕侯姆一起走了过来。他站直身子，对皮姆布鲁克·斯迈瑟说："上尉，集合。"

皮姆布鲁克·斯迈瑟发现自己很难保持稳定的声音。"好了，伙计们……"他迟疑了一下，发现一个女下士正帮忙扶一个大个子中士站起来，"还有女士们，立正，看齐。"

哈治罗夫在勒范特面前停了下来，两位中校互致军礼。美国的中校惊呆地看着以如此寡敌如此众的战士们，他们身上都带着伤，却都站得十分骄傲。他们身上满是灰尘，看起来就像是雕塑一般。他们眼窝深陷，眼睛发红，形容憔悴，男人脸上全都带着胡楂。作战服也肮脏残破，有些人身上裹着已经被鲜血浸湿的绷带，但是他们全都屹立不倒，不可战胜。

"我是古斯·哈治罗夫中校，"他自我介绍道，"美国陆军突击队。"

"马瑟尔·勒范特中校，联合国快速反应战术小队。"

"我很遗憾，"哈治罗夫说，"我们没有早点来。"

勒范特耸了耸肩："你们能来就是奇迹。"

"真是壮举，中校。"哈治罗夫看了看周围的废墟，然后他又看着勒范特身后站成一排的战士们，脸上出现了不可思议，"你们就这些人吗？"

"是的，我们就剩下这些人。"

"你指挥了多少人？"

"最初的时候大约40个。"

仿佛是出于恍惚，哈治罗夫又对着勒范特敬了一个礼："向你们光荣的防御战表示祝贺。我从来没有见过这样的胜利。"

"地下的仓库中有我们的伤员。"勒范特告诉哈治罗夫。

"我得知你们还携带着妇女和儿童。"

"也在下面。"

哈治罗夫立刻转身，对自己的军官喊道："让我们的医护人员过来，照顾这些人。把地下的人弄上来，运上飞机。加快速度，马里空军随时可能出现。"

吉奥蒂诺走到单脚站着的皮特身边，一把抱住了他："老朋友，我以为这次你撑不过来了呢。"

尽管大腿上的弹孔带来一阵阵剧痛,尽管虚脱的感觉如同浪潮翻腾,皮特依然挤出了一个笑容:"魔鬼和我谈不到一起。"

"我很抱歉我没有早到两个钟头。"吉奥蒂诺伤心地说。

"没有人想到你们会坐火车来。"

"哈治罗夫不敢在白天冒险飞过卡兹穆的战斗机防线。"

皮特抬头正好看到一架阿帕契直升机,它正用精密的电子设备探察着远方可能出现的敌人。"而你没让他们发现,"皮特说,"这值得。"

吉奥蒂诺看着皮特,小心翼翼地问:"夏娃呢?"

"还活着,但伤得很重。谢谢你和你的汽笛,不然再过两秒她就死了。"

"她离卡兹穆的流氓们的枪口那么近?"吉奥蒂诺好奇地问。

"不,是我的枪口。"吉奥蒂诺还没回答,皮特就指着仓库入口说,"来吧,她见到你这张丑脸肯定很高兴。"

看到地下仓库中局促地躺在地上裹满绷带的伤员,吉奥蒂诺的脸严肃了起来。屋顶上掉下来的石头造成的破坏让他震惊,但是最让他惊呆的是难以置信的安静。在这个破损的仓库中,没有一个伤员发出声音,没有一个人呻吟,没有一个人说话。孩子们长时间等待之后,此刻几乎不敢看他。

就在那时,他们开始认出了吉奥蒂诺,这是去找救兵来救他们的人,仿佛是一个暗示,他们开始虚弱地欢呼、鼓掌。皮特觉得好玩极了。面对伸出手和他握手的男人和像失散的恋人般亲吻他的女人,吉奥蒂诺又谦虚又不好意思。皮特从来没有见过这样的画面。

然后吉奥蒂诺看到了夏娃,她正举着头开心地笑着:"阿尔……哦,阿尔,我知道你会回来的。"

他蹲在她身边,小心地不去触碰她的伤口,笨拙地拍了拍她的手:"你不知道我看到你和德克还能喘气有多高兴。"

"我们办了个大派对,"她勇敢地说,"你没赶上真是糟糕。"

"他们让我去找冰了。"

她看了看周围的伤员:"没人照顾他们吗?"

"特种部队的医护人员马上就到，"皮特解释说，"大家很快都会被运出去。"

他们又聊了一小会儿，壮实的大个子突击队员就出现了，开始轻轻地抬着孩子和妇女来到降落在阅兵场上的运输直升机。突击队的医护人员，在已经精疲力竭的联合国小队医护组的协助下，开始指导伤员的撤退。

吉奥蒂诺弄到了一个担架，和皮特一人抬着一端，把夏娃抬到了明媚的午后阳光中。

"我从没想过我会说沙漠的热度感觉很好。"她轻声说。

两个突击队员在直升机敞开的舱门中走出来，其中一个说道："现在交给我们吧。"

"将她当成贵宾，"皮特笑着对他们说，"她是个非常特别的女士。"

"夏娃！"直升机里传出一声叫喊，霍普博士从一台担架中坐了起来，他胸前和一侧脸上都缠着绷带，"希望这次飞行的目的地比上一次好。"

"啊，博士，"皮特说，"我真高兴看到你撑过来了。"

"干掉了4个，我才被一个手榴弹放倒。"

"法尔韦泽呢？"

霍普伤心地摇了摇头："他没撑过来。"

皮特和吉奥蒂诺帮助突击队员把夏娃的担架放在了霍普旁边。然后皮特用手梳理着夏娃的头发说："路上博士会好好陪你的。"

她抬头看着皮特，满心希望皮特能将自己拥在怀中："你不一起吗？"

"这次不行。"

"但你也需要救治。"她坚持着。

"我还有些事情没有做完。"

"你不能留在马里，"她恳求着，"不可以，发生了这些之后绝对不行。"

"阿尔和我来西非是为了一项任务，现在我们还没完成。"

"那我们就此结束了吗？"她已经哽咽了。

"不，一切都没有结束。"

"我什么时候能再见到你？"

"很快，如果一切顺利的话。"他由衷地说。

她抬起头，眼睛中饱含的泪水反射着阳光，然后她轻轻地吻了吻皮特的嘴唇："请尽快。"

皮特和吉奥蒂诺退后，看着飞机的螺旋桨加快了转速。飞机渐渐飞离地面，将一个沙尘的旋涡丢在堡垒之中。他们看着飞机飞过破损的城墙，飞向西方。

然后，吉奥蒂诺转脸对着皮特的伤口点了点头："如果你打算去做我认为你要做的事情的话，我们最好快点给你包扎起来。"

皮特坚持等到所有重伤的人都得到治疗之后才让一个医护人员拔掉他左臂和左肩上的散弹碎片，将这些伤口和大腿上的弹孔缝合。医护人员给了他两片消炎药和一片止痛药，然后用纱布给他包扎好。之后，他和吉奥蒂诺便去和即将离开的联合国战术小队道别。

"你不和我们一起走？"勒范特问。

"不可以这么饶了那个引起这一场无情屠杀的幕后黑手。"

"伊夫·马萨德？"

皮特沉默地点了点头。

"祝你好运。"勒范特握住了他们的手，"先生们，除了感谢你们之外我不知道还能说什么。"

"那是我们的荣幸，中校，"吉奥蒂诺得意扬扬地笑着，"需要帮忙随时找我们。"

"我希望他们能给你颁发勋章，"皮特说，"还要升你做将军，你当之无愧。"

勒范特看着那片废墟，仿佛是在寻找什么，也许在想着那些埋在乱石下的同伴："我希望双方的牺牲对于生者来说是值得的。"

皮特沉重地耸了耸肩："死亡会有忧伤来偿还的，但只能以坟墓的深度来衡量了。"

皮姆布鲁克·斯迈瑟是最后一个登机的，他的头抬得高高的，骄傲的神情更凸显了他脸孔的英俊："真是好运动,我们必须找个时间聚聚,再来一次。"

"我们能办个同乐会。"吉奥蒂诺也挖苦地说。

"如果我们在伦敦碰面,"皮姆布鲁克·斯迈瑟依然泰然自若,"我请你们喝香槟王,带你们去找些喜欢美国人的怪女孩。"

"我们能开你的本特利去兜风吗?"皮特问。

"我怎么开本特利?"皮姆布鲁克·斯迈瑟微微有些惊讶。

皮特咧嘴笑了:"不知怎么,觉得和你配。"

直升机载着联合国战术小队剩余的人员穿过沙漠,飞向毛里塔尼亚,飞向平安。他们转身离开,没有回头多看一眼。

这时一个黑人中士跑向他们,向他们招手示意。

"不好意思,皮特先生和吉奥蒂诺先生吗?"

皮特点了点头。"是。"

"哈治罗夫中校想让你们到铁路那边的马里指挥中心去一趟。"

吉奥蒂诺十分清楚,在皮特咬牙忍着大腿上的疼痛跛着脚穿过沙地的时候,最好不要去扶他。皮特那张有一部分缠了绷带的憔悴的脸上,眼睛中始终闪耀着坚定和决心。

卡兹穆战地指挥中心的帐篷虽然是迷彩的花纹,但样子却像是一个舞台。他们走进主帐篷的时候,哈治罗夫正趴在桌子上研究着卡兹穆的军事通讯代码,两唇中间叼着一截雪茄。

他没有打招呼,劈头就问:"你们知不知道札台伯·卡兹穆长什么样?"

"我们见过他。"皮特回答。

"那你们能认出他来吗?"

"应该可以。"

哈治罗夫站直了身子,走向帐篷出口。"出来,这边。"他带着他们走过一段平地,来到一辆满是弹孔的车边。他拿开雪茄,往沙子中吐了口唾沫。

"记得这些小丑吗?"

皮特探进车里。染血的尸体上已经飞舞着团团苍蝇。他看了看从另一侧探身进来的吉奥蒂诺,吉奥蒂诺只是点了点头。

皮特转身对哈治罗夫说:"后面中间的那个是札台伯·卡兹穆将军。"

"你肯定?"哈治罗夫问。

"肯定。"皮特坚定地回答。

"其他的肯定是他的高级官员。"吉奥蒂诺补充。

"恭喜你,中校,现在你只需要通知马里政府卡兹穆在你手里,是你的人质,就可以确保平安返回毛里塔尼亚了。"

哈治罗夫盯着皮特:"但这是具尸体。"

"谁知道啊?马里军队里的那些部下肯定不知道。"

哈治罗夫将雪茄扔在沙子中拿脚碾着。然后他抬眼看了看卡兹穆的冲锋队活下来的那几百人,他们现在正被突击队员看守着。"我觉得没有理由不成,堡垒的撤离工作完成后我就让情报官打开通讯设备。"

"既然你不赶着离开了,还有另外一件事。"

"是什么?"哈治罗夫问。

"帮个忙。"

"我到底能为你做什么。"

皮特低头对着比他矮半个头的哈治罗夫笑了:"借我一架直升机,中校,还有几个你最能干的人。"

58

和马里高级的军官取得了联系,告诉他们自己挟持了卡兹穆后,哈治罗夫确信不会有任何针对他部队的军事行动。他再也不心惊胆战,完全放松了下来,拯救任务已经结束了,一切压力都没有了。而马里那位傀儡总统乞求他处决卡兹穆的时候,让他觉得好玩极了。

哈治罗夫本不打算把他的西科斯基H-76老鹰直升机和他6个突击队员借给两个自以为是的家伙,特别是在战区。他之所以把这些消息利用俘虏的卡兹穆的通讯系统汇报给特种部队佛罗里达的司令部,是因为他觉得他的主管肯定会大笑不止。

但要求立刻就得到了回复,他简直目瞪口呆。不是因为这件事情得到了批准,而是因为批准是总统的命令。

哈治罗夫酸酸地对皮特说:"你们肯定认识上层的朋友。"

"我不是去兜风,"皮特回答时并没有藏起自己声音中的满意,"你不应该知道的,不过那风险比秘密的营救行动高多了。"

"可能也没什么,"哈治罗夫重重地叹了一口气,"你打算用我的飞机和人马多长时间?"

"两个小时。"

"然后呢?"

"如果一切按照我的计划,它就会回到你的手里,还有你的人,完好无损。"

"你和吉奥蒂诺呢?"

"我们留在这儿。"

"我不想问为什么,"哈治罗夫摇了摇头,"整个任务我一头雾水。"

皮特严肃地说:"今天你在这里所做的一切将会引起一系列的连锁反应,超乎你的想象。"

哈治罗夫的眉毛抬高了,仿佛是在发问:"你觉得我会明白你说什么吗?"

"用传统的方式找到我们政府的秘密,"皮特狡黠地说,"明天你就能在报纸上读到。"

他们往返20公里,到附近一个无人的村庄中,在市集中找到了一口水井,取到了受到污染的水样。皮特指挥老鹰的驾驶员以从容的侦察模式飞向了佛瑞尔堡垒有毒废物工程。

"让警卫们好好看看我们的武器装备,"皮特对驾驶员说,"但提防地面的火力。"

"马萨德直升机在停机坪上,螺旋桨正在转,"吉奥蒂诺观察着说,"他肯定打算逃。"

"卡兹穆死了，他收不到关于战斗的消息，"皮特说，"不过他可能意识到事情出问题了。"

"真遗憾我们得取消他的航班。"吉奥蒂诺带着几分恶毒的口吻。

"没有地面火力，先生。"飞行员向皮特报告。

"好的，让我们下到停机坪上。"

"你不想让我们陪你们一起去？"一个身体强壮的中士问。

"既然警卫们对我们的飞机印象深刻，我和阿尔正好能钻空子。你们在这片地区兜上30分钟展示武力，让他们都不敢反抗。如果那架直升机想要强行升空就拦下它，然后等我信号直接回哈治罗夫中校的指挥地。"

"你们有一个欢迎团。"飞行员指着停机坪说。

"是我的，我的，"吉奥蒂诺在明媚的阳光中斜眼看了看，"看样子像是我们的老伙计布鲁南上尉。"

"和他的一班打手。"皮特补充。他拍了拍飞行员的肩膀："把火力瞄准他们，我们给你信号你再离开。"

飞行员在离地一米的高度盘旋，把导弹发射器和机关炮都对准等待的警卫。吉奥蒂诺轻轻地跳到了水泥地面上，然后帮助皮特走了下来。他们走向一动不动的布鲁南，布鲁南认出了他们，正吃惊地看着他们。

"我没想到还能再次见到你们两个。"布鲁南说。

"我也打赌你没想到。"吉奥蒂诺故意说。

皮特一直看着布鲁南，他在布鲁南的眼神中看到吉奥蒂诺没有看到的一种神色，那是一种欣慰，而非愤怒或生气。"看样子见到我们你很高兴。"

"是的，我听说没有人能够逃出提比扎。"

"那些工程师和他们的家属也是你送去的吗？"

布鲁南肃穆地摇了摇头："那是我来之前一个星期发生的。"

"但是你知道他们被囚禁。"

"我只听到了一些谣言。我试图调查真相，但是马萨德先生却建了一堵墙，任何和这件事情扯上关系的人都从工程消失了。"

"他可能割开了他们的喉咙，让他们闭嘴。"吉奥蒂诺说。

"你看样子不喜欢马萨德？"皮特说。

"那个人是头猪，是个贼。"布鲁南吐了一口唾沫，"我能告诉你关于这个工程的事情……"

"我们已经知道了。"皮特打断了他，"你为什么不辞职回家？"

布鲁南看着皮特说："那些从马萨德企业辞职的人不出一个星期就都死了。我有妻子，还有5个孩子。"

一不做二不休。皮特觉得他可以信任布鲁南，而且这位上尉的合作有很高的价值。"现在，你已不再是伊夫·马萨德的员工了，你为皮特与吉奥蒂诺工业公司效劳。"

布鲁南考虑了一下皮特的提议，这确实像是陈述事实。他瞄了一下盘旋的直升机上足以端平半个工程的火力，然后又看了看皮特和吉奥蒂诺的脸，他耸了耸肩说："我想我有工作了。"

"你的警卫队呢？"

布鲁南终于笑了："我的人都对我很忠心。他们也像我一样讨厌马萨德，改变老板而已，他们不会有什么意见。"

"为了嘉奖他们的忠心，告诉他们，他们的薪水翻番。"

"我呢？"

"如果你处事正确，"皮特说，"你会成为这个公司的下一任运营主管。"

"哈，现在，头等诱惑。你放心，我会完全配合。你想让我做什么？"

皮特扭着脸对着工程的办公楼点了点头："可以从护送我们去见马萨德开始，我们去解雇他。"

布鲁南突然间迟疑了："你们忘了卡兹穆将军了吗？他和马萨德是同伙。他不会漠视他在这个工程的利益去了别处的。"

"卡兹穆将军已经不是问题了。"皮特让他放心。

"怎么可能？他现在情况怎么样？"

"他的情况啊，"吉奥蒂诺用一种戏谑的口气回答，"上一次大家见他的时候，正有一大团苍蝇叮着他。"

马萨德坐在他的大桌子后面,那双坚定深邃的蓝眼睛现在反射着微微的愠怒,好像皮特和吉奥蒂诺的出现无足轻重。而韦瑞尼如同一个忠实的信徒一般站在他身后,满脸怒容。

"好像希腊神话里的复仇女神,你们始终不放弃纠缠我。"马萨德说得头头是道,"你的样子简直就像是从地底下钻出来的。"

桌子后面的墙上有一面古董镜,巴洛克风格的镜框上挤满了胖胖的小天使。皮特往镜子里看了看,马萨德的评价很到位。吉奥蒂诺身上很干净,一点伤也没有,而他则截然相反。作战服破破烂烂,而且污秽不堪,满是尘土,脸上汗水浸湿,疲倦不堪,如果他往街上一躺,直接就是肇事逃逸案的受害者。

"我们是折磨恶人的幽灵杀手,"皮特反驳道,"我们来为你作的恶来惩罚你。"

"省省那滑稽的幽默吧。"马萨德说,"你们想要干什么?"

"从佛瑞尔堡垒有毒废物分解工程开始。"

"你们想要这工程?"他说得好像是一件日常杂事,"那么我可以推想你们是在暗示卡兹穆重新逮捕提比扎逃犯的行动失败了。"

"既然提到那些你强迫送去奴役的家庭,是的,此时,他们全都在离开的路上了。感谢联合国战术小队的牺牲和美国特种部队的及时出现,他们一回到法国,就会揭发你的罪行。谋杀,金矿里骇人听闻的暴行,引起了沙漠中几千人死亡的非法的垃圾倾倒工程,这足以让你成为全世界第一的罪犯。"

"我在法国的朋友会关照我。"卡兹穆肯定地说。

"不要指望你和法国政府上层高官的关系了。一旦事情公诸于众,还会伤及你的那些政治伙伴,所以他们绝对不会承认听说过你。然后就是烦人的审判,流放恶魔岛,或是现在法国人处理罪犯的其他地方。"

韦瑞尼抓住了马萨德的椅子背,就如同西方恶女巫的飞猴一般晃来晃去:"马萨德先生绝对不会受审,不会坐牢。他有权有势,好多国家的领导人都欠他的。"

"你是说,欠他钱?"吉奥蒂诺走到吧台边给自己拿了一瓶矿泉水。

"只要我还在马里,就没人动得了我。"马萨德说,"在这儿,我依然能轻松操纵马萨德企业。"

"我想这不可能,"皮特故意避开了死字,"特别是卡兹穆将军让位之后。"

马萨德看着皮特,嘴慢慢地绷紧了:"卡兹穆死了?"

"和他的官员,还有一半的陆军。"

然后他看着布鲁南:"你呢,上尉?你和你的警卫队还站在我这边吗?"

布鲁南缓缓地摇了摇头:"不,先生,鉴于当前的情形,我已经决定接受皮特先生提出的更有吸引力的工作。"

马萨德长长地叹了一口气:"你究竟为什么想要这个工程的控制权?"

"让它步入正轨,尝试弥补你对环境造成的破坏。"

"马里人不会允许一个局外人来插手的。"

"哦,我觉得如果政府高官们得知他们的国家可以从中谋利,肯定会立刻赶来。考虑到马里现在是全世界最穷的国家之一,他们怎么能拒绝呢?"

"你想把世界上最先进的太阳能废物工程交给一群无知的野蛮人来运营?"马萨德惊奇地问,"你什么都得不到的。"

"你以为我插手你的烂事儿是为了赚钱吗?抱歉,马萨德,这世界上有些人并不受贪婪驱使。"

"你是个蠢蛋,皮特。"马萨德说着生气地站了起来。

"坐下!你还没有听到最有意思的部分。"

"除了佛瑞尔堡垒的控制权你还可能要什么?"

"你藏在社会群岛的宝藏。"

"你在说什么?"马萨德生气地质问。

"几百万,也许是几亿现金,你这些年不择手段从各种阴暗的勾当中牟取的。有案可查,你不信任金融机构,也没有进行通常的投资,你也没有把钱存在大开曼或是海峡群岛。你很早之前就应该退休,过过好日子,在意大利买买油画、古董车或别墅,你甚至可以成为一个慈善家,把钱捐给需要的人。但是贪婪之心没有尽头,你不愿意把自己的收入花出去。不管你积聚了多少,总是不够。你无法忍受普通人的生活了。你没有投资在马萨德企业用以牟利的,你肯定藏在了南太平洋的某个岛上。塔希提,莫雷阿,还是波拉?我猜是一个人烟稀少的岛。我猜得对吗,马萨德?"

他并没有回答皮特对不对。

"那就成交了。"皮特继续说,"你放弃对堡垒的控制,说出你把你的非法所得都藏在了哪里,作为回报,我就让你和你的走狗韦瑞尼上直升机,你们想飞去哪儿都可以。"

"你个蠢货,"韦瑞尼嘶吼着,"你没有权力也没有能力勒索马萨德先生。"

谁都没有注意到,吉奥蒂诺站在吧台后面,对着一个小对讲机轻声说了几句。时间刚刚好,几秒钟的沉默之后,老鹰直升机突然出现在办公室窗户外,带着它致命的武器,在空中邪恶地晃来晃去,似乎要把马萨德打成灰尘。

皮特对着盘旋的飞机点了点头:"权力,没有,但能力,有。"

马萨德笑了。他不是一个束手就擒的人。看上去,他一点都不害怕。他探身向前,平静地说:"如果你想要这个工程,就拿走吧。少了卡兹穆这样的暴君作后盾,这个愚蠢的政府会任这个工程凋零,沦为废墟,就好像所有来到这片荒凉沙漠的西方高科技产品一样。我还有其他的工程,其他的投资,这个不重要。"

"已经达成一半了。"吉奥蒂诺冷冷地说。

"至于我的财富,你不要浪费力气了,我的就是我的。不过可以告诉你,你认为它在太平洋的岛上这个猜测是对的,但你带着一百万人找上一千年也找不到。"

皮特转头对布鲁南说:"上尉,下午还有几个钟头才结束。把马萨德嘴堵住,扒光衣服,捆起来押到下面去,让他在那儿待着。"

这严重动摇了马萨德的态度。他无法接受别人这么野蛮地对待自己,尽管他就是这么野蛮地对待别人的。"你们不能这么对待伊夫·马萨德,"他蛮横地说,"老天在上,你们不能……"

皮特反手打在他脸上,打断了他的话:"一报还一报,伙计。不过你比较幸运,我没有戴着戒指。"

马萨德什么都没有说。有一阵子,他就一动不动地站着,他开始感觉到了恐惧,脸色煞白,写满了仇恨。他看着皮特,发现没有转圜的余地。这个美国人身上有着一种无情的冷酷,他丝毫没有逃脱这次折磨的可能。他缓缓地脱下衣服,最后赤裸地站着。

"布鲁南上尉,"皮特说,"做你的事。"

"遵命,先生。"布鲁南带着明显的欣喜。

堵住嘴后,马萨德被带到了办公楼外面的空地上,忍受着撒哈拉的无情烈日。皮特对吉奥蒂诺说:"向直升机里的人表达我的感谢,让他们回去向哈治罗夫报告。"

收到消息后,直升机的驾驶员挥手道别,直朝战场飞去。现在只剩他们自己了,欣赏着他们用一堆谎言设计的诡计。

吉奥蒂诺看着下面的马萨德,然后好奇地看着皮特:"为什么要堵住嘴。"

皮特笑了:"如果你在那儿晒着太阳,你愿意付多少钱给布鲁南和警卫们让他们放你走?"

"两百万,可能更多。"吉奥蒂诺暗自钦佩皮特的思虑细密。

"应该会更多。"

"你认为他会开口吗?"

皮特摇了摇头说:"不。马萨德就算受尽折磨下了地狱也不会说出他藏钱的地方。"

"但如果他不告诉你,还有谁能告诉你?"

"他最亲密的朋友和知己。"皮特指着韦瑞尼。

"去死吧,我不知道。"韦瑞尼绝望地呐喊道。

"哦,但我认为你知道。也许不是确切的地点,但我想你可以让我们缩小范围。"

韦瑞尼的眼神飘忽不定,恐惧的表情足以证明他知道秘密:"我就算知道也不会告诉你。"

"阿尔,我享用马萨德先进的住处清理自己的时候,你为什么不带我们的朋友去一个空办公室,说服他画张马萨德的藏宝地图出来?"

"我觉得没问题,"吉奥蒂诺平静地说,"我有差不多一个星期没有撬过别人的嘴了。"

## 59

两个小时后,皮特已经洗了一个澡,睡了一小觉,他觉得自己又活过来了,能够承受伤口噬人的疼痛。他发现了一个壁橱,里面的衣服多得足够开店,他拿了一件至少小两号的丝绸袍子穿在身上,然后坐在马萨德的办公桌前,挨个检查抽屉,研究里面的文件。这时,吉奥蒂诺推着脸色煞白的韦瑞尼走了进来。

"你们两个聊得愉快吗?"皮特问。

"跟好伙伴在一起,他真是个健谈的人。"吉奥蒂诺回答。

韦瑞尼用涣散的眼神四处观望,仿佛已经忘了自己和现实的关联。他慢慢地把头从一边转向另一边,仿佛可以清除掉头脑中的迷雾。他看起来就在崩溃的边缘。

皮特好奇地打量着韦瑞尼:"你到底对他做了什么?"他问吉奥蒂诺,"他身上一点痕迹都没有。"

"正如我说的,我们聊得很愉快。我花了点时间向他详细描述我打算怎么一点一点肢解他。"

"就这样?"

"他想象力很丰富,我碰都没碰他。"

"他说出马萨德藏宝的岛了吗?"

"你关于法属的猜测是对的,但是却在塔希提东北方向五千公里的墨西哥西南。真是找不着的地儿。"

"我不知道墨西哥的太平洋海岸还有法属岛屿。"

"1979年,法国宣布对一个叫克里坡顿岛的珊瑚岛拥有直接统辖权。这个名字来自一个叫约翰·克里坡顿的海盗,他1705年的时候将那里当做贼窝。据韦瑞尼说,整个岛只有5平方公里,一个21米高的海角是全岛的最高点。"

"有居民吗?"

吉奥蒂诺摇了摇头:"除非你把野猪算上。韦瑞尼说岛上唯一的人类活动的遗迹是一个18世纪时期的灯塔,现在早就报废了。"

"韦瑞尼说他不知道确切的地点?"

"不管马萨德什么时候去,都把游艇在岛外抛锚。"韦瑞尼轻声嘟囔,"他总是乘一只小船自己上岸,而且总是天黑的时候去,没有人看得到他干什么。"

皮特看着吉奥蒂诺:"你觉得他讲的是真的吗?"

"千真万确,我对上帝发誓。"韦瑞尼说道。

"他有没有可能是个天生的说故事圣手?"吉奥蒂诺问。

"我说的都是真的。"韦瑞尼的声音就像是一个乞求的孩子,"上帝啊,我不想受折磨,我怕疼。"

吉奥蒂诺狐疑地看着韦瑞尼:"或者,他可不可能是个天生的演员?"

韦瑞尼仿佛遭受了重大打击:"我要做什么你们才能相信我?"

"你指证你的老板我就相信。说出他害过的人,犯过的罪,做过的每一笔肮脏交易,揭露他全部的罪恶。"

"我这么做他会杀了我的。"韦瑞尼用嘶哑而恐惧的声音说。

"他永远都不会碰到你。"

"哦,不,他能。你不了解他的势力。"

"我认为我知道。"

"他对你的伤害不会比我一半多。"吉奥蒂诺邪恶地说。

韦瑞尼陷在了椅子里，用满是汗水的脸对着吉奥蒂诺，因恐惧而瞪大的眼睛中闪烁着隐约的希望。然后他转身看着皮特。这些人剥去了他老板所有的尊严和骄傲，如果有机会能救自己的命的话，他知道他必须要听话。

"我会按你说的做。"他轻声咕哝。

"我想再听一次。"皮特要求道。

"所有关于马萨德企业的档案和信息，我都会交给你。"

"还有没有书面记录的违法罪行。"

"不管有没有存档，我都告诉你们。"

然后出现了一瞬间的沉默。皮特从窗口看着马萨德。即便是隔了这么远，他依然能够看出来马萨德白色的皮肤变成了深红色。皮特一下子从桌后站了起来，一只手放在吉奥蒂诺肩膀上。

"阿尔，你来负责他，尽量让他讲出所有的事情。"

吉奥蒂诺把胳膊搭在畏缩的韦瑞尼身上："咱们两个来一场非常友好的座谈会。"

"问出马萨德害过或杀过的人。这个最重要。"

"为什么？"吉奥蒂诺好奇地问。

"等去克里坡顿岛寻宝成功后，我希望能够建立一个组织，用马萨德非法的财富去补偿那些他害过的人和被他杀害的那些人的家人。"

"马萨德先生不会允许的。"韦瑞尼哑声嘟囔着。

"说到我们的小坏蛋，"皮特说，"我想他在炉子里烤得足够久了。"

马萨德就像是一个在开水里煮过的螃蟹一样，更令他痛苦的是，他身上长水泡了。到了明天早晨，他就会大块大块地掉皮。他站在布鲁南和两个冷漠的警卫中间，无依无靠，一动不动，像只狂吠的狗一样咧着嘴，晒红的脸因愤怒和仇恨而扭曲。

"你这么对我，休想活下去。"他嘶嘶地说，"就算我死了，我也有办法让你付出代价。"

"一个复仇行动组。"皮特干巴巴地说，"你真有先见之明。在太阳底下晒了那么久,你肯定累了,渴了,请坐。阿尔,给马萨德先生拿一杯他的特别法国矿泉水。"

马萨德缓缓地挪到了一张皮椅之中,因为疼痛他的脸一下子绷紧了。最后,他终于找到了一个舒服的姿势,深深地吸了一口气。"你们如果认为自己万事大吉就是彻头彻尾的傻瓜。卡兹穆的手下有很多有野心的人,很快就会接替他的位子。他们都是和他一样阴险狠毒的人,明天天亮前就会派一支军队过来把你们埋在沙漠里。"

他接过吉奥蒂诺递给他的瓶子,几秒钟就喝光了。吉奥蒂诺问都没问,又递给了他一瓶。

皮特忍不住钦佩马萨德无与伦比的坚强神经,他的样子仿佛一切还都尽在他的掌握之中。

马萨德喝光了第二瓶水,环顾了一下办公室寻找他的助理:"韦瑞尼呢?"

"死了。"皮特简洁地回答道。

马萨德头一次露出了大吃一惊的表情:"你们杀了他?"

皮特漠不关心地耸了耸肩:"他想袭击吉奥蒂诺,他真蠢啊,居然拿一把拆信刀袭击一个带枪的人。"

"他真这么做?"马萨德警惕地问。

"如果你想,我可以给你看他的尸体。"

"这一点都不像韦瑞尼,他是个胆小鬼。"

皮特和吉奥蒂诺交换了一个眼神。韦瑞尼现在被关在下面两层的一间办公室里,由警卫看守着开始工作。

"我对你有一个提议。"皮特说。

"你能和我做什么交易?"马萨德吼道。

"我改主意了,如果你保证你能弃恶从善,我就让你走出这间办公室,上飞机,离开马里。"

"这是什么玩笑吗?"

"根本不是。我已经决定了,你越快滚得远远的越好。"

"我肯定你不是认真的,"布鲁南说,"这个人是个危险的魔鬼,一有机会他就会报复。"

"是的,蝎子。马萨德,人们是这么叫你的吗?"

那个法国人没有回答,一声不响地坐着。

"你肯定你清楚自己在干什么?"吉奥蒂诺问。

"不用讨论了,"皮特厉声说,"我想让这个垃圾离开这儿,现在就离开。布鲁南上尉,把马萨德带去他的直升机,看着它带他离开。"

马萨德摇晃着站了起来,太阳晒伤的皮肤绷得紧紧的,只有忍着剧痛他才能站直身子。但是他却笑着,他的思维又开始活动:"我希望能有几分钟收拾我的东西和私人文件。"

"你只有两分钟离开这里。"

马萨德严厉而可耻地说:"不要这样,我连衣服都没穿。老天在上,伙计们,慈悲一些。"

"你知道什么叫慈悲?"皮特不动声色地说,"布鲁南上尉,把这个婊子养的弄出去,免得我动手杀了他。"

布鲁南不需下令,他只是点了点头,两个警卫就架着不断咒骂的伊夫·马萨德进了电梯。办公室里面剩下的三个人什么都没说,他们站在窗前看着受尽屈辱的贵人被扔上了自己的豪华直升机。门关上了,螺旋桨开始搅动燥热的空气。4分钟后,他就消失在北方的沙漠上空。

"他向东北去了。"吉奥蒂诺说。

"我猜是利比亚。"布鲁南说,"然后躲在那儿伺机报复。"

"他的目的地并不重要。"皮特说着打了个哈欠。

"你应该杀了他的。"布鲁南的声音中透着失望。

"不用担心,他活不过一个星期。"

"你怎么这么说?"布鲁南大吃一惊,"你让他走了。怎么会?他能活下去,他有9条命,不会因为日晒而死的。"

"是不会,可是他会死。"皮特看着吉奥蒂诺,"你的机关正常?"

吉奥蒂诺咧嘴笑了:"就像调酒一样顺利。"

布鲁南大惑不解："你们在说什么？"

"把马萨德捆在下面晒太阳，"皮特解释，"我是想让他口渴。"

"口渴？我不懂。"

"阿尔在这儿，把矿泉水倒掉，灌上了被从这里的地下仓库中泄露的化学制品污染的水。"

"这叫做诗意的公正。"吉奥蒂诺举起空瓶，"他喝了差不多有3升。"

"他的内脏会受到损坏，失去理智，然后发疯。"皮特的声音冷得像冰，脸冷得像石头。

"他没有希望了？"布鲁南一片茫然。

皮特摇了摇头："伊夫·马萨德死的时候会被人绑在床上，尖叫不停，想要摆脱痛苦。我只希望被他害过的人能够亲眼看到。"

## 第五部分 得克萨斯号

在穿越荒无人迹的撒哈拉沙漠时,皮特揭开了基蒂·曼诺克死亡的谜团。更加令人惊奇的是,他还发现了林肯遇刺背后的秘密,那就是隐藏在撒哈拉沙漠之中一艘废弃的邦联铁甲舰……

1996年6月10日
华盛顿

佛瑞尔堡垒的胜利两个星期后。桑德克上将坐在华盛顿NUMA总部会议室的一张桌子边，查普曼博士、海拉姆·伊戈尔和鲁迪·古恩也在桌边，全都望着墙上的一面巨大的显示器。

上将对着一面空屏幕非常不耐烦。"他们什么时候能出现？"

伊戈尔正举着一台电话研究着："卫星随时可以连上他们。"

他话还没有说完，屏幕上闪了一下，出现了一幅画面。皮特和吉奥蒂诺坐在一张桌子后面对着镜头，桌上堆满了文件夹和纸。

"你们那边信号好吗？"伊戈尔问。

"你好，海拉姆，"皮特回答，"很高兴见到你的脸，听到你的声音。"

"这边图像很清楚，大家全都迫不及待想和你们通话。"

"早上好，德克。"桑德克打了个招呼，"你的伤怎么样了？"

"上将，我这儿是下午了。另外，我恢复得很好，谢谢。"

皮特与鲁迪·古恩和查普曼博士都互相问候过后，上将开始了正题。"我们有好消息，"他十分热切，"一个小时前，电脑刚刚分析了南大西洋地区的卫星图片，显示赤潮的生长速度慢了下来。伊戈尔所有的设备都显示它们正在慢慢停下来。"

"而不到一个星期前，"古恩说，"我们已经发现氧含量低了5%，用不了多久我们就都会感觉出来。"

"所有合作的国家都在24小时内开始禁止机动车出行，"伊戈尔说，"飞机全都停飞，工厂也都关闭。世界差不多算是停转了。"

"但是看起来，我们双方的努力都有了回报。"查普曼回答说，"你和阿尔找到并焚毁了让海虫变异的人造氨基酸，我们科学队发现如果这些小东西遇到百万分之一的铜试剂后就会难以繁殖。"

"我们关闭源头后，你们有没有在尼日尔河中的污染水流中找到一大股清流？"

古恩点了点头："差不多接近30%。我低估了从废物工程到合流的地下水的流动率，它们在沙砾层中的流动速度比我以为的要快很多。"

"什么时候污染能够降到安全级别？"

"切断污染源是最重要的第一步，"查普曼说，"这让我们有了足够的时间往大面积的赤潮中空投铜微粒。我想保守地说，我们已经扭转了生态灾难的恐怖局面。"

"但战斗远未结束，"桑德克提醒他，"单美国就能消耗全世界58%的氧气，大部分氧气是太平洋中的浮游生物产生的。考虑到机动车和空中运输的增加，世界森林和湿地遭到的破坏，再过20年，我们的氧气就会入不敷出。"

"而问题是我们现在依然在向海洋中排放化学制品。"查普曼补充道，"我们已经有了一个深刻教训，赤潮的事情只是证明人类和野生动物距离最后一口呼吸的氧气距离有多么近。"

"也许从现在开始，"皮特说，"我们不能认为呼吸空气是理所当然的了。"

"你们接管佛瑞尔堡垒已经两个星期了，"桑德克问，"情况怎么样？"

"事实上，真是相当的好，"吉奥蒂诺回答，"暂停了所有运进垃圾的火车后，我们让太阳能反射堆日以继夜地工作，再过36个小时，马萨德藏在地下的所有工业垃圾就都会清空了。"

"你们怎么处理核废物的？"查普曼问。

皮特回答："我向那些建造工程的工程师提出要求希望他们能够回来。离开提比扎后他们休整了一段时间，全都同意回马里来工作。而马里的工人把洞窟又向下挖了1500米。"

"这个深度安全吗？可以存放高等级的废物吗？比方说钚239，半衰期有两万四千年。"

皮特笑了："你想不到，马萨德选了一个最适合深埋垃圾的地方。这里的地层非常稳定，岩石层几亿年都没有动过。我们远离板块活动区，远低于地下水层。不用担心这些废物会影响生命。"

"你打算怎么来存储废物？"

"根据法国废物专家创立的最安全的标准，在埋入岩石层前，先装入混凝土容器，再封存在不锈钢罐子里。埋入地下前再封一层水泥。"

查普曼笑得嘴咧到了耳际："恭喜你，德克，你建成了一个世界级的垃圾处理机构。"

"另外一点有意思的新闻，"桑德克说，"在国际废物调查团认定我国莫哈韦沙漠和蒙古戈壁大沙漠中的马萨德废物处理工程不安全之后，我国和蒙古政府都将其关闭了。"

"澳大利亚人也停止了马上要竣工的建设。"查普曼补充道。

皮特向后坐好，叹了口气："听到马萨德已经与废物处理行业无关，我很高兴。"

"说到这蝎子，"吉奥蒂诺问，"他的情形怎么样？"

"他昨天在的黎波里下葬，"桑德克回答，"CIA的特工报告说他死之前疯了，想要吃掉他的医生。"

"完美收场。"吉奥蒂诺嘲讽道。

"另外，"桑德克说，"总统表达了他个人最热烈的问候和感谢。他说他要为你们所做的一切颁发一枚特别勋章。"

皮特和吉奥蒂诺彼此望着，漠不关心地耸了耸肩。

桑德克没有理会这不感兴趣的表演："你们也许有兴趣第一时间得知，我们的国务部正在和马里新国会建立合作战略。这完全得归功于你们把工程的所有利益转交给政府，让他们去完善社会事业。"

"既然我们不能从中牟利，这似乎是唯一合适的方式。"皮特仁慈地说。

"军队会不会发动政变？"古恩问。

"没有了卡兹穆，他的官员们也就四分五裂了。他们开始向新政府的领导们屈膝效忠。"

"我们有差不多快一个月没有见过你们了。"桑德克笑了，"你们在撒哈拉的工作结束了，什么时候能回到华盛顿来见我？"

"来过这里之后觉得，我国混乱不堪的首都真是个好地方。"

"最好能够有一个星期的休假，"皮特严肃地说，"我得运些东西回国，处理一些私人事情，然后再在沙漠里面做一些历史工程。"

"得克萨斯号？"

"你怎么知道的？"

"圣·朱利安·珀尔穆特悄悄告诉我的。"

"如果你能帮我我会很感激，上将。"

桑德克摆出了一副屈尊俯就的态度："我想我确实欠你们一些自由时间。"

"请帮我尽快安排朱利安飞来马里。"

"朱利安有180公斤重，"桑德克幸灾乐祸地看着皮特，"你没办法让他上骆驼的。"

"更别提让他在烈日骄阳下在灼热的沙漠中跋涉。"

"如果我没错的话，"皮特感到好笑地看着镜头，"要让朱利安在沙漠里走20步，我所需要的就是一瓶冷冻的夏多利。"

"我差点忘了，"桑德克说，"澳洲人对你找到基蒂·曼诺克和她的飞机喜出望外，据悉尼的报纸说，你和吉奥蒂诺已经成了他们的民族英雄。"

"他们计划把飞机挖回去吗？"

"基蒂家乡一个有钱的牧场主已经同意出资资助，他计划把飞机复原，放在墨尔本博物馆中。一个挖掘小组明天就应该能到你所说的地点。"

"基蒂呢？"

"她尸体运回去那一天将会成为国家节日。澳大利亚的大使告诉我说，全国人民集资打算在她墓前建一个纪念碑。"

"我们国家也应该捐些钱，特别是南部。"

桑德克满腹好奇地问道："我们和她有什么关系？"

"她将带我们找到得克萨斯号。"皮特冷静地回答。

桑德克和桌子边其他的人交换了一个疑惑的眼神，然后他又看着镜头说："我们很有兴趣知道一个死了65年的女人如何能完成这件事？"

"我在飞机中找到了吉蒂的日志本，"皮特缓缓地回答，"她写道她在死前发现了一艘船，一艘埋在沙子中的铁船。"

61

"神哪，"珀尔穆特透过直升机的挡风玻璃看着外面太阳照射下的死寂的大地，"你们从那儿走过？"

"实际上，这一部分路程我们是在我们临时建造的快艇车上，"皮特回答，"现在咱们正在逆着当时的路线飞行。"

珀尔穆特搭乘一架军用飞机飞到阿尔及尔，然后转乘一架商用飞机飞到阿尔及利亚南部的沙漠小城阿德拉尔，皮特和吉奥蒂诺与他在凌晨时分会合，一起上了一架他们从废物处理工程借来的直升机。

加过油后，他们飞向南方，在黎明时分看到了他们的快艇车，就孤苦伶仃地躺在他们被阿拉伯卡车司机救下的地方。他们降落，将救过他们性命的机翼、绳索和轮子一一拆开，把这些零件绑在直升机的起落架上，然后飞机再次起飞，在皮特驾驶下飞向基蒂·曼诺克失踪的飞机所在的河谷。

飞行途中，珀尔穆特读着皮特复印的基蒂的日志。"真是个勇敢的女士，"他充满敬仰地说，"只有几口水，踝骨伤了，膝盖扭了，又身处全世界最恶劣的环境中，她居然跛着脚走了16公里。"

"而那只是单程，"皮特提醒他，"她发现沙子里的船后，又走回了飞机边。"

"是的，她是这么说的。"珀尔穆特大声读了出来。

10月14日，星期三。极其热，简直令人难以忍受。我顺着河谷向南走，终于走到了一片开阔的干河床，我估计这里离飞机有10英里远。夜里很冷，我难以入睡。今天下午，我发现了一艘式样古怪、半埋在沙子中的船。我认为自己产生了幻觉，但是触摸过那金属的斜面之后，我意识到，这是真的。

我钻进了一个探出大炮的开口，在里面过夜。终于找到了安身之地。

10月15日，星期四。探索船的内部。太黑了，看不到什么东西。发现了很多船员的遗骸，保存完好。从他们的制服看，应该死了很久了。一架飞机飞过，没有看到这艘船。我没有及时爬出去发送求救信号。它向着我坠机的方向飞去。我在这儿永远都不会被人发现，所以决定返回飞机去，以防它被人发现。我现在知道尝试走出来是一个错误，如果搜索者发现了我的飞机，他们永远都找不到我在哪儿。风沙就如同暴风雪，已经埋上了我的脚印。沙漠有它自己的游戏规则，我打不赢它。

珀尔穆特停了一下，抬起头来："这就说明了你为什么能在坠机地找到她的日志。她走回来，徒劳地希望搜索的飞机能够找到她。"

"她最后的话是些什么？"吉奥蒂诺问。

珀尔穆特翻了一页，继续读道：

10月20日，星期二。回到了飞机，但没有发现任何营救队。我现在很好。如果我走后才发现我，请原谅我犯过的错。吻我的妈妈爸爸，告诉他们我尝试勇敢地死去。我无法再写了，我的大脑已经控制不了手。

珀尔穆特读完后，每个人都感到了沉沉的悲哀和伤感，他们全都深深感动于基蒂努力求生的精神。男儿有泪不轻弹，而现在他们全都在拼命忍住自己涌出双眼的泪水。

"她能教给很多男人勇敢的意义。"皮特沉重地说。

珀尔穆特点了点头："多亏她的忍耐，另一个重大谜题有机会得以解开。"

"她给我们划定了范围，"皮特回答，"我们所需要做的就是顺着河谷向南，走到老河床，然后从那儿开始搜查我们的装甲舰。"

两个小时后，直升机已经在河谷上方盘旋，澳洲的挖掘小组暂停下手中细致的工作抬头观望。看到飞机起落架上绑着的东西就是失踪的翅膀和起落装置时,他们全都开怀大笑。

皮特缓缓地放下操纵杆,让飞机轻轻地降落在河谷上方的平地上,避免让挖掘队员和设备都陷入一片沙尘之中。他关掉引擎,看了看手表,现在是早上8点40,离一天中最热的时候还有几个钟头。

圣·朱利安·珀尔穆特在副驾驶座上挪动着自己巨大的身躯,准备下飞机。"我天生不适合这种东西。"他嘟囔着,热浪已经扑进了空调调控的机舱,打在他身上。

"这能让鬼都走不动道,"吉奥蒂诺审视着眼前熟悉的土地,"相信我,我知道。"

一个脸膛红润、身材魁梧的澳大利亚人从河谷爬上来,走到他们身边:"嘿,你肯定就是德克·皮特。"

"我是阿尔·吉奥蒂诺,他才是皮特。"吉奥蒂诺指了指身后。

"奈德·奎因,我负责挖掘工作。"

奎因的大手握住皮特的手时,皮特不禁皱起眉头,然后他一边活动着关节,一边说:"我们把几个星期前借用的基蒂飞机的零件带了回来。"

"非常感谢,"奎因的声音尖锐得就好像齿轮在打磨金属,"你们真是聪明,能用机翼在沙漠中航行。"

"圣·朱利安·珀尔穆特。"珀尔穆特上前一步自我介绍。

奎因拍了拍自己工装裤上的大肚子:"看样子我们的饮食都不错,珀尔穆特先生。"

"你们有没有碰巧携带着一些上好的澳洲啤酒?"

"你喜欢我们的啤酒?"

"我总是存着一箱子布里斯班的卡索门啤酒,以备不时之需。"

"我们没有卡索门,"珀尔穆特一下子给了奎因极深的印象,"但是我能给你一瓶福士。"

"我感激不尽。"已经汗如泉涌的珀尔穆特真的充满了感激。

奎因走进一辆卡车的驾驶舱,从一个冰盒中拿出了四瓶啤酒,分给众人。

"你们还有多久完工？"皮特问完就开始享受这佳酿。

奎因转脸看了看正准备把引擎吊上卡车的便携式起重机，说："再过三四个钟头，她就可以舒服地躺好，我们就可以上路返回阿尔及尔了。"

皮特从衬衫口袋中拿出了日志本，递给奎因："基蒂的飞行日志。她记录了她最后的飞行和悲剧。由于她在最后的磨难中发现了一些东西，我稍微借用了一下。希望基蒂不会介意。"

"我肯定她一点都不会介意。"奎因对着画着澳大利亚国旗的木棺点了点头，"我的同胞都很感激你和吉奥蒂诺先生解开了她失踪的谜题，能够把她带回家。"

"她离家太久了。"珀尔穆特柔声说。

"的确，"奎因尖锐的声音中出现了一丝崇敬，"她确实离家太久了。"

他们道别时奎因坚持送给他们10瓶啤酒，这令珀尔穆特无比高兴。所有的澳大利亚人，全都无一例外地爬上陡峭的河岸，和皮特与吉奥蒂诺热情握手，表达他们的谢意。飞机升入空中后，皮特又绕着坠机的残骸飞了一圈，才转弯，顺着基蒂的脚步，去追寻沙漠中的传奇之舟。

他们直线飞过基蒂忍着痛走了好几天的蜿蜒河谷，没用12分钟，就到达了古代的河床。这条曾经绿树环绕的河流，如今只是一片流沙环绕下的贫瘠而宽阔的沙地。

"扎里提河，"珀尔穆特宣布，"真难相信它曾是一条奔腾的大河。"

"扎里提河，"皮特重复着，"那个美国老矿工就是这么叫它的，他说这条河在130年前开始干涸。"

"他说得没错。我研究了一些法国人关于这片地区的记录。这附近曾经有一个港口，驼队会来这里和驾船的商人进行贸易。现在已经看不出它在哪儿了。大干旱开始，水渗入了沙子中，一切就全被风沙埋起来了。"

"所以，也就可以猜测，得克萨斯号沿河而上，河水开始干涸的时候，便被困在了原地。"

"不是猜测。我找到了一个叫做毕彻的船员临终遗言的档案。他宣称自己是得克萨斯号唯一幸存的船员，详细地描述了船只穿越大西洋、沿尼日尔河而上最后搁浅的过程。"

"你怎么能肯定这不是一个临死的人的胡言乱语？"吉奥蒂诺问。

"他的故事里有太多不可思议的细节，不由得你不信。"珀尔穆特肯定地回答。

皮特放慢了飞机的速度，盯着下面的干河床："那个矿工还说得克萨斯号上面装载着垂死的邦联政府国库中的金子。"

珀尔穆特点了点头："毕彻也提到了金子。他还给了我一条线索，让我发现了战争部长埃德温·斯坦顿的秘密，那些至今依然尘封的文……"

"我想我们有发现了。"吉奥蒂诺打断了他的话，指着下面说，"往右，西岸旁边的那个大沙丘。"

"那个顶上有一块石头的？"珀尔穆特因为兴奋而提高了声调。

"就是它。"

"打开朱利安从华盛顿带来的梯度机，"皮特指挥吉奥蒂诺，"你弄好后，我就飞去沙丘。"

吉奥蒂诺迅速地拆开了金属探测仪的包装，装好电池，设置好敏感度："仪器准备完毕。"

"好的，正以10节的航速靠近沙丘。"皮特回答。

吉奥蒂诺用一根绳索把探测仪上的传感器往下放了10米，然后他和珀尔穆特开始紧张地盯着仪表盘上的指针。随着直升机慢慢地接近沙丘，指针开始摇摆，喇叭开始嗡鸣。当传感器的磁极转换之后，指针突然跳到了另一边，嗡鸣声变成了尖叫。

"超出刻度了，"吉奥蒂诺欢欣鼓舞地喊道，"我们在沙子下面找到了一团国王级的金属。"

"你的读数也有可能来自沙丘顶上那块圆形的棕色石头，"珀尔穆特十分冷静，"这一带的沙漠有很多铁矿石。"

"那不是一块棕色的石头，"皮特高声喊道，"你看到的是生了锈的烟囱顶。"

皮特在沙丘上盘旋时,他们都不知道该说些什么。就在刚才,他们其实依然在内心深处对得克萨斯号是否存在有疑虑,但是现在,他们已经完全没有了不确定。

得克萨斯号必然重见天日。

## 62

最初的欣喜若狂很快就消失了。他们探查之后发现,除了一节两米的烟囱以外,整只船都埋在沙子里。要想刨开如积雪般的沙子,进到里面,得花上好几天的时间。

"基蒂是65年前来这儿的,现在沙丘已经埋起了船体。"珀尔穆特低声说,"埋得太深了,我们进不去。除非有重型的挖掘设备,没办法找到入口。"

"我相信有办法。"皮特说。

珀尔穆特望着那硕大的沙丘,摇了摇头:"我觉得没有希望。"

"清泥机,"吉奥蒂诺灵光一闪,"挖掘队用来清除飞机残骸上污泥的。"

"你提醒了我,"皮特笑了起来,"虽然没有高压的出气管,但是我们可以把飞机升到上面,用螺旋桨把沙子吹走。"

"我觉得不成,"珀尔穆特深思地嘟囔着,"你没办法在不把我们带上天的速度下提供足够吹走大量沙子的风。"

"这个沙丘的坡非常陡,"皮特指出,"如果我们能够削到只剩3米,就应该可以看到船身上部。"

吉奥蒂诺耸了耸肩:"试一试也无妨。"

"我也这么想。"

皮特把直升机升到沙丘顶上,动力只维持在保持飞机原地旋转的程度。螺旋桨产生的空气动力卷得下面的沙子形成了一个疯狂的旋涡。10分钟过去了,20分钟过去了。他稳住飞机,对抗着他们引发的风。另外他什么都看不到,他们引发的沙尘暴让他完全没有办法看到沙丘。

"还要多久？"吉奥蒂诺问，"那些沙子肯定会破坏涡轮机。"

"如果这能起作用，我甘愿把引擎吹坏。"皮特的牛脾气作了回答。

珀尔穆特开始看到了一幅画面，自己硕大的身躯成为当地的老鹰10天的大餐。对于皮特和吉奥蒂诺的疯狂行径，除了悲观以外，他没有任何感觉。但他只是安静地坐着，并没有插话。

30分钟后，皮特终于把飞机提上了天空，飞到沙丘的旁边，等着沙尘落定。每只眼睛都在紧张地向下看着。这几分钟似乎无限漫长，然后珀尔穆特从丹田发出了一声巨吼。

"她露出来了。"

皮特坐在看不到沙丘的一侧。"你看到了什么？"他也吼着反问道。

"钢板和铆钉，像是驾驶舱。"

为了避免再引起沙尘，皮特又把飞机提升了一些。原来的沙尘都已经飘走落下，装甲舰露出了驾驶舱和两平方米的甲板。一艘船躺在沙子底下，看起来十分地怪异，就如同科幻电影中出现的沙丘巨怪。

皮特降下直升机，和吉奥蒂诺一起帮助珀尔穆特走到了沙丘的旁边。他们发现，现在自己就站在得克萨斯号上面，驾驶舱已经完全露了出来，他们竟然有点期待沙尘之中有人也在望着他们。

船身木头外面的铁甲上只有一层薄薄的铁锈，联邦海军在船身上留下的弹孔依然清晰可见。

驾驶舱后侧的舱口紧紧地关着，但最终无法抗衡皮特雄壮的力量、吉奥蒂诺结实的肌肉和珀尔穆特的重量，最终被强行打开了。他们看着伸向黑暗的梯子，然后互相望了望。

"我觉得这功劳应该归你，德克，是你带我们来的。"

吉奥蒂诺摘下肩膀上的背包，从中拿出了3个最大号的手电筒，这手电筒的光足以照亮一个篮球场。里面正在发出召唤。皮特按亮手电筒，顺着梯子爬了下去。

从缝隙中渗入的沙子堆满了甲板，几乎可以淹没皮特的登山靴。舵轮在时间的长河中一动不动，仿佛正在等待着一位幽灵舵手。此外他能够看到的东西就是一条通话管和一个灌满沙的角落中躺着的高凳。皮特迟疑了一下,然后打开了通往武器甲板层的舱门,跳下去,陷入了下方的黑暗。

他的脚一踏到木头甲板,他就蹲下身子,整整转了一圈,用他的手电筒把这个巨大的房间的每一个角落都照了一遍。大炮全都半埋在沙子中。他走过去,站在一尊布雷克雷大炮旁边,这尊炮依然牢牢地装在巨大的木头支架上。他过去曾经见过内战时期海军大炮的老照片,可依然不敢相信它们那庞大的尺寸。他只能由衷佩服那些曾经操纵大炮的人。

这一层的空气非常压抑,而且格外的凉爽。这里除了大炮以外几乎一无所有。没有消防桶,没有推弹杆,没有炮弹,也没有子弹。底板上什么都没有,仿佛这里曾经被特意打扫干净,等待回到船坞修正。皮特转身看到珀尔穆特笨拙地爬下梯子,吉奥蒂诺跟在身后。

"太奇怪了!"珀尔穆特打量着四周,"是我的眼睛有问题,还是这层甲板就像墓地一样什么都没有?"

皮特笑了:"你的眼睛没有问题。"

"你原本以为船员们会把这里弄成居家的感觉吗?"吉奥蒂诺开着玩笑。

"这层甲板上的人还有这些炮和半个联邦海军梯队作战,"珀尔穆特解释说,"他们很多人都死在了这里。这里连一点生活的痕迹都没有,这很不对。"

"基蒂·曼诺克说她看到了尸体。"吉奥蒂诺提醒道。

"他们肯定还在下层。"皮特说着,把手电筒对准了一道通向船内部的楼梯井,"我建议我们先去船首船员的生活区,然后再到船尾的轮机室和军官生活区。"

吉奥蒂诺点了点头:"好的。"

于是他们继续前进,因为对未知的一切充满了敬畏,心中没有其他感觉。得克萨斯号是内战以来唯一一艘保存完好的装甲舰,而且还有船员在上面,这让他们心底生出一种深深的迷信般的敬畏。皮特觉得自己正走入一间鬼宅。

他们慢慢地走到了船员生活区，突然停了下来。这间船舱就是一个死人的坟墓，里面有50多个人，依然保持着他们被死亡吞噬时的姿势。大部分是躺在自己的铺位上死去的。尽管河流给他们提供了饮用水，但是这些干尸下陷的胃部无疑说明了他们食物吃光后的饥荒和疾病。还有几个坐在一张大桌子边，有一些蜷缩在甲板上。他们很多人的衣服都被扒了去，看不到他们的鞋子，也找不到他们任何私人物品。

"他们被人洗劫一空。"吉奥蒂诺喃喃地说。

"图瓦雷克人，"珀尔穆特疲惫地推论道，"毕彻说，沙漠土匪袭击了这艘船。"

"用老式毛瑟枪和长矛袭击一艘装甲舰，他们肯定是在找死。"

"他们是为了金子。毕彻说，船长用邦联国库的黄金从沙漠部落手中买食物。消息一旦传开，图瓦雷克人也许抢劫一两次失败之后，便学聪明了，切断了船上的食物来源。然后他们就等着，等到船员都饿死了，或是死于伤寒或是疟疾，等所有生命都消失之后，图瓦雷克人就上船搬走船上的黄金和其他他们能拿走的一切。这么多年来，每一个经过的游牧部落都来洗劫一番，最后船上除了船员的尸体外只剩下大炮，那太重，搬不走。"

"所以，我们可以把黄金的事情忘了，"皮特若有所思地说，"那已经不见了。"

珀尔穆特点了点头："我们今天没办法发财了。"

他们没有再在这个死人舱中停留，向后方进入了轮机室。煤依然堆在柜子里，铲子和煤桶放在旁边。由于没有引起生锈的湿气，仪器和零件表面的黄铜在手电筒的灯光照射下依然闪烁着氤氲的光，如果没有沙尘，引擎和锅炉似乎就是处于一级的运行状态。

他们的一个手电筒照到了一个伏在一张小桌上的人。他的一只手下放着一张纸，旁边的墨水池在他倒下死亡的时候已经洒了。

皮特轻轻地拿起那张纸，借着手电筒的光读着。

我已经用我最后一丝力气完成了我的任务。我让我美好忠诚的引擎处于最好的状态。它们出色地携带着我们穿越了大洋，没有出过一点问题，就如同它们在里士满被安装在船上时一样强大。我把它们送给下一个开着这艘好船去对抗讨厌的北方佬的机师。上帝拯救邦联。

得克萨斯号轮机长<br>安古斯·欧哈莱

"这儿坐的是一位乐于奉献的人。"皮特赞扬地说。

"今天可没有这样的人了。"珀尔穆特表示赞同。

离开轮机长欧哈莱后，皮特带头走过两个大引擎和锅炉，顺着一条走廊走到了军官区，在那里，他们又发现了4具没有穿衣服的尸体，全都躺在他们各自舱房的铺位上。皮特稍微看了他们一眼，便走向了船尾一扇桃木的大门。

"船长的舱房。"他肯定地说。

珀尔穆特点了点头："马森·图姆斯中校。根据我读过的得克萨斯号从里士满到大西洋惊心动魄的航行来看，图姆斯是个很难对付的人。"

皮特挥去心中的一丝恐惧，扭开门把手，推开了门。突然，珀尔穆特冲了过来，抓住了他的胳膊。

"等等。"

皮特看着珀尔穆特，大惑不解："怎么了？你怕什么？"

"我担心我们会发现一些不应该看的东西。"

"不会比我们已经看过的东西更糟的。"吉奥蒂诺争执道。

"你在隐瞒什么，朱利安？"皮特问。

"我……我没有告诉你在埃德温·斯坦顿的秘密文件里发现了什么。"

"回头再告诉我。"皮特不耐烦地说。他转身用手电筒照着门内，走了进去。

按照现代战舰的标准来看，这间舱房非常狭小，但是当时的船只并不是为了长期海上航行建造的。邦联的船只在河上和入海口作战的时候，它们很少会一次离开超过两天的时间。

和其他舱房一样,这里所有没有安在船身上的家具和物品都已不翼而飞。那些图瓦雷克人不懂得使用扳手和装卸工具,没有理会建在船上的东西。船长的舱房中还有一个书架和一个装在船身上的气压计,不过已经坏掉了。但是由于某些费解的原因,就如同驾驶舱中的那把凳子一样,图瓦雷克人在这里留下了一把摇椅。

皮特的电筒照到了两具尸体。一具躺在床上,另一具在摇椅上,仿佛睡着了一般。床上的尸体靠着墙,赤裸着身子,图瓦雷克人在扒走他的衣服、抢走床上的卧具之时自然把他挤到了这个姿势。他的头部和脸上依然覆盖着一头浓密的红发。

吉奥蒂诺走了进来,仔细地研究着椅子上的那个人。在大号手电筒的光芒照射下,褶皱的皮肤投射出一种暗棕色的阴影,这和基蒂·曼诺克的尸体很像。由于外面沙漠的干热,它也是一副木乃伊的样子。这具尸体身上依然穿着一件老式的连身内衣。

即便是坐着的姿势,也能看得出来,这个人曾经非常高。他的脸上留着大胡子,面容憔悴,耳朵突出。他闭着眼睛仿佛只是陷入了睡梦。他浓密的眉毛非常短,突然在外侧停住,仿佛被修剪过一般,头发和胡子都黑黑的,只夹杂着一两根灰丝。

"这家伙是个缩水的林肯。"吉奥蒂诺评价道。

"这就是林肯。"珀尔穆特低沉的声音从门口传来。他慢慢地滑坐在甲板上,背靠着墙,仿佛一头搁浅在沙滩上的鲸鱼。他仿佛被催眠了一般,目不转睛地看着摇椅中的尸体。

皮特看着珀尔穆特,充满了关心,也充满了怀疑:"作为一个知名的历史学家,你走错路了,不是吗?"

吉奥蒂诺跪在珀尔穆特身边,递给他一瓶水:"你肯定热晕了,大家伙。"

珀尔穆特摆了摆手,没有接水瓶。"天啊,天啊,我没办法让自己相信。但是林肯的战争部长,埃德温·麦克马斯特·斯坦顿确实在他的秘密文件里说明了真相。"

"什么真相？"皮特好奇地问。

他迟疑了一下，最后用耳语般的轻声说："林肯并没有在福特剧场被约翰·威尔克斯·布茨射杀，坐在摇椅里的人就是他。"

## 63

皮特看着珀尔穆特，无法理解他所说的话："林肯遇刺是美国历史上最广为人知的事情，而且剧场当时有一百多个目击证人，你怎么能说那没发生过呢？"

珀尔穆特微微耸了耸肩膀："记录中的事情只是一场精心策划的演出，斯坦顿找到了一个长得很像林肯的演员。在那场假刺杀案发生前两天，真正的林肯被邦联抓住，偷偷越过联邦的防线，送到了里士满作为人质。这一部分故事可以由一个邦联骑兵上尉的临终遗言证实，当时他带领人去进行了劫持。"

皮特深思地看了看吉奥蒂诺，又望向珀尔穆特："邦联骑兵上尉，他的名字是不是碰巧叫纳维尔·布朗？"

珀尔穆特目瞪口呆："你怎么知道？"

"我们碰到的那个在找得克萨斯号的美国老矿工，给我们讲过布朗的故事。"

吉奥蒂诺仿佛刚从噩梦中惊醒："我们原以为这是个天方夜谭。"

"你们相信我，"珀尔穆特无法让视线离开那具尸体，"这不是天方夜谭。绑架的阴谋是邦联总统杰斐逊·戴维斯的一个助理策划的，他们想要试图留住南方失去的一切。随着格兰特逼近里士满，北上的谢尔曼从后方重创了李将军在弗吉尼亚州的军队，战争就结束了。每个人都清楚这一点。国会中对于叛变的州的仇恨已经不是什么秘密。戴维斯和他的政府肯定邦联彻底垮台后，北方将索取很大的一笔贡税。那个助理，我忘了他的名字，便提出了那个疯狂的计划，劫持林肯作为人质。这样南方就能用他做筹码，在投降的交涉中占据优势。"

"实际上,这主意不赖。"吉奥蒂诺也坐在了甲板上。

"除了烦人的埃德温·斯坦顿,他拒绝了交易。"

"他不愿意被勒索?"皮特说。

"是,不过还有别的原因。"珀尔穆特点了点头,"林肯值得称赞的一点是,他坚持邀请斯坦顿加入他的内阁,担任战争部长,他相信斯坦顿是这个岗位的最佳人选,尽管斯坦顿非常讨厌他,甚至嘲笑他是原始的大猩猩。斯坦顿把总统被人挟持当做了良机,而不是灾难。"

"林肯是怎么被绑架的?"皮特问。

"据说总统当时几乎每天都要驾着马车到华盛顿郊外活动。一次出行的时候,一个邦联的骑兵连,穿着联邦骑兵的制服,在布朗上尉的带领下,击败了林肯的护卫人员,带他跨过波托马可河,进入了邦联的辖区。"

皮特现在很难把这些碎片拼凑在一起。他曾经奉为真理的历史事件突然间成了骗局,他罄尽全部的意志力才让脑筋继续转动。"斯坦顿听说林肯被绑架后最初反应如何?"

"对于林肯来说很不幸,林肯幸存的护卫把消息第一个告诉了斯坦顿。他预料到如果国民知道总统被敌人绑架,必将引起恐慌,所以,他迅速地用谎言的斗篷罩住了这场灾难,编织了一个表面的故事。他甚至告诉玛丽·托德·林肯,她丈夫秘密前往格兰特的指挥部了,几天内不会回来。"

"很难相信这消息没有走漏。"吉奥蒂诺疑惑地说。

"斯坦顿是华盛顿最让人恐惧的人。如果他让你保守秘密,你就得沉默地死去,不然他会确保你沉默地死去。"

"戴维斯把林肯被劫持的消息送过去提出要求的时候,难道事情没有曝光吗?"

"斯坦顿非常精明,林肯被劫持后几个小时他就猜透了邦联的阴谋。他警告了华盛顿防御部的元帅,戴维斯的信使举着休战旗刚一穿过战线,就被立刻带到了斯坦顿面前。副总统约翰逊、国务卿威廉·亨利·西华德和林肯其他的内阁成员,全都不知道发生了什么。斯坦顿秘密地答复了戴维斯，直接干脆地拒绝了，并且说，如果他们把林肯淹死在詹姆斯河中是帮了所有人的忙。

"戴维斯收到回复时大吃一惊，你能想象出他的尴尬。他邦联的春秋大梦即将破灭，另一方面，他又关押着整个联邦的领导人。而联邦政府的一个高官却告诉他，他们一点都不在乎，随便他们处置林肯。然后戴维斯突然意识到，他可能会被胜利的北方佬绞死，为了拯救南方免于灭亡的伟大计划，也为了不让林肯死在自己手上，他暂时摆脱了心中的复仇女神，将林肯作为囚犯关押在了得克萨斯上。戴维斯原本希望这艘船能够成功突破联邦海军的封锁，拯救国库的黄金，也让林肯彻底脱离联邦的控制，作为未来谈判的筹码——他希望到时能够碰到比斯坦顿客观清醒的人。不幸的是，一切都出错了。"

"斯坦顿导演了刺杀案，而得克萨斯却凭空消失了。"皮特推论道。

"是的，"珀尔穆特回答，"战争后被囚禁的两年中，杰斐逊·戴维斯由于害怕北方人的愤怒和报复攻击可能卷土而来的南方，始终都没有谈到过林肯被劫一事。"

"斯坦顿是怎么完成刺杀案的？"吉奥蒂诺问。

"美国历史上没有比林肯被杀的阴谋更诡异的事情了。"珀尔穆特回答，"骇人的真相是，斯坦顿雇佣了约翰·威尔克斯·布茨策划并演出了这场闹剧。布茨认识一个和林肯身形差不多的人，斯坦顿让格兰特将军加入了他的秘密，然后他们给出了他们在那天下午和林肯开会的故事，然后格兰特拒绝了去福特剧场的邀请，斯坦顿的特工迷晕了玛丽·托德·林肯，假林肯出现带她去剧院的时候，她迷迷糊糊，根本没有看出来这个很像她丈夫的人的伪装。"

"在剧院，那位演员向起立鼓掌欢迎的观众示意时，那些观众与总统包厢的距离足够远，无法看出来总统的真假。布茨完成了他的演出，一枪射中毫无察觉的演员的后脑，然后跳上了舞台。接着那个可怜人被抬到了街对面，他的脸上盖着一块手绢，以防有人旁观。他就这样死于斯坦顿策划的戏剧之中。"

"但是病床边有见证者,"皮特表示反对,"军医,他的内阁成员,还有林肯的助理。"

"那些医生都是斯坦顿的特工或亲信,"珀尔穆特有气无力地说,"我们永远都不会知道其他人怎么没有发现,斯坦顿没有讲。"

"刺杀副总统约翰逊和国务卿西华德呢?也是斯坦顿计划的一部分吗?"

"把他们请出局,他就会是下一任总统的最佳人选。但是布茨雇的人却搞砸了。即便如此,约翰逊继任总统位的最初几个星期,斯坦顿依然像个独裁者一样发号施令。他组织调查,拘捕嫌疑人,以迅雷不及掩耳的速度将他们审判绞死。他在全国散布消息说,林肯是被杰斐逊·戴维斯的特工杀害的,这是邦联的殊死一搏。"

"然后斯坦顿把布茨也杀了灭口?"皮特推测。

珀尔穆特摇了摇头:"在谷仓中被杀烧死的是另一个人,尸体解剖和身份证明被藏了起来。布茨逃跑了,又活了好多年,最后在1903年在俄克拉何马的伊尼德自杀。"

"我在什么地方读到过斯坦顿烧了布茨的日记。"皮特说。

"这是真的,"珀尔穆特说,"他的破坏起了作用。斯坦顿将公众的怒火转移到了被打败的邦联之上,林肯原本打算帮助南方复兴的计划随着他的替身一起埋葬在了斯普林菲尔德的坟墓中。"

"摇椅里的这个木乃伊,"吉奥蒂诺轻声说,坚决而又充满敬畏,"在撒哈拉沙漠中间埋着的这艘邦联装甲舰上的尸体,是真正的亚伯拉罕·林肯?"

"我这么认为。"珀尔穆特回答,"解剖检验能够确认他的身份。也许你们记得,盗墓贼挖开了他的坟墓,但是没有偷走尸体就被人抓住了。没有公之于众的事情是,准备将尸体重新安葬的官员发现他们手头是一个假货,但是华盛顿却要求他们保持沉默,并且确保坟墓再也不能被打开。几百吨的水泥浇在了林肯和他儿子托德的棺材上,他们说是为了防止其他的盗墓贼来侵扰坟墓,但实际上却是隐瞒所有证据。"

"你意识到了这意味着什么,"皮特问珀尔穆特,"不是吗?"

"我意识到了什么意味着什么?"他麻木地说。

"我们要改变历史,"皮特解释说,"一旦我们宣布在这里发现的一切,美国历史上最悲剧的事件就会被彻底改写。"

珀尔穆特几近惊恐地看着皮特:"你不知道你说了些什么。美国的民间故事、历史书、诗歌、小说全都把林肯当做一个圣人,被刺让他成为了历史,名垂青史。如果我们揭发了斯坦顿刺杀的闹剧,他的形象就会受损,美国人都接受不了的。"

皮特看起来非常非常疲倦,但是他的脸却很坚定,眼神明亮而充满生机。"没有人像林肯一样,因为诚实而得到如此多的人的敬重,他道德高尚,心地仁慈,不逊于任何一个人。死在如此虚伪不合情理的环境中,和他主张的一切都相违背。他的遗骸应该风光大葬。我不得不相信,他也希望他为之奋斗的子孙后代能够知道真相。"

"我同意,"吉奥蒂诺坚定地说,"当大幕拉开的时候,我很愿意和你站在同一阵线。"

"到时会有反面的争执。"珀尔穆特气喘吁吁,仿佛气管被一双手扼住,"老天啊,皮特,你不明白吗?这是一件最好永远保密的事情。国民永远不能知道。"

"你说得好像一个扮演上帝的自大的政客官僚,打着国家利益的幌子否认公众知道真相的权利。"

"所以,你是打定主意了?"珀尔穆特说,"你为了真理的名义,会引起一场国家的轩然大波。"

"朱利安,你与国会和白宫的那些人一样,低估了美国公众。他们会坦然接受事实,林肯的形象会比以往更加光辉。对不起,我的朋友,我不想再谈了。"

珀尔穆特发现没有用了。他用手抱着肚子叹了口气:"好吧,我们一起改写内战历史的最后一章,然后去面对行刑队。"

皮特看着那具尸体,端详着他笨拙的长腿长手,端详着那张安详而疲倦的脸。最后皮特说话时,是一种柔柔的几乎听不到的声音。

"在这儿坐了130年了,我想诚实的老亚伯该回家了。"

## 64

1996年6月20日
华盛顿

装甲舰中的那具尸体被恭敬地移出并运到了华盛顿,关于林肯和斯坦顿的阴谋立刻震惊了世界。全国每一所学校的孩子们,又如同他们的祖父辈一样,都回忆背诵着葛底斯堡演说。

国家的首都全力以赴地举办各种纪念仪式。5位在世的总统,在国会大厦圆顶大厅中对着那位过世已久的先驱的棺木献上了最深的敬意。各种讲话似乎没完没了,政客们都援引林肯或是卡尔·桑德堡的名言,互相较量。

第16任总统的遗骸并没有葬在斯普林菲尔德的公墓。遵照现任总统的命令,在林肯纪念堂著名的白色大理石雕像下面挖出了一个坟墓。没有任何一个人对此表示反对。

一个节日因此而生。全国几百人通过电视观看华盛顿的庆典活动。亲眼看到那位引领整个国家走过最艰难的岁月的人的脸孔,他们心中充满虔敬,茫然失措。

原本的节目都被暂时取消了,从早到晚看不到其他的消息。新闻节目的主持人全都赶赴现场采访报道,其他所有的新闻都为此让道。

国会中的领导人,罕见地一致赞同挖掘得克萨斯号,把她从马里运回华盛顿广场,在那里永久展示给世人。船上的船员在里士满的邦联公墓安葬,仪式隆重,有一个乐队特别为他们演奏了《迪克西之歌》。

基蒂·曼诺克和她的飞机被运回了澳大利亚,受到了热情的欢迎。她被安葬在堪培拉的军事博物馆中,她忠实的"好孩子"飞机,经过复原后,和查尔斯·金斯福德·史密斯爵士著名的长距离飞机"南十字"并肩而坐。

而关于哈拉·卡米尔和桑德克上将倾尽全力阻止赤潮蔓延、保护地球生命的事情，则只有几张照片和两篇报道而已，丝毫没有引起人们的注意。总统在演说之间，根据国会特别行政案给他们颁发了荣誉勋章。之后，哈拉回到了纽约，联合国总部举行了一个特别的仪式向她致敬。在联合国大会有史以来最长时间的鼓掌声中，她终于情难自控。

桑德克悄悄地回到了NUMA的办公室，又开始日复一日的生活：一边在私人健身室活动，一边开始策划一项新的水下工程。

尽管他们不会赢，但是达西·查普曼博士和鲁迪·古恩被联合提名作为诺贝尔和平奖的候选人。他们却远离喧嚣，一起回到南大西洋，分析大赤潮对海洋生物产生的影响。弗兰克·霍普博士出院后加入了他们的调查，研究分析赤潮的毒性。他声称他重回岗位就会很快康复。

海拉姆·伊戈尔得到了一大笔奖金和10天的带薪假期，他带着家人去了迪斯尼，就在家人享受、沉迷的时候，他正在参加一个关于电脑的研讨会。

雨果·波克将军，带着嘉奖勋章和抚恤金慰问过传奇之战佛瑞尔堡垒战役的幸存者和死者的家属后，决定在事业如日中天之时辞职。他回到了巴伐利亚阿尔卑山下过着悠闲的生活。

正如皮特所预料的，勒范特中校被提升为将军，接受了联合国维和奖章，并被提名继任波克将军的职位。

而在康沃尔的庄园休养生息、身体康复后，皮姆布鲁克·斯迈瑟上尉被提升为少校，回到了自己的军队中。他接受了女王的召见，得到了一枚金十字勋章。

而圣·朱利安·珀尔穆特很高兴地发现自己对美国民众的推断是错误的。他也因为揭发了历史的真相而受到了众多历史研究机构的敬意和奖品，东西多得可以堆满一间房子。

阿尔·吉奥蒂诺费尽办法找到了他在尼日尔河上马萨德的游艇中见过的那位美丽的钢琴手。幸运的是，她没有结婚，并且出于某些难以解释的原因——至少皮特觉得难以解释，她对吉奥蒂诺有些好感，接受了他一起去红海潜水的邀约。

而至于皮特和夏娃·罗加斯……

65

1996年6月25日<br>
加利福尼亚州，蒙特利

6月意味着蒙特利半岛的旅游季节的最高峰。人们开着各种各样的车接踵而至，欣赏蒙特利到卡梅尔之间的17英里长的美景长廊。在罐头厂街，买东西的人摩肩接踵，沉浸在购物狂潮和水上海鲜饭店的美景美食中。

他们来圆石滩打高尔夫球，看大瑟尔，用相机记录罗伯斯岬的日落。他们在酿酒厂间闲逛，端详古代的柏树，沿着海滩漫步，看到滑行的鹈鹕、吠叫的海豹和翻飞的浪花就兴奋尖叫。

而夏娃的父母在太平林住了32年后，已经对他们身边与众不同的风景渐渐习惯了，他们经常觉得生活在加州海岸如此美丽的一个地方是理所当然的事情。但是夏娃每次回来却始终都有新的发现，她始终都以一个少年人的目光去审视这个美丽的半岛，永远都像第一次见到自己的第一辆车时那么兴奋。

无论何时，她回到家中，都会拖着父母外出去欣赏美丽的家乡。但是这一次却不同，她没有办法带父母去骑自行车或去太平洋的碧水中游泳了。除了百无聊赖地待在家中，她也没有心情去做任何事情。

出院两天后，夏娃一直困在一个小小的轮椅中。她在佛瑞尔堡垒受伤的身体还在康复过程中。经历过提比扎和佛瑞尔的磨难枯萎的身体，因为健康饮食的大力帮助而慢慢恢复了，吸收的大量热量让她腰围增加了一寸。但是她的断骨痊愈、石膏拆掉之前完全没有办法做运动。

她的身体在慢慢康复，而她的精神却因为一直没有得到皮特的消息而开始生病。当初她被飞机从佛瑞尔堡垒送去了毛里塔尼亚,然后转飞到旧金山的一家医院,整个过程皮特仿佛掉入了黑洞。桑德克打来一个电话,只告诉她皮特和吉奥蒂诺还在撒哈拉,还没有回到华盛顿。

"上午你何不和我一起去打高尔夫?"父亲问她,"出去走走对你有好处。"

抬头看着父亲闪烁的灰眼睛,父亲那永远不服帖的灰头发让她笑了:"我不认为我能打动球。"

"我以为你会想和我一起在车里兜兜风。"

她仔细想了一下,然后点了点头:"为什么不呢?"她举起没有受伤的胳膊,动了动右脚的脚趾,"只是我要自己开车。"

母亲谨慎地帮助夏娃上了车,对父亲说:"现在你明白了,她并没有自暴自弃。"

"我保证把最初的那个她带回来。"

在皮诺斯海角灯塔附近的太平林市立高尔夫球场,罗加斯先生正对着第四个球发火。他看着自己的球滚到了一个沙坑中,摇了摇头,把球杆扔进了包里。

"肌肉不够。"他沮丧地自言自语。

夏娃坐在球车的方向后,指着一张观海景的长椅:"爸爸,如果你不介意,我想接下来的5个球我就不参与了。今天真美,我想坐在那边看看海。"

把夏娃尽量舒服地安顿在长椅上之后,罗加斯先生便挥手道别,和3个球友一起驾车沿着球道开向远方。

水上有一层薄薄的雾,不过夏娃依然能看到蜿蜒的海岸线。大海非常平静,波浪暗暗涌动。她深深吸气,感受着多石的海岸上挂住的干枯海藻的味道,眺望着一只傻里傻气的海獭在这些海藻中跳来跳去。

一只海鸥嘎嘎叫着从夏娃头顶划过,她仰头观看,扭头追寻海鸥飞行的路线,然后眼睛突然定格在长椅后面笔直站着的一个男人身上。

"你,我,蒙特利湾。"他柔声说。

皮特站在那里,开怀地笑着,带着无边的感染力。夏娃带着难以名状的喜悦和难以置信盯着他看了好长时间。然后他坐在了她的身边,将她拥入怀中。

"哦,德克!德克!我不肯定你会来,我以为我们结束……"

她突然停住了,因为他吻了她。一瞬间,泪水突然间充满了那双蓝眼睛,顺着红色的脸颊流了下来。

"我应该联络你的,"皮特说,"但我的生活在两天前还乱成一团。"

"我原谅你了。"她快活地说,"但你到底是怎么知道我在这儿的?"

"你妈妈真是位可爱的女士,她让我来这儿。我租了一辆高尔夫球车四处乱转,直到发现一个小可怜带着一堆断了的骨头,在这儿孤苦凄凉地看着海。"

"你是个淘气鬼。"她高兴地说着,又吻了吻他。

他把胳膊滑到夏娃身下,轻轻地将她抱了起来。"我希望我们能有时间看看海浪,不过却必须赶路了。天啊,这些塑料石膏让你变重了。"

"我们为什么要那么着急?"

"我们得去收拾你的东西,然后去赶飞机。"他一边回答一边把她放到了球车上。

"飞机?去哪儿?"

"墨西哥西海岸的一个小渔村。"

"你带我去墨西哥?"她笑中含着泪。

"去一艘我租来的船上。"

"出海去玩?"

"差不多吧。"他坏笑着解释说,"我们航行到一个叫克里坡顿的地方去找宝藏。"

皮特把车开进会所旁边的停车场时她说:"我认为你是我认识的最卑鄙、最虚伪、最狡诈的……"他把车停在一辆式样奇怪的浅紫色的汽车边时,她一下子停了下来,惊奇地问:"这是什么?"

"一辆车。"

"我知道,这是什么车?"

"飞行瓦赞。老伙计卡兹穆送我的礼物。"

她茫然地看着他:"你把它从马里运了过来?"

"用一辆空军的飞机。"他平静地回答,"总统欠我很多,所以我就提了个简单的要求。"

"如果我们去赶飞机,你把它放在哪儿?"

"我和你妈妈说好,把它放在你们家车库里,一直到8月份的圆石滩比赛。"

她难以置信地摇了摇头:"你无可救药。"

他用两手轻轻地捧着她的脸,笑着看着她说:"所以我才那么有意思。"